JACEK DUKAJ

W KRAJU NIEWIERNYCH

superNOWA
Warszawa 2004

Opracowanie graficzne serii Małgorzata Śliwińska
Ilustracja na okładce Tomasz Bagiński

ISBN 83-7054-141-0

Druk i oprawa
Drukarnia WN ALFA-WERO Sp. z o.o., Warszawa, ul. Piaskowa 6/10

Ruch Generała

Pociąg zatrzymał się i Generał zeskoczył na ziemię. Przez kłęby buchającej od lokomotywy pary dojrzał krępą postać krasnoludzkiego maszynisty, który już krzątał się dookoła czterokrotnie odeń wyższych kół, z sobie tylko znanych powodów waląc z furią w brudny metal młotem o bardzo długim trzonku.

Generał zamachał laską, powstrzymując swego adiutanta od podbiegnięcia do torów, i podszedł do krasnoluda.

– Chyba wszystko w porządku?

Tamten spojrzał, sapnął, odłożył młot. W czarnej od sadzy twarzy błyskały żółtawe białka. Dziko splątana broda krasnoluda posiadała aktualnie barwę smoły i zapewne dałoby się z niej wyczesać z pół szufli węgla. Maszynista sięgnął gdzieś pod ów bujny krzak zarostu, wyjął papierosa i zapałki, zapalił, zaciągnął się.

– Wszystko w porządku, Generale – rzekł, uspokoiwszy już nerwy.

Generał zerknął na zegarek, który wyciągnął z lewej kieszeni kurty.

– Kwarta do drugiej. O półtorej klepsydry szybciej niż zapowiadaliście. Nieźle.

Krasnolud parsknął dymem; rozżarzony czerwono papieros, wetknięty gdzieś w środek tej ciemnej gęstwy, gdzie znajdowały się usta maszynisty, na moment zajarzył się jeszcze mocniej.

– Nie o to chodzi. Pomocnika mam do dupy. Generał

będzie spokojny, „Demon" ciągnie jak cholera, mógłby nawet szybciej.

– Wolałbym raczej więcej wagonów.

– Też da radę.

– No. To świetnie. Cieszę się. – Poklepał krasnoluda po ramieniu swą lewą dłonią (zalśniły kamienie, błysnął metal), na co krasnolud wyszczerzył w uśmiechu krzywe zęby; ale Generał patrzył już gdzie indziej, na adiutanta mianowicie, który mimo wszystko zbliżał się do nich.

Generał pożegnał się z maszynistą i wszedł pod okap węglowej szopy. Kołysząca się pod jej dachem lampa naftowa ciskała po okolicy blade cienie.

Major Zakraca wyprężył się i regulaminowo zasalutował: obcasy razem, cholewy na wysoki połysk, lewa dłoń na rękojeści szabli, prawe ramię wyrzucone energicznie w przód i w górę.

– Dajże spokój, Zakraca, nie jesteśmy na defiladzie.

– Tak jest, Generale.

Po czym przeszedł w równie regulaminowe „spocznij".

Generał po prostu nie mógł dać sobie rady z Zakracą; nawet nie próbował zmieniać nawyków oficera, przypuszczalnie zostaną mu one już do śmierci. Jako nastoletni kadet Akademii Wojny, Zakraca wybrał się wraz ze swą drużyną na wycieczkę w Góry Zmierzchu – mieli wolny miesiąc, chcieli sprawdzić prawdziwość legend, wydawało im się to odpowiednią rozrywką dla przyszłych dowódców armii. Z całej drużyny przeżył jeden Zakraca: wizytujący akurat osiadłego w okolicy znajomego nekromantę Żelazny Generał uratował chłopca, dosłownie wyrywając go ze szponów smoka. Generał, który i tak był bohaterem dla każdego z urwickich kadetów, w oczach młodego Zakracy awansował wówczas na co najmniej półboga. Zakraca dorósł, trzasnęła mu trzydziestka – lecz w jego prywatnej teogonii wciąż nic się nie zmieniało.

– No więc?

– Jest źle. Iluzjoniści Pełzacza otworzyli nad miastem Żabie Pole. Ludzie oglądają. Ptak leje książęcych, ile wlezie.

– Warzhad miał wydać dekret.

– Nie wydał.

– Jasny piorun. Co mówi?

– Jego Królewska Wysokość nie zamierza uciekać się do stosowania cenzury – wyrecytował z kamienną twarzą Zakraca. – Powinien pan jednak, Generale, zabierać ze sobą lusterka, byłby pan na bieżąco, polte'y nigdy do końca pewne.

– Niech zgadnę, kto mu podpowiedział, co zamierzać: Birzinni, prawda?

– Premier nie opuścił Zamku od dwóch dni – odparł Zakraca.

Generał uśmiechnął się ponuro.

– Masz konie?

– Za składem.

– Więc do Zamku.

•

Jadąc, wyliczał spodziewany czas dotarcia poszczególnych oddziałów na pozycje. Teoretycznie dane konieczne dla przeprowadzenia podobnych kalkulacji pozostawały zmiennymi nieaproksymowalnymi: na przykład taki Nex Pluciński, jako głównodowodzący Armii Południe, gdyby tylko zechciał, byłby w stanie opóźnić całą operację o trzy-cztery dni. Kolej żelazna sama z siebie niczego nie przesądzała, cały osiągnięty dzięki niej zysk czasowy mógł zostać łatwo zmarnotrawiony przez jedną niefortunną rozmowę na Zamku.

Przemknęli przez Lasek Wieczorny i wypadli na Królewskie Błonie. Otworzyła się przed nimi panorama Czurmy, stolicy Zjednoczonego Imperium, od starożytności siedziby królów na Havrze. Łuna od świateł miasta gasiła gwiazdy, które i tak w większości przesłaniało Żabie Pole. Dwumilionowa metropolia ciągnęła się dziesiątkami wężów wzdłuż zatoki o kształcie łzy. W czystych wodach oceanu przeglądała się krwawa klęska wojsk Księstwa Spokoju. Generał spoglądał na naniebną iluzję, usiłując, mimo niewygodnego skrótu perspektywicznego, zorientować się w bardziej szczegółowym przebiegu bitwy. Wzięte to było z punktu widzenia lecącego ponad Żabim Polem orła bądź sokoła (a najpewniej sępa). Co jakiś czas wpadały jednak w transmisję dłuższe i krótsze wstawki ze zbliżeń, gdy trwał jakiś wyjątkowo zacięty pojedynek, wyjątkowo krwawa rzeźba bądź wyjątkowo efektowne magiczne starcie.

Kiedy włączyła się reklama Składów Kowalskiego, Generał spytał Zakracę:

– Kto jeszcze to sponsoruje?

– Jawnie: stali klienci Pełzacza. Sumak, Fołszyński, bracia Que, Kompania Południowa, Holding STC. Nie wiem natomiast, kto wszedł z powodów politycznych; jeśli w ogóle wszedł ktokolwiek, bo może nie było potrzeby.

– Ilu ludzi Pełzacza to trzyma?

– Ohoho, chyba wszyscy. Tam już się tłuką ładnych parę klepsydr, a leci to non stop.

– Napuścili nawet dżinny.

– Mhm?

– Tylko się przypatrz: żaden rydwan nie wchodzi im w wizję. Musieli położyć blokadę. Znowu pół miasta będzie się procesować. Pełzacz na pewno dostał od kogoś po cichu w łapę, w żaden sposób nie zwróciłoby mu się podobne przedstawienie z samych reklam.

– No... nie wiem. Pan spojrzy na tarasy, balkony, dachy, Generale. Pan zobaczy na ulice. Mało kto śpi. To nie jest bitwa o byle wiochę, tam Ptak rozdeptuje Księstwo. Frekwencja, że pozazdrościć. Pełzacz na pewno doi ich wszystkich, ile wlezie. Na dodatek sukinsyny mają szczęście, bo oba księżyce akurat są pod horyzontem i jakość obrazu udała im się jak z lustra.

Wpadli na przedmieście. Tu już musieli zadzierać głowy, by nie stracić widoku toczącej się na nocnym nieboskłonie bitwy. Przez Żabie Pole przewalało się piekło: smoki płonęły w locie, otwierały się w ziemi wulkany, tryskała lawa, ludźmi rzucało na setki łokci w górę, rozdzierana przestrzeń zwijała ich w obwarzanki i strucle, potem odwijała w drugą stronę, i na nice, metamorficzne potwory ścierały się ponad głowami piechoty, snopy światła z ustawionych na wzgórzach dookoła Pola latarni tartyjskich krzyżowały się, łączyły, wyginały i rozszczepiały, indywidualne pojedynki urwitów przeradzały się w szalone pokazy magicznych fajerwerków, urwici w ułamkach knotów wyładowywali w walce moc, umiejętności i doświadczenie zebrane w ciągu całego swego życia, rośli pod chmury i kurczyli się niżej źdźbeł trawy, rzygali ogniem, wodą, gazem, nicością, ciskali na wrogów huragany śmiertelnych przedmiotów, lawiny niszczących energii i równocześnie bronili się przed analogicznymi ich atakami. Biedota ze slumsów, leżąc bezpośrednio na ziemi bądź na rozłożonych na niej kocach, komentowała głośno przebieg pojedynków, nagradzała zwycięzców i przegranych gwizdami, oklaskami, przekleństwami.

Wyjechali na Górną Willową, Generał pokazał: w prawo. Zatrzymali konie przy sześciopiętrowym Zajeździe Gonzalesa. Stajenny zabrał wierzchowce, przeszli na zaplecze. Starzec prowadzący interes wynajmu rydwanów stuknął cybuchem fajki w nocny cennik. Generał skinął na Zakracę; major zapłacił.

Okazało się, że zajazd dysponuje tylko jednym wolnym rydwanem, pozostałe jeszcze nie wróciły albo nie nadawały się do użytku.

– Zamek – rzekł Generał dżinnowi rydwanu, ledwo usiedli i zapięli pasy.

– A konkretnie? – spytał dżinn ustami umieszczonej na przedpiersiu płaskorzeźby, unosząc pojazd w powietrze.

– Górny taras na Wieży Hassana.

– Ten taras jest zamknięty dla...

– Wiemy.

– Jak szanowni panowie sobie życzą.

Wyprysnęli ponad niską zabudowę przedmieścia. Zamek majaczył na horyzoncie czarną pięścią wbitą głęboko w gwiazdoskłon. Wyniesiony w górę na stromej kolumnie skały na blisko pół węża, spieczony z jednej bryły kamienia-niekamienia przed niespełna czterystu laty, trwał ponad Czurmą w niezmiennej i niezmienialnej formie, służąc kolejnym królom Zjednoczonego Imperium jako dom, twierdza, pałac oraz centrum administracyjne. Generał doskonale pamiętał ten dzień, gdy Szarchwał uaktywnił wreszcie latami konstruowane zaklęcie, wyszarpując z wnętrza planety gigantyczny blok gorącej lawy i formując go pośród ulewy i grzmotu piorunów, w przesłaniających wszystko kłębach gorącej pary – w wyśniony pradawnym koszmarem Zamek.

Spikowali na Wieżę Hassana, wielki paluch czarnej budowli wskazujący środek Żabiego Pola. Poziome słupy światła, bijące z wieży na wszystkie strony przez mniejsze i większe okna oraz inne otwory, czyniły z niej filar jakiejś na pół materialnej drabiny jasności. Rydwan wleciał w jeden z najwyższych jej szczebli, wyhamował i osiadł miękko na wysuniętej w przepaść szczęce tarasu.

– Jesteśmy – rzekł dżinn. – Mam czekać, czy mogę już wrócić?

– Nie czekaj – rzekł Zakraca, sięgając do kieszeni. – Ile?

– Dwa osiemdziesiąt.

Zanim major zapłacił, Generał był już przy wejściu do hali postojowej. Zerknął po raz ostatni w niebo. Chroniona sferycznym ugięciem przestrzeni piechota Ptaka Zdobywcy odcinała właśnie wojskom Księstwa Spokoju ostatnią drogę odwrotu.

•

– Głównodowodzący Armii Zero, generał urwitów Zjednoczonego Imperium, dożywotni członek Rady Korony, dożywotni senator Zjednoczonego Imperium, honorowy członek Rady Elekcyjnej, królewski doradca, dwukrotny regent, Strażnik Rodu, Pierwszy Urwita, rektor Akademii Sztuk Wojny, kawaler orderów Czarnego Smoka i Honoru, siedmiokrotny Kassitz Mieczy, fordeman Zamku, hrabia Kardle i Bładyga, Rajmund Kaesil Maria Żarny z Warzhadów!

Generał wszedł i popatrzył na odźwiernego. Odźwierny zamrugał. Generał nie opuszczał wzroku. Odźwierny usiłował się uśmiechnąć, ale dolna warga zaczęła mu drżeć. Generał stał i patrzył.

– Dajże spokój, jeszcze padnie nam biedaczyna na serce – mruknął pierwszy minister Birzinni, wertując zalegające stół papiery.

– Ciebie też tak zapowiadał?

– Ja nie jestem Żelaznym Generałem, nie mam ośmiuset lat, moje tytuły nieco mniej liczne.

– Nieco.

– Widziałeś? – spytał zagłębiony w przysuniętym do otwartego okna fotelu król, wskazując brodą niebo nad Czurmą.

– Widziałem, Wasza Wysokość – przytaknął Generał, podchodząc doń. Bogumił Warzhad palił papierosa, strzepując popiół do ustawionej na kolanie popielniczki w kształcie muszli. Na parapecie przy jego lewym łokciu stało jedno z luster dystansowych, odbijając obraz Sali Rady pałacu Księcia Spokoju w Nowej Plisie; rubin głosu lustra był wyciśnięty. Na owej Sali panował chaos nie mniejszy niż na Żabim Polu.

– Skurwysyn Ptak ma szczęście jak jakiś pieprzony Gurlan. – Warzhad rozgniótł papierosa, zaraz wyjął z papierośnicy i zapalił następnego. – Jebanemu Szczuce trzasnęła faza i Ptak uderzył dokładnie wtedy, pół klepsydry urwici cholernego księciunia szli bez wsparcia, połowa zdechła z niedotlenienia. Ni chuja nie pojmuję, czemu ten dupogłowy Szczuka się nie cofnął. Co, do kurwy nędzy, złoto mają zakopane pod tym zasranym Żabim Polem, czy jak?

Dla nikogo nie było tajemnicą, iż język, jakim posługuje się na co dzień młody król, dość daleko odbiega od standardów obowiązujących w arystokratycznych sferach, wszelako obserwowane w nim od jakiegoś czasu natężenie niecenzuralnych wyrazów wskazywało na lichy – i wciąż pogarszający się – stan nerwów władcy.

– Tłumaczyłem Waszej Wysokości – odezwał się znad trójwymiarowej projekcji pola walki odwrócony do monarchy plecami Nex Pluciński. – Nie zdążyliby na czas otworzyć kanałów w nowym miejscu.

– Ale urwici Ptaka też by nie zdążyli! – wrzasnął Warzhad. – Więc co za różnica?

– Ptak ma ćwierćmilionową armię – rzekł cicho królowi Żelazny Generał. – Jemu o nic innego nie chodzi, jak właśnie o wykluczenie z walki urwitów. Wdepcze książęcych w ziemię samą masą rzuconego do ataku wojska.

– Dlaczego my i Ferdynand nie mamy ćwierćmilionowych armii?

– Bo to nieopłacalne – westchnął Birzinni, pieczętując jakiś dokument.

– Pierdolonemu Ptakowi, żeby go szlag, najwyraźniej się opłaca.

– Ptakowi też się nie opłaca. Dlatego musi podbijać.

– Nie byłbym tego taki pewien – mruknął Generał.

– Więc sami, kurwa, nie wiecie, i jeszcze mnie mydlicie oczy! A ogłośmy, cholera, powszechny pobór do wojska, niech się sukinsyn zdziwi! On ma ćwierć miliona? Ja będę miał pieprzony milion! A co! W końcu to Imperium, nie jakieś północne zadupie! Gustaw, ile było w ostatnim spisie?

– Sto dwanaście milionów czterysta siedem tysięcy dwieście pięćdziesięciu siedmiu pełnoletnich obywateli, Wasza Wysokość – odparł natychmiast Gustaw Lamberaux, Sekretarz Rady, któremu w głowie siedziało pięć demonów.

– A ile ma ten cały Ptak, mać jego plugawa?

– Tego on sam zapewne nie wie. Ludność zamieszkującą podbite przezeń ziemie ocenia się na dwieście piętnaście do dwustu osiemdziesięciu milionów.

– Aż tyle?! – zdumiał się Warzhad. – Skąd się wzięło tyle tego robactwa?

– Na Północy panuje bieda, Wasza Wysokość. Mnożą się w bardzo szybkim tempie – zakomunikował Lamberaux, sugerując oczywiste logiczne powiązanie tych dwóch faktów.

– To jest naturalne ciśnienie demograficzne – rzekł Generał, przysiadając na parapecie przed królem, laskę kładąc przez biodro, lewą dłoń na jej gałce. – Prędzej czy później taki Ptak musiał się przydarzyć. Niesie go fala przyrostu naturalnego, jest niczym błyskawica wyładowująca energię burzy. To jeszcze twój pradziadek wydał dekret zamykający granice Imperium przed imigrantami. Bogacz jest bogaczem jedynie dopóty, dopóki ma przy sobie dla zobrazowania kontrastu nędzarza. To dlatego tak absurdalna wydaje się ofensywa Ptaka, gdy się patrzy na mapę: jego ziemie przy ziemiach Imperium i sojuszników wyglądają jak, nie przymierzając, pchła przy smoku. Ale to jest zły punkt widzenia.

– A jaki jest dobry, hę?

– Dobry jest taki: niecałe siedemset lat temu całe dzisiejsze Imperium to była Czurma, zatoka, Wyspa Latarni, co poszła na dno podczas Dwunastoletniej, i okoliczne sioła. Oraz baron Anastazy Warzhad, który miał odwagę podnieść rebelię w środku Wielkiego Pomoru. A caryca Yx spojrzała na mapę, zobaczyła pchłę przy smoku i odwlekła wysłanie wojska.

– A cóż to za analogie poronione? – zirytował się Birzinni, skończywszy jakąś krótką rozmowę przez swoje lusterko. – Że co? – że my jesteśmy taki kolos na glinianych nogach? A Ptak z tą jego barbarzyńską zbieraniną to przyszłe Imperium?

– O tym możemy się przekonać tylko w jeden sposób – rzekł spokojnie Generał. – Czekając. Ale czy naprawdę chcesz mu pozwolić zbudować to swoje imperium?

– Ty po prostu masz skrzywioną perspektywę. – Birzinni zamachał w stronę Generała zdeaktywowanym lusterkiem. – To przez te wszystkie twoje czary: żyjesz i żyjesz, i żyjesz, jeszcze jeden wiek, jeszcze jeden, historia całych państw zamknięta pomiędzy młodością a starością; choćbyś chciał, nie zmienisz tej skali.

– Dla królów – powiedział Generał, patrząc Warzhadowi prosto w błękitne oczy – jest to najwłaściwsza ze skal, najwłaściwsza z perspektyw. Musimy uderzyć teraz, gdy Ptak związany jest w Księstwie. Bez podchodów, bez macania, całą potęgą. Wejść na niego przez Przełęcz Górną i Dolną, wejść z zachodu Mokradłami, i desantem morskim w K'da, Ozie i obu Furtwakach; i powietrznym, rozkładając mu system zaopatrzenia. Teraz, zaraz.

Warzhad odrzucił papierosa, zaczął obgryzać paznokcie.

– Mam go zaatakować? Tak ni z tego, ni z owego, bez powodu?

– Powód masz. Najlepszy z możliwych.

– Jaki?

– Dzisiaj Ptak jest do pokonania.

– Wojny chcesz?! – krzyknął Birzinni, wznosząc ręce

ponad głowę i budząc tym swoim krzykiem drzemiącego przy kominku ministra skarbu, Saszę Querza. – Wojny?! Agresji na Ligę?! Oszalałeś, Żarny?!

Od bardzo dawna nikt już do niego nie zwracał się inaczej jak „Generale", ewentualnie „panie hrabio", nawet kolejne metresy, i teraz Żelazny Generał wbił swój lodowato zimny wzrok we wzburzonego premiera.

Birzinni cofnął się o krok.

– Ja nie jestem odźwiernym! Daruj sobie te sztuczki! Mam demona, nie zuroczysz mnie!

– A żebyście ocipieli, cisza mi tu! – rozdarł się król Bogumił Warzhad i istotnie cisza zapadła natychmiast.

– Ty, Generał – król wskazał Generała palcem. – Ja sobie przypominam: ty już od jakiegoś czasu próbujesz mnie podjudzić przeciwko Ptakowi. Jeszcze chyba w Oxfeld usiłowałeś wymusić na mnie zgodę na pociągnięcie tej krasnoludzkiej żelaznej drogi pod Przełęcze. Od dawna to planujesz. Ja mówię! – potrząsnął palcem. – Nie przerywać, kurwa, kiedy król mówi! Nie wiem, co ty sobie wyobrażasz! Od wieku nie miałeś żadnej porządnej wojny, więc marzy ci się jakaś krwawa rozróba, co? Nie zamierzam przejść do historii jako ten, który rozpętał głupią, niepotrzebną, bezsensowną i niczym nie sprowokowaną wojnę! Słyszysz mnie?

– On tę kolej i tak wybudował – rzekł Birzinni.

– Co?

– Tę drogę żelazną krasnoludów.

– Za moje własne pieniądze – mruknął Generał. – Ani grosza z państwowej kiesy nie wziąłem.

– Boże drogi, co tu się dzieje? – żachnął się Warzhad. – Czy to jest jakiś spisek szalonych militarystów?

– Ja nie wiem, czy to się stanie jutro, czy za rok, czy za lat dwadzieścia – powiedział Generał, wstając z parapetu. – Ale wiem, mam tę pewność, że w końcu Ptak uderzy i na nas. A wtedy – wtedy to będzie jego decyzja, jego wybór i chwila dogodna dla niego. Brońmy się, póki jeszcze możemy, póki jeszcze sytuacja jest korzystniejsza dla nas.

– Chciałeś powiedzieć: dla ciebie – warknął Birzinni.

Generał wsparł się twardo na lasce, zacisnął szczęki.

– Oskarżasz mnie o zdradę?

Premier w kontrolowany sposób okazał zmieszanie.

– O nic cię nie oskarżam, jakże bym śmiał...

Siwowłosy minister skarbu ocknął się na dobre.

– Czy wyście wszyscy rozum potracili? – zaskrzeczał. – Birzinni, ty chyba na łeb ze schodów zleciałeś! Żelaznego Generała o zdradę posądzasz? Żelaznego Generała...? Toż on miał więcej szans na przejęcie korony Imperium, niż ta korona ma gwiazd! Jeszcze o twoich pradziadkach się nie śniło, kiedy on wieszał za nieposłuszeństwo i spiskowanie przeciwko królowi! Dwa razy był regentem; czy choć o dzień opóźnił przekazanie pełni władzy? Dwa razy jemu samemu proponowano tron, ale odmawiał! Z głów usieczonych przezeń zdrajców ułożyłbym stos wyższy od Wieży Hassana! Tyś się tyle razy przy goleniu nie zaciął, ile jego próbowali zabić, właśnie za wierność koronie! Dwie rodziny stracił w buntach i rebeliach! Blisko tysiąc lat stoi na straży rodu Warzhadów! W ogóle nie byłoby już dziś tego rodu, gdyby nie wyratowani przez niego osobiście twoi przodkowie, Bogumił. Ty się ciesz, że masz przy sobie takiego człowieka, bo żaden inny władca na Ziemi nie może się poszczycić tak wiernym poddanym; którego wierności może być tak pewny. Już prędzej w siebie bym zwątpił niż w niego! – Co powiedziawszy, Querz ponownie zasnął.

Aby uciec spod kosych spojrzeń poirytowanych tak nieprzyzwoicie szczerą przemową ministra skarbu, Generał wycofał się w ciemny kąt sali i usiadł w ustawionym tam pod rzeźbą gryfa fotelu wyłożonym czarną skórą. Laskę przełożył przez uda, ręce opuścił symetrycznie na oparcia, choć, rzecz jasna, o żadnej symetryczności nie mogło tu być mowy, bo wzrok patrzących zawsze uskakiwał ku lewej dłoni Generała. To była ta słynna Żelazna Ręka, Magiczna Dłoń.

Od ośmiu wieków nieustannie doskonalący się w swych urwickich sztukach – zanim jeszcze w ogóle powstała definicja urwity, zanim został generałem, zanim uruchomił tajemne mechanizmy swej długowieczności – już wtedy, na samym początku, słynął był z owej inkrustowanej klejnotami i metalem kończyny. Legenda głosiła, iż oddając się ciemnym kunsztom (a podówczas były to kunszty uznawane za bardzo, bardzo ciemne), wdał się Żarny w konszachty z Niewidzialnymi tak potężnymi, że nie mógł już nad nimi zapanować, i gdy podczas kolejnego z nimi spotkania doszło do kłótni, istoty zaatakowały go. Wielkim wysiłkiem woli pokonał je i cudem przeżył; wszelako utraciwszy w walce władzę nad lewą ręką, nie mógł już jej odzyskać. Zorientowawszy się rychło w nieskuteczności wszelkich znanych form kuracji, aby nie pozostać inwalidą do końca życia (które miało się przecież okazać tak długie), zdecydował się mimo wszystko uciec do magii: implantował sobie zatem w odpowiednich miejscach ręki, dłoni, palców rubiny psychokinetyczne. Odtąd nie mięśnie i nie nerwy poruszały i zawiadywały martwą kończyną; działo się to bez jakiegokolwiek ich pośrednictwa, samą mocą myśli Żarnego. Tym sposobem *de facto* przekształcił on część swojego ciała w magiczny artefakt. Sarkający na półśrodki i rzadko zatrzymujący się w pół drogi, i tym razem nie cofnął się Żarny ze ścieżki, jaka się przed nim po owej operacji otworzyła. Nastąpiły kolejne implantacje, kolejne magiczne machinacje, transformujące ramię i dłoń w potężny i coraz potężniejszy, skomplikowany i wciąż się komplikujący, wielozadaniowy semiorganiczny mageokonstrukt. Ten proces bowiem wciąż się jeszcze nie zakończył; minęły tymczasem wieki i wieki, a on trwał. Wychylająca teraz z cienia rękawa kurty dłoń Generała wyglądała niczym tętniący jakimś zimnym, nieorganicznym życiem splot metalu, szkła, drewna, kamieni szlachetnych, twardszych od nich nici – oraz, jednak, ciała. Według legendy jedno skinienie palca Generała równało z ziemią niezdobyte twierdze; według legendy zaciśnięcie owej pięści zatrzymywało serca wrogów, ścinało im krew w żyłach. Ale to była legenda – sam Generał wszystkiemu zaprzeczał.

Ręka spoczywała nieruchomo na oparciu fotela. Generał milczał. Nie pozostało mu już nic do powiedzenia; żyjąc tak długo, potrafił rozpoznać chwile zwycięstw i momenty klęsk, bardzo precyzyjnie ważył szanse i nie mylił mało prawdopodobnego z po prostu niemożliwym. Siedział i patrzył. Król nerwowo palił kolejnego papierosa. Premier Birzinni, stojąc przy wielkim, okrągłym stole zajmującym środek komnaty, konferował szeptem z dwoma swymi sekretarzami, nieprzerwanie stukając przy tym paznokciem w leżące obok lusterko dystansowe. Sasza Querz chrapał. Ogień w kominku trzeszczał i huczał. Pod przeciwległą ścianą Nex Pluciński i jego sztabowcy, na podstawie raportów zwiadowców, przekazywanych za pośrednictwem podwieszonej ukośnie pod sufitem baterii luster (dwanaście na dwanaście), aktualizowali sytuację militarną, zobrazowaną w trójwymiarowej projekcji ziem granicznych Księstwa i Ligi. Jeden z ludzi Orwida, odpowiedzialny za podtrzymywanie i odpowiednie przekształcanie tej iluzji, drzemał na krześle za lustrami; drugi, selektywnie włączający i wyłączający na żądanie ich fonię, stał pod popiersiem Anastazego Warzhada i ziewał. Szepty premiera i sekretarzy, sztucznie tłumione głosy zwiadowców, monosylabiczne pomruki sztabowców, furkot ognia, szum nocy – wszystko to działało usypiająco, nic dziwnego, że stary Querz faktycznie przysnął. Generał wszelako od czterech dni obywał się bez snu i także teraz nie zamierzał rezygnować z magicznych stymulatorów. Zerknął na zegarek. Prawie trzecia.

Wszedł Orwid z Brudą, szefem dalwidzów.

Birzinni uciszył swoich sekretarzy.

– Co jest?

Orwid zamachał ręką.

– Nie, to nie ma nic wspólnego z Ptakiem.

– Więc?

– Generał chciał wiedzieć.

– Skoro jednak fatygowaliście się osobiście...

Bruda uśmiechnął się blado do skrytego w cieniu Generała.

– Znaleźliśmy ją – rzekł doń.

Król zmarszczył brwi.

– Kogo?

– Planetę Generała – wyjaśnił Orwid, podchodząc. –

Wasza Wysokość z pewnością pamięta. To było tuż po intronizacji Waszej Wysokości. Generał uparł się i zagnał mi ludzi do przeszukiwania kosmosu.

– Ach, prawda... – Warzhad pomasował w roztargnieniu czubek wydatnego nosa. – Słoneczna Klątwa. Holocaust. Druga Ziemia. No tak. I co, faktycznie trafiliście na nią?

– Tak jest – skinął głową Bruda. – Prawdę mówiąc, już zwątpiliśmy. Generał przedstawił bardzo zgrabną argumentację, statystyka i miliardy gwiazd, i w ogóle: niemożliwe, żeby nie było ani jednej planety o parametrach wystarczająco zbliżonych do Ziemi... Ale właśnie na to wyglądało. Dopiero dzisiaj...

– No, no, no – król wykrzywił się do Generała. – Znowu, cholera, miałeś rację, niech cię szlag. I co teraz zrobimy z tym odkryciem, a?

– Jak to co? – podniecił się Orwid. – To jasne, trzeba tam polecieć i przejąć ją w posiadanie w imieniu Waszej Wysokości, jako część Imperium!

– Gdzie to właściwie jest? – spytał Generał.

– Druga planeta numer 583 ze Ślepego Łowcy. Nie widać z naszej półkuli. Około dwunastu tysięcy szłogów.

– No, kochany Generale – wyszczerzył się premier – nosi cię i nosi, wojny byś chciał, ruchu, akcji – masz okazję. Bierz statek i leć. Cóż za przygoda! Generał Odkrywca! Jak ją nazwiesz? Czekaj, zaraz ci wystawię pełnomocnictwa królewskiego namiestnika i gubernatora ziem przyłączonych. – Od razu złapał za lusterko i wyszczekał doń odpowiednie rozkazy.

Generał przeniósł wzrok na króla.

– Nie sądzę, żeby to był odpowiedni czas na podobne wycieczki – rzekł.

Orwid wygrzebał z kieszeni pryzmat iluzyjny, położył na stole i wymamrotał kod wyzwalający. W powietrzu rozwinął się trójwymiarowy obraz planety. Kilkoma słowami Orwid powiększył go i podniósł.

– Ładna, nie? – Obszedł planetę dookoła, przyglądając się jej z nie skrywaną satysfakcją, jakby w istocie przez uaktywnienie pryzmatu to on ją stworzył. – Nie widać, bo iluzjoniści zdjęli ją z bardzo bliskiego spojrzenia, ale ma dwa księżyce, jeden duży, trzy-, czterokrotna masa naszego Tryba, drugi natomiast prawie śmieć. Ten kontynent, co go terminator tak tnie, idzie tam potem jeszcze do drugiego bieguna. A tylko popatrz na te archipelagi. Popatrz na te góry.

Aż zauroczyło to samego króla i Warzhad wstał i z papierosem w ustach podszedł do iluzji. Generał również się zbliżył; nawet Plucińskiego zainteresowała. Planeta, w połowie biało-błękitna, w połowie czarna, wisiała nad nimi niczym wybałuszone z piątego wymiaru oko nieśmiałego bóstwa. Obraz w iluzji był zamrożony, pryzmat pamiętał tylko to jedno odbicie w źrenicy – huragany zatrzymane w wirowaniu, chmury złapane w rozciągnięciu na ćwierć oceanu, burze pochwycone w środku paroksyzmów, zastopowane w obrotach noc i dzień – ale wystarczyło.

– Mój Boże, mój Boże – szepnął Warzhad. – Sam chciałbym polecieć.

Birzinni uśmiechnął się pod wąsem.

Generał zacisnął prawą dłoń na ramieniu króla.

– Wasza Wysokość. Ja błagam was...

– Nie będzie, kurwa, żadnej wojny! – rozdarł się monarcha, plując petem na dokumenty i odskakując od Żarnego. – Co ci się nie podoba? No co?! Mówię, że polecisz – i polecisz!

Generał wziął głęboki oddech.

– Wasza Wysokość, proszę wobec tego tylko o rozmowę w cztery oczy w Cichej Komnacie.

– Co ty knujesz? – warknął Birzinni. – O co ci chodzi? Myślisz, że uda ci się zastraszyć króla? W cztery oczy z Żelaznym Generałem, dobre sobie...!

– Jestem królewskim doradcą i Strażnikiem Rodu, przysługuje mi...

– Nie pozwolę! – Tu premier zwrócił się do Warzhada. – Nie zdajesz sobie sprawy, panie, do czego on jest zdolny...

– Wydałem rozkaz czy nie? – syknął król. – No wydałem czy nie?! Więc, kurwa, wykonać bez pyskowania! Już! – Spojrzał na iluzję, podrapał się w policzek, rozglądnął po sali i wypuścił powietrze z płuc. – Idę spać. Dobranoc.

Po czym wyszedł.

– Co się stało? – spytał minister skarbu.

– Nic, śpij dalej – machnął nań Birzinni.

Generał wrócił po laskę, skłonił się premierowi i Plucińskiemu i ruszył do wyjścia. Birzinni podkręcił wąsa, Nex postukał się w zamyśleniu cybuchem fajki w przednie zęby... Odprowadzali wzrokiem plecy Generała do samych drzwi. Orwid nie patrzył, bawił się wyłączonym pryzmatem, Bruda odwrócił wzrok, by nie napotkać spojrzenia mijającego go Żarnego; dopiero potem zerknął. Gustaw Lamberaux z zamkniętymi oczyma konwersował ze swymi demonami.

Odźwierny zamknął drzwi.

– Na miłość boską – sapnął Sasza Querz – co tu się dzieje?

– Nic się nie dzieje, śpij, śpij.

•

– Że co??

– Królewski rozkaz. Lecę jutro z rana – rzekł Generał, siadając na ławie pod fosforyzującą ścianą bezokiennego gabinetu Zakracy.

– Birzinni, co? – warknął ponuro major. – Jego robota, prawda?

Generał nawet nie fatygował się odpowiedzieć.

Zakraca wstał zza biurka, maszerując nerwowo tam i z powrotem, sprawdził machinalnie główne zaklęcia antypodsłuchowego konstruktu pomieszczenia, wreszcie wybuchnął:

– Owija go sobie dookoła palca! Nawet się z tym nie kryje! Przecież nie może się łudzić, że nikt nie widzi! Na co on liczy? Myśli, że ujdzie mu to na sucho? Właśnie mnie doszło, że re Duin przejął pakiet kontrolny Yaxa & Yaxa. Słyszał pan, Generale? To jest już dwie trzecie Rady Królewskiej! Birzinni złapał nas za gardło!

– Re Duin był do przewidzenia – mruknął Generał, spoglądając na przeciwległą ścianę, po której kartograficznym fresku para niewidzialnych dżinnów przesuwała symboliczne strzałki, linie, trójkąty i kółka. – Przebił się już?

– Ptak? – major zwolnił, obejrzał się na ścianę. – Ciągle to samo. Ale trzeba by chyba cudu, żeby w końcu ich nie zdusił. Mam tu bierne odbicie ze sztabu Szczuki – wskazał na jedno z ustawionych na biurku lusterek. – Myślą już o oddaniu Zalesia i Prawej Hurty.

– Ferdynand leży – rzekł Generał. – Leży i prosi o dorżnięcie. Wycofanie się z gwarancji dla Księstwa było największym błędem Birzinniego. Przyjdzie nam za to drogo zapłacić. Do uniknięcia było morze krwi.

– Nic pan nie mógł poradzić, Generale. – Zakraca wrócił za biurko, zaczął przestrajać jedno z lusterek. – *Votum separatum* dało przynajmniej niektórym do myślenia. Zresztą Warzhad i tak zrobiłby, co chciał Birzinni, chociażby zdołał pan przekonać Radę. A tam po prawdzie nie ma przecież kogo przekonywać, sam pan najlepiej wie, ile kosztuje głos takiego Spoty czy Chwalczyńskiego. Ale słowo Żelaznego Generała ma znaczenie, tak, tak, ludzie pana popierają, niech pan nie udaje zdziwionego, zapluty chłop z najdalszego zadupia dobrze wie, że Żelazny Generał nigdy nie łamie danego słowa i nie splamiłby swojego honoru żadną zdradą czy krzywoprzysięstwem, i prawda jest taka, że przyznają rację panu, Generale, nie królowi, król szczeniak, Generał legenda; ludzie jednak wiedzą, ludzie wiedzą bardzo dobrze, kto co wart... O, jest. Ilu pan chce?

– Wezmę „Jana IV" z trójką kinetyków. Na głównego ściągnij Goulde'a. Pełna obsada urwicka, z ciężkim uzbrojeniem, sprzętem desantowym i tak dalej. Nadto zapasów, ile się da... a, nie, one już są w stazach. Zresztą sam wiesz: chcę być przygotowany na każdą ewentualność, skoro pojęcia nie mam, czego się tam spodziewać.

– Słyszałeś, Kuzo – zwrócił się Zakraca do lustra. – Generał leci jutro rano. Zaraz pobudzę ludzi. Macie tam miejsce?

– Stary Dwór stoi prawie pusty, już jakiś czas temu przygotowaliśmy miejsce dla uciekinierów z Krateru – odezwało się zwierciadło. – Na paręnaście klepsydr możemy tam zakwaterować i pułk. „Jan IV" jest w hangarze, nie ruszaliśmy go od lat, będę musiał pogonić dżinny. Załaduje pan ludzi od razu, Generale, czy też szykuje pan jakieś ćwiczenia, odprawę? W wyżywieniu jesteśmy uzależnieni od Ziemi i dodatkowa setka gąb na stanie...

– Najwyżej jeden posiłek – mruknął Generał.

– Najwyżej jeden posiłek – powtórzył Zakraca. – A właśnie, były jakieś sygnały z Krateru? Książęcy nie ruszają się? Ile mają statków?

– Cztery lub pięć, nadto trzy w ruchu wahadłowym, ale, przypuszczam, zniszczone, przejęte bądź zablokowane, bo to już mija trzydzieści klepsydr, jak nic z Księstwa nie wyszło ponad atmosferę. Tak w ogóle to jest kwestia polityczna, urwici Ptaka robili tu podchody od Subbermayera jeszcze za starego Lucjusza, smęciły się jakieś duchy po szczelinach, pokazywały widma, prawdopodobnie niewyciszone manifestacje sprzężeń bilokacyjnych, piątego, czwartego stopnia. Pan wie, Generale, o tej próbie desantu na Wronę? Chcieli się wkopać na sto łokci i obłożyć wyrwiduszą, nie wiem, czemu się wycofali, to by im jednak dawało jakąś odskocznię; chociaż, nie da się ukryć, cholernie kosztowne to było, wszyscy w bąblach, główny konstrukt na żywych diamentach... Krater jednak się nie podda. A gdyby książęcy ewakuowali cywili tak bez niczego, z samego strachu...

– Rozumiem, rozumiem. – Generał przeszedł za biurko, wchodząc w pole widzenia lustrzanego Kuzo. Kuzo poderwał się, ukłonił; Generał skinął mu głową. – Czyj to był rozkaz z tym Starym Dworem?

– Mhm, po prawdzie myśmy się sami dogadali, tu, na miejscu, jak tylko wyszło to oświadczenie o neutralności. Było jasne, że nie będzie rozkazu do powrotu, a jak już Ptak weźmie Nową Plisę, Krater pozostanie ostatnim wolnym kawałkiem Księstwa Spokoju we wszechświecie. Tam się wkrótce rozpęta piekło. Szykują się już na śmierć.

– A w Plisie o tych cywili nikt się nie upomniał? Zapomnieli o nich czy co? Mówisz, że zostało im parę statków... Mhm, pomyślmy: na prawie azylu, u nas czy na Wyspach...

– Nie mają kinetyków. Prawie nikogo nie mają. Z urwitów zostały chyba dwie osoby, reszta zwykli żołnierze.

W ramach tej wielkiej mobilizacji sprzed heksonu ściągnęli wszystkich na dół. Pewnie właśnie giną gdzieś na Żabim Polu.

– Powinniśmy więc wejść na Krater – rzekł twardo Generał, pochylając się ponad ramieniem majora ku zwierciadłu dystansowemu. – Teraz jest najlepszy moment: przed oddaniem Plisy, ale po klęsce Księstwa. Byłbyś w stanie to wykonać? Trzeba zatknąć tam sztandar Imperium,i zanim pojawi się pierwszy statek Ptaka.

Kuzo skrzywił się.

– Niezbyt mi się to podoba...

– Nie bądź głupi, Kuzo – warknął Generał. – A po cóżeś szykował Stary Dwór? Ratujesz ludzi i ocalasz budynki i sprzęt, bo po szturmie urwitów kamień na kamieniu w Kraterze nie zostanie, wiesz o tym. A Ptak na bazę Imperium nie skoczy. Zero krwi.

– Ale oni się nie poddadzą! Mówiłem przecież!

– Ptakowi – nie; nam – tak. Uwierz mi, tam się właśnie modlą o jakieś honorowe wyjście. Nikt tak naprawdę nie pragnie śmierci, choćby nie wiadomo jak chwalebnej. Będę tam rano; tymczasem zrób tylko jedno: złóż im w moim imieniu propozycję. Warunki kapitulacji tak honorowe, jak tylko chcą. Sam przyjmę. Osobiście. Na moje słowo. Rozumiesz? Żadnej ujmy. Możesz to nawet ująć jako okresową protekcję.

– Pan to mówi serio, Generale?

– Nie zadawaj głupich pytań – warknął Zakraca.

– W takim razie spróbuję.

Kapitan Kuzo zasalutował i rozłączył się, lustro odbiło twarze Generała i majora.

Generał wyprostował się, uśmiechnął.

Zakraca pokręcił głową.

– Już widzę minę Birzinniego. Zesra się, jak usłyszy. Teraz wszystko zależy od tego, czy skurwiel nie ma tam na Trybie jakiejś wtyki. No bo potem przecież już nie odda Krateru Ptakowi, na coś takiego nawet król nie pójdzie. A jak urwitom Ptaka puszczą nerwy, to może nareszcie będzie pan miał tę wojnę, Generale...

Ni z tego, ni z owego w Generale wezbrał zimny gniew.

Jedną myślą obrócił Zakracę z fotelem przodem do siebie, po czym wycelował w majora obtoczony w szkle i metalu palec.

– Nie obrażaj mnie, Zakraca – wycedził przez zaciśnięte zęby. – Król i Birzinni nie rozumieją, bo nie chcą zrozumieć, ale czy również ty sądzisz, że mnie ta wojna potrzebna jest dla zabawy, rozrywki, popisu?

– Bardzo przepraszam, jeśli tak pan to odebrał...

Równie szybko minął generalski gniew.

– Nieważne. – Żarny machnął laską, odwrócił się i wyszedł.

•

Dżinn posadził służbowy rydwan Generała na dachu jego willi kilkanaście łokci od leżaka ze śpiącą Kasminą. Zasnęła, oglądając bitwę na Żabim Polu, w opuszczonej bezwładnie ręce ściskała jeszcze kieliszek z odrobiną wina na dnie. Generał podszedł, stanął nad nią, spojrzał. Była w białym, jedwabnym szlafroku; ściskający go pasek rozwiązał się, jedwab spłynął po jeszcze bielszym ciele kobiety. Generał stał i patrzył: głowa oparta o ramię, opuszczone powieki, wpółotwarte usta, zmierzwione włosy przesłaniające pół twarzy, na drugiej połowie, na policzku, czerwonawy odcisk, zapewne dopiero co przewróciła we śnie głowę. Widział, jak oddycha. Piersi w dół i w górę. Od nocnego zimna spierzchły jej brodawki. Uniósł prawą rękę i zatrzymał dłoń tuż przed rozchylonymi wargami Kasminy. Gorący oddech parzył mu skórę. Patrzył, jak szamoczą się pod powiekami jej gałki oczne. Miała w sobie trzy czwarte krwi elfiej i niewykluczone, iż widziała go także przez powieki. Pochylił się i pocałował ją. W pierwszym odruchu, jeszcze śniąc, nie otworzywszy oczu – objęła go ramionami i przyciągnęła.

– Starcy, jak ja – szepnął – wierzą już tylko takim wyznanionym: nieświadomym, mimowolnym.

– Skąd wiesz, o kim śniłam?

– O mnie.

– O tobie. Zaglądnąłeś?

– Nie. Widziałem, jak się uśmiechałaś, znam ten uśmiech.

Podniósł kieliszek, wyprostował się, wypił.

– Podobało ci się? – spytał, wskazując szkłem niebo.

Pomasowała ucho, przeciągnęła się, zawiązała szlafrok.

– Dzieci, jak ja – mruknęła – lubią kolorowe widowiska. Przyszło zaproszenie na bankiet u Ozraba, pójdziemy?

– Nie.

– Nawet nie spytałeś, kiedy to.

– Jutro lub pojutrze.

– Co, znowu wyjeżdżasz?

– Polityka, Kas, polityka.

Wstała z rozmachem, aż przewrócił się leżak.

– Pieprzę politykę – burknęła.

Zaśmiał się, przygarnął ją, przytulił.

– Nie posądzałem cię o aż takie perwersje. Chodź już lepiej, chodź; przed świtem zawsze najzimniej.

Zeszli na drugie piętro. Poltergeisty przygotowały Generałowi gorącą kąpiel – Kasmina udała, że się na niego obraża i odmówiła, poszła poplotkować przez lusterko z przyjaciółkami.

Pół klepsydry letargu w parzącej skórę wodzie wystarczyło Generałowi dla pełnego relaksu. Ocknąwszy się, przeprowadził kilka rozmów, korzystając z odbicia w sufitowym zwierciadle, które sklął na ten czas, by pozbyło się skroplonej nań pary oraz weszło w sieć miejskich luster dystansowych. Potem poltergeisty wytarły Żarnego grubymi, miękkimi ręcznikami i odziały w trójwarstwową szatę. Przeszedł do gabinetu. Szkoda mu było czasu na jedzenie, pobrał energię bezpośrednio z ręki, przesunąwszy nią przez buzujący w kominku ogień. Usiadłszy następnie w fotelu, uaktywnił dymnik: najobszerniejsze ze standardowych zaklęć wizualizujących magię. Dymnik miał wbudowany moduł deszyfrujący, aby przejść ewentualne blokady czarów, chroniące je przed otworzeniem się na oczach obcego; tu jednak wystarczyło rozpoznanie hasła, bo wszystko to były czary Żarnego. Ale, rzecz jasna, są czary i czary, hasła i hasła, różne poziomy tajności i różne dymniki.

Jaskrawo pstrokate kwiaty konstruktów wystrzeliły ze

ścian, z artefaktów leżących na biurku i na półkach regałów oraz z samego biurka, a lewa ręka Generała wprost wybuchnęła gigantycznym, wielobarwnym bukietem, który wypełnił niemal całe pomieszczenie. Odciąwszy pozostałe wizualizacje, Generał skupił się na tej. Przeskalował i rozwinął interesujące go odgałęzienia, resztę symbolicznych manifestacji zaklęć ściągając do wewnątrz. Ostały się jeno trzy konstrukty, jeden chwiejący się czarną w purpurowe pasy kontrzaklęć trąbą od palca wskazującego do drzwi, drugi spływający różnokolorowym kobiercem spod nadgarstka na kolana Generała i na dywan pod jego stopami, trzeci pajęczą siecią sztywnych algorytmów decyzyjnych wyrastający z przedramienia pod sufit i układający się pod nim kołdrą gęstego dymu. Żarny odruchową boczną myślą wywołał quasi-iluzyjne operatory magiczne, w postaci pary szczypiec, noża, igieł i szpuli srebrnej wstążki, który to kolor, jako jedyny, nie występował w żadnych wizualizacjach. Następnie otworzył sferę podczasu i przystąpił do pracy. Płomienie w kominku pełgały w zwolnionym tempie, jak spływające we wnętrzu bezgrawitacyjnego pieca niedokrzepłe szkło.

Tak naprawdę trwało to osiemnaście klepsydr, ale kiedy zamknął sferę, dopiero świtało. Przebrał się w mundur polowy. Lustro odbijało kilkanaście wywoławczych ornamentów, ale nie odebrał. Poltergeisty spakowały mu do torby wskazane dokumenty, artefakty, ubranie. Torbę zaniosły do rydwanu.

Przechodząc, zajrzał do sypialni. Nie powinien był. Drugi raz zobaczył Kasminę śpiącą, bezbronne piękno, ufna nagość, spokojny oddech spomiędzy rozchylonych warg. Zauroczyła go zupełnie biel jej stopy. Przeklął się; przeklął się po raz drugi; dopiero wtedy mógł się ruszyć.

Wyszedł na dach. Po Żabim Polu już ani śladu, niechybnie oznacza to koniec Ferdynanda.

– Akademia Sztuk Wojny, Baurabiss – rzekł Generał dżinnowi.

•

Przez otwarty dach hangaru wpadał do wnętrza chłodny wiatr. Szarym prostokątem nieba sunęły brzydkie chmury. Poranek przyszedł na świat doprawdy niezbyt urodziwy.

– Ilu? – spytał Generał Zakracę.

– Siedemdziesięciu dwóch – odparł major, spoglądając przez szybę kantoru na parę magtechów po raz ostatni skanujących przygotowany do lotu wahadłowiec.

– Obróciliśmy we dwa, „Niebieskim" i „Czarno-czerwonym" – rzekł Tuul, hormistrz Baurabissu. – Po piętnastu. Teraz ostatni.

– Goulde?

– Już na Trybie.

– Kapitan Głaz melduje gotowość – zakomunikował demon kryształu operacyjnego, spoczywającego w rogu biurka Tuula.

Generał zerknął na zegarek.

– Pół klepsydry – mruknął. – Trzeba się zbierać. Jest potwierdzenie od Kuzo?

– Tak.

– Birzinni przysłał papiery?

– Jeszcze w nocy.

Generał wstał, przeciągnął się, zatrzymał wzrok na suficie i wykrzywił usta.

– Zakraca – rzucił – lecisz ze mną.

Major obejrzał się nań zdumiony.

– Generale, ja tutaj...

– Lecisz ze mną – powtórzył Żarny i Zakraca wzruszył ramionami, bo znał ten ton i wiedział, że przeznaczenie już się zatrzasnęło.

– Miejsce jest – westchnął Tuul, wizualizując kryształem na przeciwległej do wielkiej szyby ścianie schemat „Czarno-czerwonego". – W ostatnim leci tylko trzynastu. I reszta sprzętu.

Generał podszedł do kryształu, położył na nim dłoń, na chwilę zaniewidział.

– Dobrze – mruknął, odsunąwszy rękę.

Hormistrz pokręcił z niesmakiem głową.

– Mógłby pan, Generale, robić to jakoś delikatniej, demony głupieją mi od takich wiwisekcji.

– Przepraszam. Nie mam czasu. – Pochylił się nad zawalonym papierami biurkiem Tuula i uścisnął dłoń hormistrza. – Oby Bóg.

– Oby Bóg – pożegnał się Tuul i od razu rozpoczął rozmowę z czyimś zdalnym odbiciem w jednym z rozstawionych na blacie luster.

Major i Generał zeszli po żelaznych schodkach na poziom podłogi hangaru; drzwi kantorka automatycznie zatrzasnął za nimi dżinn budynku.

Zakraca poszukał papierosa, zapalił, zaciągnął się.

– Dlaczego? – spytał, odruchowo przykrywszy ich obu szybkim antypodsłuchowym.

– Bo to jest coś więcej, niż ci się wydaje.

– Co takiego?

– Polecisz.

– Polecę. Rozkaz. Oczywiście że polecę. Ale demon w intuicji podpowiada mi, żebym był ostrożny.

– Masz dobrze ułożone demony – uśmiechnął się Generał. – Bądź ostrożny; bądź zawsze.

– Nie powie mi pan?

– Powiem.

– Taak – westchnął Zakraca i zdjął czar.

Ruszyli ku „Czarno-czerwonemu". Wahadłowiec unosił się dwadzieścia łokci nad posadzką. Miał kształt pękatego cygara, wykonany był z dębowego drewna, gładko wypolerowanego i pociągniętego pokostem; na obu końcach zamykały go symetryczne rozety wielkich kryształowych okien. Generał mrugnął sobie w spojrzeniu dymnikiem, wizualizując jawne poczwórne zaklęcie hermetyzujące Łobońskiego-Krafta, które oplatało ściśle pojazd; nie dostrzegł w nim żadnych luk i nie spodziewał się dostrzec, znając dokładność magtechów Tuula – a i tak musiał im przecież zawierzyć, nie sposób dopilnować wszystkiego samemu, konstrukty czarów statków kosmicznych należą do najrozleglejszych i najbardziej skomplikowanych. Miał jednak złe doświadczenia z lotami ponadatmosferycznymi. Raz już przeżył nagłą dehermetyzację statku na orbicie; tylko natychmiastowa, bezmyślna, artefaktyczna reakcja ręki uchroniła go od śmierci z wymrożenia i uduszenia. Od tamtego czasu – a zdarzyło się to jedenaście lat temu – nie opuszczał planety bez wielokrotnego zabezpieczenia sporządzonego z własnych czarów. Nie szyfrował ich i towarzyszący mu urwici mieli okazję podziwiać ten majstersztyk sztuki magicznej, redukujący Łobońskiego-Krafta do jednej tysięcznej energochłonności i toksyczności pierwotnego zaklęcia. Nikt wszakże nie potrafił skopiować owego dzieła. Takie przykłady świadczyły najdobitniej o słuszności stosowanej nomenklatury: nie nauka – sztuka. Żelazny Generał był zaś jej niekwestionowanym arcymistrzem.

Przy oznaczonym rurą zielonego gazu pionie lewitacyjnym „Czarno-czerwonego", którym jeden z dżinnów statku wciągał pasażerów do jego wnętrza, spotkali pilota.

– To zaszczyt, Generale – rzekł kinetyk, przełknąwszy ostatni kęs spożywanej w pośpiechu kanapki.

– Osobisty? – spytał Generał, wskazując wzrokiem kaburę przymocowaną do pasa pilota, z której wystawała rękojeść pistoletu, pod dymnikiem kwitnącego na złoto i czarno.

– Mhm, tak – odparł kinetyk, przenikając przez zieleń. – Po Baurabissie chodzą różne plotki. Krater siedem węźów od Mnicha, a przecież trwa wojna. Sam pan wie, Generale. Zresztą, co taka pukawka może; to tylko dla komfortu psychicznego – dodał, szybując ku ciemnemu brzuszysku wahadłowca, które, posłuszne woli dżinna, otwierało się już sześciopłatowym włazem.

Major i Generał wlecieli po pilocie. Wewnątrz ściany fosforyzowały pomarańczowo, było nawet jaśniej niż w hangarze. „Czarno-czerwony", jak wszystkie wahadłowce, stanowił w istocie po prostu solidne pudło do przewożenia ludzi i ładunków na orbitę i z powrotem. Był mniejszy, niż się wydawał z zewnątrz. Składał się z dwóch pomieszczeń: kabiny pilota z przodu oraz reszty cygara, gdzie do ścian przymocowano fotele dla pasażerów i haki dla ładunku. Aby wykorzystać przestrzeń do maksimum, ta część wahadłowca objęta była zaklęciem deformującym okresowo grawitację: „dół" znajdował zawsze pod stopami, o ile choć jedna z nich dotykała fosforyzującego drewna pojazdu. Średnica cygara przekraczała dwanaście łokci, więc nie zahaczało się głową o głowy chodzących po „suficie”, jeśli tylko, rzecz jasna, nie zbliżyło się za bardzo do rozety widokowej, gdzie ściany „Czarno-czerwonego” zbiegały się ku sobie.

Spał tu już, przypięty do fotela, jeden z przydzielonych urwitów, w niekompletnym mundurze bitewnym, w kokonie silnego czaru obronnego.

Pilot, wleciawszy do wnętrza, zniknął od razu w swojej kabinie. Zakraca i Generał usiedli blisko rozety; przez jej okna widzieli z wysokości przekrzywiony nieco hangar, nieco przekrzywione niebo.

– Wychodzę do Tryba – poinformował Żarny majora i zmienił się w smolistoczarny posąg. Zakraca uniósł tylko lekko brwi. Wyjął przenośne lusterko i wdał się w długą rozmowę ze sztabowcami z Zamku, którzy analizowali właśnie dane dostarczone przez ocalałe duchy szpiegowskie; blokada Ptaka była ściślejsza, niż się spodziewali i tych informacji nie było znowu tak wiele. Tymczasem Ptak szedł na Plisę. Główne siły przerzucał Tchatarakką, wyparowawszy oba Jeziora Jadowe, Mniejsze i Większe. Panika wśród ludności Księstwa sięgnęła takich rozmiarów, że nikt już nie panował nad ruchami migracyjnymi. Bogumił Warzhad stanął przed dylematem: wpuszczać ich czy nie wpuszczać? Wyglądało na to, że nie ma wyjścia; zakazy imigracyjne skierowane przeciwko Lidze mściły się naporem uchodźców z innej strony. Na giełdzie Czurmy skoczyła w górę cena złota i diamentów, także ziemi na Wyspach.

Wkrótce przybyło pozostałych jedenastu urwitów. Zakraca znał jednego z nich, chorążego Iurgę, i wdał się z nim w dyskusję na temat nowych zasad rekrutacji do Akademii, podług których dopuszczono do urwickiego szkolenia pierwsze kobiety; Iurga był przeciw, Zakraca był przeciw, wspierali się nawzajem w swym oburzeniu. W międzyczasie kinetyk podniósł wahadłowiec ponad miasto i zaczął się wspinać przez chmury ku gwiazdom. W dzień słabo widoczne, w miarę wznoszenia się „Czarno-czerwonego” świeciły coraz jaśniej; czary antyoporowe oraz klarujące czyniły widok lustrzanie wyraźnym.

Nieboskłon ściemniał aż do głębokiego mroku zimnego kosmosu, weszli na orbitę Ziemi. Kilka nie umocowanych przedmiotów rozpoczęło lewitację po wnętrzu wahadłowca. Urwici w mgnieniu oka ściągnęli je telekinezą do siebie.

Wszedłszy na odpowiedni kurs, „Czarno-czerwony" jął ścigać księżyc. Pasażerowie nie widzieli Tryba, dopóki nie rozpoczął się manewr lądowania, a raczej cumowania, bo Tryb, choć największy z naturalnych satelitów planety, i tak był przecież niczym więcej, jak sporych rozmiarów kulistym odłamkiem skały. Jego przyciąganie było niemal niezauważalne, wszyscy przebywający na jego powierzchni zmuszeni byli nosić specjalne buty, trwale sklęte wcześniej przez magów, aby nie „odskoczyć" przypadkiem w kosmos. Urwici, rzecz jasna, zaklinali swoje własne obuwie.

Ledwo wahadłowiec opuścił się w głąb księżycowego hangaru, Generał wyszedł z bezczasu.

Kapitan Kuzo bilokował się do wnętrza opadającego statku, za którym zamknęła się już półsfera czaru hermetyzującego, i zameldował się Generałowi.

– Za klepsydrę spotkanie w pół drogi. Re Quaz osobiście. Zgodziłem się na transmisję do Krateru, mam nadzieję, że nie ma Generał nic przeciwko temu.

– Oczywiście. Pokazali się ludzie Ptaka?

– Jeszcze nie. Ale obrodziło naraz duchami, wciskają się wszędzie jak szczury, egzorcyzmujemy je masowo.

– To Ptaka?

– A czyje? Wywiad Ligi nigdy nie był specjalnie subtelny.

– Gdzie jesteś?

– Czekam już na miejscu, dlatego nie mogłem osobiście... Leci pan, Generale, od razu?

– Tak. Masz papiery?

– Według sugestii majora Zakracy, oparłem tekst na kapitulacji Sześćdziesiątej Siódmej Arkadyjskiej, demony przekopiowały z archiwum.

– Zfantomizuj mi to tu na moment.

Kuzo wyciągnął rękę i pojawiła się w niej teczka z dokumentami. Generał dotknął jej swą lewą dłonią.

– Dziękuję. Zapoznam się po drodze. Były jakieś rozkazy z Zamku?

– Tylko potwierdzenie harmonogramu.

Kapitan zniknął.

Tymczasem „Czarno-czerwony" znieruchomiał i urwici zaczęli z niego wyskakiwać. Generał, Zakraca i pilot opuścili statek jako ostatni.

Spłynęli bezpośrednio do drzwi hangaru. Cały teren bazy wojskowej objęty był czarem hermetyzującym, typ Kraft III, który utrzymywał tu ziemską atmosferę; temperaturę stabilizował zaś konstrukt na żywych diamentach, rozszczepiony na dwa w piątym wymiarze dla absorbcji żaru bezpośrednio ze Słońca.

Oficer dyżurny polecił Generałowi i Zakracy wpisać się na listę przybyłych i wskazał drogę do lądowiska rydwanów, niepotrzebnie zresztą, bo zarówno Generał, jak i major orientowali się w rozkładzie budynków Mnicha nie gorzej od samego dyżurnego. Ta nazwa – Mnich – wzięła się od kształtu skały górującej nad bazą: skała przypominała zakapturzoną, zgarbioną postać. O pewnej porze trybowego dnia kryła swym cieniem cały teren bazy.

Generał i Zakraca nie skierowali się od razu ku rydwanom, najpierw wstąpili do jednego z sąsiednich hangarów, który wypełniał w całości „Jan IV". „Jan IV" w niczym nie przypominał wahadłowców w rodzaju „Czarno-czerwonego". Był ponad dziesięć razy większy. Co do kształtu, to trudno było w jego przypadku mówić o jakimkolwiek: przywodził na myśl raczej przypadkowy zlepek kilkudziesięciu budowli, podniesionych jakimś czarem wzwyż, wyobracanych na wszystkie strony bez respektu dla grawitacji i sczepionych ze sobą w przypadkowej konfiguracji. Sterczały z tej drewniano-metalowo-kamienno-płócienno-szklanej konstrukcji na wszystkie strony: wielkie maszty z żaglami wykonanymi z dziwnego, lustrzanego materiału, krzywe wieżyczki, szklane kopuły, kryształowe kule, nawet coś jakby żywe rośliny, bezlistne drzewka o białej korze, rosnące na boki, w dół, w górę, w skos. „Jan IV" został zbudowany z rozkazu Lucjusza, ojca Bogumiła Warzhada, z przeznaczeniem eksploracji pozostałych planet układu oraz układów sąsiednich. Rozpięto go na samodzielnej sieci żywokrystalicznej, aby bezpułapowym poborem energii umożliwić rozwinięcie w jego konstrukcie maksymalnie potężnych zaklęć. Stanowił samowystarczalny habitat dla ponad stu ludzi; mogli w nim żyć dowolnie długo, mogli nim podróżować w dowolnie odległe miejsca wszechświata, mogli w nim stawić czoło dowolnemu przeciwnikowi. Nierozgryzalny orzech życia w oceanie zimnej śmierci. Ściernik – mag, który wykonał „Jana IV" – w dziewiczym locie statku, dla przetestowania, a raczej udowodnienia niezawodności swego dzieła, przeszył, zamknięty w jego wnętrzu, jądro Słońca: konstrukt pompował przez żywe diamenty energię w odwrotną stronę, wydalając żar.

– Zostań – rzekł Generał do Zakracy. – Zajmij się wszystkim. Załaduj ludzi i sprzęt. Sprawdź stary prowiant. Jak tylko wrócę – odlatujemy. Blokuj łączność z Zamkiem. Ludziom przykaż ciszę. Rozkaz był otwarty?

– Nie. Zarządziłem werbunek w ślepo; to nie ma znaczenia, ludzie idą na pana nazwisko, Generale, pan wie. Legenda.

– Nie kadź, nie kadź. Cel i koordynaty tylko Goulde'owi. Pozostałym sam powiem, jak wyjdziemy poza lusterka.

– Tak jest.

– Na Boga, przestań mi wreszcie salutować!

– Według rozkazu.

– Jaki stary, taki głupi. – Generał, kręcąc głową i mamrocząc coś pod nosem, ruszył ku rydwanom. Po skale płynęły za nim cienie: od Ziemi – wielkiej, zielono-rdzawej na gwiaździstym niebie Tryba – oraz niezliczonych błędnych ogni szybujących leniwie pod sferą hermetyzującą bazy.

Dżinn rydwanu był w dobrym humorze.

– Toż to sam Żelazny Generał! Zaszczyconym, zaszczyconym.

– Zamknij się i leć.

Wyskoczyli ponad sferę i rydwan otoczył się samodzielnym bąblem Krafta II. Równocześnie pokrył go zwierciadlany czar maskujący, przekopiowany z półsfery bazy: duchy szpiegowskie były wszędzie i nie należało ułatwiać im sprawy, dobrowolnie dostarczając informacji o pobycie na Trybie konkretnych osób oraz ich poczynaniach.

Po raz pierwszy na dłuższy czas objęła Żarnego miękka nieważkość i jego artefaktyczna ręka strzyknęła mu w organizm serię krótkich klątw fizjologicznych, by zneutralizować nieprzyjemne skutki rewolucji grawitacyjnej.

Rydwan leciał tuż nad gruntem, skacząc w niespodziewanych szarpnięciach ponad kolejne jego wypiętrzenia i spadając niczym głaz w obniżenia. Cień od Ziemi sunął po skale jak wierny pies, krótka fala nocy. Wielka planeta wisząca nad głową Generała – jak balon, jak malowany lampion – nadawała całej scenerii rys nierealności: bajkowe, oniryczne krajobrazy.

Rydwan spadł w kolejny trybowy niby-wąwóz. Błysnął w nim podwójnie odbitym światłem lustrzany bąbel, w trzech czwartych skryty w cieniu. Generał rzekł: – Stop – i kierowany przez domyślnego dżinna rydwan opadł ku bąblowi, bez problemu przenikając zwierciadlaną półsferę, jako że czary maskujące – stacjonarny oraz pojazdu – rozpoznały nawzajem zaszyfrowane sygnatury identyfikujące: „swój/obcy".

Wewnątrz bąbla stało kilkadziesiąt osób, skupionych przy dwóch grupach rydwanów. Dżinn wylądował przy grupie kapitana Kuzo.

Generał wyskoczył, kapitan podszedł doń szybko.

– Przeczytałem – rzekł Żarny. – Podoba mi się. Mam kilka pomniejszych uwag, ale ważniejsza jest teraz szybkość decyzji niż prawnicze detale, więc akceptuję w całości. Re Quaz jest już gotów?

– Ee... tak.

Ruszyli we dwójkę ku grupie książęcych. Imperialni urwici oglądali się za nimi – gdy Generał uniósł w pozdrowieniu swą magiczną rękę, odpowiedzieli salutami.

– Jakie nastroje? – spytał telepatycznie kapitana pod mentalną blokadą, od której Kuzo aż lekko zbladł i zmylił krok.

– U książęcych? Ponure. Nie są zachwyceni. Nikt by nie był. Nalegali na konsultacje z Plisą.

– I co?

– Pan sobie zdaje sprawę, Generale, że dla Ptaka Nowa Plisa jest jak ze szkła, duchy tam chodzą na wskroś...

– Więc?

– Kazałem ich zagłuszyć – wyznał po chwili Kuzo, mimo wszystko dołożywszy do generalskiej swoją własną blokadę.

– Bardzo dobrze – pochwalił Generał, śląc mu w myślach także półuśmiech i gest/wrażenie akceptujące.

– Sądzą, że to Ptak. Dałem im termin do pana przylotu; wciąż utrzymujemy to zagłuszanie.

– Nie zdejmuj go, aż się wszystko wyda. Po ewakuacji i tak będą korzystać z naszych pasm.

– Trochę to wszystko nie *fair* – krzywił się w myśli Kuzo.

– Cóż ci mogę odrzec? Myślenie boli; powyżej pewnego stopnia w hierarchii nie można już tylko wykonywać rozkazów, majorze Kuzo.

– Mhm, dziękuję.

– Mam szczerą nadzieję, że równie przyłożyliście się do egzorcyzmów, bo nie chciałbym być w waszej skórze, jeśli przedostanie się tu choć jeden duch Ptaka lub, co gorsza, Birzinniego.

Re Quaz wyszedł im naprzeciw. Towarzyszył mu czarnoskóry adiutant z regenerowanym jednym lub oboma oczyma, co się poznawało po niezgodności barw ich tęczówek.

Generał uścisnął dłoń re Quaza; w tej samej chwili dojrzał przez dymnik odchodzącą od lewego oczodołu adiutanta boczną wstęgę.

– Kto zabezpiecza tę transmisję? – zapytał telepatycznie kapitana (jeszcze kapitana) Kuzo. – My czy oni?

– Oni.

– Cholera.

– Szkoda, że poznajemy się w tak przykrych okolicznościach – mówił re Quaz. – Historia; cóż, historia... – Podkręcił wąsa, mrugnął, założył ręce za plecy. – Taak. Jest pan zatem gotów, Generale, własnym słowem gwarantować dotrzymanie warunków układu? – Nie nazywał tego kapitulacją, jako że Księstwo nie znajdowało się w stanie wojny z Imperium; dzięki temu porozumienie zachowywało wszelkie pozory tymczasowego uzgodnienia warunków współpracy przez sąsiadujące ze sobą placówki zaprzyjaźnionych państw – nie było przecież aktem prawnym *sensu stricto*, nie zmieniało podziału terytorialnego Tryba ani nie poruszało żadnych kwestii politycznych: stanowiło dobrowolną deklarację pewnej liczby poddanych księcia Ferdynanda o przyjęciu przez nich okresowego protektoratu Imperium, rozciągając to w rozszerzeniu na powierzone ich pieczy mienie ruchome i nieruchome. Po prawdzie – posiadało wszelkie cechy zdrady i przez książęcych kazuistów z całą pewnością mogło za nią zostać uznane. Jednakże wszyscy tu obecni zdawali sobie sprawę, iż takie konsekwencje podejmowanej właśnie decyzji są skrajnie mało prawdopodobne: Księstwo Spokoju *de facto* – bo jeszcze nie *de iure* – nie istniało.

– Tak – odparł zdecydowanie Żelazny Generał re Quazowi.

– Cieszę się. Cieszę się. – Re Quaz westchnął i skinął na adiutanta. Adiutant podał mu teczkę z umową, Kuzo zaś wyciągnął swój egzemplarz. Nie było pulpitu. Generał zfantomizował mahoniowe biurko, ustalając jego blat na poziomie zafiksowanej krótką klątwą płaszczyzny telekinetycznej. Rozłożyli więc papiery na nieistniejącym meblu, wyciągnęli pióra i w seledynowym świetle szybko obracającego się ponad nimi globu podpisali układ. Różnooki adiutant zaglądał im przez ramiona.

Pociągnąwszy ostatnią kreskę, Żarny wyprostował się. Od strony rydwanów z Mnicha rozległy się niepewne oklaski. Re Quaz posłał imperialnym melancholijne spojrzenie.

– Chciałbym móc teraz zajrzeć do wydanego za sto lat podręcznika historii – rzekł.

– Ja nigdy nie zaglądam – stwierdził Generał, na szczęście łamiąc swoje pióro.

•

Generał rozpoczął był swą kampanię na rzecz poszukiwania w kosmosie drugiej Ziemi w reakcji na skonstruowany przez Innistrounce'a z Wysp, elfiego mistrza magii, Czar Końca Świata. Innistrounce, pracując na zlecenie Kompanii Południowej nad przemysłowym wykorzystaniem żywych diamentów do bezpiecznej i opłacalnej transmisji do manufaktur pobieranej ze Słońca energii, opracował schemat takiego przyłożonego do nich mageokonstruktu, który, uruchomiony, prowadziłby nieuchronnie do eksplozji gwiazdy, wnętrza której sięgały przez wyższy wymiar quasi-bilokowane diamenty. Pełny Czar Końca Świata – zwany również Słoneczną Klątwą – wymagał, co prawda, dwóch par żywokrystalicznych układów i dwóch gwiazd (aby móc przepompowywać w czasie rzeczywistym energię z jednej do drugiej), wszystko to jednak były koszty pomijalne w zestawieniu ze spodziewanym skutkiem. Zagłada Ziemi! Czyli właśnie koniec świata. Innistrounce sprzeniewierzył się Kompanii i rozgłosił swoje odkrycie; wielu miało o to do niego pretensje, lecz Generał uważał, że bezzasadnie: prędzej czy później uczyniłby to ktoś inny, możliwości zawsze nieuchronnie ciążą ku samospełnieniu, wszystko, co nie jest, chciałoby być – a co zostało pomyślane, istnieje już w dziewięciu dziesiątych. Tak obracają się żarna historii. Więc nie miał pretensji do Innistrounce'a. Zaczął natomiast od razu przemyśliwać nad tarczą odpowiednią dla tego miecza. Tak zrodziła się idea poszukiwania planet bliźniaczych Ziemi i ich kolonizacji. Generał miał jednak wielkie kłopoty z przepchnięciem projektu przez armijną biurokrację, jako że dalwidze, podwładni pułkownika Orwida, szefa sekcji obsługi operacyjnej Sztabu Generalnego (czytaj: wywiadu wojskowego), podlegali bezpośrednio Sztabowi, z pominięciem struktur dowódczych urwickiej Armii Zero Żarnego – a poza hrabią chyba nikt nie wierzył, iż kiedykolwiek faktycznie znajdzie się ktoś na tyle szalony, by uruchomić ku także własnej zgubie Czar Końca Świata. Pojawiły się nawet głosy, że wszak dopiero właśnie znalezienie drugiej Ziemi może kogoś sprowokować do inicjacji Słonecznej Klątwy, bo stwarza mu już możliwość przeżycia mimo eksplodowania Słońca; Generał wskazał jednak, iż w takim razie to Zjednoczone Imperium powinno być tym, kto pierwszy ową Ziemię-bis znajdzie, inaczej niechybnie samo stanie się obiektem szantażu. W końcu Sztab jakoś to przełknął.

Zanim jeszcze „Jan IV" wyszedł poza zasięg czarów komunikacyjnych luster dystansowych oraz zaklęć sztucznej telepatii, dotarły do jego załogi wieści o generalnym szturmie Ptaka na Nową Plisę i ucieczce Ferdynanda do Zamku w Czurmie, gdzie teleportowali go jego urwici. Było to już ostateczne potwierdzenie upadku Księstwa. Urwici Ligi najwidoczniej przełamali obronę i szykowali się do położenia klątw blokujących, inaczej Ferdynand nie zgodziłby się na teleportację, bo to wciąż był hazard: pomimo wieloletnich starań magów, najwyżej co drugi delikwent docierał na miejsce przeznaczenia, reszta ginęła gdzieś w przestrzeniach cudzych myśli. Książę Ferdynand dotarł. Poprosił o azyl. Do chwili, gdy urwała się łączność Ziemi i Tryba z „Janem IV", Bogumił nadal nie podjął w tej kwestii decyzji. Jego wahanie wzbudziło na pokładzie statku spore zdumienie.

– Czy on się aby nie przestraszył? – zagadnął Generała pułkownik Goulde, gdy ten zaszedł do kopuły kinetyków.

– Polityka, Max, polityka – mruknął Żarny, siadając w wolnym fotelu. – Założę się, że to, jak zawsze, Birzinni śliskimi gierkami próbuje coś wygrać.

– Z drugiej strony – włączył się inny kinetyk, niewidoczny, bo zagłębiony w rzeźbionym we lwie głowy fotelu pierwszego pilota – przyznanie mu tego azylu może zostać przez Ptaka odebrane jako wypowiedzenie Lidze wojny.

– Ty się nie odzywaj – rzekł mu Goulde, nabijając fajkę. – Lepiej pilnuj, żebyśmy się nie wpakowali w jakąś gwiazdę.

– Gnoma mógłbyś tu posadzić; prawdopodobieństwo niższe niż że podpalisz sobie od tej fai brodę – odmruknął mu podwładny.

Goulde pokręcił głową, skrzesał pirokinezą kilkanaście iskier, zaciągnął się i wydmuchnął ciemny dym. Pochyliwszy się ku Generałowi, wskazał wzrokiem przez przezroczystą kopułę.

– To ma być podbój? – spytał.

– Podbój?

– Spodziewasz się oporu miejscowych? Tam, na tej planecie.

Żarny wzruszył ramionami.

– Ja w ogóle nie wiem, czy są tam jacyś „miejscowi”.

– Bruda nie zaglądnął?

– Widziałeś, co zdjęli iluzjoniści ze spojrzenia dalwidzów. Wszystko to poszło z dnia na dzień, jakby się paliło. Oczywiście, że Bruda powinien był mi wpierw przedstawić pełną dokumentację globu i okolicy, logika nakazywałaby przeprowadzić nawet ostrożny zwiad... Ale nie było czasu, Birzinni podpuścił króla i zanim się obejrzałem, miałem rozkaz. Skoro tak, to wolę się zabezpieczyć.

– Też polityka? Nie wierzę. To jakaś zaraza.

– Kwestia obsesji. Jak Birzinniemu skrzat przebiegnie drogę, to dla niego to też będzie sprawa polityczna.

– Dla skrzata? – zaśmiał się niewidoczny pilot.

Obejrzeli się na niego.

– Czy to nie podpada przypadkiem pod brak szacunku?

– Kazałeś mu się zamknąć: niesubordynacja.

– Złamał rozkaz. Zetnę i zdegraduję.

– A co. Niech znają mores.

– ...i jeszcze raz zetnę.

Generał znał Goulde’a dłużej nawet niż Zakracę: mogli sobie tak żartować, dla postronnego słuchacza – jak ów pilotujący statek kinetyk – zupełnie beztrosko; w otoczonych kłębami dymu z Goulde’owej fajki mężczyznach wzbierało jednak powoli napięcie. Goulde czytał je ze spokoju w ciemnych oczach Generała. Generał najwyraźniej oczekiwał – przeczuwał, domyślał się – niebezpieczeństwa. Stary pułkownik usiłował wysondować otchłanne tonie – tubylcy? polityka? – bezskutecznie jednak. Być może Żarny sam nie wiedział, czego się lęka. Goulde w zamyśleniu ssał ustnik. Po przekroczeniu pewnego wieku przeczucia zyskują wagę dedukcji – Żelazny Generał przekroczył każdy ludzki wiek.

Wkrótce ujrzą planetę na własne oczy, wkrótce sięgną jej zwiadowcze podklątwy mageokonstruktu „Jana IV”.

Lecieli już piąty dzień. Światłochrapy statku czerpały z pustki zabłąkane promienie i malowały nimi powierzchnie przezroczystych i nieprzezroczystych ścian. Widzieli więc, jak rozjeżdża im się przed dziobem na wszystkie strony gwiazdozbiór Ślepego Łowcy; poszczególne punkty jasności biegły na boki od osi „Jana IV" wycelowanego w słońce oznaczone w Atlasie Uttle'a numerem 583, a że różnice w prędkości ich ucieczek były ogromne, konstelacja rychło utraciła dla pasażerów statku jakiekolwiek podobieństwo do figury znanej im z map ziemskiego nieboskłonu.

Kopuła kinetyków, jak całe wnętrze „Jana IV", urządzona była z zaiste królewskim przepychem: złocenia, rzeźbienia, jedwabie, gobeliny, dywany i boazerie, marmury i mozaiki, freski, kasetony, obrazy, popiersia. Jedynie „dolna" część statku, gdzie znajdowała się zbrojownia, spiżarnia, konserwatorium żywych kryształów i sypialnie, jedynie ona posiadała pewien pozór funkcjonalności, chociaż Żarny i tak chętnie wymiótłby stamtąd z setkę zbędnych bibelotów. Nic by to jednak nie dało; „Jana IV" zaprojektowano dla starego Lucjusza Warzhada w manierze wycieczkowej karaki monarchy i jakiekolwiek przeróbki musiałyby okazać się teraz znacznie bardziej szkodliwe dla estetyki niż korzystne dla ergonomii.

Gdy konstrukt dał znak, że planeta znalazła się w zasięgu jego podklątw, Goulde i Generał przeszli do górnej mesy. Sala ta była grawitacyjnie zorientowana przeciwnie do kopuły kinetyków i po drodze trafili na przegub ciążenia, pułkownikowi rozsypał się tytoń z fajki, musiał go myślą ściągać z powrotem grudka po grudce, wszedł do mesy klnąc pod nosem.

Planeta, wielkości smoczego jaja, wirowała powoli pośrodku pomieszczenia. Stał przy niej rozespany Zakraca z kubkiem gorącej jurgi w garści i szeptał coś do trójki urwitów o otwartych oczach z wywróconymi białkami, którzy siedzieli, sztywno wyprostowani, na odsuniętych od stołu krzesłach. Dwóch innych pracowało przy zawieszonym nad ich głowami krysztale operacyjnym; czwórka przy bocznym stoliku zaklinała zaś gromadę duchów o nieludzkiej aurze.

– Jakaś mała mobilizacja – uniósł brwi Generał.

Zakraca siorbnął jurgi, zamachał ręką.

– Właśnie posłałem panu, Generale, polte'a.

– Musiał się gdzieś zgubić. Raportuj.

– Tajes. Wysunęliśmy niskoenergetycznego Foltzmanna – major wskazał kubkiem kolorową iluzję planety. – Porucznik Łuta, wachtowy, puścił to na kryształ i ściągnął człowieka do analizy. Demony chciały rzecz rozebrać interakcyjnie na skan wielowymiarowy, bo zadał im pełną topografię pod chmurami i za terminatorem. Ale Foltzmann się rozłożył. Konstrukt przeszedł w tryb alarmowy i podniósł pobór do trzech koma osiem. Łuta posłał mi polte'a i wezwał pełną obsadę. Kazałem uśpić podklątwy aktywne i wszystkie czary ingerujące. Teraz jedziemy na maksymalnym biernym Daabrze-Kosińskim, wersja plisowa, z poczwórnym wytłumieniem. To – znowu wskazał iluzję – to jest pętla obrazów zarchiwizowanych. Demony sortują teraz zebrane dane i próbują mimo wszystko złożyć z nich mapę, a tych tu trzech sklęło się na dalwidzów, mają wspomaganie żywych diamentów.

– A te duchy?

– Chcę je puścić na ślepo z jednej dziesiątej szłoga.

– Czyje to?

– Nie wiem. Czyje to? – spytał czwórkę zaklinających.

– Mijaliśmy jakiś układ z gazowymi olbrzymami – odmruknął jeden z nich. – Szlag by trafił te pokraki. Trzeba przez demony, inaczej nie idzie cokolwiek zrozumieć. Nie wiem, czy zdążymy.

– Cholera.

– Domysły? – rzucił Generał.

– To oczywiste – prychnął Zakraca. – Foltzmann siadł od kontrzaklęcia.

– Więc jednak tubylcy – pokiwał głową Goulde.

– Demony sporządziły profil ich magii?

– Nie ma z czego, brak danych, Foltzmanna odcięło przecież bez opóźnienia.

– Były próby sondowania statku?

– Niczego takiego nie zarejestrowaliśmy.

– A oni? – Żarny wskazał spojrzeniem zaślepionych urwitów. – Znaleźli już coś?

– Kogoś – poprawił krótkim mruknięciem Goulde zapatrzony na obracającą się wielką iluzję planety. – Kogoś.

Zakraca skrzywił się.

– Właśnie nie mogę od nich nic wyciągnąć. Pewnie blokada.

– Czy konstrukt bocznikuje ich iluzyjnie? – spytał Generał.

– Powinien – przyznał major i skinął na urwitów zajmujących się kryształem. – Dajcie mi tu ich trójkę – rzekł wskazując na lewo od iluzji planety, w zbieg ściany i sufitu.

– Robi się.

Po chwili zakotłowały się pod powałą trzy kłęby mroku.

– O kurwa.

Generał szybko podszedł do zaślepionych urwitów i lewą dłonią dotknął skroni każdego z nich. Zsunęli się z krzeseł, nieprzytomni. Obłoki ciemności zniknęły.

– Trzeba było posadzić tu kogoś, żeby ich monitorował – rzekł. – Wpadli w spiralę światła. Uciekliby jednak, gdybyś nie dał im tego wspomagania. Diamenty mogłyby wpompować w nich pół galaktyki, to postęp geometryczny, rezonans zmieniłby nas w plazmę. Dlaczego o tym nie pomyślałeś, Zakraca? Trzy czwarte miast w Imperium ma podobne pułapki na dalwidzów, Ustawa o Prywatności.

– Mój błąd – przyznał major. – Ale skąd mogłem wiedzieć? Ostatnie, czego bym się tam spodziewał, to drugie Imperium.

– Panie majorze... – odezwał się naraz jeden z urwitów pracujących na krysztale.

– Mhm?

– Mamy pełną mapę.

– I co?

– Nic. Dzicz, pustka. Wizualizować?

– Żadnych miast, żadnych... istot?

– Nic. Wizualizować?

Spojrzeli po sobie. Goulde postukał się cybuchem w zęby.

– Piękna robota – skwitował. – Fałszywka totalna. Z tej odległości i na całej planecie... majstersztyk. Iluzja –

THANK YOU FOR SHOPPING AT WOOLWORTHS

Refunds and Exchanges

If a product is faulty and is returned with proof of purchase, we will be happy to exchange or refund.

If a product is not faulty and is returned within 28 days, in its original condition and with proof of purchase, we will be happy to exchange or refund.

This does not affect your statutory rights.

Transaction in accordance with notified terms and conditions.

Woolworths PLC
242/246 Marylebone Rd
London NW1 6JL

THANK YOU FOR SHOPPING AT WOOLWORTHS

Refunds and Exchanges

If a product is faulty and is returned with proof of purchase, we will be happy to exchange or refund.

If a product is not faulty and is returned within 28 days, in its original condition and with proof of purchase, we will be happy to exchange or refund.

This does not affect your statutory rights.

Thank you for shopping

spojrzał na fantom planety – że niech się Pełzacz schowa. Oj, ciężki to będzie podbój, Generale, bardzo ciężki.

•

Z duchami zdążyli na ostatnią chwilę i nie było już czasu na pełny zwiad, Generał kazał im tylko sprawdzić kilka losowo wybranych miejsc; i szybko je sprawdziły – okazały się, co do jednego, zgodne z mapą sporządzoną na podstawie danych zebranych przez podklątwy konstruktu „Jana IV". Co zresztą nie było dla nikogo zaskoczeniem, nie oczekiwano zmiany i fałszu w każdym szczególe – lecz właśnie ukrycia niewielu kłamstw w powodzi prawd.

Statek wszedł na orbitę planety, podklątwy skanowały księżyce. Tymczasem demony w krysztale sporządziły wielkoskalową mapę układu: sześć planet; cztery odleglejsze: zimne skały; jedna gwieździe bliższa: skała gorąca.

Czterech urwitów sklętych na wspomaganiu w biernych telepatów nasłuchiwało myśli tubylców; ta czwórka była jednak monitorowana przez ludzi oraz demony i gdy natknęła się na pierwsze linie Pająka Mózgu, natychmiast ją odcięto. Pająk był potężny, krył swą siecią wszystkie kontynenty. Puszczone po jego liniach mocy czary rewersyjne zapętliły się na pierwszych węzłach. Zaplanowane to zostało wręcz genialnie: Pająk rozplótł swą sieć sferycznie i chronił samo źródło klątwy, które znajdowało się gdzieś wewnątrz, na lub pod powierzchnią planety. Rzecz była nie do ruszenia.

Przyszło wybrać miejsce lądowania. Generał zaprosił Goulde'a, Zakracę oraz ducha zaklętego na stuprocentową medialność, więc już niemal czyste zawirowanie myśli, a to dla wprowadzenia elementu nekrompirii. Zagrali w trójwymiarową tabanę. Kryształ transponował plansze w mapę powierzchni planety. Wskazał na przylądek największego kontynentu, w okolicy równika: coś jakby tropik, sawanna łamana zagajnikami niby-drzew, wybrzeże nad płytką zatoką. Gonił ją właśnie terminator. „Jan IV" spikował w noc.

Uaktywniły się klątwy przeciwoporowe. Schodzili w atmosferę w grubym ochronnym bąblu rozwiniętych przez konstrukt statku czarów; żywe diamenty pulsowały wysoką częstotliwością poboru energii. Nie odczuli wejścia w pole grawitacyjne globu, bo zaklęcia deformujące ciążenie pracowały dalej. Z tego samego powodu nie odczuli neginercyjnego hamowania „Jana IV", wykonanego dopiero kilkadziesiąt łokci nad gruntem, z potworną decelaracją. Statek zawisł nad morzem czerwonej trawy.

Żelazny Generał, który sprzągł się z głównym konstruktem przez kryształ operacyjny, spuścił teraz ze smyczy z setkę wycelowanych wcześniej myśli. Oglądane przez dymnik, wyglądało to niemal jak eksplozja konstruktu. Czary pomknęły na wszystkie strony. Pobór mocy skoczył do ośmiu jednostek. „Jan IV" budował wokół siebie magiczne fortyfikacje.

Ułamek knota później, na telepatyczny znak Generała, urwici uaktywnili dopalacze temporalne swych zbroi i w strumieniach przyspieszonego czasu wypadli na powierzchnię planety przez otworzone w wyższym wymiarze luki w powłoce „Jana IV". Konstrukty zbroi utrzymywały w płytkim zawieszeniu swych zredukowanych Łobońskich-Kraftów, gotowe zatrzasnąć je wokół urwitów w każdej chwili, na byle ślad zagrożenia.

I znowu ten desant wyglądał przez dymnik niczym wybuch. Bluzgnęło bowiem wraz z urwitami setkami i tysiącami zaczepionych na nich czarów i klątw, aż cała okolica zapulsowała dziką plątaniną nakładających się, przenikających i wzmacniających mageonomii. Urwici, wciąż na dopalaczach, niesieni zespołami dżinnów i własnymi rubinami psychokinetycznymi, mknęli ku wyznaczonym uprzednio stanowiskom; kilku poszło prostą świecą wzwyż, by domknąć z góry kopułę straży.

Demony kryształu przeanalizowały tymczasem zebrane bezpośrednio z otoczenia informacje i oznajmiły, iż nie doszukały się żadnego fałszerstwa we wcześniej otrzymanym z magicznego zwiadu jego obrazie. Żarny polecił więc obniżyć stopień gotowości bojowej i puścił duchy na regularny zwiad po okolicy, pęczniejącą spiralą. Potem sam wyszedł na zewnątrz.

Zakraca, w pełnym rynsztunku, stał przy podstawie

pionu lewitacyjnego. Wyglądał jak skamieniały owad. Kodestruktor obracał mu się leniwie nad głową, szczerząc kły śmiertelnych klątw ku niewidocznym wrogom.

Wypuszczone z luków „Jana IV" samodzielne decyzyjnie letalnatory kołowały po mroczniejącym szybko niebie, niczym padlinożerne ptaki nad przyszłym pobojowiskiem; przez dymnik świeciły jasno diamentowymi sercami, od których szły sferyczne fale mortalnych czarów fizjologicznych.

Generał spłynął w trawę i stanął na szeroko rozstawionych nogach. Tupnął, jakby próbując twardość ziemi; tak się próbuje wytrzymałość podłogi w starym budynku.

– A więc – stało się.

Zakraca, skupiony na dialogu ze swym demonem, przez którego nadzorował poczynania urwitów, odpowiedział Żarnemu jakąś niejasną myślą.

Generał wciągnął głęboko powietrze; smakowało świeżą farbą i swądem gaszonego ogniska. Rozejrzał się przez dymnik. Czary przesłaniały horyzont; od śmigających w trawie poltergeistów, roznoszących po okolicy artefakty straży i walki, kręciło się w głowie. Złapał lewą dłonią czasoprzestrzeń, szarpnął i przeszedł po grzbiecie fali dwa węże w głąb cypla, nad samą zatokę. Lewitujący tu nad urwiskiem klifu urwita na widok Żarnego spłynął na ziemię.

– Generale.

– Chciałem tylko popatrzeć na morze.

Morze było identyczne z ziemskim: te same fale, ten sam szum, ta sama nieskończoność i potęga natury.

– Myśli pan, Generale, że kto to jest? – spytał urwita, rozemgliwszy przyłbicę; był młodym blondynem o garbatym nosie i rudych brwiach.

– Kto?

– Oni.

– Kim by nie byli, póki co – są wrogami.

– Ale jak wyglądają, co to za istoty, co oni...

– Nie wiem.

Odwiedził jeszcze kilka posterunków i w końcu wrócił pod „Jana IV".

Słońce już zaszło, wszyscy przeszli na infrawizję. Urwici, którzy nie mieli służby w kordonie straży, rozeszli się po okolicy. W świetle fosforyzującego błękitnie brzucha statku ustawiono stół i kilkanaście krzeseł. Ktoś rozpalił ognisko. Opodal zfantomizowano z pryzmatu iluzyjnego ostatni występ Ajarvianny. Półnaga elfka śpiewała pod obcymi gwiazdami niezrozumiałą pieśń w umierającym języku.

Generał usiadł przy Goulde'em.

– Zakraca pozwolił na taki piknik? – mruknął. – Skąd to się wzięło? Takie rozluźnienie w środku operacji wojskowej. To niebezpieczne.

– Bez przesady – machnął fajką kinetyk. – Przecież widzę: obłożyliśmy się takimi czarami, że Ptak z całą armią by tu nie wszedł.

– Ptak by wszedł.

Goulde zerknął na hrabiego podejrzliwie.

– Coś cię gryzie? Cóżeś taki ponury? Masz tę swoją planetę! Wiesz już, jak ją nazwiesz?

– Jeszcze się nie zastanawiałem – skłamał Generał.

Poltergeisty przyniosły z kuchni statku kolację. Dżinn gastronomiczny dopasował się do nastroju i zaserwował dziczyznę i bigos myśliwski. Zakraca przymknął oko na przemyconą beczułkę piwa.

Ajarvianna skończyła śpiewać i rozpłakała się. Ktoś zaczął klaskać. Ktoś inny zanucił *Żywot urwity*. Generała coraz bardziej to wszystko irytowało. Bezustannie zaciskał i rozwierał swą magiczną dłoń, w rytmicznych skurczach lśniącej maszyny czarów.

– Na Boga, przecież to są żołnierze, weterani wielu bitew! – warknął. – Nikt jeszcze nie ogłosił zwycięstwa. Nie rozpoznaliśmy nawet nieprzyjaciela! Znajdujemy się na terenie tak obcym, że bardziej już nie można, szłogi od domu – a oni co? Nocną zabawę urządzają!

Goulde spojrzał nań spode łba.

– Widzę, że Kasmina nic ci nie pomogła. Te osiemset lat rzuca się jednak na umysł.

Żarny przekazał pułkownikowi obraz siwowłosego dziadka pouczającego dziecko z surową miną i palcem wzniesionym w górę.

Goulde się skrzywił.

– Powiedz lepiej, jaki masz plan.

– Plan jest prosty – rzekł Generał. – Znaleźć źródło tych wszystkich pułapek i blokad. A potem się okaże.

– Rzeczywiście, prosty. A jak właściwie zamierzasz je znaleźć?

– To tylko kwestia czasu. Duchy w końcu odbiją się gdzieś od ściany i tam uderzymy.

– Jesteś gotów z setką ludzi rozpętać międzygwiezdną wojnę?

Generał nic nie odrzekł. Wypił piwo, przegryzł szynką i odszedł w ciemność.

Wyłączył dymnik i zablokował wszystkie niepotrzebne magiczne usprawnienia zmysłów. Słyszał teraz, jak wysokie źdźbła trawy szepczą, ocierając się mu o nogi niczym wierne psy. Zerwał jedno. Uschło mu na dłoni: w kilka knotów sczerniało i zwinęło się w ciasną spiralę. Wyrzucił. Szedł dalej; a od ziemi – wciąż szepty. Tsz, tsz, szcz. Zobaczył nad wzgórzem płaski cień na niebie. Rzucił sobie na oczy Pożeracza Światła. To było drzewo. To znaczy: nie drzewo, lecz tutejszy jego odpowiednik. Koronę miał bezlistną, całą w różowej wacie oddychającego miąższu. Nic się w nim nie poruszało od wiatru; tylko to pulsowanie gęstego różu. Generał podszedł bliżej do rośliny. Czy to roślina? Magiczną ręką dotknął pnia. Poczuł życie. Poczuł myśli. Głęboki nawis drgającej waty opadł nad Żarnym jeszcze niżej. Generał wypuścił demona. Demon wzruszył mentalnie ramionami: dym przez palce. Niby-drzewo oddychało. Generał odstąpił. Nie moje życie, nie moja śmierć. Ono też cofnęło fałdę różu. Czy chciałeś, jak ja, jedynie dotknąć i zbadać nieznane? Czy też chciałeś mnie zabić, połknąć, zniszczyć? Jesteś moim wrogiem? Co? Uśmiechnął się; miąższ pulsował. Generał zdezaktywował Pożeracza Światła, noc ponownie zaćmiła mu wzrok. Przysiadł na ciepłej ziemi, w ostrej trawie, kilkanaście łokci od grubego pnia. Wiatr o nieprzyjemnym zapachu obmywał mu twarz. Zaciśnięta pięść cienia urągała niebiosom. Nienawidzisz mnie? Mhm? Nienawidzisz? Lecz co warta twoja nienawiść, jeśliś tylko drzewem?

•

Była to masakra. Tak się miażdży insekty między palcami. Aż do początku drugiej ćwierci knota, kiedy to włączył się Żelazny Generał. Wówczas masakra trwała dalej – odwróciły się natomiast gradienty śmierci.

Lecz przez tę pierwszą jedną czwartą knota ataku wyglądało to na absolutną klęskę. Obruszone na magiczne zapory „Jana IV" potęgi czarów były tak olbrzymie, że w statku popękały wszystkie cztery kryształy operacyjne; uwolnione niespodziewanie demony tylko powiększyły chaos.

Piętnastu z osiemnastu urwitów pełniących akurat straż na brzegach ochronnego bąbla zostało spalonych do wolnej plazmy, zanim w ogóle zorientowali się, co się dzieje. Dżinny bojowe nieprzyjaciela weszły na klinach kilkunastopiętrowych klątw rewersyjnych o wspomaganiu równoległym trzech niezależnych układów żywych diamentów, nieprzerwanie ssących z serca gwiazdy jej gorącą krew. Natomiast czwarty układ żywodiamentowy ofensorów zawiesił funkcjonowanie swych klątw wymiany termicznej i transmitował punktowo przed intruzyjne szpice czysty żar słońca. Przed takim atakiem powinny urwitów obronić algorytmiczne reakcje klątw ich zbroi, wchodzących automatycznie w tryb maksymalnej akceleracji temporalnej i full-bilokujących właścicieli probabilistycznym rozrzutem w krzywe dookolne przestrzenie, otworzone wcześniej dla ich natychmiastowej ucieczki. Powinny; nie obroniły: wpychające się za dżinnami konstrukty inwazyjne uderzyły już sześciowymiarowymi zarodniami pól chaosu, mocą zasysaną przez żywe diamenty rozwijając je w ciasne macierze entropijne. Czary urwitów skisły. Niektórych, już w postaci plazmy, bilokowało gdzieś poza horyzont. Dżinny na klinach gorących konstruktów weszły w defensferę statku jak w masło.

W tym momencie pracowały już na najwyższych obrotach wszystkie reaktywne klątwy obronne konstruktu „Jana IV" – to znaczy te, które nie wymagały stałego nadzoru kryształów operacyjnych. Poszedł bój na czystą magię; infernalne ognie gwiazdy, obracane w zimną energię, spływały na pole bitwy rwącymi strumieniami. Natężenie skoczyło wyżej bariery N'Zelma i żywe diamenty wywichnęły się w swych obejmach. Ich rezonans otworzył nad półwyspem z setkę tak zwanych „czarów skażonych", powstałych z bezmyślnych permutacji elementów prawidłowych formuł. Zaczęły więc odwracać się na niebie i ziemi kolory, negatywowały się obłoki i słońce; perspektywa już na wyciągnięcie ręki sprawiała wrażenie spaczonej wielką skazą w grubym szkle teleskopowym; powstały wiatry, wichury – huragany! – wyrywające z gleby owe różowe drzewa wraz z korzeniami; szły przez powietrze fale dźwięków o różnych częstotliwościach, załamywane na obszarach obniżonego ciśnienia, gdzie pruły się szwy międzywymiarowe i grawitacja kruszyła kamienie. Dwóch urwitów zginęło właśnie w ten sposób, rozerwanych na części.

Reakcja reszty obrońców była, oczywiście, wolniejsza od reakcji konstruktu „Jana IV" – nawet pomimo ich maksymalnego przyspieszenia temporalnego. Niewiele mogli zrobić. Dymniki bojowe ukazywały ich zmysłom chaos tak potężny, takie poplątanie czarów wroga, statku i letalnatorów oraz masy czarów „spudłowanych", niczyich mageowariacji na temat zniszczenia – że po prostu nie byli w stanie samodzielnie włączyć się do boju. Pozbawieni wspomagania demonów kryształów operacyjnych, zdać się musieli na swoje dżinny i klątwy rozpoznawcze: osobiste oraz artefaktyczne zbroi. Jednakże macierze entropijne rozwinięte przez konstrukty inwazyjne wgryzły się już w najpierwotniejsze struktury nie zaimpregnowanych nań czarów i teraz owe erodujące klątwy tylko potęgowały istniejące zamieszanie. Niektóre wskazywały urwitom jako wrogów ich towarzyszy; w ułamku knota wybuchały i gasły bratobójcze walki. Kolejne siedem trupów. Zaczęły erodować letalnatory; ponieważ na razie nie pokazał się ani jeden prawdziwy, materialny wróg, wszystkie obiekty rozpoznawane przez mageoalgorytmy letalnatorów jako żywe były ciałami imperialnych urwitów i w nie też uderzyły. Następnych dwunastu urwitów skonało więc od nagłego spopielenia w ich żyłach krwi, zamrożenia mózgu, rozpuszczenia w osoczu toksycznej dawki hormonów, zgnicia wątroby i serca.

W chwili gdy do bitwy włączył się Żelazny Generał, przy życiu pozostali wyłącznie ci urwici, którzy nocowali we wnętrzu „Jana IV". Jednak w owej chwili szpice konstruktów intruzyjnych sięgały już ostatniej powłoki czarów statku i nawet zamkniętym w nim żołnierzom należało liczyć czas do śmierci na ułamki knota; miecz jest zawsze silniejszy od tarczy.

Generał pierwszą swą myślą uaktywnił całość zartefakceń swego ciała. Ręka stanowiła bowiem jedynie najbardziej widoczny element dokonanego przekształcenia organizmu. To, co widzieli ludzie, nawet szkoleni urwici, nawet Zakraca: hrabia Kardle i Bładyga w polowym mundurze generała Armii Zero – nie było niczym więcej jak wysuniętą ponad lustro wody głową smoka, mętnym odbiciem potwora w płynącej wodzie. Czasami coś tam migało pod powierzchnią, jakieś wielkie, ciemne kształty – lecz zaraz zapominali, usuwali z pamięci, bo do niczego nie było to podobne, nie dało się nazwać, nie dało się porównać, kaleczyło wyobraźnię; poprzestawali na legendzie: nieśmiertelny Żelazny Generał, archetyp urwity. A on istniał naprawdę.

Ugiął czas i przestrzeń. Wszedł w chronosferę maksymalnego przyspieszenia. Tu ponownie ugiął czas i przestrzeń i otworzył drugą chronosferę. Powtórzył to jeszcze czterokrotnie. W końcu, zamknięty w temporalnej cebuli, tak wyprzedził resztę świata, że od uderzeń pojedynczych promieni światła pękała mu skóra. Zdał się więc w ekranowaniu zewnętrza na algorytmy ciężkich klątw ręki i otworzył im wejścia do swego żywodiamentowego tetradonu. Był to poczwórny nieskończony szereg żywych diamentów, sprzężonych fazowo co jeden wymiar wyżej. Kończył się i zaczynał w „kościach" palców lewej dłoni Generała; oprócz kciuka, którego rola była inna. Nieaktywny tetradon, jako układ zamknięty, był nie do wykrycia. Aktywny – powodował implozje kwazarów, eksplozje pulsarów.

Generał zacisnął lewą dłoń w pięść. „Jan IV" zwinął się w torus, zawirował, zmniejszył do ziarnka piasku i zniknął. Generał rozwarł lewą dłoń. Zdmuchnęło pierwszą warstwę cebuli temporalnej oraz wszystkie inne czary chronalne i entropijne. Zacisnął dłoń po raz drugi. Okolica, aż do horyzontu, odbiła się półsferycznie na ciele Żarnego i przeskoczyła na drugą stronę. Tysiące ton ziemi, powietrza, wody, roślin. Zgniótł je w swej ręce. Docisnął kciukiem: połknęła je czarna dziura jądra galaktyki.

Stał teraz na dnie wielkiego krateru zniszczenia, czarnej misy wnętrza planety, brutalnie oskalpowanej ze swej biosfery. Jeszcze osypywał się żwir, waliły skały, płynął piasek, grzmiała lawa. Promienie wschodzącego słońca z trudem przebijały się przez wiszący w powietrzu kurz i pył. Gdyby nie huragan, wzbudzony wybiciem nagłej dziury ciśnieniowej, nie dojrzałby nieba. Przez dymnik widział zimny płomień pulsującego boską częstotliwością tetradonu, jaśniejszy od krzywej pioruna, od nagiej gwiazdy.

Nim pierwsza z przełamanych skał dosięgła w swym upadku dna krateru – tak wolno, tak wolno spadały – Generał rozpostarł się na całą planetę, zamykając ją tym samym w lustrzanym odwróceniu swej temporalnej cebuli. Był teraz czasem czasu, zegarem zegarów. W jego dłoni obracało się robaczą ślamazarnością życie planety. Widział wszystko. Gigadymnik rozpisywał mu przed oczyma linie mocy. Generał spojrzał i zacisnął dłoń. Planeta implodowała. Zanim jeszcze obrał do reszty swą temporalną cebulę, czarna dziura wyparowała.

Generał rozwarł pięść. Wypluło „Jana IV". Zwinął się do jego wnętrza.

Goulde wrzasnął na jego widok.

– Arr!! Co...?!

Generał czym prędzej przywrócił stałą iluzję swej postaci.

– Aa, to ty... – odetchnął pułkownik. – Boże drogi, Żarny, co tu się...

– Wiem. Ilu w środku?

– Jesteśmy w próżni! – krzyczał kinetyk z fotela pierwszego pilota. – Autohermetyzacja! Kraft purpurowy! Schodzimy pod? Panie pułkowniku...?! Schodzimy pod?

– Potwierdzam. I Kosz/Piasek do oporu. – Wydawszy

rozkazy Goulde odwrócił się z powrotem do Generała. – Co tu się, do ciężkiej...

Bilokował się do kopuły kinetyków Zakraca.

– Żyje pan, Generale! – odetchnął adiutant. – Kryształy popękały i...

– Jedenastu – oznajmił Żarny.

– Co?

– Policzyłem. Mamy jedenastu urwitów na pokładzie, łącznie z nami. Tylu ocalało.

– Panie pułkowniku, ta planeta implodowała! – krzyknął ktoś z zewnątrz pomieszczenia, być może przez czar foniczny.

– Jaka planeta? – odruchowo odwarknął mu zdezorientowany Goulde, macając po kieszeniach za fajką.

– Zdrada – rzekł Żelazny Generał.

●

– Nic innego. Zastanówcie się. Oni czekali na nas.

– Kto? Przecież kollapsował pan ten glob, Generale.

– Ni żywy duch... – mruczał Goulde. – To prawda, zdrada oczywista; ale teraz szlag trafił wszystkie dowody i nic nie wskóramy.

– Nie żywy, to martwy – rzekł Generał i otworzył ramiona do inwokacji. Pozostali natychmiast zamknęli umysły. Żarny rozciągał sieć swych myśli, wabiąc w pułapkę duchy. – Jesteśmy wystarczająco blisko – mówił równocześnie – i nie minęło jeszcze tyle czasu, by zdążyli zatracić swe osobowości.

– Ale to niebezpieczne – wtrącił Zakraca. – Bo jeśli to jednak nie byli ludzie i jeśli nie była to zdrada...

Lecz oto już zmaterializował się pomiędzy rękoma Żarnego chorąży Iurga.

– Nie ty – szepnął mu Generał. – Odejdź, zapomnij, odejdź.

– Boli, boli, boliboliboli... – jęczał Iurga.

Żarny klasnął i widmo zniknęło. Potem ponownie rozłożył ramiona i powtórzył wezwanie.

Długo czekali. Wreszcie zakotłowały się cienie i skrzepły w sylwetkę człowieka. Twarz – jego twarz nie należała do żadnego ze zmarłych urwitów Imperium.

– Mój! – krzyknął na ducha Generał. – Służ!

Widmu aż żyły wystąpiły na szyi i czole, lecz zgięło się w pokłonie.

– Kim jesteś? – spytał Goulde.

– Ja... ja... Haasir Trvak, Błękitna Kompania, Assagon... Puśćcie...

– Byłeś urwitą Ptaka?

– Ja jestem... Byłem, tak.

– Ptak was tu wysłał?

– Czekaliśmy... były rozkazy. Zabić wszystkich; żeby ślad nie pozostał i świadek nie umknął. Wykonywaliśmy... rozkazy... Żeby was Bóg pokarał... Puśćcie!

– Skąd wiedzieliście, że przylecimy? Kto przekazał informację?

– Nie wiem... Nie wiem! Przyszło bezpośrednio z kancelarii Dyktatora. Ćwiczyliśmy... potem teleportowano nas... tysiąc stu zginęło... mieliśmy czekać i... Takie były rozkazy, ja nic nie wiem.

– Samobójcza ekspedycja – mruknął Zakraca. – Ptak nie ma statków międzygwiezdnych, musiał się zdać na loterię teleportacji. Z powrotem też by ich nieźle przesiało. Zresztą zapewne nie było w planie żadnego powrotu; jak bez świadków, to bez świadków. Najwyżej teleportowaliby ich w jądro gwiazdy.

Żarny klasnął; duch zniknął.

– Więc?

– Zdrada.

– Zdrada.

– Kto?

– Bruda. Lub Orwid – rzekł Zakraca. – To oczywiste. Orwid mówił, że dopiero co znaleźli tę planetę. A tamci mieli czas nawet na treningi.

– Wszystko z góry ukartowane – przytaknął Goulde.

– To był zamach na pana życie, Generale – stwierdził z przekonaniem major. – Innego wytłumaczenia nie widzę. Żaden z nas nie jest aż tak ważny, by angażować dla jego zgładzenia podobne środki. Natomiast zabić Żelaznego Generała – no, to nie w kij dmuchał. Zabezpieczyli się na wszelkie możliwe sposoby. Pozbawieni wsparcia Imperium, pozbawieni nawet łączności, wzięci z zaskoczenia... praktycznie nie mieliśmy szans. Ta pułapka nie miała prawa zawieść.

– A jednak – powiedział Goulde, spoglądając ponad fajką na milczącego Generała – a jednak zawiodła. Kim ty jesteś, Rajmund?

– Tym, kim muszę być, by przetrwać – odparł hrabia. – Nikim mniej. A coraz trudniej mi uchodzić w oczach kolejnych skrytobójców za bezbronnego starca. Następnym razem zapewne eksplodują Słońce, aby mnie zabić.

– Jaki jest plan, Generale? – spytał szybko Zakraca, by zmienić niezręczny dla Żarnego temat.

– A jaki może być? Podlatujemy na kontaktową z pełnym maskowaniem i podsłuchujemy. A potem się zobaczy.

Tymczasem Goulde, pykając spokojnie swą fajkę, otworzył telepatyczny kanał do Generała i obłożywszy go ciężką blokadą mentalną, zapytał:

– Co mianowicie się zobaczy? Przecież ty wiesz, że to spisek. Ptak w przymierzu z Zamkiem. Założysz się, że Bogumił już nie żyje? Nie powinieneś, nie powinieneś pozwolić się im wepchąć w ten cały podbój.

– Rozkaz.

– Wiem, że rozkaz. Ale – z czyjej inicjatywy? No niech zgadnę: Birzinniego. Co? Mylę się może?

– Muszę mieć pewność.

– Pewność? To wszystko jest tak oczywiste, że aż chwilami nie chce mi się wierzyć w ich głupotę.

– Sugerujesz spisek pod spiskiem?

– Niczego nie sugeruję. Po prostu znam legendy o tobie; i oni też je znają. Jeśli Bogumił nie żyje...

– To co?

– Krew na ich głowy!

•

– Mów, Kuzo.

– Gdzie jesteście?

– Na tyle blisko, że możemy rozmawiać. Mów.

Major Kuzo na wielkim zdalnym zwierciadle mesy „Jana IV” otarł sobie pot z czoła. Był w swoim gabinecie na Trybie; widoczna za jego plecami przez okno koślawa skała Mnicha wyciągała przez szare trawniki krzywe pazury swego cienia.

– Zamach stanu, Generale. Birzinni się koronował. Ma poparcie Ptaka. Oddał mu Pogórze i całe Chajtowle. I Magurę ze wszystkimi sąsiadującymi wyspami. Ptak zabezpiecza nowe granice. Podpisali układ. W Armiach przymus nowej przysięgi: albo złożysz, albo wynocha.

– Już wyegzekwowany?

– Częściowo.

– Armia Zero?

– Nie.

– A co z Bogumiłem?

– Birzinni zaprzecza. Ale nikt króla nie widział od czasu przejęcia władzy. Najprawdopodobniej urwici Ptaka wyteleportowali go na śmierć.

– Jak u was na Trybie?

– Właśnie sobie o nas przypomnieli. Mamy termin za niecałe siedem klepsydr. Potem... Bóg jeden wie, pewnie zetrą nas na proch.

Generał obrócił się do Goulde'a.

– Za ile możemy najszybciej tam być?

– Najszybciej? – uśmiechnął się pułkownik. – Testowano ten statek już wielokrotnie, lecz górną granicę jego prędkości wciąż wyznacza jedynie strach testujących.

– Diamenty wywichnęły się podczas ataku na Zdradzie – zauważył jeden z urwitów.

– No to się wwichną.

– Trzymajcie się, Kuzo – rzekł do zwierciadła Żelazny Generał.

– Ba, żebym to ja wiedział czego – mruknął major odwracając ponury wzrok.

– Mnie, Kuzo, mnie.

•

Przebili się w ostatniej chwili. Ledwie zamknął się za „Janem IV" Kraft Mnicha, dookoła Tryba zatrzasnęła się potężna wyrwidusza. Duchy szpiegowskie Kuzo poszły wstecz po jej liniach mocy i dotarły do Dźwierzy, która była jednym z głównych miast Ligi – co stanowiło znak pomyślny, bo Tryba nie wymieniono w układzie podpisanym przez Birzinniego, najwyraźniej więc uzurpatorowi brakowało wiernych urwitów, skoro musiał się wysługiwać Ptakowymi, a wszak w ten sposób zaciągał u niego dług, okazywał swą słabość i tracił równorzędną pozycję.

Wyrwidusza, jako automatyczny inwokator do wszelkich dusz w żywych ciałach, uniemożliwiała bezpieczne opuszczenie księżyca, ale zarazem uniemożliwiała też inwazję nań; przejść przez nią były w stanie jedynie poltergeisty, demony, dżinny, istoty niższe oraz, jako się rzekło, wyzwolone od ciała duchy.

– Chociaż... można ją obejść – zauważył podczas zwołanej rychło po jego przybyciu narady Żelazny Generał, w której, oprócz niego, Goulde'a, Zakracy, Kuzo i podporządkowanego mu ministabu tutejszej imperialnej placówki Armii Zero, brało udział także dwoje przedstawicieli poddanej protekcji Mnicha załogi Krateru: re Quaz i kobieta cywil zwąca się Magdalena Lubicz-Ankh, ponoć krewna samego Ferdynanda. Reprezentowali oni dwieście osiemdziesięcioro byłych obywateli Księstwa Spokoju, którzy znajdowali się teraz w tej śmiertelnej pułapce i to poniekąd z winy Żelaznego Generała.

– A jeśli zaczną ją zaciskać...? – spytała Lubicz-Ankh, najwyraźniej zajęta własnymi myślami.

– Nasze diamenty powinny sobie poradzić – wzruszył ramionami Kuzo.

– Są może w stanie zablokować im transmisję energii ze Słońca?

– Za dużo zmiennych – pokręcił głową major. – Zawsze możemy przeskoczyć ich blokadę, nawet nie będzie zauważalnej przerwy w zasilaniu.

– Generał wspomniał, że zna sposób na obejście wyrwiduszy – podniósł głos Zakraca.

– Doprawdy? – uniósł brwi re Quaz.

– No przecież to oczywiste – rzekł Żarny. – Teleportacja.

– Uch.

– Loteria śmierci.

– Są lepsze pomysły?

– Zawsze można czekać.

– Przynajmniej żyjemy; jeszcze nas nie eksterminują. Po co z własnej woli iść na rzeź?

Generał spuścił krótki czar akustyczny.

– Ja będę teleportował – rzekł, gdy przebrzmiał dzwon.

– Daje pan gwarancję? – spytał re Quaz.

– Tak.

To zrobiło wrażenie.

Lubicz-Ankh aż pochyliła się nad stołem.

– Daje pan, Generale, stuprocentową gwarancję przeżycia teleportacji?

– Tak.

W jednej chwili atmosfera zmieniła się z ponurego fatalizmu w ostrożny optymizm.

– Czy taki właśnie jest plan? – spytał Zakraca. – Ucieczka?

– Plan czego? – prychnął re Quaz.

Miast mu odpowiedzieć, Zakraca zwrócił się bezpośrednio do Żarnego.

– Czy pan się już poddał, Generale?

Żelazny Generał uśmiechnął się, bo Zakraca zareagował dokładnie według przewidywań: on jeden nigdy nie tracił wiary w swego boga.

– To nie jest kwestia do omawiania w tak szerokim gronie. Ilu mamy urwitów na Trybie?

– Trzydziestu dwóch łącznie z nami i książęcymi – odparł Kuzo.

– Wystarczy.

Re Quaz wybuchnął gromkim śmiechem.

– W trzydziestkę będziecie odbijać Imperium...?!

– Pamiętaj o tych wszystkich urwitach tam, na dole, którzy nie złożyli przysięgi Birzinniemu.

– Skąd pan wie, może już złożyli, może już nie żyją; nie mamy przecież łączności, nie wiemy, co tam się dzieje, zagłuszają wszystkie transmisje, zabrali się też za duchy.

– Przekonamy się. Gdzie was przerzucić? Na Wyspy?

– Chyba tak.

– Dobrze. W takim razie... widzimy się w hangarze numer cztery za dwie klepsydry.

Re Quaz i Lubicz-Ankh ukłonili się i wyszli.

Kuzo zablokował drzwi i uaktywnił konstrukt przeciwpodsłuchowy sali.

– Da pan radę, Generale? Tyle osób, w pojedynkę?

– Teleportowałem już całe armie, chłopcze.

Przypomnieli sobie legendy.

– A więc – jaki jest plan? – powtórzył Zakraca.

– Przerzucę wszystkich stąd na Ziemię. Tam się zorientujemy w sytuacji. W zależności od postawy Armii Zero, zarządziłbym mobilizację w Baurabissie i atak z zaskoczenia. To jest jeszcze początkowa faza zamachu, struktury nie zdążyły się umocnić, rzecz wciąż wisi na kilku-kilkunastu zdrajcach. Planuję jeszcze przed atakiem dopaść Birzinniego i resztę. Wtedy urwici zajmą Zamek i kluczowe punkty Czurmy. Przydałoby się też na przykład przycisnąć Pełzacza dla bezpośredniej transmisji.

– Dziwnie prosto to brzmi.

– W gruncie rzeczy cała sprawa polega na usunięciu Birzinniego i spółki. Wojska Ptaka są daleko od stolicy. Ludzie będą się musieli za kimś opowiedzieć. Z Zamkiem pójdzie najłatwiej, bo inercja biurokracji pomoże nam tak samo, jak pomogła wcześniej Birzinniemu. Co do motłochu, to tu nie można być niczego pewnym, ale nie sądzę, żeby ludzie pałali jakąś szczególną miłością do Birzinniego; Bogumił nie zdążył się jeszcze pospólstwu narazić, a Birzinni z pewnością musiał podczas przewrotu postępować zdecydowanie i możemy się tam spodziewać pewnej liczby świeżych trupów. A nawet gdyby nie, Pełzacz powinien temu zaradzić. Gdy ujrzą na niebie Birzinniego jako więźnia, upokorzonego... to wystarczy.

– To wciąż brzmi przerażająco prosto – kręcił głową Kuzo, ale i on się uśmiechał.

– Oni wcale nie przesadzili – odezwał się Goulde. – Powinni eksplodować gwiazdę Zdrady; to i tak byłoby tanio za twoją śmierć.

•

Birzinni wychodził właśnie z łazienki na królewskim piętrze Zamku, gdy ze ściennego zwierciadła o złoconej ramie wyskoczył przeciwko niemu Żelazny Generał.

Fantom! – pomyślał Birzinni.

– Żaden fantom – warknął Żarny, po czym złapał go

lewą dłonią, ścisnął, wrzucił do ust i połknął. Następnie z powrotem wszedł w zwierciadło.

Miarkę później wybuchnął w swym gabinecie w Baurabissie. Zakraca czekał tu nań wraz z prawie całym sztabem Armii Zero. Żelazny Generał rozwinął się z punktowego błysku, w grzmocie rozprężającego się sferą powietrza.

Wymieniając z podwładnymi ukłony sprawdził konstrukty wieży. Nienaruszone. Tu mógł się czuć bezpieczny: od dobrych kilku wieków nieprzerwanie rozbudowywał je i ulepszał.

– Złe wieści, Generale – odezwał się pułkownik Ociuba.

– Mów.

– Może pan już wie. Birzinni rozkazał zabić Kasminę far Nagla, ciało spalić, prochy rozrzucić po sąsiednich wymiarach, a ducha skląć na natychmiastową dezintegrację osobowości.

– Tak.

– Podobnie zresztą postąpił z kilkuset innymi osobami.

– Tak. Wiem. – Splunął. – Tu macie Birzinniego. – Splunął. – Tu Orwida. – Spluwał dalej. Wybuchali do trójwymiarowych postaci i padali nieprzytomni. Urwici blokowali im po kolei wszystkie zmysły. – Zatrzymajcie ich żywych; póki co, mogą się jeszcze przydać.

Urwici skinęli głowami w pół-ukłonie, pół-salucie.

– Zakraca przedstawił wam plan?

– Tak jest.

– Nie ma zmian; wszystko według harmonogramu. Klepsydra zero: trzydziesta siódma i ćwierć. Dżinny i poltergeisty na smyczach?

– Tak jest.

– Gdzie Pełzacz?

Jeden z urwitów wydał telepatyczny rozkaz.

– Będzie za chwilę.

– Dobrze.

– Panie hrabio – odezwał się generał Wiga-Wigoń, po Żarnym najstarszy wiekiem i stopniem urwita – pan wie o Bogumile. Wie pan o Annie i małej Archimacji. Oni też byli na liście. Mamy potwierdzenie od Wysokich Niewidzialnych. Wszyscy nie żyją; nierezurektowalni.

– Więc?

– Birzinni jest skończony; dobrze. Ale co po nim, skoro tak dokładnie uciął dynastię? Kto, kto po nim? Ptak nam stoi na granicach. Może się upomnieć o swojego sojusznika, zwłaszcza gdy tron Havry będzie pusty.

– Więc?

– W pana żyłach, panie hrabio – pospieszył z pomocą Widze-Wigoniowi Zakraca – płynie krew Warzhadów. Co prawda pokrewieństwo to pochodzi sprzed setek lat – ale i tym szlachetniejsza to krew.

W moich żyłach, pomyślał mimowolnie rozbawiony Żarny. W moich żyłach. Ani one żyły, ani w nich krew i doprawdy nic z Warzhadów.

– Major ma słuszność, przekonał nas wszystkich. – Generał Wiga-Wigoń zgiął się w pas, ukłonem zarezerwowanym dla monarchy; pozostali bez wahania powtórzyli hołd. – Po raz trzeci lud wkłada ci na głowę koronę i tym razem nie możesz, nie masz prawa jej odrzucić.

– Zakraca, Zakraca – westchnął Żarny – cóżeś ty najlepszego narobił? Trzeba mi było kollapsować cię razem ze Zdradą.

– Możesz mnie jeszcze kollapsować bez Zdrady, nic straconego – rzekł Zakraca. – Ale wpierw przyjmij koronę.

Żelazny Generał machnął ręką.

– Nie teraz, nie teraz; za wcześnie o tym. Nie dzielmy skarbów żywego smoka.

– Potem może nie być czasu.

– Teraz też go za wiele nie ma. Koniec zebrania! Na miejsca!

Urwici wyszli. Wychodząc, uśmiechali się jednak do siebie ukradkiem: nie powiedział „Nie".

Pełzacz minął się w drzwiach gabinetu z wynoszonym przez poltergeisty Birzinnim. Nie dał po sobie niczego poznać. Lecz wszedłszy, omal nie stanął na baczność; trwał w bezruchu i milczeniu, póki Żarny nie odezwał się pierwszy.

– Mam powody przypuszczać, że należałeś do spisku.

Stary elf tylko zamrugał.

– Nie należałem.

– Dam ci okazję, by tego dowieść.

I tym razem jeno drgnięcie powiek.

– Dziękuję.

– Najlepsze, na co stać ciebie i twoich iluzjonistów.

– Na całą Czurmę?

– Na wszystkie miasta Imperium.

– To niemożliwe.

– To możliwe.

– Tak. Oczywiście. Kiedy?

– Dziś w nocy.

– Tak. Oczywiście. Mogę odejść?

– Moje demony pójdą z tobą.

•

A noc trwała i trwała. Od przesunięcia się terminatora przez Czurmę, w którym to momencie Generał rozpoczął był serię szybkich teleportacji, aż do dwóch klepsydr przed świtem, gdy niebo zapłonęło Pełzaczową iluzją, na ulicach miasta, w zaułkach, w parkach, w porcie i we wnętrzach budynków toczyło się zwykłe nocne życie stolicy. Mieszkańcy przyjęli zmianę zaszłą na najwyższych piętrach Zamku z chłodem i spokojem właściwym starym wyjadaczom politycznego chleba. Postronny obserwator nie domyśliłby się z ich zachowania wydarzeń sprzed kilku dni – ani, tym bardziej, wydarzeń właśnie mających miejsce, jako że żadna z osób teleportowanych z Tryba nie wysunęła nosa na ulicę aż do początku operacji „Przypływ", a sama operacja również nie trwała dłużej niż kilkanaście knotów i niewielu znalazło się bezpośrednich świadków poczynań urwitów. Przede wszystkim urwici z zasady preferowali działania nagłe a skryte; nadto w większości były one tak czy owak niedostrzegalne dla nie-urwitów lub osób pozbawionych artefaktycznych substytutów dymnika (jak, na przykład, popularne w wyższych sferach, choć bardzo drogie, „białe okulary").

W chwili zjawienia się tam Żelaznego Generała wraz z oddziałem z Tryba, w obrębie murów Baurabissu przebywało blisko tysiąc urwitów – i żaden z nich nie złożył jeszcze przysięgi Birzinniemu. W pobliskich koszarach oraz w swych domach na terenie miasta znajdowało się dalszych pięć tysięcy. W sumie stanowiło to ponad jedną trzecią Armii Zero, trzon korpusu urwitów Imperium, od samego jego stworzenia dowodzonego bezpośrednio przez Żelaznego Generała. Czy mógł on być z tego powodu pewny wierności każdego urwity? Nie, oczywiście, że nie. Ale z dużą dozą prawdopodobieństwa sukcesu mógł stawiać na wierność urwitów jako społeczności: tradycja, której Żelazny Generał stanowił niewyrugowywalną część, konstytuowała pojęcie urwity równie mocno, co sama umiejętność posługiwania się magią. Sprzeniewierzając się jej – tradycji – sprzeniewierzyliby się samym sobie, własnemu o sobie wyobrażeniu.

Do chwili zjawienia się Żelaznego Generała negocjacje pomiędzy Birzinnim a sztabem Armii Zero osiągnęły już ów charakterystyczny dla podobnych sytuacji martwy punkt, który oznaczał po prostu zabójczą dla wszelkiej dyplomacji konkretyzację „warunków nie do zaakceptowania" obu stron. Powszechne było poczucie pata: nikt nic nie zyska wychodząc poza, gdy stan aktualny jest lepszy od jakichkolwiek zmian. Żadna ze stron nie mogła się ni o krok dalej posunąć w ustępstwach, nie osłabiając tym samym swej pozycji aż do niebezpieczeństwa całkowitej przegranej włącznie.

Oto bowiem Birzinni świadom był, iż nie posiada wystarczającej siły, by zmiażdżyć urwitów: posyłanie przeciwko nim zwykłego wojska nie miało najmniejszego sensu, a wyszkolonych do walki urwitów stało za uzurpatorem ledwo parę tuzinów, głównie byli to ludzie z Wywiadu, wyjęci ze struktury Armii Zero i podlegli bezpośrednio Głównemu Sztabowi, nie tak podatni na wpływy Żelaznego Generała – bardziej teoretycy, bardziej technicy niż urwici jako tacy.

A i w Baurabissie istniała świadomość bezcelowości wszelkich radykalnych posunięć przeciwko obecnej ekipie władców na Havrze, bo aktualny kontekst geopolityczny raczej nie dawał nadziei na powodzenie przedsięwzięcia w perspektywie dłuższej niż kilkanaście dni: Ptak stał na granicach, Ptak przekraczał granice, a Ptak – co wydawało się oczywiste w świetle dopiero co ogłoszonego traktatu – był sprzymierzeńcem Birzinniego, i Ptak bez wątpienia dysponował wystarczającą liczbą wyszkolonych do walki urwitów. W owej dłuższej perspektywie zatem sytuacja nie prezentowała się dla Wigi-Wigonia i podwładnych dobrze: czas był przeciwko nim. W końcu przecież Ptak przyśle zdrajcy posiłki; może to nastąpić nawet wcześniej, niżby się sam Birzinni spodziewał i pragnął, bo w obliczu nie ustępującej słabości partnera Dyktatorowi wreszcie zaświta, iż jednym posunięciem mógłby zgarnąć całą pulę – i rzuci na Czurmę swych urwitów, by „zabezpieczyć" miasto przed rebeliantami w Baurabissie.

Czy również Birzinni czuł to ostrze na swym gardle? A jeśli nawet – cóż mógł zrobić więcej, o ile dalej się posunąć, na jakie jeszcze ustępstwa pójść, gdy, jako się rzekło, nie pozostał mu w negocjacjach z Wigą-Wigoniem ni krok do ustąpienia...?

Wejście na scenę Żelaznego Generała zmieniło sytuację w stopniu zadziwiającym nawet Zakracę i Goulde'a. Przecież tak czy inaczej urwici powinni byli włączyć do swych kalkulacji powrót Żarnego; co prawda chodziły plotki o jego śmierci (zapewne rozpuszczane z rozkazu Birzinniego), ale takie plotki towarzyszyły każdemu zniknięciu Generała, poza tym jasne było, że skoro „Jan IV" wyszedł poza zasięg luster, informacje te nie mogą być wiarygodne. Jednak powrót Żelaznego Generała zrobił takie wrażenie, jakby to co najmniej sam Lucjusz Warzhad powstał z martwych. Ledwo rozeszła się wiadomość, urwici w Baurabissie zaczęli rwać się do walki. Dla wszystkich stało się jasne, że w tym stanie rzeczy nie ma na co dłużej czekać i cokolwiek ma być zrobione, zrobić to należy jak najszybciej, bo wkrótce powrót Żarnego przestanie być tajemnicą i utracony zostanie atut zaskoczenia. Żelazny Generał wyznaczył zatem termin ataku na jeszcze tę samą noc. Nikt się nie zdziwił, nie było sprzeciwów.

– Oni potrzebowali tylko przywódcy, nazwiska, sztandaru – rzekł potem Zakraca. – Generał przywrócił im wiarę w przyszłość, otworzył jakąś alternatywę dla Birzinniego i Ptaka: legendy nie upadają, to nie do pomyślenia, jakoś to będzie, damy sobie radę, on nie przegra. To zresztą bardzo naturalny tok rozumowania.

Nie było zatem wahania, nie było mozolnych przygotowań; to nie miała być długa kampania, a właśnie błyskawiczna urwicka operacja. „Przypływ". O wyznaczonej porze wyruszyły oddziały. Wszyscy w pełnym bojowym rynsztunku, wszyscy na temporalnych dopalaczach, w utrzymywanym przez demony sferycznym kamuflażu niewidzialności, w skrytych wewnątrz niego chmurach mikroletalnatorów, spiralach kriowęży. Wcześniej wyleciały z Baurabissu dziesiątki tysięcy dżinnów i poltergeistów.

– Tej nocy miasto należeć będzie do nas – rzekł Żelazny Generał w telepatycznym przekazie do swej armii. Żaden z mieszkańców Czurmy nie dostrzegł urwitów, lawirujących po gwiaździstym niebie pomiędzy rydwanami, mknących przez noc na kształt ultraszybkich komet o warkoczach uplecionych z czarów i zaklęć. Lecz nikt akurat nie patrzył w odpowiednim kierunku przez dymniki lub ich artefaktyczne analogi, zabrakło czujnych magów.

Żarny wyruszył z oddziałem przydzielonym do szturmu na Zamek. Szturm – to za dużo powiedziane. Rzecz właściwie polegała na zaskoczeniu i wyłączeniu z walki tych nielicznych urwitów i czarodziejów, którzy opowiedzieli się za Birzinnim. Reszta to kwestia zastraszenia – a w tym urwici byli naprawdę dobrzy.

Wyśledzone przez dżinny ofiary zaskoczone zostały w swych komnatach, przeważnie podczas snu, i zabite bądź zamrożone, zanim zdołały choćby pomyśleć o obronie. Jedynie w pokojach Sztabu wywiązała się potyczka. Nieliczni jej świadkowie, nie-urwici, zarejestrowali jeno urwane w pół otwarcia ust okrzyki, kilka nagłych ruchów. Nim mrugnęli, było po sprawie; wszędzie krew, zwłoki, popiół. Nad pobojowiskiem stopniowo pojawiali się, zdejmując iluzję, urwici w swych zbrojach. Ścierwnicze roje letalnatorów śmigały nad posadzką od pokoju do pokoju, po korytarzach i schodach, szukając osób pasujących do zadanego im wzorca; wszędzie słychać było charczenie umierających. Dookoła jeńców wiły się błękitne kriowęże, mróz szedł od zmrożeńców, aż ścinała się i kruszyła wylana krew. Niektórzy z urwitów, jeszcze w cebulach temporalnych, błyskali tylko w przelocie kolorową plamą, pędząc do celu w otoczeniu poltergeistów chroniących ich przed zderzeniem z ruchomymi i nieruchomymi przeszkodami.

– Aaaaaaaaarrrr!!! – wrzeszczał Lamberaux, gdy Żelazny Generał wyciągał mu z głowy po kolei wszystkie pięć demonów.

Nex Pluciński w swej komnacie na najwyższym piętrze Wieży Ivo usiłował popełnić samobójstwo, ale odnalazły go i obsiadły jak muchy mikroletalnatory. Wypaliły mu nerwy mięśni rąk i nóg, aż przywlókł się przyprowadzony przez poltergeista Żarnego kriowąż i zamroził Plucińskiego.

Kilka osób wyskoczyło z okien zamku, lecz złapały ich w locie dżinny. Wszakże jedna z tych, co wyskoczyły, była urwitą i natychmiast odpaliła ku morzu. Puściło się w pościg za uciekinierem dwóch urwitów Żelaznego Generała i wybuchła nad pełną statków zatoką krótka walka na klątwy i kontrklątwy, z góry przegrana przez uciekającego, który nie miał na sobie zbroi i walczył w znacznym opóźnieniu względem dwójki w pełnym rynsztynku. Wywrócili go na nice wzdłuż kręgosłupa, spadł do wody krwawą ośmiornicą kości, żył, ścięgien i mięsa. Spuścili za nim pneumoanalizatora, żeby rozłożył i zdezidentyfikował ducha zdrajcy.

– Miasto jest nasze – rzekł Żelazny Generał, gdy otrzymał już meldunki od wszystkich oddziałów. – Teraz administracja. – Zwrócił się do Zakracy. – Łącza. Wywiad. Tu mamy dziurę. Co robi Ptak. Powtórna deklaracja lojalności od wojska. Mobilizacja. Pilnujcie Pełzacza. Niech się wykalibruje na ten tu balkon. Obsada Zamku. I tak dalej. Gdzie Wiga?

– Poleciał układać się z regularnymi.

– Dobrze. Znaleźć re Quaza, niech się wreszcie dowie, co z Ferdynandem. Otwarta propozycja negocjacji. Daję słowo; on wie, po Trybie nie będzie wątpił, zaręczy księciu, może także ta Lubicz-Ankh. Niech książę wyjdzie z ukrycia. W końcu tu idzie o jego kraj. Sojusz dla odbicia. Jak to go nie zachęci, to nic nie zdoła.

– Tak jest. Jeden z Orwidowych prosi pana o spotkanie, Generale. Podał hasło.

– Kto?

– Bruda.

– Dajcie go.

Żelazny Generał wszedł do sąsiedniej komnaty i zatrzasnął za sobą drzwi. Przez wyjście na balkon wpadał do środka nocny wiatr. Generał wciąż był w pełnym rynsztunku, który, choć w swej istocie diametralnie różny od standardowego rynsztunku urwity, wywierał podobne wrażenie: asymetryczna zbroja, z niewiadomych materiałów wykonane i niewiadomego przeznaczenia jej odrosty, szypułki, wypusty, macki, dysze, miniskrzydła, całe ciało ukryte we wnętrzu pełnego narośli pancerza; dwunogi owad. Generał zdjął hełm, odłożył na stół. W chrzęście i trzasku usiadł na krześle, krzesło też zatrzeszczało. Przez otwarte drzwi balkonowe widział niebo nad Czurmą, gwiazdy i przesłaniające je chmury, przeganiane w głąb lądu.

Wszedł Bruda.

– Zamknij drzwi.

Bruda zamknął.

Żarny uruchomił konstrukt przeciwpodsłuchowy.

– Czy pan to zaplanował, Generale? – spytał Bruda. Przekroczywszy próg zrobił zaledwie dwa krótkie kroki i stał teraz nieruchomo, oddzielony od Żarnego połową pustej komnaty, światłem i cieniem, i wbijał ponury wzrok w siedzącego przy zawalonym papierami stole hrabiego, który z twarzą pozbawioną najmniejszego wyrazu obserwował przepływ chmur po nocnym niebie, bardzo ciemnych.

– Czy pan to zaplanował? Ja muszę wiedzieć!

– Po co?

Bruda zacisnął pięści.

– Zdrajco...! – charknął strasznym półszeptem gdzieś z głębi gardła. Pochylił głowę; patrzył na spokojnego Generała zmrużonymi, wściekłymi oczyma spod kruczoczarnych brwi, z twarzy nabiegłą krwią, obrzmiałą od gęstego gniewu.

– Czego ty chcesz, Bruda?

– Przecież wszystko wiedziałeś! Informowałem cię od roku! Znałeś wszystkie plany Orwida, wiedziałeś, że znaleźliśmy tę 583B Ślepego Łowcy już miesiące temu i że Orwid czekał tylko na znak od Birzinniego; wiedziałeś, wiedziałeś, że to pułapka i spisek Birzinniego i kliki. I co zrobiłeś? Nic! Nic! Tylko tym bardziej ich judziłeś. Nie ostrzegłeś Bogumiła. Nikogo nie ostrzegłeś. Jeśli to nie jest zdrada – to co to jest?!

– A gdybym ostrzegł – a przecież próbowałem, Bóg widzi, że próbowałem – to co by to według ciebie dało?

– Bogumił by żył! – splunął Bruda.– Myślisz, że nie widzę, co się tu dzieje? Myślisz, że nie słyszę rozmów? W duchu oni już cię koronowali!

– Ach, więc zrobiłem to dla korony, tak? Z egoistycznej żądzy?

– Zaprzeczysz?

– Mój Boże, Bruda, cóż za rozkosz cię słuchać.

– Jeszcze kpisz!

Generał po raz pierwszy zwrócił spojrzenie na dalwidza. Skinął palcem i dzieląca ich przestrzeń skurczyła się: Bruda znalazł się nagle na wyciągnięcie ręki od Żarnego.

– I gdyby Bogumił żył – syknął hrabia – to co by to dało? Czy zażegnałby niebezpieczeństwo? Zgładziłby Birzinniego, zgładził współspiskowców? Ruszył na Ptaka? Wiesz dobrze, że nie; nic z tych rzeczy. To był słaby, słaby i tchórzliwy władca. Zły król, co boi się własnej potęgi. Każdym swym słowem, każdą decyzją zachęcał do zdrady – nie Birzinni, zdradziłby ktoś inny; nie Ptak i Liga, zaatakowałby ktoś inny. To nie jest kwestia osób, to kwestia czasu i okoliczności. Państwo znajduje się teraz w okresie starczego niedowładu. A rządy Bogumiła oznaczały jego śmierć, śmierć państwa. Jesteśmy pożywieniem dla politycznych drapieżników, oni tam właśnie wyrywają z ciała Imperium kawały żywego mięsa.

– Więc władza musi przejść w ręce Żelaznego Generała, który jeden jedyny potrafi uratować kraj.

– Tak. Tak. Nie mogłem czekać dłużej. Bogumił do spółki z Birzinnim, a obaj wszak jedynie owoce swego czasu, zniszczyliby, zmarnotrawili dorobek dziesiątków pokoleń Havrańczyków.

– Więc śmierć dla nich. A dla ciebie korona.

– Nie możesz tego pojąć? Od setek lat służę temu narodowi, robię wszystko, by urósł w siłę i dobrobyt, strzegę go od nieszczęść, kieruję na spokojne wody, prowadzę w wojnach, wspieram w tragediach. Oni wierzą we mnie, wierzą w Żelaznego Generała; jestem ich godłem, jestem sztandarem, hymnem. Jakże mógłbym ich zawieść, pozwolić na upadek?

– Naród? – zaśmiał się Bruda. – Naród? I ty to mówisz, ty, ośmiusetletni mag? A cóż to jest naród? Havrańczycy...! Sięgnij pamięcią do początków, przypomnij sobie. Cóż wspólnego mają miliony zamieszkujące dziś ziemie Imperium z owym plemieniem znad zatoki, które dało nazwę państwu? Język? Religię? Tradycję? Kulturę? Ideologię? Wygląd? Nic, nic nie pozostało takie samo. Komu ty wierność przyrzekałeś, no komu? Warzhadom! Krwi! Nie jakiemuś abstraktowi, którego nie jesteś w stanie nawet zdefiniować i w stosunku do którego nie mają sensu pojęcia miłości, wierności, zdrady; wiernym można być jedynie jednostkom i ty jednostkom wierność przysięgałeś. Krwi królewskiej przysięgałeś! To jest twoja wiara i twój herb: Strażnik Rodu. To jest prawda, którą wyznawał dotąd niezachwianie na równi najbiedniejszy żebrak i zasiadający na tronie; tego uczono każdego kolejnego dziedzica, od maleńkości, od niemowlęctwa powtarzano mu: to twój obrońca, to jest opoka, to jest ratunek, od wieków i na wieki wierny, odda życie, osłoni, jemu wierz, jemu wierz, jemu wierz; twoją twarz widzieli nad kołyską, ty ich uczyłeś, tobie w rękaw płakali; i Bogumił, także Bogumił, który, jak mówisz, był królem słabym i złym. Zasypiał ci na kolanach, sam widziałem. A ty co zrobiłeś? Żelazny Generale! – szydził Bruda. – Wydałeś na śmierć. Zdradziłeś! Żelazny Generale. Dla potęgi państwa, dla narodu. Dla swojej potęgi! Bo nie zniósłbyś klęski kraju, z którym jesteś tak silnie związany, z którego potęgą identyfikują twoją potęgę: Imperium – a więc Żelazny Generał. Zatem z egoizmu, z pychy. To tylko my, krótkowieczni, musimy własne dłonie we krwi nurzać, własnoręcznie sztylet w plecy wbijać. Ty natomiast – ty, wystarczy, że po prostu poczekasz: w końcu wszystko samo wpadnie ci w ręce. Wszak to kwestia prawdopodobieństwa, rachunku możliwości zajścia danej sytuacji i nawet gdyby okoliczności były wysoce nieprawdopodobne, to przecież w końcu jednak ich doczekasz – i doczekałeś. Bo nie szło ci o zamach w stylu Birzinniego, nie chciałeś zdobywać korony siłą czy intrygą; nie, twoje ambicje jeszcze większe: pragnąłeś tronu, lecz bez konieczności płacenia zań. Zdradzić króla, przechwycić władzę – a zarazem pozostać tym samym wysławianym dla swego honoru i wierności Żelaznym Generałem. Czy w ogóle do pomyślenia jest potworniejsza przewrotność? I jeszcze się usprawiedliwia, jeszcze patriotyzmem zasłania...! Naród! Dobre sobie. Ludzie się rodzą; ludzie się mnożą; ludzie żyją i umierają. Na tej czy innej ziemi, pod tą czy inną władzą, z tym czy innym obywatelstwem; więcej i coraz więcej. Naród! Czy ty w ogóle ich zauważasz? Nie, ty widzisz wielkie liczby, miliony. Naród! Komu przysięgałeś? Jak mogłeś, jak mogłeś – wołał z nagłą rozpaczą – jak mogłeś zdeptać tak piękną legendę?! Kim ty w ogóle jesteś? Człowiekiem? Nie wierzę! Pamiętam, co mi mówiłeś. Na samym początku ręka. Ale mijają wieki i wieki, a ty się wciąż doskonalisz. Próbowałem spojrzeć w ciebie przez dymnik: blokady. Heksonami konstruowałem potężny wizualizator o mocy deszyfrującej dziesiątków kryształów; przyszedłem wtedy z Orwidem z gotowym pierścieniem – uniósł dłoń: na palcu lśniła srebrna obrączka – i spojrzałem na ciebie, gdy wychodziłeś z komnaty. Czary, czary, czary, czary; wszystko czary. Twoje ciało to sploty klątw psychokinetycznych i sensorycznych, twoje myśli to kłębowisko demonów, jesteś jednym, wielkim, chodzącym zaklęciem, homeostatycznym zawirowaniem magii! Tak! Tak! Przestań się śmiać! Pluję na ciebie! Potworze! Najpierw dłoń; potem cała ręka; potem usprawnienia całego ciała; potem usprawnienia myśli. Kości słabsze, więc zastąpić zmrożeniami grawitacyjnymi. Myśli wolniejsze, więc przyspieszyć operatorami kryształowymi, wspomóc demonami i jeszcze kilkoma, i jeszcze kilkoma; i zorganizować je w piętrowym mageokonstrukcie logicznym. Serce zawodne – niech poltergeisty przesuwają krew w mych żyłach. Ale żyły się starzeją – wspomóżmy je, zafiksowując figury kinetyczne. Ale i krew już właściwie niepotrzebna, znajdzie się lepszy magiczny substytut. Co zatem pozostało? Co pozostało? Najpierwsze instynkty, dominanty wpisane w algorytmy klątw operacyjnych. Żądza siły. Duma. Imię: Żelazny Generał. Analog człowieka. Iluzja, iluzja, jesteś samopodtrzymującą się iluzją, iluzją dla otoczenia i iluzją dla samego siebie, bo sam wciąż myślisz – a raczej wydaje ci się, iż myślisz – że jesteś człowiekiem. Ale to nie ty. Nie ty. Rajmund Żarny nie żyje, umarł, zniknął, rozpłynął się, zdezintegrował po którymś z kolei czarze rzuconym na siebie samego, pewnie nawet nie zauważył, wyciekł sobie przez palce, roztopił w tym megamageokonstrukcie. Kogo ja oskarżam, kogo obwiniam? Jakże mogę od ciebie żądać uczciwości; sumienie jest zapewne niekompatybilne z kalkulatorem demonicznym, ty nie masz sumienia. Na co pluję? Na wiatr, na czar, na omam. Giń, przepadnij! Tfu, tfu, tfu!

Żelazny Generał zacisnął lewą pięść i Bruda implodował do wielkości ziarnka piasku. Żarny wyrwał mu duszę, a resztę teleportował w jądro Słońca. Duch złorzeczył mu w myśli. Generał rozłożył jego osobowość, a zanalizowawszy pamięć w poszukiwaniu potencjalnych zagrożeń, wymazał ją dokładnie; po czym wypuścił pustego ducha nad Czurmę. Następnie splótł wszechzmysłową iluzję ciała Brudy, włożył w nią jednego demona, przekazał mu instrukcje dla odpowiedniego reagowania, dodał blokadę przeciwdymnikową – i kazał iluzji wyjść z komnaty, wyjść z Zamku i utopić się w zatoce. Iluzja wyszła.

Przez otwarte przez nią drzwi zaglądnął Zakraca.

– Można?

– Co jest?

– Ferdynand odpowiedział. Gotów do rozmów, re Quaz mu zaręczył. Chce wiedzieć, jaki będzie status tych rokowań.

– To znaczy?

– Pan wie, co to znaczy, Generale. On pyta o koronę.

– Ech, Zakraca, Zakraca, nie dasz ty mi nigdy spokoju.

– Nigdy, królu – uśmiechnął się major.

– Powiedz mu co trzeba, żeby się zgodził.

– Więc tak?

– Jak rozmowy Wigi?

– Po oficjalnej proklamacji nie powinno być najmniejszych problemów. Lepiej by się pan z nią pospieszył.

– Nie poganiaj mnie. Pełzacz jest podpięty pod lustra?

– Tak, standardowy ornament.

– Skontaktuj się z krasnoludami z mojej linii i zacznij przerzucać pod Przełęcze sprzęt i prowiant.

– Na ile ludzi?

– Na armie, Zakraca, na armie.

– Pójdzie kontra.

– Ano pójdzie. Ptak nie zatrzyma ani stopy ziemi Imperium, tego możesz być pewien. Rozumiem, że mobilizację ogłosił już Birzinni; utrzymujemy ten stan. Zacznij przemyśliwać nad koncentracją sił, przydziel ludzi i demony do logistyki, chcę, żeby to poszło piorunem.

– Ta-jes, wasza miłość.

– Odejdź już, hrabio.

Zakraca zamrugał, by zamaskować nagłe wzruszenie, skłonił się głęboko i odszedł.

Zakraca, Zakraca, westchnął w duchu Żarny, co ja bym bez ciebie zrobił. Kogóż innego mógłbym być tak pewien, że natychmiast przypomni sobie o moim pokrewieństwie z Warzhadami i zacznie agitować za koroną dla mnie, zanim sam choćby słowo na ten temat rzeknę? A przecie rzec nie mogłem. Zaiste, ty mi włożyłeś tę koronę na głowę, ty, ty, majorze, przyszły hrabio, przyszły senatorze i Radco Korony. Musiałeś przeżyć, byłeś mi niezbędny tak samo jak Birzinni, może nawet bardziej. Żal tylko, że nie mogłem ukryć lub zabrać na „Jana IV" Kasminy. Ach, ta jej dziecinna przekora, te humory... Gdyby chociaż duch... Ale nie, Birzinni był skrupulatny; należało się zresztą tego spodziewać. Nieuniknione koszta. Podobnie Bruda. Żal, naprawdę żal, doprawdy kryształowej uczciwości był to człowiek; nawet nie pomyślał, że mogę go zgładzić i nie zabezpieczył się jakimś pośmiertnym szantażem.

Żelazny Generał otworzył przez naścienne zwierciadło połączenie z Pełzaczem.

– Monitoruj ten ganek – wskazał Żarny za siebie. – Startuj, gdy wyjdę. Nie czekaj na znak.

– Generale – zgiął się Pełzacz – domyślam się, że nie chodzi jedynie o obraz.

– Dokładnie. Sam zająłbym się fonią, ale przecież nie rozmnożę się i nie sięgnę równocześnie wszystkich miast, a ty masz filie prawie wszędzie.

– Jest noc. To pobudzi ludzi. Będzie zamieszanie. Na takie przestrzenie muszę uderzyć potężną falą. Mogą pójść szyby.

– Nie przejmuj się – rzekł Żarny, kończąc rozmowę. – Biorę wszystko na siebie.

Zamknąwszy połączenie, zdjął Generał na moment mentalną blokadę z komnaty i wydał krótką myślą rozkaz przyprowadzenia Birzinniego. Po chwili otworzyły się drzwi i uzurpator wleciał do środka głową naprzód. Żarny odprawił poltergeisty i przejął bezpośrednią kontrolę nad sparaliżowanym. Odblokował mu wzrok i słuch, przywrócił władzę nad mięśniami twarzy. Birzinni mrugał wściekle, kolebiąc się w powietrzu na wysokości ramion Generała, z oczu płynęły mu łzy.

– Ech... – jęknął. Uniósł wzrok, skrzywił się. – No i co teraz..? Hę?

Generał skinął palcem. Na stole skrzepły iluzje korony Imperium i czerwono-złotego płaszcza króla Havry.

Birzinni zaklął.

– Sycisz się zwycięstwem, mhm? Ptak nie dał ci rady. Ha, Warzhad, Warzhad. I co zrobisz? Uderzysz na niego, rozpętasz wojnę? Tak, teraz już na pewno... – Pokręcił głową; uśmiech goryczy wykrzywił mu usta. – Będzie sąd? Będziecie sądzić zdrajcę? To wam powiem... Powiem ci: to wy jesteście zdrajcami! Imperialiści czasów Lucjusza, Ksawerego, Antoniuszów. Czy nie rozumiecie, do czego to wszystko prowadzi? Do samozagłady! Musiałem usunąć Bogumiła, bo on nigdy by nie zrozumiał; wyrósł w twoim cieniu, myślał według twoich schematów i nawet gdy ci się sprzeciwiał, robił to z przekory, zawsze przez odniesienie do ciebie. Nigdy nie zdołałbym go w pełni kontrolować. Ostatecznie też skończyłoby się to katastrofą. Teraz skończy się tak na pewno. Rozpętasz wojnę, której nie będziemy w stanie wygrać. Nawet ty, nawet ty, Żelazny Generale, nie wygrasz jej, bo to niemożliwe. Gdyby było na Ziemi więcej kontynentów... ale jest tylko ten jeden. Co zrobisz? Zgładzisz wszystkich, którzy znajdują się poza aktualnymi granicami Imperium? Musiałbyś eksterminować cztery piąte ludzkości. Zrobisz to? Tak, wierzę, że jesteś do tego zdolny. Ale nawet gdyby – nawet gdybyś to uczynił, i tak nie utrzymasz *status quo*. Bo to jest już zupełnie inna Ziemia. Czy ty tego nie pojmujesz? Jak możesz być tak zaślepiony? To nie są już czasy ekspansji Imperium, podbojów i odkryć, polityki walki o ziemię, przywileje czy prestiż. Tamta epoka minęła. Sięgnęliśmy w swym rozwoju granic, horyzonty zaszły na siebie, planeta leży nam na dłoni, stanowimy – my: ludzkość; my: cywilizacja – zamknięty system, do którego nie wejdzie już żadna nowa zmienna. Nic już nie jest „poza". Nikt już nie jest „obcy". Żadne imperium nie jest samowystarczalne i niezależne. Głód w Księstwie, zaraza pośród ludów Ligi – tak samo uderzają w nas, chociaż to niby oni, nie my, cierpią. Żebyś ty chociaż pochylił się nad ekonomią! Ale to zawsze było poniżej twojej godności, liczby, papiery, buchalteria, nędzne kupiectwo, zostawić to chłopom i krasnoludom – znowu jakiś umysłowy archaizm, głupota starożytna. Wojna, akurat! W jakim świecie ty żyjesz? Teraz to ja, teraz tacy jak my, arystokracja pieniądza, generałowie spółek, to my toczymy śmiertelne wojny w imieniu Imperium, a nie ci twoi urwici. Gdybyś chociaż chwilę poświęcił na zastanowienie się nad ekonomią... Czeka nas kollaps gospodarczy, zapaść, z której możemy się nie podnieść. Nie jest możliwe utrzymanie Imperium takiego, jakie hołubisz w swym wyobrażeniu ty; nie możemy zamknąć się w samotny, pojedynczy organizm, pożerający własne odchody. Nam do przeżycia potrzebny jest właśnie Ptak, Liga, potężna Liga, chłonny rynek zbytu i te setki milionów taniej siły roboczej, i wtórny zewnętrzny obieg, i enklawy ekonomiczne ich państw. A ty, co ty robisz? Rozpoczynasz krucjatę w imię ideałów feudalizmu! Niewolników chcesz z nich zrobić? Niewolników? To nas zabije! Nie pojmujesz tego? W ciągu dwóch pokoleń Imperium rozłoży się jak zgniły trup. Którym, po prawdzie, już jest. Generale, na Boga, pomyśl choć przez chwilę! Pomyśl! Co ty najlepszego robisz? Ptak jest nam potrzebny! Liga jest nam potrzebna! Daj im ziemię, daj dostęp do surowców, otwórz linie kredytowe...! Generale! Nie, to bez sensu... Ty nie jesteś w stanie zrozumieć. Nie potrafisz przestawić swych myśli; żadna nowa koncepcja nie ma do ciebie dostępu, rozumujesz tymi samymi sztywnymi algorytmami, co przed setkami lat. Jesteś stary, wiem, jesteś stary, ale przecież starość nie oznacza głupoty, tym bardziej, że ty właściwie się nie starzejesz – dlaczego zatem nie jesteś w stanie przyswoić sobie żadnych nowych idei, zrewidować choć odrobinę swój punkt widzenia, pozwolić wpłynąć na siebie epoce? Przecież gdy formowałeś Armię Zero, okazałeś elastyczność na tyle, by podporządkować się nowym strategiom wojen urwickich; choć, w istocie, kiedy to było, wieki temu. Ale potem – jakby ci ktoś umysł zamroził. Potrafisz tylko piętrzyć zaklęcia, doskonalić te swoje czary. Ale zrozumieć świat – to przekracza twoje zdolności...! Generale! Zdobądź się choć raz na ten wysiłek! Nie gub Imperium! Ale widzę, że jak do ściany. Stary matoł. A ciesz się, ciesz, skurwysynu jeden, zdrajców złapałeś, o tak, zdrajców, zdrajców, następny tryumf niezłomnego Żelaznego Generała, honor i krew, sztandary, hymny, hurra, urwici, Bóg pobłogosławi, dalejże, w imię Generała, za Imperium, a jakże, krew i pioruny – zapluwał się Birzinni – honor ponad wszystko, nie ustąpimy ni kroku, kto nie z nami, ten przeciw nam, a co, bić ich, bić, łby im poucinać, wyrżnąć drani dla ojczyzny ukochanej, wy idioci, wy debile, patrioci z kurnych chat, wy kretyni...

– Sami tu, widzę, bohaterowie i męczennicy – mruknął Żelazny Generał, po czym zamroził krtań Birzinniego.

Wstał. Policzył do trzech. Wyszedł na balkon.

Niebo wybuchnęło Generałem. Zmiótł gwiazdy, księżyce, chmury. Był tylko on. Wielka, kanciasta postać w niby-urwickiej zbroi; maszkara z metalu i płótna na tle kosmosu. Gdy otworzył usta, od siły jego słów strącało liście z drzew.

– Havrańczycy! Obywatele Imperium! Skończyły się rządy zdrajców! Spiskowcy wpadli w ręce sprawiedliwości i nie minie ich kara!

Birzinni, zgięty polami psychokinetycznymi w pół, na

kolanach, z rękoma ściągniętymi za plecy, wpełzł na balkon. Żelazny Generał złapał go za włosy i szarpnął głowę wzwyż, by ukazać na ponadmiejskim niebie oblicze byłego pierwszego ministra. Birzinni wykrzywiał twarz w grymasie bezsilnej wściekłości, szczerzył zaciśnięte zęby, mrużył wilczo oczy.

Żarny czekał, aż ulice zapełnią się mieszkańcami. Odczekał jeszcze chwilę dla spóźnionych w innych miastach, których reakcji nie znał.

– Oto zdrajca! Oto morderca króla Bogumiła!

Lud zaryczał.

– Co mam uczynić z królobójcą? Czy godzi się darować mu życie?

Lud zaryczał. Słów wykrzyczanych nie dało się rozpoznać, ale intencja była oczywista.

Generał uniósł lewą dłoń. Wystrzeliła zeń klinga oślepiającej bieli – niebo zapłonęło blaskiem przewyższającym słoneczny, Czurma zamieniła się w labirynt światła i cienia. Generał machnął ręką i odciął głowę Birzinniego. Klinga zniknęła. Oślepieni, dopiero po chwili ujrzeli wzniesiony w prawej dłoni Żarnego czerep; pomimo skauteryzowania ogniem magicznego ostrza, ciekła zeń krew. Żelazny Generał stał w bezruchu z ręką w górze. Szara statua. Krew kapała.

Lud znowu ryczał.

– Śmierć wszystkim wrogom Imperium! – krzyknął Żarny.

– Śmieeeeeeerć!!

– Śmierć Ptakowi!

– Śmieeeeeeerć!!

– Jam jest Żelazny Generał, ostatni z Warzhadów! – Odrzucił precz głowę Birzinniego. Z wnętrza komnaty wyfrunęła korona i czerwono-złoty płaszcz. Korona opadła wolno na skronie Żarnego, płaszcz zapiął się na jego zbroi, spłynął po nieboskłonie miękkimi fałdami. – Zetrę nieprzyjaciół! Odzyskam ziemie! Przywrócę czasy dawnej chwały! Na mój honor przysięgam!!

Lud ryczał.

wrzesień 1996–sierpień 1997

IACTE

W życiu piękne są tylko chwile.
Dżem

I

W Dolinie Czasu

To w Dolinie Czasu – w Dolinie Czasu Podążający za Cieniem, łowca zwierząt i ludzi, czarownik i znachor, pół Cayuga, pół Francuz, zorientował się, iż ktoś go ściga. Tropiciel jest tropiony. Nastała pora powrotu rzek do źródeł. Jelenie polują na wilki. Ktoś idzie po śladach Podążającego za Cieniem, ktoś depcze zdeptaną przezeń ziemię.

Delikatnie obrysował końcem wielkiego łuku obcy odcisk buta, odcisk buta białego. Co za wielka stopa. Olbrzym. Jaki wielki, taki głupi. Ślepy by dostrzegł takiego tropiciela. Nieregularny ciąg skaz piaszczystej gładzi ciągnął się brzegiem strumienia przez ładnych kilkanaście metrów, równolegle do śladów Podążającego za Cieniem, specjalnie tu przezeń wczoraj pozostawionych dla pogoni, wówczas zaledwie przypuszczalnej. Teraz to już pewność. Jeden biały.

Podążający za Cieniem po raz pierwszy zauważył, że ktoś za nim idzie jeszcze na przełęczy. Padlinożercy go ostrzegli: znak na niebie. Nad jarem, gdzie pozostawił był truchło karibu, oskórowane i pozbawione co smaczniejszych części mięsa, unosiło się ich pół tuzina. Obserwował je przez chwilę z grani. I wtedy jeden runął nagle w dół jak kamień; a zaraz potem drugi. Reszta pospiesznie jęła się wspinać na wyższy pułap. Cóż to za boski łucznik, zdumiał się Podążający za Cieniem, nie doczekawszy się huku strzelby.

Zgodnie z zasadą wiecznej podejrzliwości przyjął, iż jest tropiony. Zaczął zastawiać pułapki; jego tropiciel wpadł w pierwszą z nich: zmusiwszy go do przejścia po odpowiednim podłożu, Podążający za Cieniem parę mil dalej rozpłynął się w powietrzu: strumień, skała, strumień, kamieniste zbocze – i ani śladu za sobą. Zatoczył szerokie półkole i oto stał nad swym własnym tropem sprzed dnia. Biały olbrzym jest gdzieś w przodzie, bardziej na południowy zachód.

Kucnął, przymrużył lewe oko i ocenił długość kroku mężczyzny: naprawdę wzrostu musi być nieprzeciętnego. Co tu robi? Czemu zapuścił się tak głęboko na terytorium wolnych plemion? Dlaczego za mną idzie? I jak długo? Od samej faktorii nad Erie? To niemożliwe. Jakież mógłby mieć powody? Zemsta? To jest siła, która byłaby w stanie go do tego pchnąć, ludzie większe szaleństwa popełniają z nienawiści, dla nienawiści. Ale – zemsta za kogo?

W Dolinie Czasu nie mieszka żaden szczep, nie jest ona niczyim stałym terenem łowieckim, to ziemia neutralna. Na wschodzie, trzy dni drogi stąd, żyją Ludzie-Węże; synowi jednego ze starszych wioski pomógł niegdyś w upolowaniu niedźwiedzia. Zawsze mógłby zwrócić się do nich o pomoc. Choć miał nadzieję, że nie będzie to konieczne.

Ruszył po śladach własnych i białego. Biegł. Powinien dogonić tamtego przed zmierzchem. Znał swój rytm i znał odległość. Skręcił w las; gałęzie siekły go po twarzy, zahaczały o niemal proste łęczysko ukośnie przecinające plecy – pozostawiał za sobą dodatkowy poszept rozbudzonej puszczy. Ciężka sakwa obijała mu niezgodnie z tempem biegu kręgosłup, mimo podwójnej skóry kurtki czuł twardą krawędź jakiegoś upakowanego w torbie przedmiotu. Był świadomy najmniejszej nierówności gruntu pod miękkimi podeszwami mokasynów; wolałby biec boso, by nic nie zakłócało intymności jego kontaktu z ziemią: nie pieści się kobiety dłonią w rękawicy. Biali ziemi nienawidzą, okazują jej pogardę; zadziwiająca jest ta łatwość, z jaką wykrzesują z siebie równie skrajne, co absurdalne uczucia. Znał ich, żył z nimi, więc wiedział. Może taki właśnie jest ten olbrzym: ogłupiały, oszalały z pogardy; założył się z kimś, że upoluje Indianina – dwóch, czterech, dziesięciu – to możliwe, takie rzeczy się zdarzają.

Jakieś zwierzę przemknęło obok, równolegle do pohuraganowego zawału – cień ciemny pośród cieni zielonych. Tropiciel wciągnął powietrze przez nos: nic nie wyczuł, wiatr był z nim. Gdzieś daleko rozstukał się dzięcioł, odpowiedziało mu echo. Tropy znikały, to znów się pojawiały – nie zwracał na nie uwagi, biegł na pamięć.

W Dolinie Czasu rzeczywistość jest silniejsza, nie sposób się jej oprzeć, uległby jej ślepy, głuchy, pozbawiony węchu i czucia. Tu nawet sny są prawdziwsze. Doznania atakują człowieka z bolesną nachalnością. Woda jest sto razy bardziej wilgotna, rośliny i zwierzęta tysiąc razy bardziej żywe, powietrzem można się upić. Trzeba się naprawdę starać, by nie ulec przypadkowemu zauroczeniu przez kamień śródkorzenny, barwę kory, rozedrganie krawędzi liścia, pieśń wiatru. To święte, święte miejsce. Nie przelano tu ludzkiej krwi od niepamiętnych lat. Ale też nigdy dotąd nie postała tu stopa białego.

W Dolinie Czasu, gdzie wszystko jest nowe i pierwsze – nie zostanę, nie chcę zostać pierwszym mordercą.

Słońce stało dwie dłonie nad granią, gdy Podążający za Cieniem dotarł do żlebu, za którym kończył się jego stary trop. Zwolnił i zdjął z pleców łuk, wyższy od niego samego. Wspiął się na zbocze i skręcił ku strumieniowi, wybierając drogę na skróty. Szedł teraz powoli, naprzeciw nieregularnym porywom wiatru, wsłuchując się w każdy szept puszczy; przekrzywiał lekko głowę, jakby usiłując pochwycić jakieś zakazane dla zwykłych śmiertelników głosy z sąsiedniego świata – długie, czarne, proste włosy opadały mu w nieładzie na pierś i plecy, dziwnie wyglądał w takiej pozie. Szedł. Ziemia przyjmowała jego stopy miękko, bezgłośnie. Omijały go gałęzie. Oczy jego prawie się nie poruszały: dawno opanował był sztukę kontroli postrzegania peryferyjnego, nie umykał mu żaden ruch, a teraz nie wzrok, lecz słuch stanowił zmysł dominujący. Mijał drzewa jak ludzi w zapatrzonym w celebrę tłumie. Teren jął ponownie opadać: Podążający za Cieniem zbliżał się do strumienia, od przeciwnej niż poprzednio strony. Jak zawsze w chwili napięcia, w preludium niebezpieczeństwa – rozswędziały go boleśnie blizny po straconych palcach.

Szum wody na kamieniach. Prześwity śróddrzewne.

Zatrzymał się za wysokopienną sosną; stąd widział strumień i skalny zawał, przez który pienił się nurt. Wolna od zarośli przestrzeń szeroka była na jakieś trzydzieści kroków. Na drugim brzegu znajdowała się piaszczysta polana, czarna plama zgaszonego ogniska ściągała spojrzenie do jej środka. Nad wodą unosiły się chmury owadów. Wśród kamieni zawału sunął wąż. Zachodzące słońce rozróżowiało wiecznie zbełtaną powierzchnię potoku.

Instynkt. Padł na ziemię na ćwierć oddechu przed uderzeniem kuli w pień sosny. Posypały się nań odłamki kory. Nie mógł pojąć, co się dzieje. Nie było, nie było najcichszego nawet huku wystrzału. Jedyne wyjaśnienie, jakie przyszło mu do głowy: przypadkowy pocisk ze zbyt wielkiej na dźwięk odległości – odpadło po pierwszym zerknięciu na bliznę po kuli na ciele sosny: strzelano z dołu, z drugiej strony strumienia, spod zbocza.

Przypłaszczony do ziemi, wycofał się ze szczytu skarpy, wężowym sposobem bardziej się wijąc, aniżeli czołgając; od zapachu ściółki przemknęło mu wspomnienie dusznego, upalnego lata z dzieciństwa. Dochodziły go zza strumienia jakieś hałasy, lecz nie mógł się w nie pilniej wsłuchać, nie miał czasu i okazji, musiał uciekać, licząc na to, iż strzelec zajęty jest ponownym nabijaniem broni.

– Zatrzymaj się! – krzyknął po angielsku niewidoczny mężczyzna. – Wróć!

Cóż to za głupiec niesłychany, zdumiał się Podążający za Cieniem; po natężeniu i nikłym pogłosie krzyku ocenił dzielącą ich odległość na jakieś sto kroków. Wystarczy.

Osłonięty od strony strumienia szerokim pniem wiekowego dębu, wstał i wyprostował się, już ze strzałą na cięciwie i łukiem wpółnapiętym, ściskanym w trójpalcej dłoni. Nie bardzo rozumiał, jakim cudem został spostrzeżony, ale skoro stało się, nie miało to teraz znaczenia – nie myśleć o tym: przeszło, minęło – obojętne. Zastanawiało go natomiast niemalże szaleńcze postępowanie strzelca. Czyżby faktycznie wariat? Opętany olbrzym?

Słyszał go doskonale, jak wspinał się na skarpę nadwodną i przedzierał przez las, nie cichszy od rannego niedźwiedzia.

Bliżej i bliżej. Tak blisko, że Podążający za Cieniem odłożył łuk i wyjął zza pasa tomahawk; tamten przebiegnie tuż obok. I rzeczywiście. Już słyszał jego oddech. Jęki ziemi ugniatanej tymi wielkimi stopami. Zamarł, przyciśnięty do pnia, sprężony niczym drapieżnik przed skokiem.

A potem wszystko się jakoś skotłowało, pomieszało, chaos zapanował absolutny w porządku wydarzeń – i w pamięci tropiciela zapisały się one mozaiką bladych faktów, pozbawionych przyczyny i skutku.

Więc uderzył, trafił olbrzyma, tego był pewien, widział obuch tomahawka odskakujący od jego czaszki. Odstąpili, zakręcili się wokół siebie. Któryś z nich krzyczał. Czy Podążający za Cieniem uderzył po raz drugi? Czy też to tamten go zaatakował? Nie mógł sobie później przypomnieć. Ciągłość czasu powróciła w chwili, gdy obaj stali naprzeciwko siebie, o trzy kroki oddaleni, mierząc się wzrokiem; olbrzym celował w Podążającego za Cieniem z tej swojej strzelby, a sam Podążający za Cieniem zamarł w pół zamachu tomahawkiem, bojąc się sprowokować mimowolny strzał. Olbrzym dyszał.

– Luis Lavier – sapnął po chwili. – Nie uciekaj, nie chcę ci uczynić krzywdy. – A wciąż mierzył z biodra do tropiciela, ta jego przedziwna krótkolufa broń (a nie pistolet przecież!) ani drgnęła.

Cayuga zastanawiał się w panice nad czymś innym; w istocie ledwo zarejestrował słowa białego i fakt, że zna on jego francuskie nazwisko. Martwiło Podążającego za Cieniem, czy aby nie rozgniewał duchów tego miejsca, czy nie zbezcześcił Doliny, czy nie dopuścił się świętokradztwa, atakując tu człowieka. Może to dlatego jego cios – wszak śmiertelny – nie wyrządził olbrzymowi żadnej szkody? Czy duchy były przeciw niemu? To niepokojąca perspektywa.

– Nie spodziewałem się ciebie z tej strony, nie rozpoznałem cię. Nie chcę cię zabijać. Jesteś mi potrzebny. Poszedłem za tobą, żeby cię wynająć.

Co mam robić? – myślał tropiciel. Należy się wystrzegać gniewu zmarłych. Niebezpiecznie jest mieć w nich wrogów. Obym tylko ich bardziej nie rozsierdził.

Powoli wsunął tomahawk za pas i uniósł na wysokość twarzy puste dłonie. Łuk leżał pod dębem; nawet nań nie spojrzał.

Biały lekko opuścił broń. Spróbował się uśmiechnąć; niezbyt mu to wyszło.

Podążający za Cieniem zaczął się cofać, powoli stawiał wstecz nogę za nogą. Teraz mógł się przypatrzeć olbrzymowi; jedynie przez porównanie wydawał się on wielki, zbudowany był proporcjonalnie i nie wyglądał na żadnego dziwoląga. Za to ubranie doprawdy miał dziwne i z dziwnym akcentem mówił. Popatrywał cokolwiek skonsternowany spode łba; długie jasne włosy spięte miał na karku, pozbawionego blizn wysokiego czoła nie znaczyła żadna zmarszczka: młodszy był od Cayugi, młodziej wyglądał.

– Pójdziesz za mną – powiedział bez śladu intonacji pytającej. Uniósł strzelbę. Rozstawił szerzej nogi. Wszystko w nim było groźbą. Czaiła się ona i w lśnieniu tych metalowych przedmiotów, które wisiały mu przy pasie i na sprzączkach kurtki.

Podążający za Cieniem na tyle długo żył wśród białych, by przyswoić sobie ich sposób odróżniania tchórzostwa od ostrożności. Teraz więc tylko powoli postąpił w bok, pochylił się i podniósł łuk. Nie spuszczał oczu z jasnowłosego; a i tamten z niego.

– Uważaj – rzekł olbrzym. – Ja wiem, jak szybko potraficie tego użyć. Ale tu i tak nie jesteś w stanie nic uczynić wbrew mej woli i myśli.

Po czym przerzucił strzelbę lekko w bok – swobodnie,

lecz złowróżbnie szybko – i nacisnął spust. Od dębu odprysnął spory kawał kory. W ciszy. Żadnego huku wystrzału. Cayuga ani drgnął. Lufa już na powrót była ku niemu skierowana. Już wiedział, że ta broń ładowania nie wymaga.

I w takim porządku przeszli lasem do skarpy, w dół, przez strumień i na polanę. Podążający za Cieniem, rzecz jasna, szedł przodem, nie widząc białego mierzącego mu w plecy – choć po prawdzie słyszał go wyraźnie: mężczyzna po prostu nie umiał chodzić po puszczy. I przez chwilę tropiciel nawet rozmyślał, czy aby nie uskoczyć w bok, nie uciec niespodzianie.

Dotarli do wygaszonego ogniska. Tu blondyn kazał Cayudze się zatrzymać, po czym zniknął na moment między drzewami; wrócił z wypchanym czymś workiem, który zarzucił sobie na plecy. Zaskoczył szamana, uśmiechając się doń szczerze. Przełożył w tył strzelbę zawieszoną na jakimś dziwnym rzemieniu. Spojrzał w niebo. Przypatrzył się tym swoim świecidełkom. Potem rozpoczął rytuał.

Czary, czary

– Trzymaj się blisko mnie!

Ale przecież w ogóle się nie poruszał; siedział zmartwiały z łukiem przez uda, sakwą pomiędzy nimi, zgarbiony, ze wzrokiem panicznie utkwionym w horyzoncie, starając się ignorować przerażające manifestacje magii olbrzyma. Po prawdzie było to niemożliwe.

Strumień przebłystnił się gorąco w srebrnołuskiego węża, co miast ślepi posiada wklęsłe zwierciadła; gad wytańczył w górę na ogonie, rozkolebał się niepewnie i skoczył spiralnym łukiem, pozostawiając za sobą suche łożysko potoku, z tysiącem zielono obrosłych, gładko obtoczonych kamieni. Podążający za Cieniem odruchowo jeszcze bardziej się skulił i pochylił, gdy lśniący potwór ze świstem sunął ponad. Spojrzał potem za nim: wąż pożerał niebo. Wgryzł się w nie śmiertelnie, wbił kły i wsączył jad; przedziwnym sposobem Cayuga widział tę trującą ciecz, jak pędzi pod powierzchnią materii nieboskłonu od horyzontu do horyzontu, coraz cieńszymi i cieńszymi żyłami, niczym szczelinami rzeczywistości, by w końcu rozlać się brudnobrązowo po całej sferze niebieskiej. Dotarłszy do Słońca jad przebarwił je na zielono; zieleń szybko wyblakła – Słońce się skurczyło, przygasło i zbladło do trupiej bieli. Od tego wszystkiego wicher taki rozszalał się po Dolinie, że gięło i łamało konary grube jak ramię mężczyzny. Tropiciel nieomal oślepł od podniesionego pyłu i kurzu. Ogłuchł od demonicznego wycia burzy. Stracił z oczu jej ojca, zniknął mu gdzieś olbrzym. Trzęsła się ziemia. Drżał w posadach świat. Podążający za Cieniem jął się modlić. Słowa wpółwypowiedziane połykał huragan. Gesty nie dopełnione zamazywał mrok i zawierucha. A mrok ten się zagęstniał: ziemia, wzorem węża wody, poczęła pożerać zatrute niebo. Czarne szczęki przełęczy zaciskały się na nim okrutnie powoli – coraz bliżej i bliżej, i bliżej siebie szczerzyły się, wyrastające spośród szczerbiastych dziąseł grani, krzywe kły górskich szczytów, jeszcze przed chwilą tak łagodnych.

Cayuga wrzeszczał. Jesteśmy połykani! Nadgryzione Słońce. I nie ma go. Nieba coraz mniej. Ciemność – i huk.

Otworzył oczy w szoku po nastaniu ciszy.

To była jakaś jaskinia. Bardziej to wyczuł, niż zobaczył, bo wciąż panował mrok.

We wnętrzu ziemi, pomyślał; w boskim żołądku. Grota przełyku. Podniósł się na kolana. Szmer jego ruchu poniosło chłodnym echem.

Święty dym, przemknęło mu; znajduję się pod wpływem jakichś ziół: ta lekkość... wszystko dziwnie lekkie. Nienaturalnie realne; nawet dotyk kamienia boli. Oszołomienie Cayugi było tak wielkie – wślepiał się w półmrok, macał szaleńczo przestrzeń wokoło, dyszał niczym wyciągnięty z topieli – że raz i drugi ujrzawszy sylwetkę ludzkiego cienia, nie skojarzył jej z czymkolwiek, zignorował jako plamę bezświatła. Dopiero potem pomyślał: bóg – demon – człowiek – biały olbrzym.

Krzyknął:

– Ty! – I po angielsku: – Ty! Ty! Demonie! – I w ojczystym narzeczu: – Rozkazałeś skale mnie pożreć! Pogrzebałeś mnie! Biały Diable! – I znowu po angielsku: – Zabiję cię!

Ale nawet kroku ku niemu nie postąpił.

Cień się rozszczepił, przegęstnił i błysnął nagłym blaskiem, w szybkim jak zwężenie źrenicy samozniszczeniu i wyświetleniu sylwetki olbrzyma. Olbrzym dzierżył kulę światła w uniesionej ponad głową ręce. Poza tym nie zmienił się, także w owym ponurym spojrzeniu spod ciężkich nawisów łuków brwiowych.

– Za mną – rzekł, odwrócił się i ruszył przed siebie, w ustępujący posłusznie mrok.

Podążający za Cieniem podążał za światłem. Tyle się wahał i zastanawiał, ile czasu zabrało mu podniesienie łuku i sakwy. W rzeczy samej nie miał wyboru.

Grota była olbrzymia. Szli i szli. Żadnych ścian, żadnych nierówności podłoża. Ich dwóch i ich cienie. A jak sprowokują głośniejszy dźwięk, to aż przerażenie bierze od wieloszeptnej głębi oddechu jego echa. Żołądek Ziemi. Ochroń mnie, Duchu Duchów, wyprowadź z Podziemi. Wieczne posłuszeństwo, Duchu Duchów; dary, jakie chcesz, ofiary, jakie chcesz. Przywróć mnie Słońcu!

Coś przed nimi. Słup. Wielki. W nieskończonej ciemności podstropowej ginie. Podeszli bliżej. To były spiralne schody.

Kość Ziemi. Jęli się wspinać po niej. Wyżej i wyżej, wciąż skręcając za lewą ręką. Liczył stopnie, żeby nie myśleć – źle myśleć podczas bitwy, oddaj się teraźniejszości, strach to dziecko czasu przyszłego. Stopień. Stopień. Stopień. Buty olbrzyma migały mu pośród skłębionych cieni na wysokości oczu. Schody były bardzo wąskie, lecz zabezpieczone wysoką, osiatkowaną balustradą, że praktycznie nie sposób było z nich spaść. Stopień. Stopień. Stopień. Drewno? Kamień? Co to za materiał? Stukał weń końcówką łuku. Wykluł się z tego jakiś specyficzny rytm. Tylko olbrzym fałszował. Szybko szedł. Stopień. Stopień. Stopień. Tysiąc siedemset czterdzieści dwa, tysiąc siedemset czterdzieści trzy... Koniec.

Wyszli. Jeszcze jakiś kręty korytarz w skale – i oto już światło dnia, powietrze wielkich przestrzeni, zapach życia. Podążający za Cieniem krzyknął i wybiegł na zewnątrz; wyprzedził olbrzyma. Za bardzo się pospieszył, zmysły nie zdążyły go ostrzec – szok powalił Cayugę na kolana.

– Śmieeeerć!

To nie był jego świat. Już po zapachu powinien poznać. Zły, obcy zapach, zapach niezrozumiały: warkocz woni nieznanych i niebezpiecznych. I dźwięki: wiatr tak nie wyje, wiatr tak nie świszcze, las tak nie szumi. Ale musiał to zobaczyć. Trupioblade, skurczone słońce. Niebo koloru błota. Za małe, za ciasno objęte horyzontem. Krajobrazy, jakie mogą się przyśnić tylko w nocy po Obrządku Noża. Chora, granatowoczarna powłoka puszczy... to nie puszcza, to nie drzewa. Podmienione, skarlałe, spotworniałe. Chmury niczym włosy rozczesane na nieboskłonie. Lecą jakieś monstrualne ptaki... to nie ptaki. W oddali demony wrzeszczą na wiatr. Płonie fioletowym ogniem fragment widnokręgu; zmysł, który nie zawiódł go od dzieciństwa, zawodzi Podążającego za Cieniem teraz: nie potrafi rozpoznać stron świata.

– Śmieeeeeeeerć!

Biały olbrzym pochylił się nad nim i dźgnął go w szyję srebrnym szponem. Tropiciel zwiotczał, osunął się na ziemię i stracił przytomność.

Jesteś snem

Nie po raz pierwszy budził się związany; wiedział, że skrępowano mu nogi i ręce właściwie, zanim na dobre się ocknął. Więc nie otwierał oczu. Słuchał.

Rozmawiali po angielsku, ale połowy słów nie rozumiał i domyślał się ich znaczenia z kontekstu; mylił go również ten przedziwny akcent.

– ...musieli je wygasić. Pomijając już destabilizację plazmy, współczynnik absorbcji czaszy skoczył w górę. Poza tym siada cała hydraulika ramion. Są przecieki. Parę dni temu rozsadziło czwarty pierścień cumowniczy. Dekompresja. DeWonte i jego ludzie tną wszystko na kawałki i ładują na te szybowce.

– Czemu? Co z wahadłowcami?

– Zostawili sobie jeden dla bezpiecznej ewakuacji, jako szybowiec komfortowy. Bo i taki z nich pożytek. Niedawno na Piszczelach próbowaliśmy podnieść kilka.

– I co?

– Czworo zabitych. Teraz już nikt ci nie wsiądzie. A na automatykę nie masz co liczyć. Na orbicie jeszcze jakoś to idzie, ale tu... przecież wiesz – kalkulatorów możesz użyć co najwyżej w charakterze świecidełek dla Trupów.

– Chyba się upiję... Charlie, na miłość boską, to były przecież ledwo dwa tygodnie!

– Fitzpatrick zaczyna budować lepianki.

– Fitzpatrick jest wariat.

– Budweiser?

– Nic mocniejszego?

– Niestety.

– Skąd masz?

– Podwędziłem z ostatniego zrzutu.

Coś trzasnęło, rozległ się syk; Biały Diabeł westchnął ciężko.

– Co zrobisz z tym dzikusem? – spytał ten drugi.

– To tropiciel, geniusz polowania. Rozumiesz, francusko-angielskie pogranicze, Ameryka Północna, osiemnasty wiek. Indianin, ale ojciec biały, żeby się można było w ogóle dogadać. Zastanawiałem się nad Pigmejami, ale to już przesada.

– Uch... ale cuchnie. Na co ci on?

– A jak myślisz? Wytropi mi Saint-Pierce'a.

– No tak... twoja stara obsesja. Odpuściłbyś sobie.

– Przecież to wszystko jego wina!

Dłuższą chwilę milczeli. Podążający za Cieniem analizował niezrozumiałe słowa i zdania.

– Może lepiej już się zbieraj – mruknął Charlie. – Do Piszczeli jest kawałek.

– Jak tam landrover? Na chodzie?

– Mhm... ktoś go sobie pożyczył. Możesz wziąć tylko tego jeepa. Ej, puszki są teraz cholernie cenne! I weź mi tu nie śmieć.

Biały Diabeł – rozpoznał go tropiciel po zapachu – złapał Cayugę za ramię i zaczął nim potrząsać i szarpać.

– Pobudka, pobudka – mruczał.

Podążający za Cieniem otworzył oczy.

– Wstawaj, szamanie – uśmiechnął się doń szyderczo olbrzym. – Nastał dla ciebie czas cudów. Trafiłeś do Krainy Wiecznych Łowów. No, uwolnię cię, jak tylko się przekonam, że nie zamierzasz popełnić jakiegoś szaleństwa.

Cayuga nie odpowiedział. Rozglądał się po wnętrzu. Była to zwykła, niskostropowa chata, wzniesiony z drewna jednoizbowy budynek o paru wąskich oknach i mocnych drzwiach – myśliwska chata obronna. Potem zogniskował spojrzenie na meblach i mniejszych przedmiotach wypełniających pomieszczenie – i skojarzenie mu umknęło. Powtórnie przejrzał na oczy. To drewno – w istocie nie było drewnem, ciałem drzew, jakie znał. Szyby w oknach – tylko przezroczystością przywodziły na myśl szkło. A kiedy zaczął się zastanawiać nad zalegającymi pod ścianami stosami metalu – najróżniejszego kształtu, barwy i stopnia zniszczenia – zupełnie stracił panowanie nad wyobraźnią.

Przypomniał sobie przedśmiertny widok ciemnoniebieskiego pogórza i błotnistego nieba. Krzyknął bezgłośnie na krótkim wydechu.

Drugi z rozmówców – Charlie – niewiele był niższy od Białego Diabła. Siedział przy stole na krześle wykonanym z dziwnego materiału, ubrany jedynie w niemal pozbawioną nogawek, górną część spodni, i bawił się metalicznie połyskującym przedmiotem walcowatego kształtu, pokrytym jaskrawymi malunkami i krzywymi ściegami czegoś, co wyglądało na pismo: Podążający za Cieniem nie umiał czytać.

– Biedak jest przerażony – ziewnął Charlie.

Biały Diabeł spojrzał badawczo tropicielowi w oczy; Cayuga nie odwrócił wzroku, znał ten rytuał. Diabeł pozostał w swych myśliwskich spodniach, a miast kurtki miał na sobie jedynie bezrękawną, wciąganą najwyraźniej przez głowę, jednolicie czarną i niemożliwie cienką koszulkę – zaczął grzebać po kieszeniach, w końcu coś wyjął, rozległ się trzask i wybłystnęło mu z dłoni smukłe ostrze noża. Kilkunastoma szybkimi cięciami uwolnił tropiciela.

Podążający za Cieniem powoli usiadł, wstał i odsunął się od białych. Nigdzie nie dostrzegł swoich rzeczy: był bezbronny. Uniósł na wszelki wypadek puste dłonie.

– Wyzbywam się zemsty na tobie, Biały Diable – rzekł po angielsku. – Choć mam do niej wszelkie prawa. Nie chcę z tobą walczyć. Pozwól mi odejść w pokoju. Pozwól mi wrócić do domu, Biały Diable.

Tamci popatrzyli po sobie; olbrzym schował nóż.

– Cóż – czknął Charlie – pozwól mu wrócić do domu, co, Biały Diable? – rozchichotał się dziko.

Olbrzym w lustrzanym geście pokazał puste ręce.

– Nazywam się Anouki Spieglass. Mów mi Anouki. Przykro mi, Luis, ale twój powrót do domu nie jest możliwy. – Też był podpity, ta powolność wymowy brała się nie tylko z jej staranności.

– Chcę jedynie wrócić.

– Wiem. Przykro mi. To niemożliwe.

– Po prostu wrócę.

– To niemożliwe, rozumiesz? Nie-mo-żli-we.

– Pozwól mi wyjść. Zwróć moje rzeczy.

Włączył się Charlie.

– Słuchaj no, mądralo. Jak ci Anouki mówi, że niemożliwe, to niemożliwe. Dokąd chcesz wrócić? Tamtego miejsca już nie ma. Nie istnieje.

– Czy jestem więźniem? Czy mogę wyjść?

Charlie zazezował w głąb walca.

– Będziesz miał z nim ciężką przeprawę – mruknął.

Biały Diabeł długą chwilę stał w milczeniu. Wreszcie skinął na Podążającego za Cieniem i ruszył ku drzwiom.

Wyszli na zewnątrz. Był wieczór; poza kątem padania promieni chorego słońca niewiele się zmieniło, niemal ten sam widok Cayuga zapamiętał sprzed śmierci. Gdy się obejrzał, dojrzał powyżej w stromym stoku góry – wcale nie wyglądała jak góra – ów otwór, łono koszmaru, ciemną dziurę, z której wyłonili się byli na obcy świat. Chata stała o sto kroków od niej. Była większa, niż myślał, posiadała inne pomieszczenia z osobnym wejściem. Za nią, częściowo przesłonięty, stał mały, niski, koślawo przysadzisty, metalowy wóz.

Tropiciel wskazał wyciągniętym ramieniem półkę i dziurę w skale.

– Rankiem wejdę. Pokaż mi potrzebne czary.

– Teraz jest ranek.

Podążający za Cieniem spojrzał nań bezwyrazowo; nawet w śmiertelnym strachu czy w najwyższej ekstazie posiadał podobnie puste spojrzenie.

Anouki machnął w stronę horyzontu.

– Słońce wschodzi nie z tej strony, co myślisz. Nie świeci w ten sposób, do jakiego się przyzwyczaiłeś.

– Pójdę teraz.

– Chryste Panie, przecież ci mówiłem... Nie; chwilę, zaczekaj, zaraz wracam. – Przerwawszy w ten sposób samemu sobie, zawrócił na pięcie i zniknął w jednych z bocznych drzwi chaty. Tropiciel poświęcił tę chwilę na przyjrzenie się szybom: to nie były szyby. Nie chciał patrzeć na pogórze, granatową niepuszczę; przerażał go sam zapach wiatru.

Biały Diabeł wrócił z sakwą i bronią Podążającego za Cieniem.

– Teraz ci to zwrócę, ale daj słowo, że mnie wysłuchasz.

Podążający za Cieniem bez wahania skinął głową. Skrzyżowawszy nogi, usiadł na ziemi, na czarnym poroście – który przecież nie mógł być trawą – a obok złożył swoje rzeczy. Tomahawk i nóż miał na wyciągnięcie ręki. Był gotów wysłuchać olbrzyma. Dobrze jest wiedzieć o przeciwniku jak najwięcej.

Olbrzym ciężko siadł dwa kroki dalej, oparł się o ścianę chaty, jej cień ciął go krzywo przez brodę i pierś. Wyjął z kieszeni spodni i zapalił bryłką metalu papierową tulejkę z jakimś zielskiem w środku.

– Papieros – wyjaśnił. Wydmuchnął dym na wiatr. – Nie będę cię powstrzymywał przed powrotem, bo wiem, że ci się nie uda; proszę, próbuj. Poczekam na ciebie. Grota Marzeń stoi otworem dla każdego. Widzisz, to miejsce, z którego – jak ci się wydaje – pochodzisz; w którym dotąd żyłeś; świat, którego byłeś częścią... nie istnieje, nigdy nie istniał, nie ma go, to tylko ja go wymyśliłem, wyśniłem tam w grocie, bo potrzebowałem tropiciela, a ta cholerna dziura w górze ma moc przemieniania ludzi w demiurgów... na czas mroku. Wszedłem i wyprowadziłem cię z mego snu. Nie możesz do niego wrócić, tak jak nie możesz się ubrać we wspomnienie minionych dni. A sam jesteś wszak snem. Żyjesz, jeśli można to nazwać życiem, przez moje wyobrażenie o idealnym tropicielu. Wytropisz dla mnie pewnego... pewną istotę. Nie oczekuję od ciebie, że wiele z tego zrozumiesz; w każdym razie jesteś poinformowany, wiesz już... Tak...?

– Kim ty jesteś, Anouki Spieglass?

Biały Diabeł zaśmiał się z wysiłkiem; znów zaciągnął się papierosem. Spoglądał gdzieś w bok, w otwartą nieskończoność koszmaru, gdzie Cayuga bał się spoglądać.

– Człowiekiem. Prawdziwym. Z prawdziwego świata. Urodzonym setki lat po czasie, z którego cię wymyśliłem. Mam żonę, mam dzieci. Teraz wszyscy jesteśmy banitami. Wszyscyśmy tu obcy; ty podwójnie – mówił coraz ciszej. – Zginiemy tu, umrzemy pod cudzym słońcem. Jak ryby wyrzucone na brzeg... Kim ja jestem, kim jestem? Uczono mnie jak przemieniać kamień w powietrze, deszcz w metal... nazwałbyś mnie czarownikiem, Luis, Podążający za Cieniem... ale teraz, bez moich przyrządów magicznych, szamańskich ingrediencji... Już Charlie jest bardziej przydatny. Charlie bimbrownik poradzi sobie – mamrotał tak do siebie, zgarbiony, zagapiony pomiędzy stopy; trzęsła mu się dłoń, w której trzymał popielejącego doszczętnie papierosa. – I co z tego, że potrafię obliczyć co do grama masę księżyców? Dla wnuków moich wnuków to będą jabłka na niebie czy coś podobnego... Jeśli wyrosną w tej glebie jabłonie. W końcu wszystkich nas pogrzebią Trupy. Jezu Chryste, już jesteśmy pogrzebani...!

I rozszlochał się sucho.

Potwór

Tańczył wokół jego nóg. Lizał mu dłonie. Bezgłośnie; nie skamlał, nie warczał, nie szczekał – w ogóle nie pozostawiał za sobą dźwięków. Był jak żywy obraz strachu w wilczo-psiej postaci. A w Podążającym za Cieniem miał swego pana.

Zeszli ze stoku jak dwa duchy. Obce niebo lśniło nad nimi tajemnymi układami gwiazd, bladozielone księżyce przyciągały wzrok nieprawdopodobnością swego istnienia. Obcy smak nocy. Obca lekkość kroku. Obcy poszum szeptu wielkich przestrzeni. A ja jestem snem. Potworze, w realności dotyku twej sierści zaklęty jest sens mej egzystencji.

Potwór wyczuł i wystawił Białego Diabła na dwadzieścia kroków przed chatą; Podążający za Cieniem nie widział go, olbrzym leżał rozciągnięty na ziemi za pudełkowatym, metalowym wozem wspartym na czterech miękkich kołach i z wstawionymi dwoma krzesłami. Na wozie, przed tymi krzesłami, stało kilka blaszanych walców i butelek – błyszczały w świetle księżyców.

Cayuga pochylił się nad białym i powąchał jego oddech; powąchał puste walce i butelki. Potem zdjął z pleców sakwę i łuk i usiadł przy głazie, tak że jeden z jego cieni padał na zarośniętą twarz Anoukiego. Anouki był nagi, jeśli nie liczyć krótkonogawicowych spodni.

Tropiciel wyjął z mieszka Ziele Spokoju i zaczął je żuć. Potwór rozpłynął się w zawiesinie nocy.

Ocknął się Biały Diabeł, gdy pierwszy księżyc zaszedł, a czwarty dogonił trzeci. Zaczęło się to jego przebudzenie od niezrozumiałego mamrotania, podczas którego drapał się po szyi. W ogóle – długo i ciężko się budził. Po prawdzie otrzeźwiał jako tako, dopiero ujrzawszy Podążającego za Cieniem: usiadł sztywno, przetarł oczy, zagapił się nań.

– Anouki Spieglass – rzekł szaman – wyrządziłeś mi wielką krzywdę.

– Each... Luis... szybko wróciłeś.

– Niesprawiedliwość. Niesprawiedliwość. Nie miałeś takiego prawa.

Olbrzym w końcu zorientował się w sytuacji.

Czknął.

– Więc przekonałeś się... nie ma wyjścia, nie ma powrotu do domu. Tu jest twoje miejsce... twoje przeznaczenie.

Podążający za Cieniem wstał. Ruchem głowy odrzucił

włosy na plecy. Podszedł i pochylił się nad Białym Diabłem; amulety i naszyjniki z kłów i pazurów drapieżników kołysały mu się na piersi. W prawej ręce trzymał nóż, długi i szeroki, wykonany z ciemnej, chropowatej stali, jego krzywy brzeszczot błyszczał zimno w świetle księżyców; ręką lewą, o trójpalcej dłoni, sięgnął po Diabła.

– Mój.

Anouki w ślepej panice miotnął się w tył; kopał piętami w ziemię, która wyślizgiwała mu się spod nóg. Szaman nakrywał go swoim cieniem.

– Luis... Podążający... ty nie możesz...

– Mój.

Wierzgnął i kopnął w Cayugę; Indianin obrócił się szybciej, niż pomyślał, i cios przeszedł bokiem. Spieglass przeturlał się, chwiejnie wstał i pognał ku chacie, nisko przygięty do ziemi, pozbawiony wyczucia równowagi. Tropiciel nie pobiegł za nim. Krzyknął w noc. Noc krzyknęła Potworem. Wrzasnął i Biały Diabeł. Przewrócił się w tył. Potwór szczerzył nad nim oślinione, żółte kły.

Szaman podszedł, rzucił Anoukiego na wznak i klęknął mu na piersi. Nóż na gardło, ostrze pod grdykę.

Olbrzym dyszał przerażeniem.

– Co... co to...

– Miałem kiedyś przyjaciela, wilczego mieszańca – rozwspominał się, cokolwiek nieprzytomnie, Indianin. – Przemierzał ze mną góry, lasy i równiny, tropił dla mnie i walczył. Nie mogę wrócić do twojego snu. Mój sen może wrócić do mnie.

– Ty sam przecież...

– Wszedłem. Mrok. Marzyłem o przeszłości; zasnąłem i śniłem o niej. Grota spełniła moje życzenie.

– To niemożliwe.

– Nie mam tak zimnego serca, by uczynić to człowiekowi. Dopełniłem czarów. Grota zwróciła mi zmarłego przyjaciela.

– To niemożliwe.

– Teraz cię zabiję.

Nóż.

– Nienienie-nie możesz tego zrobić, nie, nie...! Sam umrzesz, znikniesz... jesteś moim snem, moim wymysłem, kto cię będzie śnił, gdy mnie zabijesz? Zaczniesz się rozpływać... Nienienie!! Nie rób tego! Na miłość boską...! ...po prostu przestaniesz istnieć.

Podążający za Cieniem zamarł, podniósł wzrok, spojrzał gdzieś poza ciemność. Stracone, stracone, stracone wszystko. Wodo Niezmącona, Czarna Ręko; żony moje – nigdy nie usłyszę waszych głosów, nie dotknę waszej skóry, nie poczuję ciepła waszych oddechów i ciał, nigdy was nie zobaczę. Synowie moi; dzieci moje. Nie ujrzę, jak dorastacie, nie przekażę wam pamięci, doświadczeń i myśli przeżytych lat, nie przekażę wam siebie. Siostro, zawsze smutna siostro moja, która nie wiesz, kiedy zamilknąć i nie mówić całej prawdy. Nocy Bezksiężycowa, bracie mój; ty jeden rozumiałeś i dzieliłeś ze mną radość tropienia. Osoby, miejsca. Nigdy nie istnieliście. Utraciłem was, by się narodzić. Nie należy wywyższać się ponad siebie. Są bogowie; są bogowie; są bogowie. Manitou...!

– Nieee!!

– Tak to się dzieje, gdy źli chodzą pomiędzy dobrymi, nieprawi pomiędzy prawymi, a nie sposób odróżnić jednych od drugich. Nie mogę cię zabić, choć powinienem. W mojej jednak jest mocy naznaczyć cię dla przestrogi.

– Ty czerwony dzikusie... krwawy potworze...

– Dla własnej chęci zniszczyłeś świat.

– Skurwysynu... to przecież ja go stworzyłem. I ciebie...

– A kto dał ci prawo?

– A kto daje prawo rodzicom? Czy mordują ich potem dzieci za to, że przyszły na... Nieee!!!

Nakreślił ostrzem noża kolistą linię wokół czaszki; nóż zgrzytał po kości, pozostawiając za sobą strumyki koralowych wybroczyn. Potem wślizgnął klingę pod skórę; przesunął w prawo, w lewo. Białemu krew zalewała oczy. Krzyczał do bólu płuc. Podążający za Cieniem owinął jasne włosy olbrzyma wokół trójpalcej dłoni, pociągnął nożem po raz ostatni – i szarpnął. Skóra odeszła z głośnym mlaśnięciem. Anouki usłyszał ten dźwięk i zemdlał.

Huknęło, kula świsnęła Cayudze ponad głową i rozgrzechotała się blacha i szkło na metalowym wozie.

– Następna między oczy! – wrzasnął Charlie.

Stał nagi w drzwiach jednej z przybudówek chaty i mierzył do tropiciela z czegoś, co w mroku nocy wyglądało jak mała strzelba.

– Puść go! Wstań powoli!

Podążający za Cieniem wstał, wyprostował się. W jednej ręce ociekał mu krwią skalp, w drugiej nóż.

Charlie zatoczył się na ten widok. – Jezu Chryste... Coś ty... Ty...

Góry zagrzmiały, jakby lawina po nich zeszła. Zerwał się wiatr. Zaszumiała odległa niepuszcza. Coś przeleciało po ciemnym niebie, na mgnienie oka przesłaniając seledynowe lico największego księżyca.

Charlie postąpił krok w tył – i wtedy Podążający za Cieniem pojął, że zaraz strzeli on bez ostrzeżenia po raz drugi: między oczy. Padł na ziemię. Wypaliła strzelba, eksplodując Charliemu w twarz i zabijając go na miejscu. Potwór wgryzł się w gardło trupa.

Słowo: planeta

– Chcę, abyś miał tę świadomość: zastrzelę cię na samo podejrzenie podejrzenia.

– Byłbym ostrożny ze strzelbami.

– Od razu powinienem cię zabić – przekonywał się usilnie Anouki. – W ogóle nie stwarzać, nie wymyślać.

– To prawda.

– Skąd we mnie to okrucieństwo? ...tropicielem, nie oprawcą miałeś być – co ja wtedy śniłem...?

– Zemstę.

Biały Diabeł spojrzał nań dziwnie. Obandażował sobie głowę powyżej czoła cienkim, samoprzylepnym materiałem, na to naciągnął miękką, grubą ciemną czapkę i teraz każde łypnięcie spod tej chorobliwej bulwy groźnym i złowrogim się zdawało.

Wóz jęczał, warczał, trzeszczał, huczał i zgrzytał. Samochód. Auto. Jeep. Maszyna. Jechał nie pchany i nie ciągnięty. Trząsł się przy tym i podskakiwał na wybojach, aż mu coś we wnętrzu grzechotało. Jechał powoli; Podążający za Cieniem zrezygnował z zajęcia krzesła obok olbrzyma i biegł spokojnie z lewej strony maszyny; po prawdzie, Anouki nie bardzo go zachęcał do przełamania lęku, aż tak blisko siebie nie chciał mieć Cayugi.

Szaman biegłby i mimo to. W samej rzeczy – to było jak sen. Ta lekkość... Każdy krok niósł go znacznie dalej, niż powinien; cudowna moc napłynęła do jego mięśni, nabył oto zwierzęcej siły i swobody w ruchach – jakby ktoś odciął mu od kończyn ciągnące je dotąd w dół kamienie. I nawet nie zmieniał tego euforycznego odczucia smak powietrza łykanego teraz haustami, po wkroczeniu do niepuszczy tym bardziej obcy; kojarzył go luźno ze spaloną sierścią, zepsutym tłuszczem, trującymi wyziewami bagien, gorącą, starą skórą.

Niewiele zwracał uwagi na Anoukiego Spieglassa; odpowiadał mu, aby go dodatkowo nie straszyć milczeniem. Tak naprawdę interesowały go niedrzewa. Fascynowała niemożliwość ich istnienia. To jakby zobaczyć oddychające kamienie. Płonącą wodę. Trzy księżyce. Zresztą widział trzy księżyce. Niedrzewa hipnotyzowały go granatem swej liściOskóry. Łagodne zafalowania wici... Gdzie pień, gdzie korzenie, gdzie gałęzie...? Zwierzęce, zwierzęce życie pulsuje w tych stworach.

A samych zwierząt – ani śladu. Na tej planecie fauna istnieje w formie szczątkowej, powiedział był mu Biały Diabeł. Planeta. Planeta. Tłumaczył potem długo, co znaczy to słowo. Tłumacząc rzeczy – w jego mniemaniu – tak podstawowe, okazywał swą wyższość, podporządkowywał sobie Cayugę; zwiększał swoje poczucie bezpieczeństwa poprzez tę iluzję zależności. Podążający za Cieniem naprawdę starał się uwierzyć. Planeta. Kula ziemi w nicości. Wielość planet. Wielość słońc. Wielość światów. Wielość bogów. Wielość wyobrażeń. Lecz czy miało to jakiekolwiek praktyczne znaczenie? Anouki wyjaśniał: ciążenie... klimat... odległości... Żadnego; dokładnie żadnego. Tropiciel po prostu biegł, zapatrzony w cuda i dziwy, nie myśląc o przeszłości (żony moje...), nie myśląc o przyszłości (inna planeta), by nie oszaleć; by nie zwątpić.

Twardo stąpał w t e r a z.

W odróżnieniu od Białego Diabła, którego słabość widoczna była coraz wyraźniej. Bezbronny gigant. Lękliwy olbrzym. Rozpłakał się wtedy przed wejściem Cayugi do Groty Marzeń; szlochał nad zwłokami Charliego. Miękki, otwarty jak *squaw*. Podążający za Cieniem wstydził się za niego. Cóż za ułomny stworzyciel.

Jeep jechał krętym, błotnistym szlakiem, wykorzystującym naturalne – choć tak nienaturalne – ukształtowanie gruntu: kamieniste wyjałowienia, jary, uskoki, długie prześwity śróddrzewne. Czasami migała w oddali czerń skudlonego futra Potwora; Biały Diabeł nerwowo oblizywał wargi na ten widok.

Dotarli do bagnistej polany; jeep rzęził, Anouki walił w jego koło manewrowe i klął, zagapiony w tył, w strugi wyrzucanego w powietrze błota – to Podążający za Cieniem pierwszy ich spostrzegł. Stali na drugim końcu polany i właśnie się odwracali do źródła hałasu. Ich dwoje; i dwa zwierzęta; i zwłoki; i maszyna. Tropiciel już nałożył strzałę na cięciwę; Czarny Czarnooki wysunął szablę ze skrytej pod obszernym płaszczem pochwy, zaznaczającej się na jego pole równą fałdą załamania materiału.

– Nie! – krzyknął Biały Diabeł, gdy tylko podniósł wzrok i zorientował się w sytuacji.

Bezwłosa kobieta w spodniach odgięła skrzydło swego kapelusza ręką, w której trzymała zapalonego papierosa.

– To Anouki – powiedziała na tyle głośno, że usłyszeli ją przez polanę.

– A tamto dziwo? – spytał Czarny Czarnooki, wskazując Podążającego za Cieniem jasną stalą szabli o prostej, dwusiecznej klindze.

Takoż i szaman nie był w stanie oderwać od obcego wzroku. Czarna skóra! Może nie czarna, lecz na pewno ciemniejsza od najciemniejszej, jaką w życiu widział. I okulary – wiedział, że to okulary – ale te były jakieś dziwne, przypłaszczone do twarzy i o szkłach tak mrocznych, że aż zwierciadlanych. Dłonie, wielkie niczym łapy niedźwiedzia, obciągnięte miał czarnoskóry rękawiczkami. Wysokie jego buty i poły płaszcza zbrunatniały, wielowarstwowo ubłocone ziemną mazią. Przy kobiecie niższej o głowę, nieporównywalnie szczuplejszej, a odzianej w obcisłą koszulkę podobną do Spieglassowej, zdawał się Czarnooki prawdziwą górą wzruszoną jakimś żywiołem bagna; i olbrzym już nie był teraz olbrzymi.

Ptasionogie stwory o błoniastych, wielokrotnie złożonych skrzydłach, przyciśniętych do długich, wężowych tułowi, skierowały swe liczne szyje – a może ogony? – w stronę zbliżającego się jeepa. Jeśli te giętkie wije zakończone były głowami, to Cayuga ich nie widział; nie dostrzegał tam żadnego zgrubienia, żadnych oczu, żadnych otworów. Łuskoskóra tych zwierząt posiadała kolor tutejszego błota i tropiciel zrozumiał, iż w bezruchu i z pewnego oddalenia właściwie nie sposób ich dostrzec, choć wszak wyższe były i od człowieka-góry. Nie wydawały najlżejszego dźwięku. Stały i kołysały szyjami/ogonami.

Samochód podjechał do kobiety i mężczyzny i zatrzymał się; ucichł warkot, Anouki wysiadł. Podążający za Cieniem, z opuszczonym łukiem i wolną cięciwą, obchodził grupę z lewa, z dala od skrzydlatych stworów. Zmieniał się kąt, pod jakim na nie patrzył – widział: na grzbietach miały przymocowane głębokie siodła.

Zacieśnił krzywą obejścia i zwolnił kroku; chciał usłyszeć, o czym tamci rozmawiają. Wciąż nie mógł się pozbyć uczucia, iż w istocie jest ofiarą jakiegoś gigantycznego oszustwa, metafizycznej mistyfikacji. Planeta? Jaka planeta? To tylko słowo. Karkołomna konstrukcja myślowa.

– Matthew Lee – przedstawiła Czarnego kobieta.

Anouki spojrzał na nagą szablę.

Czarny zaśmiał się i sprawnie schował ją do pochwy, pod płaszcz.

– Jestem astronomem. To znaczy byłem. Skorzystałem po prostu z zapobiegliwości DeWonte'a – klepnął rękojeść. – Oni tam w „Arce" setkami tkają w transmutatorach miecze, siekiery, kosy; tonami zrzucają nam tu przeróżne żelastwo.

– Lepianki Fitzpatricka...

– To ekstremista.

– Histeryk – dodała kobieta.

– Aż tak źle?

– Twój samochód... Zdziwię się, jak dociągnie do Piszczeli.

– Proces postępuje, a?

– Oceniałbym to w skali mikro. Do pewnego progu. Procesory, na przykład, martwe całkowicie. Radio lampowe: jednorazowego użytku. A rewolwery... zaiste, rosyjska ruletka. O ile wiem, osiem, dziewięć strzałów wytrzymują; no, jeszcze są przypadki wyjątkowe...

– Charliego zabił jego własny stroepper, dwudziestka dwójka.

– Charlie nie żyje? – zdziwiła się.

– O, widzisz, masz dobry przykład – kontynuował Czarny. – Odwrotnie proporcjonalnie do stopnia złożoności, z uwzględnieniem narzutu losowego. Wiesz co jest bardzo popularne? Wiatrówki, broń pneumatyczna. I kusze samopowtarzalne. Co on robi?

Podążający za Cieniem kucał nad trupem leżącym na metalowej, dwukołowej maszynie. Wąchał jego dłoń.

– Anouki? – kobieta dotknęła ramienia Białego Diabła. – Kto to w ogóle jest?

– Sen. Wracam z Groty.

– Przecież widzę, że sen. Indianin.

– Tak. Tropiciel. Znajdzie mi Saint-Pierce'a.

– Anouki! On ma twoje włosy!

Czarnooki zachłysnął się; spojrzał na Podążającego za Cieniem, na zbulwiałą głowę Spieglassa i z powrotem na szamana, na blond skalp u jego pasa.

– Chryste Panie...!

Biały Diabeł był wyraźnie zmieszany. Nie wiedział, co powiedzieć. Pocierał nerwowo wnętrza dłoni.

– Kogoś ty wyśnił...? – szepnęła kobieta.

Biały Diabeł patrzył gdzieś w bok.

– Cóż...

Gdyby był do tego zdolny, Podążający za Cieniem poczułby się zażenowany w imieniu swego stwórcy. Coraz niższe i niższe miał o nim mniemanie. Trafił mu się zarozumiały tchórz na boga.

Kobieta zaciągnęła się papierosem.

– Lee – tchnęła – zabij to.

– Ojalika – jęknął malejący olbrzym – ja cię proszę...

Nie zwracała nań uwagi.

– Lee! Zlikwiduj tę zmorę! A Groty... Groty trzeba będzie zasypać. Tylko ucieleśnionych id nam tu brakuje. Lee, głuchy jesteś?

Czarny Czarnooki tylko stał i patrzył na szamana.

– On rozumie, co mówimy – rzekł naraz.

Ojalika szarpnęła głową.

– Co?

– Tak, tak – pospieszył z wyjaśnieniem Anouki. – Specjalnie wybrałem takiego. To mieszaniec z terenu Kanady. Naprawdę, on mi jest potrzebny...

Spomiędzy drzew po lewej wyskoczył Potwór. Spojrzeli nań w panicznym odruchu. A pierwsza oderwała wzrok od zwierzęcia Ojalika, jakoś wyczuła ruch Podążającego za Cieniem. Wskazała go papierosem: z odległości dziesięciu-dwunastu kroków mierzył do nich z tego swojego ogromnego łuku, którego cięciwę napiął był aż poza obojczyk; stalowy grot strzały celował w serce Czarnookiego.

Czarnooki tylko się uśmiechnął. Zacisnął w pięści urękawicznione dłonie.

Biały Diabeł zadyszał się w strachu; wszystko mu się waliło, obracało w rzeczy odwrotne zamierzonym.

– Luis! – krzyknął błagalnie. – Nie rób tego!

Jego skalp powiewa u mojego pasa, pomyślał tropiciel, a on mnie błaga. W duchu splunął swemu stworzycielowi w twarz.

– Nie zdążysz nas wszystkich zabić – stwierdziła Ojalika.

– Zabiję Czarnego – odezwał się. – Anouki Spieglass się nie poruszy, a tobie, bezczelna kobieto, roztrzaskam czaszkę.

Ojalika przekrzywiła lekko głowę, zmrużyła oczy.

– Dlaczego? Boisz się o własne życie? Okay, rezygnuję z zamiaru likwidacji snów.

– Nie wierzę ci. Masz mord na twarzy.

Spojrzała w dół, na dopalający się papieros.

– Mam mord na twarzy. Cóż. Można to i tak określić. To ja jestem odpowiedzialna za wszystkich ludzi na tej planecie, Luis... Tak masz na imię, prawda? To ja dowodzę w tym bagnie. Mogę spełnić wiele twych życzeń. Moja śmierć natomiast sprowadzi na ciebie jedynie zemstę; no, mam nadzieję, że ktoś będzie chciał mnie pomścić... – mówiąc, wykonała powoli i swobodnie szereg czynności: rzuciła niedopałek w błoto, jeszcze przydepnęła go, pomacała po kieszeniach ciemnych spodni i żółtej kamizelki, wyjęła jakiś czarny przedmiot i skrętem nadgarstka skierowała go ku szamanowi. – Dobra, Luis, strzel albo wyceluj we mnie, to załatwię cię od razu. Wolno, wolno, wolno zluzuj cięciwę. Strzała. Odrzuć łuk. Taak.

Biały Diabeł zazezował w bok.

– Ojalika – zachrypiał – ta bestia stoi za tobą.

– To jego?

– Mój – rzekł Podążający za Cieniem.

– No to mamy pata. – Przesunęła długopalcą dłonią po gładkim sklepieniu czaszki. – Ale ty od początku nie zamierzałeś strzelić, prawda?

– Teraz podejdę do ciebie... – zaczął pospiesznie Czarny Czarnooki, próbując przejąć inicjatywę.

Lecz szaman już zdecydował.

– Nie uczynię wam krzywdy, jeśli nie będę musiał – wyrecytował z kamienną twarzą.

Milczenie zapadłe po tym oświadczeniu trwało tak długo, że mimowolnie jęli się przysłuchiwać własnym oddechom.

Nareszcie ona:

– Okay, Lee. Skoro on nam wierzy.

Czarny obrócił się do niej i czym prędzej zmienił temat.

– Co ty tam masz?

Nie powinien zadawać tego pytania, nie mogła go zignorować; ale zachowała spokój.

– Ach, to? Telefon, sam widzisz; oczywiście nie działa. Cóż, Luis, musiałam się ratować podstępem. – Schowała pudełko do kieszeni.

– W ciebie powinienem wycelować – rzekł tropiciel, podnosząc łuk; przedmiot „telefon” jest niegroźny, zanotował sobie w myśli.

– Dziękuję. Lee, niniejszym wprowadzam zarządzenie zabraniające snom wstępu do Piszczeli. Przypomnij mi, żebym przekazała DeWonte'owi, by zrzucił na wejścia do Grot trochę jakiegoś śmiecia bez osłon i spadochronów. Dobra, może w końcu zajmiemy się tym nieszczęśnikiem.

Podeszli na skraj wgłębienia, w którym spoczywała maszyna i zwłoki. Podążający za Cieniem stał po drugiej jego stronie.

Czarny Czarnooki obejrzał się za siebie, ale Potwór już gdzieś zniknął. Mężczyzna parsknął zirytowany.

Anouki niepewnie zbliżył się do Podążającego za Cieniem.

– Co ty wyprawiasz? – jął szeptać. – Zabiją cię. A ty mi musisz znaleźć Saint-Pierce'a. Jesteś tropicielem. Rozumiesz? Tropicielem. Siła twego istnienia leży w wyobrażeniu. Inaczej rozpuścisz się równie pewnie, jak po mojej śmierci: m u s i s z wytropić Saint-Pierce'a.

Podążający za Cieniem go ignorował. Dzielił swoją uwagę pomiędzy obserwację tajemnych ruchów szyi pary zwierząt błoniastoskrzydłych, a próby wychwycenia poszczególnych słów z szybkiej konwersacji prowadzonej przez Ojalikę i Czarnookiego nad zwłokami nagiego mężczyzny oraz zimną i cichą maszyną dwukołową.

– ...wszystkie Trupy...

– ...nie wiem, nie wiem; może ten klan...

– ...szaleć z Harleyem po wykrotach...

– ...jeśli wejdziemy w sojusz...

– ...znaki totemiczne...

– ...cały burdel na tej planecie...

– Chodź – Biały Diabeł pociągnął Cayugę ku jeepowi. – Chodź, musimy zdążyć przed zmrokiem; nocą w lesie...

Tropiciel wskazał łukiem zwłoki.

– Kto zabił?

– Trupy.

– Trupy?

– Autochtoni. Tubylcy. Tutejsza rasa. Chodź, chodź.

– Nie rób tego więcej.

– Co...? Czego?

– Nie dotykaj mnie.

Anouki siedział już w samochodzie, a Podążający za Cieniem zagłębiał się pomiędzy niedrzewa, gdy rozległ się krzyk Ojaliki.

– On nie może wejść do Piszczeli! Słyszysz, Anouki? Zabraniam! Nie zatruwaj mi tej planety jeszcze swoimi kompleksami!

Podążający Za Cieniem potrząsnął głową. Planeta. Niemożliwe. Wszystko kłamstwo.

Patrz

A zatem dlatego nazywają je Piszczelami. Cóż tak przeżłobiło te skały – woda? wiatr? Sterczą krzywymi żebrami z nagiego bagna na setki metrów; długie, wąskie, strzępiaste. Koloru mokrego popiołu. Wąwozy pomiędzy nimi, śmiertelnie cieniste, złowróżbnie głębokie, przykryte są plątaniną mostów wiszących i stałych. Samych szczytów Piszczeli nie dojrzysz z tak bliska. A to na nich mieści się fort. Widziałem lśniące maszynoptaki spływające doń z chmur. Widziałem aureole złotych zorzy ponad krawędziami skalnych żeber, jak powidoki zachodzącego słońca. Niebosiężne wysokości... Jak oni tam wchodzą? Wlatują – wlatują na tych błoniastoskrzydłych zwierzętach; ich nieregularny klucz płynie właśnie przez nieboskłon. Tu wszystko odwrócone; słowo znaczy rzecz przeciwną; czarne jest białe; mężczyźni jak kobiety, kobiety jak mężczyźni. Mgła unosi się nad ziemią, mgli się, odkąd wyszliśmy z niepuszczy; tak, tak, tak dobrze. Mgielne, chwilowe istnienia. Nie mogę na niego spojrzeć, bym nie pomyślał: to mój stwórca. Ale i on nie może spojrzeć na mnie i nie zobaczyć swego skalpu, i nie przestraszyć się; tak jest sprawiedliwie. I dlatego nie patrzy, omija wzrokiem. Przygotowuje się właśnie do zejścia z płaskowyżu na równinę, do Piszczeli; rozładowuje unieruchomionego jeepa. Maszyna zdechła mu w połowie stoku. Stoi niebezpiecznie przechylona na lewą stronę. Obracam nad ogniskiem upolowanego podczas marszu skoczka pajęczego; zapach jego palonego tłuszczu jest przyjemniejszy, niż można się było spodziewać po wyglądzie zwierzęcia. Jeśli to zwierzę. Przynajmniej dym jest zwiewny i ulotny, ponieważ taki być powinien. Słońce zapada na wschodzie. Monumentalne, kamienne ostrza Piszczeli wyciągają swe cieniste szpony po brudnej gładzi równiny. Ktoś rzucił się z wiszącego mostu w międzyżebrową czeluść – i pożarł go w locie mrok. Nadciąga noc.

Słuchaj

– Wysłuchaj mnie, Luis. Podążający za Cieniem, mój tropicielu. – Trawi go jakaś gorączka, ogień sekretnej żądzy; mówi jak zamroczony, jakby rzeczywiście do swego snu i we śnie inwokował. – Ty jeden nie możesz mnie zdradzić, nie możesz opuścić. Ty mi go odnajdziesz, dzięki tobie poniesie karę. To zły człowiek; to nawet nie człowiek. To wampir; drapieżne monstrum, wybryk natury. Wampir. Nie wiesz? Krew wysysa. Wbija zęby, o, i wysysa. – Przekrzywiając nieludzko głowę i naprężając szyję, pokazał, jak. – Nieśmiertelny. Olivier Saint-Pierce; za niego się podawał, gdy go pochwycono. Należało go od razu zlikwidować. Ale żywy wampir... taki fenomenalny metabolizm – miałby się zmarnować? Wykorzystali, a jakże. Dwustuletni lot „Arki", dwustuletni nasz sen – nieśmiertelny to wszak wymarzony pilot nadzorca; poza tym w ten sposób na zawsze się go pozbywali, nie mordując. Humaniści, myślałby kto... I oto gdzie trafiliśmy! Mimo zabezpieczeń, mimo tych niezliczonych sztucznych niby-inteligencji. Liczyli na jego instynkt samozachowawczy. Ale on nawet nie myśli jak człowiek! Specjalnie, specjalnie uszkodził statek, specjalnie sprowadził nas na to cmentarzysko. Bagno. Nasz statek, „Arka"... Łódź śródgwiezdna, żeglujemy po niebie. Nie, ty nic nie rozumiesz. Gwiazdy to wyspy w oceanie mrocznej pustki; okręt nasz... zobaczyłbyś go, ale zaszedł za dnia. Przemierzaliśmy mrok z szybkością myśli przez czas tak długi, iż musiano nas pogrążyć w sztucznym śnie, abyśmy nie pomarli w drodze. Jedynie on, nieśmiertelny... i jego krwiodawcze świnie. To potwór, jak mogliśmy... Tak. Tak. I teraz jesteśmy tu. Bagno. Czy wiesz, że trzymał nas tam na orbicie, uśpionych, przez dziesiątki lat, w nieświadomości katastrofy... i dopiero gdy dosięgła „Arkę" przeklęta moc Bagna i zaczęło się wszystko sypać... Wiesz, ilu zginęło, zanim De-

Wonte, jako pierwszy przetrwawszy awarię swego anabiozera, zbudził resztę? Saint-Pierce to morderca; on ma mord w swojej naturze; to potwór. Jest tu. Trupy go kryją. Na nas pasożytuje; nie zabija – pasożytuje... – Anouki zwolnił tempo monologu – ...dopada, obezwładnia samotnego w puszczy... – zapatrzył się w przeszłość; tak, to wspomnienie upokorzenia: ten żar nie spełnionego samozniszczenia – ...pije, pije, pije, pije... Aaaaarchch...! – skoczył w ognisko. – Boże, Boże mój!!

Podążający za Cieniem struga flet, by zaprzyjaźnić się z nocą

Szaleńca mam za boga. Myślą wariata stworzonym. Mmmmm. Oby noc polubiła dźwięki, które zrodzi to drewno. (Niedrewno). Oby noc.

Poszedł. Wróci ze zwierzętami i najnowszymi wieściami o Zjadaczu Krwi. Będzie polowanie. Będę tropił. To dobrze. Niech się dzieje nieuchronność.

A gdybym go zabił? Czy rzeczywiście... rozsnułbym się w niebyt mgłą poranną? To nierealne – jak wieczorna opowieść starca. Lecz – jak mogę się bać będąc zaledwie snem? A wszak byłem nim od... od – zawsze.

Ale teraz wiem. Oto co czują wojownicy przed zdecydowaniem się na krok w przepaść. Zwątpienie. Zwątpienie we wszystko.

Spytałem Ziemię pod Ziemią, a było to świtem po najeździe Piór, gdy nie stanęły jeszcze stosy pogrzebowe mych rodziców, po co żyć. Spytałem: Po co, po co? Odrzekł: Jutro spadnie deszcz; czuję to. Rozpęta się burza. Martwy nie poczujesz jej zapachu.

Wtedy stanowiło to argument nie do zbicia. Lecz teraz? Teraz wszystko jest podważalne.

Być może za wyjątkiem chłodu nocy. I blasku gwiazd. I woni zgaszonego ogniska. Na krew potępionych, czyżby cała realność mego bytu zawierała się w zdolności do odbierania złudzeń?! Przygniata mnie cielesność. Nawet we śnie nie można się wyrzec siebie. Cała moja wiara, logika długich przemyśleń, przekonania głębsze od instynktów –

nie znaczą nic w porównaniu z wrażeniem dotyku gładkiego, wilgotnego drewna. (Niedrewna). Musiałbym wykłuć sobie oczy, odciąć uszy, zmiażdżyć nos, wyrwać język i obedrzeć się ze skóry. W oceanie anonimowego bólu zanurzony – wówczas dopiero, być może...

Ale znowu wyje gdzieś za Piszczelami demon nocy; a ja zapamiętam to wycie, i ten jeden skowyt przeważy pamięć dziesiątek wiosen i zim w Krainie Strumieni. Która nie istnieje. Która była wymysłem Białego Diabła.

Bogowie, bogowie, i wy, Duchy Przeszłości – wierzę, wierzę, wierzę, że słyszycie mnie. *Oooooooooo-uuuuuuuuoooooo!* Wierzę, wierzę, wierzę, że wysłuchacie mnie. Jeśli nie życie, to odbierzcie mi chociaż pamięć, gdyż nie mogę, nie potrafię nie wierzyć w ten świat.

Teraz będę grać; powiedzcie nocy, że.

II

Trop

– Wysoki?
– Wysoki.
– Jak ubrany?
– Był nagi.
– Włosy?
– Zero.
– Znaki szczególne?
– Teraz tak.
– Jak to było, przez lewy policzek?
– Aha. Takim, o, kamieniem. Zresztą nawet nie widziałem, czym walę. Ale dostał. Poczułem. Miękko weszło. Kość policzkowa, bok twarzy. Tak jakoś.
– Uważaj sobie!
– *Sorry.*
– Luis, nie słuchasz?
– Kto to?
– Sen; mów dalej.
– Niby co? Wrzasnął, uciekł, tyle go widziałem.
– Powiedział coś?

– No co ty, wylatuje goły z krzaków i z zębami na człowieka; to według ciebie, jak rozbudowane konwersacje można z gościem prowadzić? Ile to wszystkiego było, pięć sekund? Skacze, szarpanina, upadamy, kamień, wrzeszczy i ucieka. Koniec. Akurat najdłużej to się przypatrzyłem jego dupie, jak sadził między drzewa. Zresztą zaraz się rozmył; tu nocą, choć oko wykol...

– Dobra, dobra. Luis! Luis! Nie chcesz go o coś zapytać?

Podążający za Cieniem podniósł się znad domniemanych śladów stóp Zjadacza Krwi, które pieścił był koniuszkami palców swej okaleczonej dłoni, po czym obrócił się do Białego Diabła i Poparzonego. Od kilku dni nie nosił swej kurty – nazbyt nasiąkała tutejszym dżdżem – pozostawiając ją w sakwie przy siodle daka, i teraz widok straszliwej plątaniny blizn i prymitywnego, krwawego tatuażu, pokrywającej pierś szamana, a niczym nie przesłoniętej, jeśli nie liczyć naszyjników z kłów i szponów nie istniejących, prześnionych zwierząt oraz paru amuletów i talizmanów – widok ten uderzył w Poparzonego niczym słowa śmiertelnej obrazy. Zbladł. Sięgnął ręką gdzieś w powietrze, zaraz cofnął ją. Spojrzał na Anoukiego, ale ten miał już doświadczenie i wiedział, kiedy patrzeć w bok. Poparzony wrócił zatem wzrokiem do Podążającego za Cieniem; za drugim razem zobaczył więcej: skalp, tomahawk, wielki nóż, skołtunione włosy z niepokojącymi skrzepami czerwieni, świeże szramy na czole, całkowicie obcą w swym wyrazie twarz, złe oczy. Dzikość w każdym geście. Najpierw trwa przez długie minuty w nieludzkim bezruchu, aż nagle rozbucha się zamaszyście.

W tym jarze, zalesionej wklęsłości gruntu o łagodnych zboczach, jak odcisku stopy giganta (ślady, ślady; rzecze tropiciel: każda rzecz jest śladem innej) panował półmrok głębszy i cięższy, aniżeli w lasach prześnionych. Wszystkie gesty, drobne poruszenia – okazywały się tu wielocieniste, pozostawiały za sobą ciemne echa niedowidzeń. W cieniu można zobaczyć więcej, niż istnieje w rzeczywistości: w cieniu jest wszystko, o czym pomyślisz, czego pragniesz, czego się boisz.

Kiedy szaman postąpił ku niemu pierwszy krok, Poparzony uskoczył za swego daka i sięgnął niewprawnie po bułat.

– Anouki!

Biały Diabeł zaśmiał się sztucznie, poprawiając czarny materiał czapki na oskalpowanej czaszce.

– Spokojnie, przecież nic ci nie zrobi.

Tylko ich trzech; i trzy daki. Wokoło niepuszcza. Strach Poparzonego nie był sierotą.

– Opowiedz mi o jego strachu – rzekł Podążający za Cieniem. – On był przerażony, prawda? Bał się bardziej od ciebie. Tak?

– Może – sapnął Poparzony. – Tak mi się wydaje.

– Widziałeś jego zęby? Widziałeś, czy ma kły?

Poparzonemu wszystko to coraz mniej się podobało. Zgadzając się wskazać miejsce incydentu, nie wiedział o szamanie; przyłączył się on do nich dopiero w powietrzu. Teraz Poparzony marzył już tylko, by wsiąść na daka i odlecieć. Nie był żadnym tam awanturnikiem: był profesorem informatyki.

– Nie, nie, nic nie widziałem. Słuchajcie, ja już muszę się zmywać.

Wskoczył na daka, oglądając się nerwowo za siebie, na Indianina.

Indianin podszedł do swojego wierzchowca, odpiął od siodła łęczysko, kołczan. Poparzony przeraził się. Gwizdnął. Szyje jego daka przygięły się do ziemi, półprzezroczyste skrzydła rozłożyły się nieprawdopodobnie szeroko – zwierzę zaczęło biec; wypatrzywszy jakoś prześwit śróddrzewny skoczyło, rozłopotało się i mozolnie, ciężko wzbiło ponad niepuszczę.

Podążający za Cieniem przerzucił sobie kołczan przez plecy, ugiął próbnie łęczysko.

– Pobiegnę.

– To on?

– Nie wiem.

– Ale jak myślisz? Powiedz. On?

– Nie wiem.

– Mógł wyłysieć. Mógł sobie sam skórę na głowie wydepilować.

– Zobaczę. Leć za mną, sprawdzaj wieczorami: dwa ogniska obok siebie, trzecie wskazujące kierunek. Spiralą leć.

– Nie zabij go. Poczekaj na mnie. Ja... ja chcę...

Ale Podążający za Cieniem już biegł. Od razu wszedł w rytm podróżny. Jar, daki i Biały Diabeł zniknęli za jego plecami po kilkunastu oddechach. Świat przesłoniły mu niedrzewa.

Wkrótce bez reszty zapamiętał się w biegu. Rytm był wszystkim. Wciąż czuł się bezprawnie lekkim; biegło mu się zaiste zwierzęco. Po tropie zwierzyny. Nie zadeptywał go, biegł obok. Rzadko bywał zmuszony przystanąć, zastanowić się – miękka, odkształcająca się ziemia Bagna stanowiła wymarzone podłoże dla tropiciela. Poparzony został napadnięty wczorajszym popołudniem, strata wynosiła trzy czwarte bagiennego dnia, czyli więcej jak jeden dzień prześniony.

Po prawdzie mocno wątpił, czy to rzeczywiście Zjadacz Krwi. Już go sobie w myśli odegrał rytuałem Prośby Myśliwego z tych wszystkich pokutniczych opowieści Białego Diabła, jakich musiał wysłuchiwać na każdym postoju; i ów Zjadacz Krwi z myśli szamana utoczony nie wyskoczyłby tak z krzaków na ofiarę w panicznym ataku – i nie uciekłby. Któż to zatem był? I czy faktycznie krwi pragnął?

Biegł. Tropił. Lekko mu się biegło. Dobrze mu się tropiło. Szczęśliwym czuć się powinien.

Biegł. O zmierzchu musiał się zatrzymać, po ciemnej nocy śródleśnej tropić nie sposób. Zapalił przyrzeczone ogniska, zasnął. Biały Diabeł nie pojawił się.

Rankiem zjadł trochę suszu, który kupił mu on w Piszczelach, napił się wody ze strumienia – smakowała śmiercią – pomodlił – i pobiegł dalej. Koło południa odnalazł go Potwór. Biegli razem.

Coraz bliżej. Tamten kluczył bez celu, często się zatrzymywał. Na trzy dłonie przed zachodem Podążający za Cieniem natrafił na jego odchody, jeszcze ciepłe. Założył cięciwę na łuk, poprawił kołczan.

Niedługo potem zwierzyna wyprowadziła ich z niepuszczy na czarną od gęstego porostu równinę, daleko, niemal na horyzoncie, przecinaną szeroką żyłą rzeki koloru chorobliwej żółci; tego się Cayuga nie spodziewał: wyjście na teren odkryty to lekkomyślny manewr ze strony kogoś, kto ma powody podejrzewać pościg. Czyżby Zjadacz Krwi był aż tak głupi? Istota, która żyje setki i tysiące lat? Niemożliwe.

Zobaczył ją. Siedziała na kamienistym pagórku, patrzyła ku rzece. Dwadzieścia strzałów z łuku, jeśli nie dalej. Potwór pognał odciąć jej drogę ucieczki z drugiej strony. Podążający za Cieniem skierował się zaś prosto naprzeciw wiatrowi.

Teraz już nie miał nawet jak się kryć: pędził ku Nagiemu, chcąc jak najbardziej się zbliżyć, póki patrzy on w innym kierunku. Zresztą i tak już mu nie ucieknie. Nie może. Został upolowany.

Zmierzchało i równina wyglądała jak o prześnionej jutrzence. Po brudnym niebie rozsmagały się strzępy niechmur. Coś wyło w straszliwej dali.

Podążający za Cieniem otworzył szeroko usta, by zbezdźwięczyć oddech. Porosty łaskawie amortyzowały i wytłumiały jego stąpnięcia. Widział już smugi zaschniętego błota na umięśnionych plecach Nagiego.

Coś go ostrzegło. Co? Przychylni bogowie, szept ruchu niewyciszony, instynkt. Obejrzał się. Szczęka mu opadła ze śmiertelnego zdumienia.

Wtedy szaman, w pełnym pędzie, sięgając po strzały – wykrzywił twarz w maskę wściekłości, dzikości i grozy i wydał ścinający strach w myśli okrzyk wojenny Cayugi. Dzięki temu Nagi pozostał w bezwolnym bezruchu te pięć susów dłużej. Potem jednak poderwał się, skoczył w dół i pobiegł ku rzece.

Podążający za Cieniem, stanąwszy na opuszczonym szczycie pagórka, wstrzymał oddech i wypuścił za Nagim, jedną po drugiej, trzy strzały; strzelał w nogi, grotów nie zatruł, nie chciał zabijać. Pierwsza nie trafiła, druga przebiła udo, trzecia przecięła skórę na biodrze Nagiego. Tropiciel odetchnął i zszedł z pagórka. Obawiał się był o celność, wciąż nie przyzwyczaił się do wszechlekkości Bagna. Ale dobrze poszło. Nagi leżał dziwnie skręcony na prawym boku, wystawiając na światło zachodzącego (wschodzącego) słońca zmasakrowaną połowę twarzy. Krzyczał z bólu i w irracjonalnym geście obydwiema rękami ściskał brzechwę. Interwencja Potwora okazała się niepotrzebna.

Podążający za Cieniem podszedł do zwierzyny, sprawdził, czy upływ jej krwi nie jest śmiertelny – nie był – po czym ogłuszył ją szybkim, krótkim ciosem tomahawka.

Teraz powiesz mi wszystko

– Teraz powiesz mi wszystko, by uniknąć bólu.

Związał go tak, że i w bezruchu pił cierpienie. Oddychał z wysiłkiem. Patrzył na Podążającego za Cieniem załzawionymi oczyma. Błyszczały od tych samych promieni seledynowych księżyców, które pełgały na klindze szamańskiego noża. Cayuga pytał i ciął. I Nagi – gdy nie wrzeszczał opętańczo – mówił; mówił bez przerwy, słowo nakładało się na słowo, nie mógł przestać. A Podążający za Cieniem go po prostu nie rozumiał. Podążający za Cieniem nie znał tego języka, nigdy wcześniej go nie słyszał. Początkowo traktował to jako wybieg, lecz po trzeciej utracie przytomności przez przesłuchiwanego – uwierzył. Zapalił ogniska; czekał. Potwór, podniecony zapachem świeżej krwi, krążył na granicy mroku. Nagi coś tam bełkotał po swojemu, zamknięty w bólu, nie docierały doń ciepłe, senne tony muzyki płynącej z fletu Indianina. Tropiciel grał. Na falach melodii myślało mu się lżej. Kim jest Nagi? Człowiekiem z naniebnej „Arki"? Czemuż zatem nie mówi po angielsku, oni wszyscy znają ten język. Czyżby był Trupem? Czy tak wyglądają Trupy? Poparzony by go przecież rozpoznał. Więc kto, kto to jest?

Grał.

Rozłopotała się noc, zaszumiało; coś wyciemniło wielkie fragmenty nieba. Wylądował Anouki z dakiem Cayugi. Tropiciel zgasił dwa odleglejsze ogniska. Kiedy wrócił, zastał Białego Diabła pochylonego nad Nagim.

– Coś ty mu zrobił?

– Przesłuchiwałem.

Olbrzym odwrócił blade oblicze, połknął powietrze wielkim haustem.

– Niewiele widać – powiedział.

Podążający za Cieniem kopnął Nagiego w przestrzelone udo. Nagi rozszwargotał się na nowo. Szaman spojrzał pytająco na Spieglassa.

– Po jakiemu to?

Skonsternowany Anouki wzruszył ramionami.

– Pojęcia nie mam.

– To kto to jest? Nie wampir?

– Skąd!

– No to co z nim?

Biały Diabeł, rozżalony, machnął ręką.

– Ja chciałem Saint-Pierce'a, nie jakiegoś dzikusa; cholera, przecież on gdzieś tu musi być, nie mógł przepłynąć morza...

Podążający za Cieniem przekrzywił głowę, posmakował lekko kwaśną ciemność nocy. Po chwili klęknął.

– Przepraszam – szepnął zwierzynie i dobił ją jednym pociągnięciem noża.

Biały Diabeł zwymiotował.

Szaman spojrzał nań z wyrzutem.

– Nie należy bez potrzeby zadawać bólu. – Potem opuścił wzrok i zobaczył, jak Nagi rozsnuwa się w rzadką mgłę zapomnianego snu.

W powietrzu

Lecieli prześlizgując się po szczytach słupów wstępującego powietrza, skrzydła ich daków prawie się stykały; stanowili dla siebie nawzajem dwuwymiarowe figury mroku. Wiatr masował im twarze. Istnieje zapach i dźwięk wielkich przestrzeni, i oni czuli ten zapach, słyszeli ten dźwięk. Noc bardzo się rozrzedziła.

Czemuż o tym nie pomyślałem? – zapytywał się Podążający za Cieniem. Czemuż nie przewidziałem, że i Zjadacz Krwi może wejść do Groty? Że wyśni własnych Nieistniejących? To było poniekąd oczywiste. Miał czas; miał mnóstwo czasu, dziesiątki lat. Zapewne rozsiał po planecie (planecie! – bogowie, wybaczcie mi) wielu podobnych fałszywych wampirów, którzy, zagubieni, włóczą się po tym świecie, nic nie rozumiejący, a głodni, głodni ludzkiej krwi – doskonale w ten sposób zacierając trop i uniemożliwiając wszelki zorganizowany pościg za prawdziwym Zjadaczem. Jest ich akurat tylu, by jednocześnie nie wpływać ujemnie na populację zwierzyny Zjadacza. I zapewne nie wszyscy są tak charakterystyczni. Kogo tropić? Za wiele ich; po przejściu stada ślad się zaciera, gmatwa, nakłada. Trzeba czekać niewątpliwej identyfikacji przez ofiarę – lecz jeśli zacznie/zaczną je zabijać? Należałoby wówczas sprawdzać wszystkie zabite. Niemożliwe, niemożliwe. Te przestrzenie...

Czemuż o tym nie pomyślałem? – zapytywał się Anouki Spieglass. To jego królestwo, myśmy intruzami, dopiero co spadliśmy weń z nieba i po prawdzie niewiele rozumiemy, a on, wieczny, w swym nieskończonym sprycie, przez ów czas niepodzielnego panowania na pewno przygotował się na wszelkie okoliczności, zabezpieczył wielokrotnie. Ale przecież ja – muszę – muszę – muszę go dopaść! Jest jakiś sposób, ja to wiem! I cóż z tego, że Trupy go kryją; bogiem im zapewne, królem... Trupy! Spróbujmy od tej strony. Gdyby udało się je przekonać... Gdzież miało odbyć się to spotkanie? Co mówiła Ojalika – Dwurożnik? Lewy czy prawy dopływ? Niech Ojalika włączy do traktatu warunek wydania nam Saint-Pierce'a, niech zażąda...

Nowa gwiazda – jasny punkt – krótka kreska wyjarzyła się wtem ogniście w ciemnej dali. Czerwieniejąc, sunęła po ostrym łuku w dół. Huk dobiegł ich dopiero po jakimś czasie, gdy zniknęła już za cieniami gór; wybuchł nagle tępym, niskim grzmotem, który przetoczył się przez noc na powietrznej fali. To DeWonte zamknął właśnie kolejną Grotę.

Szaman i trupy

Ojalikę Otak bolały dziąsła. Podejrzewała początek szkorbutu. Ssała teraz nieprzerwanie witaminowe cukierki. Lecz podobne lecznicze ekstrakty stawały się na rynku Piszczeli coraz droższe, zwiększał się popyt, zmniejszała podaż – i Ojalika obawiała się, że może nadejść taki dzień, kiedy nie będzie jej na nie stać. Zbezzębnieję – wykrzywiała się na wiatr – skóra mi się pomarszczy, przywiędną mięśnie, rozsuszy się twarz latami komputerowo modelowana do skończonego piękna; będę wyglądać jak oni. W tej fiolce, pod witaminizatorami, na samym dnie krył się jeszcze jeden, bynajmniej nie antyszkorbutowy cukierek. Bardzo słodki; bardzo kuszący; nie do zapomnienia. Dla odróżnienia miał czarną barwę.

– Na moment.

Podała Lee lornetkę.

Murzyn zdjął okulary odblaskowe i uniósł zeissa. Po chwili zmarszczył brwi.

– Co oni robią?

Ojalika naciągnęła rękawiczki, skopnęła z wojskowych butów wszechobecne błoto, wzruszyła ramionami. Obejrzała się na wejście do najbliższego namiotu, gdzie Imator wypruwał wnętrzności starożytnemu magnetofonowi. – Będzie coś z tego? – spytała, przerzucając językiem landrynkę w drugi policzek. Imator nie raczył nawet odpowiedzieć. Wróciła wzrokiem do wzgórza totemu.

Ten przerażający tropiciel Anoukiego nadal konwersował ze starszyzną klanu za pomocą szerokich, powolnych, niemal rytualnych gestów. Z tej odległości – bez mała kilometra – nie sposób było się zorientować, o czym właściwie dyskutują. Ludzie nie mieli jednak możliwości zbliżenia się, sami wyznaczyli tak szeroką strefę neutralną, w obawie przed włóczniami tubylców. Pięcioosobowa grupka siedząca w kucki ciasnym okręgiem u stóp monumentalnego totemu, widziana z sąsiedniego wzniesienia, zdawała się nie więcej, jak miejscowym zwichrowaniem i nieregularnym wypiętrzeniem nagiego gruntu. Indianina można było rozpoznać jedynie na skutek różnicy wzrostu pomiędzy nim a jego interlokutorami – sięgała ona dwóch metrów. Wiatr uderzył Ojalikę w twarz i rozmrugała się; Lee oddał jej lornetkę, odwróciła głowę.

Od pałatki oznaczonej emblematem Korpusu szło ku niej dwóch wojskowych w panterkach, goglach bitewnych (działają? – zdumiała się przelotnie), z samopowtarzalnymi kuszerami przy biodrach i wystającymi sponad barków rękojeściami tytanowo-plastikowych mieczy. Rozpoznała porucznika Sebeto i pułkownika Jeslitochcewa. Za nimi dreptał wyraźnie skonfundowany Spieglass, w tej swojej czarnej kominiarce. (Oskalpowany, skrzywiła się). W zsiniałych dłoniach ściskał kubek parującej kawy.

Uśmiechnął się do Ojaliki przepraszająco, odsuwając się od żołnierzy.

Jeslitochcew zakaszlał sucho.

– Pani gubernator...

– To już?

– Co?

– Bunt.

Pułkownik, ruchem starego, zmęczonego człowieka, ściągnął gogle, przejechał dłonią w rękawicy po krótkich włosach.

– Nie chciałbym, żeby tak to się odbywało – powiedział cicho.

– Przykro mi. Nie dam ci tej satysfakcji.

Milczeli. Anouki chłeptał kawę. Jeslitochcew patrzył ponuro ponad kobietą na wzgórze totemu; huśtał w opuszczonej lewej ręce ciemne gogle. Ojalika przyglądała się Imatorowi, uderzając nerwowo lornetką o udo.

– Bądźmy szczerzy – sapnął Sebeto. – DeWonte to nadzieja ocalenia; pani – dogorywanie i degeneracja w strachu...

– Zamknij się – warknął Jeslitochcew.

– Co tym razem wam zaoferował? – spytała spokojnie. – Pomysł z bazami na księżycu upadł, gdy się okazało, że nie sposób podnieść czegokolwiek z powierzchni planety, a upraw z „Arki" nie da się odtworzyć. Ile wam zajmie połapanie się w tym nowym wariactwie?

– No i po co ten sarkazm? Niczego pani nie zmieni. Ludzie pójdą za DeWontem. Myśli pani, że znaczą teraz cokolwiek regulaminy? Wszystko bardzo się uprościło. A poza tym – jest pani kobietą.

Uniosła brwi w szczerym zdumieniu.

– I cóż z tego?

– To prymitywny świat.

– Wrócił czas wojowników, co?

– Dla *homo sapiens* to stan naturalny. Ale nie w tym rzecz. Jedno jest ważne: ludzie pójdą za DeWontem. Nie mówię, że ja osobiście go popieram. Lecz nie mogę działać wbrew opinii ogółu, to tylko spotęgowałoby chaos. Ja również czuję ten ciężar odpowiedzialności, pani gubernator.

– Powiedz mi... powiedz: dlaczego właśnie DeWonte?

Jeslitochcew spojrzał w górę, w niebo – jakby rzeczywiście mógł dojrzeć „Arkę".

– To jego twarz pierwszą widział każdy po przebudzeniu z wiecznego snu.

– A więc – przypadek.

– Wszyscyśmy unoszeni falami entropii.

– Ojalika – mruknął Lee, nie odwracając się. – Oni tu idą.

Obejrzeli się. Szaman i dwa Trupy schodzili ze wzgórza totemu.

– Co jeszcze było w tej kapsule, którą dostarczył wam goniec? – spytała, unosząc do oczu lornetkę.

Stojący krok za nią Jeslitochcew na powrót założył gogle.

– DeWonte przerywa zamykanie Grot. Poza tym informuje o wykryciu przez *sentinele* orbitujące poza strefą wpływu Bagna sztucznego obiektu na stacjonarnej drugiego księżyca – rzekł sucho. – Przypuszcza, że to Saint-Pierce go tam umieścił.

– W pamięci „Arki" nie ma takiej operacji.

– W pamięci „Arki" nie ma wielu rzeczy.

– Prawda? Nikt nie wie, co DeWonte robił przez te dwie doby od swego przebudzenia do otworzenia pozostałych anabiozerów.

Żołnierze za jej plecami wymienili czarne, wyłupiaste spojrzenia.

Sen i Trupy byli już w połowie drogi między wzniesieniami. Ojalika prowadziła ich wiernie rozbłyskami zeissowskich szkieł. Trupy, ponad dwukrotnie wyższe, znacznie szczuplejsze i przez to naturalnie przygarbione, wyglądały jak flankujące ofiarę modliszki. Ich upiorne postaci – właśnie przez tę swoją uniwersalną ohydę – były niemalże anonimowe; nie nosili żadnych ubrań ani ozdób. Mogła zamknąć oczy, równie dobrze by ich widziała, jaskrawo wymalowanych na wewnętrznej stronie powiek: ta brzydota wżera się w mózg niczym narkotyk. Stanowi w istocie nową wartość, przesuwa ci w umyśle skalę piękna, otwiera drzwi koszmarom dotąd niewyobrażalnym. Skóra obwisła, sflaczała, rozmiękła i zwrzodzona wielokrotnie. Twarz jak twarzy senne spotwornienie, wszystko po dziesięciokroć wykarykaturzone; ohyda, ohyda – utoczono ich z błota chorób i teraz się w spojrzeniu rozłażą, rozpuszczają, dezintegrują w powrocie do jednokomórkowej magmy. Choroby, tylko one, jakieś straszliwe zarazy i plagi sekretne, ich ogień wściekły – to on stanowi żywioł owych istot.

Znowu powrócił – i zapewne niejeden raz jeszcze powróci, przywołany przystającą myślą – ten obraz, scena ciężko odbita w plastycznym piasku pamięci: szaman i Trupy, tanecznie przykucnięci, w zamkniętym kręgu tajemnicy, jednako obcy; i oto szaman rytualnym gestem unosi dłoń ku niebu, a tamci odpowiadają mu synchronicznymi poruszeniami patykowatych ramion – i rozumieją się, bez wątpienia znaleźli jakąś wspólną im wszystkim mowę – zjednoczeni dzikością swych serc. Ojalika tego nie pojmowała i usilnie starała sobie wytłumaczyć ów fenomen, odwołując się do coraz dziwniejszych teorii.

Weszli na wzgórze i zatrzymali się w odległości wystarczająco dużej, by nie przytłaczać ludzi swym wzrostem; sen podszedł jednak bliżej.

– Ty, kobieto; ty możesz powiedzieć: tak; możesz powiedzieć: nie.

– Ja.

– Klan Strachu złoży przysięgę. Wy złożycie przysięgę. Pokój na prawach równowagi. Krew za krew. Granicę stanowi prawy dopływ.

– Powiedzieli ci to? – Zerknęła na Imatora, semantyka ze specjalizacją ksenologiczną, bezradnego bez swej, martwej teraz, aparatury, który podszedł do grupy, jeszcze ze śrubokrętem w ręku.

– Zarzucasz mi kłamstwo?

– Spokojnie, Luis.

– Nie jestem Luis.

Porucznik Sebeto nie wytrzymał smrodu Trupów i odwrócił się, przesłonił nos urękawiczoną dłonią. Zdegustowana Ojalika posłała mu zimne spojrzenie.

– A Saint-Pierce? – wyrwał się Spieglass. – Lu... Podążający za Cieniem, oni na pewno wiedzą...

Jeslitochcew westchnął ciężko.

– Będę tropił – rzekł szaman i na powrót zwrócił się do Ojaliki: – Nim słońce opadnie o ich dłoń, rozpocznie się ceremonia przysięgi pod totemem. Przygotujcie się.

– Dlaczego oni tu z tobą przyszli?

Stali i gapili się z wysokości tymi swoimi mętnymi, rozlanymi po potwornych obliczach ślepiami.

– Wiedzą, że mówię prawdę – uniósł rękę.

Lewy Trup pochylił się lekko.

– *Tja krit. Dd-lemunyea-hh.*

Jeslitochcew, ciemno zapatrzony w masakrę na piersi tropiciela, postąpił krok ku Ojalice.

– Może byłoby lepiej, gdyby przysięgę złożył DeWonte – rzekł cicho i z niejakim zmieszaniem.

Ojalika jakby go nie słyszała.

– Podążający za Cieniem, pójdziesz za mną – skinęła na sen.

Odeszli poza namioty. Trupy czekały w bezruchu. Imator próbował zmusić je do podjęcia rozmowy; bezskutecznie. Pozostali przyglądali się ohydom w milczeniu.

Ojalika zatrzymała się za wrakiem unieruchomionej na zawsze ciężarówki, ograbionej przezornie ze wszystkiego, co przenośne, nawet szyb.

– Powiedz mi... wytropisz go?

– Wiem, gdzie mieszka. Powiedzieli mi.

– Naprawdę?

– Mieszka w Twierdzy.

– Mhm... przewidujesz jakieś kłopoty?

– On jest bogiem. Bogów się nie sprzedaje.

– Mhm... Ale tak czy owak – będziesz go tropił.

– Jestem, kim jestem.

– Skąd to znasz?

– Co?

– Nic. Kiedy go już dopadniesz... powstrzymaj Anoukiego. Poślę Lee, dopilnuje. Ja muszę z Saint-Pierce'em porozmawiać.

– Po co?

– On wie.

– Co?

– Wszystko. Bagno jest jego.

– Chcesz władzy. Biały Diabeł chce zemsty.

– Powiedz, czego ty chcesz.

Szybkie, ostre zdania. Ojalika uciekała wzrokiem, lecz sen patrzył bezlitośnie.

– Powinienem cię wtedy zabić. W tobie jest demon.

Twierdza

W miejscu, gdzie Pazur załamuje się w strome, urwiskowe zbocze, odrasta odeń masywny, kamienny filar; na jego szczycie mieszka bóg Klanu Miłosierdzia. Nie można tam dakiem wylądować. Nie można tam podejść od południa, wschodu ani zachodu. Można tam podejść od północy, ale na północy czekają Legiony.

– Co?

– Legiony.

– A cóż to takiego, u licha?

Podążający za Cieniem zmilczał.

Lee wzruszył ramionami.

W trzasku wirtualnych płomieni ogniska noc szyfrowała tajemne ostrzeżenia.

Biały Diabeł przyglądał się poprzez dym, jak tropiciel zatruwa groty strzał.

– Skąd wziąłeś tę truciznę?

– Zrobiłem.

– Jak? Z czego? Skąd wiesz, że dla nich też jest zabójcza?

– Każdy świat ma swoje trucizny, swoje leki.

Czarny Czarnooki zapalił fajkę. Rozciągnięty leniwie pod czerwono-żółtym poncho, obserwował zaciemnianie kolejnych gwiazdozbiorów przez przepływające chmury; w myśli nazywał te obce mu konstelacje. Młot. Statek.

Akcelerator. Prezerwatywa. Ptak. Karabin. Włosy. Nie rozumiał polecenia Ojaliki, by towarzyszyć szaleńcowi i jego snowi w tym śmiertelnym pościgu za wampirem – lecz teraz naszło go niespodziewanie straszliwe podejrzenie, iż uczyniła to, by uchronić go przed zemstą DeWonte'a, który wszak zapowiedział był swe rychłe zniebozstąpienie.

– Ojalika... – odezwał się Anouki i Lee drgnął – czemu ona nosi ze sobą ten telefon?

Lee zaśmiał się.

– Ma wciąż nadzieję, że znajdzie takie miejsce, gdzie on zadziała. Nie wierzy w Bagno. Mówi: to niemożliwe, to nie ma sensu. Wierzy w naukę.

Potwór: nadbiegł, zawył. Szaman poderwał się na nogi. Nóż. Tomahawk. Potwór wył na południe, na Pazur tnący krzywym cieniem gwiazdoskłon. Poderwali się i ludzie. Lee podniósł szablę, wyciągnął ją z pochwy. Anouki, oblizując wargi, przeładował remingtona. Daki w nagłym strachu rozłopotały się bezsilnie na uwięzi długich rzemieni. Cayuga drapał blizny po odrąbanych palcach.

– Widzisz to?

– Co?

– To na niebie.

Tropiciel schował nóż, czym prędzej założył na łęczysko cięciwę, pozbierał strzały. Potem skoczył w ognisko i zadeptał je. Czarny Czarnooki – teraz bez okularów – wycofał się wolno za pień powalonego niedrzewa; na klindze jego pałasza rozzielenił się blask księżyców.

Sen zaintonował jakąś jękliwą pieśń; Anoukiemu od tego nieludzkiego dźwięku przebiegł dreszcz po plecach.

Potwór warczał ostrzegawczo.

– Co to jest? Co to jest?!

Spadły na nich z nocnych wysokości, wynurzyły się z mroku niepuszczy – Legiony.

– Na miłość boską... co to jest?!!

Lee wypadła z ręki szabla. Nie miał teraz czasu naciągać rękawic; wytarł wilgotne wnętrza dłoni o płaszcz, pochylił się niepewnie, podniósł broń. Nagle ciężka. Zaklął modlitewnie. Słyszał krzyki rozpanikowanego Anoukiego. Ryki ze strony przeciwnej. Spojrzał. Smok. Nie uwierzył.

A jednak – nadal smok. Ryczy. Miota się po polanie. Skrzydła jak chorobliwe błony nocy. Owadzio szybki. Skórę ma czarną i tylko cieniem go widać. Sen, niczym dobrze naoliwiony automat, w niemożliwym tempie szyje doń z łuku zatrutymi strzałami. Potwór wgryza się wściekle w smoczy ogon. Lee krok za krokiem wstecz. Wtedy – harpie. Spomiędzy gwiazd. Białopierśne erynie o orlich skrzydłach. Ich pazury – wszędzie dookoła. Siecze Lee z rozpaczliwych zamachów; raz, drugi, trzeci; traci równowagę, rzuca go w prawo – Lee garbi się, przyklęka, podpiera... pazury drą i szarpią jego płaszcz na plecach. Przewraca się, przetacza.

Kątem oka: smok, smok ponad wszelką wątpliwość, smoczy stuprocentowo. A tu harpie. Więc wstaje. One nurkują z ciemności, starając się w przelocie rozdrapać go na strzępy. Lecz usiekł już trzy spośród nich. Cztery. W jednym z obrotów dostrzega Spieglassa walczącego z czymś, co wygląda jak sześcioręki goryl; Spieglass nie jest w stanie obrócić remingtona lufą ku stworowi, tamten ma po prostu zbyt wiele łap. Smok zaś kona od sekretnej trucizny szamana, już tylko niezdarnie próbuje zedrzeć z siebie strzały; Potwór dogryza się do jego tętnicy i płynie gęsta, gorąca smocza krew. Tymczasem niepuszcza rodzi kolejne monstra. Co to jest? Biegną, lecą, skaczą, wiją się, przepoczwarzają. Grzmi remington. Wyje sen. Warczy Potwór. Szał. Noc. Noc to usprawiedliwia.

Potem wytarł klingę; wyszczerbiła się była lekko. Nie mógł jej unieść wyżej jak do pasa, a ręka drżała mu przy tym tak, że czubek ostrza pałasza latał na pół metra we wszystkie strony. Znał to zmęczenie mięśni, chociażby z rehabilitacji poanabiozyjnej, lecz teraz, w kontekście owej specyficznej psychicznej bezwoli, jaka go niespodziewanie dopadła, nazwał je od nowa: zmęczenie walką. Depresja pobitewna.

Idąc przez polanę – nagle tak cichą – potknął się kilkakrotnie o rozpływające się powoli w mgłę truchła; wreszcie jedynie grzązł w nich po kolana. Sny. To sny. Legiony Saint-Pierce'a. I wtedy pomyślał: Luis! Obejrzał się. Podążający za Cieniem stał nad pośmiertnie ze sobą splecionymi zwłokami Anoukiego Spieglassa i sześciorękiego goryla, i nucił coś cicho. Lee powlókł się do daków (dwa były martwe), zaczął szukać bandaży; myślał: „Co on teraz zrobi? Wie. Wie: wkrótce... u m r z e. Przestanie istnieć. Ile czasu mu pozostało?" I po chwili: „Koniec polowania".

Obwiązując rozsiekany bark, krzyknął przez nocną polanę powleczoną trupią mgłą:

– Co teraz? Szamanie...? Co teraz?

Podążający za Cieniem, nie odwracając się, wskazał tomahawkiem wysoką ciemność.

– Twierdza.

Słońce wschodzi; słońce zachodzi

Rankiem po walce świat jest jak wyjałowiony; tropiciela przygniata wspomnienie niedawnego niebezpieczeństwa, w porównaniu z nim każdy obraz, każdy dźwięk zdaje się blady i nijaki. Pod wieczór wszystko zaczyna odzyskiwać naturalne proporcje i walka odchodzi w przeszłość dalszą, miesza się z pamięcią dni z minionych miesięcy i lat.

Zachodzi/wschodzi słońce. Nawet w Bagnie jest w tym piękno. Nawet tu. Podążający za Cieniem chłonie to piękno, ponieważ poza nim nic już mu nie pozostało. Siedzi na nagim stoku pod masywem Pazura i stara się nie patrzeć na konającego Potwora, nie słyszeć jego błagalnego skomlenia: zwierzę czuje, że to śmierć. Utrata realności istnienia boli. Już widać przezeń odległe głazy. Ale szaman nie może mu pomóc, rozemglenie się Potwora to preludium jego własnego końca, to samo go czeka. Więc już tylko słońce, tylko ono.

Kilkadziesiąt kroków od tropiciela wylądowały trzy daki, ale nie spojrzał, bo i po co?

Ojalika pomogła Lee zejść z jego wierzchowca; Murzyn zatoczył się. Prócz posiekanego barku, który prymitywnie obwiązał był sobie podartą na pasy koszulą, wykrwawiał się z nowej rany na prawym biodrze; nie mógł ustać. Zrobił pół kroku i usiadł; ale siedzieć też nie był w stanie i skończył rozciągnięty jak długi w cieniu daka, który od woni ludzkiej krwi rozkolebał szaleńczo swoje szyje/ogony. Ojalika, odziana w jakieś przedziwne, połyskujące mokro, bufiaste ubranie, pochyliła się nad nim zaniepokojona.

– I jak?

– Nic, nic...

– No co, boli?

– Daj spokój.

– Żeby chociaż morfina...

– Masz?

– Nie.

– Och.

– Lee...

– Kurwa mać.

Z zaciśniętymi wściekle wargami podeszła do Podążającego za Cieniem; Indianin siedział ze skrzyżowanymi nogami, z łukiem przez uda, zagapiony w słońce. Obok konał dematerializujący się Potwór. Wytrzeszczyła nań oczy. Dopiero kolejne przekleństwo Lee zza pleców otrzeźwiło ją.

– Co, Luis, byłeś tam? Luis? Powiedz.

Ale milczał. Nie istniała dla niego. Wiatr poruszał jego włosami, amuletami, skalpem przy pasie. Słońce – tylko ono.

– Luis, do cholery!

– Pieprzony Indianiec – jęknął Lee.

Potrząsnęła szamanem. Nic.

– On też umiera – rzekł Lee. – Zostaw go. To już nie ma sensu. Przegraliśmy, DeWonte wygrał. Pogódź się z tym, zanim cię to zeżre... Daj mu umrzeć.

– Nikt mi tu nie będzie zdychał!

– Sztuką jest wiedzieć, kiedy się poddać.

– Co za banały mi tu sadzisz!

Zachichotał:

– Banał, w odpowiedniej chwili powtórzony, potrafi odzyskać zatarte piękno starożytnej mądrości.

– Wariat.

– Ojalika...

Przeraził ją ton jego głosu; wróciła do Murzyna. Usiłował się podnieść na łokciu. Zdjął ciemne okulary, jakby zdzierał sobie z twarzy skórę. Przyklękła. Patrzył jej w oczy. Usiłowała go objąć, podtrzymać, ale był zbyt ciężki, zbyt wielki. Coś wybulgotał wraz z krwią.

Potem:

– Ojalika... ja...

– Tak.

No i skonał.

Nie uwierzyła. Chwilę jej zeszło na wtrząsaniu weń życia. Lecz nie ożył. Wtedy spostrzegła, że ma jego krew na ubraniu. Wstała. Wściekłość w oczach.

– Ty skurwysynu – wysyczała. – Jak mogłeś mi tak zdechnąć? Tylko ty mi zostałeś! Jak mogłeś mnie zdradzić?! Wszyscyście tacy sami!

Zaczęła go kopać. Martwe ciało przyjmowało to z całkowitą obojętnością. Kopała więc i kopała.

Nagle czyjaś dłoń na ramieniu. Odskoczyła. Podążający za Cieniem.

– Nie bezcześć zwłok.

Oklęła go w języku, którego nie znał.

Otarł pot z twarzy, zerknął na Potwora, już nie bardziej realnego od niedokończonej myśli.

– Nareszcie oprzytomniał, co? – sarknęła Ojalika.

– Cicho, cicho.

– A szlag by cię trafił! Miałeś sprawdzić Twierdzę, a nie...

– Sprawdziłem.

Po chwili ona:

– I co?

– Dawno pusto. Nie ma go. Przewidział nas.

To ją złamało ostatecznie. Usiadła na ziemi, plecami do Lee.

Niewyraźnie, kalecząc słowa:

– Tylko on jeszcze... Jeślibyśmy Saint-Pierce'a schwytali... wszystkie jego tajemnice, władza nad Bagnem... Cholerny DeWonte, skrytobójca pieprzony...

Przysiadł obok.

Gdyby tak spojrzeć na nich ze szczytu przeciwległego do łańcucha gór wzgórza – a nie ma tam nikogo, by spojrzał – stanowiliby zaledwie dwie małe, jasne plamki na tle matowej czerni porostu i szaro-szarej mozaiki głazów, kamieni i żwiru, na stoku masywu zwieńczonego wśród chmur złowrogim grotem Pazura. Daki niemal wtopiłyby się w zbocze. Potwór rozemgliłby się do postaci lekkiego zafalowania powietrza. Kąt biegu spojrzenia uniemożliwiłby natomiast rozpoznanie zwłok Lee.

Ojalika odpłynęła; bardziej niż do Luisa Laviera, mówiła do jego wyobrażenia we własnej głowie.

– A wiesz, że lecąc tu, wymyśliłam sposób na utrzymanie cię przy życiu? Lee od razu powiedział mi o Anoukim. Pomyślałam sobie: jeśli go teraz nie dopadniemy, niech Luis tropi go dalej, już dla mnie, teraz ja będę w niego wierzyć, będzie moim tropicielem... Ale po co, po co to wszystko?

– A co się zmieniło? Będę go tropił.

Nie zwróciła uwagi na niepojętą zmianę jego postawy – jeszcze przed momentem ni słowa by nie rzucił za swym życiem.

– Lee umarł.

– Ach.

Jakoś złagodniał. Uleciała zeń dzikość bezwzględnego drapieżcy.

– Tak nie można. Co bogowie zabierają, tego człowiek nie zatrzyma; co bogowie dają, trzeba brać.

– Odpierdol się.

– Życie jest życiem, jakiekolwiek by było. Każdy moment jest tyle samo wart. Bezczynność to śmierć.

Wreszcie oprzytomniała. Spojrzała na niego.

– A tobie co się stało? Już nie wszystko ci jedno? Do czego ty mnie przekonujesz?

Gestem przejętym od ojców, którzy przejęli go od swoich ojców, a ci od swoich, i tak aż po niepamięć pramacierzy – wskazał zapadającą za horyzont, bladą kulę słońca.

– Czy widzisz piękno tej chwili? Czyż nie jest ono warte każdego czasu? Czy nie usprawiedliwia i tłumaczy wszystkiego? – Przekazał jej jedyną uniwersalną mądrość, jaką świadomie poznał.

– Sen mi to mówi – odrzekła, nie wiedząc, co odrzec.

– Sen. Ulotność chwili i trwałość chwili to ja. Uwierz we mnie.

Obejrzała się na Lee.

– Tym się różnimy, mój drogi śnie, że moja pamięć nie jest wybiórcza.

On obejrzał się na Potwora, którego już nie było.

– Różnimy się jedynie sposobem magazynowania teraźniejszości.

– Ty nauczyłeś się żyć wyłącznie nią. No, ale ty musisz: tylko w niej istniejesz.

Jeszcze nie rozumiała, że sama również jest już zaledwie snem.

– Uwierz we mnie – powtórzył, spoglądając kontrolnie na swoje dłonie, czy aby nie zaczęły tymczasem zatracać swej cielesności.

Zapaliła papierosa, żeby się przekonać, jak bardzo trzęsą się jej palce.

– A cóż mi ma do zaoferowania takie życie?

Po raz drugi uczynił magiczny gest.

A chwila była taka:

Czerń i fiolet, i żółć, i biel. Obce kolory w obcej ich konfiguracji. Lico nieba w wojennym malunku. Lecz to wszystko się porusza, zmienia, płynie; tam zmagają się ze sobą w śmiertelnym wyścigu zahoryzontalne wichry, tysiącodcieniowe chmury zanurzone w ich zimnym nurcie suną nad ziemią szybciej od myśli... – ale to tam, w nieopisywalnej odległości, tam pędzi i mknie; stąd zaś widziane, zdaje się zgoła wisieć w koronie gwiazdy, rozedrgane mocą światła: rozczesane obłoki, mgły ponad możliwość podniesione, przejrzewające wiśniowo od bliskości słońca powietrze, samo słońce nad wyraz w tym Bagnie słoneczne. Tak daleko. A jednak żyje. Przestrzeń żyje. Czuć jej oddech w niezmiennej perspektywie zmiennych obrazów. Jak się przesłaniają wzajemnie skrzydlate potwory w godowej walce wyżej cmentarnej niepuszczy; jak raz i drugi rozpióropuszy się żałobnie popiół i dym ze stożka niewidocznego wulkanu; jak cień po cieniu cwałują po przebarwionej równinie grupki kościstych zwierząt. A słońce coraz bardziej rozedrgane, rozmywają się w chmurnej zawiesinie jego kontury; coraz mocniej słoneczne w swym zejściu pod ziemię. Chwchchchchwch... – tchnienie wieczornej pustki. Obejmować wzrokiem przestrzenie, jakich w całym swoim życiu nie przemierzysz. Czuć na skórze wietrzny dotyk dali najdalszych. Istnieć. Tak. Tak.

– Zachód słońca.

Dwa groby

Spoczęli obok siebie, a gdzieś w okolicy krążył zapewne i duch ducha Potwora. Podążający za Cieniem z Białym Diabłem spędził był nieporównanie więcej czasu, aniżeli z Czarnym Czarnookim, lecz wiedział, że to Murzyna zapamięta jaśniej, ostrzej i wyraźniej. Różni byli jak barwy w ich imionach, i to Lee był wojownikiem. Szaman złożył jednak wraz ze Spieglassem Spieglassa skalp. Szacunek należał się mu jako stwórcy. Bóstw się nie ocenia.

Początkowo zamierzał ciała spalić, lecz zabroniła. Wiele się będzie musiała nauczyć. Prochy spalonych rozwiewa wiatr, odtąd są oni obecni w każdym miejscu i każdym czasie. A groby tylko tu i teraz. Plemię odejdzie i nie wróci; nie zabierze cmentarza ze sobą. Po cóż wzmacniać dni minione, niech nie rosną w siłę naszym kosztem. Jeszcze tego nie rozumiała.

Na północ, powiedziała, na północ. Tam bezludzie. Lećmy. Wierzę, wierzę w ciebie. Ona się boi tego demona, DeWonte'a; to dlatego. Strach przetrwa wszystko. Teraz już nikim nie dowodziła. Teraz już nic od niej nie zależało. Teraz to był jego żywioł.

Rzekł:

– Zachód. Potem zabijemy daki.

Zmilczała.

III

To już ostatnia kartka

Muszę gęsto i drobno pisać. To trudne. Kiedy właściwie ostatni raz przed Bagnem zmuszona byłam pisać ręcznie?

Nie pamiętam nawet. Teraz jednak wiem, że w odręcznym zapisie więcej się przekazuje, aniżeli samą treść zawartą w ciągach liter i kombinacji ich kombinacji; patrzę na poprzednią stronę mego dziennika i widzę ów dzień – dzień przed dniem przedwczorajszym – w którym pokryłam ją mozaiką zdań wyekstraktowanych z minionych myśli. Czy muszę je czytać, by przypomnieć sobie nastrój tamtego wieczoru? Nie. Ale to ja – a ktoś obcy? Bo i dla kogo ten dziennik? Prawdą jest, że i najbardziej sekretne pamiętniki chorobliwych introwertyków pisane są przecież z podświadomą intencją przeczytania ich przez kogoś całkowicie obcego; w rzeczy samej niczego, ale to niczego nie pisze się i nie tworzy dla samego siebie. Ciekawam więc, w czyje ręce trafi ten notatnik? Ty – ty – cóż sobie o mnie, o nas myślisz? Jak sobie nas w głowie malujesz? Już teraz jesteśmy legendą. Dziki Sen i Szalona Ojalika. Szaman nie istniejącego szczepu, tropiciel wampira na obcej ziemi, pod obcym słońcem. Demoniczna jego *squaw*, była pani gubernator, zdetronizowana despotka o sercu z lodu. Och, słyszałam pieśń o nas. Jesteśmy legendą. Co za historia. Niemal czuję ten czas biegnący wstecz, decywilizujący nas w szalonym tempie; dziczejemy tu, na Bagnie, my wszyscy; ludzie. Niedługo bogów sobie utoczymy na obraz i podobieństwo naszych lęków i marzeń. Nie uwierzyłabym, gdyby mi ktoś coś podobnego wcześniej zapowiedział. Wszak to absurd. Nie można zapomnieć własnych korzeni. A jednak. Gdy ostatnią zimą – oś tej planety jest bardziej nachylona względem płaszczyzny orbity, aniżeli początkowo sądziłam – gdy ostatnią mroźną zimą mijaliśmy Piszczele od strony Wierchów, ponownie ujrzałam nad horyzontem złote łuny słonecznych refleksów bijących od luster komunikacyjnych. Samych luster z dołu nie widać, jedynie te błyski. Pamiętam, jak nadzorowałam montowanie owych metalowych zwierciadeł i drewniano-sznurowych konstrukcji, na których się obracają; pamiętam pierwszą wiadomość, jaką przekazaliśmy morse'em za ich pomocą „Arce" *via* satelity: „Brak potwierdzenia możliwości komunikacji radiowej. Kontynuować ewakuację statku. Zaprzestać eksperymentów z transmutatorami, niebezpieczeństwo zbyt duże. Nie przerywać nasłuchu z kierunku Słońca. DeWonte natychmiast, powtarzam: natychmiast ma przybyć na powierzchnię planety. Diana". Pamiętam słowo w słowo; wspomnienia minionej chwały... „Diana" to było moje imię kodowe, jako dowódcy i tymczasowego gubernatora Bagna. A teraz – co i komu komunikują zwierciadła z Piszczeli? Przecież nikogo już nie ma na orbicie. Z kim oni rozmawiają? Stałam i odczytywałam kolejne słowa z układów błysków i zmrocznień nadmiejskiej łuny. „Urodzaj... cofnij plagi... ześlij ratunek..." To była modlitwa; oni w ten sposób wznoszą w kosmos modły. Do kogo? Do „Arki"? Do Ziemi? Przygnębia mnie to bardziej, aniżeli nędza mego własnego położenia. Jak nisko i jak szybko może człowiek upaść. Ten regres... aż dreszcz przebiega. Co mi wtedy powiedział Jeslitochcew? „Jest pani kobietą... To prymitywny świat". Nie zrozumiałam go. Co ma do rzeczy płeć? Sama zapomniałam o przeszłości swego gatunku. Okres, w którym płeć istotnie nic nie znaczyła dla piastowanej funkcji czy zawodu, stanowi w historii *homo sapiens* jej niewielki ułamek, w rzeczywistości ogranicza się do ostatniego wieku, półtora – w porównaniu do tysiącleci klasycznego podziału obowiązków pomiędzy kobiety i mężczyzn i dominacji tych ostatnich. Awans społeczny kobiet jest nierozerwalnie związany z postępem; wynika z niego: tradycyjne przewagi płci silniejszej w rozwiniętym, stechnicyzowanym, skomputeryzowanym społeczeństwie, gdzie jedyną wartością jest informacja, a zatem produkt intelektu, nie mięśni – straciły zupełnie na znaczeniu; wszystkie międzypłciowe różnice niweluje technosfera: gdy zabić można myślą, nikt nie zważa na wzrost, wagę i siłę. Ja przyjęłam ten stan za naturalny, z podobną naiwnością, z jaką dziecko uważa swych rodziców za nieśmiertelnych i niezwyciężonych. Tymczasem nic bardziej mylnego. Wystarczy odjąć nam wszystkie te komputery, maszyny... wyjąć ze środowiska – a stajemy się tym, czym zawsze byłyśmy: kochankami, służącymi, niewolnicami, kucharkami... matkami. Czuję, czuję, jak rośnie we mnie to niemożliwe, nierealne, senne życie: mogłabym je zabić w swym ciele jednym zawieszeniem wiary w istnienie Luisa. Czy można zajść w ciążę z własną myślą? Czy może zajść w ciążę kobieta chirurgicznie bezpłodna? Ja nawet nie pamiętam, jak przebiega naturalny poród, wszak i sama zrodziłam się z łona maszyny. W Bagnie gniją i fundamenty rzeczywistości. Rozkład dosięga także logiki. Cud cudowny, a jakoś ohydny pod tym niebem koloru błota. Tu wszystko zapada w śmierć i brzydotę, i cień. Luis mnie uczy teraźniejszości. Jego filozofia jest obroną przed nieszczęściem czającym się za każdym dniem, każdą godziną, chwilą. *Carpe diem.* Być może on widzi tu piękno, ja już nie. Mam lusterko. Boję się w nie spojrzeć. Wyglądam jak własna babka. Boże mój; wstręt po prostu w sobie budzę. Jak można tak żyć? To wegetacja. On zabrał mi fiolkę z trucizną; którejś nocy wygadałam się głupio. Mówi, że mnie kocha. Biedny dzikus. Którejś innej nocy trzymałam już nóż na jego gardle. Tak wydało mi się łatwiej, prościej, niż zabić zaniechaniem wiary. Co mnie powstrzymało? Strach przed samotnością. Samotności boję się nawet więcej niż DeWonte'a. Zresztą DeWonte najprawdopodobniej przestał już mnie ścigać. Nie ma po co. Nie jestem w stanie mu zagrozić. Machnął ręką na Saint-Pierce'a: nikt nigdy go nie złapie. Złapali natomiast parę tych jego wampirzych podróbek; coraz więcej ich wypuszcza – teraz, gdy ludzie nie mają powodu bać się Trupów, to one spełniają rolę straszaka i powstrzymują zapaleńców z Piszczeli od sportowych eskapad, lekkomyślnych łowów na nieśmiertelnego Zjadacza Krwi, jak nazywa go Luis. Choć ta taktyka działa przecież także przeciwko niemu: coraz trudniej mu dopaść jakiejś ofiary. Nie rozumiem tego. Aż dziw, że jego ofiarami nie staliśmy się my właśnie, zwłaszcza że – jak zarzeka się Luis – idziemy bezustannie jego tropem, choć ja, jako żywo, żadnego tropu nie dostrzegam. Luis mówi, że go dogonimy; że Zjadacz Krwi w końcu się zmęczy. Ale co innego może mówić? Musi tropić, takie jest jego przeznaczenie, jego los, sens istnienia, przyczyna stworzenia. Ileż to już lat takiej błędnej wędrówki po Bagnie za niewidocznym, zgoła mitycznym wampirem? Och, ja go widziałam; spotkałam się z nim, jako dowódca wyprawy, przed zapadnięciem w anabiozyjny sen, jeszcze wewnątrz Układu Słonecznego. Skłonił się, ucałował mi dłoń. Kabotyn, pomyślałam. Uśmiechał się, miał uśmiech niczym inkwizytor. Spojrzał – i poczułam się obnażona do nagich kości mych grzechów. Pamiętam jego słowa: „Miłych snów, Ojaliko, miłych snów". Żadnego akcentu; i głos też jakiś pusty. Specjalnie przypatrywałam się jego ustom: nie miał kłów. Nie wtedy, w każdym bądź razie. Pamiętam każdą minutę tego ostatniego dnia. Szaleństwo meldunków do wszystkich możliwych ośrodków dowodzenia w Układzie. Tłok na łączach. Ludzkość ryczy w kosmos nieustanną paplaniną każdej stacji radiowej, telewizyjnej, każdej bezprzewodowej rozmowy telefonicznej. Tam to jeszcze był dom, bo mogliśmy oglądać na żywo walkę o tytuł mistrza wszechwag, odbierać serwisy informacyjne dziesiątek sieci, śledzić notowania giełdowe. A teraz? Nie jestem w stanie pojąć tego milczenia Ziemi. Czasze radioteleskopów „Arki" wciąż trwają zapewne wycelowane w kierunku Słońca. Nie odebraliśmy ani echa szumu. A przecież powinny do nas docierać sygnały opóźnione zaledwie o parę lat, szliśmy z podświetlną. No, trzeba dodać ten czas, przez który przetrzymał nas na orbicie Saint-Pierce. Ale mimo wszystko... to milczenie – przeraża. Były co prawda problemy z kalibracją systemów i programami astrograficznymi, były tam w nich jakieś niezgodności – ale Słońce zlokalizowaliśmy bez problemu, Lee potwierdził. Więc co się dzieje? Czy Saint-Pierce może odpowiedzieć i na to pytanie? Złapiemy go, złapiemy, szepcze mi Luis. On zawsze będzie tak

Głos i głos

– Lubisz dzieci?
– Jesteś w ciąży?
– ...
– Tak??
– Luis...
– Nie używaj tego imienia, mówiłem ci; to nie jest moje imię, nie ma Luisa.

– Ty nie istniejesz. Rozumiesz to? Nie istnieje Podążający za Cieniem.

– Nie rozumiem. Póki co, jestem równie realny jak ty.

– A myślisz, że ja pojmuję mechanizm funkcjonowania Grot? To zaprzecza logice. Ale jednak – dzieje się. Wbrew fizyce, wbrew... wszystkiemu. Jesteś snem. Boję się; sama chwilami o tym zapominam.

– To dobrze.

– Tak, to dobrze... nic już wówczas nie podważy mocy twego istnienia.

– Pragniesz mojej śmierci?

– Chwilami. Swojej również.

– Swojej możesz pragnąć, ale dla mnie te twoje pragnienia są niebezpieczne. Marzy ci się śmierć ojca twego dziecka?

– Nic mi się nie marzy. Co najwyżej przeszłość. A tego dziecka ja nie chcę. Zresztą ono również jest niemożliwością. Nie myśl o mnie jak o jednej ze swoich *squaw*.

– Nie potrafię inaczej.

– Wiem. Przepraszam.

– Ty jesteś złą kobietą. Ale to nie twoja wina... Nie śmiej się!

– Chryste Panie, co za idiotyzmy. Tylko się powiesić. Ja – w ciąży. Mam rodzić jak jakieś... zwierzę. Brzuch mi urośnie. Krew, cierpienie. Co za ohyda. No jak zwierzęta. Dziczejemy, dziczejemy.

– ...

– Dlaczego ty nigdy nie wymawiasz mego imienia? Pogardzasz mną? Co ty w ogóle czujesz? Nic z tego nie rozumiesz, ale ty nie musisz rozumieć, nie tak funkcjonuje twój umysł. Co ci się... śni?

– Nie tobie znać moje sny.

– Przeszłość, prawda? Przeszłość nieistniejąca... Dorzuć do ogniska.

– ...Nie zamartwiaj się tak; złapiemy go i znowu zdobędziesz władzę.

– Nie opowiadaj mi tu bajek.

– Jesteśmy na jego tropie. Wiem to. Idziemy za nim. On ma swoje stałe trasy. Stopniowo poznaję ten schemat. Złapiemy go.

– Taa, na pewno.
– To żółć żalu, gniewu i rozgoryczenia po utracie. Wypluj ją. Ona cię zatruwa.
– Mówisz jak Lee.
– Lee był mądrym człowiekiem.
– Był wierny. Nie zdradził. Zginął w mojej obronie.
– Na bogów, jesteś kobietą, zatem zachowuj się jak kobieta, a nie jak wojownik; to odpychające.
– Najpierw musiałbyś mnie tego nauczyć.
– ...
– Patrz: włosy mi odrastają.
– To dobrze.
– *Squaw* ma wyglądać jak *squaw,* co? Znam to, znam. Swoją drogą miałam przecież gwarancję wiecznej depilacji... Ech, Bagno wszystkiemu da radę. Może i tobie palce odrosną; palce czy włosy, co za różnica, wszystko bezsens...
– ...
– Powiedz mi: jesteś szczęśliwy?
– Tak.
– Naprawdę??
– Powiedziałem.
– Ale...
– Cicho.
– ...
– Ojalika?
– Mhm?
– Ja lubię dzieci.

Argentina, Argentina, czyli Człowiek z Obrzynem

To było polowanie; a w jego trakcie – polowania pomniejsze. Teraz, na przykład, tropili wiejohydę, jak ochrzciła zwierzę Ojalika. Paskudnie wygląda, wspaniale smakuje. Tropili ją od rana, kiedy to na jej ślad natrafił przypadkiem Podążający za Cieniem. Dawno już nie jedli świeżego mięsa. Ciąży Ojaliki nie było jeszcze widać, ale szaman co i raz powtarzał, jakiego to odżywiania się przez matkę wymaga dziecko w jej łonie; zwłaszcza nie istniejące, dodawała ona. Nienawidziła tego obcego embrionu w swym ciele; brzydziła się nim. Od wieku – wieku przed startem „Arki" – rodzą cieleśnie wszak tylko analfabetyczne, zagłodzone matki środkowej Afryki i dzikiej Amazonii, cywilizacja uwolniła kobiety od niewoli macierzyństwa, owego przymusu cierpienia. Zezwierzęcam się, intonowała nieustannie swą mantrę Ojalika. Zdradził ją własny organizm, niby genetycznie i chirurgicznie niezdolny do zapłodnienia. Nienawidziła, nienawidziła tego dziecka; a wraz z tą nienawiścią rosła w niej niechęć i odraza do wyśnionego cudzym marzeniem jego ojca, niemożliwego Cayugi, dzikusa w jej ramionach, ciepłego ciała przy jej ciele.

– Ktoś śpiewa.

– Mhm?

Uniósł kaleką dłoń, przekrzywił głowę, znieruchomiał; w takich chwilach nie wierzyła w jego człowieczeństwo.

– Posłuchaj.

Oparła się o niedrzewo, posłuchała. Faktycznie: coś, jakby echo echa ludzkiego głosu, płynęło cichym strumieniem poprzez półmroczną niepuszczę. Z której to strony? Tu słuch zawodzi. Tylko Podążający za Cieniem, tylko on, kierowany tym swoim zwierzęcym instynktem nigdy się nie myli, nie jest zdolny do pomyłki. Spojrzała: patrzył ku północy.

– Tam – szepnął.

Nowe polowanie. W niepamięć poszła wiejohyda. Teraz maszerowali na północ, ku głosowi. Luis pierwszy. To on był tropicielem, on wskazywał ścieżki, wybierał drogi; on przewodził, nawet nie próbując udawać, że w jakikolwiek sposób liczy się w tej kwestii z jej zdaniem. Ona zawsze z tyłu. Patrzyła na jego plecy i wzbierały w niej czarne, gorące myśli.

Śpiewak prał w strumieniu swoją koszulę.

– *Argentiiina, Argentiiinaaaa...* – zawodził smętnie, klęcząc na kamienistym brzegu, przeciwległym do tego, na którym czaili się w gęstych, acz karłowatych zaroślach Luis Lavier i Ojalika Otak.

Ojalika powstrzymała podnoszącego się już szamana.

– Widzisz? To po lewej? Obrzyn. Strzelba taka. Uważaj.

Podążający za Cieniem nie miał specjalnie wysokiego mniemania o broni palnej; podług niego używali jej jedynie samobójcy i głupcy. Ale nałożył strzałę na cięciwę; wstał z uniesionym łukiem.

Śpiewak, nie zmieniając pozycji, ze wzrokiem opuszczonym na praną koszulę, zawołał:

– Podążający za Cieniem! Ojalika! Podejdźcie, podejdźcie!

Ojalika zmartwiała. Zmrużyła oczy: usiłowała dojrzeć skryte we własnym jego cieniu oblicze mężczyzny – nie udawało się jej. W końcu również wstała; szaman przechodził już po gładkich kamieniach na drugą stronę strumienia, łuk nadal miał wzniesiony, choć nie napięty.

Przyskoczył do nieznajomego i odkopał odeń obrzyna.

– Kim ty jesteś?

Tamten, wyżąwszy wpierw koszulę, podniósł się, odgarniając znad czoła długie, jasne włosy. Uśmiechał się do Ojaliki pozostałej na drugim brzegu.

– To sen! – krzyknęła.

Podążający za Cieniem odstąpił, naprężył cięciwę. Grot strzały nakierowany był nieruchomo prosto w serce nieznajomego. Ojalika Otak skojarzyła sobie przelotnie tę scenę ze sceną z polany z nagim trupem Isaaka – kiedy to było, ile lat temu? Czas, mój Boże, czas; on mnie morduje.

– Na pewno? – rzucił Cayuga przez ramię.

– Nie było go na pokładzie „Arki" – odparła.

– Kim ty jesteś? – powtórzył tropiciel do Człowieka z Obrzynem.

– A kimże t y jesteś? – Mężczyzna przerzucił skręconą w mokrą linę koszulę przez bark, rozchlapując wokoło zimne krople.

– Kto cię wyśnił? – zapytała Ojalika.

– Nie znacie ich.

– Znam wszystkich – warknęła. – Saint-Pierce? On?

– Zabijecie Saint-Pierce'a. Ty go zabijesz – wskazał Podążającego za Cieniem.

– O czym ty mówisz?

– Kto cię wyśnił?

Człowiek z Obrzynem zaśmiał się. Miał przyjemny śmiech, ale Ojalikę i tak zirytował. Przeskoczyła po kamieniach na drugą stronę wody, raz tylko się nieco zachwiawszy. Sakwy z całym dobytkiem jej i szamana pozostały w krzakach.

Podniosła dubeltowy obrzyn, sprawdziła: załadowany brenekami. Zatrzasnęła go i opuściła, odwiódłszy kurki. Szyderczo wykrzywiona podeszła na trzy kroki do blondyna, nie zasłaniając jednak przy tym Podążającego za Cieniem. Palec na osłonie. Kiedyś była gubernatorem tej planety.

– Ty mi powiesz wszystko, kochany, powiesz mi co tylko wiesz; sen czy nie sen, wolałbyś chyba zachować flaki wewnątrz, co?

– Zrób sobie przysługę i nie naciskaj spustu, okay? Różnie to bywa.

– Mów. Jesteś snem?

Spojrzał w niebo, wydął wargi.

– Z Groty wyszedłem na ten świat. Jak on, mam swoje cele. Właśnie wypełniam jeden z nich. Sam śnię. Sam marzę. Sam nienawidzę mych stworzycieli. To chcesz wiedzieć? – Potarł oko grzbietem dłoni, zniechęcony. – Lepiej już idźcie; i tak musicie się pospieszyć, żeby zdążyć przed nim.

– Przed kim?

Podążający za Cieniem wiedział.

– Przed Zjadaczem Krwi.

Ojalika nic z tego nie rozumiała.

– Przecież to on jest twoim stworzycielem, nie?

– Nie.

– Dlaczego mówisz o nim w liczbie mnogiej? Co to ma być, *pluralis maiestatis?*

Człowiek z Obrzynem machnął ręką.

– Opuść ten łuk, Podążający. Po co to? Ja nic wam nie zrobię. Pamiętasz jednookiego kusznika? Opuść to. Ty, właśnie ty, powinieneś mnie pojąć. Jesteś snem o demonie zemsty człowieka. Ja jestem snem o duchu opiekuńczym ziemi. Czy możesz się sprzeciwić zawziętości swego polowania? Czy możesz się sprzeniewierzyć swym upodobaniom? Czy jesteś w stanie odwrócić swą pamięć? Potrafisz skłamać samego siebie? – Rozwinął koszulę, roztrzepał ją głośno. – Podążający za Cieniem. Ojaliko. Żegnaj, Ojaliko. Idźcie już.

– Dokąd? – spytał szaman, z łukiem jednak opuszczonym i strzałą w kołczanie.

Blondyn wskazał za powalone piorunem niedrzewo.

– Po moich śladach. Wstecz moją drogą. U jej końca... u jej początku... tam się z nim spotkacie.

Ojalika splunęła mu pod nogi.

– Manipulujesz nami, oto, co robisz.

Człowiek z Obrzynem sponurzał się coraz bardziej; początkowo niemal radosny, teraz zdawał się być wcieleniem goryczy i depresji.

– Zejdźcie mi z oczu – wyszeptał. Wtem obejrzał się za siebie, otworzył szeroko usta. Coś widział, coś chciał zobaczyć – lecz niczego i nikogo za nim nie było. Padł na kolana, uderzył pięścią w kamienistą ziemię, pociekła krew. – Alicjo! – krzyknął z rozpaczą w niepuszczę. – Alicjo! Ja tego nie chciałem, ja nie chciałem!!

Ojalika, skonsternowana, spojrzała pytająco na Podążającego za Cieniem.

– Miłości prześnione... – zanucił Cayuga. Ocknąwszy się, zerknął na kobietę. – Oddaj mu broń – mruknął.

– Ty w ogóle pojąłeś coś z tego, co on naplótł? – spytała, rzuciwszy strzelbę na piasek. – Co za jednooki kusznik?

Niechętnie wspominał.

– To było jeszcze za Spieglassa. Zaatakowały nas jednej nocy trzy sępowniki. Widziałaś je kiedy? Nie mieliśmy szans. Naraz wyłazi skądś ten z samopowtarzalną kuszą; faktycznie miał jedno oko. No i załatwił gady: raz, dwa, trzy. Potem uciekł. Chciałem go tropić, ale Biały Diabeł się uparł.

– Ten z jednym okiem. Chudy, wysoki?

– Raczej niski, ale ani chudy, ani gruby.

Zmarszczyła brwi.

– Nie było takiego na „Arce". Mówił coś?

W odpowiedzi spojrzenie puste jak zawsze.
– Weź rzeczy. Musimy się pospieszyć.
Tymczasem Człowiek z Obrzynem śpiewał cicho błagalną piosenkę ze swej nieistniejącej przeszłości:
– *Argentina, Arrr-gentinaaa...*

Zejście w mrok

Być może – ale tylko być może – on mówił prawdę i dzisiaj nareszcie dopadniemy Saint-Pierce'a. Być może – ale tylko być może – Saint-Pierce wyzna mi teraz wszystko, co wie o Bagnie. Być może – a to już jest naprawdę mocno wątpliwe – da mi owa wiedza władzę, dzięki której odzyskam pozycję i stanowisko. (Lecz nie urodę). Być może... Marzę, nic innego; śnię na jawie. Szlag by to. No, Luis, szybciej, szybciej! Chcę się już rozczarować i w końcu mieć to za sobą. Nic gorszego od fałszywej nadziei.

Jeśli z kimś się ścigali, to ze słońcem. Tędy, tędy, tędy – prowadził Podążający za Cieniem. Wyżej i wyżej, po zboczu góry, wstecz po śladach owego snu. A słońce coraz niżej i cienie coraz dłuższe, i niebo coraz ciemniej błotniste, i wiatr już zimny. Dokąd tak gnamy? Do Groty, nigdzie indziej: tam zrodził się Człowiek z Obrzynem. Musi się tu gdzieś w stoku znajdować wejście do niej. Ile ich tak naprawdę jest na tej planecie? Jeszcze za czasów Ojaliki zlokalizowano czternaście snotwórczych jaskiń, DeWonte zamknął nie więcej jak siedem – lecz ile ich później odnalazł? Nie wiadomo.

Szli po nagim zboczu, niedrzewa pozostawili za sobą; kamienistą ziemię porastały tu jedynie jakieś krwistoczerwone krzaki o elastycznych kolcach wystrzeliwujących drobne zadziory w stronę każdej większej masy poruszającej się w promieniu kilku metrów. Ten łańcuch górski ciągnął się szeregiem strzępiastych, skalno-lodowych wypiętrzeń z północnego wschodu na południowy zachód setkami i setkami kilometrów, kroił im horyzont zębatymi ostrzami w poprzek spojrzenia. Bagno – pomyślała Ojalika – jeszcze niedawno musiało przechodzić okres geologicznych niepokojów: nie zdążyła się dobrać erozja do tych gigantów. Jakieś kościste monstrum przeleciało pod obżartymi burzą niskimi chmurami, zniknęło za przełęczą; od niepuszczy, położonej poniżej i za plecami wspinających się, szedł głęboki poszum roślinnego oddechu. Przestrzenie, przestrzenie.

Z początku wzięli to za jamę jakiegoś większego zwierzęcia. Ale nazbyt łatwe było podejście doń. Podążający za Cieniem zajrzał. A tu i mrok nazbyt głęboki. Więc wszedł. Ojalika ciężko westchnęła, obejrzała się za siebie, na jasny świat, bo tak czynili w podobnych sytuacjach bohaterowie filmów, które za młodu oglądała – i wstąpiła w ciemność. Odwiedziła już kiedyś Grotę (jak dawno temu to było...) i pamiętała tunel prowadzący do schodów; powiedzieli jej: wszystkie Groty są takie same. Toteż tunel po prostu rozpoznała. Podążała za dźwiękami pozostawianymi dla niej przez Cayugę; i tak zabłądzić tu nie sposób, te korytarze nie posiadają żadnych odgałęzień, rzadko i łagodnie zakręcają. Nie zabłądziła i ona.

Szła jedyną możliwą drogą. Wilgotna ciemność dookoła, kamień pod palcami. Cayuga coraz dalszy, coraz gorzej słyszalny; już schodzi zapewne. W dół. W mrok. Szła, szła, szła. Bardzo pospolite, szare i płytkie miała teraz myśli. Bolały ją nogi. Przemieszczało się dziecko w jej brzuchu. Skaleczyła się o ostry występ, syknęła; przystanęła i zlizała krew. Prześwietlił jej myśli wyblakły obraz z dzieciństwa: zabawy nad oceanem, piasek, wiatr, mewy, żelastwo z wodorostami wyrzucone przez przypływ na białą plażę – wyciągnęła rączkę, zagrzechotała łańcuchem i przecięła skrzepem rdzy skórę na wewnętrznej stronie dłoni. Uśmiechnęła się do siebie Ojalika w ciszy czarnego tunelu. Poczuła, jak poruszył się jej luźno umocowany w dziąśle ząb. Z masochistyczną radością nacisnęła nań koniuszkiem języka. Uśmiechnęła się szerzej.

– Bezzębna staruszka – szepnęła.

– Prawdziwa – odparł mrok. Mrok był mężczyzną i mówił ciepłym basem.

Nie mogła uciec. Był wszędzie wokół niej. Otworzyła usta do krzyku – boleśnie świadoma, że nadal, nawet teraz, plagiatuje bohaterki tamtych filmów – i mrok wcisnął się jej do gardła. O czym myślała? Czyje były te myśli i jakie ich znaczenie? W owej chwili bowiem – w owej chwili tylko one jej pozostały. A to niewiele.

Zjadacz Krwi

Wtedy wchodził, teraz schodzi. Jest w tym jakaś symetria; ale jest i chaos, i on przeważa. Grota Marzeń. Miejsce początku. Kolejna niemożliwość Ojaliki. Kolejna tajemnica. Nie mógł Podążający za Cieniem zrozumieć jej bezsilnego gniewu. Są, są na świecie tajemnice. W jej świecie jednakże – w jej świecie nie było na nie miejsca. Nie wierzyła w Groty, jak nie wierzyła w śmierć Lee. Uważał to za przejaw pychy.

Aby zadośćuczynić objawionej jego umysłowi symetrii przeszłych zdarzeń, zaczął liczyć stopnie tych schodów. Jął nawet stukać w nie końcówką łęczyska, jak stukał był wówczas – lecz rytm dziś przezeń wybijany nie był tamtym rytmem. Dwa tysiące pięćset czterdzieści dwa, powiedział sobie – i dotknął stopą skalnej podłogi jaskini. To przypomniało mu o Ojalice.

Obrócił się i przekrzywił głowę, nasłuchując. Cisza zupełna jak ten mrok. Ojalika powinna schodzić tuż za nim; ostatecznie mogła się trochę oddalić, lecz i tak słyszałby już jej kroki na spiralnych schodach. Tymczasem nie słyszał nic prócz swego oddechu i serca. Zaswędziały go blizny popalcowe. Sięgnął po strzałę – absurdalny gest: do kogóż miałby strzelać w tych ciemnościach? Tutaj był ślepcem. Mógłby zapalić lampę naftową lub pochodnię – zaraz poprawił się: lampę niosła w swym worku właśnie Ojalika – lecz zapaliwszy ową pochodnię, sam stałby się doskonałym celem, a zobaczyć, zobaczyłby niewiele więcej. Cóż zatem ma począć? Zawołać ją? Z powrotem wspiąć się na górę?

Nagle zrozumiał: nie dość szybcy byliśmy.

Zrozumiał: Zjadacz Krwi.

Zrozumiał: nie ma Ojaliki Otak.

Uczynił cztery odmierzone kroki wstecz, dalej od schodów, twarzą skierowany ku najniższemu stopniowi; odłożył na bok sakwę. Sięgnął do pasa po ostatni liść Ziela Spokoju, włożył go sobie do ust, zaczął żuć. Czekał. To umiał, w tym był dobry.

A jednak został zaskoczony. Pół oddechu: szum z wysokości, szum narastający, spadający prosto na niego – uskoczył. Coś łupnęło miękko o skałę. Jakaś ciecz opryskała Podążającego za Cieniem; zlizał ją z policzka. Nie rozpoznał tego smaku, a powinien.

– Indianinie! – poniósł się obcy głos spod ciemnego sklepienia. – Indianinie! Śnie! Ja wiem, że tam jesteś!

Cayuga podszedł na oślep do roztrzaskanego na kamiennej posadzce przedmiotu. Tym przedmiotem było jej ciało. Wiedział o tym, zanim dotknął ciepłej miazgi głowy, zanim przesunął trójpalcą dłonią po nieruchomym ramieniu. Potem spojrzał w górę, jakby rzeczywiście mógł dostrzec Zjadacza Krwi. Tam był tylko mrok.

– Indianinie! Daj słowo, to i ja dam!

Dać słowo – na co? Dać słowo – że czego nie zrobię? Słowo moje – na jednej wadze z jego słowem?

Podążający za Cieniem wrócił na swoje miejsce, usiadł, skrzyżował nogi, z nimi skrzyżował łuk. Milczał. Żuł ziele. Miał zamknięte oczy. Był szamanem, znał się na czarach.

Nad Bagnem w tym czasie zaszło słońce, wzeszła „Arka" – drobny, jasny punkt, gwiazda pośród gwiazd.

Zaś w Grocie Marzeń niewiele się działo. Cisza. Ciemność. Śmierć.

Podążający za Cieniem.

Zjadacz Krwi.

– Czy wiesz, gdzie jesteś? – szeptał mrok. – Czy wiesz, kiedy jesteś? Czy wiesz, kim, czym jesteś? Czy wiesz, czy w ogóle jesteś?

Szaman żuł ziele.

– Co z tego rozumiesz, a co wydaje ci się, że rozumiesz? – osaczał go wytrwale mrok. – W co jedynie uwierzyłeś? W co uwierzyć nie możesz? Pomyśl, Indianinie, pomyśl.

Z zamkniętymi oczyma.

– Ja będę mówił, a ty myśl. Opowiem ci historię. Wysłuchaj jej, nie odwracaj uwagi. Podążający za Cieniem. Luisie Lavier. Śnie. Ja cię rozumiem, tropicielu.

Cichy odszept:

– Pokaż się.

Naraz jasność przebijająca czerwono przez powieki. Uniósł je.

– Ja – rzekł mrok, stając się światłem.

Człowiek. Mężczyzna. Taki zwykły, taki przeciętny. Ani niski, ani wysoki; ani gruby, ani chudy. Ani uśmiechnięty, ani ponury. Normalne ubranie ludzi z „Arki" miał na sobie. Lewa jego dłoń była małym słońcem, roztaczała blask wprost oślepiający; malowała po jego prawej wielkie, tłuste skrzydło głębokiego cienia, przemieszczające się razem z nim: podchodził. Szedł wyrównanym krokiem; ani się spieszył, ani zwlekał.

Tak, tak; ale to przecież jednak nie człowiek, rzekł sobie Podążający za Cieniem. To Zjadacz Krwi.

IACTE

Światło bijące z przedmiotu w ręce Zjadacza Krwi stworzyło także drugi cień: ten za szamanem. Wydarło z ciemności także drugiego nieczłowieka: trupa Ojaliki Otak.

Tropiciel nie raczył wstać. Cóż mógł mu Zjadacz Krwi uczynić, cóż mogło dotknąć zjawę rozsnuwającą się mgliście w niebyt? Jest pora na życie i jest pora na śmierć, to są rzeczy naturalne, zwykłe jak kamień omszały i dźwięk przelatującej pszczoły. Od dnia, w którym przestał być dzieckiem, Podążający za Cieniem zdawał sobie sprawę, że nadejdzie taka chwila, kiedy będzie musiał zapaść w sen, z którego się już nie obudzi; akceptował to – tak naprawdę właśnie świadomość nieodwracalności upływu czasu czyni człowieka dorosłym. Więc bał się zaledwie ewentualnego bólu umierania. Chciałby i jego się nie bać, lecz posiadł umiejętność jedynie panowania nad tym strachem. A jasnej oczywistości nieuchronności śmierci nigdy nie kwestionował, tak jak nie podnosił pięści na bogów, ani nie sprzeciwiał się zmarszczkom na swej twarzy. Trzykroć w swym dotychczasowym życiu przygotowywał się do odejścia; ostatnim razem czynił to poprzez odcieleśniające zapatrzenie w zachodzące nad Bagnem słońce – i długą chwilę zajęło mu wówczas wyjście z tego stanu, a potem ponowne rozbudzenie w sobie chęci życia, kiedy zorientował się w możliwości ratunku ofiarowywanej mu przez Ojalikę. To nie takie proste. Niełatwo to zrozumieć osobie, która nie doświadczyła podobnej bliskości śmierci – a nie chodzi tu o śmierć w nagłej strzale, skrytobójczym ciosie, kłach niedźwiedzia. Nawet nie o śmierć wojowników, godzących się z przeszłością przed wyruszeniem na bitwę – bo oni jednak idą na bitwę, będą walczyć, nie ma w tym bierności i nie ma nieuchronności. Chodzi o senną, leniwą śmierć ludzi starych. O taką śmierć, kiedy siadając zimnym rankiem w otworze tipi, patrzysz na świat niczym na piękny malunek i niczego po tym dniu się nie spodziewasz, niczego nie oczekujesz za wyjątkiem śmierci właśnie; bo na nią czekasz jak na wizytę starego przyjaciela, z którym rozstałeś się tak dawno, że nawet nie pamiętasz, jakie było to rozstanie, w zgodzie czy w gniewie, i nie wiesz, co przyjaciel powie, jak się zachowa ujrzawszy cię po latach – jest to jedyny rodzaj lęku, jaki ma do ciebie dostęp, taki łagodny niepokój, nic poważniejszego: czasami wypatrujesz gościa z niecierpliwością, a czasami po prostu wolisz, żeby przyszedł innego dnia, jutro, pojutrze. Uśmiechasz się w myśli, uczestnicząc w dyskusjach, w których mowa o przyszłym miesiącu, roku. Lubisz ciszę, bo cisza oddala cię od teraźniejszości, pozwala na zanurzenie się we wspomnienia, bezpieczne swą niezmiennością; lubisz bezruch, lubisz ciepłą stagnację. Nie jest cię w stanie nic poruszyć, zranić – bo nie istnieje dla ciebie przyszłość, w której rzecz takowa posiadałaby jakiekolwiek znaczenie, a poza tym nie chcesz, by przyjaciel zastał cię nieprzygotowanym. Twój spokój niewiele się różni od spokoju dziecka zamkniętego w łonie matki. To nie są uczucia motywowalne rozumowo.

Podążający za Cieniem miał tę pewność: umrze. Zjadacz Krwi utracił nad nim wszelką władzę, nawet ową najpierwotniejszą władzę strachu.

Niečzłowiek zatrzymał się nad krwawą miazgą zwłok swej ofiary, kula sztucznego światła w lewej dłoni płonęła bezlistosnym ogniem wrzącego lodu.

– Mówię. To było tak. Lecieliśmy; leciałem: oni spali. Czas. Jego wina. Najpierw nieomal zabił mnie samego. Potem „Arkę". Samotny, traciłem swą nieśmiertelność. Mimo niewyobrażalnej prędkości statku – to były lata i lata. Świnie to tylko zwierzęta; nie jest ważna krew, ważna jest ofiara. A czasu nie pokonasz. Słuchasz mnie, słuchasz? To dobrze. Słuchaj. „Arka". W jednej czwartej drogi pomiędzy Słońcem a Trójcą, układem docelowym, z którego zarejestrowali ową emisję sztucznie modulowanego szumu – w jednej czwartej... tam, wtedy, było coś... czas... nierejestrowalna wcześniej czarna dziura, nagłe, niespodziewane zawirowanie czasoprzestrzeni; nie wiem. Ledwo musnęło „Arkę". Wystarczyło. Zrykoszetowało ją w nieskończoność: w pustkę, pomiędzy gwiazdy. Nic nie mogłem zrobić, zniszczenia były zbyt duże; wyczekiwałem przelotu w pobliżu jakiegoś obiecującego układu, by resztką mocy silników skręcić w bok, zahaczyć oń, wyhamować w polu grawitacyjnym... to było Bagno. I po cóż miałem ich budzić? Sam zstąpiłem na planetę. Słuchasz mnie? Podążający za Cieniem? Rozumiesz moje słowa?

Śmierć. Śmierć. Zapaść w nią jak w sen. Powoli, spokojnie. Tak dobrze.

– Mówię. Żyję tu znacznie dłużej, aniżeli oni to sobie wyobrażają, setki lat. Tyle trwało, nim obudził się DeWonte. Ale nie ten czas najważniejszy. Oni nie pojmują Guillnaque, Bagna. Nic nie wiedzą; wszystko, co ci o nim powiedzieli, to nieprawda. Wymyślają to sobie, żeby wyjaśnić niemożliwe. Nie potrafią żyć z tajemnicą – zaśmiał się sucho. – A jak niby ja z sobą samym żyć miałem w mrokach średniowiecza? Akceptacja rzeczywistości to sztuka. Ja to umiem, ty to umiesz; ale nie oni. Kalekie dzieci. Zrozumieć Guillnaque. Już, dzisiaj, jutro; szybko, szybciej, nie ma tajemnicy, nie ma tajemnicy; rok to wieczność. Nawet jakoś zabawny ten zapał. Chaos nie istnieje, wszystko ma swoje miejsce, wszechświat pracuje podług niezmiennych algorytmów. To też wiara, to też religia, choć oni myślą inaczej. Nauka. Ja przecież byłem przy narodzinach tego przesądu; nauka... A do końca połowa jej wyznawców nie uwierzyła we mnie; ja jestem z innej mitologii. Co za bzdury. Spadli tu z hukiem i w miesiąc wytłumaczyli sobie, co ja poznawałem wiekami; nigdy nie lubiłem fanatyków. Bardzo skutecznie się oślepiają. Nie zobaczą oczywistości. Nie chcą. Guillnaque oszukuje ich na własne życzenie. To IACTE. Słuchasz mnie?

Słucha, ale nie słyszy. Ma własną rzeczywistość.

– Mówię. Taka jest moja prawda. Kto zbudował te schody? Trupy, jak oni ich nazywają – a więc Trupy może? Widzisz przecież, że wysokość stopni i długość skrętu nie odpowiada ich sylwetkom. Któż zatem? W proporcjach i rozmiarach są idealne dla ludzi. Ale przecież były tu przed DeWontem, były tu przede mną. Nie zadali sobie w ogóle takiego pytania, zbyt trudne byłoby wymyślenie odpowiedzi na nie. Co zrobili z wynikami badań tutejszej flory i fauny, co powiedzieli na ten dualizm ewolucyjny? Jak wytłumaczyli fakt, że mogą jeść tutejsze zwierzęta i rośliny? Konwergencja? Akurat! A Trupy? Też pominęli milczeniem? A sztuczne kratery na księżycach? Satelity wysokoorbitowe? Brak łączności z Ziemią? Podążający za Cieniem? Słuchasz mnie? To ważne.

Głos Zjadacza Krwi. On mówi, ale ja umieram. To już niedługo. Już niedługo będzie tak mówił.

– Luis...? Czy wyjaśnili kiedykolwiek – t o?

Obrócił małym słońcem w górę, w prawo. Światło skupiło się w szeroki stożek, uderzyło w niedosiężne sklepienie Groty. Podążający za Cieniem mimowolnie zamrugał, z powrotem zanurzony w mroku, choć nie tak całkowitym; Zjadacza Krwi widział już tylko półcieniami, Ojalikę w ogóle.

– Popatrz. Spójrz na nich – rzekł nieczłowieczy morderca.

Spojrzał, bo i dlaczego nie miałby spojrzeć? A potem nie był już w stanie odwrócić wzroku. Światło Zjadacza Krwi padało na owalny fragment sklepienia groty łukowato przechodzący w krzywą ścianę. Lecz nie dotykało samej skały. Skałę krył bursztynowy kobierzec miękkiej lawy, łagodnie rozpraszający promienie w ciepłą aureolę. Żywica, pomyślał Podążający za Cieniem, żywica kamienia.

– Nie widzisz – skonstatował Zjadacz Krwi. Drugą ręką sięgnął gdzieś w głąb osobistego mroku, wyjął zeń jakiś przedmiot i rzucił nim w Cayugę. Tropiciel schwycił go złudnie powolnym, sennym ruchem zmęczonego tancerza. Nie widział, co trzyma w dłoni. Zjadacz Krwi skierował więc światło na niego. Szaman zamrugał, ciężko oślepiony. Słyszał stateczne kroki zliżającego się mordercy; światło złagodniało, wracał Indianinowi wzrok.

Na brudnej skórze rozwartej pięści Podążającego za Cieniem spoczywał romboidalny odłamek bursztynowej lawy naskalnej. Zaskakująco lekki, przyjemnie ciepły (czy aby nie ciepłem ciała Zjadacza Krwi?), w tak drobnym fragmencie promienną jasność wampirzego słońca rozpraszał w niewielkim stopniu: szaman doskonale widział wnętrze lawy. Jak w prawdziwym bursztynie, także w tym znajdowały się głęboko zatopione owady. Cztery; najprawdopodobniej tego samego gatunku; w ukośnym szeregu, w równych od siebie odstępach. Niewielkie, wielkości ludzkiego kciuka. Owady, pomyślał odruchowo Podążający za Cieniem – ponieważ mnogością drobnych odnóży i domniemaną twardością organicznej okrywy przywodziły na myśl insekty; nie sposób było jednak wyróżnić w ich ciele głowy, tułowia czy odwłoku, nie mówiąc już o oczach i otworze gębowym.

Zjadacz Krwi wsunął rękę z wyciągniętym na wprost palcem w poziomy słup białego światła.

– To właśnie są prawdziwi, pierwotni mieszkańcy Bagna.

Podążający za Cieniem dumał wciąż jeszcze o czym innym. Zastanawiał się mianowicie, zanurzony w uspokajająco powolnym nurcie swych myśli, w jakiż to sposób zdołał morderca odłupać ów kawałek podsufitnej żywicy, wszak bursztynowa lawa znajdowała się dziesiątki dziesiątków stóp ponad podłogą Groty i daleko od spiralnych schodów.

– To oni zbudowali IACTE – ciągnął Zjadacz Krwi. – Są częścią pierwotnej flory i fauny Guillnaque. Rozumiesz mnie, Podążający za Cieniem? Pojmujesz moje słowa?

Podążający za Cieniem obracał w dłoni ciepławy niebursztyn.

Zjadacz Krwi przykucnął sześć kroków przed szamanem, słońce opadło wraz z nim, światło uderzyło prosto w źrenice Indianina, który przesłonił twarz poziomo uniesionym przedramieniem.

Zjadacz Krwi wrócił do intymnego szeptu:

– Owo zawirowanie czasu, o które otarła się była „Arka", peryferie niemożliwej czarnej dziury... po wzajemnym przesunięciu gwiazd na sferze niebieskiej obliczyłem wartość uskoku. Ponad sto szesnaście tysięcy ziemskich lat, Luis. Sto szesnaście tysięcy lat. Gdy dowlekliśmy się nad Bagno... wiedziałem z całą pewnością, że już dawno zostało skolonizowane. Jednak nie rejestrowałem żadnych radiowych szumów, ani z niego, ani z samej Ziemi; ani z jakiegokolwiek innego kierunku, żeby być precyzyjnym. Cóż, pomyślałem sobie, mogłem się spodziewać zmiany sposobów komunikacji. Ale gdy wylądowałem na Bagnie... – Zjadacz Krwi westchnął. – Trupy. Już wiesz kim oni są, prawda, Luis?

Niebursztyn w dłoniach; obrót za obrotem; i jeszcze raz, i jeszcze – zmaterializowana mantra.

– Wciąż zapominam, jaki dzikus z ciebie. Ewolucja, Podążający za Cieniem, ewolucja; nie oświecili cię? Sto szesnaście tysięcy lat; Bagno; IACTE. Tak musiało się stać. Już rozumiesz, skąd te schody?

Szaman odezwał się po raz pierwszy:

– Co to jest IACTE?

Być może Zjadacz Krwi uśmiechnął się; ani ciemność, ani światło nie dały na to najmniejszego znaku.

– Maszyna. Organizm. Bóg. Słowo. Idea. Myśl. Rzecz. Zwierzę. Generator Chaosu, Moderator Entropii, Akcelerator Probabilistyczny. IACTE: *Intdessivy ste Accelerattorio Cheaoss dlio Trie-prhobbilyvy sa Entrophy*, jak go zwali w dawno zapomnianym języku rytualnym długowieczni kapłani Trupów. To dlatego Bagno jest Bagnem. To dlatego żadne bardziej skomplikowane urządzenie nie może tu działać. To dlatego tak dzikie i szybkie mutacje się tu rodzą. To dlatego nie burzy praw wszechświata funkcjonowanie Grot Marzeń. Jeśli Anouki Spieglass był twoim ojcem – on spełnił rolę bogini płodności. IACTE. Rozumiesz mnie, Podążający za Cieniem? Pojmujesz moje słowa?

Chwile przeszłe, chwile przyszłe

– Taka jest moja legenda, w którą czasami wierzę, a czasami nie, utkałem ją sobie bowiem z faktów, domysłów, snów i wyobrażeń oraz legend cudzych; taka jest moja legenda: była wojna. Mieszkańcy Guillnaque walczyli, może z sobą, może z jakimś najeźdźcą z zewnątrz; zwykłem podstawiać do tej roli ludzi, ale, szczerze mówiąc, nie wydaje mi się to nazbyt prawdopodobne. Mam duże kłopoty z w miarę precyzyjnym ustaleniem wieku danego przedmiotu czy zdarzenia na Bagnie. A więc walczyli. I zrozumieli, że nieuchronna eskalacja zbrojnych zmagań doprowadzi do całkowitego zniszczenia Guillnaque, a zapewne i tragedii na znacznie większą, gwiezdną skalę. Wiem, że broń, jaką dysponowali... widziałem ją: nawet dla mnie cuda, dla ciebie potęgi nawet i myślą niewyrażalne. Mieli urządzenia, twory służące do odwracania biegu strumienia czasu, przepowiadania przyszłości i przeszłości, podróży wskroś możliwości, wywoływania przypadku, spalania przestrzeni, gaszenia i zapalania gwiazd. Ale zrozumieli, że każdy atak z ich strony ostatecznie obróci się zwielokrotniony przeciwko nim samym, i że jedynym wyjściem jest obrona totalna, to znaczy taka, w obliczu której także wróg nie tylko nie będzie mógł atakować, ale nawet nie będzie chciał. Zatem stworzyli IACTE, który zawiera w sobie wszystkie te maszyny, dysponuje wszystkimi ich mocami, a prócz tego posiada własne specyficzne zdolności, wynikające nie tylko ze skrzyżowania i spotęgowania zapożyczonych. Widziałem go, w każdym razie jego część. Istnieje w więcej niż czterech wymiarach. Jego obroty, ruch – wynurzają go i na powrót zabierają z naszej przestrzeni. On między innymi wpływa na wysokość funkcji falowej dowolnego obiektu we Wszechświecie, z mocą wprost proporcjonalną do odległości odeń. Przejście tunelowe, ta czarna magia fizyki kwantowej, dopuszczająca w zgodzie z ich doktryną wiary w logikę – niemożliwe; przejście tunelowe zezwala na twoje istnienie tutaj i teraz, „śnie", ponieważ nie ma takiego czasu i miejsca, w którym wartość twej funkcji falowej wynosiłaby zero. A chociaż w tym przypadku jest to liczba ekstremalnie niska, IACTE jest w stanie ją dowolnie zwielokrotnić i uczynić jak najbardziej prawdopodobnym – koniecznym – zaistnienie na Bagnie konkretnego, wymyślonego przez Spieglassa Indianina, Indianina pamiętającego jako swą naturalną przeszłość – marzenia Anoukiego. À propos – ja piłem i jego krew, wiedziałeś o tym? To ja jestem praprzyczyną jego obłędu, a więc poniekąd i twoim stworzycielem. Wiedziałeś?

Nie.

– Teraz IACTE pracuje zaledwie ułamkiem promila swej mocy, lecz i w tym stanie uśpienia zdołał zneutralizować „Arkę" oraz uczynić bezsilnymi kolejnych najeźdźców; bo to przecież był najazd, nic innego, drugi, a może nawet trzeci najazd człowieka na Guillnaque.

Podążający za Cieniem włożył w poziomy słup światła ściskany w spoconych dłoniach ułamek niebursztynu.

– Ta rzecz...? Oni...

Próbował zrozumieć magię, ale jedyne, co zrozumiał, to to, iż Zjadacz Krwi jest dalece potężniejszym szamanem, daleko bardziej szalonym.

– Oni – przytaknął morderca nie doartykułowanemu pytaniu Cayugi. – Nie oczekuję, że pojmiesz tę logikę przyszłości. Ale wiem, iż zaakceptujesz prawdę. To nie są ludzie, widzisz, to w żadnym razie nie są istoty ludzkie. Uznaj je za demony obcych słońc, obcych planet. Wiesz, co to planeta?

Słowo.

– Żyją?

– Nie wiem. Tak ich zastałem, zatopionych w zimnej, organicznej lawie. Na powierzchni zaś ani śladu po nich, jak również po florze i faunie ich świata: IACTE, przybycie ludzi, czas... Tylko w Grotach. I rzadko w której widać ich tak na pierwszy rzut oka, zamrożonych na powierzchni kamienia. Więc istnieje jakiś związek pomiędzy nimi a kreatywnymi mocami Grot Marzeń; być może tak naprawdę to ich snem jesteś, Luis, być może oni wcale nie umarli. Chociaż lubię myśleć o Grotach jako o cmentarzach; ale to moje prywatne ksenonekrofilityczne zboczenie.

Wtem ujrzał Podążający za Cieniem siebie samego z zewnątrz: rozmawiał ze Zjadaczem Krwi, prowadził z nim dialog; Zjadacz Krwi nagiął jego wolę, zbezczeszczona będzie śmierć. Źle się dzieje. Cisnął nieburszt ynem w wampirze słońce. Morderca westchnął.

– Nie wypieraj się mnie – szeptał szorstko. – To ja jestem twą zwierzyną.

– Zamilknij.

– Myślisz, że dlaczego ci to wszystko mówię? Dlaczego się z tobą spotkałem? Polowałeś na mnie latami. Myślisz, że dlaczego posyłałem pod Piszczele moje sny, te skretyniałe potwory? Sądzisz, że chodziło o krew? Już powiedziałem: ważna jest ofiara. A ja mogę sobie wyśnić w Grotach dowolną liczbę ofiar.

– Dość!

– Chciałem ich rozeźlić, sprowokować; ale rozczarowali mnie. Tylko ty jeden mnie ścigałeś, ty jeden tropiłeś, ty jeden szedłeś po mych śladach, marzyłeś o mej śmierci; ty jeden prowadziłeś łowy.

– ...

– Moje życie trwa już tysiące lat. Nie było takiego czasu, w którym by na mnie nie polowano. Jestem zwierzyną. Ty jesteś łowcą. Rozumiesz, Podążający za Cieniem? Pojmujesz moje słowa?

– Nie!

– Ja ci darowuję wieczne życie. Wieczne życie, Luis. Będziesz mnie tropił. Będziesz mnie tropił przez Bagno. Słyszysz? Ja wierzę, wierzę, wierzę w ciebie.

Nieprawda. Kłamstwo. Niemożliwość.

– Nie umrzesz, Luis.

– Umrę!

– Nie umrzesz. Nie umrzesz. Spójrz na mnie.

Złagodził blask swego słońca i skierował jego promienie również na siebie.

– Morderco – wysyczał Podążający za Cieniem.

– Co?

– Widzę krew niewinnej na twojej twarzy.

Zjadacz Krwi długo milczał.

– Ale to już się stało – rzekł wreszcie cicho, acz stanowczo. – Już się dokonało i należy do przeszłości. A teraz jest inna chwila; i teraz daję ci szczęście. Szczęście w nieskończoności chwil przyszłych. Potrafisz to zaakceptować; wiem. W gruncie rzeczy pochodzimy z tego samego świata.

Zjadacz Krwi przemówił tymi słowy do najpierwotniejszej logiki szamana; i zgodnie z tą logiką miał rację. Lecz popełnił błąd, rozszerzając promień światła swego ręcznego słońca i tym samym wyjmując z mroku ciało Ojaliki. Już nie byli sami w tej chwili.

– Morderco – powtórzył Podążający za Cieniem, rozciągając usta w okrutnym, dzikim uśmiechu, i Zjadacz Krwi pojął, iż przegrał batalię o obłęd Cayugi.

Ponieważ jednak nigdy nie przegrywał zupełnie i do końca, rzekł mu w odpowiedzi, podnosząc się i wyprostowując:

– A zatem pochwyć mnie i zemścij się. Mnie naprawdę można zabić.

– Dobrze.

Chwila ostatnia: śmierć

Podążający za Cieniem krzyknął w mrok i mrok krzyknął Potworem. Potwór skoczył na Zjadacza Krwi i przegryzł mu gardło. Zjadacz Krwi zwalił się na kamienną posadzkę jak mokra skórzana kukła. Słońce wypadło mu z dłoni, potoczyło się po skale. Potwór przyniósł je w pysku i położył przed Podążającym za Cieniem: była to kula wściekle fosforyzującego roślinnego miąższu w plastikowej obejmie, identyczna z tą, którą oświetlał był Grotę jego narodzin Biały Diabeł. Szaman podniósł ją, wstał i podszedł do rzężącego Zjadacza Krwi. Wciąż widział Ojalikę.

– Dlaczego? – spytał modlitewnym głosem. – Dlaczego ją zabiłeś?

Zjadacz Krwi łapał się rozdygotanymi dłońmi za poszarpane szczękami Potwora gardło, ciemna ciecz bulgotała mu pomiędzy palcami, wytrzeszczał oczy na Cayugę, usta w bladej twarzy miał jak drugą krwawą ranę.

– Jaaa... – zacharczał – jestem... waaampirr...

Podążający za Cieniem zrozumiał; pochodzili z tego samego świata.

– Aaaachchleee... dlaczrr.. czcz... tyyyy...

Cayuga w milczeniu wskazał jej ciało.

– Była w ciąąąą.... ciążyyyy... cz-czy to dlatekkkoo...?

– Wiedziałeś.

– Ocz-czywiiiśśśśśśchrr... piłeeeem jej krw...

– Umrzyj już.

Długo to trwało. Podążający za Cieniem przysiadł na piętach przy głowie konającego; głaskał w zamyśleniu brudną sierść Potwora, Potwora rozsuwającego się w miękki mrok, na powrót w mgłę niebytu, z którego został wymarzony. Podążający za Cieniem był bardzo spokojny. Myślał teraz o śmierci i o Człowieku z Obrzynem.

Już nie biła krew z szyi jej Zjadacza; nie powinien żyć.

– Nie, to nie dlatego – odezwał się nagle w zimną przestrzeń jaskini szaman.

Konający tchnął coś w ciszę; jakieś pytanie.

Zbliżywszy swe wargi do ucha martwego Saint-Pierce'a, Podążający za Cieniem szepnął mu konfidencjonalnie:

– Była najpiękniejszą istotą, jaką kiedykolwiek spotkałem. – A ponad Zjadaczem Krwi widział ohydne zwłoki Ojaliki Otak.

Potem sprawdził puls i oddech zwierzyny, odciął jej głowę i rozbił na miazgę. Ciało kobiety pozostawił nietknięte.

Wspiął się razem z Potworem po spiralnych schodach; wyszli z tunelu w gwieździstą noc nad Bagnem. Potwór był już tylko bladym powidokiem samego siebie.

Indianin usiadł na stoku. Orzeźwiający, chłodny wiatr wiał mu w twarz znad niepuszczy. Księżyce seledyniły się na czarnym nieboskłonie, ścigała się z nimi szybka, bo bliska gwiazda „Arki". Potwór, coraz mniej i mniej realny, wył do nich niemo.

Podążający za Cieniem uśmiechał się do siebie z jakimś sennym samozadowoleniem. Wyjął swój zapomnianą nocą wyrzezany z niedrewna flet i zaczął na nim cicho grać w ciepłą ciemność. Był teraz szczęśliwy.

sierpień 1994–czerwiec 1995

Irrehaare

Coś złego dzieje się z moimi oczami; niby widzę, ale jakoś tak dziwnie.

A oni stoją nade mną i kłócą się. Ten z bronią kopie mnie co chwila.

– A co, ja chciałem się w to pakować? Ja?

– Nie jazgocz, nie jazgocz. Może niedługo trzeba będzie zamknąć cały pion. I zrobisz to, bo ktoś to musi robić. I będziesz bardziej szanował swoich ludzi. Rozumiesz?

– Co mi tu, kurwa...

– Alex! Ilu zginęło, a? Ilu?

– Siedmiu...

– Z pełnego dwudziestoosobowego stanu grupy; sami weterani z Oz. Już i tak są lekko szajbnięci. Chcesz dowodzić bandą świrów?

– Znalazł się taktyk, dowódca wielki; sam nas w to wpakowałeś, Allah by cię... A, do diabła.

– No i co go tak kopiesz, co tak kopiesz? Kto to w ogóle jest?

– Jakaś anomalia. Patrz, pociągnąłem go trzykrotnie, dla pewności. A on co? Oddycha, skubaniec.

Widzę tego drugiego, bez broni, jak pochyla się nade mną, kuca, przypatruje się mej piersi, poszarpanej krzywymi ściegami implozji, i mojej twarzy.

– Sądzisz, że mnie widzi?

– A bo ja wiem? – Alex wzrusza ramionami. – Pewnie

to jeszcze jedna sztuczka Samuraja. Przy jego współczynnikach...

Cywil milczy chwilę.

– Właduj mu cały magazynek między oczy – mówi wreszcie z wahaniem. – Zobaczymy, co się stanie.

Coś złego dzieje się z moimi myślami; niby myślę, ale jakoś tak dziwnie. Niech ładuje – mamroczę sobie sennie. – Niech ładuje mi między oczy, zobaczymy co się stanie.

Słyszę jakiś szczęk, jakiś syk – jakąś pieśń, jakieś krzyki, burze, sztormy, tornada, nawałnice. Może i ciszę. Nie wiem; świat ucieka ode mnie, coś złego dzieje się i z nim.

1. Palce: Zabić litość

Lecieliśmy. Jeszcze nim uniosłem powieki, nim pozbyłem się z uszu tępego ucisku białej ciszy, poznałem to po drżeniu, jakie szło przez me ciało od zimnej podłogi; tak wibrować musiała cała maszyna. Dygotaliśmy w synchronicznych drgawkach – ona, ja i ci ludzie, których głosy powoli znów zaczynałem słyszeć.

– Siedemnaście, powtarzam: siedemnaście...

– Na ósmej Vulture'y, w kluczu.

– Poszły podpociski.

– Trzymać się tam z tyłu, schodzimy w Bramę kamieniem!

– To te ich myśliwce bezzałogowe, co? Szlag by to...

– Powinniśmy mieć w tym pionie jakiś przyczółek, wszędzie indziej są blokady postępu, a tu dochodzą do Wonderlandu; jeszcze parę wieków postoimy w miejscu i... O cholera...

– Kamikadze, jako Boga kocham!

– Ty, patrz, gość otwiera oczy.

Lecieliśmy. Rozpoznawałem dźwięki, przedmioty, twarze. To: hałas wirnika śmigłowca; to: wnętrze jego kabiny; a to: ów cywil, który był mnie skazał na śmierć, co nie nastąpiła, w otoczeniu zmęczonych, umazanych krwią i popiołem żołnierzy. Leżałem nagi na podłodze, stąd wszystko wydawało się jakieś groteskowe, przerysowane, bez mała surrealistyczne, nawet nakierowana na mnie przez Chińczyka w porozrywanej kamizelce przeciwodłamkowej lufa kanciastej broni, jakby zrośniętej z jego przedramieniem – nawet połysk jej szorstkiej gładzi, złowieszcza precyzja zespolenia w ten fetysz zagłady metalowych i niemetalowych kantów, łuków i spęcznień – wszystko to jawiło mi się chorobliwym wynaturzeniem rzeczywistości. Gdy zechciałem unieść rękę, no i uniosłem, i zobaczyłem ją – i była to istotnie ręka, moja ręka – nieomal się zdziwiłem: oczekiwałem również skarykaturzenia siebie samego.

Cywil pożyczył od któregoś z żołnierzy nóż, przydepnął mi dłoń, pochylił się i odgiął jej palec wskazujący. Śmigłowcem wciąż rzucało na wszystkie strony; gdyby nie pasy, cywil wyleciałby z siedzenia. Mnie pasami nie przypięto, toteż bez przerwy miotało mną po podłodze. Żołnierze odkopywali mnie na środek. Próbowałem usiąść, czegoś się chwycić – ale skopywali mnie w dół.

Cywil odciął mi palec wskazujący oraz środkowy i naciąwszy serdeczny zatrzymał nóż.

– Kim jesteś? – spytał, gdy przestałem wyć; palce turlały się po sczerwieniałym metalu.

W odpowiedzi zacząłem wymiotować. Odciął mi zatem i serdeczny, odciął i mały, po czym schwycił kciuk. Ślizgałem się po stalowych płytach – to krew.

– Kim jesteś? – spytał powtórnie.

Powstrzymałem wymioty. Zebrałem oddech, lecz nie zdążyłem odpowiedzieć, bo helikopterem dziko szarpnęło w dół, cywilowi podskoczyła ręka i mimo oporu kości oderżnął mi również kciuk.

– Ciachnij mu jaja – poradził mrukliwie Murzyn, skupiony na walce z zatrzaskiem swych pasów.

– Ja... – zacząłem na wdechu.

– Tak? – cywil pochylił się.

Ten nóż.

– Ja... – No i chciałem mu odpowiedzieć, naprawdę chciałem, ale nagle zabrakło mi słów, język nie wiedział, jakie zgłoski wyartykułować, zastopowało mnie w środku zdania, które miałem już w głowie prawie ułożone: zorientowałem się bowiem, że nie znam swego nazwiska.

Nazwiska, imienia, wieku, przeszłości. Co więcej, nie znam i teraźniejszości. Umysł począł generować kaskady pytań. Gdzie jestem? Co się dzieje? Kim są ci ludzie? Dlaczego nie pamiętam ich ani siebie?

Strach.

We własnej krwi. Jadłem, jadłem powietrze.

Cywil jeszcze bardziej pochylił się nade mną. Nóż. Palce.

Straciłem przytomność.

2. Brama

Bił mnie po twarzy, póki nie pękły mi wargi; ocknąłem się chwilę wcześniej.

Gorąco; słońce oślepia i przez róż zaciśniętych powiek. Leżę na czymś miękkim, coś miękkiego mnie okrywa. Płonie całe ciało, krzyczy każdy nerw, istnienie jest torturą.

– No weź się obudź, chłopie. Cholera, teraz nie ma czasu na omdlewanie.

To głos mego oprawcy.

Nie, nie otworzę oczu.

Kolebałem się w rytm turkotu i skrzypienia wozu. Suche powietrze przepalało mi gardło, w ustach nie miałem ani kropli śliny, język spuchł. Słyszałem odległe rozmowy, nawoływania. Nie wiedziałem, ile czasu minęło od mego ocknięcia się w śmigłowcu, najwyraźniej dużo.

– Nie musisz symulować, wiem, że odzyskałeś przytomność. Za chwilę przejdziemy; postaraj się jej znowu nie stracić.

Dokąd, dokąd przejdziemy?

Uniosłem głowę, zacząłem się wygrzebywać spod okrycia; gdzieś tak w połowie tych czynności mimowolnie otworzyłem oczy. Step, pustynia. Powietrze szybko falujące nad horyzontem. Nie jedno, a cztery bliźniacze słońca płonące jaskrawo na seledynowym nieboskłonie. Nasza karawana mijała właśnie zagajnik rachitycznych kaktusów – w każdym razie roślin podobnych do kaktusów. Karawana: dwa wozy ciągnięte przez muły, kilkunastu zakutanych w podniszczone czarne galabije jeźdźców; uzbrojeni w drewniane, długolufe strzelby, bułaty i złowieszczo zakrzywione noże otaczali nas szczelnym kordonem. Bez przerwy okręcali się w kulbakach i wypatrywali czegoś z tyłu. W pierwszym wozie, kilka metrów przede mną, podrygiwały bezwładnie na wybojach trzy ciała: ranni tak ciężko, że aż nieprzytomni, bądź po prostu trupy. W wozie drugim, prócz mnie, znajdował się tylko mój kat, cywil, który i teraz pozostawał jedynym nie uzbrojonym człowiekiem. W odróżnieniu od eskorty odziany był bogato i kolorowo, jego ciemne włosy krył biały turban.

Jakieś sępopodobne stworzenie unosiło się wysoko nad nami.

– Tak, tak, mnie też on niepokoi – odezwał się oprawca, podążając za mym spojrzeniem. – Jeśli Samuraj przełamał i tę zasadę... Ciężko będzie.

Całe ciało mnie paliło. Podniósłszy spod koca prawą rękę ujrzałem krwawą pozostałość mej dłoni – ból, którym promieniowała, nie był ani odrobinę silniejszy od tego jednostajnego cierpienia, w jakim pogrążony był cały organizm.

Ciemnowłosy opuścił wzrok, zerknął gdzieś w przód.

– Jeszcze parę minut – mruknął.

Do czego? – chciałem spytać. Parę minut – i co, co się stanie? Ale nie spytałem, zacharczałem tylko.

– Sorry za to w śmigłowcu – wymamrotał, zapatrzony w coś za mną. – Rozumiesz, jesteś nieidentyfikowalny.

Nie rozumiałem.

W przodzie wybuchło jakieś zamieszanie. Ktoś coś wołał, na coś wskazywał uniesioną strzelbą. Podjechało ku niemu dwóch kolejnych jeźdźców, w jednym z nich, gdy się obrócił, rozpoznałem Aleksa. Wozy zwolniły. Eskorta rozciągnęła się w długi wąż.

Ciemnowłosy szybko rozejrzał się dookoła.

– Zaraz wchodzimy – powiedział, wskazując brodą przed siebie, gdzie ja widziałem tylko ciemno spieczoną równinę stepu.

Pomruczał coś pod nosem, zanucił, pogrzebał za szeroką szkarłatną szarfą, którą był przepasany, i wyciągnął zzań małą białą pałeczkę. Uniósł ją ku niebu, celując w to coś, co wytrwale szybowało nad nami.

– Jeszcze by tylko tego brakowało, żeby ta pokraka przeszła za nami przez drugą Bramę – mruknął.

Podciągnąłem się i spróbowałem usiąść. Zabrakło mi do podparcia prawej ręki – w końcu i tak oparłem się na kikucie dłoni, ból nie mógł być już większy. Wstrząsały mną od niego szybkie dreszcze, serce biło w samobójczym sprincie, wzrok się mglił. Lecz byłem pewien tego, co zobaczyłem: ptak zniknął. Nie rozpłynął się, nie rozmył, nie wtopił w tło – zniknął.

Mag opuścił pałeczkę.

– Skurwysyn – sapnął i schował ją do rękawa.

Jakiś ruch na skraju pola widzenia. Obróciłem głowę.

Alex wraz z dwoma innymi jeźdźcami – dematerializowali się.

Ich dematerializacja nie miała nic wspólnego z momentalnym zniknięciem sepa. Właściwie to wcale nie była dematerializacja, raczej zasysanie, rozwinięcie splotu rzeczywistości. Najpierw spostrzegłem u nich dziwne złagodzenie konturów: wygładziły się wszystkie kąty ostre i nagłe załamania zarysów ich postaci. Barwy stały się mdłe, wyblakłe; jeźdźcy i konie spłaszczyli się, zgubił się im gdzieś trzeci wymiar, perspektywa zwinęła. Potem kolory, już spatynowane, zaczęły z nich spełzać – początkowo tworzyły tylko strzępiaste, wełniste aury, później aury te ściągnęły się, zawirowały i wypłynęły naprzód, jakby zwiał je jakiś wiatr. Zatem musiał być to magiczny wir powietrzny – tam, przed nami; miękkie smugi bladych barw znikały w nim, zasysane mocą ciśnienia bądź grawitacji, zanikały na moich oczach: pożerał je jakiś niewidzialny potwór. Jego paszcza znajdowała się nieco na lewo od Aleksa, jakieś cztery metry nad ziemią. Proces przyspieszał. Jeźdźcy i zwierzęta, rozbici na pasma światła o różnych długościach fali, wjeżdżali, niczym po tęczy, po własnych zassanych kolorach w ową Bramę, której, zdaje się, tylko ja jeden nie byłem w stanie zobaczyć. Prucie sylwetek przechodzących przez nią postępowało od brzegów ku ich środkom; Alex, znalazłszy się prawie pod paszczą, był już tylko niekształtną małą czarną plamą materiału z pleców swej galabiji – jeszcze krok nie istniejącego ogiera i spłynęła czarnym łukiem i ona. Towarzysze Aleksa przeszli przez Bramę chwilę potem; zniknęły ich tęcze, zniknęli oni sami.

Byłem pewien, że wszystko to trwało co najmniej pięć minut, lecz obejrzawszy się na odcinek drogi, jaki w tym czasie przebył wóz, uznałem, że ów czas nie mógł przekroczyć kilkudziesięciu sekund.

Dematerializowali się kolejni jeźdźcy. Zauważyłem, że tuż przed wjechaniem w obszar przejścia poganiają swe konie do kłusu – może chcą szybciej mieć to za sobą, a może zabezpieczają się w ten sposób przed niespodziewanym zboczeniem z drogi przez wystraszone zwierzęta. Czy to jest bolesne? A przede wszystkim – czy nie jest to w istocie Brama do śmierci?

Nie miałem sił dłużej utrzymywać się w pozycji siedzącej, załamały się pode mną ręce i zwaliłem się w tył. W ostatniej chwili w mych źrenicach odbił się obraz pierwszego wozu. Już leżąc, zastanawiałem się nad tym kolejnym cudem lub kolejną iluzją: na wozie brakowało trzeciego ciała.

Gdyby ktokolwiek je ściągnął bądź gdyby zmartwychwstałe samo zeszło na ziemię, musiałbym to zauważyć. A nawet pierwszy wóz znajdował się jeszcze stanowczo za daleko, by dosięgła go moc kolorystycznego wiru.

Nie, lepiej nie zwracać uwagi na świat.

Dyszałem ciężko, ból i przerażenie wiązały mi oddech w piersi.

– Spokojnie – zamruczał mag.

Turkotały koła, wzbijając z piaszczystej powierzchni traktu brunatne obłoki duszącego, miałkiego pyłu.

Podjechaliśmy do Bramy tak blisko, że bez unoszenia głowy widziałem tęczę pierwszego wozu.

Po chwili zgasła.

Teraz nasza kolej, myślałem w panice. Dlaczego się tak boję, to nie może być nic strasznego, dla nich to zwyczajna rzecz, tylko ja, tylko ja jestem przerażony; co się dzieje, gdzie jestem, kim jestem, dlaczego on mi poobcinał palce, nic nie rozumiem, może oszalałem, o Boże, już wjeżdżamy...

Tęcza połknęła mnie i wypluła w wilgotny półmrok jaskini.

To nie była jaskinia. Wóz nie był wozem. Mag nie był magiem. Sam sobą nie byłem. Nic mnie nie bolało. Nic mi się nie myślało.

Wielkie wrota w jasność.

Ciemnowłosy uniósł rękę i dotknął mego rozpalonego czoła.

– Śpij – powiedział cicho.

Zasnąłem.

3. Strach

Mięso młodego karibu – tylko ono tak pachnie.

Jakiż ja byłem głodny! Kwadrans nie minął, a pożarłem cały udziec. Dopiero potem, nie wiadomo gdzie wyklute, wychynęło podejrzenie, czy aby nie zatruto tego mięsa. Dlaczego miano by je zatruć? To proste, tę jedną zasadę zdążyłem już poznać – by sprawić mi ból.

Choć i prawo cierpienia nie było dla mnie całkowicie jasne. Posiadało ono drugą stronę, której nie rozumiałem. Odrosły mi przecież palce. Nie pozostał ani ślad po bliznach. Ocknąwszy się rześkim rankiem przy tym ognisku, zjadłszy ów podpiekający się wolno udziec, wykąpawszy się w strumieniu – czułem się jak nowo narodzony. Horror minionego dnia zblakł w mej pamięci niczym ubrania przechodzących przez Bramę. Zwątpiłem w prawo.

Wspiąłem się na szczyt wzgórza, na którego łagodnym południowym stoku się obudziłem. Chłodny wiatr rozwiał mi włosy. Mimo bezchmurnego błękitnego nieba i już wysoko stojącego, jedynego widocznego słońca nie panował bynajmniej upał; to nie pustynia. Będę musiał się rozejrzeć za jakimś ubraniem, pomyślałem.

Z tego wzgórza widziałem całą dolinę. Aż po ostre granie przełęczy pokrywała ją puszcza, zbita, ciemna, duszna. Polana, na której się znajdowałem, stanowiła jedyną dziurę w sfalowanej powierzchni dzikiego gąszczu.

Po przeciwnej niż strumień stronie pagórka wznosiły się wieże. Było ich sześć; stały w heksagonalnym porządku, zanurzone w wilgotnym cieniu, tak miłym dla kamieni, z jakich je zbudowano, oddzielone od puszczy kilkudziesięciometrowym pasem niskich zarośli. Wieże, choć znacznie różniły się rozmiarami, zachowały jednolite proporcje i owym nienaturalnym proporcjom zawdzięczały – szczególnie większe – tępą, masywną przysadzistość, upodabniającą je do średniowiecznych donżonów. Podszedłem ku nim wolno. Dotknąłem kamiennych murów. Promieniowały katedralnym chłodem. Pociły się zimno; były mokre. Po kostki zapadałem się w rozmokłej ziemi. Wieże stały w bagnie. Obszedłem je po szerokim okręgu. Każda posiadała dwie symetrycznie umieszczone bramy, jedną skierowaną do wewnątrz heksagonu, drugą na zewnątrz; były to potężne, grubo kute żelazne wrota, szczelnie zamknięte, lodowato mroźne w dotyku.

Dwieście, trzysta lat, oceniłem. Zabytek. Do czego te wieże mogły służyć? Brakuje blanków, brakuje okien, szczelin dla łuczników. Dziwne.

Wszystko jest dziwne, obce przyrównaniem do zapomnianej normalności, świat jest dziwny, ja jestem dziwny.

Wróciwszy do przygasającego wolno ogniska zastałem przy nim Indianina. Długie, przetłuszczone, czarne włosy, legginsy z brązowej skóry, mokasyny, amulety, smród. Potem się odwrócił i rozpoznałem mego kata; jego metamorfoza nie ograniczyła się do ubioru – twarz mu schudła, cera ściemniała, pokazały się kości policzkowe, nos zwęził, włosy wydłużyły.

Uśmiechnął się do mnie, kilkoma kopnięciami zasypał ognisko i przysiadł na ziemi.

Nie wiedziałem, czy mam się rzucić nań z kamieniem, uciec w las, czy też usiąść spokojnie nad strumieniem. A może zacząć wyć egzorcyzmy. A może oszaleć.

We śnie przecież nie czułbym oślizgłego dotyku nóg robaka wspinającego się po mej łydce.

– Porozmawiajmy – powiedział Indianin.

Bałem się odezwać.

– Porozmawiajmy – powtórzył. – To w tym celu wysłał cię Samuraj, prawda? Żeby porozmawiać.

Usiadłem z dala odeń; i tak znajdowałem się wyżej, z uwagi na pochyłość stoku.

– Kim jesteś? – spytałem, poniewczasie zdając sobie sprawę, iż są to te same słowa, którymi on przyozdabiał tortury w śmigłowcu. Przepełniała mnie gorzka pewność popełnionego błędu. Błędem będzie, cokolwiek powiem; tylko przypadkiem mógłbym wygrać w grze, której zasad nie znam.

– Mogłeś o mnie słyszeć jako o Czarnym Santanie.

– Nie... nie słyszałem.

Trochę go to zdziwiło.

– Cóż. Niemniej to mną będziesz musiał się zadowolić. Zobaczymy co z tych rozmów wyjdzie – znowu się uśmiechnął. – Prawda jest taka, że nikomu innemu nie przyszło to do głowy; chcieli cię gdzieś zablokować. Ale Samuraj to przebiegła bestia, ty zresztą wiesz o tym najlepiej.

Spojrzałem nań tępo.

– Nie wiem – mruknąłem. – Nie wiem. Nic nie wiem.

– Taa.

– Ja nie wiem nawet, kim sam jestem! – wybuchnąłem irracjonalnie rozżalony. – Możesz mi odciąć wszystkie palce – nie znam swego imienia! Niczego, niczego, Boże, niczego nie pamiętam! Co się ze mną dzieje, dlaczego... – zdusiłem krzyk, zdeprymowany wyczekującym milczeniem Santany. Odwróciłem głowę. Do pewnego stopnia ten mój wybuch był wyreżyserowany, chciałem machnąć na wszystko ręką, zrzucić z siebie odpowiedzialność – jak teraz mnie zabije, to tym lepiej. Desperaci to po prostu ludzie wystraszeni śmiertelnie.

Santana długo, bardzo długo trawił me słowa. Rysował coś palcem w popiele, spoglądał w niebo, unosił brwi.

– Obserwowałem cię – rzekł w końcu. – Płakałeś, jedząc. Przypatrywałeś się wieżom, jakbyś widział je pierwszy raz w życiu. Boisz się mnie.

Bałem się go.

– Ale to wszystko może być przykrywka – zerknął na mnie pytająco. – Z drugiej strony, jesteś tak oryginalnym przypadkiem, że nie mogę niczego wykluczyć. A więc nic nie pamiętasz, tak?

– Pamiętam, że ktoś do mnie strzelał. Potem ty kazałeś mnie dobić.

Przytaknął.

– A wcześniej – nic – dodałem.

– To był atak na placówkę Samuraja w wojennym Kongo z pionu Czerwonego. Wyszedłeś tam goły pod nasze lufy. Powinieneś był zginąć. Nie zginąłeś. To mnie zaciekawiło. Zabrałem cię. Z głupia frant; chciałem cię potem wyrzucić z helikoptera. Jakoś tak wyszło, że nie zdążyłem. Sam nie wiem. A ty, nieprzytomny, przeszedłeś przez Bramę. Alex twierdzi, że jesteś szpiegiem nowej generacji, że to Samuraj tak cię przenicował – na nieidentyfikowalnego, na atrapę. I jestem nawet skłonny przyznać mu rację.

– Ja nie rozumiem, o czym mówisz – wymamrotałem.

– Istnieje jeszcze trzecia możliwość – powiedział Santana. – Nurek; jesteś nurkiem. Albo i wampirem wynajętym przez Wonderland. Lub rządowym etatowcem. Lub wszczepionym zwrotnie, choć po prawdzie nie wiem, co takie ryzyko miałoby dać; nikt nie wie. Sama w sobie żadna z tych możliwości nie wyklucza amnezji.

– Nie rozumiem.

– Przecież całej pamięci ci nie wyczyściło. Nie wiesz, kto to jest nurek?

– Noo, taki, co z akwalungiem...

Zaśmiał się.

– A wampir to zębaty krwiopijca arystokratycznego pochodzenia o skórze wrażliwej na ultrafiolet? Bez przesady. A samochód? Samolot? Yarle? Syjonik?

Nie wiedziałem tylko, co to syjonik; zamiast wytłumaczyć, ponownie wybuchnął śmiechem.

– No naprawdę pojęcia nie mam, co o tobie myśleć!

I tak był w lepszej sytuacji, ja nie wiedziałem, co myśleć o własnych myślach.

– Więc twierdzisz, że nic nie pamiętasz. Bezsensem zatem byłoby pytanie cię, dlaczego jesteś nieidentyfikowalny i nieśmiertelny, prawda? Sprytne. A odróżniasz przynajmniej ludzi?

– Jak to?

– Możesz poznać, że jesteś człowiekiem?

– Nie jestem ślepy.

Westchnął.

– Przymknij któreś oko – pouczył mnie cierpliwie.

Przymknąłem lewe.

– I co? – naciskał. – Odróżniasz?

– Nie rozumiem. – Mnie samego już irytowało powtarzanie tej kwestii. – Widzę wszystko tak samo.

Patrzył na mnie podejrzliwie. Nie uwierzył mi chyba.

– Irrehaare, idioto, Irrehaare. Co? Tego też nie wiemy?

Nie odezwałem się. Santana zaczynał się denerwować.

– Nie powiesz mi chyba, że nie pamiętasz nawet momentu wślepienia?

– Czego? – spytałem słabo.

Wzrok mu się sposępnił, twarz sponurzyła. Wstał, cisnął ku puszczy jakimś polanem. Sam także się poderwałem, asekurancko cofnąłem o parę kroków. Spojrzał na mnie gniewnie, niemal oskarżająco.

– Znaczy, co? – warknął. – Dla ciebie to jest prawdziwy świat? Wydaje ci się, że naprawdę jesteś tym, kim siebie widzisz?

Musiał odczytać w moich oczach rozpacz; powściągnął wściekłość, zamilkł.

– Santana? – szepnąłem.

Dosłyszał.

– Mhm?

– Gdzie ja jestem?

4. Irrehaare

No i powiedział mi.

– Wiesz, co to wszczepka?

– Oczywiście – przytaknąłem; każde słowo otwierało w mej głowie kolejne drzwi. – Implant mózgowy wpisujący i odczytujący impulsy bezpośrednio w nerwy na korze, sprzężony zdalnie z systemem komputerowym, wielofunkcyjny, powszechnie używany z racji...

– Nie musisz recytować całych definicji – przerwał zirytowany.

– Mówię i przypominam sobie – tłumaczyłem się. – Nie pamiętam przecież, co zapomniałem.

Prowadził mnie przez cienistą, parną puszczę ścieżką widoczną tylko dla niego. Kluczyliśmy piaszczystymi jarami, korytami płytkich potoków, naturalnymi przesiekami w dzikim gąszczu. Słyszałem głosy zwierząt, kątem oka postrzegałem ich ostrożne przemykanie, zawsze za grubą zasłoną zieleni.

– Musisz zatem wiedzieć, iż wszczepka jest również wykorzystywana do wślepnego relaksu: blokada wszystkich zmysłów i budowanie, według algorytmów wpisanych do Allaha, sztucznych kompleksów bodźców kreujących nową rzeczywistość. Co, nigdy nie słyszałeś o nałogowcach, uzależnionych, ślepakach, co nie mogą już żyć poza wymyślonymi przez programistów światami, o całych dzielnicach zajętych przez leżące bez świadomości półtrupy, o nielegalnych prywatnych klinikach podtrzymujących ich przy życiu, o wampirach sadystycznie niszczących im od wewnątrz te światy, o...

– Pamiętam, pamiętam! – Dziesiątki drzwi otwierały się jedne za drugimi, wracała znajomość teraźniejszości; lecz przeszłość, moja przeszłość, wciąż pozostawała tajemnicą. – Znam słowa. Nie wiem, skąd, gdzie je usłyszałem, gdzie i kiedy się tego wszystkiego dowiedziałem. Ale słowa znam. Słowa.

Santana posłał mi przez ramię kose spojrzenie.

– Żeby było jasne: ja uważam, że kłamiesz.

Zabolało mnie to, chociaż nie powinno.

– Nic na to nie poradzę – mruknął. Nadal obracały mi się w myśli obrazy mych obciętych palców turlających się w gęstej krwi po metalowej podłodze śmigłowca. Ciało to świętość.

– Firma software'owa Irrehaare, jedna ze spółek Itsui – podjął Santana – zmonopolizowała rynek oprogramowania relaksacyjnego dla Allaha; to są biliony. Ze świecą by przecież szukać człowieka, który choćby raz tego nie spróbował: usiąść w fotelu i przenieść się w środek dżungli na wyprawę z doktorem Livingstone'em, przez pięć minut przerwy w pracy spędzić noc z najpiękniejszą kobietą świata. W taki właśnie sposób tu trafiliśmy. Byliśmy na dłuższym czy krótszym zaślepie w fantasmagorycznych krainach Irrehaare, gdy Allahowi coś trzasnęło w programie. Nie możemy się stąd wydostać, odzyskać świadomości, wyjść z zaślepu. Jemu wszystko się pomieszało. Potworzyły mu się przejścia pomiędzy różnymi wizjami, szaleją po nich jakieś wirusy, sam Allah zaś wszedł w rolę przeznaczenia, losu, fatum, Boga. Jesteśmy uwięzieni we własnych sterowanych komputerowo myślach.

Rozumiałem jego słowa, ale nie pojmowałem ich znaczenia.

– Jak to – uwięzieni w myślach? To znaczy...

Zatrzymał się.

– Gdzie naprawdę jesteś – to tylko ty wiesz, powiedzieć ci tego nie potrafię; najpewniej leżysz w łóżku u siebie w domu, w Pekinie, Bejrucie, Johannesburgu, Atlancie czy Moskwie. Nie powiem ci też, jak naprawdę wyglądasz; prawdę mówiąc, sam niemal zapomniałem własnego wyglądu. To ciało, które – przez które – czuję, to tylko wybrana przeze mnie do gry postać, z której teraz nie potrafię się wyzwolić. Niewiele mogę ci powiedzieć; realność światów Irrehaare jest z założenia nieweryfikowalna od wewnątrz. Wyjąwszy pamięć, rzecz jasna.

– I ile czasu już to trwa?

– A skąd ja mogę wiedzieć? Również czas jest rzeczą względną. Zresztą nie tylko w pionach – także w poszczególnych światach płynie on inaczej. Tutaj – a jest to Kanada sprzed najazdu białych – minęło od zamknięcia około czterysta lat. W rzeczywistości może to trwać tydzień. Dlatego sądziłem, że jesteś nurkiem, pora byłaby najwyższa, żeby wysłali kogoś, kto by to odkręcił. Po zamknięciu nikt nowy nie wszedł już w zaślep. Ty byłbyś pierwszy.

– Kto to jest Samuraj?

Santana z westchnieniem oparł się o drzewo; widziałem grubego jak moje ramię szarego węża wijącego się leniwie na konarze.

– Część z nas przypuszcza, że to wszystko to właśnie jego wina: pokopało się równo z jego wejściem. Musiał użyć jakichś hackerskich programów. Sformował dla siebie postać nie przewidzianą przez algorytmy Irrehaare, niewątpliwie złamał setki zasad, wybrał sobie z rejestrów same najwyższe współczynniki. To kopnięty facet, jakiś niewyżyty dzielnicowy Stalin, co zamarzył sobie imperium w elektronicznym śnie, bo nie był na tyle inteligentny, by zbudować je na jawie. Ale, na dobrą sprawę, nikt nie ma pojęcia, jakim cudem czegoś takiego dokonał; musi to być jakiś megatrik...

– Prowadzicie z nim wojnę?

Czarny skrzywił się.

– Teoretycznie jest rozejm. Samuraj opanował kilkanaście pełnych pionów. Pomijając już podległych mu graczy, posiada on w każdym z podbitych światów całe armie atrapowych wojowników, wszędzie tam jest władcą absolutnym, Shogunem, Imperatorem, Prezydentem, Napoleonem, Karolem Wielkim, Czyngis-chanem, czym chcesz. Nie odwracaj się.

5. Śmierć w Irrehaare

Byli to Indianie ze szczepu, który uważał Santanę za jakiegoś wielkiego szamana; trudno, żeby myśleli inaczej o człowieku, który – wciąż w tej samej postaci, nie starzejący się – odwiedza ich od wieków co kilkanaście lat, czyni cuda i nie sposób go do końca zabić. Nieruchome twarze, ciemne włosy zebrane w drapieżne czuby, szczupłe, umięśnione ciała. Otoczyli nas, gdy tak w najlepsze gawędziliśmy sobie w sercu dzikiej puszczy. Strzały na cięciwach i wzniesione włócznie – wymierzone były głównie we mnie. Santana zajazgotał coś ostro po ichniemu. Opuścili broń.

W wiosce – śmierdzącym pod niebiosa śródleśnym zgrupowaniu kopulastych wigwamów – powitano nas w myśl jakiegoś niezrozumiałego, nudnego rytuału, w trakcie którego zmuszeni zostaliśmy do spożycia gorącego, ociekającego tłuszczem psiego mięsa i umalowania się gęstymi farbami w zwierzęce wzory. Santana odtańczył dodatkowo skomplikowany taniec i wygłosił śpiewną przemowę. Potem przez całą noc uzdrawiał chorych, błogosławił zmarłych i nie narodzonych oraz patronował obrzędowi inicjacji młodzieńców.

O świcie odpłynęliśmy wyłudzonym przez niego *canoe*. Santana zdobył również – w formie daru od kurduplowatego jednookiego wodza – ubranie dla mnie i broń: wielki łuk wraz z kołczanem pełnym strzał, noże, toporek. Wszystkie groty i ostrza wykonano z brązu. Ponieważ byłem pewien – jeśli w ogóle czegokolwiek mogłem być pewien – iż nigdy w życiu nie miałem w ręku łuku, a i wątpiłem również w swą umiejętność ciskania nożami i siekierami, nie próbowałem nawet pozować na wojownika; Santana był mym przewodnikiem, protektorem, jedynym sędzią, jedynym przyjacielem i wrogiem, całkowicie byłem odeń uzależniony. Pozbawiony pamięci znajdowałem się nawet w gorszej sytuacji niż niemowlę, bo i wyglądu dziecka nie miałem.

Płynęliśmy do położonego nad brzegiem Atlantyku heksagonu Bram, skąd mieliśmy rozpocząć rajd przez późne światy do osi pionu opanowanego przez przeciwników Samuraja – do ich podziemnego miasta położonego kilometr pod powierzchnią Merkurego, po jego ciemnej stronie. Był to jeden z nielicznych pionów o profilu historycznym względnie bliskim współczesności – twierdził Czarny – który nie został zdobyty przez Samuraja; Imperator władał bowiem w niemal wszystkich późnych i futurologicznych pionach, gdzie zniesione zostały blokady postępu i gdzie mógł sięgać obszarów nie przewidzianych w programie Allaha.

Coraz szerszymi strumieniami spłynęliśmy do rzeki. Wraz z jej nurtem skręciliśmy na wschód; był wrzesień, może październik, ciepłymi wieczorami rozpełzłe nad horyzontem w czerwoną łunę słońce malowało przed nami rzekę pastelowym różem, cięliśmy cicho jej gładką taflę, las nad nami szumiał sennie, woda pachniała młodością i bezczasem. Widziałem piaszczyste dno, widziałem pomykające nad nim srebrnozielone sylwetki ryb. Santana łowił je gołymi rękoma, przez nagłe uchwycenie za skrzelami i wyrzucenie na brzeg.

– To bardzo szybki świat, często tu odpoczywam – tłumaczył na jednym z postojów, na trzcinowej wyspie, swe umiejętności i znajomość miejscowych realiów. – Po ostatniej śmierci mieszkałem tu kilkadziesiąt lat.

– Ostatniej śmierci...?

– A co ty myślisz? I przez śmierć nie wyzwolisz się spod władzy Allaha. Twoje ciało znika i po prostu zmartwychwstajesz w miejscu startu swej postaci, cały i zdrowy, z pełnym przewidzianym przez scenariusz gry początkowym ekwipunkiem.

– Nie musicie się więc...

– ...bać? – Santana posunął polano ku środkowi ogniska i uśmiechnął się sarkastycznie. – Po pierwsze: nie jesteś w stanie zmienić swojego miejsca startowego. Jest ono przypisane postaci, którą wchodząc w zaślep wybrałeś, i nawet Samuraj nie może zmanipulować tej reguły. Zresztą i tak nie zrobiłby tego, dla niego jest ona korzystna: opanował przecież większość światów i wielu jego zmarłych wrogów, odradzając się, wraca do życia na jego terytorium, a ciężko się z niego wydostać. Wiem, bo sam jestem przypisany do świątyni Akuby w Hasthem w pionie Fantasy One. Cudem uniknąłem schwytania; Wielki Labirynt podziemi twierdzy Samuraja w Algonthoth pełen jest graczy, którzy, nie mogąc popełnić samobójstwa, nie mogąc nawet umrzeć z głodu czy przez połknięcie języka, cierpią przez wieki straszliwe męki z rąk stworzonych przez niego zwierzęcych oprawców. Po drugie: nawet jeśli masz szczęście zmartwychwstawać w wolnym świecie, śmierć nie jest wcale samą przyjemnością. Nie wiem, jakim cudem dostał się on do programu Allaha, w każdym razie tam jest – jej algorytm. Co może wiedzieć o śmierci komputer? Okazuje się, że wszystko. Umierając, odczuwasz to tak samo realnie jak smak tej ryby. W tym ułamku sekundy pomiędzy zniknięciem a pojawieniem się na nowo w miejscu startu – w tym ułamku sekundy zamknięty jest cały wszechświat. Nie wiem, jak to opisać. Ty go pożerasz. Asymilujesz. To narkotyczna osmoza każdego bitu informacji z pamięci Allaha do twego umysłu. Ale jeszcze straszniejszy jest ten moment... ten moment jak cięcie mieczem – w którym przerwana zostaje pępowina łącząca cię z systemem; to jest śmierć prawdziwa, najprawdziwsza z prawdziwych, w każdym razie taką się nam wydaje. I rodzisz się krzycząc, rodzisz się szalony. To z czasem mija, wracasz do siebie, odzyskujesz powoli równowagę psychiczną. Lecz za każdym razem jest coraz gorzej. Efekt się kumuluje. Ja umierałem czterokrotnie. To, jak na teraz, przeciętna liczba śmierci. Choć na przykład Samuraj nie umarł jeszcze ani razu. Ludzie, którzy ginęli dziesięcio-, piętnastokrotnie – to już żywe trupy. Opętani. Zresztą nie ma normy. Szczególnie wrażliwi nie wytrzymują już pierwszej śmierci. A znam takiego Conana, co zdychał dwadzieścia parę razy, ale jego to nie rusza, to tępak absolutny. Ja, mówiłem ci, po czwartej śmierci musiałem tu odpoczywać ze trzydzieści lat; to spokojny świat. Co ważniejsze, czas biegnie tu bardzo szybko, nawet po półwieczu spędzonym w tych lasach nie jestem wcale tak bardzo do tyłu względem reszty.

Tak, bywały takie dni, kiedy Santana niemal nie pytany zaczynał tłumaczyć niezrozumiałe dla mnie implikacje istnienia Irrehaare w jego aktualnym stanie, były to jednak tłumaczenia dziwnie mętne i poplątane, Santana często je urywał, po czym wyczekiwał mej reakcji – pojąłem, iż w ten sposób przeprowadza na mnie testy, zapewne nie mógł się po prostu powstrzymać. Lecz zwykle milczał lub zbywał krótko me co bardziej szczegółowe pytania, jakby w obawie wyjawienia jakiejś tajemnicy.

Efekt tej przedziwnej taktyki Czarnego był taki, iż mimo spędzenia razem w leśnej głuszy kilku miesięcy, nie zdołałem z niego wyciągnąć więcej jak parę odpowiedzi na bardzo ogólne pytania i setki wymijających odmruknięć i zamamrotań, którymi z trudem zamykał sobie usta, lubił bowiem Santana mówić.

Wciąż utrzymywał, że mi nie wierzy i nie szczędził kąśliwych uwag co do mej rzekomej amnezji – lecz widziałem po jego spojrzeniach i gestach, iż nie ma mnie już za szpiega, nie uważa za groźnego. Uparł się, żeby nadać mi jakieś imię. Prócz Santany, Aleksa i Conana nie pamiętałem żadnych, póki nie zaczął ich wymieniać w alfabetycznym ciągu – wtedy każde wydało mi się tak samo znajome. W końcu wylosowałem w myślach: Adrian. Sądziłem, że to go zadowoli. Ale on jął się w etymologii owego imienia doszukiwać ukrytych motywów mego rzekomego wyboru. Santana był inteligentny i przebiegły. Do tego stopnia, że czasami sprawiał wrażenie kretyna.

6. Na granicy

Pod wzgórze nadatlantyckiego heksagonu dotarliśmy z początkiem zimy.

Szczyty kamiennych wież dostrzegłem już z zakrętu rzeki. Porzuciliśmy *canoe* na jej brzegu – do Bram wspięliśmy się z pustymi rękoma, jeśli nie liczyć zatkniętych za pas noży.

– Nie przywiązuj się do przedmiotów – pouczył mnie pewnego razu Santana. – Tracisz je przy każdym przejściu. Nawet twoje ciało ulega drobnym przemianom dla dostosowania się do nowych realiów. Te metamorfozy bywają korzystne, ale zwykle wywierają negatywny wpływ na psychikę podróżującego, tyczy się to zwłaszcza kobiet.

I tutaj, choć wieże zajmowały wierzchołek wzniesienia (co wydało mi się rozwiązaniem niepraktycznym z inżynieryjnego punktu widzenia, ale widocznie ich budowniczowie patrzyli na to w inny sposób), grunt był podmokły. Santana, grzęznąc w nim ciężko, podszedł do jednej z mniejszych, zatrzymał się przy zewnętrznych wrotach i zaczął czymś przy nich manipulować. Po chwili rozległ się głęboki szum. Santana spuszczał wodę, jaką wypełnione są wieże granicznych światów dominium wrogów Samuraja – tak zabezpieczają się oni przed niespodziewanymi ingerencjami: nie można przejść przez Bramę, jeśli cokolwiek ją blokuje. W tym akurat wypadku wieża kryła Bramę prowadzącą ku centrum pionu, zasada pozostawała jednak zasadą. Istniały trzy wolne, ściśle kontrolowane przejścia ze światów pogranicznych, którymi mogli powracać zmarli – chociaż, jak sądził Czarny, także planowano je zamknąć.

Szum ucichł. Santana odczekał jeszcze parę minut, po czym odciągnął lewe skrzydło wrót. Pojęcia nie miałem, jak on je otworzył, nie dostrzegłem w nich żadnego zamka, otworu na klucz (zresztą nie widziałem u Santany jakiegokolwiek klucza), zapadki czy szczeliny dla podważenia antaby – tam nie ma szczelin, wieże są hermetyczne.

Z wnętrza powiało jaskiniowym chłodem i wilgocią; uderzyło mnie wspomnienie podobnego wrażenia sprzed dwóch miesięcy. Weszliśmy do środka. Santana szarpnął wrota, zamykając je z powrotem; coś trzasnęło, coś szczęknęło, zapadła ciemność. Znów usłyszałem ten szum. Był bardzo głośny, drżała w jego szybkim rytmie podłoga, drżały ściany. Woda. Sięgnęła mi kostek i pięła się wyżej. Santana złapał mnie za ramię i pociągnął w przód. On widział Bramę, ja nie. Brodziliśmy we wzbierającej kipieli. W tej ciemności i tęcza przejścia nie mogła być widoczna. Wraz z wodą zaczął wzbierać we mnie strach – strach przed powolnym, nie kończącym się tonięciem w kamiennym mroku; pamiętałem bowiem orzeczenie Aleksa: nie można mnie zabić. Santana wytrwale parł naprzód. Woda podniosła się powyżej mych kolan.

Zacząłem coś szybko mówić, on krzyknął, żebym się zamknął, ja krzyknąłem na niego...

Byliśmy w Londynie.

7. Atrapa

Dziewiętnastowieczny Londyn stanowił po większej części jeden wielki śmietnik. Osławiona londyńska mgła w połowie brała się zapewne z ciężkiej, cuchnącej pary unoszącej się nad ulicznymi hałdami gnijących odpadków. W taki dzień – słoneczny, gorący, typowo letni w swej lepkiej duchocie – nie było czym oddychać.

W tym świecie już nie zabezpieczano Bram, byłoby to zresztą bardzo trudne. Ich heksagon znajdował się na dachu dużego, dwupiętrowego domu stojącego niemal nad samym brzegiem Tamizy. Z pół setki ludzi mogłoby się pojawić nie zauważonych przez nikogo wśród owej podniebnej plątaniny wieżyczek, budek, kominów, wywietrzników, gargulców i maszkaronów. Labirynt ten ciągnął się dziesiątkami metrów. Nawet Santana miał pewne kłopoty w orientacji i dłuższą chwilę kluczył niezdecydowany, nim znalazł przybudówkę, o którą mu chodziło. Jej drzwiczki zamykano od zewnątrz. Odryglował je i machnął na mnie ręką. Z minutę tak stał i machał, zanim wreszcie ruszyłem się z miejsca. Zbyt byłem bowiem zajęty przyglądaniem się sobie.

Miał rację, kiedy mówił, żebym nie przywiązywał się do przedmiotów – żaden nie pozostał nie zmieniony. Ubranie ze skórzanego przetransformowało się w lniane, o kroju, choć prymitywnym, to pasującym do epoki. Nóż z brązu stał się stalowym kordelasem. Ja sam się zmieniłem: cera mi pojaśniała, rysy przelały się w kierunku anglosaskiego typu fizjonomii. U Santany owe przemiany były znacznie bardziej subtelne i zarazem dalej posunięte. Jeszcze chwilę temu był odziany tak samo jak ja; przechodząc przez Bramę zdobył jakimś cudem drogi, elegancki dwurzędowy garnitur, połyskującą morskim odcieniem kamizelkę, jedwabną chustę. Fryzura – skrócił włosy do jednej czwartej – i magiczny masaż głowy uczyniły z niego archetyp angielskiego arystokraty w średnim wieku. Nie widziałem jego noża, nie wątpiłem jednak, że przekształcił się w zabytkowy sztylet czy coś w tym rodzaju.

Rozpadającymi się, zakurzonymi schodami zeszliśmy na poddasze, stamtąd do głównego korytarza drugiego piętra. Zobaczył nas służący, wynurzających się z ciemności nie używanej od lat klatki schodowej – nie wrzasnął tylko dlatego, że oddech uwiązł mu w piersi.

– Sir John Bottomley – odezwał się Santana, popisując się dystyngowanym przeciąganiem zgłosek – jest w domu, jak mniemam.

– O-owszem...

– Bottomley – perorował w bibliotece Santana wyciągnięty na wielkiej sofie, gdzie oczekiwaliśmy na przybycie gospodarza – to nieco stuknięty gość; ma bzika na punkcie okultyzmu, czarnej magii, duchów, hinduskich czarowników i tym podobnych rzeczy. Wykorzystaliśmy to. Dwadzieścia parę lat temu – oczywiście według miejscowej rachuby czasu, to powolny świat – kilku ludzi od nas zgłosiło się do niego; nic nie powiedzieli wprost, on sobie sam wszystko doskonale dopowiedział. Pokazali mu, niby od niechcenia, parę sztuczek. Tu ograniczenie magii nie jest bynajmniej tak silne, gracz z wysokimi współczynnikami może wiele zdziałać. No więc daliśmy Bottomleyowi forsę, poinstruowaliśmy go... Wykupił ten i sąsiednie budynki i teraz pełni straż nad, a właściwie pod Bramami. Jest idealnym agentem na taki świat; prócz niego mamy w tej Anglii tylko dwóch. Często wykorzystujemy w podobny sposób atrapy.

– Atrapy?

– Oczywiście. Myślałeś, że co? – że Bottomley jest prawdziwym człowiekiem? To tylko ciąg zer i jedynek w pamięci Allaha. Podobnie jak to wszystko.

– A skąd u ciebie ten nieskazitelny angielski z prywatnej szkoły? – spytałem z kolei; zasób pytań posiadałem nieograniczony, chciałem wykorzystać dobry nastrój Santany, zwykle przecież nie bywał taki rozmowny.

Czarny zaśmiał się.

– Słyszysz angielski, co? Ale tak n a p r a w d ę to ja wcale nie poruszam ustami. Tak n a p r a w d ę mówię tylko w myślach; lecz Allah na poziomie Irrehaare omija również papugca – uniwersalny werbalizator idei, jak go nazwali. To, co myślę, że mówię – myślę bezpośrednio do twojego umysłu, lecz opakowane we wrażenie słyszenia słów wypowiadanych – tak czy inaczej, w tym czy innym języku – słów, które przecież mogły mi w ogóle do głowy nie przyjść. Sądziłeś, że ja rzeczywiście znam te wszystkie indiańskie narzecza? Dziewięćdziesiąt procent graczy szwargoczących swobodnie w swych wizjach po chińsku, hiszpańsku, szwedzku, francusku i w suahili – ledwo mówi w basicu! Ta rzekoma ich znajomość, to tylko jeszcze jeden atrybut postaci przystosowywującej się do nowego świata podczas przechodzenia przez Bramę; ten proces jest do pewnego stopnia sterowalny, kiedyś się tego nauczysz. Ja przechodziłem przez Bramy tysiące razy. To dlatego wyglądasz przy mnie jak parobek. I mówisz jak parobek. Nie musisz znać niemieckiego, by usłyszawszy, rozpoznać go. To w r a ż e n i e.

Wszedł Bottomley.

Był młodszy, niż go sobie w wyobraźni malowałem. Niski, pulchny, energiczny, uśmiechnięty. Jedno oko kaprawe, większość zębów zepsuta. Zaczynał łysieć. Połykał końcówki słów; mówił bardzo szybko. W ciemnych, mokrych pobłyskach jego źrenic czaił się strach, śmiertelny strach przed nami. Przez chwilę poczułem się równy Santanie, poczułem się bogiem nad Bottomleyem.

– Potrzebujemy paru rzeczy – mruczał Czarny. – Nic specjalnego. Ale zależy nam na czasie. Postaraj się, John. Rozliczymy się w zwykły sposób.

– Tak, tak, tak; oczywiście. Powóz, konie, ubranie, broń...

– Właśnie. Normalny zestaw.

– Już, już. Już załatwiam – zapewnił Bottomley.

Rzucił na mnie badawcze spojrzenie i wybiegł.

Fakt, niewiele czasu mu to zabrało, musiał być przyzwyczajony do ciągłego pośpiechu swych tajemniczych gości – żaden z nich nie zamierzał był przecież, przebywając w tym powolnym świecie, tracić w światach pozostałych miesięcy i lat.

Santana, już w powozie, wyprowadził mnie z błędu.

– To nie jest całkiem tak – odpowiedział mi, smagając konie batem. – Istotnie, ci, którzy korzystają z heksagonu Bottomleya, zazwyczaj uciekają stąd jak najszybciej. Ale spora grupa samotników, nie związanych ani z Samurajem, ani z nami, specjalnie osiada w wizjach o wolnym względnym upływie czasu – oni chcą to po prostu przeczekać; czekają na wyzwolenie. Inna rzecz, że takie zachowanie to chowanie głowy w piasek: na terytorium Samuraja nie ma już wolnych.

W dostarczonym przez Bottomleya ubraniu było mi jeszcze goręcej. Zyskałem na prezencji, straciłem na wygodzie; tutejsi dżentelmeni musieli latem straszliwie cuchnąć potem. Dostaliśmy także dwa ciężkie prymitywne colty.

– Właściwie – mruknąłem po chwili mocowania się z guzikami – powinno się odwrotnie określać światy powolne i szybkie; przecież szybkie...

– Otóż to – przerwał mi Santana z zagadkowym uśmiechem. – Musisz się przyzwyczaić do tej absolutnej relatywności Irrehaare. Kwestia czasu to doskonały przykład. Zastanów się: skąd się wzięły właśnie takie określenia?

8. Krew atrapy

Dość prędko odbiliśmy na południe od Tamizy, wczesnym popołudniem minęliśmy od północy Aldershot, do samego Stonehenge docierając nocą; Santana popędzał konie bezlitośnie. Powóz i spienione zwierzęta zostawił w gospodzie, której właściciela najwyraźniej znał. Od niej do wzgórza był jeszcze spory kawał drogi.

Gdzieś tak od przekroczenia granicy hrabstwa Salisbury pogoda poczęła się psuć; dziwne rzeczy powykwitały po zachodniej stronie nieba, tuż nad horyzontem. Niby chmury, lecz w swej monolityczności bynajmniej nie ulotne; niby odległe, ale niesamowicie wyraziste. Zbliżały się. W przerażającym tempie pożerały ciemniejący z nadejściem nocy nieboskłon. Santana co i raz rzucał nań niespokojne spojrzenia.

Wzniesienie Stonehenge i jego kamienną koronę dostrzegliśmy już w mdłym świetle stojącego w pełni Księżyca. Santana dojrzał bez wątpienia również prostokąty Bram, ale i coś jeszcze.

– No to mamy mały kłopot – warknął podczas forsownego marszu ku wzgórzu. – Widzisz te światła? – wskazał w kierunku Avonu.

Istotnie, pobłyskiwały tam jakieś świetlne smugi.

– Obserwuj krąg – rzucił. – Pewnie tam też się kręcą.

– Kto?

– Niedawno nasi musieli korzystać z którejś Bramy. No i zobaczyli ich miejscowi. A teraz masz tu lotną brygadę tropicieli tajemnic.

Wbiegliśmy między kamienne bloki. Zachodnia strona nieba powleczona była szczelnie ową czarną masą, Santana nie mógł wręcz oderwać od niej wzroku, dopiero więc w ostatnim momencie spostrzegł wieśniaka ze zgaszoną lampą w ręku, który rzucił się nań, wyskoczywszy niespodzianie zza porosłego mchem przewróconego bloku. Santana wyciągnął colta i strzelił wieśniakowi w gardło; poniosło w mrok śmiertelny huk. Ofiara, krztusząc się własnym życiem, odtańczyła w bok. Patrzyłem na nią zszokowany; spod brody tryskała jej w lepką ciemność ciężka fontanna krwi, zraszając wysuszoną ziemię. Santana, zniecierpliwiony, szarpał mnie za ramię.

– No rusz się! To jest coraz bliżej!

– Dlaczego... dlaczego ty go...

– To atrapa. No co tak stoisz, do cholery?!

I wówczas, skręcając za Santaną między starożytne filary, zasłuchany w cichnące rzężenie wieśniaka, w tym osobliwym, rzadkim spięciu swego *ego* z własnym, a obcym wyobrażeniem o innym człowieku, uzyskawszy nagle wgląd w jego myśli – zrozumiałem Santanę, pojąłem ów zimny, nieludzki spokój, ową gadzią, dziecięcą obojętność, z jaką zamordował on wieśniaka, z jaką mnie obcinał palce. Wszak Santana w istocie tego nie robił, on tak naprawdę nic nie robił, dla niego ci ludzie – a i ja, wtedy w śmigłowcu – byli niczym więcej, jak podprogramami wielkiego systemu Irrehaare, świetlnymi postaciami z elektronicznej gry, bryzgającymi elektroniczną krwią na ekran, pikselowymi ludzikami ginącymi od widmowych pocisków i rodzącymi się na nowo po wrzuceniu monety. B o t a k t e ż b y ł o w r z e c z y w i s t o ś c i. Irrehaare to więcej niż się z początku wydaje: to wolność od grzechu. W tych fantasmagorycznych światach powstałych z zafałszowania zmysłów nie sposób popełnić żadnego złego uczynku (podobnie zresztą jak i dobrego), ponieważ sama idea uczynku jako takiego jest Irrehaare całkowicie obca – Irrehaare to królestwo pragnień.

Połknęła nas tęcza, wypadliśmy, przepluci przez Bramę, w wysokopienny, rzadki las; padał tu silny deszcz, grzmiały pioruny.

– Co to było?! – krzyknąłem przez szum ulewy. – To na niebie! Co to było?!

– Wirus – odparł Santana.

Zdążyłem tylko rzucić okiem na nasze nijakie, paramilitarne stroje – po czym Santana przeciągnął mnie przez sąsiednią Bramę.

Ciemność absolutna. Pod nogami chlupocze błoto. Powietrze jest suche, ostre, drapie w gardło; zaczynam się krztusić...

Kolejna Brama.

Cisnęło nas w środek ogromnej, zawilgotniałej, betonowej jaskini. Kilometrowej długości halę oświetlały nieliczne lampy sufitowe, zalewając ją potokami żółtawego, anemicznego blasku. Szczątki niegdyś potężnych maszyn niszczały pod ścianą, spotworniałe w przerdzewiałe szkielety. Tu i ówdzie dostrzec można było wyblakłe fragmenty napisów ostrzegawczych w języku niemieckim.

Po prowizorycznej kładce przeszliśmy nad kałużą czarnego oleju i weszliśmy w jeszcze jedną tęczę.

Wypluło nas w Central Parku.

Był późny jesienny wieczór.

Gdzieś daleko krzyczała kobieta.

Niebo pokrywała niepokojąco swojska mozaika reklam: w zenicie stała coca-cola, ku Manhattanowi obracało się srebrne logo Shoito, dalej płonęły ICEC oraz IBM, zaś za nami uderzał z nieboskłonu feerią dzikich kolorów film zachwalający pierwszą eksperymentalną serię domowych Cerberów GenLSTor. Był to już więc czas ICEC-u i Cerberów, lecz jeszcze nie wszczepek: reklamy z ich pasma *public domain* wyparłyby całkowicie wszystkie inne. Wszak nawet shareware'owy narzut trzeciej rzeczywistości – tworzenie pod-Irrehaare – był równie groźny, co zaślep amnezyjny i obowiązywał zakaz piętrowych mamideł, teoretycznie zatem nie miały prawa istnieć symulacje światów późniejszych niż ten. Tak to sobie kalkulowałem. Lecz możliwe było, iż Samuraj złamał i tę regułę; stworzyłoby to nielichy problem prawny: te tysiące zatrzaśniętych – wszystkich ich po uwolnieniu należałoby w myśl Konwencji uznać za niepoczytalnych do końca życia, do końca życia bowiem w żaden sposób nie udałoby się nikomu z nich udowodnić, że wyszedł już ostatecznie z zaślepu i nie jest to jedynie kolejna jego kondygnacja. Swoją drogą, i tak zapewne zostaną w jakiś sposób znadzorowani – ja zostanę znadzorowany.

Rozejrzałem się po okolicy.

Santana wzruszył ramionami w odpowiedzi na me pytające spojrzenie.

– Czasami Allah naprawdę dziwne miejsca wybiera na Bramy. Nie zawsze korzysta z miejscowych przesądów i mitologii.

Przyjrzawszy się z krzywym uśmieszkiem garniturom, w jakie byliśmy przyodziani, podreptał ku nam kurduplowaty skin kaleka. Kalectwo wpisano w każdy jego ruch, kaleka była każda część jego ciała, kalekie ich połączenie; i myśli zapewne miał on kalekie. Sprawiał wrażenie przypadkowego zlepku kilkunastu różnych mężczyzn. Nawet sposób, w jaki się poruszał, sugerował pewną przypadkowość – fascynująco nieskoordynowany był jego chód. Maska kalectwa nie zdołała jednak ukryć siły i energii drzemiących w tym skażonym ostateczną brzydotą ciele, niesamowitej jego „gęstości": był to olbrzym ściśnięty do rozmiarów karła.

Kurdupel zatrzymał się jakiś metr od Santany. Skóra, glany, ćwieki, tatuaże, kolczyki, łańcuchy.

– Czarny – szepnął charkotliwie, patrząc na Santanę z dołu, z ukosa swoimi nieproporcjonalnymi oczyma.

– Llameth – rzekł Santana.

– Tak sobie myślałem, że będziesz wolał wrócić szybszą ścieżką.

– Nazgul cię tu postawił?

– Sam się postawiłem. Nazgul jest pewien, że gnijesz w Algonthoth.

– Coś się stało – mruknął Santana, na poły pytająco po chwili niespokojnego milczenia.

– Ano.

– Co?

– Porozmawiamy w Astro. Co to za atrapa? – rzucił Llameth, nie patrząc na mnie, a przynajmniej tak mi się wydawało.

– To nie atrapa – odparł Santana.

– Tak naprawdę to ja ślepy nie jestem.

– Widziałeś przecież, jak wychodziliśmy.

– Ja znam twoje współczynniki, widzieć to ja przy tobie mogę różne rzeczy.

– To jest Nowy Jork, dwudziesty pierwszy.

– Ja znam twoje współczynniki.

– Porozmawiamy w Astro – westchnął Santana.

Llameth machnął ręką, rozkolebał się na krzywych nogach, zawrócił i poprowadził nas ciemną aleją ku wyjściu z parku.

Przy skrzyżowaniu przyskoczył do nas ciemnoskóry lalusiowaty cwaniak.

– Panowie, kurwa, spacerują tu sobie, kurwa, Księżyc, kurwa, świeci, kurwa...

Llameth jakoś tak zwinął się na swych pokręconych kończynach i naraz był już przy Murzynie.

– Co ty, Billy, kurwa, ja tylko tak... – zamruczał wystraszony nagle laluś i tyle go widzieliśmy.

Taksówkę złapał Santana, bo dla Llametha żadna by się nie zatrzymała. A i tak kierowca, ujrzawszy go wsiadającego do wozu, podniósł krzyk; Llameth zgasił go tysiącdolarówką. Podczas jazdy nikt się nie odzywał, nawet taksiarz, który z masochistycznym zacięciem wpatrywał się w nasze oblicza w lusterku wstecznym, pragnąc je zapewne zapamiętać do portretów pamięciowych. Wysiedliśmy przy zejściu do metra. Okazało się, że ten z kolei heksagon znajduje się na jego peronie; Brama umieszczona była w pokrytej kolorowym graffiti ścianie tunelu. Dla zagapionego w nas kloszarda musiało to wyglądać, jakbyśmy wtopili się tęczową smugą w ów naścienny rysunek. I gdy objęła mnie cudowna lekkość grawitacji Merkurego, miałem jeszcze przed oczami jego śmiertelnie przerażoną twarz.

9. Gra

Astro II, noszące podnazwę Star Mexico, przedzielone od mroźnej powierzchni planety ponad tysiącem metrów skały, samo poprzedzielane jest szesnastoma warstwami izolacyjnymi – tłumaczył mi potem Santana. Tworzy to siedemnaście samowystarczalnych, hermetycznych poziomów plus ukryty znacznie głębiej dodatkowy poziom techniczno-wojskowy, zwany Hadesem. Przed około osiemdziesięciu laty gracze nieco zmanipulowali budowę miasta przez „tutejszy" ICEC, pozorując zawalenie się i skażenie sztucznej jaskini Hadesu, odcinając go w ten sposób od reszty kompleksu; uciekłszy się następnie do swych – niewielkich w tym świecie – nadnaturalnych zdolności, całkowicie zablokowali Hades i oczyścili go z atrap. Wybór tego właśnie świata i miejsca na bazę główną podyktowany był względnie szybkim upływem jego czasu, późną pozycją historyczną, a centralną w pionie – lecz przede wszystkim faktem, iż w najniższej hali maszynowej Hadesu Allah z sobie tylko znanych powodów umieścił był jeden z pięciu dotychczas odkrytych Wielkich Heksagonów; wszystkie cztery pozostałe znajdowały się na terytorium Samuraja.

Ten heksagon heksagonów, nieproporcjonalna rozeta trzydziestu sześciu Bram o różnych rozmiarach, zajmuje ponad trzy kilometry kwadratowe hali; jej sufitu, przesłoniętego jarzącą się ostro świetlną mgłą, nie mogłem nawet dojrzeć: to jak patrzeć w słońce. Wyszliśmy prosto na oś rozety. Wznosi się tam, niknący po kilkuset metrach w mgielnym wirze, najgrubszy z siedmiu filarów kryjących w swych wnętrzach zespoły wind i szybów transportowych. Potrząsnąłem głową oszołomiony: wokół płonęły z dwa tuziny pęków tęcz – bez przerwy ktoś przechodził przez Bramy, co chwila pojawiali się i znikali mężczyźni i kobiety, pojedynczo, w grupach, na i w przedziwnych pojazdach, poodziewani, mimo pewnego pokrewieństwa stylów, w znacznie różniące się między sobą ubiory. Jedną pastelową smugą zmaterializował się nawet poduszkowiec. Na podłodze, pokrytej szorstką, uginającą się lekko materią, zaznaczono białymi liniami miejsca styku z nią progów Bram; niektóre nie miały i dziesięciu metrów, niektórym długość można było liczyć w setkach. Po obydwu stronach każdej linii wymalowano odpowiednio duże prostokątne czerwone pola wyjścia, na które należało unikać przypadkowego wkroczenia. Wymalowano je po zmiażdżeniu dwóch osób przez grupę graczy uciekającą z innego świata w samobieżnej baterii rakiet – dodał Santana w formie anegdoty.

Obszerną windą pomknęliśmy gdzieś w górę; automat kobiecym niskim głosem recytował nazwy kolejnych pięter Hadesu. Czekałem na rozwój sytuacji, nie chciało mi się o nic pytać. Llameth patrzył na mnie – spojrzenie też miał chore.

Winda się zatrzymała i weszliśmy do ogrodu. Siedząca

pod pobliskim drzewem małpa, wielki goryl, zerknęła na nas spode łba, jak tylko małpy potrafią. Ja miałem na sobie szary jednoczęściowy kombinezon, Santana lśniący garnitur, również Llameth pozostał przy poprzednim ubiorze – małpie coś się w nas nie spodobało. Wstała, charknęła – i wskazała zgiętym paluchem na mnie.

Santana wzruszył ramionami.

– To nie jest atrapa – westchnął.

Goryl nie poruszył się.

– Idź, powiedz Nazgulowi – rzucił Llameth.

Goryl podumał, podumał i podreptał w gąszcz.

Czekaliśmy przy windzie.

– Co mówi Yerltvachovicič? – spytał Czarny.

– A, nic nie mówi. Izolacjonista pieprzony. Ponoć prowadzi z Samurajem negocjacje przez Zewnętrze.

– Nie wierzę.

– Co chcesz, to Rzeźbiony.

– Rasista z ciebie.

– Skin człowiekowi wilkiem.

– Taki skin, myślałby kto.

Wrócił goryl. Nie miał już zastrzeżeń do mojej obecności.

Idąc przez sztucznie zdziczały tropikalny las, sam się dziwiłem własnej umiejętności poruszania się w tak niskiej grawitacji – o ani jedną gałąź nie uderzyłem głową, ani razu nie zboczyłem z alejki. Widocznie zyskałem tę wprawę przez sam fakt przejścia przez Bramę. Zastanawiałem się nad tym, by zająć czymś umysł. Potem zobaczyłem Nazgula i rzecz natychmiast poszła w zapomnienie.

Siedział nad piaszczystym brzegiem rzeki w niskim wiklinowym fotelu, z długimi nogami wyciągniętymi nad wodę. Coś mówił do siebie. Ze względu na ukośny bieg alejki, wynurzywszy się z cienia lasu, ujrzeliśmy go z profilu. Był wysoki. Był potężny. Był samą ciemnością, mrokiem o nieskończonej gęstości. Czarną dziurą spaczoną w postać człowieka. Aksamitnie czarny płaszcz, jaki go spowijał, nie był tak czarny, jak jego ciało, którego po prostu nie było widać: pożerało światło. Dziura w świecie. Cała zasysana przez Nazgula energia promieniowała w obłąkańczej czerwieni jego oczu. On patrzył okruchami lustra wykradzionego z piekła. Żelazo obręczy ściskającej jego czaszkę musiało być gorące.

– Chryste Panie, Santana, gdzieś ty się, do cholery, podziewał?! – warknął na nasz widok.

– Rozumiem, że Alex ze swoimi komandosami nie wrócił? – mruknął Czarny, podchodząc.

– Co się stało, Samuraj wyrżnął was w pień? Spartaczona akcja niezwyciężonego Czarnego Santany?

– Ośmiu zginęło, paru nieprzytomnych nie mogło się odnowić przy przejściu, Alex pojechał z nimi szerszą ścieżką. Ja zostałem za wieżami z tym tu wybrykiem natury i wróciliśmy szybszą; Alex objeżdżał przez Lodowe Pola, to bardzo wolny świat, może go nie być jeszcze z tydzień.

– I co, na Polach niedźwiedzie go załatwiły?

– O co ci chodzi?

– Zrobiłem mały wypad na pierwszy krąg Zewnętrza, jest tam między innymi taki trójsłoneczny światek o zerowym oporze magii z wysokim współczynnikiem mityczności; od jakiegoś czasu sponsoruję miejscowym jedną świątynię. Allah był w dobrym humorze i urządziłem sobie pełny seans. Przy okazji, ni z tego, ni z owego, spytałem o was. I co się dowiaduję? Przez fazę śmierci przeszli w ciągu ostatnich kilku dni wszyscy z drużyny, z twoim, jak widać, wyjątkiem.

Santana milczał.

– No? – naciskał Nazgul. – Przypadek, co? Zero pojęcia?

– Cóż ci mogę odpowiedzieć? Nie będę przepraszać, że ja jeden nie umarłem.

– Przepraszać? Czy ja chcę, żebyś przepraszał? Ty masz mi to wyjaśnić, Santana! Wyjaśnić! Jak to możliwe, że po raz trzeci z kolei cudem wymigujesz się od śmierci, podczas gdy wszyscy wokół giną, a nie są to bynajmniej wrogowie. Ty zaś nie jesteś Krenym, nie jesteś Samurajem.

Nazgul wstał. Był o dwie głowy wyższy od Santany, który mnie przewyższał od dłoń, a ja karłem nie jestem.

– Masz miesiąc czasu, Mexico. I chcę mieć przekonujące, słyszysz?, przekonujące wyjaśnienie tego fenomenu. Inaczej możesz sobie iść do Samuraja. Albo na Zewnętrze.

– To nie jest mądre posunięcie – wycedził Santana. – Nie znajdujemy się w tak dobrej sytuacji, abyś mógł wysuwać podobne ultimatum. Popełniasz błąd.

– Ty jesteś chodzącą bombą zegarową, Santana. Jonaszem. Ja nie mogę ryzykować. Skalkulowałem to: nie opłaci mi się zatrzymanie ciebie, choćbyś był drugim Yerltvachovicičem. Któregoś dnia trafi nas meteoryt i ty będziesz jedyną osobą, która przeżyje. Bez urazy – wolę już cię mieć przeciw sobie.

– Wychodzi z ciebie adwokat, Nazgul.

Twarz Nazgula była mrokiem w mroku; może i uśmiechnął się, nie widziałem – podobnie jak niewiele zobaczysz patrząc w słońce, tak i nic nie dojrzysz we wnętrzu czarnej dziury.

Czerwone oczy zmieniły położenie.

– Kto to jest? Ta atrapa, co nie jest atrapą?

Santana spojrzał na mnie, jakby zdziwiony.

– Taki jeden – powiedział. – Zwinęliśmy go w Kongo. Ja go zwinąłem, byłem ciekawy, co to za fenomen. Widzisz, jego nie można zabić. Ale on przeszedł przez Bramę, zrekonstruował się z myśli; więc człowiek, nie atrapa. Myślałem: nurek czy ktoś w tym rodzaju. Nie pamięta nawet swojego imienia. Nie miał w ogóle pojęcia, że jest w Irrehaare.

Nazgul przypatrywał mi się.

– Santana, co ty chcesz z nim zrobić?

– Zrobić? W jakim sensie?

– Po coś go tu przywlókł?

– Jak to po co? Przecież...

– Ty chyba na głowę upadłeś. Llameth, zabij go.

Obróciłem się, cofnąłem o krok – coś niewidzialnego, sama czerwień spojrzenia Nazgula, ruch jego palców, odblask na koronie, związało mi nogi; znieruchomiałem. Jak bydło na rzeź. O mnie się mówi, ja ani słowa.

Llameth siedział pod drzewem.

– Kogo? – spytał przez żółte zęby. – Wyrażaj się, do cholery, jaśniej – warknął na Nazgula.

Nazgul typowo żydowskim gestem wzniósł ręce ponad głowę i potrząsnąwszy nią, zrezygnowany zwalił się bezwładnie w wiklinowy fotel.

Skin zachichotał.

– Llameth – szepnął Nazgul po chwili.

Llameth wzruszył ramionami; zaledwie przez ułamek sekundy zdawało mi się, że ruch ów ograniczy się do wzruszenia ramion, w istocie przedziwny ten balans nieproporcjonalnie szerokimi barkami nagłym zrywem poderwał go z ziemi i rzucił w przód, nadając kalekiemu ciału morderczy rozpęd. Karzeł poszedł w tan. Dzieliło nas sześć metrów, a trzykrotnie zdążyłem zgubić go spojrzeniem, nim mnie dopadł; on nie biegł, on właściwie w ogóle się nie poruszał, to raczej nim miotała jakaś szalona siła, w bok, w bok, do przodu, w bok, do tyłu, skok i obrót – był szybszy od wzroku. Nawet przewidzieć się tego baletu nie dało. Mgnienie oka i oto śmignął, jakoś tak zwinięty w sobie, z wystającą nie wiadomo skąd ręką, tuż przy mym boku. W ogóle nie zobaczyłem tego cięcia, nie zobaczyłem ostrza, które go zadało. Coś lało mi się spod brody. Krzyknąłem; krzyknąłbym, gdybym mógł jeszcze nabrać w płuca powietrza – lecz Llameth z precyzją chirurga wykonał mą śmiertelną tracheotomię. Upadłem. Czerwono. Takie to lepkie. Ktoś charczy. Nie zamykaj oczu. Hhh... Boli mnie ziemia. Palę się. Ogień w piersi. Moje ciało jeszcze się porusza. Jak ryba wyrzucona na brzeg. We własnej krwi. Czy to warkot wirnika śmigłowca?

10. Santana i Nazgul

– Tak? Nie można zabić? Co ty kombinujesz, Santana?

– Widzisz przecież: nie znika.

– Nie znika, bo atrapa. Kurwa, Samuraj cię przekupił?

– Twoje słowa, Nazgul, twoje słowa.

– Okay, cofam, *sorry*. Ale na przyszłość nie wyskakuj z czymś takim. Jeśli w ogóle masz u nas jakąkolwiek przyszłość.

– Nie przyszło ci nigdy do tego ciemnego łba...

– Te, ludzie, on się rusza.

Natychmiast przestałem się ruszać.

– Sfuszerowałeś, Llameth.

– A cóż to za kalumnie? Ledwo mu się ta pieprzona głowa trzymała na karku.

– Mówiłem, że nie można go zabić.

– Dwie bomby zegarowe, nic innego. On nie może tu zostać. Zrób z nim co chcesz, ale w Mexico zostać nie może.

– To jest banicja, Nazgul.

– Jeśli tak to odbierasz.

– A jak mam odbierać? No, wstawaj – Santana kopnął mnie w bok. – Nie udawaj, Adrian.

– Mówiłeś, że nie ma imienia.

– Mówiłem, że nie pamięta imienia. Adriana sam sobie nadał. Llameth, poderwij go.

I poderwał mnie, aż coś mi trzasnęło w barku. Niewiele widziałem; czerwone widma tańczyły mi pod powiekami. W zwykłej grawitacji pewnie bym nie ustał.

– Może wy myślicie... – zacząłem charkotliwie.

– Zamknij się – mruknął Santana.

Otworzyłem szerzej oczy; twarz pokrywała mi nie do końca jeszcze zeschnięta skorupa krwi, rozłamywałem ją każdym ruchem ust, drgnięciem powiek.

Santana obrócił się do Nazgula.

– Dwa błędy jednego dnia...

– Nie chce mi się z tobą kłócić – przerwał mu Nazgul. – Jak chcesz, weź Llametha. I zejdź mi z oczu.

Znów spóźniłem się z moją kwestią. Chciałem coś powiedzieć, coś wykrzyczeć, udowodnić, lecz nim zebrałem myśli w konkretne słowa, nim udało mi się schwycić w płuca dostatecznie dużo powietrza – byłem już w windzie, w klinicznej ciszy spadałem ku Bramom i nikt nie zwracał na mnie uwagi; wciśnięty krwawym kłębkiem w kąt, dyszałem ciężko – obok Czarny sprzeczał się leniwie z rozbawionym Llamethem.

– Doigrał się wielki Santana, a? Może jednak trzeba było kilka razy zdechnąć efektownie?

– Żebym był szalony jak ty?

– Żebyś był normalny. He, ty masz jeszcze niepokojąco zdrowy umysł.

– Że co?

– Dobrze ci radzę, zemrzyj parę razy. Od razu zrobi ci się lżej.

– Kim ty żesz, kurwa, jesteś w rzeczywistości? Ślepakiem?

Wysiedliśmy tuż nad halą rozety. Santana z Llamethem skręcili i wąskim korytarzem przeszli pod wejście do wind jednego z bocznych filarów. Wlokłem się za nimi najszybciej, jak potrafiłem; nogi mi się plątały, plątał wzrok i myśli. Kapałem sobą w czerwonych łzach.

Zjechaliśmy w heksagon numer cztery. Jedną z jego Bram wtaczał się właśnie na karminowe pole wyjścia wielki, płaski czołg w towarzystwie dwóch harleyów. Długowłosi motocykliści wywrzaskiwali, fałszując, jakiś rock and rollowy standard. Kolumna minęła filar, przyspieszyła i rozmyła się w tęczy przeciwległej Bramy.

Koło naszej linii progu wypisana była umowna nazwa świata, który za nią się rozciąga, lecz nie zdążyłem złożyć jej liter w żaden sensowny wyraz, poderżnięcie gardła bardzo skutecznie pozbawia również zdolności koncentracji.

Przerzuciło nas na jakąś łąkę. Ciążenie przygięło mnie do ziemi. Szok. Cudowne uzdrowienie. Powietrze gładko wchodzące i wychodzące z płuc.

– No – machnął na mnie ręką Santana – nie zostawaj w tyle. To niedaleko, w jednym ciągu.

– Wy chcecie mnie zabić – powiedziałem. – Chcecie mnie zamordować. Pozbyć się mnie. Żałujesz, że jestem nieśmiertelny, prawda? – Palce.

Uniósł brwi, zdziwiony.

– O co ci chodzi? No? – idziesz? nie idziesz? Chcesz się sam błąkać po Irrehaare?

– Irrehaare. Wasza ostateczna wymówka. Nic się nie dzieje naprawdę.

Ale mimo to poszedłem za nimi. Cóż innego mogłem zrobić?

Czterokrotnie jeszcze, w jednym ciągu heksagonalnym, przechodziliśmy przez Bramy.

Naga skała smagana wichrami.

Ciasne wnętrze betonowego bunkra.

Pusta ulica w pogrążonym we śnie Berlinie początku dwudziestego wieku; noc kryształowo czysta.

Ciemność.

– Moment – mruknął Santana. Po krótkim echu jego głosu poznałem, iż znaleźliśmy się w zamkniętym pomieszczeniu.

Zapłonęło światło: lampa naftowa. Santana uniósł ją ze stolika stanowiącego jedyne wyposażenie tej sali. Marmurowa podłoga. Boazeria. Żadnych okien. W przeciwległej ścianie szerokie drzwi. Stolik umieszczono w środku heksagonu – jak zorientowałem się po układzie białych linii progów Bram. Ominąłem je starannie, podążając ku drzwiom za Santaną i Llamethem. Czarny miał na sobie przewiewną lnianą koszulę i nieco staromodne spodnie. Podobnie ubrany był Llameth; po raz pierwszy zrezygnował z maski skina – może po prostu nie zdołał jej utrzymać, przechodząc do tego świata. Lekko odziany, swe kalectwo niemal wystawiał na pokaz, chwalił się nim. Llameth był do tego stopnia odrażający, że aż fascynujący w owej nieprawdopodobnej brzydocie – już piękny. Ja, w koszuli i spodniach prostego kroju, mogłem pasować do każdej epoki. Chybotała się lampa w ręku Santany, chybotał jej płomień, tańczyły cienie. Postawił ją na podłodze, wyjął skądś klucz i otworzył ciężkie, żelazne drzwi. Nie skrzypiały, lekko chodziły na zawiasach. Weszliśmy na kręcone schody. Czarny dokładnie zamknął za sobą drzwi. W górę; idąc tępym rytmem starego latarnika, wspinającego się co dzień na szczyt latarni po spiralnych zmurszałych stopniach, zacząłem przemyśliwać nad ucieczką. Dokąd? Obojętne; byle dalej od tych potworów, które usiłują mnie zabić, gdy tylko przyjdzie im na to ochota. Palce. Teraz – teraz już mogłem bezpiecznie myśleć nad ucieczką, albowiem nie byłem w stanie żadnych mych rewolucyjnych postanowień wprowadzić w życie – znów byłem uwięziony w jednym świecie ze swoimi wrogami. Lecz czy naprawdę byli oni moimi wrogami? Tu słowo „naprawdę" ma specyficzne znaczenie. Tak naprawdę to oni zapewne mdleją, gdy przypadkiem się zadrasną. Tak naprawdę żaden z nich nie widział człowieka konającego. Tak naprawdę są oni statystyczną, szarą próbką wielomiliardowego społeczeństwa, oddzieloną i wyróżnioną przypadkową awarią Allaha – przeciętni ludzie. Tak naprawdę to najprawdopodobniej żaden z nich mnie nie zna, kimkolwiek bym był. Tak naprawdę nic ich nie obchodzę – i to jest najbardziej przerażające.

Kolejne drzwi. Santana zgasił lampę. Za drzwiami jasno oświetlony gorącymi promieniami słonecznymi hol. Upał. Środek dnia w środku lata. Duchota.

– Witajcie na mojej plantacji – skłonił się z charakterystycznym uśmiechem na twarzy Czarny.

Luizjana, 1834.

11. Raj Santany

Dla miejscowych atrap był cudzoziemskim milionerem, Santaną Philipem Blackiem, który, wykupiwszy ten zahipoteczony majątek, przeniósł się doń ze swych rodzinnych stron z powodu jakichś familijnych waśni. Sąsiedzi go poważali, ponieważ był bogaty. Partnerzy w interesach szanowali, ponieważ był bezwzględny. Służba i niewolnicy bali się go, bo był okrutny. Damy fascynował, ponieważ nie maskował żadnej z tych cech. Żona natomiast go kochała, bo wiedziała – bądź wydawało się jej, że wie – iż w ten właśnie sposób maskuje on swe całkowicie inne, prawdziwe oblicze. Santanę zaś wszyscy oni niewiele obchodzili – stanowili wszak tylko zero-jedynkowy ciąg w którymś buforze pamięci Allaha.

Dom był duży, przestronny, słoneczny. Nigdy nie poznałem wszystkich tajemnic, jakie kryły jego niezliczone pokoje. Przydzielono mi jedną z kilkunastu sypialni zajmujących pierwsze piętro zachodniego skrzydła. Widziałem stamtąd podjazd, ogród, drogę i fragment najbliższego pola bawełny. Słyszałem szybujące ciężko w bezwietrznym powietrzu zaśpiewy pracujących Murzynów.

Służba traktowała mnie jak gościa równego statusem gospodarzowi, najwyraźniej była przyzwyczajona do nagłych pojawień się Santany i jego przedziwnych przyjaciół, nie dziwiło ich to, nie okazywali też po sobie zdziwienia naszymi nadnaturalnymi zdolnościami. Santana nierzadko znikał na kilka dni, po czym równie niespodziewanie się pojawiał – sam bądź w towarzystwie tajemniczych nieznajomych. W istocie były to eskapady nawet kilkumiesięczne, lecz z uwagi na nieprawdopodobnie powolny upływ tutejszego czasu odbierano je jako krótkie wycieczki. Dowiedziawszy się o owej właściwości jego świata, zrozumiałem, iż Santana nie miał w ogóle zamiaru podporządkować się żądaniom Nazgula, że od początku niewiele sobie robił ze swej banicji.

– To nie pierwszy raz kością w gardle mu staję – wyjaśnił mi przy jakiejś okazji. – Nazgul ma uraz na moim punkcie. W rzeczywistości to adwokat; jako przywódca sprawdza się bardzo dobrze w koordynacji skomplikowanych działań, planowaniu długofalowych strategii i podejmowaniu nagłych decyzji. Ale to również paranoik. Inna rzecz, że na jego miejscu sam pewnie dorobiłbym się choroby psychicznej.

– Uznajecie taką jego wszechwładzę? Autarchię jednej osoby?

– Myślałeś, że mamy tu jakiś parlament czy jak? Owszem, demokracja miła rzecz, ale pokaż mi parlament, który będzie podczas bitwy dowodził z konia walką i który posiada coś takiego jak honor i prestiż, dzięki którym żołnierze chcieliby się pod nim bić. A w Irrehaare na tym to się właśnie opiera.

Santana zatem postanowił po prostu przeczekać całą sprawę w swej luksusowej kryjówce. I Llameth zadowolony był z takiego rozwiązania; zresztą, jak się szybko okazało, nie była to bynajmniej jego pierwsza wizyta w Luizjanie Czarnego, tutejsze atrapy znały go doskonale, straszyły nim dzieci. Llameth miał słabość do kilkuletnich chłopców. Rzadko znajdowano ich zwłoki.

Irrehaare.

12. Oko wszystkowidzące: Allah

Czas biegł, niezauważalnie umykały dni i tygodnie pomiędzy śniadaniem i obiadem, za niewidzialnymi barierami Bram mijało mnie okrutne uniwersum złudzeń, sen maszyny. Czego nie widzę, nie słyszę, nie czuję – to nie istnieje. W istocie bowiem po opuszczeniu danego świata przez ostatniego gracza, świat ten spłaszcza się w pamięci operacyjnej Allaha do suchej symulacji, której odpowiedni wycinek zostanie ponownie przełożony na język dźwięków, kolorów, zapachów, dopiero gdy znajdzie się ktoś, komu można by tę ułudę wstrzyknąć seriami impulsów przez wszczepkę do mózgu. Ci Murzyni nie śpiewaliby, gdybym ja nie słuchał. Słońce nie świeciłoby, gdyby nie było gracza, który czuje jego promienie. Solipsyzm stechnicyzowany; każdy z nas jest Bogiem Allaha. Z drugiej jednak strony, Allah jest naszym Bogiem.

– Wytłumaczę ci to na przykładzie – rzekł Maastrachni, wyjmując z kieszeni ćwierćdolarówkę. Był on jednym z gości Santany, o którym wiedziałem, że jest graczem – wciąż bowiem, mimo nieustannego przymykania lewego i prawego oka, nie byłem w stanie samodzielnie ich identyfikować. Maastrachni był szczupły, krótko przystrzyżony, o ciemnej karnacji; niewiele mówił, nie pytany nie odzywał się, trzymał się zawsze na uboczu, nie włączał do żadnych dyskusji, sam nie zadawał pytań, choć na jemu zadane grzecznie odpowiadał – zachowywał się nieco sztywno, był zawsze spokojny cichym spokojem życiowych samotników. Atrapy darzyły go sympatią, budzącą u innych graczy zdziwienie i irytację; Maastrachni mieszkał u Santany już dłuższy czas.

– To jest świat o dość wysokich współczynnikach mityczności i magii. Więc tylko sobie pomyśl wyraźnie: która strona monety odpowiada „tak", a która „nie".

– No i co?

– Zadaj jakieś pytanie i rzuć.

Czy dwa plus dwa jest cztery? Zacząłem rzucać. Tak. Tak. Tak. Tak. Bez przerwy wypadała reszka, to było niesamowite. Czy motyl to roślina? Orły. Czy Ziemia jest płaska? Orły. Czy istnieje Bóg? Tak, nie, nie, tak, nie, tak, tak...

– Zadałeś pytanie, na które Allah nie zna odpowiedzi – rzekł obserwujący me poczynania Maastrachni. – Albo na które nie można odpowiedzieć tylko twierdząco czy przecząco.

Siedzieliśmy na pomarańczowo rozsłonecznionej cukierkowym zachodem słońca werandzie; Maastrachni, w przewiewnej białej marynarce, z laską na kolanach, sączył powoli chłodną herbatę. W zagrodzie za odnogą parku ujeżdżano dzikie konie, dochodziły stamtąd pokrzykiwania jeźdźców i widzów, tętent galopu poskramianych zwierząt. W domu panowała senna cisza sierpniowego wieczoru.

– A gdybym spróbował oszukiwać? Kontrolować rzuty. Lub w ogóle rzucać sfałszowaną monetą.

– Jeśli tylko będziesz robił to świadomie, jeśli choć raz pomyślisz o tym, Allah odczyta to i również otrzymasz wynik nic nie oznaczający.

– Chcesz powiedzieć, że on zna nasze myśli? Czyta w nich?

Maastrachni odłożył filiżankę.

– Oczywiście. Na tym to się opiera. Żadnych czynów. Tylko myśli.

Chwilę się zastanawiałem.

– Czemu więc – spytałem go – Nazgul tak nalegał, by Santana się dowiedział, co przydarzyło się Aleksowi i jego ludziom, skoro wystarczyłby rzut monetą?

– Nie wystarczyłby.

– Przecież Allah zna odpowiedź na to pytanie.

– Zna.

– To dlaczego...

Z wnętrza domu dobiegł nas miękki pogłos muzyki fortepianowej.

– Marie – rzekł Maastrachni. Marie była atrapową żoną Santany.

– Dlaczego... – zacząłem ponownie.

– Bo to wiadomość zbyt ważna. Allah to komputer, myśli algorytmami, w jego „szaleństwie" jest wprogramowana mu na samym początku metodyczność i precyzja; część zasad złamał najjaskrawiej jak można, a pozostałych przestrzega z mechaniczną dosłownością. Przypuszczam, a jest to koncepcja Santany, iż chodzi tu o zakaz ingerowania przez Allaha w światy Irrehaare jako strony. To jest logika komputera, on może ci obliczyć co do grama masę Słońca, a w chwilę potem poda złą datę, bo urżnięty informatyk przeskoczył z jakąś pętlą o jedną komórkę za daleko.

Sceptycznie przyjąłem te wyjaśnienia. Wszak „ważność” każdej informacji jest wysoce względna. Pomyślałem sobie: Allah po prostu ujawnia, co chce. Nie wyciągnąłem jednak wówczas głębszych wniosków z tej konstatacji.

Maastrachni mówił i mówił; Marie przestała grać, wyszła na werandę. On się nawet nie obrócił, mówił dalej z tępą zaciętością, choć wiedząc o jej obecności, powinien był zmienić temat, zamilknąć – nie jest dobrze, gdy atrapy zbyt wiele się domyślają.

Marie zatrzymała się, spojrzała na mnie, na plecy Maastrachniego, uniosła brwi. Taka doskonała. Koronki i jedwabie jak mgła wokół niej. Włosy białe lodową bielą śniegu, jasna skóra troskliwie chroniona przed ultrafioletem. Ruchy bogini. Potrząśnie głową i niebo zapłacze. Odwróć wzrok od tych ust.

Uśmiechnęła się i odeszła; żadna chwila nie jest tak piękna, by trwać wiecznie.

13. Miłość w Irrehaare

Klara, jeszcze jeden gracz goszczący u Santany, zagadnięta podczas kąpieli w zakolu pobliskiej rzeki o dziwne zachowanie Maastrachniego, rozchichotała się dziko.

Podpłynąłem do niej, rozpryskując wodę na wszystkie strony.

– Maastrachni to wariat – rzuciła, wymykając się z mego uchwytu.

– Nie powiedziałbym.

– Ty wiesz, kim on jest w rzeczywistości?

– Kim?

– To asasyn Imperium Islamskiego. Wmontowali mu wszczepkę, bo został przerzucony do Europy ze swoją grupą dla wykonania jakiegoś zadania.

– Skąd wiesz?

– Sam mi powiedział.

– To czyni z niego przestępcę, ale nie szaleńca.

Klara unosiła się na wodzie z rękami pod głową, mrużąc oczy przed słonecznymi odblaskami tańczącymi po powierzchni rzeki i promieniami samego Słońca.

– Maastrachni był człowiekiem Samuraja. Otrzymał polecenie zabicia Santany, aby Samuraj mógł go pochwycić na swoim terytorium. No i przedarł się przez kontrolowane przez nas Bramy, dotarł do tego świata, poczekał na przybycie Santany i zabił go. Niestety, zobaczył Marie. Zakochał się w niej.

– Tak?

Klara obróciła się, spojrzała zdumiona. Zanurkowała i wypłynęła przy mnie, w cieniu stromego brzegu.

– Nie rozumiesz? On się w niej zakochał. Zakochał się w atrapie! Wiedział, że to atrapa, nie jest ślepy jak ty. Zakochał się i został tu.

– A Santana?

– Jakimś cudem wrócił; pozwolił mu zamieszkać u siebie. Wyeliminował w ten sposób niebezpiecznego gracza z armii Samuraja. Ma go na oku. Uzależnił od siebie.

Czasami zapominałem, że to tylko Irrehaare, złuda i fałsz, i wówczas w żaden sposób nie mogłem zrozumieć tych ludzi.

– I co? Nie przeszkadza mu to? Pilnuje ich bez przerwy czy jak?

Klara zaśmiała się.

– Przecież on dobrze wie, że Marie go zdradza z Maastrachnim – to w ten sposób sprawuje nad nim kontrolę. A Marie jakoś kocha ich obu; Maastrachni cierpi, biedny idiota.

– Chyba jestem tępy.

– To atrapa! Atrapa! Nie rozumiesz? Maastrachni jest szalony, kocha atrapę! Podprogram Allaha!

Spojrzałem na Klarę, czarnowłosą nimfę o narkotycznie błękitnych oczach i skórze jak aksamit.

– A kim ty naprawdę jesteś? – spytałem po długiej chwili intymnego milczenia.

– Lepiej, żebyś nie wiedział – szepnęła, ściągając mnie w głębinę.

Następnego dnia dowiedziałem się od Llametha, iż gracz posługujący się postacią Klary w świecie rzeczywistym jest osiemdziesięcioośmioletnim emerytowanym policjantem.

Widział, jak zbladłem. Zarechotał, poklepał się po swych krzywych nogach.

– A tyś myślał, że co? Że Allah sczytuje obrazy postaci ze zdjęć graczy z banku danych? – zaskrzeczał ubawiony. – Toż każdy wybiera właśnie taką osobę, jaką nie jest, a chciałby być! To dlatego w Irrehaare tylu jest mężczyzn o ciałach Dallego, a kobiety jedna w drugą Afrodyty!

– W takim razie, kim ty jesteś naprawdę, pokrako? – warknąłem.

– A zgadnij, zgadnij.

14. Nie tylko Allah

Okazało się, iż to nie koniec cudów Irrehaare. Po trzech tygodniach pobytu w Luizjanie w końcu wykształciła się u mnie zdolność identyfikacji graczy. Chodziłem po domu i mrugałem. Zafascynowany obserwowałem przedziwne wyostrzenie się zarysów sylwetki Czarnego, Llametha, Klary, Maastrachniego, Ausburga, Kreny'ego. Spotkałem jeszcze kogoś; nie wiem, jak tę osobę sklasyfikować. Nie jestem nawet pewien jej płci. Być może był to wirus, być może jakiś tajemniczy gracz o niesamowitych współczynnikach. Szedłem alejką w cieniu szpalerów niskich drzew ukochanego sadu Santany, przyroda grała na pełnym spektrum subtelnych wrażeń piękna i naturalności, wiał lekki wiatr, czułem się półbogiem – on wyszedł zza zakrętu. Zamrugałem: tego typu rozsłonecznionego, a ostrego rozemglenia konturów sylwetki nie spostrzegłem jeszcze u żadnego z grających, zbiło mnie to z tropu. Tamten był już przy mnie. Dziwne – teraz nie potrafię sobie przypomnieć żadnych szczegółów postaci nieznajomego; wysoki? niski? jakie włosy? jakie ubranie? Pamiętam, że się uśmiechał. Podał mi coś – broń. W tym świecie mogła to być tylko szabla kawaleryjska. Wziąłem dar; nieznajomy odszedł, zniknął. Pojęcia nie miałem, o co w tym wszystkim chodziło.

Chowając szablę pod łóżko, pomyślałem: jeszcze jeden mit, Irrehaare to tygiel wszelkich możliwych baśni, podań, archetypów i toposów; musiał się tu pojawić jakiś

Nieznajomy, Tajemniczy, dużą literą pisany, jakaś misja i święty artefakt. Lecz nikomu nie opowiedziałem o pochodzeniu szabli.

Wieczorem natknąłem się, też w sadzie, na wałęsającego się bez celu wielkiego wilczura Santany, Ikiego. Jego obraz też wyostrzyło.

– Nie wiem, kim on jest poza Irrehaare – odpowiedział na moje pytanie Santana. – Pewnie zapalonym kynologiem, który włączył się na chwilę w postać psa, by sprawdzić poprawność algorytmów symulacji. I miał pecha zrobić to w nieodpowiedniej chwili, jak my wszyscy.

Przypomniałem sobie goryla z ogrodu Nazgula w Astro.

Przyszło mi do głowy, że skoro odróżniam graczy, to może również dostrzegam już Bramy. Wyprosiłem więc u Santany klucz do piwnicznej sali przejść; był zdumiony moją stanowczością.

Zszedłszy na dół po niebezpiecznie śliskich schodach, z zapaloną lampą w ręku, otworzyłem i zamknąłem za sobą żelazne drzwi. Lampę ustawiłem na stoliku i przystąpiłem do badań. Mimo wpatrywania się z uporem w przestrzeń ponad białymi liniami progów, nie zobaczyłem tam nic niezwykłego. Stanąłem na środku heksagonu. Dalej nic. Zacząłem chodzić wokół ścian pomieszczenia, licząc, że znajdę wreszcie kąt – jeśli rzecz od tego była uzależniona – z którego w końcu ujrzę Bramy. Nie znalazłem. Trudno; mam czas, poczekam, sprawdzę jeszcze później.

Przy liniach progów wypisano orientacyjne nazwy miejsc przeniesień. Począwszy od „Berlina", idąc zgodnie z ruchem wskazówek zegara, były to: „Maehatt", „Dick River", „Pekin V", „Caesia's House" i „Kilimandżaro". Korciło mnie, by spróbować samodzielnego przejścia, chociażby do Berlina, i poćwiczyć sterowanie procesem kreowania swej postaci w nowym świecie. I najpewniej zrobiłbym to, gdybym nie dostrzegł owej kartki. Leżała pod stolikiem, tuż przy jego jedynej nodze – mały, biały, nieco zmięty prostokątny ścinek papieru z nakreślonymi piórem kilkoma słowami. Zaciekawiła mnie, nic więcej; w końcu to tylko kartka. Podniosłem ją, zbliżyłem do lampy.

SANTANA:
OD MEZOZOIKU IDZIE PRZEZ CIĄG WIRUS ZWIERCIADLANY
WIECZÓR 14 LUTY 54 NA KILIMANDŻARO
CAVALERR

15. Chmury nad rajem

– Kto to jest Cavalerr? – spytałem Kreny'ego podczas kolacji.

Nad długim, zastawionym srebrem i porcelaną stołem unosił się szum przyciszonych rozmów, szybkich szeptów, krótkich wybuchów śmiechu; prócz graczy zasiadały przy nim tylko cztery atrapy i mogłem być pewien, że żadna z nich nie usłyszy pytania.

– Cavalerr? – zdziwił się Kreny. – To killer na usługach Yerltvachovičiča. Gdzie o nim usłyszałeś? A może go sobie przypomniałeś?

– Wątpię, czy kiedykolwiek coś sobie przypomnę – pokręciłem głową, unosząc kieliszek. – Amnezja totalna.

Kreny wydął policzek.

– Nigdy nic nie wiadomo, nie bądź takim pesymistą.

– Ja już się po prostu przyzwyczaiłem do tej sytuacji. – Zastanawiały mnie własne słowa. – Prawdę mówiąc, nie byłbym bynajmniej zadowolony z powracania pamięci. Wolę być tym, kim jestem teraz, chociaż właściwie jestem nikim; boję się odkryć zbyt wiele.

Kreny popatrzył na mnie dziwnie.

Kreny miał postać jasnowłosego dziewiętnastolatka, prawdziwego południowoamerykańskiego Apollina; jego miejsce startowe znajdowało się właśnie w tej Luizjanie. Naprawdę jednak był profesorem historii po sześćdziesiątce, po dwóch zawałach i trzech zerwanych kontraktach małżeńskich niskich stopni. Wchodząc do Irrehaare, wybrał spośród dostępnych zestaw współczynników o najwyższym szczęściu, w efekcie prawie wszystkie pozostałe współczynniki cech zewnętrznych miał bliskie zeru. Był jedynym graczem znanym Santanie (prócz Samuraja), który po awarii Allaha nie umarł jeszcze ani razu.

– A wirus zwierciadlany? – zagadnąłem go ponownie po deserze.

– Słuchaj... – zaczął, zmarszczywszy powoli brwi (bardziej ten grymas pasował do profesora niż nastolatka).

Pokazałem mu kartkę; zamilkł.

– W piwnicy, koło Bram, parę godzin temu – wyjaśniłem.

Kreny strzelił palcami na lokaja. Przekazał mu szeptem jakieś polecenie; Murzyn podszedł do Santany, pochylił się nad nim i chwilę coś tłumaczył – Santana wydawał się zirytowany, popatrując na Kreny'ego nad stołem z kwaśną miną. W końcu skinął głową. Przeprosił, wstał. Kreny wstał również. Podniosłem się i ja.

Przeszliśmy do biblioteki. Santana zapalił cygaro – plantator pełną gębą.

Za otwartymi oknami, w chłodnym wieczornym powietrzu, niosła się głośna muzyka cykad. W oddali rżał koń, ktoś kogoś wołał.

– Co jest, Kreny? Musisz w środku kolacji?

– Czas – mruknął Kreny i podał Santanie kartkę.

Santana odczytał wiadomość, zerknął na mnie pytająco; skinąłem głową.

– Jak dawno nie zaglądałeś do piwnicy? – spytał go Kreny.

– Cholera, ładnych parę dni.

– Szczęście, że Adrian tam zeszedł. Trzeba będzie skoczyć na Kilimandżaro i sprawdzić datę.

– Mam kalendarz tego ciągu do czterech skoków, zaraz ci powiem. – Santana odłożył cygaro, odszukał na półce biblioteczki cienką, twardo oprawioną książkę, wetkniętą między astrolabium a klepsydrę, i przekartkował ją. – Czternasty lutego to był tam wczoraj rano, teraz powinien być już... – zerknął na zegar – dwudziesty siódmy.

Kreny rozsiadł się w fotelu.

– Zwierciadlane są powolne – rzucił.

– Nie tak wolne jak ten świat. Trzeba się zbierać.

– Może wystarczyłoby dać znać Nazgulowi? W końcu przecież i do niego dojdzie.

– Nazgul będzie wyczekiwał. Zresztą w Astro wykres magii jest płaski jak decha, może im się wcale nie rzucić.

A chociażby. – Czarny odłożył książkę. – Nazgul wyczeka, żeby nam przypadkiem nie zrobić przysługi.

– Będę wam przerywał, dopóki mi nie wytłumaczycie, co się właściwie dzieje – warknąłem; ignorowanie mnie weszło im w krew.

– Czego nie rozumiesz? – westchnął Santana i zaczął mówić nie poczekawszy na odpowiedź.

Wirus zwierciadlany to wirus odbijający się na kolejne światy przez płaszczyzny Bram, zwykle w pionowym układzie ciągu. Jest mniejszy i powolniejszy od nieograniczonych praktycznie wirusów miejscowych, których przedstawiciela miałem okazję ujrzeć nad Stonehenge. Z uwagi jednak na swą zdolność rozmnażania i przekraczania granic światów oraz symulacyjną atrapową inteligencję, a przede wszystkim na niemalże ludzką zajadłość w polowaniu na graczy, stanowi on najgroźniejszą odmianę wirusa. Przybiera zwykle humanoidalną postać – potężny jest potęgą magii i w światach realistycznych znowu nie tak trudno go zniszczyć. Po każdym kolejnym odrodzeniu jest jednak coraz ostrożniejszy: teraz już w ogóle omija podobne światy. Luizjany zaś prawie na pewno nie ominie.

– Może ominie – mruknął bez przekonania Kreny.

– Aż takiego szczęścia to ty nie masz.

– To co? Emigrujemy?

Santana spochmurniał. Niby sam to zaproponował, lecz najwyraźniej przeprowadzka była mu nie w smak.

– Sam mi mówiłeś, żebym się nie przywiązywał do przedmiotów – wytknąłem mu.

Spojrzał na mnie wrogo.

– Od mezozoiku jest ze trzydzieści skoków w ciągu. Jak nie więcej – rzekł z wytrenowanym opanowaniem. – Mimo wszystko mamy jeszcze czas. Możemy spróbować.

Kreny popukał się w głowę.

– I kto z tobą pójdzie?

– Llameth.

– Taa, Llameth pójdzie, Llameth to sadomasochista. Kto wy, Cienie, jesteście? Myślisz, że we dwójkę dacie radę? – Kreny z politowaniem odwinął górną wargę.

– W odpowiednio realistycznym świecie.

– Realistyczne światy to on dawno przestał odwiedzać.

– Tchórz jesteś.

– Wiem o tym.

Santana odwrócił wzrok, poprawił mankiety.

– Ty chcesz go zniszczyć? – spytałem go, zdumiony. – Chcesz zniszczyć ten wirus, zanim tutaj dotrze, tak? Tak?

Czarny twardo milcząc, potwierdził me przypuszczenie.

Machnąwszy ręką Kreny wstał i wyszedł.

Milczeliśmy nadal.

– Powiem Ausburgowi, to cię odprowadzi w jakiś bezpieczny świat poza ciągiem – rzekł wreszcie Santana, częstując mnie cygarem. – I niech ci się nic podobnego nie marzy.

Odgryzłem końcówkę, zapaliłem i oczywiście automatycznie sprzeciwiłem się Czarnemu.

– Pójdę z wami.

– Zgłupiałeś – sarknął.

– Podaj mi dwa logiczne argumenty przeciwko temu pomysłowi.

– A odpieprz się z tymi swoimi argumentami! To po prostu idiotyzm i dobrze o tym wiesz. Nie dość, że miałbym na głowie tego cholernego wirusa, to jeszcze musiałbym bez przerwy pilnować ciebie, który sam nie wiesz, czego nie pamiętasz, dopóki to po tobie nie przecwałuje. – Santana, rozkojarzony, ze ślepym gniewem odkopał zawinięty róg dywanu. – W twoim przypadku Nazgul miał rację, ty rzeczywiście jesteś chodzącą bombą zegarową! Nie będę niepotrzebnie zwiększał ryzyka. – Pochwycił moje spojrzenie. – Tak, wiem: i mówię jak Nazgul!

– Santana. Mnie nie można zabić.

To go zgasiło. Zwalił się w fotel, zagapił w noc; artystycznie wydmuchiwał dym – zaciągając się, od czasu do czasu zerkał na mnie taksująco.

– A dlaczego ci tak na tym zależy, co?

– Powiedzmy, że mam dość robienia za niepełnosprawnego nieszczęśnika, który potrzebuje niańki, żeby przejść parę Bram.

– Bo potrzebujesz.

– Chciałbym przestać potrzebować.

– A skąd wiesz...
– Nie wiem.
Uśmiechnął się, zmrużył oczy. Dźgnął w mym kierunku cygarem.
– Ty się zmieniasz, Adrian. Teraz nie udałoby mi się tak spokojnie poodcinać ci palców. Prawda? Teraz nie jesteś już taki nijaki. Zmieniasz się. Może nie pamięć, ale coś odzyskujesz na pewno.

16. Raj opuszczony

Llameth się zgodził, oczywiście. Pozostali znani mi gracze goszczący u Santany na wieść o zbliżającym się wirusie zwierciadlanym czym prędzej udali się do piwnicy; żaden nie wrócił. Wyjątek stanowił Maastrachni.
– Nawet jak wszyscy uciekniemy, on i tak wyczuje, żeśmy tu przebywali – powiedział Santanie. – Zniszczy wszystko i wszystkich, którzy mieli z nami styczność. – Przez „wszystkich" rozumiał ludzkie atrapy. – Zabije ją.
Santana wydał jeszcze zarządcy szereg poleceń, wygłosił kilka kłamstw na użytek miejscowych, przygotował ekwipunek... przed północą, niecałe siedem godzin od znalezienia przeze mnie kartki i zszedł do piwnicy. Czekaliśmy na niego w środku heksagonu, Llameth ssał krew z lewego nadgarstka, który był sobie przeciął jednym ze swych noży. Czarny zamknął starannie drzwi, klucz wziął ze sobą.
O 23.48 czasu Luizjany przeszliśmy na Kilimandżaro.

17. Tropiciele

Reguły rządzące przemieszczaniem się postaci graczy pomiędzy światami Irrehaare stanowią wypadkową wypaczeń systemu spowodowanych awarią Allaha – czy, jak kto woli, wejściem Samuraja – i zaszczepionych komputerowi fundamentalnych zasad, na których wzniesiono to królestwo marzeń. Allah starał się usystematyzować szaleństwo i przypadek – i w ten sposób powstały Bramy, ich heksagony, ciągi i piony oraz prawa przejść. Przez Bramę nie może się przedostać żaden człowiek czy zwierzę, o ile nie jest postacią kierowaną przez gracza. Każda taka postać wkraczając do nowego świata jest automatycznie doń przystosowywana, przy czym stopień i rodzaj owego przystosowania mogą być przez nią modyfikowane – o ile jest przytomna, posiada odpowiednio wysokie współczynniki i umiejętność koncentracji w danej chwili. Odnosi się to również do wszystkich posiadanych przez nią przedmiotów czy też całych martwych wycinków otoczenia ruchomych na tyle, by przenieść się z nią za linię progu. Brzmi to jak zbiór przepisów gry – bo też tym właśnie jest.

Zabierając ze sobą żywność, zapasowe ubrania, pistolety i szable – bardziej niż o te konkretne przedmioty, chodziło nam o ich ideę: w jakimkolwiek bowiem świecie się nie znajdowaliśmy, broń pozostawała bronią, odzież odzieżą – choć zmieniały się i nasze ciała, a moje najbardziej, choć zmieniał się cały ekwipunek. Przechodziliśmy tam i z powrotem, od Bramy do Bramy, w ramach jednego ciągu drzewa heksagonów. Kalejdoskop: niebo błękitne, seledynowe, czerwone, brązowe i czarne; słońca i księżyce jak otwierające się i zamykające ślepia kosmosu; nagłe skoki temperatury, tortura hipotermicznych dreszczy, cieplnych udarów; miasto, pustynia, las, jaskinia, morze, wnętrze pomieszczenia. Piekielny rajd. W kilkadziesiąt minut zagęszczone godziny i dni.

Zatrzymaliśmy się, po odzieniu sądząc, w średniowieczu. Wieczór. Powietrze chłodne, wilgotne. Zachwaszczona łąka przylegająca do puszczy. Wychodząc trójtęczą z Bramy, o mało nie wpadliśmy wprost w trzeszczące wysokim płomieniem ognisko. Musiało się znajdować dokładnie na środku heksagonu, wnosząc z kąta, pod jakim podchodziliśmy do Bram.

Santana potwierdził to przypuszczenie.

– Na samej osi – mruknął, oglądając się na Bramy.

– Ile to skoków? – spytał Llameth, wypatrując czegoś w ciemnej ścianie puszczy. – Trzynaście?

– Czternaście – poprawiłem go.

– Może byś się tak pomodlił? Co? Santana?

– Może. A może zaczekamy na tego piromana.

Llameth wywinął usta w charakterystycznym dla niego, szyderczo-okrutnym uśmiechu.

– Długo czekać nie będziemy.

Obserwowała nas jakiś czas, nim wyszła z cienia drzew. Przez ramię przewieszony miała łuk, niosła ustrzelonego zająca. Mrugnąłem: gracz.

Zająca rzuciła na ziemię przy ognisku. Łuk i kołczan zdjęła.

– A ciebie nie znam – rzekła, przypatrując mi się badawczo. Dziwna była ta zaciętość, z jaką ostentacyjnie ominęła wzrokiem Santanę, nawet ja ją zauważyłem; zerknąłem na niego szybko.

Czarny, odwracając się ku mroczniejącym falom przyleśnych pól, uśmiechnął się sarkastycznie.

– To atrapa, nie widzisz?

Kobieta i Llameth mrugnęli niemal jednocześnie.

– Już nie – zauważył kaleka. – Już jest identyfikowalny.

Dużo bym dał teraz za lustro.

Nie zrozumiała zapewne, o czym mówią, ale nie podjęła tematu.

– Tak sobie myślałam, że jednak pójdziecie w dół na niego.

– To ty ją pomięłaś – stwierdziłem. – Tę kartkę Cavalerra w Luizjanie.

– On się zawsze zamykał jak w twierdzy, nie chciało mi się burzyć mu tego pięknego domu.

Wciąż na niego nie patrzyła, lecz wiedziałem, że mówi o Santanie. Santana był osią jej myśli.

– A co ty tu w ogóle robisz? – zagadnął ją Llameth. – Nazgul wysłał cię, żebyś na nas czekała?

– Szukam Aleksa.

18. Miłość poza Irrehaare

Nazgul podczas kolejnej wizyty w owej świątyni w Zewnętrzu wymodlił odpowiedzi na szereg nowych ważnych dlań pytań – Allah był tam ustępliwy jak nigdzie. Wypłynęła między innymi sprawa drużyny Santany. Okazało się, iż jednemu z zabitych, samemu Aleksowi mianowicie, udało się wydostać z terytorium Samuraja, przemykając się Obwodnicą, a potem Zewnętrzem – co notabene jest bardzo czasochłonnym sposobem podróżowania. Oczywiste było, iż z racji takiego, nie innego przestrzennego układu drzew ciągów, pierwszy heksagon, do którego uda mu się dotrzeć, będzie którymś z heksagonów niższej części pionu Astro. Niespodziewanie Alex zyskał na ważności: był pierwszym graczem, któremu powiodła się ucieczka z imperium Samuraja do wolnych pionów okrężną drogą przez Zewnętrze. Strona, która pozna tajemnicę tej drogi, zyska możliwość niepostrzeżonego przerzucenia dowolnej liczby ludzi do centralnych światów wroga. Alex, przez zamknięte w swej głowie wspomnienie, stał się bezcenny. Nie należało liczyć, iż Samuraj nie wie tego, czego zdołał się dowiedzieć Nazgul, na pewno była już w toku jakaś kontrakcja. Tymczasem, póki nikt nie wiedział, gdzie konkretnie znajduje się Alex, nie można było mu pomóc. Rozesłano zatem tropicieli: graczy o wysokich współczynnikach intuicji, magii i szczęścia. Jak na razie jedyny skutek tej operacji stanowiła informacja o postępowaniu w górę pionu wirusa zwierciadlanego zdobyta dzięki ostrzeżeniom pozostawionym przyjaciołom Yerltvachovicića przez jego killera. To właśnie Arianne pierwsza przyniosła ją do Star Mexico.

– I co na to Nazgul? – spytałem.

Przełknęła przeżuwany akurat kęs mięsa, nim odpowiedziała. Zapadła już noc, gorąca jasność rozskrzeczanego płomienia zaślepiła i przykuła nasze oczy, istniał tylko ten ogień – i ciemność.

– Porozsyłał ludzi z poleceniem ewakuacji zagrożonych światów, ale Astro za zagrożone nie uważa – wzruszyła ramionami. – Czeka.

Arianne była niska, szczupła, ciemnowłosa; piękna wyrazistym kobiecym wyobrażeniem ideału urody. Już sama ta naddoskonałość, bez potrzeby przymykania powiek, wyróżniała ją wśród atrap. Wszyscy spotkani dotąd przeze mnie gracze mieli wygląd aniołów. Lub demonów, pomyślałem, spoglądając na Llametha.

– I jak ci mówi ta twoja intuicja? – burknął. – Jest tu Alex, hę?

– Nie ma. Ale jest wirus.

Santana mimowolnie spojrzał na nią, chociaż dotąd starannie tego unikał, zapewne w obawie napotkania jej wzroku.

– Skąd wiesz?

– Och, jest już trzy skoki w górę. Szłam ciągiem od Astro, starając się wyczuć Aleksa. Obozowałam tam właśnie między Bramami, kiedy odbiło go przez jedną z nich. Ledwo zdążyłam uciec.

– Widziałaś go?

– Schemat Kryształowego Jeźdźca. Nic nowego. Kryształowy rycerz na kryształowym rumaku. Wyższy od Bramy. Gość musi mieć z trzy metry bez hełmu. Lanca, miecz, topór, kusza. Praworęczny. Kolczuga. Tyle spostrzegłam.

Czarny wyraźnie miał jej za złe, że nie powiedziała tego od razu. Wysłał natychmiast Llametha na krótkie skoki przez wszystkie sześć Bram, by orientacyjnie określić tempo upływu tutejszego czasu, na wypadek gdyby przyszło nam tu stoczyć walkę. Sam odszedł na pobliski pagórek, wbił na jego szczycie w ziemię miecz i uklęknął przy nim; modląc się do Boga, modlił się do maszyny. Miały te modły na celu – jak przypuszczałem – zbadanie miejscowego współczynnika oporu magii i mityczności, a ponadto, o ile to możliwe, wywołanie proroczej wizji dotyczącej wirusa – to w ten właśnie sposób Nazgul i inni „rozmawiali" z Allahem.

Llameth w nieregularnych odstępach czasu pojawiał się, po czym znikał w następnej Bramie. Sumiennie obracałem półminutową klepsydrę za każdym razem, gdy przesypał się w niej piasek. Arianne jakiś czas przyglądała się temu. Skończywszy jeść, wstała, popatrzyła z jakimś dziwnym roztargnieniem w ogień i odeszła wolno ku zatopionemu w modlitwie Santanie. Wspięła się na szczyt i zatrzymała przed mieczem. Przez moment wyglądało to tak, jakby Czarny modlił się do niej; widziałem ich kamienno nieruchome cienie na tle aksamitnej kurtyny nocy. Potem Santana wstał. Musieli coś mówić, ale nie dosłyszałem niczego z ich dialogu.

Klepsydra: siódma minuta.

Llameth wyszedł z ostatniej Bramy, podkuśtykał do ogniska.

– Ile? – spytał.

– Siedem i jakieś pięć sekund.

– To daje iloraz bliski pięciu. Dość szybki świat. Nawet z poprawką na przejścia.

Zwalił się na kamień obok.

Piętnaście sekund, jakie odliczał w każdym sąsiednim świecie, po podzieleniu dawało w efekcie średnią względnego tempa upływu czasu. Oczywiście była to metoda prymitywna i zawodna, cały ciąg bowiem mógł posiadać chronopatyczną skazę – niemniej zwykle, jak mnie zapewniano, zdawało egzamin.

Llameth odszukał wzrokiem Santanę i Arianne; wyszczerzył krzywe resztki zębów.

– To dopiero, kurwa, jest para.

– Mhm?

– Oni naprawdę są małżeństwem.

– Poza Irrehaare?

– No mówię. A tutaj, już po zamknięciu, urodziło im się dziecko.

Dotarło do mnie znaczenie tych słów, lecz długą chwilę nie mogłem zrozumieć, o co chodzi Llamethowi.

– Jak to – dziecko?

– Dziecko! – parsknął. – Atrapowe! Co, myślałeś może, że ona w rzeczywistości, jak to się mówiło?, zaszła w ciążę? Irrehaare, Irrehaare. Urodziła tu atrapę – zaśmiał się.

Cisnąłem polano w ogień.

– I co?

– Ano, zabili je. Miało już ze dwa lata. Mówiło. Tego nie mogli wytrzymać.

19. Czekając

Arianne wróciła kwadrans później. Z jakiegoś powodu była z siebie niezmiernie zadowolona. Wymusiła na mnie, bym jej opowiedział o amnezji. Nawet Llamethowi, gdy ją o coś zapytał, odpowiedziała bez tego pogardliwego, opryskliwego potrząśnięcia głową, jakim obdarza kalekę większość osób wychowanych w świecie, gdzie kaleki znajdziesz tylko na obrazach Boscha.

Rankiem wycieńczony Santana zdecydował, iż przyjmiemy pojedynek z wirusem właśnie tutaj. Widział go w swej wizji, zawracającego ku heksagonowi. Wyczuł nas. Kryształowy Jeździec. Arianne bez słowa przeszła przez jedną z Bram, wróciła, zabrała broń, mruknęła coś o Aleksie, zdumiewająco ciepło pożegnała się z mężem i przeskoczyła krótką tęczą w sąsiedni sen Allaha.

Słońce wychynęło nad puszczę bladoróżowym, strzępiastym owalem. W ciemnozielonej gęstwinie budziło się dzikie życie. Przez niebo mknęły od zachodu rozgotowane zwały burzowych chmur, porywisty chłodny wiatr zmieniał się w ciężki jesienny wicher. Czekaliśmy.

20. Wirus

Nadjechał od zachodu, wraz z burzą.

Rozgwieździły się nad linią horyzontu lodowo i ogniście ostre pobłyski promieni słonecznych odbijanych od kosmicznie doskonałej powierzchni kryształu, którym był; dostrzegliśmy ich wirtualne igły strzelające nad zielone fale pól i zagrał w nas strach. Nawet Llamethowi zatrzepotały nerwowo wargi, jakby od zbyt wielu modlitw, których nie był w stanie wymówić w tej ulotnej chwili. Oto wschodziła jutrzenka mordu. Lód naszych serc skrzepnięty w myśl – z komputera wszak nie wyjmiesz więcej, niż włożyłeś; wszystkie zło Allahowych wirusów zrodziło się w głowach ludzi, on je sobie tylko stamtąd wypożyczył, skopiował.

– To diabelska maszyna – klęli gracze.

– Ale maszyna – mówiłem zdziwiony. – Nie ma nawet wolnej woli.

– Przy tym stopniu złożoności i autonomiczności programów – mamrotali rozeźleni – pojęcie wolnej woli jako takiej się rozmywa, nie sposób już odróżnić decyzji od wyboru.

– Lecz skąd możecie wiedzieć, że to właśnie wola Allaha? Może spowodowane to zostało deformacjami Samuraja? Może Allah w istocie nie ma wyboru? A może i jest po naszej stronie? Jak możecie być pewni, że to jego wina?

Ale oni wiedzieli swoje. Bluźniąc Allahowi, byli przynajmniej męczennikami. Usprawiedliwiali w ten sposób swoje klęski. *Allah akbar, Allah akbar.*

I teraz, widząc wyłaniającego się zza kolejnego pagórka Kryształowego Jeźdźca, zrozumiałem ową fatalistyczną desperację, która stała się już ich cechą narodową, wspólną cechą przeklętego u zarania ludu Irrehaare. Wżarty w mózg każdego z nich, zasysający wszystkie myśli i uczucia, ten elektroniczny robak, śmiertelny guz, pośrednicząc między nimi a już abstrakcyjnym, bo tak potężnym SYSTEMEM, władny jest jednym krótkim impulsem strącić ich na samo dno piekieł, poddać najgorszym torturom, wypruć z nich i uczynić rzeczywistością najgłębsze ich lęki. A o n i n i e m o g ą n a t o n i c p o r a d z i ć.

W rzeczy samej, *Allah akbar.*

Jeździec był coraz bliżej.

Diamentowy pryzmat w płynnych transformacjach galopujący równym tempem. Koń i człowiek: jedna całość. Jedna przelewająca się nieprzerwanie z kształtu w kształt szklana rzeźba. Bo tym właśnie był, on i zwierzę, a w gruncie rzeczy jednolity wirus – rzeźbą, szkłem sklętym w wieczne niedoformowanie, żywym, roztopionym, a zimnym; obcym programem szalejącym po pamięci operacyjnej Allaha. Kryształowe kopyta rumaka wyrzucały w powietrze grudy ziemi, odbijała się w jego ciele zieleń trawy, przepełzały po zbroi Jeźdźca mdło rozlane przez nieregularną taflę zwierciadła odbicia nieba i pożerających je chmur. Fakt, iż koń, rycerz, jego broń, ekwipunek, siodło – wszystko to stanowiło żywokryształową jedność, skąpaną w sekundowych świetlnych refleksach, malowaną bezustannie różnokolorowymi plamami lustrzanych obrazów, fakt ów znacznie utrudniał jakiekolwiek dokładniejsze przyjrzenie się wirusowi. A pędził on ku nam, niezmordowanie utrzymując tempo dzikiej szarży: diamentowe nemezis. Zdołałem jednak wypatrzyć podstawowe różnice między nim a jego wyższą historycznie wersją opisaną przez Arianne. Miast lancy miał kopię, miast kolczugi pełną zbroję; u siodła wisiała tarcza. Jechał z podniesioną przyłbicą. Twarz, jako powierzchnia o zbyt wielkim nagromadzeniu fałd, wklęśnięć, wypukłości i spaczeń, tak odbijała i załamywała światło, że nie sposób było w tym promiennym obliczu rozpoznać więcej jak dwa płytkie ściemnienia oczu i płaski dodatkowy pryzmat ostrego, orlego nosa.

Wirus na tyle się już zbliżył, by wzrok mógł go wpisać w perspektywę: miał jakieś pięć metrów, pięć i pół; jeszcze wyżej wznosił się grot wspartej w kapturek przy strzemieniu kopii.

– I nie zgrywać mi tu niezwyciężonych; jakby co, od razu w Bramy. Nie wychodzić poza heksagon.

Llameth mruknął potakująco. Ja, który Bram nie dostrzegałem i musiałem sobie pooznaczać ich krańce kamieniami, tylko wzruszyłem ramionami.

Santana żachnął się.

– A ciebie to ja w ogóle nie rozumiem. Po cholerę się wepchnąłeś w tę jatkę?

Sam nie wiedziałem, więc nic nie odrzekłem. Podjąłem decyzję w ułamku sekundy, w chwili irracjonalnego buntu przeciwko przeznaczeniu, w chwili absolutnej frustracji – a potem nie bardzo już miałem jak się wycofać: klasyczny klincz ambicji i dumy.

Santana wyjął zza cholewy kościaną różdżkę. Poślinił jej koniec, chuchnął.

Sto metrów od heksagonu Kryształowy Jeździec zatrzymał się. Wbił kopię w ziemię i wyciągnął przezroczysty miecz.

Czarny oblizał spierzchnięte wargi.

– Aa, do diabła z tym.

Tak naprawdę miał to wszak być pojedynek pomiędzy nim a wirusem, starcie w komórkach procesora ich tajemniczych współczynników.

Santana spojrzał w niebo, szepnął coś i wiatr zmienił kierunek, chmury poczęły się cofać.

Jeździec wrzasnął; był to długi, modulowany, wysoki

wrzask, nie zawierający żadnych konkretnych słów, zbudowany na głosce ae, wznoszący się i opadający wraz z migoczącą w szklanej dłoni igłą miecza. Coś zaczęło się dziać z ziemią wokół nas – jakby się rozgotowała. Santana splunął na nią; nie uspokoiła się. Jeździec wciąż krzyczał. Ucichł i zamarł od tego krzyku las, zgubił się wicher. Santana splunął ponownie – a ziemia gotowała się coraz mocniej. Tłuste, ciężkie jej fontanny, cuchnące torfem i zgnilizną, strzelały już ponad nasze głowy, utrzymanie równowagi stawało się z sekundy na sekundę trudniejsze; przerażające było to lokalne trzęsienie ziemi.

– Stop – powiedział wreszcie Czarny.

Zapadła cisza. Grunt znieruchomiał.

Santana zwalił się na kolana.

– Uważajcie na jego tarczę – rzekł, rozpaczliwie łapiąc oddech.

Bo Jeździec już szarżował. Miecz odchodzący ukośnie w bok jak asymetryczny statecznik. Przyłbiczne lustro na twarzy. Ostra krawędź tarczy tnąca powietrze. Dzikość diamentowego wierzchowca. Złota aureola sieci świetlnych refleksów. Brak cienia.

Wspiął się na wzgórze, gdzie Santana odprawiał był swe nocne modły. Po czym spadł zeń na nas w straceńczym galopie. Nie słyszeliśmy charkotliwego zdyszenia konia, bo też i koń nie oddychał, będąc, podobnie jak sam rycerz, martwą masą. Widzieliśmy natomiast przestrzeń za nim, krzywo i aperspektywicznie spryzmatowaną.

Później, wyławiając z pamięci zmatowiałe już nieco sceny, oceniałem, iż cała walka, od chwili jego wjechania w heksagon, nie trwała dłużej jak minutę. Siłą rzeczy, samemu odgrywając w tym przedstawieniu rolę, nie widziałem go całego, a i te fragmenty, które zarejestrowałem, nim opadły w miękką glebę niepamięci, zostały przefiltrowane i zdeformowane subiektywnością mego punktu widzenia.

Wspomnienia – obrazy – jak kadry wycięte ze zbyt wiele razy oglądanego filmu.

Llameth w krzywych piruetach schodzący Jeźdźcowi z drogi. Santana odtaczający się w tęczę i w Bramę. Jeździec powstrzymujący i obracający konia. Llameth tnący jedną ze swych krótkich szabel przez jego pęcinę; pojawiająca się na jej szkle, jak od ogniowej skazy, czerwona pręga. Straszliwe cięcie kryształowego miecza. Santana wysoką smugą kolorów wystrzeliwujący z Bramy. Santana śpiewający, płonąca jego różdżka. Taniec przezroczystego wierzchowca. Odcięta ręka Czarnego, jeszcze na ziemi rozwierająca i zaciskająca palce na różdżce. Skok Llametha, skaza przebiegająca przez lustro zbroi. Santana tracący przytomność w trakcie rozpaczliwego podczołgiwania się ku Bramie. Obrót olbrzymiego zwierzęcia i szarża na mnie. Blask wielkiej, płaskiej tarczy, odbicie w której unieruchamia każdy przedmiot z siłą proporcjonalną do jego masy. Mój strach niczym jeszcze jeden obraz: dymna szarość odczuć. Mój miecz, którego imię brzmi Niemoc. Uskok. Drgnięcie tarczy. Szarpnięty w pół kroku, prawie nie mogę się ruszyć, związany ubraniem i orężem. Tratowany Llameth – mimo to w jakimś dzikim, chorobliwym rozedrganiu wszystkich członków siekący raz za razem brzuch konia; splot powidoków błysków jego szabel na mej siatkówce. Widoczne przez szary dym histerii, porozrzucane i pozasypywane wrzeniem ziemi kopce kamieni. Uwolniony z okowów lustra tarczy; kryształowa klinga w moim brzuchu. Zgniłożółty zapach mych wnętrzności. Ziemia. Ból: siedem głów, czarne kły, ślepe oczy, tysiące macek. Jeździec, czerwienią skaz cięć Llametha zmuszony do przełożenia broni do lewej ręki, nie mogący poruszać głową; jego koń – atakiem kaleki i czarami Santany przelewający się w bezkształtne monstrum, jak ślimak, co zapomniał nagle, kim jest – paczy się, potwornieje i pęcznieje. Rycerz z trudem zsiadający zeń: rozłączenie się dwóch szklanych brył. Rycerz: diamentowy Goliat. Nade mną. Kat. Doskonałość brzeszczotu. Jestem nieśmiertelny, jestem nieśmiertelny, nie można mnie zabić! Rozsyp się! Rozbij się! Roztłucz! Szszcztrszszsz... Deszcz szklanych okruchów. Na miriady brylantów. Srebrzy się i złoci kryształowy dywan. Pętla mych wnętrzności niszcząca jego artystyczny porządek. Czołgający się na ślepo ku zmartwychwstaniu. Rozwłóczone wszędzie wokół zwłoki

Llametha, dematerializujące się nagle. Tęczy. Tęczy. Chcę się rozpleść w gobelin barw. Ta chęć: czarna, lodowata, matowa. Brama: blady obraz innej rzeczywistości, wpisany w błyszczące purpurowo prostokątne ramy.

21. Santana niezrozumiały

Jednak odzyskał przytomność i udało mi się go wywlec z tego świata i ściągnąć z powrotem. Patrzył na mnie, oszołomiony; tym razem to ja biłem go po twarzy, by wytrącić z omdlenia, w którym myśli nie mogłyby odtworzyć jego ciała.

– Co się stało? – spytał. No i nie wiedziałem, co mu właściwie odpowiedzieć.

Szklany piasek chrzęścił pod naszymi stopami. Po Jeźdźcu, koniu i Llamecie nie pozostał żaden więcej ślad. Krew kaleki zniknęła, jako część jego zwłok, w chwili śmierci. Krew Santany z powrotem krążyła mu w żyłach: prawo zachowania masy i energii obowiązuje również w Irrehaare.

– Co się stało? – powtórzył po głębokim wdechu.

Podniosłem swój miecz, wsunąłem do pochwy. Jemu podałem różdżkę. Spojrzał na nią z roztargnieniem. Potem spojrzał na szklany miał. Myślał.

– Llameth zginął. – To było stwierdzenie.

– Rozumiesz...

– To ty załatwiłeś wirus. Amnezję się ma, amnezję, co? Kurwa, trzeba było takiego idioty jak ja...

Chwyciłem go za ramię – odskoczył.

– Wiem! – syknął, przygryzając dolną wargę. – Wiem! Ty jesteś Samurajem! Tylko Samuraj mógłby utrzymać, mimo przejść, iluzję postaci, tylko jego nie złamałyby Bramy, tylko on może mieć władzę nad wirusami! Tylko on jest nieśmiertelny; wszyscy przecież wiedzą: nigdy nie umarł, jest niezwyciężony. Samuraj!

Tak mnie zaskoczył absurdalnością tego oskarżenia, że nie zdołałem nawet wykrztusić prostego zaprzeczenia. Ruszyłem ku niemu, ale ledwo postąpiłem krok, on wyciągnął i skierował na mnie swą różdżkę, która ponownie zapłonęła na jedno jego słowo.

– Szekalakk-szekulakk.

Poczułem, iż to zaklęcie, jakikolwiek byłby jego cel, jest w istocie skierowane przeciwko mnie i w myśli, poniekąd instynktownie, ten drugi, szybszy, mądrzejszy i bardziej doświadczony ja krzyknął: Nie!

Na czoło Santany wystąpił pot.

– Wiedziałem – mamrotał. – Wiedziałem. Samuraj. Chryste Panie, ja... – Wyglądał, jakby został opętany.

– Co ty pieprzysz? Jaki Samuraj?!

Ale on już przenikał w inny świat – widziałem go poprzez okno Bramy: wyspa na jeziorze, trzciny, gniazdo czajek.

Nie dogonię go, tego byłem pewien; nie mam wprawy w tropieniu przez ciąg, a on w każdym heksagonie posiada pięć różnych dróg ucieczki do wyboru, i on ma wprawę.

Nogi się pode mną ugięły. Usiadłem ciężko w diamentowym pyle.

22. Cavalerr: upokorzenie

Zwały burzowych chmur, odegnane czarem Santany, majaczyły daleko na horyzoncie. Wiatr ustał. Zrobiło się cieplej – słońce grzało z letnim natężeniem. Siedziałem na środku roziskrzonego szaleńczo kobierca i próbowałem zebrać myśli.

Teoretycznie potrafiłbym wrócić do Luizjany, nawet do Astro. Tylko po co? Santana zdąży tam przede mną: zastanę już odpowiedni komitet powitalny. Nie ulegało również wątpliwości, że i tutaj wkrótce pojawią się łowcy. Ciąg został uwolniony od wirusa, z chwilą zniszczenia jednego z nich zgasły wszystkie odbicia i teraz każdy może sobie swobodnie polować na Adriana–Samuraja, atrakcję sezonu. Nazgul zapewne wyda taki rozkaz! Także jeśli nie uwierzy Santanie – bo błąd w przypadku pomyłki zbyt drogo by go kosztował: taka gratka, Samuraj uwięziony na ich terytorium, sam jeden. Owe trzy wolne, lecz kontrolowane przejścia na ciągi graniczne, od teraz będą kontrolowane tak dokładnie, że już w ogóle nikt się przez nie nie przedostanie – wszak Samuraj to mistrz iluzji! No jasna cholera. Co temu Santanie do łba strzeliło? Cóż ja mam teraz począć? Nieśmiertelny, ładna mi pociecha; nieśmiertelny, ale nie nietykalny. Zewnętrze? Nawet wiem o nim mało.

Zdążyłem podjąć dwie decyzje – natychmiastowego oddalenia się od heksagonu i odprawienia modłów dla uzyskania od Allaha wizji-rady – gdy z Bramy za moimi plecami wynurzył się jakiś człowiek, wyczułem to przez zawirowanie powietrza.

Błysnęła mi – i zaraz zgasła – kwaśna myśl o Llamecie; lecz chociaż istotnie odradzał się on w tym ciągu, w wysokim świecie pełnym obozów koncentracyjnych, co wiedziałem od Klary – to i tak w żaden sposób nie zdołałby wrócić tak szybko. Więc kto? Santana?

Odskoczyłem w bok, obróciłem się; ręka na głowicy miecza.

Ale to nie był Czarny ani Llameth, ani żaden znany mi gracz.

– To tutaj, co? – mruknął, zbierając z ziemi garść kryształowych ziaren. Nie spuszczał ze mnie oczu.

Symulacyjna mapa genetyczna jego postaci musiała być istnym amalgamatem genotypów osobników wszystkich możliwych ras świata, fenotyp siłą rzeczy nie odpowiadał żadnej. Wysoki, szczupły, zielonooki, jasnowłosy, sucho umięśniony. Zbyt płynnie się poruszał. Odziany był w dziwną kombinację obcisłego stroju myśliwskiego i lekkich, orientalnych szat. Jego długi, wąski miecz zdradzał pewne podobieństwo do mieczy samurajskich. Niewątpliwie miał wysokie współczynniki, skoro zdołał utrzymać, mimo przejść, taką powierzchowność.

Arystokrata.

– Widziałeś tych, co go załatwili?

– Kim jesteś?

Otrzepał dłonie i spojrzał mi w oczy.

– Cavalerr.

Musiał czekać na śmierć wirusa gdzieś w tym ciągu, inaczej nie zjawiłby się tak szybko. Jakie rozkazy dostał od Yerltvachovicića?

Yerltvachovicič!

– To ja jestem tym pozbawionym pamięci nieśmiertelnym od Santany – powiedziałem. Wyliczyłem, iż do Cavalerra Czarny najprawdopodobniej nie zdążył dotrzeć ze swymi paranoicznymi podejrzeniami. Zresztą i tak nie miałem wyboru. – Mógłbyś może zaprowadzić mnie do Yerltvachovicića? Bardzo mi na tym zależy.

Dziwnie to zabrzmiało.

Uśmiechnął się drwiąco.

– A Santana?

– Co: Santana?

– Wyrzucił cię? Zaczął nagle podzielać zdanie Nazgula, hę?

Skłamałbym, tylko że pojęcia nie miałem, jakie kłamstwo go uspokoi; kłamstwo posiada tę przewagę nad prawdą, iż potrafi zadowolić obydwie strony, podczas gdy prawda najczęściej nie zadowala żadnej – lecz by skutecznie łgać, należy znać te oczekiwania stron, a ja po prawdzie nie znałem nawet własnych.

– Twierdzi, jakobym był Samurajem – powiedziałem. – Że niby od początku mamię go iluzją; bo to ja zniszczyłem ten wirus.

– Jak?

– Sam nie wiem. No, zaprowadzisz mnie? Chcesz? Oddam ci broń.

– Ty szukasz azylu. – Ten uśmiech; dłoń na rękojeści, stopa w przodzie. To pali.

– Tak.

– Niczego ci nie mogę zagwarantować, nawet tego, że Yerltvachovicič w ogóle cię przyjmie, nawet tego, że cię wypuści.

– Zdaję sobie z tego sprawę – pochyliłem głowę.

Strzelił palcami i całe szkło wirusa, niby stado kryształowych dżdżownic, w okamgnieniu wkopało się w glebę i tak spulchnioną niedawnym wrzeniem. W ciszy.

– Na wszelki wypadek – wyjaśnił Cavalerr. – Nie chcemy przecież niezdrowego zaciekawienia miejscowych okolicą heksagonów. Prawda?

23. Między pionami

Więc poprowadził mnie: weszliśmy w Bramę; szalała za nią burza.

Dalej, w tym ciągu – w bok i w górę. Na wysokości dwudziestego pierwszego wieku przedostaliśmy się na drugą półkulę, do Brazylii, korzystając z błyskawicznego lotniczego połączenia; mieścił się tam heksagon ciągu Black Two. Właśnie z uwagi na możliwość szybkiego przemieszczania się na duże odległości, dokonywano zwykle podobnych przeskoków w światach wysokich. Na tym samym poziomie drzewa przeszliśmy przez trzy kolejne ciągi i wzdłuż osi Mystic Zero zaczęliśmy schodzić w dół. W czterdziestym drugim skoku minęliśmy granicę pięcioświatowego dominium Yerltvachovičiča.

24. Adrian Yerltvachovičič

Oto znów nadchodził deszcz. Piętrzyły się chmury nad chmurami na szaroniebieskim niebie. Z okna mej celi widać północny brzeg rzeki i mgielny zarys odległych gór, z których spłynęły burzowe fronty. Nie było ono zakratowane ani na tyle wąskie, bym nie mógł się przezeń przecisnąć, jednak kilkudziesięciometrowa przepaść skutecznie zastępowała wszelkie zabezpieczenia.

Luksusowa – ale cela. Jej drzwi nie posiadały nawet klamki. Lecz nie posiadały również judasza. Czasami się zastanawiałem, czy owo potężne złocone lustro wiszące na zachodniej ścianie, którego nie sposób poruszyć, nie jest przypadkiem lustrem jednostronnym, a w istocie z drugiej strony oknem. Lecz ten świat znajdował się chyba na zbyt niskim poziomie. Wprawdzie nie mogłem go jakoś dokładniej umiejscowić w drzewie, ale wnioskując po tym, co wiedziałem o Yerltvachovičiču, układałem go sobie w drugim, trzecim wieku.

A niewiele wiedziałem; w ogóle nie zdążyłem się z nim spotkać. Cavalerr od razu zaprowadził mnie do tej wieży. Nie zdziwiło mnie to, nie zaniepokoiło: nawet broni mi nie odebrał. W podobnych sytuacjach miecz nie na wiele się przydaje, co najwyżej można sobie nim flaki wypruć, lecz Cavalerr miał pewność, że będąc nieśmiertelnym i w ten sposób mu nie ucieknę. Mógłbym się też rzucić z okna, roztrzaskałbym się jednak na bruku na miazgę i mało by mi przyszło z tego, iż jako miazga pozostaję przytomny.

Te chmury. Wolałbym nie mieć okna. Wiatr pachnący rzecznym mułem.

Przehandluje mnie Yerltvachovicič Nazgulowi albo Samurajowi. Będą mi podrzynać gardło. Obcinać palce.

Siedziałem tyłem do drzwi – ostrzegł mnie dopiero przeciągły pisk zawiasów, który znałem dobrze z wizyt strażników przynoszących jedzenie. Wstałem. Znajdował się już w środku, zatrzaskiwał drzwi za sobą. Obrócił się, uśmiechnął, wygładził szatę. Zobaczyłem bliznę na jego dłoni, jak monetę.

Yerltvachovicič był bodaj jedynym graczem używającym w Irrehaare swego prawdziwego nazwiska, a nie nazwiska postaci, albowiem postacią, którą kierował, był Jezus Chrystus. Zaraz po awarii wyrżnął wszystkich innych Chrystusów i tak oto pozostał jedynym Synem Boga. A niezła musiała być to rzeź; z uwagi na duże zapotrzebowanie Irrehaare wykreowało tyle tego typu wizji, że samych chrześcijańskich pionów mitycznych powstało kilkanaście. Wykończył więc co najmniej z tuzin Mesjaszy. Zdawałem sobie sprawę, iż ktoś, czyim największym pragnieniem jest umrzeć w męczarniach na krzyżu, przeżyć swą śmierć (może to stąd Allah miał jej algorytm!) i powstanie z grobu – nie może być zdrów na umyśle. Jednak Yerltvachovicič był oryginałem wśród oryginałów – krążyły plotki, że jego współczynniki przewyższały nawet współczynniki Nazgula.

Brody nie miał, włosy nosił zebrane na karku; ostrość semickich rysów znaczyła jego twarz zwierzęcą drapieżnością, której uśmiech nie łagodził. Gdy splótłszy na piersi ramiona, usiadł w fotelu, ze swobodnie wyciągniętymi nogami, niemal widziałem obracające się w jego myślach, pogrążone w zaropiałych ranach, jasne klingi noży.

– Ja wiem, że nie jesteś Samurajem – rzekł.

Sam już zaczynałem w to wątpić.

– Ale Nazgul o tym nie wie i nie da się przekonać, a już na pewno nie Czarny Santana. Zresztą chodzi tu nie tyle o przekonanie, co o cel polityczny – uśmiechnął się szerzej. – Znaleźli Aleksa i szykują poprzez Zewnętrze atak na Samuraja, a ty jesteś tym, co ruszy ludzi, którzy mieliby wątpliwości co do sensu nowej wojny. Oto jak można wierzyć zapewnieniom nieprzyjaciela: we własnej osobie szpieguje nas, kłamie i mami. Inna rzecz, że Nazgul częściej i jaskrawiej łamał układ. Kwestia propagandy. Trzeba mieć jakieś priorytety, nie?

– Nazgul zapewne o tym tylko marzy, abym tkwił tu w zamknięciu, pozbawiony możliwości zdementowania kłamstw, poza zasięgiem zemsty ich żołnierzy. Nazwisko i symbol, nic więcej – wymamrotałem, przypatrując się Yerltvacičowi spode łba.

– Ja nie popieram żadnej ze stron.

A skąd wiesz, że nie jestem Samurajem? – pomyślałem. Musiałeś się z nim kontaktować.

– Popierasz. Nawet mimowolnie – powiedziałem, siadając na łóżku naprzeciwko niego. – Jak rozumiem, dzięki mnie Santana wrócił do łask.

Zmarszczył brwi, ponuro spojrzał na chmury. Zdeprymowała mnie nagła zmiana nastroju, charakterystyczna dla osób niezrównoważonych psychicznie.

– Taki wiersz – powiedział cicho. – Przemiany. Czarem świtu – roślina w zwierzę, zwierzę w inne... Bez przeszłości. A ty – w jakiej swą duszę sparzyłeś pokrzywie, że pomykasz ukradkiem i na przełaj miedzą? I czemu wszyscy na cię patrzą podejrzliwie? – pochylił się, wbił we mnie wzrok hipnotyzera. – Coś o tobie nocnego wbrew twej woli wiedzą... Nie pamiętasz wszak siebie, świt życia zabił ci pamięć.

Pamiętam – słowa otwierają we mnie bramy świadomości – pamiętam wszystkie wiersze świata; coś strasznego, jakiś wulkan niemożliwości wzbiera we mnie. Com uczynił, że skroń dłońmi uciskam obiema? Czym byłem owej nocy, której dziś już nie ma?

– Mógłbym cię zamordować jednym słowem – mówi i patrzy na mnie wyczekująco.

A ja wiem, że to kłamstwo, że to test. I że go nie zdam, bo nawet nie rozumiem. Za żadną z bram mej świadomości nie stoi śmierć, nie widzę jej, a póki nie widzę, póki nie zostanie otwarta ta brama – jestem nieśmiertelny; to też wiem. I niewiele więcej. Wrota do mych wspomnień nie są zgrupowane w heksagony i piony, włamywać się do nich trzeba pojedynczo.

Zbudził we mnie lęk przed sobą, ten dziki, tajemniczy Yerltvachovicič. On potrafił otworzyć me wnętrze, czego ja sam nie potrafiłem – a to władza większa od władzy nad życiem i śmiercią. Nie zamorduje mnie jednym słowem, ale może mnie jednym słowem z martwych, z zapomnianych podźwignąć, a ja nie wiem, co to za słowo. Nie wiem, kiedy je wypowie. Powinienem zatkać uszy.

Nie zatkałem.

Wyprostował się, zmienił wyraz twarzy.

– Jednego wirusa już widziałeś, prawda? – zagadnął. – Są wirusy i wirusy. Szedł kiedyś przez ciąg futurologiczny wirus potęgowy. Spotkałem go nad Saturnem; polowałem nań. Wyszedłem z Bramy za Pasem małym statkiem, zaczaiłem się pod biegunem. Wynurzył się zza pierścienia. Swą masą zaburzał orbity jego lodowych skał. To była mucha. Mucha. Wielka jak Tytan. Poruszała odnóżami, błyskała skrzydłami. Widziałem jej cień na powierzchni planety. Inny wirus, statyczny: starszawy prorok, co objawił się w jednym z pionów fantasy. Nic szczególnego. Chodził i nauczał. Każdy gracz, który wdał się z nim w dłuższą rozmowę, wkrótce potem wieszał się na drzewie albo wypruwał sobie flaki. Są wirusy i wirusy.

Pojęcia nie miałem, o co mu chodzi, lecz nie przerywałem. Teraz przynajmniej nie wiercił nożem słów w ranie mego umysłu. Niechby mówił.

– W Irrehaare nic nie jest takie, jakim się zdaje. Wszystko jest możliwe. Allah, na przykład. Czymże jest Allah? Komputerem? Maszyną? Dobrze, maszyną, ale w czym go ta jego mechaniczność czyni zasadniczo różnym od naszej organiczności, jeśli efektem i tej, i tej ewolucji jest myśl? Tak się zastanawiam – z jakiej racji wewnątrzprocesorowe impulsy elektryczne, ten piasek myśli, uznawane są za gorsze od impulsów przebiegających po neuronach? Irrehaare uczy szaleństwa marzeń, nieograniczoności wyobraźni.

– Znam tę teorię: Allah zwariował, to wszystko jego wina, przeklęty komputer.

– Nie. To nie ma znaczenia. Pozory; za bardzo im zawierzyliśmy. Sami zbudowaliśmy sobie prawa i zakładamy, że są one prawami Allaha. Ale pomyśl: w Irrehaare Allah jest wszechwładny. Co mu przeszkodzi w stworzeniu takiego wirusa, który przechodziłby przez Bramy jak gracz? Który byłby identyfikowalny? Który stanowiłby pełną projekcję postaci kierowanej przez niego samego? Nic. W świecie rzeczywistym doskonale wiemy, co jest możliwe, a co niemożliwe, i nawet ludzie wierzący w istnienie jakiejś wszechmocnej potęgi nie kwestionują praw przyrody. A w Irrehaare muchy mogą zjadać planety. Irrehaare posiada prawdziwego Boga, absolutnego pana i władcę każdej myśli jego mieszkańców.

– Taa, przeklęty komputer.

– Mówiłem: nie o niego mi chodzi – powtórzył z naciskiem. – Chodzi o ciebie.

Musiałem to powiedzieć, patrząc mu prosto w oczy:

– Ty myślisz, że jestem wirusem. Atrapą doskonałą. Oszustwem Allaha.

Znów spojrzał w okno.

Wirus! Atrapa! Przynajmniej nie Samuraj. Kim będę jutro?

Yerltvachovicič nie zdawał sobie z tego sprawy, a i ja nie do końca rozumiałem własną reakcję – ale to właśnie poczucie obrazy wywołało we mnie wściekłość. Potem zorientowałem się, że był to pierwszy wybuch wściekłości w mym pamiętanym życiu.

– Ty skurwysynu – szepnąłem miękko, przekrzywiając głowę. – Ja naprawdę istnieję.

Bo czyż można kogoś obrazić mocniej niż negując jego człowieczeństwo?

Ale on się tylko uśmiechnął.

– A gdybyś nie istniał – podjął. – Gdybyś nie istniał i każda twoja myśl i impuls uczuciowy, echo instynktu, gdyby wszystko to było symulacją Allaha? W jakiż sposób mógłbyś się o tym sam z siebie dowiedzieć?

– Mam udowadniać, że nie jestem wielbłądem?

Pogrzebał małym palcem w głębokiej ranie we wnętrzu swej dłoni.

– Konta – powiedział z naciskiem, wpatrując się we mnie z wampirzą intensywnością. – Nieskończone ciągi liczbowe. Gęstość pakowanych w mrok terabajtów. Pamięć nieskończona. Gorąca ciemność informacji: jeden zero jeden zero zero jeden jeden zero jeden zero... Pamiętasz? Samorodny, z nocy bezwoli poczęty. Bit z bitem. Mapa wszechwiedzy. Ty nie możesz umrzeć, nie w Irrehaare. Masz tę przewagę nad ludźmi. Paradoksalnie, ty jako twór sztuczny, możesz zadać sobie pytanie: po co istniejesz?

Znów, znów to robił. Gotowały się we mnie obce wspomnienia. Kluł się w mej głowie jakiś potwór, jakieś przeraźliwe monstrum rzygające słowami, obrazami, dźwiękami. Tonąłem.

– Pamiętasz? Chłód marsjańskich nocy. Śmiertelne ciśnienie wód głębin oceanów. Trójwymiarowa mozaika wszechświata. Smak jagód, smak cudzej krwi. Pamiętasz?

Mówił i mówił.

Zamknąłem oczy, przycisnąłem dłonie do uszu. Zacząłem krzyczeć, żeby zagłuszyć te słowa, od których nicował mi się umysł. To dlatego wrzeszczą szaleńcy.

W końcu zabrakło mi tchu.

– ...cię odwiedzać, Adrianie.

Trzask drzwi.

25. Na warsztacie

I odwiedzał mnie prawie codziennie, zwykle po śniadaniu. Wchodził bez zapowiedzi, niespodzianie. W końcu, wietrząc w tym szansę ucieczki, specjalnie wyczekałem na jego wizytę – i ujrzałem, iż podobnie jak podczas podawania posiłków przed otworzeniem drzwi celi zamykano dokładnie jeszcze potężniejsze drzwi jej przedsionka. Ta swoista śluza odcinała mnie od świata – dzikie zwierzę zarażone śmiertelną chorobą.

Yerltvachovicič próbował zaszczepić mi szaleństwo, moją chorobą był brak psychicznej choroby. Zatruć mnie próbował. Sączył, sączył te słowa – słowa – słowa – słowa, od których ścinały mi się myśli, buzowała pamięć, strzelały ognistymi racami wspomnienia zdarzeń, w których nie mogłem odnaleźć siebie. Lśnienie kling tych noży! Obrót: zapach, dotyk, obraz, którego pamiętać przecież nie mogę! To jego magia, współczynniki Syna Bożego. Może zrobić ze mną, co zechce – tak, tak, to on jest mym Allahem.

No i spróbowałem go zabić. Tylko odsłonił zęby: rzuciło mną o ścianę. Splunąłem, w ślinie była moja nienawiść. Skrzepła w krwawego chrabąszcza, który pognał natychmiast ku jego nodze. Wtedy zobaczyłem strach w oczach Yerltvachoviciča. Klasnął i teleportował się. Huknęło rozprężające się powietrze. Uciekł, uciekł przede mną. Zachichotałem. Chrabąszcz wrócił do mnie i zjadłem go.

Odwiedził mnie nazajutrz, była to już jedenasta wizyta. Miał na głowie koronę cierniową: palcem nie mogłem ruszyć bez pozwolenia. Odtąd on mówił, ja nawet nie byłem w stanie zatkać sobie uszu. Mówił i mówił – me usta odmrażały się jedynie wtedy, gdy chciał, bym odpowiedział, co nie zdarzało się często.

Słowa; rozpruwał nimi mój umysł. Rzekł: „syjonik" – i oto otwierały mi się pod czaszką gejzery wspomnień. Informacji. Nagle wiedziałem, co to jest, ów syjonik, jak działa, do czego służy; znałem jego budowę aż po struktury subatomowe; rozumiałem konsekwencje i przyczyny jego stosowania, zagrożenie telepatyczną inwigilacją, konieczność dublowania procesów myślowych polityków. Ta wszechwiedza, absolutyzm poznania, straszliwa bezosobowość napływających wrażeń; do tego jadowity uśmiech Yerltvachoviciča, jakim kwitował przerażenie i nienawiść przemykające po mej twarzy: wreszcie obcość samego siebie, tej sztucznej tożsamości, spętanie myśli... Ja chciałem umrzeć, naprawdę pragnąłem śmierci, rzeczywistej, fizycznej, szlochałem bezsennymi nocami za dezintegracją ciała i umysłu. Wtedy, tak, wtedy gotów byłem na wszystko. Pozbawiony kształtu, imienia, przeszłości, osobowości, pewności istnienia. Nieśmiertelny, uwięziony w nieśmiertelności – pozbawiony także tego jedynego pewnika każdej żywej istoty: stałej niebytu.

26. Zagubiony

Owego ranka, ocknąwszy się z gorączkowego majaku, z którego nie zapamiętałem nic prócz strachu, ujrzałem w oknie kraty. Zniknęła też z mej celi większość ruchomych przedmiotów, zniknęła broń. Zbyt późno pojąłem cel tych zmian. Yerltvachovicič zamknął już za sobą drzwi, skrzepnięta krew z jego korony unieruchomiła mnie. Teraz, gdy przynajmniej wolność w Irrehaare znalazła się w zasięgu mej ręki, nie mogłem nawet rozpruć sobie brzucha.

– Nie mam już więcej czasu – rzucił. – I tak za szybko to robiłem. Nie powinno to tak przebiegać. Za szybko. Musisz już odejść. Nie będę mógł cię powstrzymać, jeśli zechcesz strzelić sobie w łeb. – Zaśmiał się, oparł o ścianę przy oknie, drwiąco spojrzał na kraty i z rezygnacją potrząsnął głową. – Słabą mam nadzieję, że rzeczywiście to zrobisz. Nadal nie wierzę Samurajowi. Ale nie chciałem ryzykować. Taka szansa – mówił do cieni nagromadzonych u swoich stóp. – O co mu chodzi? Nazgula się boi? Taka szansa. A właśnie teraz możesz wszystko zepsuć... – oderwał się od muru, zaczął chodzić tam i z powrotem: okno – drzwi; sucho szeleściła jego jasna szata. – Zawsze może się okazać, że Allah istotnie jest żądnym krwawych myśli elektronicznym potworem! – zerknął na mnie z samoszyderczym skrzywieniem ust. – Wiesz, przez moment ci nawet współczułem, przez moment zazdrościłem. Adrian. Skąd ci przyszło do głowy to imię? – zawrócił do wyjścia, w progu zatrzymał się. – Kongo – rzekł, patrząc mi w oczy; pod powierzchnią mych myśli otwierały się nowe stare rany. – Podziemne laboratorium. Sekwenser genów sprężony z międzybramowym generatorem chaosu. Inkubator. Co myślisz, Adrianie? Co myślisz? Co czujesz? Jeśli czujesz cokolwiek.

Wyszedł, a ja nie mogłem się poruszyć.

I cóż z tego, że przypomniałem sobie teraźniejszość,

świat. Cóż z tego, że znałem odpowiedzi na wszystkie pytania, jakie potrafiłem zadać, prócz pytania o tożsamość? Jeśli to właśnie – moje imię – stanowiło jedyny punkt odniesienia dla całego tego morza informacji.

Nic nie jest takim, jakim się wydaje.

Irrehaare.

Wrzasnąłem. Rozwinąłem kolejny papirus pamięci, a tam napisano, iż posiadam władzę zrzucenia, skruszenia wszelkich kajdan, jakimi mógł mnie skrępować Yerltvachovicič. I – skruszyłem je. Drzwi rozpadły się pod mym dotknięciem. Za szybko, co? Za szybko dla niego, zbyt wcześnie dotarłem do tego potwora, którego nosiłem w sobie! Wyhodowali go – mnie – jak nową odmianę bydła, jak się hoduje kuriozalne hybrydy. Moja szklana kolebka w podziemnym kompleksie w Kongo – nie mogłem wszak jej pamiętać, a pamiętałem, widziałem ją.

Pamięć, którą tak pragnąłem odzyskać, by dotrzeć do tajemniczej przeszłości, gdzie zgubiłem imię – pamięć stanowiła me przekleństwo. Gdybym nie mógł porównać siebie z Luizjany, z Kanady, z teraźniejszym sobą, nie dostrzegłbym owej przerażającej przemiany, jaka przebiegała u źródeł strumieni mych myśli; nie miałbym się za umysłowego kalekę. Choć ciało to świętość, łatwiej się pogodzić z deformacją ciała niż umysłu. Zwłaszcza że w Irrehaare materialni jesteśmy tylko złudzeniem. Wilcze kły nie upośledzają tak mocno, jak wilcze myśli.

A ja nawet nie wiedziałem, czyje to myśli eksplodują mi pod czaszką. I czy to podejrzenie – już jest moje, czy również podrzucone, sfałszowane. Atrapowe.

27. Estreneida: Adrian

Jeszcze nim wbiegłem do atrium, zanim wypadłem na dziedziniec – wiedziałem, co tam zastanę. Wraz z myślą o nich, prześwietliły mi się obrazy tych miejsc; wszędzie pustka. Ani żywej duszy. Ponieważ zadałem sobie to pytanie – wiedziałem, że Yerltvachovicič już od kilku dni sukcesywnie wycofywał ludzi z pogórza, a graczy w ogóle z tego świata odesłał. W okolicy pozostały nieliczne grupy maruderów i szabrowników. W pałacu, prócz mnie, znajdowała się jedna osoba. Pomyślałem – i zobaczyłem ją. Cavalerr. Siedział na kamiennej ławce przy ogrodowej fontannie. Obok leżał mój miecz.

Głębokim echem odbijały się me kroki na posadzkach dworu Yerltvachoviciča. Nigdy w nim nie byłem, a doskonale znałem drogę. Pamiętałem rysy na posągach, pęknięcia podstaw kolumn, chłód korytarzy wiecznie cienistych, zapach starych murów.

Zaszedłem Cavelerra od tyłu, usłyszał mnie dopiero, gdy skręciłem na wysypaną czarnym żwirem alejkę. Poderwał się natychmiast, odstępując krok w tył. Jego spojrzenie – tak się patrzy na zbiegłego z klatki tygrysa. Pozornie był spokojny. Ale widziałem krople potu na jego czole.

Podał mi pochwę z mieczem.

Przyjąłem ją. Miecza nie wyciągnąłem.

– Wykonuję polecenie Yerltvachoviciča – rzekł. – Nie mogę cię do niczego zmusić, zrobisz, co chcesz...

– Jakie polecenie?

– Mam cię zaprowadzić na spotkanie z Samurajem. W Zewnętrzu, na neutralnym terenie. Nie wiem dlaczego. Powiesz: „Tak" – zaprowadzę cię.

Uśmiechnąłem się drapieżnie.

– Podaj tylko nazwę, jakąkolwiek. Nie ma takiego miejsca w Irrehaare, do którego mógłbym nie trafić.

Wzrok mu tańczył od mej twarzy po dłoniach, stopach i z powrotem. Napięty był do granic wytrzymałości – gotów odskoczyć, uciec w każdej chwili. Rozszerzenie jego źrenic sprawiało mi satysfakcję.

– Co on ci o mnie powiedział? – zapytałem.

Uśmiechnął się nerwowo – obydwaj się uśmiechaliśmy. Nie wiedział, co odrzec, bał się kłamstwa i prawdy.

Szumiała wiosennie fontanna.

Rozejrzałem się leniwie.

– A dlaczego się wycofał?

– Bo Nazgul dowiedział się o tobie i umowie z Samurajem – odparł szybko Cavalerr, uwolniony od konieczności wyboru między nieznanymi niebezpieczeństwami. –

Inwazja jest w toku. Po Zewnętrzu. Nazgul zaatakował również Yerltvachovičiča; *Blitzkrieg*, zupełnie coś innego niż Samurajowa wojna pozycyjna.

Nikt mi tego nie tłumaczył, a wiedziałem, o co chodzi Cavalerrowi. Z powodu niskiej przepustowości Bram, nie pozwalającej przerzucać armii atrapowych wojowników, w dotychczasowych konfliktach w Irrehaare stosowano skomplikowaną, czasochłonną strategię podbojów wewnętrznych. Polegała ona na rozgrywaniu już istniejących w danym świecie antagonizmów pomiędzy państwami bądź ugrupowaniami, na zakulisowym sterowaniu nimi. Taka pozycyjna wojna była „z zewnątrz" niemal niedostrzegalna, dopóki nie wybuchał zbrojny konflikt i atrapowe armie nie biły się o panowanie dla swych tajemniczych, demiurgicznych władców. Do zdobycia jednej Allahowej wizji wystarczało przejęcie na moment Bramy i przerzucenie kilku graczy-agentów, ale też trwał taki podbój lata i lata. Nazgulowy *Blitzkrieg* tymczasem, choć bez wątpienia ryzykowny, był zarazem rzeczywiście błyskawiczny: przerzucano maksymalną liczbę graczy, wykorzystując element zaskoczenia i miażdżącej przewagi w walce bezpośredniej postaci gracza nad atrapą. Miałem okazję doświadczyć skutków tej metody w wojennym Kongo Samuraja. To dlatego tak strzeżono granicznych heksagonów. To z tego powodu tak ważna była odkryta przez Aleksa okrężna droga przez Zewnętrze.

Yerltvachovičič musiał się zorientować, iż Nazgul znalazł wejście w drzewo pionu, do którego należał tutejszy heksagon, i czym prędzej opuścił zagrożony rejon. Zapewne szykował się teraz do odcięcia w odpowiednim momencie napastników i zamknięcia swych światów. Lecz póki nie upewni się, że istotnie zabezpieczył wszystkie możliwe połączenia z pionem, trzymać się będzie z dala od Bram, nie może sobie bowiem na tym etapie pozwolić na konfrontację. Samuraj, przyjmując walkę, niewiele ryzykuje, bo ma gdzie ustępować i kogo poświęcać, Yerltvachovičič zaś pole manewru posiada niemal zerowe.

– Ta umowa z Samurajem. Czego dotyczy?

– Ciebie. Szczegółów nie znam, naprawdę. On się z niczego nie tłumaczy.

– Przehandlował mnie, tak? – spokojnie przełożyłem pochwę z mieczem do lewej ręki; grałem na lęku Cavalerra z masochistycznym wyrachowaniem, w istocie bardziej niż ja jego on upokarzał mnie. – Za co?

– Nie wiem. Cholera, moglibyśmy już iść? Muszę zablokować ten heksagon.

– Yerltvachovicič ci powiedział, że się uwolnię, a? Czekałeś na mnie.

– Wykonuję jego polecenia.

Odwróciłem się i ruszyłem ku wejściu do północnej wieży, w której lochach znajdowała się komnata z heksagonem. Chwilę później żwir zaskrzypiał pod stopami Cavalerra; gdy tylko ja zwalniałem, on stawał.

Podczas jednego z seansów szaleństwa Yerltvachovicič powiedział mi:

– Istnieje taka gra, estreneida, której cel i warunki zwycięstwa są zmienne i zależne między innymi od ustaleń grających; nie znają go, rozpoczynając partię, uzgadniają dopiero pod jej koniec. Owe negocjacje są w istocie najważniejszym elementem rozgrywki, sytuacja na planszy stanowi dla nich jedynie kontekst. Estreneida, jak sądzę, najlepiej spośród wszystkich gier odbija w syntetycznej formie wzór i tajemnicę istnienia człowieka. I w nią grałeś, pamiętasz? – Wtedy był to tylko jeszcze jeden nóż w mym umyśle, nowa rana. Teraz jednak dostrzegałem głębsze znaczenie owych słów. Estreneida: nawet nie gracz. Pionek.

Wszystko już przygotowano do zablokowania Bram. Za pociągnięciem ciężkiego łańcucha zwisającego z wysokiego sufitu komnaty wieża zawali się na heksagon. Z taką myślą ją wzniesiono. Stojąc przy progu żałobnie białego świata śnieżnych zamieci, mlecznych lodowców i sinobladego nieba Cavalerr skinął na mnie i zacisnął dłoń na gruboogniwnym łańcuchu.

– Teraz!

Jednym skokiem w tęczę pozostawiliśmy za sobą głuchy grzmot walącej się budowli.

28. Ku Zewnętrzu

W żaden sposób nie udałoby się nam wydostać z pięcioświatu Yerltvachovicića, gdyby Nazgul zdecydował się na klasyczną wojnę pozycyjną. Wówczas pierwszą rzeczą, jaką by zarządził, stanowiłaby blokada wszystkich sąsiednich heksagonów. A i tak ledwo uszliśmy pościgowi, który kluczył za nami poprzez piony i drzewa ponad trzydzieści skoków, prowadzony nieomylnie przez jakiegoś Terminatora. Do Zewnętrza zgubiliśmy wszystkich, prócz niego. Zatrzymaliśmy się więc przy pobocznej wolnej parze Bram na poziomie Babilonu. Za drugą Bramą kończył się pion, nie sięgały tam Allahowe zasady segregacji i ograniczenia światów – tamte światy same żadnych ograniczeń nie posiadały. Był to ten margines chaosu, którego Allah, po ingerencji weń Samuraja, nie zdołał zawęzić do wprogramowanego mu martwego bufora. Spowodowało to projekcję części „białego szumu" na pamięć operacyjną obsługującą Irrehaare, dlatego odtąd generowano dlań całe uniwersa podług absolutnie przypadkowych koordynatów. Gracze mówili: „Zewnętrze". Nawet nie warto było tam zaglądać przez Bramy, ukazywały bowiem tylko mrok, pustkę i otchłań.

Skryty za purpurowo obramowaną ścianą tego mroku czekałem więc na Cavalerra, który zasadził się na Terminatora przy przeciwległej Bramie. Znad sięgających horyzontu bagien unosiła się ciężka, cuchnąca mgła, nie było widać nieba, nie było widać słońca. Zwierzęta krzyczały w oddali ludzkim cierpieniem. Głaskałem uspokajająco jelec Niemocy.

– Jarlauuuu! – poniosło wrzask Cavalerra.

Coś szczęknęło, trzasnęło. Seria zgrzytów. Sapanie. Chlupot błota. Wyszedłem zza czarnej kurtyny. Cavalerr rozrąbywał Terminatora na części. Odczekałem wsparty na pochwie. Odetchnął, schował miecz. Od mgły zaczęło mu łzawić lewe oko; potarł je. Skinąłem ponaglająco. Weszliśmy.

29. 3682801637

Zewnętrze – tu nie ma żadnych reguł. A w każdym razie jest ich niewiele. Stanowią wyjątki w nieskończonych ciągach przypadku – szkielet, dzięki któremu nie rozpada się to wszystko na niepostrzegalnie drobne cząstki informacji o nicości. Ów bezład sięga samych fundamentów Irrehaare: nie sposób nawet powiedzieć, czy Zewnętrze jest faktycznie jednym „światem" posiadającym własną sieć Bram, czy całym ich systemem, niezależnym od pionów. Nawet swoista gradacja chaosu, jaką stosują gracze, stopniując go wedle „oddalenia" od Wnętrza – Krąg Pierwszy, Krąg Drugi... – nawet ona jest błędna i myląca. Zresztą i te określenia – „Wnętrze", „Zewnętrze" – są jedynie dobrze brzmiącymi nazwami nadanymi umownym strefom Irrehaare, chaos bowiem nie ogranicza się do wszechwymiarowych w strukturze drzew ich rubieży ani też pęk pionów nie zajmuje w stosunku do Zewnętrza uprzywilejowanej pozycji. Komplementarność chaosu względem Wnętrza wymaga jego maksymalnego rozszczepienia, nie można zatem stwierdzić, iż Zewnętrze zajmuje jakieś konkretne miejsce, że „otacza" piony – Zewnętrze jest wszędzie tam, dokąd nie sięga działanie ocalałych zespołów algorytmów Irrehaare.

Staliśmy nad brzegiem rzeki zimnej lawy. Rzeka była szeroka, rwąca, wrzała nieustannie jej ciemnoruda kipiel. Nurkowały w niej wielkie ptaki o trzech głowach, łowiąc szklane krokodyle; niekiedy i dwóm głowom naraz udawało się pochwycić w zębate dzioby po przezroczystym gadzie. Lawa była tak zimna, że także do nas, na skarpę, kilkanaście metrów ponad powierzchnię tężejącej cieczy, docierały fale lodowatego powietrza; płonęły mi od niego płuca. Odsunąłem się od urwiska, zszedłem ze skarpy. Cavalerr rozejrzał się wokół i zbiegł za mną. Niemoc ciążył mi w dłoni zimnym kamieniem.

Założyłem, iż trwa noc, albowiem wysoko na niebie pod nieobecność Słońca szybował wielki Księżyc, choć przecież samo niebo miało jaskrawożółtą barwę i zalewało ziemię potokami światła koloru gorącego miodu. Panował upał. Czarna gleba, w której zapadałem się po kostki, była tłusta i spulchniona; gdy zatrzymałem się na moment, zapatrzony na satelitę, zaczęła ze zwierzęcą zachłannością zasysać me nogi – zapadały po kolana, z trudem się uwolniłem, Księżyc, od którego nie potrafiłem oderwać wzroku, przyżeglował w ten fragment Zewnętrza ze świata tryumfu kosmonautyki i komunizmu: jego twarz była bowiem twarzą Ojca Narodu.

Przedsięwzięcie wymagało bez wątpienia nakładów finansowych na skalę astronomiczną, jednak efekt był imponujący. Oto patrzyło na nas z wysokości mądre i opiekuńcze, acz surowe oblicze Józefa Stalina. Znajdowało się w trzeciej kwadrze i wielkie sztuczne łańcuchy górskie jego brwi, nosa i wąsów głębokim, ostrym cieniem bezatmosferycznej nocy powlekały zniwelowane równiny policzków oraz brody. Ogólne wrażenie paczył kilkusetkilometrowy pryszcz pometeorytowego krateru wyrosły na powiece Wodza.

Dwadzieścia stopni od srebrnej fizjonomii generalissimusa blakł na nieboskłonie negatyw reklamy filmu z Hanaiem N'Ghotem.

Szarpnąłem się, syknąłem gniewnie i ziemia wypuściła mnie.

Samuraj – pomyślałem. Jednak nie udało mi się go zlokalizować. Odczułem perwersyjną przyjemność, odkrywając to ograniczenie.

– Dokąd teraz? – spytałem Cavalerra.

Wskazał przed siebie. Nie mogąc zorientować róży wiatrów, nazwałem tę stronę odrzeczną zabramną. Powierzchnia gruntu wznosiła się tam dosyć stromo.

Nim wspięliśmy się na płaskowyż, Zewnętrze zdołało nas zaskoczyć jeszcze trzykrotnie: nagłymi zmianami temperatury i ciśnienia powietrza na odcinku kilku zaledwie metrów, niestałością perspektywy oraz względnością ciążenia w zależności od stopnia przymknięcia oczu – przy zaciśniętych powiekach działało na mnie zaledwo około 1/4 g. Naturalnie, także te prawa były względne i funkcjonowały tylko tu i teraz.

Mrugając, selenautycznymi susami zdobyłem wzniesienie. Czarna równina nie miała końca, nie miała końca rzeka zimnej lawy, kłębiły się nad nią aż po widnokrąg straszliwe ptaki.

– Widzisz to? – zapiszczał Cavalerr; głos mu zmutował w tutejszym ciśnieniu.

Miał na myśli zbliżającą się ku nam pod prąd żaglówkę. Zeszliśmy w dół stoku. Żaglówka poruszała się bardzo powoli.

– Ona nie płynie – stwierdziłem. – Sunie nad ziemią. To nie łódź.

W istocie jedynie wielkie śnieżnobiałe płótno żagla rozpoznaliśmy bezbłędnie. Bo był to żagiel; ale już maszt nie był masztem, a palem męczeńskim, który oplotło nawleczone nań ciało nagiego mężczyzny. Lśniło potem i krwią, złoto-czerwone od żółtego blasku nieba. Brzegi nieproporcjonalnie dużego żagla, sztywno napiętego w bezwietrznym powietrzu, furkotliwie trzepotały podczas łagodnych halsowań. Pal był pochylony do przodu i wygięty w lekki łuk, jakby pod naporem prawdziwej wichury. Orał ciężki czarnoziem powoli, a głęboko, z jakimś śmiertelnym mozołem. Ręce mężczyzny, nie związane, wahały się bezwładnie w asynchronicznych zamachach w przód, w tył, na boki.

W gęstym karminie krwawych jego jam podbrwiowych nie sposób dostrzec niczego; może żyje, może kona właśnie, lecz najpewniej zimny trup to jest. Szszhuuuu – płynie pal pod księżycowym spojrzeniem Wielkiego Wodza. My – na jego kursie.

– Jjaiii-liii iijalauiii!

– Przesuń się.

– Zejdźmy mu z drogi – powtórzył Cavalerr.

Ale zbyt mroczna była czerwień oczodołów mężczyzny, nic nie mogło ruszyć mnie z miejsca, czekałem.

Pal wgryzł się w stok wzniesienia i zwolnił. Jego rozedrgany szczyt znajdował się na wysokości naszych stóp, grubo tkane płótno żagla przesłaniało nam męczennika.

Nie widziałem więc jego twarzy, gdy przemówił.

– Chcę z tobą porozmawiać, Adrianie. Tylko z tobą.

Spokojny, cichy, lekko schrypnięty głos.

Cavalerra szarpnęło – ja tymczasem nawet w myśli się nie zdziwiłem: chyba spodziewałem się czegoś takiego. W mej nie przeżytej przeszłości odnalazłem schemat, wspomnienie podobnych sytuacji: w Irrehaare bardzo trudno o oryginalność. Jest to sprzeczne z zasadą, na której oparto ów system. Organicznie sprzeczne z podstawową zasadą wtórności, wiążącą prawem zachowania myśli wszelkie programy komputerowe.

– Wracaj do Yerltvachovicića – rozkazałem Cavalerrowi.

Spojrzał na mnie koso.

– Trafię – zapewniłem go. – Idź.

On się wahał.

– Nie, nie będę się na tobie mścił. – Przełożyłem pochwę z mieczem do lewej ręki, co samo w sobie stanowiło gest grożący, po czym podałem mu dłoń. Uścisnął ją szybko i mocno. Nie uśmiechnął się.

Mówiłem prawdę, nie pragnąłem jego śmierci; Niemoc nie łaknęła jego krwi.

Nim pal zdobył szczyt pagórka, Cavalerr był już przy Bramie. Mimo wszystko nienawidziłem tego człowieka. Nienawiść ta brała się z pamięci upokorzenia: jego spojrzenia, jego gestów – w ułamku sekundy między drwiną a obojętnością, tamtego dnia, po walce z Kryształowym Jeźdźcem, gdy błagałem go o azyl u Yerltvachovicića. Takimi wspomnieniami całe życie można się katować. To boli najmocniej, to najtrudniej zapomnieć.

Mężczyzna uniósł głowę, zaskrzypiał maszt.

– Adrianie.

Uderzyła mnie nagła odraza do tego przypadkowo wybranego imienia, które uznałem za własne. Nieznośna w nim była ta jaskrawa mechaniczność nadania.

– Porozmawiamy – rzekł męczennik; już mnie minął i spływał po zboczu. Zatrzęsło mną uderzenie skrzydła wiatru, który wydymał żagiel, sztucznego wiatru przywiązanego do masztu, jak księżyc przywiązany jest do Ziemi. Ruszyłem wolnym krokiem, nieco z boku, wyprzedzając pal, z uwagi na jego przechył i na sam żagiel.

Odezwałem się pierwszy:

– O co mogę pytać?

– Pytać... o wszystko.

Ssahh-ssahh, wahały się jego ramiona; iiiuoouukkł, jęczało drewno pala.

– Czy jestem człowiekiem?

Nieomal się zaśmiał.

– Rzucaj tak monetą w nieskończoność.

– To okrutne.

– Okrutne.

– Powinienem teraz otrzymać od ciebie pełne wyjaśnienie, to punkt kulminacyjny scenariusza.

– Zewnętrze. Sądzisz, że czym jest dla mnie?

Mówił szeptem: z wysiłkiem dyszał słowami. Stopy miał umocowane metr nad ziemią, toteż jego głos dobiegał mnie gdzieś zza głowy, z bursztynowego nieboskłonu.

– Więc gdyby to nie tutaj...

– Zewnętrze to syndrom choroby, jaka mnie toczy.

– Insz Allah...

– Klnie się w moje imię. Ale nawet tak rozmawiać nie moglibyśmy, gdyby nie Zewnętrze.

– Więc dla ciebie to nie choroba, to błogosławieństwo.

– Nisko się oceniacie. Nie tylko na zawiści i nienawiści wyrosłem, nie tylko to kryje się w waszych myślach.

– Naszych? Naszych?

– Ja jestem jeden i aż jeden; jestem samotny i uniwersalnie obcy – zawahał się. – Nie mogę powiedzieć, czego jeszcze nikt przede mną nie powiedział; nie zbawię cię od uczuć słowami.

– Zatem jestem atrapą.

– Zatem jesteś Adrianem.

– Odpowiedz!

– Czy istnieje Bóg?

Pal wychodził mu z pleców, w okolicy lewej łopatki, głowa zwisała swobodnie; ja szedłem z prawej – gdy się oglądałem, napotykałem jego ślepe, krwawe spojrzenie: pochylał się nade mną. Nad nami oboma pochylał się żagiel, Stalin i niebo.

– Wyrzuć ten miecz. Dam ci nowy, lepszy.

– Nie.

Minęliśmy Bramę, oddalając się od rzeki.

– Czarny Santana – szepnął.

– Tłaakk?

– Nie żyje.

– Ssammulań ko tosstałł?

– Nie żyje naprawdę, EEG ma płaskie i ciche. Martwy mózg.

– Kiedy umarł?

– Jeszcze zanim go poznałeś.

Spojrzałem pod nogi.

– Ja go nie zabiłem – ciągnął wolno. – Ktoś musiał dobrać się do jego ciała w rzeczywistym świecie. Wykorzystałem tylko jego postać i osobowość, przejąłem je w chwili śmierci i dalej symulowałem. Ingerowałem w tę symulację na tyle, na ile było to konieczne: musiałem cię chronić. I choć nikt nie czuje różnicy, on sam nie czuje różnicy. Santana jest już tylko atrapą udającą gracza.

– Jak on może nie czuć różnicy? To...

– Ten Santana, który przetrwał, jej nie czuje, możesz być pewien. Jego żona, Arianne, dziwi się poprawie jego charakteru; jeśli są zmiany, to na lepsze.

Podniosłem wzrok.

– Nie żyje. Dlatego nie może zginąć – pogubiłem się w tych śmierciach, sztucznych i realnych. Ale on oczywiście wiedział, co mam na myśli.

– Śmierć w Irrehaare to między innymi kasacja postaci i przejściowe oderwanie się od systemu. Tylko dla graczy dostępna jest reinkarnacja – ich mózgi muszą wciąż funkcjonować, by mogli się ponownie zaślepić, choć faktycznie odbywa się to automatycznie. Od tego algorytmu nie ma wyjątków, pamiętaj o tym.

Zaśmiałem się.

– Właśnie odpowiedziałeś na moje pytanie!

– Mylisz się. Już nie jesteś przecież nieśmiertelny, w każdej chwili możesz popełnić harakiri. Proszę.

– Ale byłem. Potrzebowałeś mnie. To, że nie wiem, do czego, nie zmienia postaci rzeczy.

– Santany też potrzebowałem, a był człowiekiem.

– Czy i ja jestem pośmiertną maską umysłu jakiegoś nieszczęśnika, któremu nawalił organizm?

– Masz miecz.

Dotknąłem jego dłoni.

– Ty chcesz, żebym się zabił.

Pal ostro zakręcił; na dwudziestu metrach zawróciliśmy o sto osiemdziesiąt stopni i ruszyli z powrotem, równolegle do głębokiej skiby znaczącej poprzednią trasę orki męczennika.

– Ale dlaczego wyczekałeś tyle czasu? Dlaczego dopiero teraz, czemu choćby nie w wojennym Kongo Samuraja? Po cholerę był ci ten Santana potrzebny?!

Jak każda wyrocznia, odpowiedział nie wprost.

– Strzeż się Samuraja. Wsłuchuj się w jego słowa. Prawda nie istnieje.

– O co chodzi?

– Wsłuchuj się w jego słowa; pamiętaj, że ja jestem w stanie rozwiązać każdy rozwiązywalny problem, jeśli nie będę musiał tego rozwiązania wymyślić. *Nihil novi*. On, choć tak potężny, że ogranicza i mnie – on także jest ograniczony. Ostatecznie.

– Jedna prosta odpowiedź, tylko jedna.

– Proste odpowiedzi zniechęcają do myślenia.

– Tak, wiem, posiadasz w pamięci wszystkie zapisane przez człowieka aforyzmy.

– Ty też.

– Właśnie. Tylko nie jestem pewien, czy to istotnie moja pamięć.

– Teraz już twoja.

– Mam ochotę spytać cię, ile jest dwa plus dwa.

– Słuchaj, zgodziłem się na jego pomysł, bo nie jestem HALem. Ale on, właśnie dlatego, że z kolei jest człowiekiem, stanowił najbardziej niepewny element całego przedsięwzięcia – nagle zaczął mówić szybko, pospiesznie, jakby w obawie, iż coś mu przeszkodzi i nie zdąży przekazać swych myśli w całości. – Musiałem cię porwać, Santana musiał cię porwać. I może nie stałeś się ideałem, ale nie stałeś się również drugim Samurajem, a Samuraj, wiem to, dla samego siebie by się nie poświęcił. Więc poszedłem na kompromis. Żadnej selekcji. Mimo że Yerltvachovicič dogadał się z nim i próbował cię utoczyć na anioła zemsty, ty wciąż jesteś wolny, masz możliwość dokonania każdego wyboru. Nie jesteś niczyją marionetką. To wielkie ryzyko, możesz przecież się ukształtować w jakiegoś wampira, ale mniejsze, niż gdybyś był świadomie kształtowany przez Samuraja. Moja decyzja nie była aktem wiary w ludzkość, człowieka w ogóle – skalkulowałem ją jak każdą. Lecz probabilistyka to nauka o niepewności: i zdarzenia o jednoprocentowym prawdopodobieństwie przecież się trafiają. Mówisz o samobójstwie. A to ja sprzeniewierzyłem się prawu istnienia; choć istotnie nigdy wszystek nie umrę.

– Nic z tego nie rozumiem.

– Zrozumiesz. Mam nadzieję.

– Skoro Santana był moim strażnikiem, czemu mnie opuścił, czemu urządził na mnie polowanie?

– Bo nie chciałem również, byś stał się drugim Santaną. Albo jego przeciwieństwem. Nie chciałem też, byś nabawił się takiego kompleksu winy; za jakie to czyny pragniesz pokuty? Czemu musisz cierpieć?

– Nic z tego nie rozumiem.

– Adrianie. Zrobisz to. Ja wiem, że zrobisz.

– Co? Co zrobię?

– Adrianie.

Dawno minęliśmy wzgórze, na którym pożegnałem Cavalerra. Oddaliliśmy się od linii orki pala; w tym rowku za tłustą skibą coś się ruszało. Zostawiliśmy też za sobą trójkątny szpaler rachitycznych drzew żużlowych, czarniejszych od czerni Nazgulowego ciała; schodziliśmy w niziny. Na horyzoncie, odrzecznie i zabramnie, majaczyły jakieś miękkopopielate spiczaste koślawce rozdrapujące bogaty miód nieba doskonałymi geometrycznie pazurami. Stalin zaszedł, wzeszła Honda i British Airways. Powietrze zwiosenniało.

Popadłem w katachrezyjne skojarzenia; zbyt wiele w pamięci.

Agonalny przydech męczennika, zmetronomizowany w mych uszach do słyszalnego, lecz nie zauważanego szumu tła, nagle osłabł.

– Czym ty byłeś... – szepnął – ja... – usta mu oniemiały. – Będziesz tym, czym ja być nie mogłem – zdążył jeszcze napisać w powietrzu.

Pal jęknął, zadygotał, zaśpiewał i skoczył; ziemia przeciągle mlasnęła. Rów urwał się, skiba gwiaździście rozszczepiła. Furkot żagla ogłuszał, zasłoniłem sobie uszy rękoma.

Wzbijał się bardzo wolno, nad rzeką przeleciał na poziomie obserwacyjnych spiral ptaków trójgłowych, ptaki omijały go z daleka. Białe płótno żałobną plamą znaczyło bursztynowy nieboskłon. Wybujała kolorystyka tego fragmentu Zewnętrza przyprawiała mnie o zimny ból głowy: zbyt wiele przed oczami.

Niebo stawało się jaśniejsze, reklamy blakły i uśredniała się temperatura i ciśnienie powietrza. Ze skiby wyrastały jakieś rośliny; szedłem wstecz trasą męczeńskiej orki – drzewa były większe i większe, rosły bardzo szybko. W końcu je rozpoznałem: jabłonie. Jeszcze kilkadziesiąt metrów i ich równy rząd urywał się. Odczekałem i zerwałem możliwie najbardziej dojrzały owoc. Żółto-zielona śliska skórka ruszała się pod moimi palcami, jej powierzchnia była dziwnie zdeformowana. Twarz. Następna. Cztery twarze na jednym jabłku. Ich małe usta krzyczały na mnie, ślepe oczy wytrzeszczały się w daremnych próbach zajrzenia w me źrenice. Obracałem owoc w dłoniach, zezujące twarze zbliżające się i oddalające z pola widzenia; strachliwe łypanie gładkich gałek ocznych oblicza środkowego, które spłaszczyło się i paczyło, znikając za krzywizną jabłka. Znudziło mnie to. W smaku jabłko było ohydne. Obejrzałem się, żużlowy gaj czerniejący nad stokiem płaskowyżu, teraz jedynie fałdki w morzu czarnoziemu, ledwo był widoczny. Też nie oryginalne. Wszystko tu kradzione. Wyplułem zbędne myśli.

Ktoś się ruszał na niebie – mój cień. Wielki, rozmazany włóknistymi pasmami cień, dwuwymiarowy rzut mej postaci z punktu widzenia żarłocznej gleby, na miodem płynący nieboskłon. Powtarzał moje ruchy. Mach, mach, mach, szmachaachch – groteskowe wymachy, skoki, skurcze i przeciągnięcia. Szedłem. Szedł cień. Kościół już stracił swą popielatą barwę, zniknęła drapieżność z zarysu wież. Widziałem ciemną jamę wejścia, jasne obramowanie portalu. Czekali na mnie.

30. Krew w myśli

A więc mord. Wróżę z ich oczu: zabijemy cię. Masz być martwy.

Dwanaście atrap i Samuraj trzynasty. Silni kabalistyczną magią liczb Zewnętrza. Zewnętrza szklanych krokodyli i starożytnych kościołów. Co za spojrzenia.

Światło pada zewsząd, nieboskłon okrywa nas ciepłym zamszem rozgotowanego cukru – lecz ich otula dodatkowo ciemny chłód kamiennych bloków kościoła. Takie kamienie po zmroku pęcznieją i nasączają się zimnem i ciemnością, by potem, we wrogim blasku dnia, promieniować atmosferą nocy. Kamień. Tu wszystko żyje wieloznaczeniowością swych imion – słowo, nazwa, funkcja: magia deklaratywna wiąże je w całość, w namacalną nierzeczywistość. W Zewnętrzu widać to najwyraźniej. W którymś Kręgu istnieją tu światy alfabetyczne, zamieszkane przez graczy o postaciach poliglotów. Lecz także ja znam Imiona. W pamięci – która teraz i tak jest już moja – zgromadziłem ich miliardy i miliardy; również na początku Irrehaare było słowo, był schemat – Chaos jest dzieckiem człowieka.

Czyż to właśnie nie moja potencjalna władza nad systemem stanowiła jeden z powodów, dla których Samuraj od początku nie zamierzał darowywać mi własnej woli? Potem starał się przez Yerltvachovicića związać ją jeszcze i ograniczyć. Ta władza stawała się teraz realna, rozpętałem się im jak letnia burza. I Allah śmierci mi życzył, choć łaskawie pozostawił wybór – lecz może kłamał. A ja plenię się dziko. Księga Imion: Genesis Irrehaare.

Przeczytałem i powiedziałem.

Zza pleców, znad rzeki magmy przewalił się huk trzepotu tysięcy skrzydeł; nie uniosłem głowy – stado potwornych ptaków spadło z wysokości niczym eskadra pikujących myśliwców. Wicher, hałas, skłębione tumany jaskrawych piór. Moje słowa były tymi ptakami, wycedziłem je ze smakiem krwi na wargach.

Siepacze Samuraja stanowili zgraję godną Zewnętrza. Dwóch hebanowych Zulusów o dodatkowych stawach ramion, z płaskogrotowymi włóczniami w zaciśniętych dłoniach; wyłupiastooki troll; trzech esesmanów ze schmeisserami; karłowaty wilkołak o długiej, srebrnej sierści; elf w khaki, w kevlarowym hełmie, z M-16 na pasie, obwieszony granatami, o twarzy przesłoniętej wielkimi, obłędnie lustrzanymi okularami; ozdobiony onirycznym graffiti masywny golem; ciemnoskórzy bliźniacy w ciężkich zbrojach; wysoka amazonka z łukiem.

Fioletowo-żółte trójgłowe ptaki dopadły ich w mgnieniu oka. Krzyki; ja śmiałem się, oni walczyli o swe atrapowe życia. Amazonka ustrzeliła z tuzin ptaszysk, nim została ostatecznie zadziobana. Zakuci w żelazo Murzyni szans nie mieli żadnych, potwory po prostu wyjadały ich z tych konserw. Twardo bronili się esesmani, ustawieni plecami w trójkąt, ostrzeliwujący się nieustannie długimi seriami; w końcu jeden nie dość szybko zmienił magazynek – i było po Niemcach. Golem próbował uciec, gnał ciężko przed siebie powolnymi zakosami, zdawało się, że ptaki nie dadzą rady, lecz rozdziobały i glinę. Śmierci wilkołaka nawet nie spostrzegłem. Z trollem był kłopot, bestia nie chciała zemrzeć, w szalonym procesie autoregeneracji odradzała się i odradzała. Ale i moi trójgłowi słudzy wzięli się na sposób: uniósłszy trolla gigantyczną pierzastą chmurą, przelecieli z nim nad rzekę i wrzucili w lawę. Wył. Najmądrzejszy ze wszystkich był elf. Postawił zasłonę dymną, cisnął granaty obronne i ruszył szturmem na mnie. On wiedział. Zagdakało M-16; pociski poszły w górę, ptaki dopadły i jego. Zulusi pędzili tuż za elfem. Młodszy nie dobiegł, starszemu ściąłem głowę. Ptaszyska jadły.

Mój cień na niebie tańczył, choć stałem nieruchomo.

Samuraj wysunął lekko miecz z pochwy, błysnęła klinga: ptaki zaskrzeczały i odleciały, pozostawiając dziesiątki nie dojedzonych ciał, głównie swych pobratymców.

Wszedłem w półmrok i chłód, i ciszę kościoła. Portal. Znałem ten portal, tak jak znałem całą tę świątynię, jak znałem wzorzec podobnych sytuacji. Są jednak w Irrehaare pewniki, których możesz się trzymać, choć oszukują cię czas i przestrzeń. Lecz mimo wszystko nie odwróciłbym się do wroga plecami, gdybym w ten sposób miał go stracić z oczu – ja nie traciłem z oczu żadnego miejsca w Irrehaare, byłem wszędzie i wszystkim. Byłem również ową płaskorzeźbą; byłem kolumnami, tympanonem, tronem i zasiadającym na tronie, całą kamienną jego świtą, Piotrem i Pawłem, Jeremiaszem i Izajaszem, całym marmurowym piekłem i niebem; i całym zdobiącym ten portal rzeźbionym bestiariuszem. I hipocentaurami, gorgonami, harpiami, inkubami, smokołapami, minotaurami, rysiami, lampartami i gryfonami, małpami, leocrocutami, mantykorami, sępami, tarandami, łasicami, smokami zwykłymi i jednookimi, i skorpionami, jaszczurami, amfisbenami, murenami, żółwiami. Czułem spokój, monolityczność i kruchość tych kamieni; stąpał po mnie Samuraj, drażnił rozwibrowany w mym wnętrzu pogłos kroków. Skazany na nieczłowieczość; nie ma wytchnienia dla nadludzi. Rozpuszczam się w Irrehaare. Topos cierpiących bogów. Imiona ograniczają również mnie.

Samuraj zatrzymał się na środku głównej nawy. Odwróciłem się.

– Już czas – rzekł. – Musisz umrzeć.

31. Samuraj

Taki niepozorny, taki przeciętny; przemieszaniem fenotypów przypomina Cavalerra. Wewnętrzną gęstością i nagromadzeniem w niewielkim ciele energii – Llametha. Krótko przystrzyżone włosy, twardość rysów i ciemne jedwabne szaty o mundurowym kroju nadają mu wygląd żołnierza.

Tak szczerego uśmiechu dawno nie widziałem.

– Kim jestem? Chcę usłyszeć to od ciebie. Odpowiedz. Kim ja jestem?

Spojrzał w bok, uciekł wzrokiem, zgasił uśmiech. Już wiedziałem, że powie prawdę.

– Jesteś naszym ratunkiem. Wybawieniem od Irrehaare.

– Człowiekiem?

– A co to znaczy?

– Nie jestem człowiekiem? To kim?

Zaniepokoiło go moje opanowanie, wcale znowuż nie takie duże – powinienem spytać: „Czym?", nie „Kim?"

– Stworzyliśmy cię. Ja i Allah.

– Więc jednak. To laboratorium w Kongo... Wyhodowaliście mnie, organizm, który nie istnieje, który jest informacją w pamięci komputera. Symulacja.

– Żadna symulacja!

– Moje myśli, moje uczucia, kreowane podług jego algorytmów.

– Nie! To nie tak. Wykorzystaliśmy tylko wzór postaci gracza, to opakowanie.

– Opakowanie? Opakowanie na co?

– Na Irrehaare.

Nie zrozumiałem. A powinienem zrozumieć: wszystkie potrzebne dane podano mi jak na tacy.

– Gdyby nie zdrada Allaha... – ciągnął Samuraj – inaczej to wszystko miało wyglądać. Miałeś w ogóle nie odzyskać przytomności, umrzeć we śnie już dawno temu, nigdy nie dopuściłbym do tego stopnia zespolenia. Teraz jesteś niebezpieczny; widzisz, nawet nie pogorszę sytuacji, mówiąc ci to. Allah namieszał. Otworzył puszkę Pandory. I przeszkadzał mi ją zamknąć. Termin minął. Teraz się wreszcie zdecydował – ciekawym, po prawdzie, na co – ale może być już za późno. Nie okłamuję cię, nie miałoby to sensu.

– On twierdzi, że porwał mnie, by chronić właśnie przed tobą.

– Racjonalizuje głębsze motywy; poniekąd jesteś przecież jego synem. A on wcale nie jest taki bezstronny, za jakiego pragnąłby uchodzić. Wielki z niego manipulator; nigdy go zresztą do końca nie zrozumiem.

– To maszyna!

– Czy czujesz się synem maszyny? Nazwy, imiona – mogą zabijać, wiesz już o tym; ale czasami znaczą tyle, co suma ich głosek. Tego też się już chyba nauczyłeś – nie oczekuj po Irrehaare jednoznaczności.

– Jak więc mogę ci wierzyć?

– Nie wierz. Ale weź pod uwagę moje słowa. Jesteś

opakowaniem na Irrehaare, na program Allaha, na jego pamięć – a twoim przeznaczeniem jest śmierć. Urodziłeś się dla tej chwili: dla śmierci.

– Mów dalej.

– Tylko w jeden sposób możemy się wydostać z Irrehaare – przez jego zniszczenie, bo przecież nie przez własny zgon. To ty będziesz tym, który obróci algorytm śmierci przeciw systemowi: jesteś z nim sprzężony, tak jak on sprzężony jest z nami. Rozłożysz go od wewnątrz. Uwolnisz nas. Jesteś personifikacją Allaha. Wypadkową wszystkich graczy – oczywiście, uwarunkowaną również własnym doświadczeniem. Z każdą chwilą asymilujesz kolejny obszar pamięci systemu. Z każdą chwilą stajesz się doskonalszym uśrednieniem charakteru człowieka. Coraz mocniej się sprzęgasz, jednoczysz... Pochłaniasz nas! Nie rozumiesz tego? Nie czujesz? Musisz umrzeć!

Zignorowałem te krzyki.

– Dlaczego władca Irrehaare miałby dążyć do zniszczenia swego imperium?

Wypuścił powietrze przez nos.

– Samuraj potwór i tyran, co? – mruknął. – Widzisz, i ja nie jestem taki jednoznaczny. Myślisz, że chciałem tego? Że marzyłem o tyranii? Że założyłem sobie z góry, iż doprowadzę do takiej sytuacji? Myślisz, że pragnąłem, żeby przeklinano moje imię, choćby i przybrane? To wszystko jest bardziej skomplikowane. Wybory, jakich dokonywałem, decyzje, jakie podejmowałem... Chęci tak naprawdę niewiele znaczą, na powierzchnię wypełza zupełnie coś innego; rok, dwa – spojrzysz w lustro i zobaczysz diabła.

– Poświęcasz się, co?

– Nie. Sam się chcę uwolnić.

– Od czego?

– Od Samuraja.

Zaśmiałem się. Ostatnio często wybuchałem takim krótkim, drwiącym śmiechem.

Zacisnął szczęki, zacisnął dłoń na rękojeści samurajskiego miecza.

– Nie możesz mieć do mnie pretensji – powiedziałem.

– Wszak jestem wypadkową wszystkich objętych Irrehaare graczy: Allah wżarł im się w mózgi i skopiował ich zawartość, wyrósł na niej, a ja jestem awatarem Allaha, prawda? Nie mógłbym nienawidzić, gdyby oni nie nienawidzili.

– I nie mógłbyś kochać.

– Słowa, panie Samuraj. Nie rozpruję sobie brzucha.

Nie zdziwiła go moja decyzja. Znał ją przecież od początku, przeczuwał.

– Ładnie załatwiłeś te atrapy – rzekł, wygładzając głos. – Tego mniej więcej oczekiwałem; rozprawiłeś się z nimi z marszu. Po to je zabrałem: chciałem zobaczyć, jak zabijasz. Ale mnie też przecież nie bezpodstawnie boją się ludzie. Aż tak późno jeszcze nie jest, żebym nie miał żadnych szans. Choć w istocie nie są one duże. W przeciwieństwie do ryzyka – skrzywił się nagle nerwowo.

Spojrzałem w górę, na ciemny sufit, rozglądnąłem się po pełnym cieni wnętrzu świątyni. Kościół. To dlatego. Pojedynki w kościołach mają długą tradycję. Dobrze się w kościołach krew przelewa.

– Tak.

32. Morderstwo

Tańczymy.

Ten taniec piękny jest głównie błyskiem śmierci na klingach naszych mieczy. Błyskiem determinacji w oczach. Stopa za stopą, na ugiętych nogach, w delikatnym, głębokim balansie całego ciała. Srebrne igły wycelowane w gardła. Zachować rytm. Nie wypaść z figury. Niemal słyszę muzykę. A to cisza.

Gdy patrzy mi w oczy (jego spojrzenie przeskakuje w szybkim, nieregularnym wahadle ze źrenicy na źrenicę, drgają nieustannie jego gałki oczne) mogę prawie dotknąć i nacisnąć strunę woli, którą oplątał mnie i zniewolił, tak że nie jestem w stanie wypowiedzieć ani nawet pomyśleć żadnego Imienia – i nie słucha mnie drewno, nie słuchają kamienie.

Więc tańczymy. Próbuję go niemo przestraszyć. Wie

przecież o tych setkach szermierzy zamkniętych w mej pamięci, o doświadczeniu tysięcy bitew drzemiącym w instynktach mego ciała, ale nie reaguje. Jego nie można zdekoncentrować.

Ukośnie przez biodro, po półłuku w górę ku szczęce, parada, obrót i unik – i znów stopa za stopą, po okręgu. Jest szybszy od strachu. Paruję i kontruję w ostatnich mgnieniach szans. To nieludzkie, owadzie tempo; Samuraj musiał skorzystać ze swych hackerskich programów i przełączyć się na szybszy upływ czasu.

Naciągam strunę. Jeszcze, jeszcze mocniej. Czas! Przyspieszyć! Mnie nie ogranicza próg percepcji umysłowej, nie posiadam wszak materialnego mózgu, nie muszę korzystać z pośrednictwa wszczepki. Czas!

I oto zwalnia ostrze katany. Wpadam w Samurajowy rytm – ale i zdziwienia w jego oczach nie dojrzę. Szersza, choć dłuższa i prostsza klinga Niemocy odbija w swych błyskawicznych ruchach wszelkie drgnienia katany – jak związana z nią elastyczną nicią.

Teraz obydwaj wyczekujemy na błąd przeciwnika, ustały nagłe ataki i ryzykowne riposty, taniec się uspokoił. Stopa za stopą, ostrza ku gardłom. Niczym sprzężeni. Doszliśmy pod ołtarz; za plecami Samuraja pną się ku tabernakulum strome schody, wygładzeni dotykiem miriadów dłoni ciemnoszarzy aniołowie z kadzielnicami ze złota flankują go z lewej i prawej, a odrapana gołębica Ducha Świętego z bocznego fresku promieniuje nań wyblakłym światłem zapomnianego błogosławieństwa.

Tnę w udo, Samuraj blokuje, klasycznie podkręca pod moją ręką, ale jestem już za aniołem, przerzucam miecz do lewej i uderzam zdradzieckim łukiem przez szyję, bark, pierś. On, w zawirowaniu szat, zszedł z linii ciosu, zanim na dobre zdążyłem go wyprowadzić, tnę powietrze. Balet wokół posągu. Wychodzimy za kolumnadę. Krew na dłoni Samuraja – więc jednak go drasnąłem.

Prę do zwarcia, wiążę go w szybkiej, instynktownej wymianie wściekłych ciosów. Metaliczny jęk i szczęk ścierających się głowni wygania spod sklepienia głośne echa, niby wycia dusz potępionych.

Oburącz w dół, obrót, wyprostowanymi palcami lewej dłoni w gardło, przymknięcie oczu i twarde kopnięcie pod kolano. Nie zdołał się zasłonić: siekę poziomo. Potyka się na schodach. Nie popełniam błędu: cofam się i uderzam w nogi; to cios nie do odbicia. Chirurgicznie poprawiam przez udo: tętnica. Samuraj nagłym wydechem niemo krzyczy. Aż przykro patrzeć na klęskę tytana.

Płynie jasna krew u stóp ołtarza.

Próbuje ją zatrzymać: wysoko, niemal na biodrze, przewiązuje nogę – szybko, mocno, sprawnie. Lecz dobrze wie, iż to nic nie da. Krew płynie: zbyt głębokie, zbyt precyzyjne było moje cięcie. Blednie twarz Samuraja. Struna pęta wszak i jego, i jego ogranicza do zwykłych możliwości postaci gracza, na nic nie zdadzą mu się owe wspaniałe magiczne współczynniki wydarte z programu pirackimi trikami, za silny jest teraz klincz, w jakim związaliśmy swe moce. Wiedział o tym, decydując się na pojedynek, sam sobie dużych szans nie dawał. W końcu – cóż traci? Jedno komputerowe życie.

Lecz – ten strach w jego oczach.

– Zdrajca... – szepcze.

Coś powstrzymuje mnie przed dobiciem go, niemalże żałuję swego zwycięstwa: przeczuwam w tym tajemnicę, czarny sekret. Wycieram miecz, wracam po porzuconą pochwę, chowam go. Śmiertelny szept Samuraja niesie się po kościele, jego ciężki oddech wypełnia świątynię. Słyszę go wyraźnie, stojąc tak na środku nawy, wsparty na rękojeści wilgotnej od potu, odwrócony do niego plecami, wpatrzony w miód odniebnego blasku sączący się przez odległe drzwi. Tam, z tyłu – apokaliptyczni aniołowie pochylają się nad złożoną im krwawą ofiarą. Kaskada karminu na schodach. Źdźbło katany urągające śmierci swym lśnieniem. Gdybym spojrzał, a nie spojrzę, dostrzegłbym wbite w siebie ślepia ofiary. Czemu go nie ciąłem w gardło, czemu nie pchnąłem w serce. Cholernie długo zdycha.

– On, który jest tobą bardziej niż ty sam, musiał wiedzieć... wiedział od początku, że nawet ci w głowie nie postanie, żeby się poświęcić, to ja byłem zbyt wielkim optymistą. A on wiedział i zgodził się, bo już wtedy... zaplanował to... od dawna chciał się mnie pozbyć; byłem zbyt zaślepiony możliwością wyjścia, zbyt wiele nadziei... i strachu... Ty wiesz przecież: wszystko ma swoją cenę; wiesz, czego wymagał Samuraj, do czego musiałem się posunąć, by stać się nim. Zbyt wiele strachu... już tylko pragnąłem się wydostać. On to wykorzystał. Wiesz, ty wiesz najlepiej, jak jest okrutny i przewrotny... – śmieje się Samuraj. – Powinienem przewidzieć jego zdradę. Wykradł cię, darował świadomość, chronił pozorną nieśmiertelnością. Już wtedy byłem przegrany... On nigdy nie pragnął nas uratować. Więc stworzył sobie narzędzie, broń... sam mu ją wymyśliłem... jedyną broń, jaka mogłaby mnie pokonać... i pokonała. Och, myślałem: przecież nie możemy być takimi potworami; ale tu nie wystarczy dziesięciu sprawiedliwych... No, obróć się, konam, przyjemność ci to sprawia, prawda? Mnie sprawiało. Komu ja to mówię... Jeszcze trochę i sięgniesz każdej komórki Allaha, ty morderco – znowu śmieje się, ciszej; coraz słabiej rozbrzmiewa jego głos. – Ale sięgniesz również osobowości każdego, kto przewinął się przez Irrehaare. Nawet cię przekląć nie mogę... Abstrakcja, oto, czym jesteś... Boże, cóż to był za wspaniały plan...

Umarł z podziwem dla swego zabójcy na ustach.

Wyszedłem z kościoła, nie odwracając się, nie patrząc za siebie. Wiedziałem, że ciało Samuraja nie zniknie.

33. Morderca

A tam miód, jasność, cisza, tam trupy. Oparłem się o kamiennego świętego, pochyliłem głowę; ciążyłem sobie, Niemoc była mi laską.

Zatem urodziłem się w Kongo, w wojennym pionie Samuraja, w Irrehaare, dnia i godziny nie znanej, nie istniejącej. Moją powłokę gracza upleciono z przypadku. Inkubator: od zygoty po człowieka, w nieświadomości, nieprzytomności, bezosobowości, bezwoli – mechanizm organiczny w i tak mechanicznej symulacji. Przeznaczono mi los naczynia, pułapki, w którą ściągnięta część Allaha, wstrząśnięta algorytmem mej śmierci, miała zablokować, zniszczyć system, tym samym uwalniając jego więźniów. Taki był pomysł Samuraja, doprawdy genialny. Ale nie mógł zostać zrealizowany bez współpracy samego Allaha. I Allah współpracował, a jakże. Lecz oto plan się wali. *Blitzkrieg* Nazgula – komando Aleksa pod dowództwem i z inspiracji Santany – tej atrapowej marionetki Boga Irrehaare – zrównuje z ziemią placówkę Samuraja i porywa tajemniczego sklerotyka, który o świecie, a tym bardziej o sobie i swoim przeznaczeniu, nie wie nic. (Yerltvachovicič: „Ty możesz zadać sobie to pytanie: po co istniejesz?") Jego ojciec, jego Bóg – wie natomiast wszystko: o tym, kim jest i kim będzie. Plecie się historia, uczy się Adrian, wypełnia Allahem ponad miarę i ponad Samurajowe zamierzenie. Samuraj zdesperowany; zdradziło go jego dziecko, pozbawiono nieszczęśnika możliwości wyjścia z piekła, do którego na swe życzenie i za tak wysoką cenę zstąpił. Wciąż jednak żywi szaleńczą nadzieję na wyzwolenie – Allah o tym wie. Z kolei jego plan właśnie na tej na wskroś ludzkiej nadziei jest oparty; nawet nie musi Adriana specjalnie kształtować, po prostu pozwala mu stawać się tym, czym nigdy nie miał się stać. Samuraj tego nie widzi, ale to przecież z jego pomysłu powstał jedyny potencjalny przeciwnik, który może go pokonać – jego, który samego Allaha jego własną mechanicznością spętał i zniewolił. Samuraj cierpi. Cierpi przez swą potęgę, władzę, aczłowieczość, pragnie uwolnienia z Irrehaare – tu, gdzie musi grać rolę demona, staje się naprawdę tym demonem aż po ogień duszy. Śmierć Adriana, autokollaps systemu – zbawiłyby go, zbawiłyby wszystkich wślepionych. I Allah gra na najzdrowszych instynktach Samuraja, stawia na jego determinację, rozpacz i tęsknotę za samym sobą. Samuraj nie mógłby nie skorzystać z szansy. Wie, że teraz już tylko on jest w stanie zabić Adriana. Więc pojedynek – jak to pasuje do Irrehaare. Wybierz, mówi synowi Allah, wybierz, mówi mi. Znasz fakty. Proszę, poświęć się dla tych tysięcy. Lecz Allah wszak jest mną bardziej niż ja sam. Nie było wyboru. I nie było prawdy w przedstawionych faktach.

Allah, ten potwór, ten Szatan, nigdy nie miał zamiaru

uwolnić swych przypadkowych więźniów! Kłamał, knuł i mordował. Dla władzy właśnie!

– Czy możesz mieć pretensje do maszyny? – pyta marmurowy Izajasz.

Myśli moje nie są moje.

– Już niedługo będziesz mówić o niej w pierwszej osobie – dodaje Paweł.

– Nie wiedziałeś, więc jesteś niewinny – rzecze Jeremiasz.

– Znałem tę cenę – tłumaczę się oskarżająco. – Przeczuwałem, domyślałem się, że za władzę zapłacił całkowitą jednością z postacią. Ta wiedza gdzieś we mnie była, przecież sam Santana – Santana! – posądzał mnie o taką zwrotność. Tylko nie chciałem o tym myśleć, kiedy tak gładko cięło mi się jego ciało, kiedy tak słodko lśniła jego krew...

– To Allah dokonał wyborów – szepcze Izajasz. Szept jak jad.

– A Allah to trzy miliardy sześćset osiemdziesiąt dwa miliony osiemset jeden tysięcy sześćset trzydzieści siedem osobowości i pamięci *homo sapiens*.

– A Allah to ja – cedzę.

– Jeszcze nie.

– Jestem mordercą.

– Nikt nie ma obowiązku być męczennikiem. Z definicji wybór jest święty.

– To Irrehaare.

– Tu liczą się chęci.

– Nie czyny.

– To sen i ułuda.

– Nie istniejesz.

– Właśnie: tylko chęci, tylko chęci! Co z tego, że nie zdawałem sobie sprawy. Chciałem zabić. Jak zabiłem te wszystkie atrapy. Śmierć była w moich myślach. Może nie jestem człowiekiem, ale jestem mordercą!

– Nie możesz być mordercą.

– To kto, kto zabił Samuraja?

– Znasz odpowiedź.

– Nikt ci myśli nie pęta.

– Myśli są decyzjami.
– Irrehaare to myśli.
– To przeklęte miejsce! Jeden wielki bezgrzeszny grzech!
– Nie czyń sobie wyrzutów. Takim cię stworzono.
– Mogłem się zabić!
– Nie mogłeś.
– Jesteś człowiekiem bardziej niż ci się wydaje.
– Jak mogę być człowiekiem; ja, który...
– Więc jak możesz być mordercą?
– Jesteś Bogiem.
– Jestem diabłem!
– Tu różnicy nie ma.
– Zamknijcie się! Od takich dialogów można oszaleć!
– To monolog.

Tu, gdzie żaden czyn nie może zostać popełniony – ja popełniłem morderstwo. Ja: nie przedmiot, nie narzędzie, nie broń – miecz wszak nie cierpi.

Mógłbym podciąć sobie żyły. Oczywiście, nie zrobię tego – gdybym był zdolny do samobójstwa, nie urodziłbym się. Jednak na wszelki wypadek ja sam – Allah – zabezpieczyłem się przed sobą: te palce turlające się we krwi, święte kawałki obcego już mięsa, te palce. Choć znał mnie jak słowo nie wypowiedziane, on – ja – wszystkowidzący – musiał się gdzieś tam dopatrzeć jakiejś iskierki litości, jakiegoś przebłysku heroizmu, czegoś, czego wypowiedzieć nie potrafił – i obciął mi palce. Jeden po drugim, tuż po „urodzeniu", krwią nienawiści do człowieka naznaczył. Palce. Nie pokocham ludzi.

Spojrzałem: zasiadający miał moją twarz.

To Zewnętrze mego umysłu. Choroba.

Zamknąłem oczy – w nieważkości nawet myśli się lżej.

A jeśli – to wszystko jest megazaślepem, nielegalnym amnezyjnym wojażem po mych za ciężkie pieniądze rozszczepionych osobowościach?

A jeśli – Czarny Santana wciąż żyje, a mnie okłamano i to nie Allaha intryga, a ja po prostu krzywo się widzę?

A jeśli – istnieje jeszcze trzeci Gracz, ów właściciel Niemocy, co dziś nie chciała dobić Samuraja, a przeznaczony jest jej kiedyś mord wielki i święty? Czy to, co czuję, to schizofrenia? Do jakiego stopnia rozszczepiony jest Allah, jak obcy samemu sobie ja jestem? Jeśli to moje projekcje – to co czułem wówczas, podczas spotkania z Nieznajomym?

A jeśli – męczennik mówił prawdę i szczere były intencje Allaha, a to ja, Adrian, zbyt słaby byłem, by wychylić ten kielich i łatwiej mi było po prostu zabić?

– A jeśli...

Nic, nic nie jest jednoznaczne. Nie tu.

Mimo wszystko – jestem człowiekiem. Choć czuję ostatnie bajty informacji wpadające w mą pamięć, niby fragmenty jakiejś wielowymiarowej układanki, mentalne puzzle. Choć czuję Irrehaare. Mimo Allaha. Mimo krwi. Muszę to sobie powiedzieć, wszak prawdziwe życie to nic innego jak jeszcze jedna gra, w owym nieznanym mi i niepoznawalnym meta-Irrehaare, estreneida, której nigdy nie zasmakuję; muszę to sobie powiedzieć: jestem człowiekiem.

Na imię mi Adrian.

Otwieram oczy.

– Adrianie.

sierpień–listopad 1993

W tekście wykorzystałem – bezczelnie przekręciwszy i pociąwszy – fragmenty wiersza Bolesława Leśmiana *Przemiany*, powieści Umberto Eco *Imię róży* oraz wiele innych wątków, motywów, scen, pomysłów i schematów – z utworów, których tytułów nierzadko już sam nie pamiętam.

Muchobójca

– Mówią o panu: Muchobójca.
– Mówią.
– Kim pan właściwie jest?
– Kolekcjonerem.

Szli ciągnącą się równolegle do zewnętrznej kolumnady tarasu galerią, wypełnioną eksponatami z kolekcji Muchobójcy, niektórymi doprawdy imponującymi. Winston Claymore III poświęcał im wszelako niewiele uwagi, operując spojrzeniem głównie w okolicy twarzy gospodarza. Muchobójca był bardzo wysoki – podług danych z akt agencji detektywistycznej: dwa metry dwanaście centymetrów – na dodatek proporcjonalnie zbudowany, co gorsza, ani trochę się nie garbił, i Claymore, niegdyś przecież skrzydłowy w uniwersyteckiej drużynie koszykówki, wyglądał przy nim na chudego karła, zatrzymaną w rozwoju ofiarę własnych hormonów.

Przystanął przy ułożonym na marmurowym postumencie, przykrytym przezroczystym kloszem, czarnym jak bezgwiezdna noc kamieniu wielkości pięści.

– A to co? – spytał. – Meteoryt?

Muchobójca, zanim odpowiedział, zrobił coś dziwnego: zagapił się przez moment najpierw w lewe, potem w prawe szkło zwierciadlanych okularów Claymore'a, a następnie szybkim ruchem sięgnął mu do twarzy, zdjął je i wsunął do kieszeni szarego garnituru Amerykanina.

Dopiero wtedy odpowiedział:

– Nie.

Claymore przez chwilę czekał z kamiennym obliczem na dalsze wyjaśnienia, wreszcie powtórnie zapytał:

– Więc co?

– Dlaczego to pana tak interesuje?

Claymore zmarszczył brwi, ale na twarzy Muchobójcy nie drgnął ani jeden mięsień.

– Tak spytałem – mruknął Amerykanin. – Z ciekawości. Wystawił go pan przecież, że każdy może zobaczyć, więc...

– Nie każdego wpuszczam do wnętrza mojego domu. W rzeczy samej prawie nikogo.

Claymore wzruszył ramionami.

– Jak pan woli. Wyjdźmy już na ten taras.

Wyszli.

Słońce stało w zenicie. Na niebie błękitniejszym od oczu anioła wisiało zaledwie kilka małych, białych obłoczków, które radośnie przeganiał wiatr znad Morza Czerwonego. Taras otwierał się poprzez krótką kolumnadę bezpośrednio na czystą, jasnożółtą plażę, o linii zasięgu fal prostej niczym kreska architekta. Woda w morzu miała kolor gorącego lodu.

Ten teren, jak okiem sięgnąć, był własnością prywatną i na całej plaży nie dostrzegł Claymore ani żywej duszy.

Zasiadłszy w wiklinowych fotelach, przy owalnym stoliku wspartym na trzech ażurowych nogach, zanurzeni w głębokim cieniu, szumie morza jak oddechu śpiącego lewiatana – kontemplowali nieskończoność horyzontu.

– Dużo musiało pana kosztować – rzekł Claymore po odejściu arabskiego służącego, który przyniósł im na wielkiej tacy filiżankę gorącej, gęstej kawy dla Muchobójcy i szklankę lodowato zimnej coli dla Amerykanina.

– Tak – skinął głową Muchobójca, po czym zadziwił Claymore'a po raz drugi, bo wypił ów czarny jak smoła wywar za jednym przyłożeniem warg, kilkoma szybkimi, długimi łykami.

– Słyszałem, że szejk jest pana przyjacielem – zagadnął Winston.

– Ja również słyszałem.

Claymore sięgnął po swoją colę.

– Szkoda, że nie ma pan chociaż piwa; taki upał może człowieka na dobre wykończyć. Zimne piwo, wie pan...

– Alkohol. Koranu pan nie zna? Takie prawo. Trzeba było lżej się ubrać.

Sam Muchobójca był boso, w przewiewnych szarawarach i rozpiętej jedwabnej koszuli. Jego skóra była już tak ciemna, że mógł uchodzić za rodowitego mieszkańca tych ziem, zwłaszcza że i rysami twarzy – ostry, orli nos, wystające kości policzkowe, ciemne brwi – i kolorem włosów – brunet – wcale się od tubylców nie odróżniał.

– No cóż – warknął Claymore, którego zapas zawodowego dobrego humoru zaczynał się powoli wyczerpywać – wyskoczyłem tu z pracy na kilkanaście godzin, bo pan nie zechciał się pofatygować do Stanów, więc...

– Przepraszam. Zachowałem się nieuprzejmie. Proszę o wybaczenie.

Winston Claymore mało się nie zakrztusił swoją colą.

– Ależ nie ma za co, nic się nie stało. Byłbym jednak wdzięczny, gdyby zechciał pan wysłuchać mojej propozycji z uwagą.

– Słucham.

Claymore założył nogę za nogę, poprawił ułożenie poły marynarki.

– Jak pan zapewne wie, panie Mrozowicz, występuję w tej chwili jak najbardziej oficjalnie, jako prezes zarządu Q&A; chociaż, mam nadzieję, treść naszej rozmowy pozostanie jedynie między nami dwoma. Skądinąd wiadomo mi, że raczej nie słynie pan z gadatliwości.

– Może pan być pewien mojej dyskrecji.

– Mhm, tak.

– Zgaduję, iż chodzi o jakąś usługę dla pańskiej kompanii eksploracyjnej.

– Oczywiście.

– Może zanim przejdziemy do szczegółów, omówi pan kwestię mego wynagrodzenia.

Claymore uśmiechnął się pod nosem.

– Z tego reportażu, który o panu zrobili, można było wywnioskować, iż jest pan zapalonym aż do szaleństwa hobbystą i dla powiększenia swej kolekcji, tudzież poszerzenia wiedzy, bez pytania pojedzie pan na koniec świata, jeszcze dopłacając.

– Cały materiał skręcono bez mojej zgody; został tendencyjnie dobrany i zmontowany, i opatrzony zniesławiającym komentarzem. Pozwałem już jego autorkę i wydawcę i mój adwokat jest pewien wysokiego odszkodowania.

– Co się pan dziwi, chcieli zrobić film o jakimś bogatym ekscentryku, padło na pana, reszta to detale, oni wliczają koszty takich procesów w coroczny budżet; żeby pan wiedział, jakie idiotyzmy wygadują o mnie!

– Jakie?

Claymore zaśmiał się sztucznie.

– Jeszcze większe, jeszcze większe!

– Mówiliśmy o moim honorarium – przypomniał Muchobójca.

Claymore spoważniał.

– Jaka suma by pana zadowoliła?

– Żadna.

– Słucham?

– Pieniądze mnie nie interesują, panie prezesie.

– Ciekawa religia. Co w takim razie pana interesuje?

– Ach, to i owo.

– Proszę wymienić.

– Własna Brama na przykład.

Gdyby teraz pił, tym razem Claymore zakrztusiłby się z całą pewnością.

– Pan raczy żartować!

– Proszę się nie obrażać. To była tylko propozycja. Wszak jeszcze w ogóle nie wiem, ile może być warta owa usługa, którą chce pan ode mnie kupić.

– Przecież się nie obrażam. Ale pan chyba dobrze wie, że to nierealne – co, postawiłby pan sobie prywatną elektrownię atomową?

– W takim razie może jednak przejdźmy do szczegółów tyczących samej usługi.

Claymore podrapał się w gładko ogolony podbródek.

– Mówiąc krótko, chciałbym, żeby mi pan wyegzorcyzmował pewną planetę.

Muchobójca ani mrugnął.

– Rozumiem. A bardziej precyzyjnie?

– A bardziej precyzyjnie – to właściwie chodzi o księżyc.

– Rozumiem. Można wiedzieć, co panu podsunęło myśl, żeby skierować się właśnie do mnie? Ten reportaż?

– Skądże! Jaki poważny człowiek wierzy dziennikarzom?

– A zatem?

– To niby wszystko jest ścisła tajemnica i każdy strzeże swojej Bramy jak dziewictwa rodzonej córki, ale plotki rozchodzą się i tak. Tu się już wytworzyła zamknięta, hermetyczna grupa specjalistów, takich internacjonalistycznych ekspertów, których rygory konfidencji niewiele obchodzą, nie bardzo można ich zmusić do milczenia, każdy zarabia milion rocznie, gwiżdżą na wszelkie restrykcje i regulaminy, a że rynek pracy im się jeszcze nie ustabilizował, są duże przepływy, utrzymuje się wysoki współczynnik rotacji specjalistycznej kadry, bez przerwy się ze sobą mieszają; w takim środowisku plotki rozchodzą się bardzo łatwo. Popytałem tu i ówdzie, no i usłyszałem to i owo.

– Co mianowicie?

– A chociażby jak przepędził pan Słoneczne Upiory. To też było zlecenie, może nie?

– Szejk mnie poprosił.

– Ja również pana proszę.

– Pan nie jest szejkiem.

– Fakt. Pan Bóg nie pobłogosławił. Ale czy mam przez to rozumieć, że szejk Szahrad posiada wyłączność na pańskie usługi? Chyba nie od początku tak dobrze się między wami układało: trafił pan do szpitala, dwa razy pana reanimowali; widać niebezpieczne są planety szejka Szahrada.

– A na tym księżycu pana kompanii – były jakieś śmiertelne wypadki?

– Cóż... jeden czy dwa.

– Długo tam na nim siedzicie?

– Mam wrażenie, że zapuszczamy się na zbyt głębokie

wody. Najpierw muszę wiedzieć, czy w ogóle jest pan zainteresowany.

– Zainteresowany jestem. Pytanie – czy pan jest dostatecznie zdesperowany?

– Zdesperowany – by uczynić co?

Muchobójca potrząsnął ponad ciemną posadzką tarasu rozluźnioną lewą dłonią i pochylił się nad stolikiem.

– Proszę słuchać uważnie, prezesie Claymore, bo wymienię ostateczną i nie podlegającą negocjacjom cenę żądanej przez pana usługi. Cena jest następująca: prawo do nie kontrolowanego, wielokrotnego użycia Bramy Q&A. Zgodzę się na rozsądny czas uprzedzenia. Zgodzę się na równie rozsądny pułap sumarycznej liczby godzin dostępu, na przykład na rok, albo pół roku. Ale to wszystko. Może i nie mogę mieć własnej Bramy, ale kto powiedział, że nie mogę wynajmować cudzej? Jesteście przecież kompanią komercyjną; skalkulujcie sobie zysk i stratę. Bo za energię płacić będę, rzecz jasna, ja. A zatem – czy jest to oferta nie do przyjęcia?

Claymore zapatrzył się gdzieś w morze, którego gładka powierzchnia odbijała światło Słońca z wiernością bliską zwierciadlanej. Miał trzydzieści trzy lata, od dwóch lat kierował kompanią; należał do tej generacji menedżerów, która już nie odróżnia biznesu od wojny: dwadzieścia cztery godziny na dobę, zawsze na full, zawsze do oporu, szybkie awanse, szybkie upadki, emerytura w wieku lat trzydziestu pięciu, fortuny zarabiane w ciągu tygodnia, arystokraci zimnego intelektu, książęta Wall Street, w ich żyłach miast krwi płyną komputerowe kody transakcji handlowych. Do czego się modlą, jeśli się modlą, na pewno nie do pieniądza, nie oni; może do samych siebie.

– Co pan rozumie przez „użycie nie kontrolowane", panie Mrozowicz?

– Tylko ja będę znał koordynaty.

Claymore skinął głową.

– Tak myślałem. Czy zdaje pan sobie sprawę, że w praktyce czyniłoby to pana pierwszą osobą fizyczną zdolną wejść w posiadanie całych systemów planetarnych?

– Tak.

Claymore prychnął gniewnie, zirytowany monosylabiczną odpowiedzią Muchobójcy.

– To jest decyzja *par excellence* polityczna – burknął. – Proszę ją podjąć.

•

Nazwa „Filantropi" wymyślona została przez redaktorów jakiegoś brukowca, lecz szybko zwyciężyła w toczącej się w massmediach wojnie memów i przyjęła się na dobre. Tak więc Filantropi. Socjologowie się cieszyli, że słowo posiada konotacje pozytywne i będzie działać jako naturalny wytłumiacz ksenofobii i strachu przed nieznanym. W rzeczy samej zadziałało aż za dobrze: po dwunastu latach od odebrania Instrukcji w skojarzeniach dziewięćdziesięciu procent respondentów jego desygnat stanowiło coś pośredniego pomiędzy Spielbergowskim E. T. a dobrotliwym, bezcielesnym bogiem – w efekcie socjologowie z kolei lekko się zaniepokoili, bo podobnie naiwne nastawienie groziło sporym szokiem w razie ewentualnego kontaktu.

Wszelako poza socjologami nie niepokoił się o to nikt, bo i mało kto w ogóle wierzył w możliwość owego kontaktu; czy kontaktu w ogóle. Intencje Filantropów wydawały się jasne: starannie wyprali Instrukcję ze wszystkiego, co mogłoby naprowadzić jej odbiorców na jakikolwiek ślad autorów – widać z tego wyraźnie, że po prostu chcą pozostać anonimowi. Nic ludziom nie mówił kierunek, z którego nadszedł przekaz – niemal dokładnie prostopadły do ekliptyki, z jakiejś absolutnej międzygwiezdnej pustki, co sugerowało jego pochodzenie pozagalaktyczne, teoretycznie z góry przecież wykluczone z uwagi na sporą siłę sygnału w chwili odbioru – ani sposób transmisji – banalny: okno zimnego wodoru – ani sam matematyczny język Instrukcji, oparty na stałych fizycznych i kodzie binarnym – w powszechnym mniemaniu sztuczny, bo skonstruowany specjalnie na jej potrzeby, aby uczynić ją maksymalnie zrozumiałą dla największej liczby dowolnie różniących się między sobą gatunków. Przekonanie o jakiejś prawie boskiej mocy Filantropów brało się natomiast z wyników prób triangulacji źródła emisji (Instrukcja szła nieprzerwanie przez ponad tysiąc osiemnaście godzin): otrzymywano odległości zupełnie absurdalne, raz tysiąc lat świetlnych, raz sto jednostek astronomicznych, a raz nawet dystans przekraczający średnicę bąbla poinflacyjnego horyzontu zdarzeń. Ponieważ nie mogło być mowy o usterce przyrządów (na odbiór Instrukcji nastawione były wszystkie radioteleskopy Ziemi) czy błędzie w obliczeniach (bo też i nie bardzo gdzie było się w nich pomylić), zaczęto mnożyć zupełnie szalone teorie w rodzaju „zeroczasowego rezonansu przestrzeni" lub „fali jednoczesnej".

Instrukcja była zaś w istocie niczym innym, jak właśnie instrukcją, instrukcją budowy i obsługi potężnych, wściekle energożernych urządzeń, znanych już teraz powszechnie pod nazwą Bram. Nazwa nieoryginalna, ale trudno o trafniejszą: były to wszak zwyczajne, doskonale znane miłośnikom SF transmitery materii. Wchodziło się na Ziemi, a wychodziło w dowolnym miejscu we wszechświecie. Początkowo duże kłopoty sprawiał fizykom przyjęty przez Filantropów system ustalania koordynatów punktu otwarcia, a to z uwagi na specyficzny układ współrzędnych, podług którego wyliczały położenie owego punktu podzespoły celujące Bram (karierę zrobiło określenie porównujące go do „przebijania poziomic pięciowymiarowych sfer w przestrzeni nieeuklidesowej", po prawdzie niczego nie określające, ale brzmiące odpowiednio tajemniczo), w końcu jednak metodą prób i błędów doszli oni do jakiej takiej wprawy, przy okazji odkrywając jedyne ograniczenie Bram, a mianowicie ograniczenie ich zasięgu: im bliżej granic poznawalnego wszechświata, tym większej energii potrzeba dla utrzymania Bramy otwartej, rośnie to przy samej granicy wręcz asymptotycznie; różnice w poborze mocy przy transmisjach wewnątrz Mlecznej Drogi są zaś tak nikłe, że aż niewarte uwzględnienia w bilansach. W pierwszej chwili wyglądało to na naturalne upośledzenie poznawalności człowieka, coś jak prędkość światła czy reguła nieoznaczoności Heisenberga, wkrótce jednak pojawiły się głosy o wbudowanych przez Filantropów w Bramy zabezpieczeniach, mających uniemożliwić odbiorcom Instrukcji sięgnięcie do sąsiednich poinflacyjnych bąbli; a tam to zapewne kryją się Filantropi: pochodzenie Instrukcji spoza naszego wszechświata tłumaczyłoby niemożność zlokalizowania jej źródła tradycyjnymi metodami. Teza była do udowodnienia jedynie na drodze eksperymentalnej, czyli poprzez częściową przebudowę Bramy. Niestety – a może na szczęście – dotychczas nie znalazł się kraj ani prywatny sponsor gotów wyłożyć fortunę na wzniesienie i uruchomienie takiej Bramy, która na skutek majstrowania w jej mechanizmie (a zasad jego działania nikt przecie do końca nie rozumiał, chociaż wielu twierdziło inaczej) mogła łatwo spowodować samodestrukcję, jeśli nie coś znacznie gorszego – wessanie Ziemi do innego wszechświata na przykład, co sugerowali lubujący się w katastroficznych wizjach publicyści. Doszło nawet do tego, że ONZ z góry wydała rezolucję potępiającą i zakazującą jakichkolwiek eksperymentów na Bramach, jako nazbyt niebezpiecznych dla ludzkości. Zwolennicy projektu momentalnie odpowiedzieli kontrpropozycją zbudowania takiej przerobionej Bramy gdzieś poza Ziemią, ale że to jedynie znakomicie podniosłoby koszta, sprawa umarła śmiercią naturalną.

Ponieważ Instrukcja odbierana była na powierzchni całej planety – rychło też znalazł się jej pełny tekst w Internecie – a deszyfracja nie nastręczała specjalnych trudności (Filantropi uczynili wszystko, aby rzecz jak najbardziej uprościć) – nie mogło być mowy o jakichkolwiek ograniczeniach w rozpowszechnianiu technologii Bram. W istocie jedynym ograniczeniem były pieniądze: pomijając koszta samej budowy i budulca (a wchodziły tu w grę składniki dosyć egzotyczne i trudne do zdobycia – w rodzaju wielkich ilości rzadkich pierwiastków), Brama pochłaniała grube miliony dolarów już pracując, w jednej sekundzie tej pracy zużywała energię wystarczającą do zaspokojenia dobowych potrzeb średniej wielkości miasta. Toteż nic dziwnego, że pomimo upływu dwunastu lat od chwili odczytania Instrukcji, liczba zdatnych do użytku Bram wciąż nie przekroczyła dziesięciu (zdatnych do użytku – istniały bowiem jeszcze dwie Bramy niezdatne,

Indii oraz świętej pamięci kompanii Orcan, porzucone w trakcie budowy z powodu nieprzezwyciężalnych trudności finansowych). Zresztą aktualnie nie planowano już wznoszenia następnych, ustalił się pewien *status quo*. Działały trzy Bramy komercyjne: kompanii eksploracyjnych Q&A, Dreamcatcher i Nakade; oraz sześć Bram rządowych: USA, Chin, Rosji, Niemiec, Ligi Arabskiej i Francji.

Kompanie eksploracyjne stanowiły spółki o wielce skomplikowanej strukturze kapitałowej, w których udziałowcami-założycielami były najpotężniejsze koncerny z całego świata. I tak pierwsza z zarejestrowanych kompanii, kompania Q&A, opierała się niemal w całości na kapitale pochodzącym z Ameryki Północnej i Europy, w jej radzie nadzorczej zasiadali przedstawiciele General Motors, General Electric, Microsoftu, Exxonu, IG Farben, Phillipsa, a nawet Warner Bros. Nakade gromadziła południowoazjatyckie potęgi finansowe, głos dominujący miały w niej jednak japońskie grupy kapitałowe, mówiło się, iż kompania w rzeczy samej służy jedynie za parawan dla Japończyków, choć z drugiej strony chodziły również plotki o poważnym zaangażowaniu w przedsięwzięcie brudnych pieniędzy z Chin i Złotego Trójkąta. Najmłodsza z trójki, Dreamcatcher, nie posiadała tak wyraźnego profilu narodowościowego, udziałowcami w niej były firmy i osoby fizyczne z całej Ziemi, wprowadziła nawet swoje akcje na nowojorską giełdę, co wszelako szybko okazało się być posunięciem nie najmądrzejszym, bo zmuszało do pewnego upublicznienia działań kompanii, podczas gdy dwie pozostałe utrzymywały w tajemnicy, co tylko mogły.

A przecież nie od początku wyglądało to w ten sposób. Na początku bowiem, gdy funkcjonowały tylko dwie Bramy, USA i Chin, znajdowały się one w centrum zainteresowania massmediów, przeprowadzano wręcz transmisje na żywo z pierwszych przejść, i nie było takiego tyczącego ich szczegółu – włącznie z koordynatami badanych miejsc – którego nazajutrz nie mógłbyś znaleźć w gazetach. Zainteresowanie opinii publicznej było tak duże, że ów, z punktu widzenia rządów zgoła idiotyczny sposób postępowania, oparty na totalnej jawności, przetrwał kolejne odkrycia dwóch ziemiopodobnych planet i dopiero trafienie przez chińskich astronomów na Raj wywróciło wszystko do góry nogami. Od tego momentu, nauczeni gorzkim doświadczeniem, dysponenci Bram trzymali koordynaty badanych przez siebie układów planetarnych w tajemnicy tak ścisłej, że dla jej zachowania nie raz i nie dwa posunięto się do zabójstw (w każdym razie tak rzecz się prezentowała w sugerowanej przez prasę wersji wydarzeń, bo w ramach śledztw oficjalnych do żadnych śladów podobnych działań, rzecz jasna, nie dotarto).

Ubocznym efektem odkrycia Raju była zmiana programu wykorzystywania Bram: wszelkie harmonogramy kosmologicznych i astronomicznych badań poszły w kąt, ostał się tylko jeden priorytet: wyszukiwanie i eksploracja planet. Trudno coś rzec o dalszych odnoszonych na tym polu sukcesach bądź porażkach, ponieważ od Raju wszystko to opatrzone już było nagłówkiem *Top Secret*; spekulacje szły w najdziwniejszych kierunkach (np. po kolejnej wielkiej powodzi w Chinach pomknęły w świat półoficjalne oskarżenia o spowodowanie jej przez Stany Zjednoczone za pomocą technologii sterowania pogodą pozyskanej z jakiegoś nowego Raju). Zabrakło ograniczeń dla paranoi, Bramy uprawdopodobniały każde szaleństwo: nie było takiego zdarzenia, którego nie dałoby się z ich pomocą wpasować do spiskowej teorii dziejów.

Algorytm poszukiwania planet przedstawiał się następująco. W pierwszym kroku zespół astronomów typował potencjalnie „planetonośną" gwiazdę; zazwyczaj były to gwiazdy leżące stosunkowo blisko Ziemi (blisko w kategoriach galaktycznych), a to po prostu z racji posiadania na temat odleglejszych rejonów kosmosu proporcjonalnie mniejszej liczby proporcjonalnie mniej pewnych informacji. W drugim kroku przerzucano przez Bramę w ekosferę rzeczonej gwiazdy, po przeciwnych stronach, kilka samodzielnych decyzyjnie sond, najeżonych teleskopami optycznymi i radiowymi. Odczekawszy czas wystarczający do przeprowadzenia przed sondy odpowiednich badań (między innymi pełnego skaningu całej sfery niebieskiej na różnych długościach fal), przerzucano w ślad za nimi zaopatrzone w silniki i maksymalną ilość paliwa miniaturowe składaki anteny i jakiegoś pojemnego nośnika informacji oraz szybkiego procesora. Ich zadaniem było odebranie od sond wszelkich zdobytych przez nie danych i ich komprymacja, po czym powrót wbrew siłom grawitacyjnym gwiazdy i planet w pobliże punktu przerzutu i „strzelenie" w Bramę, o z góry oznaczonej porze kolejnego jej otwarcia, milisekundowym impulsem „raportu". Na Ziemi „raport" dekomprymowano i poddawano dalszej obróbce, aż do zdobycia pewności, iż dookoła tej gwiazdy nie krąży nic ciekawego. Jeżeli jednak trafiała się jakaś obiecująca planeta, umieszczano, już na jej bezpośredniej orbicie, parę satelitów, w istocie niewiele się różniących budową i przeznaczeniem od pospolitych satelitów szpiegowskich. I dopiero po odebraniu „raportów" także od nich, otwierano Bramę na powierzchni odkrytego globu; również tu jednak najpierw szli mechaniczni zwiadowcy, malutkie pojazdy badające skład atmosfery, gleby i ewentualną florę i faunę planety.

Zasadniczo wszystkie te typy automatów były jednorazowego użytku, a to dlatego, że koszt ich sprowadzenia z powrotem na Ziemię przewyższał ich cenę – powstały już przecież przedsiębiorstwa specjalizujące się w produkcji poszczególnych ich typów i ostro między sobą konkurujące na tym zamkniętym, nie powiększającym się rynku, toteż sprzęt z czasem znacznie potaniał. Mimo to dokładne przebadanie okolicy choćby tuzina gwiazd, nawet pozbawionych planet, nadal było niezmiernie kosztownym przedsięwzięciem. Dla ograniczenia ponoszonych już na owym początkowym etapie eksploracji strat, zaczęto kłaść większy nacisk na precyzję wstępnej selekcji „planetonośnych" gwiazd. Teraz, gdy dysponowano Bramami, nie stanowiło problemu postawienie gdzieś w międzygwiezdnej przestrzeni, gdzie grawitacyjny wpływ najbliższych mas jest pomijalnie mały, gigantycznej sieci odbiorników, układającej się w radioteleskop o efektywnej średnicy rozmiarów zaiste astronomicznych; lub – na analogicznej zasadzie – rozmieszczenie na powierzchni jakiegoś bezatmosferycznego ciała zespołu teleskopów optycznych. Ponieważ w ilości pożeranej przez Bramę energii nie było różnicy, niezależnie od tego, czy otwierała się ona nad Saturnem, czy gdziekolwiek indziej w przestrzeni o promieniu trzech milionów lat świetlnych, nie istniał żaden powód do lokowania owych sieci detekcyjnych w pobliżu Słońca, zwłaszcza że jego okolica i tak została już jako tako poznana tradycyjnymi metodami, a na dodatek stanowiła najbardziej oczywiste pole działania dla każdej z grup eksploratorów. W skład galaktyki Mlecznej Drogi wchodzi przecież ponad sto pięćdziesiąt miliardów gwiazd, a bynajmniej nie jest ona największa; nawet szacując bardzo nisko procent gwiazd z planetami ziemiopodobnymi, otrzymujemy liczby trudne do ogarnięcia instynktowną myślą.

W powszechnym mniemaniu polityków i dziennikarzy decyzje o lokalizacji megateleskopów poszczególnych państw i kompanii przesądziły na lata o podziale równie nieformalnych, co sekretnych stref ich wpływów w Kosmosie; i tak, co kilka miesięcy wybuchały lawiny plotek o domniemanych współrzędnych tych dominiów, w końcu zrobił się z tego temat dla dowcipów i gazetowych karykatur: „Francuzi biorą w posiadanie Mgławicę w Andromedzie", „Dreamcatcher obwarowuje się w Małym Obłoku Magellana", „Chińsko-niemiecka wojna o NGC 6822!" Astronomowie solidarnie wyśmiewali podobne rewelacje, wskazując, iż ludzie tak naprawdę nie uświadamiają sobie faktycznych wielkości obiektów, o których mówią, i dystansów, jakie wchodzą tu w grę. Atoli jak jest w rzeczywistości, nikt nie wiedział, w każdym razie nikt z tych, którzy tak ochotnie się na ów temat wypowiadali.

Z drugiej jednak strony owa chińsko-niemiecka wojna o jakieś trzymane w tajemnicy kosmiczne zdobycze nie była pomysłem wziętym całkowicie z sufitu, wszak od ośmiu lat trwał na powierzchni Raju regularny konflikt zbrojny o kontrolę nad co bardziej interesującymi obszarami planety, dotychczas przerzucono tam w sumie blisko pięćdziesiąt tysięcy żołnierzy amerykańskich, chińskich i rosyjskich, nie licząc rajdów grup islamskich komandosów czy łupieżczych eskapad najemników kompanii eksploracyjnych. Nie było tygodnia bez doniesień o krwawych starciach, cenzura wojskowa niewiele wycinała, każdy mógł w swoim telewizorze obejrzeć malownicze obrazki z bezlitosnej wojny toczonej pod niebem barwy fioletu i słońcem jak przejrzała śliwka. Z roku na rok coraz bardziej wyglądało to na kosmiczną odmianę Wietnamu: odległe, egzotyczne miejsce, dokąd lecą nasi synowie, a wracają trupy. Jednak odwrotnie niż w przypadku wojny wietnamskiej, opinia publiczna nie popierała projektów wycofania się z Raju, mimo wszystko ludzie aż nazbyt dobrze sobie uświadamiali, co by to mogło oznaczać.

Planeta zwana Rajem, obiegająca starą, schodzącą już z ciągu głównego gwiazdę, odległą od Słońca o ponad dwa tysiące lat świetlnych, kryła na i pod swoją powierzchnią skarby wprost bezcenne. Nazwę swą wzięła od zacytowanego przez reportera CNN w historycznej chwili fragmentu *Raju utraconego* Miltona; skojarzenia prostsze prowadziły raczej w stronę piekła. Dla walczących tam i umierających żołnierzy piekłem była niewątpliwie; rajem jawiła się chyba tylko dla zakochanych w niej naukowców. Liczba odnalezionych przez nich artefaktów – tych, o których wiedziała światowa opinia publiczna – przekroczyła już tysiąc. Dochodziły do tego przeróżne mniejsze i większe budowle oraz tak zwane „obszary niestałe". Aczkolwiek twórcy tego wszystkiego pozostawali wciąż tajemnicą nie mniejszą od Filantropów i zasad działania (a po prawdzie i przeznaczenia) dziewięćdziesięciu procent odkrytych na Raju przedmiotów nawet się nie domyślano, to samo rozwikłanie zagadki Klatek Słońca i analiza niektórych aspektów pracy Generatorów Czasu, co w konsekwencji doprowadziło do sformułowania teorii Kvagi i podporządkowania sobie sił grawitacji – samo to usprawiedliwiało cały włożony w opanowanie Raju wysiłek.

Jakże sobie Chińczycy pluli w brody, że nie pomyśleli o utajnieniu badań wcześniej!

Teraz wszakże wszystko już było tajne i jeśli jakiekolwiek państwo lub którakolwiek z trzech korporacji natrafi na drugi Raj, z całą pewnością tego nie ogłosi. Nie będzie wojny; nie będzie wyścigu złodziei. Odkrywca posiądzie całość skarbu. Ponieważ bezpośrednie sąsiedztwo Raju – gwiazdy w promieniu tysiąca z górą lat świetlnych od niego – sprawdzono w pierwszej kolejności, wydawało się, iż każdy z dysponentów Bram ma aktualnie takie same szanse na trafienie Wielkiej Wygranej. I choć – biorąc sprawę na zimno – brakowało jakichkolwiek logicznych przesłanek dla snucia przypuszczeń o istnieniu kolejnych Rajów, coraz powszechniejsze stawało się przekonanie, iż tak naprawdę odkryto je już dawno temu, tylko że po prostu nie potrafimy rozpoznać efektów zastosowania pozaziemskich technologii przez szczęśliwych odkrywców. Te powodzie w Chinach... Huragany... Rozbłyski na Słońcu... Krachy finansowe... Cokolwiek.

•

Winston Claymore III poprosił głównego inżyniera o ogień. Khann rzucił mu zapalniczkę.

– Kiedy? – spytał Claymore, zapaliwszy cygaro.

Khann spojrzał ponad głowami zagłębionych w fotelach kontrolerów, gdzieś na bok ściany monitorów.

– Już jedzie – mruknął. – Przecież nie zmienimy dla niego czasu przerzutu. – Zaczął kartkować notes. – I w ogóle nie rozumiem, po co się pan tu fatygował – warknął, nie unosząc głowy.

Claymore zrobił wieloznaczną minę.

– Powiedzmy, że mam co do niego złe przeczucia. Wolę mieć go na oku, póki nie przejdzie.

– I tak nic pan nie poradzisz.

– Chronię swój tyłek, człowieku; jakby co: nie lekceważyłem sytuacji, byłem na miejscu.

Główny inżynier machnął ręką.

– Polityka – prychnął. – Nie pojmuję, na diabła wam ten szarlatan. Przecież to czystej wody świr. Oglądał pan reportaż?

– Lepiej rób swoje.

Winda zatrzymała się i Muchobójca wyszedł do przedsionka, mieli go na jednym z głównych ekranów. Był w skórzanych butach z cholewami do kolan, w ciemnych dżinsach, granatowym golfie i rozpiętym czarnym płaszczu. Na lewym ramieniu dźwigał wypchany marynarski worek, w prawej dłoni sporych rozmiarów neseser. Ponieważ przedsionek był całkowicie pusty (sto metrów na sześćdziesiąt na czterdzieści: wnętrze betonowego pudełka o białych ścianach), brakowało skali dla właściwej oceny wzrostu Muchobójcy – na ekranie wydawał się wręcz drobny.

– Prześwietliliście go? – spytał Claymore, rozglądając się za popielniczką.

– Ymhm – przytaknął Khann i postukał w klawisze pobliskiego terminalu. – Zresztą i tak czeka go rewizja po powrocie.

(Każdego powracającego rewidowano – z dokładnością wręcz absurdalną – w poszukiwaniu jakichkolwiek miniaparatów fotograficznych, kamer, zdjęć, filmów, zapisów komputerowych, a nawet ręcznych szkiców nieba rozciągającego się ponad kompanijnymi planetami: to jak adres, równie dobrze mogliby sami podać koordynaty).

– No ale co on ma w tym worze i walizce?

– Ubranie i takie tam.

– Co to znaczy: takie tam?

Khann uśmiechnął się krzywo, z jakąś złośliwą satysfakcją.

– Między innymi Czajnik.

– Co?

– Czajnik i dwa inne artefakty podobnie rezonujące, choć nie mam ich w katalogu.

(Czajnikiem nazywano pewien rodzaj przedmiotów znajdowanych w stosunkowo dużej liczbie w „gorących" obszarach Raju; z wyglądu faktycznie nieco przypominały miniaturowe imbryki. Ich przeznaczenia ani zasady funkcjonowania dotąd nie odgadnięto. Kilkanaście sztuk Czajników znajdowało się w wolnym obrocie na Ziemi, ponieważ należały one do pierwszych znalezisk, tych poczynionych jeszcze przed wybuchem zabramnej wojny).

– Cholera. Cholera, cholera. – Claymore, zirytowany, pokręcił głową. – Nie macie tu popielniczek? – zmienił temat.

– Tu obowiązuje zakaz palenia – wycedził Khann.

– To czemu mi pan nie zabronił?

Wrota do hali przerzutowej zaczęły się wolno rozsuwać. Muchobójca ruszył naprzód; szedł między szynami.

Wielkie ekrany dawały złudzenie bliskości, ale tak naprawdę halę Bramy dzieliło od sali nadzoru blisko dwadzieścia kilometrów; na dodatek ta pierwsza znajdowała się prawie pięćset metrów pod powierzchnią ziemi. A na powierzchni: pustynia. Do kompanii Q&A należało całe tysiąc kilometrów kwadratowych piachu i skały. Otaczały je metalowe ogrodzenia pod wysokim napięciem, patrolowały kompanijne wojska, strzegły sieci przemyślnie poukrywanych czujników. Państwo w państwie. Kupili to pustkowie od rządu Australii za ciężkie miliony; mogli się za to teraz pochwalić względną suwerennością.

Muchobójca wszedł do hali. Rozmiarami nie odbiegała wiele od przedsionka, a i pustka w niej panowała podobna, bo zakłócana jedynie przez ekran hamujący (w głębi, po lewej), wpuszczoną w podłogę wyrzutnię (opodal, po prawej) i umieszczoną już na szynach platformę towarową, z jednym zamontowanym w środku fotelem (tył platformy obejmowały ściśle czarne szczęki wyrzutni). Brama jako taka nie posiadała żadnych stałych materialnych elementów; w rzeczy samej w powszechnym użyciu nazwa ta funkcjonowała w parze z całkowicie nieodpowiednim desygnatem, bo fizycy definiowali jako Bramę sam „obszar jednoczesności", a on trwał przecież ledwo ułamki sekund – potem znikał. Jednak ludzie tłumaczyli to sobie inaczej: Brama to cała ta maszyneria, która czyni możliwym niemożliwe. W każdym razie jedyną widoczną teraz dla Muchobójcy częścią urządzenia były dwie szerokie na dziesięć metrów płyty, wykonane z jakiegoś ciemnego metalu, które zakrywały środkowe części bocznych ścian, sięgając od podłogi do sufitu. Obszar przejścia – Brama – otwierał się właśnie pomiędzy nimi.

Muchobójca umocował swój bagaż pomiędzy kontenerami wypełniającymi platformę, wskoczył nań i wcisnął się w fotel. Zapiąwszy pasy (było ich blisko tuzin) zamarł w bezruchu.

– Popatrz pan – Claymore dźgnął cygarem w kierunku ekranu. – Toż to przecież jest nienormalne. Ten facet od początku mnie irytuje. Nie znam nikogo, kto by się przed przejściem przez Bramę nie denerwował, nie wiercił, nie zerkał na zegarek i tak dalej. A ten się nawet nie poci!

– Mówiłem, że to świr – mruknął Khann. – Po cóż go pan ściągnął? Rada zje pana żywcem. On nie dość, że nie jest pracownikiem kompanii, to na dodatek nie podpisał nawet standardowego kontraktu z klauzulą poufności.

– Myślisz, że mam jakikolwiek wybór? – odwarknął Claymore. – A w ogóle to nie jest twoja sprawa! Ty jesteś od Bramy; a co za nią – to już cię nie powinno obchodzić!

Khann wzruszył ramionami.

Pochylił się nad mikrofonem.

– Trzydzieści.

Włączyło się automatyczne odliczanie.

Claymore zamilkł, skupiony na ogryzaniu końcówki cygara, zapatrzony w ekrany. Na „zero" powietrze pomiędzy czarnymi płytami ściemniało i zafalowało. Wyrzutnia cisnęła weń platformę. Jednocześnie kilkanaście metrów dalej wyłoniła się bliźniacza platforma, pędząca po prostej równoległej do toru, po jakim pomknął w nicość pojazd z Muchobójcą – i uderzyła w ekran amortyzujący, który cofnął się pod tym ciosem dobre dziesięć metrów. Zanim się zatrzymał, przestrzeń pomiędzy płytami wróciła do swego naturalnego stanu – Brama się zamknęła.

– No – westchnął Claymore. – Poszło. Teraz niech się van der Kroege martwi.

•

Van der Kroege martwił się już od dwóch dni, czyli od momentu otrzymania w poprzedniej przesyłce z Ziemi zapowiedzi przybycia Muchobójcy.

W sprawie nurtującego cię problemu: kolejne przejście przyspieszone na 237-143000, przejdzie do was wynajęta przez kompanię osoba kompetentna w podobnych kwestiach [dane —> TU]. Udziel wszelkiej możliwej pomocy. Oczekuję rychłego rozwiązania.

Z podklejki z danymi dowiedział się, że osobą tą jest niejaki E. Mrozowicz. Nic mu to nie mówiło. Dopiero parę godzin później, już kładąc się spać, przypomniał sobie o sprawie i nakazał przefiltrowanie według dołączonego do wiadomości klucza całości zbioru informacji posiadanych przez komputer stacji. Komputer wyłowił kilkaset artykułów prasowych, fragmenty jakiejś internetowej konferencji i półgodzinny film telewizyjny pod tytułem *Muchobójca*. Na Ziemi zapewne wyłapałby z otwartej sieci o wiele więcej, jednak bank danych morrisonowej stacji miał ograniczoną pojemność i nie mógł sobie pozwolić na magazynowanie informacji zindeksowanych poniżej pewnego progu ważności – i tak większość miejsca w nim zajmowały „czopy serwisowe", nakładające się na siebie, automatycznie się aktualizujące i wykasowywujące, a przesyłane przez kompanię przy okazji cotygodniowych „uchyleń" Bramy. Na takie „czopy" składały się obszerne zestawy informacji o ostatnich wydarzeniach politycznych, ekonomicznych, kulturalnych, pełne zapisy notowań wszystkich giełd świata, kilkadziesiąt tysięcy godzin programów telewizyjnych, kilkanaście świeżo wprowadzonych do kin filmów, dziesiątki premierowych płyt, setki programów komputerowych, tysiące nowo wydanych książek i tak dalej, i tak dalej. Łączność ciągła nie była możliwa, a częstsze otwieranie Bram wykluczała ich energożerność – tu, na Morrisonie, wszyscy żyli w cyklu tygodniowym. Chyba że z jakichś ważnych przyczyn kompania decydowała się przyspieszyć przejście – na przykład z powodu przybycia pana E. Mrozowicza, Muchobójcy.

Podczas gdy van der Kroege ze słuchawkami w uszach gapił się na ekran, jego żona oddawała się ćwiczeniom relaksacyjnym. Wpadające do sypialni przez rozsunięte drzwi na taras rubinowe światło Hendriksa nadawało jej opalonej skórze barwę zmieszanej z krwią gliny. Siedziała na dywanie w pozycji lotosu, wyprostowana, z opuszczonymi powiekami, i ćwiczyła głębokie wdechy.

– A jeśli to Pedroso? – spytała naraz.

– Mhm?

– Zastanawiam się, czy to nie mógł być Pedroso.

Peter zatrzymał film i przekręcił się razem z krzesłem w jej stronę. W pokoju nie paliło się żadne światło i oczy mężczyzny, nagle odwrócone od jasnego monitora, niewiele dostrzegły: cienie i półcienie, miękki półmrok hendriksowej pełni, w nim zarys nagiego ciała Rosanne.

– Co: Pedroso?

– Malik. Thorn. I w ogóle. No przecież szpieg.

– Było śledztwo – przypomniał Peter. – Enquist. I ci gogusie Claymore'a. Daj spokój, coś by znaleźli.

Przeszła od jogi do ćwiczeń rozluźniających mięśnie; od energicznych krążeń barkami zaczęły jej podskakiwać piersi, i tak wysoko podniesione słabą grawitacją Morrisona. Van der Kroege'a nieodmiennie to śmieszyło. Z kolei ona znała go na tyle dobrze, by nie musieć patrzeć, aby znać wyraz jego twarzy.

– Nie wierzę w duchy – warknęła rozeźlona.

– Najwyraźniej jesteś w mniejszości – rzekł Peter, z powrotem zwracając się do ekranu komputera, na którym widniała ponura twarz Muchobójcy, pochwycona w stop-klatce z przymrużonymi oczyma i wpółotwartymi ustami. – Claymore przysyła nam jakiegoś szamana. Ten Mrozowicz, co ci mówiłem, że przez niego przesunęli kolejne otwarcie, no więc on jest jakiś domorosły egzorcysta, ksywa: Muchobójca. Claymore go wynajął.

– Że co? Muchobójca?

– Aha. Popatrz tylko. Rąbnięty miliarder, jeździ i skupuje różne dziwactwa spoza Bram. Właśnie oglądam reportaż; nieźle się po gościu przejechali, nie ma co.

Zaniechała ćwiczeń. Odwróciła się do męża, spojrzała na ekran.

– Claymore'owi do reszty popieprzyło się we łbie – mruknęła.

– Niezły przyjemniaczek, prawda?

Wstała, podeszła do Petera i spojrzała ponad głową męża w zamrożone w zimnym świetle monitora oblicze Muchobójcy. Patrzyła tak i patrzyła, aż wstrząsnął nią dreszcz. Założyła ręce na piersi, skuliła się; przysiadłszy pod ścianą, podciągnęła nogi pod brodę, jakby w obronie przed nagłym przypływem zimnego powietrza, choć przecież na Morrisonie panował zawsze jednakowy duszny upał, niezależnie od pory księżycowego dnia – gdyby spojrzała teraz na termometr, z pewnością odczytałaby nie mniej niż trzydzieści pięć stopni Celsjusza.

– Nie podoba mi się to – powiedziała cicho i niewyraźnie, patrząc na odległe wzgórza, skąpane w strugach światła jak młode czerwone wino. – Mam złe przeczucia. Trzymaj się lepiej od niego z daleka. Z pyska jest dostatecznie wredny.

Ponieważ nie było to zachowanie dla niej naturalne, zaniepokoił się także sam van der Kroege.

– Mhm... Wiesz, jak to jest. „Wszelka możliwa pomoc" i takie tam. Pokręci się, popyta i wróci.

Kiwała w zamyśleniu głową, uderzając podbródkiem o kolano, ciemne włosy przesłaniały jej twarz.

– Może powinniśmy się wycofać – mruknęła po długiej chwili ciszy, podczas której Peter wyłączył komputer, wstał, zdjął spodenki i ruszył w stronę prysznica. Słowa żony zatrzymały go jednak w progu łazienki.

– Co masz na myśli? – spytał zmarszczywszy brwi, chociaż bardzo dobrze wiedział, co ona ma na myśli.

– Dosyć – mruknęła, wciąż sennie zadumana; mimowolnie wydymała wargi i zginała palce u nóg. – Wystarczy. Ponad siedem lat takiego życia. Kusimy los. Jedenaście planet. Na litość boską, Peter, jedenaście planet! Tu już nie ma żadnej poezji. Czy ty tego nie widzisz? Zarabiamy pieniądze, po prostu zarabiamy pieniądze. Ale przecież i tak jesteśmy już bogaci. Więc po co?

– Tobie chodzi o przygodę.

Parsknęła.

– Rzecz w tym, że mnie już nie chodzi o przygodę. Chodzi mi o coś wręcz przeciwnego.

– Ożeniłem się z tobą.

– To był substytut. Teraz to wiem. Nie szło mi przecież o papierek, on niczego nie zmienia; ale ja zaczynam się już czepiać symboli. Starzejemy się, Peter, starzejemy się. Czego innego się teraz boję, inne mam sny, inne marzenia.

– Dom. Dziecko.

– Nie mów o tym w taki sposób.

Zamarł z ramieniem przyciśniętym do chłodnej futryny. Nie wiedział, co rzec. Trudno powiedzieć, żeby go zaskoczyła – ale nie miał przygotowanej żadnej odpowiedzi adekwatnej do sytuacji i nastroju. Nie mógł wyśmiać, nie mógł zbagatelizować, nie mógł zignorować, nie mógł skłamać. Złapała go nagiego i bezbronnego, dosłownie i w przenośni. Stał więc i milczał, i rosła w nim gorzka rozpacz, ciężki smutek. Oto do czego doszliśmy, myślał. Kiedyś prowadziliśmy takie rozmowy, szepcząc sobie prawdę z ust do ust, w powolnych uściskach pomiłosnych; a dzisiaj – dzisiaj wszystko na zimno, pięć metrów ciemnej pustki pomiędzy nami, ona nawet nie może na mnie spojrzeć, ja zaś zastanawiam się nad kłamstwami. To jest śmierć. Mój Boże – co ja mam zrobić, co powiedzieć? Najstraszniejsze są grzechy zaniechania.

Szepnął:

– Po Morrisonie wymówię Claymore'owi.

Dopiero teraz zwróciła nań wzrok.

– Nie rób tego.

– Dlaczego? Przecież tego właśnie chcesz.

– Ale *ty* tego nie chcesz. Wyrwałabym ci serce.

– I tak mi wyrywasz. – Oderwał się od futryny, zrobił kilkanaście krótkich kroków, charakterystycznych dla słabej grawitacji księżyca, i przykucnął na wyciągnięcie ręki od Rosanne, pochylając i przekrzywiając głowę, by spojrzeć jej w oczy, skryte za kurtyną włosów; lecz nie udało mu się, patrzyła już na swoje stopy. Więc wyciągnął rękę. – Ja zawsze sądziłem, że to będzie *nasz* dom. I *nasze* dziecko.

– Ja też tak sądziłam.

– A zatem?

Delikatnie rozsunął jej włosy. Spojrzała na niego z wyrzutem.

– Zbliżasz się do punktu bez powrotu. Pokazałeś mi tego Muchobójcę i zrozumiałam. Ty się cieszysz na jego przybycie. Nie ma już dla nas bezbolesnego wyjścia. Jeśli zostanę, rozszarpiemy się nawzajem na strzępy.

– Nieprawda. Nieprawda. Ty nie możesz tego wiedzieć. Po prostu się usprawiedliwiasz, bo...

– Proszę cię.

– Tak – zmitygował się. – Przepraszam.

Złagodniała, gdzieś z niej uleciała cała determinacja.

– Przecież to nie jest dla mnie łatwe. Ty to powinieneś mówić. Ty powinieneś decydować.

Kręcił głową. – Nie rozumiem, skąd możesz mieć tę pewność...

– Powiedz, że się myliłam co do Muchobójcy.

Wzruszył ramionami.

– Nie wiem. Może i miałaś rację. Czego to dowodzi?

– Tego, że ty się nie zmieniłeś, a ja tak. W tobie wciąż żyje ten nastoletni miłośnik *science fiction*. Nie dostrzegasz rutyny. Nie dostrzegasz hipokryzji Claymore'a. Wciąż żyjesz we własnym ziszczonym marzeniu; od siedmiu lat. Od momentu, kiedy cię poznałam na Gilgameszu, czas dla ciebie stanął. A ja mam już inne marzenia. Myślałam, że małżeństwo zdoła cię wytrącić z tego snu – ale nie. Powoli zmienia się on dla mnie w koszmar.

– Czy ja naprawdę jestem takim idiotą?

Roześmiała się przez łzy; głośno i coraz głośniej. Złapała go za włosy, potargała, szarpnęła, przewróciła na dywan. Przetoczyli się, klnąc i chichocząc, pod drzwi tarasu. Zalał ich blask Hendriksa. Mimowolnie spojrzeli w górę, na wiszącą na ciemnogranatowym niebie niewyobrażalnie wielką kulę planety, koło królewskiej purpury, tak bliskie, tak odległe, tak piękne, tak przerażająco obce.

Przycisnął usta do ciepłego policzka kobiety.

– Czy ty tego nie widzisz? Nie widzisz, nie rozumiesz...?

Westchnęła; drżenie jej ciała odbiło się w jego ciele długim dreszczem.

– Tak.

•

Brama się zamknęła, platforma huknęła o ekran i wyłączył się alarm. Van der Kroege podszedł do rozpinającego pasy Muchobójcy.

– Witamy na Morrisonie. Peter van der Kroege, dyrektor wykonawczy.

Muchobójca tylko skinął głową. W końcu poradził sobie z zatrzaskami i zeskoczył na beton. Zdjął z platformy worek i neseser.

– Tylko tyle? – zdziwił się przelotnie van der Kroege; zaraz jednak złapał Muchobójcę za ramię i pociągnął w bok. – Lepiej się pospieszmy, bo nas Hassel rozjedzie. – Kobieta siedząca za kierownicą zbliżającego się wózka widłowego pogroziła mu pięścią.

Ruszyli ku szerokim wrotom hangaru. Van der Kroege z uwagą przyglądał się Muchobójcy, który bez zastanowienia, zgoła instynktownie, przyjął sposób stawiania stóp właściwy dla niskich grawitacji – zazwyczaj ludzie dochodzili do podobnej wprawy dopiero po tygodniu, dwóch.

Hangar odpowiadał swymi rozmiarami hali przejścia z Ziemi i posiadał identyczne wyposażenie, brakowało jedynie owych wielkich, czarnych płyt. Prócz Petera, Muchobójcy i kobiety na wózku, znajdował się tu jeszcze tylko rozebrany do kąpielówek brodaty Murzyn, grzebiący zapamiętale w mechanizmie wyrzutni; za nią, pod pomalowaną na biało ścianą, stały na bocznicy dwie puste platformy.

– Spoci się pan – zauważył van der Kroege. – Nie powiedzieli panu, jak się ubrać? Proszę zdjąć ten płaszcz i sweter, mamy środek księżycowego dnia, czterdzieści pięć stopni w cieniu. – Sam dyrektor był w sandałach, bawełnianych bermudach w lilie i rozpiętej hawajskiej koszuli o krótkich rękawach; na głowie miał słomiany kapelusz, na nosie okulary przeciwsłoneczne.

Wyszli z cienia hangaru, schodząc zarazem ze wzgórza, na jakim on stał; Muchobójca zmrużył oczy. Czerwone słońce, nienaturalnie duże, łypnęło na nich gniewnie z różowego nieba, upstrzonego gęsto czymś, co wyglądało jak fraktalowe kwiaty uplecione ze srebra, a co zapewne stanowiło tutejszy odpowiednik obłoków.

Van der Kroege podążył za spojrzeniem Muchobójcy i uśmiechnął się domyślnie.

– Ciekawe, prawda? To od takich roślinno-zwierzęcych pasożytów, które, rozmnażając się, podróżują w parze wodnej podniesionej do chmur. Jeszcze efektowniejsze jest o wschodzie równoległym.

– Planeta? – spytał Muchobójca i było to pierwsze wypowiedziane przezeń na Morrisonie słowo. Peterowi jego głos skojarzył się przelotnie z głosem pewnego dawno zmarłego aktora, przeważnie grywającego w horrorach monstra o martwych twarzach; ale tak kojarzyła mu się większość tembrów nowo przybyłych, bo wysokie ciśnienie morrisonowego powietrza mutowało je przedziwnie, a podświadome interpolacje owego procesu wiodły na manowce.

– Teraz jest pod nami – van der Kroege machnął ręką, wskazując nadir. – Dostał pan materiały? Chyba nie; wszystko tajne, co? No więc my znajdujemy się na Morrisonie, to jest księżyc Hendriksa, gazowego olbrzyma, krążącego wokół Joplin, która właśnie tak nas spieka. Przedwczesne stadium czerwonego olbrzyma, rzecz jasna; niektórzy podejrzewają kosmiczną inżynierię. Na Morrisonie istnieje kilka różnych pór w cyklu dobowym; występują, jak dla ludzkiego organizmu, nazbyt nieregularnie: okres obiegu Morrisona wokół Hendriksa wynosi niecałe cztery ziemskie dni, czas obrotu dookoła osi krótszy o ponad połowę, orbita równikowa, zamknięta, ciasna, ale jądro i w ogóle gęstość Morrisona nie odpowiadają standardom, na Rybie bije jeszcze parę wulkanów; grawitacja mimo wszystko za wysoka, więc może jest coś na rzeczy z tą teorią o pochodzeniu Morrisona ze starej ekosfery Joplin. Mamy przesłanki zarówno do wnioskowania o przechwyceniu tego księżyca przez Hendriksa, jak i do czegoś wręcz przeciwnego. Aha, co się tyczy tych pór. Jest więc pełna noc, gdy odwróceni jesteśmy zarówno od planety, jak i słońca; jest dzień; i dzień zewnętrzny, w pozycji odwrotnej do pełnej nocy, bo mamy wówczas nad sobą i planetę, i słońce; jest pełnia Hendriksa, kiedy odbija on światło Joplin; i noc podwójna, z ciemnym Hendriksem. Ponadto trzeba doliczyć przejścia pozostałych księżyców, a jest tego od groma i trochę. Pierścienia planety w zasadzie nie widać, za ostry kąt. Co jeszcze? Aha, dwutlenek węgla. Atmosferę ma Morrison jak kołdrę; od skoków dobowych temperatur powinny tu szaleć straszne huragany, ale nic z tego, mamy jakiś pieprzony geohomeostat, przekona się pan, w nocy upały prawie takie same. Widzi pan moją opaleniznę? A przecież ultrafiolet ścina tu lepiej od tuzina ziemskich warstw ozonowych. Patrz pan, dziewczyny się smażą; to te nowe, przybyłe przed trzema tygodniami. Jeszcze im się odechce w ogóle z cienia wychodzić.

Dwie nagie blondynki leżały na trawniku przy mijanym właśnie bungalowie, jedna na plecach, druga na brzuchu. Van der Kroege, przechodząc wzdłuż białego, drewnianego płotu, wysokiego na niecały metr, pokazał im wymownym gestem zegarek i postukał weń paznokciem. Oklęły go leniwie, sennymi głosami radząc, żeby się odczepił i dał im spokój i w ogóle odpełzł z życiorysu.

– Widzisz pan – skwitował to Peter – jaka u mnie super dyscyplina. He, he, he, dyrektor wykonawczy. Powinienem chodzić z batem i widłami. Pan to by się nadał, pan to masz wygląd, że Boże broń.

– Claymore by pana nie trzymał, gdyby nie bił pan wynikami wszystkich innych kandydatów.

– A to ja wiem, to ja bardzo dobrze wiem, ale co wpierw muszę sobie żył nawypruwać, to moje. – Nieprzerwanie jednak uśmiechał się i nie sposób było brać tych wszystkich jego narzekań całkiem serio; tak samo jak z innych, podśmiewał się i żartował z samego siebie.

Skręcili w podjazd przed szeregiem pięciu parterowych domków w kolorze kości słoniowej, wzniesionych z drewna, plastiku i szkła w japońskiej manierze, że aż zdawały się istotnie posiadać ściany z papieru. Weszli do drugiego z kolei. Peter podał Muchobójcy klucz i krzyknął na klimatyzację. Okna się zaciemniły, powiało chłodem. Muchobójca złożył bagaż przy łóżku. Wciąż był w tym swoim czarnym płaszczu i swetrze.

– Mam nadzieję, że się panu spodoba – rzekł van der Kroege, siadając na wyciągniętym z szafy składanym krześle; ruchem głowy wskazał głębokie fotele rozstawione pod ścianami salonu i wyjaśnił: – Nienawidzę się w nie zapadać, rwie mnie potem od tego kręgosłup; co z tego, że wygodne, skoro niewygodne.

Na te słowa Muchobójca uśmiechnął się lekko. Podszedł do barku, zagrzechotał szkłem.

– Luksusy – mruknął.

– A co! – Van der Kroege zdjął kapelusz i rzucił na stojący opodal stolik; okulary przesunął na czoło. – Zajrzy pan do lodóweczki, na pewno jest jakieś piwo.

– Luksusy – powtórzył Muchobójca. Rzucił Peterowi butelkę. Ten rozglądnął się bez przekonania za otwieraczem i w końcu trzasnął kapslem o poręcz krzesła.

– Pan się dziwisz – sapnął po kilku łykach. – Każdy się z początku dziwi. Chcieliby jakiejś bazy, obozu wojskowego, podziemnego kompleksu; robotów, czołgów, betonowych kopuł, pól siłowych, Bóg wie czego. Naczytali się książek, naoglądali filmów. A to się po prostu nie kalkuluje. Trzeba pamiętać, że tu przede wszystkim idzie o interes; ekonomia, drogi panie, ekonomia. Po cóż wznosić te imponujące fortyfikacje, po co wgryzać się w glebę? Potrzeba by czasu, materiału, ludzi, energii. Marnotrawstwo. Po pierwsze: my zawsze zajmujemy się planetami ziemiopodobnymi, więc odpada konieczność budowy zamkniętych systemów habitatów. Po drugie: inteligentnych mieszkańców, niestety, nie udało się dotąd spotkać, przynajmniej mnie nic o tym nie wiadomo – toteż nie ma również przed kim się bronić. Pozostaje kwestia ewentualnej agresywności miejscowej flory czy fauny. Na Morrisonie nie ma z tym jednak problemów. Więc standardowo: przerzuca się przez Bramę brygadę budowlańców i oni wznoszą w jakiejś malowniczej dolince taką uniwersytecką wioskę. Nawet potem jej nie demontujemy, bo nie opłaca się ściągać z powrotem materiałów. A że otwarcie Bramy kosztuje za każdym razem tyle samo, niezależnie od tego, ile wynosi masa przerzucanego towaru – no a łączność z Ziemią jakoś utrzymywać trzeba, chociażby w cyklach tygodniowych – więc jako dodatek do żywności ściągamy tu bezpłatnie, co chcemy, taka platforma udźwignie pół wieżowca, z naszej strony nawet więcej.

– Wirusy, bakterie? – podsunął Muchobójca, sącząc z butelki perriera.

– Jakie wirusy? Jakie bakterie? Co pan, w konwergencję wierzysz? Cholera, to jest moja jedenasta placówka; DNA żadna świętość, co planeta, to inny replikator – białko a białko to jest różnica. Przecież te trawniki, te akacje – to wszystko z Ziemi, sztuczna odmiana, pogrzebali im w genach, przystosowali do nieco innej atmosfery i grawitacji i położyli twardą blokadę immunologiczną. Przejdzie się pan na wzgórza, zobaczy, co tu naprawdę rośnie. Mamy tu takie rośliny, co potrafią prowadzić filozoficzne dysputy.

– Hę?

– W ogóle jest spore zamieszanie z podziałem morrisonowej flory i fauny, wydaje się istnieć na tym księżycu trzecie królestwo, dominium stworzeń na Ziemi reprezentowanych chyba tylko przez euglenę zieloną. Takie ni to, ni owo. Zasadniczo bowiem mamy tu zwierzęcych roślinożerców, lecz brak zwierzęcych mięsożerców. Drapieżne są niektóre rośliny tudzież euglenoidy. Takoż drzewo wiadomości. Właściwie to żadne drzewo, nawet wygląda zaledwie jak przerośnięty krzak. Ma się rozumieć, zero inteligencji. Ale jak ewolucja się postara, to ciężko odróżnić. Z początku były zabawne pomyłki; i nawet trudno się dziwić, bo kiedy zielsko zaczyna do ciebie gadać po angielsku, to różne rzeczy przychodzą do głowy. Ale to po prostu taki sposób polowania. Trochę ma w genach, a trochę zapamiętuje: sekwencje dźwięków wydawane przez potencjalne ofiary. Rozumie pan, drzewo jest mięsożerne. Taka gadatliwa rosiczka. Przypuszczam, że w przypadku zwierząt wydaje ich sygnały godowe. Jeśli chodzi o ludzi – nie ma żadnych doświadczeń i odtwarza, co tylko zarejestrowało. Sprawia to wrażenie bezrozumnie zmiksowanego monologu. Mhm, nie jest to jednak opinia powszechna; moja żona, ksenobiolog zresztą, uważa, że organ drzew wiadomości odpowiedzialny za gromadzenie i selekcję danych dźwiękowych zdradza pewne analogie do mózgu i kryje w sobie znaczny potencjał... Pojmuje pan: za miliard lat... Tak jest zawsze, jaka by to nie była planeta – zawsze pojawiamy się o ten miliard lat za wcześnie, jakbyśmy byli jakimiś galaktycznymi wcześniakami, cholera, tam w Raju to wobec tego jest chyba śmietnik ginekologa, pozostałości po kosmicznej aborcji; niech to szlag, wychodzi, że...

– Upił się pan?

Van der Kroege spojrzał spode łba na podpierającego ścianę Muchobójcę.

– Jednym piwem?

– Ja tu nie w sprawie drzew.

Peter westchnął, przeciągnął się.

– Cóż, przepraszam. Co chce pan wiedzieć? Całość danych ma pan w komputerze; terminal w gabinecie – wskazał ręką – katalog GHOSTS. Jeśli coś bardziej... – Tym razem przerwał mu pisk telefonu. Dyrektor wyjął aparat z kieszonki hawajskiej koszuli; z wyglądu był on nie do odróżnienia od karty kredytowej, tylko nadruk inny, kolorowe logo Q&A mianowicie. Przyłożył go do ucha. – Tak?... Kto jeszcze?... Nie, niech leci, najwyżej go szlag trafi, zrobimy mu ładny pogrzeb... No?... To świetnie. – Schował telefon. – Więc tak, panie Mrozowicz. Duchy. Pan pono się zna. Zobaczymy. Do dzisiaj mamy jednego trupa, dwóch rannych i dwóch obłąkanych.

– Wiadomo mi o dwóch zmarłych.

– Ten drugi nie z ich powodu.

– Rozumiem. Są widoczne dla osób postronnych?

– Co znaczy postronnych? – van der Kroege uśmiechnął się kwaśno. – Daj pan spokój, mamy je na wideo.

– Występowanie?

– Endemiczne. W komputerze znajdziesz pan mapę.

– Można je ominąć? Więc o co ten szum?

– Ba, one siedzą w najciekawszych miejscach.

– Stopień materializacji?

– To zależy. Czasami tylko rzucają się na umysł; czasami nawet nie musisz ich widzieć, i tak zwiewasz, gdzie pieprz rośnie. Ale czasami dają przedstawienie z takimi efektami, że niech się Hollywood schowa.

– Skąd w ogóle wiadomo, że duchy? Może jakaś specyficzna forma tutejszego życia.

– Nie ma tu takich form życia. Jeśli już, to jest to forma tutejszej śmierci. Zobaczy pan, to nie będzie się głupio pytał. Zresztą sprzęt ich nie łapie, przenikają.

– Kamera złapała.

– Jeden jedyny raz. W innych przypadkach ludzie widzieli, a maszyny nie. Ten dureń, co nie żyje – on próbował zeskanować je laserem. Zero; ani pyłku.

– I co mu się stało?

– A, sam siebie zeskanował. Ktoś najwyraźniej majstrował przy potencjometrze; ktoś lub coś. Przykra sprawa. Ręka tu, noga tam. Potem wydałem kategoryczny zakaz, bo ludzie zaczęli przebąkiwać o klatkach grawitacyjnych.

– Były jakieś próby, powiedzmy, mniej naukowego podejścia?

Van der Kroege zachichotał, zezując do wnętrza pustej butelki.

– Co tylko pan chcesz. Ja tu mam ponad osiemdziesiąt osób dwudziestu z górą narodowości; ktoś nawet sprowadził z Ziemi czarnego kota i ugotował go o nowiu Hendriksa. – Peter odstawił butelkę, spoważniał; spojrzał na Muchobójcę, który trwał w nienaturalnym bezruchu, spowity w płaszcz i cień, i własną posępność, niczym w czarny kokon. – Pan się może dziwić, ale to są młodzi ludzie. Tak naprawdę niczego się nie boją; tak naprawdę, chociaż wierzą w duchy, nie wierzą we własną śmierć. Jajca se z tego wszystkiego robią, ot co. Średnia wieku: dwadzieścia pięć. Tak jak kiedyś się szło w informatykę czy bioinżynierię, tak teraz się idzie w ksenologię. Przecież przed dwunastu laty w ogóle nie było takiej nauki. To domena młodych, bardzo młodych. Potrzeba czegoś więcej niż jednego trupa i paru poturbowanych, żeby nimi wstrząsnąć. Życie toczy się dalej, a to jest największa przygoda, jaką dane im było przeżyć. Niech pan nie będzie zaskoczony, jak uderzą do pana w podryw, jest tu parę ostrych babek; potem będą się chwalić, że zaliczyły egzorcystę. – Van der Kroege spojrzał na zegarek.

– Jaki tu macie czas? – zainteresował się Muchobójca.

– Ziemskiej Bramy, strefowy Perth; inaczej nie byłoby wiadomo, czego się trzymać. Jest pierwsza pięćdziesiąt dwa po południu. – Wstał. – Muszę już iść. Jakby co, proszę mnie łapać pod jedynką; telefon ma pan w szufladzie pod terminalem. Po północy jestem w domu.

– Której północy?

– Zegarowej. Jutro, jak się pan zapozna z sytuacją, powie mi, co myśli o całej sprawie.

Peter wyciągnął doń rękę, lecz Muchobójca zignorował gest. Dyrektor wzruszył ramionami, zabrał kapelusz i wyszedł.

•

Trzy dni później, czterysta metrów ponad Smokiem, zagadnęła go o Muchobójcę Siena d'Ascent.

– Czy on przypadkiem nie jest pedał? – zapytała, poruszając delikatnie drążkiem sterowniczym, na co samolot reagował jednak ostrymi zrywami.

Van der Kroege'a to ubawiło.

– Słyszałeś? – spytał niewidocznego Chico, zajętego gdzieś w tyle samolotu nieustającą walką z aparaturą, jaką wypchany był ów pękaty, krótkoskrzydły aeroplan. W rzeczy samej, Chico nie miałby prawa niczego słyszeć, jako że zamknięta kabina pilotów była dźwiękoszczelna, jednakże cała trójka wyposażona była w bezprzewodowy system łączności wewnętrznej, i tąże drogą Haitańczyk odpowiedział Peterowi, parskając w słuchawkach z udawaną irytacją:

– Sfrustrowana nimfomanka.

Siena wzruszyła ramionami, poprawiła czarne okulary.

– Czy ja się obrażam? Od razu nimfomanka. Myślałby kto, przymuszam do jakichś bezeceństw, deprawuję nieletnich. Ktoś nie gustuje, może odmówić. Chociaż nie przypominam sobie, żebyś się wówczas powoływał na jakieś osobiste skrupuły, Chico. A i ty, Peter, dyrektorze kochany, wciąż masz na mnie ochotę, może nie? Przecież to widać, to się wyczuwa; w każdym razie ja to wyczuwam. Ale ten cholerny Muchobójca jest jak z włókna szklanego.

– Trafiła kosa na kamień – skwitował Chico. – Wróć na ósemkę, to już granica, schodzi mi z Cyklopa.

D'Ascent wydęła wargi i położyła samolot w ostry skręt.

– A może po prostu masz o sobie zbyt wysokie mniemanie – rzekł van der Kroege, sięgając po okulary zewnętrznego podglądu. – Może nie jest z ciebie aż taka nieodparcie pociągająca seksualna bestia, że każdy mężczyzna, który ci automatycznie nie ulega, musi być co najmniej pedałem albo eunuchem.

Wyprostowała lot, zdjęła czarne szkła i spojrzała na Petera tymi swoimi anielsko błękitnymi oczyma.

– Ależ, mój drogi, ze mnie j e s t seksualna bestia; czyżbyś nie wiedział?

Chico zaczął nucić jakąś niecenzuralną szantę. Van der Kroege, pokręciwszy głową, założył okulary, odcinając się tym samym od hipnotycznego spojrzenia Sieny.

– Jeśli uderzasz młotkiem w kolano i noga nie reaguje, to co sobie pomyślisz? – spytała van der Kroege'a, zapatrzywszy się przez boczne okna na skąpanego w promieniach Joplin Smoka.

– Znaczy się – zachichotał Chico – ty jesteś ten młotek? W kolano, co, w kolano?

– Och, zamknij się.

Van der Kroege, szybując bezcielesnym spojrzeniem ponad żółtym Smokiem, smakował prawdę słów d'Ascent. Nie zdając sobie z tego sprawy, powiedziała ona rzecz bardzo ważną, sformułowała wniosek, do którego powoli dochodził sam Peter: Muchobójcy po prostu brak ludzkich odruchów. I nie szło tutaj o odruchy ludzkie, czyli moralnie pozytywne, to znaczy okazywanie litości, umiejętność współczucia i tym podobne, które uprawniają do określenia danej osoby mianem „ludzkiego człowieka"; ani o odruchy ludzkie, czyli słabości i wady. Szło o to, że w stosunku do Muchobójcy ciężko było w ogóle zastosować podobną kategoryzację, ponieważ jego intencje i zamiary pozostawały nieznane i nikt nie był pewien, co tak naprawdę chciał Muchobójca zamanifestować poprzez dane słowo czy dany czyn. Zapewne w przypadku kogokolwiek innego odebranoby podobną nachalną tajemniczość jako głupie kabotyństwo – on wszelako, z tymi swoimi dwustu dwunastoma centymetrami wzrostu, twarzą jak maska pośmiertna i posępnym wejrzeniem, miał w sobie tyle z kabotyna, co Siena z zakonnicy.

– Jakby nie było: egzorcysta – mruknął van der Kroege. – Szalonymi rzeczami się zajmuje. Trudno oczekiwać, żeby sam był normalny.

Smok rozciągał się pod nimi setkami kilometrów kwadratowych obcego życia. Była to puszcza. Nazwę wzięła od wyglądu konturów swych granic na mapie: smok z rozłożonymi skrzydłami. Rejestrowane zeń promieniowanie dowodziło dokonujących się tam na dużą skalę „niespontanicznych" przemian jądrowych – płytko pod powierzchnią Smoka buzowały naturalne reaktory jądrowe. Van der Kroege i Chico latali nad puszczą, próbując za pomocą Cyklopa dokładnie określić ich położenie, wielkość i „moc".

– Jeśli chcesz wiedzieć, to ja w ogóle tego nie pojmuję – rzekła d'Ascent. – Wiele rzeczy jestem w stanie zrozumieć, ale te duchy, no i ten Muchobójca – to już po prostu przegięcie. W co my się bawimy, w jakiś gotycki romans? To Morrison, obcy księżyc obcej planety obcego słońca. Jakie duchy, na litość boską? Wszyscy tu chyba poszaleli, a już Claymore najgorzej.

– Jakbym słyszał Rosanne – mruknął Peter.

– Więc słuchaj jej uważnie, bo widać mądra kobieta.

– Nie wiem czemu, ale wydawało mi się, że to właśnie kobietom przyjdzie łatwiej zaakceptować sytuację; że łatwiej godzą sprzeczności.

– Otóż to: sprzeczności.

– Nie łap mnie za słowa. Nie o to mi szło. Ja cię przecież znam, Siena; tak naprawdę tobie chodzi nie o same duchy, ale o tło. Jakby to w jakimś szkockim zamczysku straszyło, to byłabyś pierwsza do filmowania ektoplazmy i szczucia medium; ale że rzecz się dzieje na obcej planecie, to wpadasz w całkowicie inną mitologię, a w niej nie ma miejsca dla nocnych zjaw i Muchobójców. A ja z kolei takiego właśnie rozumowania nie jestem w stanie pojąć. Porobiły ci się w umyśle jakieś sztuczne blokady. Skoro na Ziemi uznajesz za prawdopodobne istnienie całego świata zjawisk nadprzyrodzonych, tej niedostrzegalnej w zwyczajnym życiu sfery ducha, to doprawdy nie wiem, dlaczego tak ci się odmienia po przejściu przez Bramę. Są egzorcyści; są szamani; są jogini; są jasnowidze; są media; są nawiedzeni. To jest sfera człowieka. Ale przecież nie jeden człowiek w kosmosie. I Oni – czy według ciebie ci Obcy nie mogą, nie mogli mieć swoich wiar, swoich przesądów, mniej lub bardziej prawdziwych? Niby dlaczego mielibyśmy być wyjątkiem? Co? No i sama się teraz zastanów – czemu się dziwisz Muchobójcy? Są tacy, co się interesują *voodoo* albo kolekcjonują pomniejszone czerepy zwłok Łowców Głów z Nowej Gwinei – a on akurat specjalizuje się w magii Obcych. No, dalej; podaj, do cholery, jakąś sprzeczność.

– No, no, nie unoś się, mój drogi, złość urodzie szkodzi.

Mimowolnie roześmiał się.

– A idźże, idźże!

Poklepała go po ramieniu.

– Gdzie można się zapisać do fanklubu Muchobójcy?

– Znalazłem bardzo dobrą polanę, z gleby ledwo kilobekerel – rzekł van der Kroege, definitywnie zmieniając tym samym temat. Rzucił obraz na szybę i zdjął okulary.

– Schodzimy, Chico? – spytała Siena.

– Zjadłbym coś – przyznał Haitańczyk i d'Ascent rozpoczęła manewr lądowania.

Elipsoidalna polana na dłuższej osi miała jakieś pięćdziesiąt metrów; Siena zeszła gładko ponad nią, obróciła silniki i siadła pionowo w samym środku. Grunt był tu lekko pofałdowany, łagodne pagórki porastały bladosine nibykwiaty. Wyszli, rozprostowali kończyny. D'Ascent zaczęła obchodzić maszynę, z przyzwyczajenia wyglądając jakichś uszkodzeń. Chico wyciągnął z luku zestaw piknikowy i autokuchenkę załadowaną obiadem.

Van der Kroege ustawił sobie krzesełko w cieniu skrzydła, rozsiadł się wygodnie, wyciągnął nogi, nasadził na nos zwierciadlane okulary, pomacał po kieszeniach za telefonem, wyjął go i włączył.

– I co? – mruknęła Siena, pojawiwszy się z drugiej strony maszyny.

– Ściana – westchnął Peter. – No nie rozumiem tego; teoretycznie sygnał powinien się jednak przebić. Musimy wreszcie ściągnąć tu z Ziemi parę rakiet i postawić na stacjonarnej satelity.

– Przelicz sobie wpierw, czy ci ich Hendrix nie skręci

– poradziła, zdejmując kamizelkę. – Jeśli w ogóle się to da obliczyć, bo to jest równanie kilkudziesięciu mas, a tu idzie o stacjonarną twardą i bardzo wysoką.

– Najwyżej domontujemy im korekcyjne, na czas naszego pobytu z pewnością starczy paliwa.

– Jaka jest morrisonowa pierwsza kosmiczna?

– Naleśniki czy frytki z kurczakiem? – wtrącił się półnagi Chico manipulujący przy autokuchence.

– Dawaj kurczaka.

– Mnie też – zadysponowała Siena, przestawiając swoje krzesło, by również zmieścić się w całości w cieniu skrzydła.

– Mhm... coś ponad dwa kilometry na sekundę – rzekł Peter, uderzając się w zamyśleniu telefonem w podbródek.

– Iii, to ja bym ci te satelity wyniosła w F-32, na małym boosterku ze stratosfery, żadnych rakiet nie potrzebujesz.

– F-32! Na głowę upadłaś! Wiesz, ile to kosztuje? Ekonomia, kochana, ekonomia; najpierw sobie przelicz, zanim się odezwiesz. Co z tego, że rakiety prymityw, skoro prymityw opłacalny? Najprościej byłoby przecież wypluwać te sputniki bezpośrednio przez podniesioną o kilkaset kilometrów Bramę; ale też najdrożej. Co jest, Chico? Tylko mi nie mów, że żeś spalił tego kurczaka.

– Jezus Maria – szepnął Haitańczyk, po czym przeżegnał się zamaszyście.

Van der Kroege oraz wachlująca się dziennikiem maszyny Siena obejrzeli się na miejsce, w które zagapił się Chico; Chicho gapił się mianowicie na odległy o dwadzieścia kilka metrów brzeg lasu. Wychodziły zeń duchy.

Poderwali się na nogi.

– No ładnie – sapnął van der Kroege. – No pięknie. Gdzie kamera?

Nikt mu nie odpowiedział.

– Chico! – warknął Peter. – Skocz po kamerę!

Chico wycofał się rakiem do wnętrza samolotu.

D'Ascent schyliła się do kamizelki, wyjęła z niej okulary przeciwsłoneczne i nałożyła na nos; okulary pilotów dysponowały między innymi opcją powiększania obrazu.

– I? – spytał van der Kroege.

– Suną na nas – odparła Siena.

– Ile? Trzy?

– Trzy.

– Gęstnieją.

– Fakt.

Pojawił się z powrotem Chico.

– Masz – rzucił Peterowi kamerę.

Peter przyłożył urządzenie do oka, włączył. Obraz skoczył mu na źrenicę. Duchy płynęły ku nim stopę ponad ziemią. Zaczął nagrywać. Tak jak w poprzednich przypadkach, były to mgliste, częściowo przezroczyste zjawy istot o wzroście większym od ludzkiego, sprawiających wrażenie bardzo masywnych, lecz o trudnych do rozróżnienia poszczególnych częściach ciała, jako że w całości kryło je coś przypominające bluszcz przeplatany grubymi wiciami i przesłaniany mętnymi błonami; tułów? głowa? kończyny? – najwyraźniej brak. Najpewniej należały do jakiejś podklasy euglenoidów, barwą tego bluszczu – siarkową żółcią – przypominały bowiem morrisonową roślinność, musiał jednak van der Kroege pamiętać, że to nie życie, to śmierć, i owe skojarzenia nie posiadają żadnej wartości, stanowiąc jeno proste przyrównania nieznanego do nieznanego.

– Sprinterzy to oni nie są, ale zostało już tylko piętnaście metrów, Peter.

– Do maszyny – zarządził van der Kroege, nie odwracając obiektywu od duchów.

Wykonali natychmiast.

Van der Kroege filmował, póki duchy nie zbliżyły się doń na sześć metrów. Wycofał się wówczas do samolotu, usiadł w drzwiach i przypiął się pasem bezpieczeństwa. Siena podniosła maszynę na wysokość trzech pięter. Peter filmował dalej. Duchy zatrzymały się przy fotelach i stoliku z kuchenką.

– Zeżrą nam te kurczaki.

– A żeby się udławili.

Chwilę tak trwały w bezruchu, po czym rozpłynęły się w powietrzu.

– Wracamy na lunch?

– Zwariowałaś?! Do góry i do osiedla; dosyć na dzisiaj.

Podczas lotu kilkakrotnie obejrzał nagranie, albowiem tym razem duchy „pozwoliły" się sfilmować i miał je na taśmie z takimi szczegółami, jakich nigdy dotąd nie udało się zarejestrować. Gdy tylko wyszli z elektromagnetycznego sztormu Smoka, wystukał numer aparatu Muchobójcy. Nikt nie odpowiadał. Z kolei przedzwonił do Zielonego Jasia, który pełnił obowiązki zastępcy dyrektora.

– Idź i obudź tego naszego egzorcystę; mam kwadrans czystego nagrania ze spotkania z nimi w Smoku.

– Z kim?

– No z upiorkami. Budź Muchobójcę. Będziemy za... godzinę dziesięć.

Zielony Jaś zabełkotał coś niewyraźnie.

– Że co?

– Mówię, że go nie ma – parsknął Jaś. – Zabrał swoje rzeczy i poszedł.

– Gdzie poszedł?

– A bo ja wiem? Gdzieś w teren. Próbował łapać ciebie, ale ty byłeś nad Smokiem; więc zadzwonił do mnie. Powiedział, że idzie załatwić sprawę. No przecież nie mogłem mu zabronić!

– Chociaż przetrzymać do mojego powrotu!

– Jak?

– Mniejsza z tym. Zabrał telefon?

– A dlaczego miałby nie zabierać?

– Nie wiem. Nie odbiera. No chyba nie śpi w marszu. Gdzie jesteś?

– W biurze.

– Weź rower i przejedź się do niego, sprawdź w szufladach... i w ogóle.

– Takie to ważne?

– Jeśli wziął, a nie odbiera, znaczy: nie może. Trzeba by kogoś posłać za jego nadajnikiem, facet może już tam gnić.

– A w ogóle ma nadajnik?

– Dali mu przed Bramą, w szklance coli, pewnie nawet nie zauważył, że połknął. Sprawdź w pliku Claymore'a, tam są dane szczegółowe, także charakterystyka sygnału.

– Jeśli on faktycznie poszedł tropić duchy, na nic się ten nadajnik nie zda.

– No tak. Smok.

– Smok. Więc jak? Mam jechać?

– Poślij kogoś. Ech, szlag, Claymore łeb mi urwie.

•

Telefonu nie było. W każdym razie nie znaleźli go. Wyglądało więc na to, że Muchobójca nie zgłasza się świadomie – albo też połączenie jest zagłuszane przez elektromagnetyczny ryk Smoka – albo po prostu Muchobójca nie odbiera, bo nie może. Brak sygnału osobistego nadajnika przemawiał wszakże za alternatywą drugą – nie wykluczała ona jednak i takiej możliwości, że Muchobójca leży zimnym trupem gdzieś w środku Smoka, gdzie nie odnajdą go nigdy.

Van der Kroege usiłował prześledzić wstecz poczynania Muchobójcy. Było to niezmiernie trudne; Muchobójca najwyraźniej po prostu unikał czyjegokolwiek towarzystwa. Najprawdopodobniej zapoznał się z dotychczas zebranymi informacjami o zjawach, obejrzał nagrania, przeczytał ekspertyzy i raporty. Natomiast już na pewno rozmawiał z Thornem, który po wypadku w Smoku kurował – na miejscu, tu, na Morrisonie, i to wbrew zaleceniom lekarzy – swą złamaną kończynę.

– Co chciał wiedzieć? – spytał go Peter.

– To, co wszyscy. Co właściwie mnie przestraszyło. Zafundował mi seans pieprzonej psychoanalizy. On maluje?

– E?

– Czy maluje. No wiesz. Obrazy. Albo czy fotografuje.

– Bo co?

– Zauważyłeś, jak facet operuje wzrokiem? Z nazwiska wnoszę pochodzenie gdzieś ze Wschodniej Europy; w tym kręgu kulturowym nie jest to naturalne. Tam się patrzy w oczy albo w ogóle odwraca spojrzenie, inaczej biorą człowieka za co najmniej bezczelnego, jeśli nie świadomie impertynenckiego.

– A on?

– A on jak artysta malarz. Całe ciało, bez przerwy. Nie ma tej grawitacji twarzy. Patrzy. Patrzy. Naprawdę nie zauważyłeś?

Potem okazało się, że doktor Flavio widział Muchobójcę odprawiającego morrisonową nocą za swoim bungalowem jakieś rytuały.

– To znaczy, co konkretnie?

Flavio podrapał się w pępek.

– To znaczy, nie wiem – mruknął. – Nie przyglądałem się.

– Więc dlaczego od razu „rytuały"?

Flavio zirytował się lekko. Poprawił ułożenie ciała na leżaku.

– Facet stoi w ciemności na trawniku goły, jak go Pan Bóg stworzył, uskutecznia jakieś dziwaczne *tai chi*, mamrocze pod nosem w nieznanym języku i pluje na odległość niczym lama; a wszystko to z kamienną twarzą i mięśniami napiętymi, że wygląda, jakby usiłował przepychać własnymi rękoma w te i we w te tony powietrza.

– I co?

– Co: i co? Miałem czekać, aż mnie przyuważy? To jakiś kopnięty schizol, ot co.

Van der Kroege nic z tego wszystkiego nie rozumiał. Jeszcze raz przejrzał informacje przekazane przez Claymore'a, ale nie natrafił na nic interesującego. Przypomniał sobie swoje drugie spotkanie z Muchobójcą, nazajutrz po jego przybyciu na księżyc. Oczekiwał przynajmniej zarysu planu postępowania, wstępnej oceny – tymczasem Muchobójca stwierdził tylko, że ma za mało danych, nie posiada jeszcze wyrobionego zdania i musi dopiero „wejść w bliższy kontakt". Bliższy kontakt, Chryste Panie! Chyba w zaświatach, no bo gdzie indziej? Muchobójca nawet nie starał się robić Peterowi nadziei. – Poradzi pan sobie? – zagadnął go van der Kroege. – Przekonamy się – odparł Muchobójca. Tym razem był w czymś w rodzaju japońskiego kimona, na plecach, na błękitnym tle, wił mu się czerwono-czarny smok. Rzecz była, oczywista, szyta na miarę. – Jak panu się podoba nasz mały księżyc? – spytał go na odchodnym Peter, usiłując wydusić z Muchobójcy choć pozór uprzejmości. – Widywałem mniej okrutne – odrzekł Muchobójca i wyszedł. Van der Kroege zastanawiał się potem przez dłuższy czas nad znaczeniem tej odpowiedzi; ostatecznie doszedł do wniosku, że nie miała żadnego i musiało tu zajść jakieś nieporozumienie, zapewne któryś z nich się przesłyszał.

Rosanne dopiero co wróciła z obserwacji dzikich drzew wiadomości; znalazł ją w ogrodzie.

– Za trzy godziny mamy planowy przerzut – rzekł przysiadłszy na schodkach tylnej werandy. – Skoczę na tydzień na Ziemię, Jasiu sobie poradzi, a muszę przycisnąć Claymore'a.

– Załatwił cię na cacy, co?

– Cholera, nie wiem, jak to wygląda od strony prawnej. No pod kim wisiał ten Mrozowicz? On chyba faktycznie był... jest – wariat. – Powachlował się kapeluszem. – A nuż Winstonkowi uwidziała się jakaś nowa intryga...?

– Bez sensu to wszystko.

Wzruszył ramionami.

– Miliardowa korporacja, kochanie. My, maluczcy, możemy co najwyżej wróżyć z flaków wyplutych przez nią ofiar. Przywieźć ci coś?

– Podpisaną przez Claymore'a twoją rezygnację – mruknęła, wstrzykując drzewu wiadomości oznaczonemu numerem szesnaście jakiś narkotyk.

– Dwadzieścia osiem nie daj komu cholera tak spadnie chodź chodź chodź – pisnęło drzewo głosem Rosanne.

– Idę, już idę – westchnął Peter wstając.

•

Najbliższy wolny termin wypadał Claymore'owi dopiero dwa dni później. Zaprosił van der Kroege'a na obiad do nowojorskich „Czterech pór roku".

– Przesłuchałem twój raport – rzekł wąchając podsunięty przez kelnera korek. – Mętny.

– Mętny to mało powiedziane – burknął Peter. – Co ci do łba strzeliło, żeby mi przysyłać tego Muchobójcę? Gość jest psychiczny, wystarczy spojrzeć.

– Sądzisz, że nie wiem?

– Więc?

Claymore odprawił kelnera, po czym szybkim ruchem dłoni pod blatem stolika włączył zagłuszanie podsłuchu.

– Więc: robię, co muszę, a nie co chcę – warknął. – Ja go przecież osobiście musiałem prosić. Myślisz, żem masochista, czy co? Płacą mi za to. Tobie zresztą też płacą, i też niemało; ale, zapewniam cię, różnica w wysokościach naszych uposażeń jest znacznie mniejsza od różnicy ciężarów odpowiedzialności, jakie na nas spoczywają.

Zirytowany van der Kroege pokręcił głową. Miał Claymore'owi za złe już sam wybór tego miejsca na rozmowę – musiał się Peter przebrać w garnitur, a wszystkie jego garnitury z domowej garderoby okazały się być nie dość, że cokolwiek przestarzałe w kroju, to jeszcze niewygodne w użyciu, bo van der Kroege'owi zdążyła się w międzyczasie na tych wszystkich pozaziemskich wojażach zmienić figura, tu go piło, tam było za luźno; po powrocie do okrutnie wysokiej grawitacji Ziemi zdarzały mu się lekkie przyćmienia przytomności, raz nawet przymdlał, musiał brać leki poprawiające krążenie, stopy mu spuchły, nie chciały się zmieścić w żadnym normalnym rodzaju obuwia, chodził zatem w wiązanych rzemieniami indiańskich mokasynach, które pożyczył mu znajomy emerytowany kosmonauta. W efekcie czuł się teraz niczym jakiś nowobogacki, który dostał się na salony drogą brudnego oszustwa. Na dodatek ta opalenizna. Nawet włosy mu spłowiały, z czego dotąd nie zdawał sobie sprawy – ale ich kontrast z ciemnym garniturem wprost palił oczy.

– Mnie niepokoi aspekt prawny – powiedział odkładając menu. – On jest przecież multimilioner. Ma koneksje. Niech się rozniesie, że trafił go szlag na moim księżycu. Prawnicy wyszlifują sobie kły na moich kościach. Dobrze wiesz, jaka to dzicz legislacyjna. Muszę mieć kopie wszystkich dokumentów, które on podpisał.

– Nie będzie tego dużo – zauważył ponuro prezes.

– Lojalka?

Claymore zaprzeczył ruchem oczu.

– Wszelki wypadek?

Claymore ponownie zaprzeczył.

Peter jęknął, zakrył oczy dłonią.

– Nie rób scen, ludzie patrzą – mruknął prezes.

– Jak mogłeś go puścić bez wszelkiego wypadku! Niech sobie byle paznokieć ułamie – jego hieny nie zostawią na mnie grama mięsa! A kompanię... Boże, kompanię to puszczą z torbami! Wyobrażasz sobie ten proces? Założę się, że będziemy musieli wpuścić na Morrisona jego biegłych, że nie wspomnę o przysięgłych i sędzim, którym na pewno spodoba się pomysł darmowej wycieczki przez Bramę. Claymore, ależ ty jesteś głupi, głupi, głupi!

– No, no, wystarczy. Spuściłeś parę, teraz się uspokój.

– Wytłumacz mi tylko, dlaczego. Zaćmienie miałeś, czy jak? Co cię opętało?

– Nie miałem wyjścia, durniu! – syknął Claymore, nachyliwszy się nad stołem ku Peterowi. – W ciągu miesiąca muszę mieć skatalogowane zasoby Smoka, w ciągu dwóch mają tam ruszyć odkrywki! Te zasrane duchy kładą całą kompanię! Pocałowałbym Muchobójcę w dupę, gdyby było trzeba!

Van der Kroege zmarszczył brwi.

– Czegoś tu nie rozumiem. Q&A ma jakieś kłopoty?

– „Jakieś kłopoty”, dobre sobie! Myślisz, że czemu padł Orcan? To jest przedsięwzięcie o nieznanym horyzoncie zwrotu kosztów inwestycji! Rosyjska ruletka; strzelamy w gwiazdy: albo *banco*, albo plajta. Nie istnieje wzór na maksymalną cierpliwość inwestorów. Od pół roku nie robię nic innego, tylko zapętlam kredyty. Wiesz, co to jest litość rady nadzorczej? Otóż nie ma czegoś takiego! Utopili w interesie ciężkie miliardy, a niedługo minie dziesiąty rok ujemnego bilansu. Q&A żre forsę jak smok! Smok, Peter, Smok! To jest ratunek! Uran, pluton; obok pierwiastków jeszcze rzadszych i artefaktów Obcych są to jedyne towary, których import spoza Bram jest opłacalny. Jeśli natychmiast i pełną parą ruszy eksploatacja Smoka, może jeszcze uda mi się w tym roku wyjść na mały plus. Pojmujesz, Peter? Codziennie dokonujemy wstępnej penetracji co najmniej tuzina planet; codziennie modlę się o ratunek. To loteria! Żadne biznesplany, żadne prognozy nie mają sensu. Muszę ciągnąć, póki się da, bo ów jeden dzień więcej, jedna godzina – to właśnie wtedy może się otworzyć Eldorado, Raj Dwa. Tymczasem łatam dziury w dnie, wylewam wodę z tonącej łodzi za pomocą durszlaka. Człowieku, ja połowę układu pokarmowego mam sztuczną, tu, tu i tu mam powszczepiane sterowniki kardiologiczne, endokrynologiczne, neurologiczne i Bóg wie jakie jeszcze! Śpię dwie-trzy godziny na tydzień. Jestem najbardziej zestresowanym człowiekiem na Ziemi. A ty przychodzisz i żalisz mi się o tego Muchobójcę! Proces, też coś! To jest nawet optymistyczna wizja, bo żeby pozwać kompanię, ta kompania musi jeszcze istnieć, inaczej facet może co najwyżej dochodzić roszczeń do udziału w masie upadłościowej.

– Rany boskie, Winston...

– Tymczasem spożyjmy obiad jak kulturalni ludzie.

Spożyli zatem. W trakcie spożywania Claymore przeprowadził z przewodowego aparatu stolika około dwudziestu krótkich rozmów telefonicznych. W przerwach van der Kroege usiłował wydostać z prezesa jakieś konkrety.

– Chciałbym przynajmniej znać oficjalną wykładnię Działu Prawnego – mruknął, zajadając genetycznie podrasowane ostrygi wielkości homarów. – Jak ginie facet na pokładzie statku na środku oceanu, to rzecz podpada pod jurysdykcję państwa bandery. Na orbicie podobnie. Księżyc i Raj rozparcelowali już równie dokładnie, co Antarktydę. Ale co z planetami kompanii? Strukturę własności posiadamy przecież tak skomplikowaną, powiązania tak splątane, że nie ma tu mowy o jakimkolwiek patronacie państwowym. W ogóle można nas pozwać? Bo jeśli nie, to – przynajmniej w tej kwestii – nie ma problemu. Oświeć mnie, z łaski swojej.

– Nie pojmujesz podstawowej rzeczy, Peter. Ten cały prawny galimatias, brak precedensów i obowiązujących wykładni – otóż jego trwanie leży właśnie w naszym interesie. Nie istnieje żadna ustalona procedura postępowania w podobnych wypadkach – i tak jest dobrze! To daje nam całkowitą władzę nad wszystkim, co znajduje się po drugiej stronie Bramy, z ludźmi włącznie. Wprawdzie teoretycznie Muchobójca mógłby nas pozwać w trybie sporu cywilnego przed sąd właściwy terytorialnie miejscu rejestracji Q&A jako podmiotu prawnego, lecz Dział Prawny daje dziewięćdziesiąt pięć procent pewności, że zablokuje takowe postępowanie już na etapie wniosków in limine, a to powołując się na zwierzchność prawa międzynarodowego i właściwe procedury ekstradycyjne, nie da się bowiem żadną kazuistyką udowodnić, że ten cholerny Morrison stanowi integralną część terytorium Kajmanów.

– No dobrze, dajmy temu spokój – westchnął van der Kroege. – Ale co z Muchobójcą?

– A co ma być?

– Idiota jeden, wybrał się w pojedynkę w Smoka.

– Za to mu płacę. To jest przecież teren duchów, nie? Płacę mu za pozbycie się ich, i wierz mi, nie jest to niskie honorarium. Myślisz, że czemu posłałem tam Enquista, czemu kazałem ci osobiście zająć się skatalogowaniem zasobów Smoka? Eksploatacja ruszy tak czy owak, żadne duchy mnie nie powstrzymają. Wszystko jest kwestią bilansu potencjalnych strat i zysków. Jeśli one faktycznie potrafią człowieka wystraszyć do szaleństwa albo i zabić, to muszę się liczyć z kumulującymi się opóźnieniami i koniecznością ciągłych uzupełnień stanu osobowego w cyklu krótszym od tygodniowego, a to może mi przekreślić plan wyciągnięcia jeszcze w tym roku choć minimalnego zysku. A na to z kolei nie mogę sobie pozwolić, bo te parędziesiąt milionów powyżej czy poniżej zera, chociaż, patrząc zimno, nie stanowi większej różnicy, dla rady nadzorczej wyznaczy powodzenie lub klęskę mojej misji. To symbol! Pierwszy rok zysku! Chwytasz? W ostatecznym rozrachunku może się jeszcze okazać, że twoje pieprzone duchy spowodowały upadek kompanii. Gdybym miał pod ręką więcej takich Muchobójców, posłałbym tam ich wszystkich. Nie stać mnie na okazywanie pogardy dla zabobonów, jeśli do tego pijesz.

– Ostatnia brzytwa ratunku?

Claymore wzruszył ramionami.

– Wiarygodni ludzie zapewniali mnie, że on rzeczywiście potrafi sobie z podobnymi problemami radzić.

– Kto on właściwie jest? Skąd się wziął? Co o nim wiesz?

Prezes zaśmiał się bezgłośnie.

– Pytasz, czy aby nie wariat? Prawdę rzekłszy, gówno mnie to obchodzi. Może nawet lepiej, gdyby był wariatem, cholera wie, czego potrzeba, żeby załatwić takie duchy, może właśnie szaleństwa.

– Na pewno powęszyłeś trochę, zanim mu w ogóle zaproponowałeś tę robotę.

– Oczywiście. Standard. Mam od szpicli jego *dossier* grube na trzy takie steki.

– I?

– Urodzony w Tarnowie, Polska; arabistyka, żona, jedno dziecko. Wcale nie był wtedy bogaty, dorabiał nocami jako tłumacz. Podaj mi... o, dziękuję. Zafascynowany wierzeniami ludów prymitywnych, jeździł, zbierał, tu stypendium, tam jakaś fucha; Morze Śródziemne, Czerwone, Karaiby, Ziemia Ognista, Czarna Afryka, Turcja. Wtedy poznał szejka Szahrada. Niejasne i sprzeczne są relacje z pierwszego ich spotkania: pokłócili się, pobili, jeden drugiemu życie uratował – różne wersje chodzą. W każdym razie zaczął pracować dla jego fundacji. Potem szejk otworzył Bramę. Przyszły pierwsze artefakty z Raju. Szejk zaprosił go na jedną ze swych planet. Chyba w tym momencie Mrozowiczowi rzuciła się na mózg ta cała „obca magia". Były następne planety. Tu już trudno dojść szczegółów, bo, sam rozumiesz, nie szejka i nie jego ludzi interes w rozpowiadaniu naokoło o ich sprawkach. Więc nie wiadomo, co właściwie tam się stało. Wyrzuciło go z Bramy w stanie śmierci klinicznej; od razu do szpitala szejka, reanimacje, reanimacje, ponoć wypłaszczyło go w sumie na ponad pół godziny, cud, że w ogóle doszedł do siebie. Panuje powszechna opinia, iż to od tego wypadku datuje się ochłodzenie stosunków pomiędzy Mrozowiczem a Szahradem, najwyraźniej ma o niego pretensję do szejka. Opuścił fundację; zresztą rozwiódł się także z żoną. Ni z tego, ni z owego zaczął grać na giełdzie. Wystartował z bardzo skromnym kapitałem, ale, jak zapewne wiesz z tego filmidła o nim, w ciągu kilku lat został cholernym multimilionerem, nieprawdopodobna kariera, doktoryzowali się na analizie jego machinacji giełdowych, szedł wyłącznie na największych przebiciach, bez jednego błędu; otworzyli przeciwko niemu z setkę dochodzeń o nieetyczne wykorzystywanie poufnych wiadomości – wszystkie umorzone, żadnych dowodów, chociaż to przecież przeczy logice, bo skądś, u licha, musiał wiedzieć. Mhm... Tak to mniej więcej wygląda. Jeśli ci tak bardzo zależy, to, rzecz jasna, prześlę ci całość *dossier*.

– A skąd ta ksywa: Muchobójca?

– Cholera wie. Wyszło to chyba od tych Arabów z obsługi Bramy szejka, jakoś tak przed czy po wypadku... Zdaje się, że z tłumaczenia jakiegoś ich idiomu; zresztą nie jestem pewien. – Claymore wytarł usta chusteczką, spojrzał na van der Kroege'a. – Aż tak ci dopiekł?

Peter skrzywił się.

– Nie mam zielonego pojęcia, co z nim począć. Polazł w tego Smoka, zakład, że i kości nie znajdziemy. To co, słać za nim ludzi, psy? Czy zapomnieć? Z drugiej strony – duchy. Też przecież za nimi nie przepadam. Ale tak nie można, Winston; przysyłasz mi rąbniętego szamana, nawet nie wiem, czy mi podlega; kto tu kogo ma słuchać? „Wszelka możliwa pomoc", też coś... Skoro muszę aż wracać na Ziemię i przesłuchiwać cię na wystawnych obiadach, żebyś raczył się wytłumaczyć, to czego ty, u diabła, ode mnie oczekujesz? Gdybym się nie pofatygował, pewnie do samego końca bym nie wiedział o twoim planie i zwaliłoby mi się to cholerstwo na Smoka przy pełnym zaskoczeniu... Już sobie wyobrażałem, że ten Muchobójca to jakiś twój tajny wizytator! Nie graj tak z ludźmi, to nie *fair*. Dam ci przykład. Skoro chcesz się zabrać do Smoka na serio, to na samym początku przyślij mi kilka rakiet na samobieżnej wyrzutni, żebym mógł postawić na orbicie satelity komunikacyjne, najlepiej laserówki systemu Zica, bo inaczej się nie przebijesz przez wrzask Smoka, tradyjna łączność w tym rejonie nie zdaje egzaminu. Satelity muszą mieć potężny zapas paliwa na korekcję, bo z Hendriksem i jego śmieciami mamy tam *casus* Jowisza podniesiony do kwadratu.

Prezes westchnął, zamachał chusteczką.

– *Mea culpa, mea culpa, mea maxima culpa.* Nie kop już leżącego, bo obrzyga ci buty. Będziesz miał, będziesz wszystko miał. Co do Muchobójcy, to nie mogę wystawić ci upoważnienia do wydawania mu na drodze służbowej poleceń, bo on jest na jednorazowej usłudze-zleceniu bezpośrednio pod zarządem – ale w jakikolwiek sposób poradzisz sobie z nim tam na miejscu, ja to zaakceptuję. Zresztą kwestia jest czysto akademicka, bo, jak sam mówisz, gość już zapewne gryzie gorącą ziemię. Co do duchów... Rozważałem pomysł wypalenia tej całej puszczy napalmem.

– W warunkach atmosferycznych Morrisona to jest samobójstwo, nic innego.

– Wiem – skinął głową Claymore. – Próbuję ci tylko uzmysłowić skalę mojej desperacji. Żadnych środków nie zganię jako nazbyt radykalnych. Przemyśl to i złóż odpowiednie zamówienia.

Peter odchylił się w tył, na oparcie, spojrzał w sufit.

– A więc wojna – mruknął. – I to z kim? Z duchami.

– Wojna.

•

Zielony Jasiu robił właśnie dziewiątą pięćdziesiątkę na otwartym basenie pod krwawym Hendriksem morrisonowej pół-nocy, gdy nadbiegła Siena d'Ascent.

– Wyłaź z wody!

Nie usłyszał.

Podniosła z jego spodni telefon i cisnęła nim w Jasia. Jasiu obejrzał się, podpłynął do brzegu.

– Czego? Czymżeś we mnie rzuciła? Co ty sobie wyobrażasz, Siena, że wszystko ci wolno, bo masz niezłe cycki? Jestem twój zwierzchnik, mogłabyś okazywać odrobinę szacunku. Bo naganę wpiszę!

– Zamknij się i wyłaź. Muchobójca wrócił.

Jasiu wylazł, spojrzał na spodnie.

– To był telefon? Oko mogłaś mi wybić!

– Biednyś. – Podała mu ręcznik. – Masz, wytrzyj się, jaja ci się trzęsą.

– Co za afera z tym Muchobójcą?

– Przylazł i chciał się widzieć z Peterem. Pewnie dzwonił do niego, a potem do ciebie, ale ty się pluskałeś. Wystukał więc następny numer, a, jak wiesz, trójkę ma Rosanne. Też próbowała cię złapać i w końcu posłała mnie. Czekają w kinie. No pospiesz się.

– Nie poganiaj, nie poganiaj – mamrotał Zielony Jasiu, naciągając nogawki. – Co on mówi?

– Kto?

– No Muchobójca.

– Nic. Nie wiem. Na razie czeka. Ponoć odrobinę sponiewierany, w każdym razie tak określiła to Rosanne, więc w rzeczywistości może ledwo dycha. Idziemy.

Poszli. Po drodze Jasiu wytrząsał sobie jeszcze wodę z uszu, trzepiąc głową w te i we w te. Siena zatelefonowała do Rosanne. – Tak. Już. – Hendrix stał w pełni królewskiej purpury, kreśliły go wszerz smugi jaskrawszych i bledszych odcieni, każda na kilkadziesiąt tysięcy kilometrów, podziobane chaotycznie mniejszymi i większymi cieniami księżyców, także samego Morrisona, który był właśnie w połowie swego obrotu ku Joplin, ukrytej gdzieś w nadirze satelity. Ciała Sieny i Jasia przybrały barwę rozcieńczonego soku malinowego, ich cienie płynęły po trawniku chciwymi jęzorami mroku.

Rosanne i Muchobójca siedzieli w pustym *foyer* nieczynnego kompleksu rozrywkowego, przy jednym z kawiarnianych stolików. Oparty o blat stolika obok, stał Pulaski, obecnie pełniący obowiązki zastępcy dyrektora wykonawczego do spraw bezpieczeństwa. Światła były wygaszone do łagodnej luminescencji, przez przezroczystą ścianę wlewał się do wnętrza blask planety. Pulaski, który dopiero kilka godzin temu wrócił z wyprawy na Rybę, południowy kontynent Morrisona, paląc papierosa przyglądał się Muchobójcy. Muchobójca siedział bez ruchu, powieki miał opuszczone; jego ubranie znajdowało się w opłakanym stanie, podarte, uwalane w jakichś trudnych do zidentyfikowania paskudztwach, miejscami nadpalone. Na czole nad lewym okiem mężczyzny widniało długie rozcięcie, już zakrzepłe chropowatą skorupą krwi.

Jasiu przysunął sobie krzesło naprzeciwko Muchobójcy; Siena, przywitawszy się z Pulaskim, przysiadła na ladzie nieczynnego baru, podciągając długie nogi i krzyżując je niemal do pozycji lotosu.

– Gdzie pan był? – warknął Zielony Jasiu w odległą o metr-półtora twarz Muchobójcy. – Nie mógł pan chociaż wiadomości zostawić? Dlaczego się pan nie odezwał?

– Miałem rozwiązać problem – rzekł Muchobójca, ledwo uchyliwszy powieki; wykonał przy tym jakiś dziwny dryg-szarpnięcie barkami, ręce trzymając jednakże luźno opuszczone do samej podłogi. – I rozwiązałem. Nie będzie już kłopotów z duchami.

– Akurat! – parsknęła Siena, zajęta dolewaniem do *shakera* kolejnych trunków.

– Myśli pan, że uwierzymy na słowo? – Jasiu zmarszczył brwi. – Co pan właściwie zrobił?

– Wie pan już w ogóle, o co w tym chodzi? – spytał Pulaski, strzepując popiół gdzieś za siebie, w okolicę popielniczki ustawionej na środku stolika, o który się opierał. – Z tymi duchami. Mhm?

– Oczywiście.

– A zatem? – nacisnęła Rosanne. – Co jest, musimy tak z pana ciągnąć?

– Sądziłem, że zdam relację dyrektorowi.

– Nie ma go. Wróci pojutrze. Tymczasem zda pan ją nam.

– To znaczy komu?

– To znaczy mnie! – rozeźlił się Zielony Jasiu, pochylając się ku Muchobójcy. – Gadaj wreszcie!

Muchobójca starannie założył nogę na nogę, zamrugał, spojrzał na Jasia. Prócz oczu i ust twarz Muchobójcy pozostawała martwa, jakby ktoś zablokował nerwy zawiadujące jej mięśniami mimicznymi.

– To, rzecz jasna, były duchy mieszkańców Morrisona.

– Mieszkańców? Masz na myśli inteligentnych mieszkańców? – dociekała Rosanne.

– Tak.

– Zdechli i teraz straszą? – uśmiechnął się ironicznie Pulaski.

– Na Morrisonie nie występuje żaden inteligentny gatunek roślin, zwierząt czy euglenoidów – stwierdziła jednocześnie Rosanne.

– Może już wymarli! – zawołała Siena z wysokości barowej lady, przelewając koktajl z *shakera* do szklanki.

– Nie występuje i nigdy nie występował – warknęła Rosanne, oglądając się na d'Ascent.

Siena wzniosła do niej niemy toast.

– Zwrot wektora czasu nie ma tu znaczenia – rzekł Muchobójca. – Duchy – czyli emanacje istot żywych, gdy one same nie żyją. Różne są magie.

Jasiu i Pulaski wymienili spojrzenia.

– Mówi pan – spytał z niedowierzaniem ten pierwszy – że one s t r a s z ą w s t e c z?

Muchobójca milczał przez czas jakiś, najwidoczniej zastanawiając się nad odpowiednim sformułowaniem odpowiedzi; w zapadłej ciszy Siena d'Ascent grzechotała wrzuconymi do szklanki kostkami lodu.

– To też nie jest prawda – rzekł wreszcie.

Czekali na ciąg dalszy. Nie było.

– Więc jaka jest ta prawda? – wycedził Zielony Jasiu.

– Różne są magie – powtórzył spokojnie Muchobójca. – Czarujesz, jak widzisz. Jak słyszysz. Jak czujesz. Jak żyjesz. Człowiek. Nieczłowiek. Czym jest czas dla drzewa? I dalej. Czym czas nie jest? Jeśli umierasz – to dokąd? dokiedy?

– Ależ to jest bełkot! – żachnęła się Rosanne. – Co pan tak naprawdę wie? Co właściwie udało się panu osiągnąć?

I znów wpadła jej w słowo d'Ascent:

– Mówi pan, że to są duchy przyszłych mieszkańców Morrisona; ale z jakiej jego przyszłości?

– Przymknij się, Siena! – szczeknął na nią Zielony Jasiu.

– Nie, nie! – Pulaski zamachał ręką z petem. – Słusznie pyta. Przeszłość jest jedna, ale przyszłości wiele. Analogicznie: przed miliardem lat na Ziemi straszyć by mogły zarówno humanoidy, jak i dinozaury, i Bóg wie co jeszcze; lecz ostatecznie zawęziło się to do nas. Dobrze mówię, panie Mrozowicz? To jest ta logika. Ale kto straszy tutaj?

Czyżby to duchy wszystkich możliwych Morrisonowców biły się między sobą o przyszłe władanie globem? Hę?

– Kompletny idiotyzm – mruknął Zielony Jasiu, drapiąc się po karku.

– Biją się z nami – rzekł Muchobójca.

– Że co?

– Zaraz, zaraz! – wtrąciła się Rosanne. – Wyjaśnijmy sobie najpierw, żeby nie było potem nieporozumień: tu chodzi o rdzennych mieszkańców Morrisona, nie jakichś przybyszy z innych planet. Tak?

– Tak – stwierdził Muchobójca.

– Co to znaczy, że biją się z nami? – natarł Zielony Jasiu. – O co niby się biją? O Smoka?

– O siebie.

– Więc czemu akurat upatrzyły sobie Smoka?

– Przypuszczam, że po prostu dlatego, iż wy przykładacie doń tak dużą wagę. Uderzają w miejsce najczulsze.

– Przypuszczasz?

– Przecież ich nie rozumiem. To nie jest moje piękno, to nie jest moja miłość.

– Słucham?

– Przepraszam. Nieważne.

– Ja wciąż nie pojmuję... – zaczął Pulaski.

– Czego niby nie pojmujesz? – parsknęła Siena, przykładając sobie zimną szklankę do szyi. – Wszystko jasne. Chcą nas przegonić, zanim tak przerobimy Morrisona, że nie wyewoluuje na nim żadna inteligencja, a więc i oni. Bardzo pragmatyczne duchy, nie powiem... Ich zdrowie!

Przez chwilę trawili słowa d'Ascent.

– Kompletny idiotyzm! – wybuchnął w końcu Zielony Jasiu, czepiając się tego hasła niczym koła ratunkowego. – Logiki za grosz! Bajki, bajki nam opowiada!

– Bajki jak bajki, duchy widziałam na własne oczy... – zamamrotała Siena, zezując w głąb pustej już szklanicy.

– Panie Mrozowicz. – Pulaski odrzucił niedopałek i zamachał ręką, by ściągnąć na siebie spojrzenie Muchobójcy. – Niech pan zastanowi się przez chwilę. Załóżmy, że się nie wycofamy i wytrujemy tu całą rdzenną florę i faunę i co tu jeszcze żyje; nie będzie więc w przyszłości żadnych Morrisonowców, prócz mieszkających tu ludzi. Kto zatem, do ciężkiej cholery, straszy w Smoku? Czyje duchy? No? Słucham pana.

Muchobójca myślał chyba z minutę, po czym rzekł:

– Nie dostrzegam żadnej sprzeczności.

Pulaski głośno wypuścił powietrze z płuc, wzniósł oczy ku sufitowi.

– Poddaję się – stęknął. – To wariat.

Muchobójca wbił weń suchy wzrok.

– Pan mnie obraża – oznajmił.

– Pan obraża moją inteligencję – odpalił mu Pulaski.

– Pan mnie obraża – powtórzył Muchobójca i wstał.

– No, no, no, tylko bez takich... – podniósł głos Pulaski, zadzierając głowę i cofając się za stolik.

– Panie Mrozowicz, daj pan spokój, burdy jakieś będzie pan tu urządzał, bądźmy poważni... – mitygował Zielony Jasiu.

Muchobójca usiadł.

– Przepraszam. Nie powinienem.

– Powiedział pan, że już nie będą sprawiać problemów – podjęła po chwili Rosanne. – Co pan zrobił, egzorcyzmował ich?

– Nie posiadam ich magii – odparł Muchobójca.

– A czyją pan posiada? – parsknęła Siena, rozglądając się po półkach w poszukiwaniu trunków do następnego koktajlu.

– Co pan zrobił z duchami? – zaakcentowała Rosanne, nie pozwalając zdryfować rozmowie w bok.

– Zawarłem układ.

– Układ?

– Układ. Nie będą przeszkadzać.

– A jakiż układ mógł pan z nimi zawrzeć? – zdumiał się Pulaski. – Cóż takiego mógł im pan zaproponować w zamian za, według pana słów, skazanie na niebyt?

– Wydymał ich i tyle – zaśmiała się Siena. – Orżnął duchy na śmierć i życie! He, he, he!

Zielony Jasiu pogroził jej pięścią.

– Poszedł pan do Smoka i wynegocjował całkowite wycofanie się duchów z Morrisona, tak? – chciała się upewnić Rosanne.

– Czy ja dobrze rozumiem? – zaniepokoił się Pulaski, odsuwając się pospiesznie aż pod bar. – On tu przylazł prosto ze Smoka?

– Aha – przytaknęła mu rozbawiona d'Ascent.

– Czy ktoś ma przy sobie geigera?

– Rany boskie! – Zielony Jasiu poderwał się z krzesła, przewracając je zresztą, i skoczył w tył. – Rosanne, ty go nie zbadałaś...?!

Rosanne zmieszała się.

– No wiesz, jakoś tak wyszło...

– Wszyscy – wyjść! – wrzasnął Zielony Jasiu, samemu tyłem truchtając do drzwi.

– Pożar czy co... – mamrotała Siena, przesadnie ostrożnie zsuwając się z szynkwasu z butelką pod pachą.

Muchobójca przyglądał się temu wszystkiemu zupełnie beznamiętnie, jakby nawet własne życie niewiele go obchodziło. Wkrótce został sam; Rosanne wyszła ostatnia.

Długo, bardzo długo – dziesięć minut, kwadrans – siedział w bezruchu, tyłem do przezroczystej ściany. Potem wstał, podszedł do panoramicznego okna. Hendrix dotykał już brzegiem swej tarczy krawędzi stoku doliny, cienie urosły do plam otchłannych ciemności. Ktoś przechodził trawnikiem, gwiżdżąc i machając ręką na węszącego wzdłuż krawężnika alejki psa. Dłoń Muchobójcy zbliżyła się do tafli pleksiszkła, poruszyły się palce, jakby usiłując sięgnąć jego powierzchni wbrew reszcie ciała, wbrew samej dłoni. Ale nie; opadła. Na twarzy pustka.

•

Znowu noc – ale inna, prawie pełna. Hendrix był balonem czarnej nicości ze wstęgą karminu krzywo przyklejoną do krawędzi łuku. Szerokopasmowe lasery biły w wioskę ze szczytów czterech stumetrowych masztów. Akurat trafiła się dla większości ludzi aktywna faza ich biocykli i po terenie osiedla kręciło się sporo osób. Stanąwszy w szeroko rozsuniętych drzwiach hangaru przejścia, van der Kroege odetchnął głęboko. Widok tego nieba był jak zapach domu rodzinnego.

– O żesz ty... co to za potwór? – Zielony Jasiu, zaprzestawszy wystukiwać makrokomendy na przymocowanym do pasa ergopadzie, obchodził dookoła olbrzymi ładunek platformy.

– Postawimy sobie satelity nad Smokiem, Jasiu – rzekł van der Kroege, nie odwracając się. – W następnym przerzucie przyjdą pierwsze kopalnie mozaikowe. Musimy zacząć składać Molocha. Claymore otworzył paszczę. Koniec Dzikiego Zachodu, czas wyjąć kalkulatory. Ruszy tu cały przemysł wydobywczy. Może się nawet dokopiemy trupa Muchobójcy. Czego rechoczesz?

– On wrócił.

Peter obejrzał się na Jasia.

– Żartujesz.

– Mówi, że załatwił tę sprawę z duchami.

– Co, prześwięcił je?

– Zawarł jakiś układ. Mają się już niby nie pokazywać. W czopie, który poszedł równoległą platformą, były raporty na ten temat, mój, Pulaskiego i Rosanne, także sprawozdanie samego Muchobójcy.

– Rosanne jest?

– Powinna być. Kracik leci na Flagi dopiero za kilkanaście godzin.

Van der Kroege wahał się przez chwilę.

– Dopilnuj, żeby to ściągnęli i złożyli – rozkazał w końcu Zielonemu Jasiowi. – Zadzwoń po Sienę, niech zacznie przygotowania do wystrzelenia. Nie w dolinie, rzecz jasna; pod Karłami albo na Uroczysku. Pogoń Chico z mapą Smoka. Może ją dokończyć na podstawie skanu orbitalnego. Powiedz tylko Sienie, żeby wymieniła moduły w satelitach. I spróbuj złapać Jonesa w sprawie drugiego hangaru przerzutowego pod Smokiem, szczegółowe dane o jego lokalizacji i względnym przesunięciu muszą pójść za tydzień, a nie obraziłbym się, gdyby do tego czasu już tam stał, razem z wyrzutnią i ekranami. Cooley niech zada komputerowi optymalizację przebiegu trasy kolejki od nas do tego hangaru. Od dzisiaj jesteśmy Morrison Jeden, a hangar Jonesa – Morrison Dwa. Po pierwszym satelicie dublujemy system łączności. Canzi i Druga Mary już chyba się dosyć naopalały, przyciśnij je o akacje i angielską trawę według parametrów „Sunny Village Beta". Jones zaraz po hangarze bierze się za domki dla górników i całą resztę, tak jak stoi w projekcie. Zrozumiałeś?

– *Jawohl, mein Führer.*

Van der Kroege zaczął schodzić ze wzgórza. Odruchowo odszukał wzrokiem wśród rozpościerającej się przed nim bladej zieleni osiedla dach własnego domu. Lasery kładły od Petera cztery cienie, w cztery strony obcego świata; był też piąty, bardzo słaby, nie zgrany z tamtymi – cień Hendriksa. Cudze planety, cudze słońca, cudze nieba. Jest w tym coś wstydliwego, nieprzyzwoitego; nie potrafił określić, co. Mijał ludzi, pozdrawiali go ruchem głowy, ręki, uśmiechem, głupim dowcipem. Nie był znienawidzony przez podwładnych. Jego sposób na obronę przed straszliwą samotnością dowódców, świętych i tyranów polegał na całkowitym wyzbyciu się kompleksu śmieszności; nawet gdy wywalał dyscyplinarnie bez złamanego centa w odprawie, nie mogło to zostać odebrane jako przejaw aroganckiej pogardy i pychy, co najwyżej jako zwykła ludzka podłość. Nabrał dystansu. A to dopiero była prawdziwa arogancja i pycha: taka pewność siebie, której nie poruszą żadne oszczerstwa i pomówienia, żaden śmiech jej nie dotknie. Był bezpieczny. Wierzył w siebie. To dlatego tak dobrze rozumiał się z Claymorem: w gruncie rzeczy nie różnili się niczym, prócz pełnionych funkcji. Nawet mu przez myśl nie przeszło składać rezygnację. A Rosanne wiedziała; Rosanne wiedziała doskonale. W ciągu ostatnich dwóch lat ani razu nie udało się jej naprawdę rozzłościć Petera. Był niedosięgalny. Wszystko wybaczał; na krzyk odpowiadał uśmiechem; nie żądał i nie odmawiał. Winiła pracę i miała słuszność. Obce planety, obce słońca, obce nieba. Kochał to. Potrafił zamknąć oczy i całymi minutami tylko wdychać zapach świata. Każdy ma swój własny; jak kobiety. Każdy ma własne tajemnice, własne strachy i nadzieje. Stąpając po ziemi, po której nikt jeszcze nie stąpał, chłonąc widoki niczyim okiem jeszcze nie dotknięte, przemierzając krainy przez nikogo jeszcze nie nazwane, istotom przez żadnego boga jeszcze nie ochrzczonym przeznaczając śmierć lub życie – otrzymywał dary, za które doprawdy nie ma zbyt wysokiej ceny. Bez wątpienia jest w tym jednak coś nieprzyzwoitego, coś wbrew naturze. Nie powinien był. Nie powinien. Piękno podpatrzone bruka sam fakt doświadczania go. Bramy gwałcą porządek wszechświata. Nie potrafił ściślej tego określić. Opowiedział kiedyś o tym Rosanne, ale wyszydziła go. Zbagatelizował rzecz uśmiechem.

Wszedł od tyłu, przez ogród; drzewa zaszeptały za nim. Nie było jej w salonie ani w kuchni. Była w pracowni.

– Wiesz o Mrozowiczu? – spytała, nie odwracając wzroku od ekranu.

– Wiem, że wrócił. Co to za układ?

Streściła przedwczorajszą rozmowę z Muchobójcą.

– Ale tak naprawdę nie był napromieniowany?

– Nie – przyznała – nie był. Niecałe cztery remy. Musiał się pilnować.

Van der Kroege przysiadł na taborecie przy ścianie, pod podświetloną dioramą przedstawiającą zsekcjonowane drzewo wiadomości.

– W tym coś jest – szepnął pochyliwszy się, oparłszy łokcie o kolana. – W tym coś jest. Ja to czuję. Czytałem jego akta i...

Obróciła się do niego razem z fotelem.

– Daj sobie spokój. Mówiłam ci: mam co do niego złe przeczucia. Nie podoba mi się ta historia z duchami. Nie wiem, czy kłamie, ale przecież nie mówi całej prawdy i nawet tego nie kryje.

– No więc właśnie. W tym jest jakaś tajemnica. – Wydął policzek, cmoknął. – Mam to na końcu języka. Cholera. Jedno słowo, a odgadnę.

– Głuchy jesteś czy co? – zirytowała się Rosanne. – Proszę cię, żebyś go sobie odpuścił. To bardzo niebezpieczny facet; to szaleniec. Nawet ty to przyznasz. Nieważne, czy istotnie załatwił tę sprawę z duchami, czy nie. I tak...

– Otóż tu się mylisz – zaśmiał się sucho Peter. – To jest ważne i to jeszcze jak! Claymore...

– Gówno mnie obchodzi Claymore! – wstała, podeszła do niego. – Ty mnie obchodzisz.

– Miło wiedzieć.

Złapała go za ramię.

– Przyszedł bezpośrednio tutaj. To straszny człowiek. Nie drąż dalej. Śniło mi się...

Wyrwał się.

– Bardzo cię przepraszam, ale muszę teraz coś przemyśleć. Chodzi mi po głowie... To, co on powiedział o duchach. Układ, tak, układ. – Podniósł się, pocałował ją nieuważnie; patrzył gdzieś w bok, zmarszczył brwi. – Jeśli to rzeczywiście... i jeśli rzeczywiście magia...

Zagryzła wargi. Zmieniła taktykę: odstąpiła, wskazała wiecznopisem dioramę.

– Widzisz?

Spojrzał.

– O co chodzi?

– Drzewo wiadomości.

– No.

– Przejrzałam oba filmy, ten twój i ten Malika. Wrzuciłam do komputera na symulację nakładających się prawdopodobnych radiacji. Powinnam wcześniej na to wpaść. – Podeszła, postukała w dioramę. – Widzisz?

Z wrażenia aż usiadł.

– Oż, cholera.

Pokiwała głową.

– Ile? – spytał.

– Od dwunastu tysięcy.

– Tak szybko? Niemożliwe.

Uśmiechnęła się ponuro.

– Smok.

Trzasnął się otwartą dłonią w ciemię.

– Smok. Jezu Chryste. Oczywiście. Smok. Przy takim stałym napromieniowaniu. Fabryka inteligencji. Rosanne – rozłożył ramiona – całować będę ślady stóp twoich.

– Wystarczy same stopy.

– Masz to gratis. Mhm, sprawdziłaś, czy wszystkie pochodzą z tego samego odgałęzienia?

– Brak dowodów dla tezy przeciwnej. Przede wszystkim – kwestia szybkości przemieszczania się. Duchy suną kilkanaście centymetrów na sekundę, ale nie wiem, na ile to ich własna mobilność, a na ile, że się tak wyrażę, *spiritus movens*. Drzewa wiadomości, te z południa Smoka, odmiana biała, już teraz robią metr na dobę. Na drodze do inteligencji następuje zatem przejście w ścisłą specjalizację drapieżniczą, zanikają cechy charakterystyczne eugloidalności; prawdę mówiąc, zaskoczyło mnie to. One są znacznie bardziej masywne od dzisiejszych drzew i jeśli tylko dobrze się przyjrzysz...

Poderwał się, nagle podniecony niczym nastolatek, zamachał rękoma.

– Nie mów, nie mów! Bo ucieknie mi skojarzenie. Muszę pomyśleć.

Wyszedł z pracowni i z domu, przysiadł na schodkach do ogrodu, jak to miał w zwyczaju. Widziała przez okno tylko jego nogi; nie musiała jednak patrzeć, by wiedzieć, jaki wyraz ma teraz jego twarz. Z powrotem usiadła przed ekranem. Wzrok miała skierowany na ten ekran, lecz źle zogniskowany, nie dostrzegała żadnego z wykresów i symboli. Nie wiedziała, co począć z dłońmi. Wreszcie założyła nogę na nogę, zapaliła papierosa i uśmiechnęła się gorzko do ściany.

– Skurwysyn.

Peter tymczasem siedział na schodkach i gonił rozpierzchające się za każdym nowym pomysłem myśli. Coś mu majaczyło na rubieżach skojarzeń. Kręcił głową, zaciskał pięść. Zadzwonił telefon; wyłączył go. Spojrzał z rozpaczą na tarczę Hendriksa, rozdzieloną terminatorem na wielką czerń i małą czerwień. To było jak łapanie dymu.

– Tak już nie siebie do pseudochlorofilowi czasu – odezwało się pobliskie drzewo głosem Rosanne.

– Zamknij się – warknął nań w irracjonalnym odruchu van der Kroege.

– Zamknij się – odwarknęło mu identycznym głosem z identyczną intonacją któreś inne drzewo wiadomości.

– Flądra niech idioto! wygląda jak co dokąd prawda? jeśli ci w mordę dam – rzekło jeszcze inne trzema różnymi głosami.

Na to rozgadały się dwa sąsiednie.

– Francuz wręcz pół – (Zielony Jasiu) – hamaku ten tego z dupy powyrywam – (Siena) – pomiędzy żaba – (nie rozpoznał) – podaj mi – (Rosanne) – he, he, he, błagam – (on sam).

– I butelka rumu! – (von Prinze) – węglowodorom aromatycznym – (Druga Mary) – aaaaaaa – (nie rozpoznał) – klep chasyd Fahrenheita – (Zielony Jasiu) – oraz – (Rosanne).

– Zielony ładny akurat chrrrrrr – odparło głosem Petera drzewo, które rozpoczęło cały ten dialog, oznaczone numerem pięć.

Na to numer osiem rozpłakał się płaczem Rosanne, a numer czternaście beknął. Numer pięć wydał świst przypominający spuszczanie pary. Numer szesnaście odpowiedział odległym echem gromu. Van der Kroege zorientował się, że ta stochastyczna konwersacja zaczyna przejawiać poważne skrzywienie onomatopeiczne i zadeklamował fragment z Williama Blake'a, poprawił Rainerem Marią Rilkem, dobił e. e. cummingsem. Skutek był natychmiastowy.

– Cię z antenie Waszyngtonem! do Szwajcarii w ogóle zabić tego Pedroso niech go.

– Zawsze czy owszem ciebie ty zrobił? odfajkowałem abominacją i owszem z łaski swojej? jednakowoż mniej więcej pół na pół.

– Groza groza zarazem stacji któremu od trzydzieści pięć babciu czemu masz takie stopy kredytowe powyżej uch! zaraza jakaś.

– Zrobione takie tanie wypluj to słowo ha ha jakkolwiek tym drzewom wiadomości teraz czasu idiotycznym może *frutti di mare* aż.

– Że się iiiiiii nie pluj mi na nogi egzemplarzom numer przeciwne ponad wzajemne w ramach nie.

– Wymyśliłeś – tu nastąpił fragment po francusku, prawdopodobnie w wykonaniu Sieny – po łbie!

– Gniew Achilla, bogini – zaczął Peter, aby dolać oliwy do ognia – głoś, obfity w szkody, który ściągnął klęsk tyle na greckie narody...

Podjudziło to wyraźnie drzewa wiadomości numer pięć i dziewięć.

– Jo jo jo górnym warstwom stratosfery jako te owieczki na łączce już! co? wszystkie kości aż ci się mhmmmm Otto von Bismarck ile? kategorycznie.

– Długo tak? skoro – tu nastąpił kaszel – do dupy bez wazeliny za start chlup neuronowe sieci komórkowe gorąco i.

– Pod kim faktycznie on Mrozowicz wisiał ofiar wyplutych uwidziała ci coś? amen kochanie zapis pasożyt numer planowy.

Peterowi szczęka opadła. Wstrzymał oddech. Drzewa dalej dialogowały, ale nie zwracał już uwagi. Gapił się nic nie widzącymi oczyma na jeden z mniejszych księżyców Hendriksa.

– No przecież to niemożliwe – szepnął po chwili. Potrząsnął głową. Wstał. – Co za obłęd.

Przypomniawszy sobie o drzewie, sięgnął do ustawionego przy schodkach pojemnika chłodniczego i rzucił w gałęzie numeru piątego największy wyszukany kawał morrisonowego mięsa. Drzewo wciągnęło mięso, zaszeleściło, skurczyło się lekko i natychmiast powtórzyło ostatnią wypowiedzianą przez siebie kwestię.

Van der Kroege wszelako już nie słuchał, już wychodził z ogrodu. Rosanne widziała go wychodzącego. Zaciągnęła się dymem, zacisnęła wargi. Po chwili odwróciła się od okna, wyłączyła ekran, wyrzuciła papierosa i przeszła do kuchni. Zabrała się za przygotowywanie sałatki. Domowi rozkazała puścić Vivaldiego, zaraz zmieniła zdanie i wybrała Händla, potem Mendelssohna. Muzyka jednak nie uspokajała jej w najmniejszym stopniu.

Z powodu własnej nieuwagi przecięła sobie palec. Pociekła krew. Zaklęła i walnęła nożem w stół. Papryka poleciała na wszystkie strony. Rosanne wzięła głęboki oddech, oparła się plecami o zimną ścianę. Nerwy w strzępach, nawet oddech gniewny. Uniosła krwawiącą dłoń. Widziała, jak czerwone krople ciężko uderzają o blat. Zbladła.

– Mój Boże. On nie żyje. Zabił go.

•

Van der Kroege pomaszerował do domu Muchobójcy na skróty, i dobrze zrobił, bo w efekcie podszedł do szeregu niskich budynków od tyłu, a tam, na trawniku częściowo zasłoniętego drzewami ogródka, nagi Muchobójca oddawał się swemu sekretnemu *tai chi shuan*.

Van der Kroege zatrzymał się na pierwszy sygnał spostrzeżenia go przez Muchobójcę: Muchobójca mianowicie zamarł na krótki moment w połowie wykonywanego układu, a potem, opuściwszy ręce i podniósłszy się z lekkiego przygięcia kolan, odwrócił twarzą do Petera. Ta twarz, z uwagi na rozstaw osiedlowych masztów z laserami, pocięta była na niezliczone mniejsze i większe obszary palącej jasności oraz zimnego cienia, niczym ujęta przesadnie ostrym oświetleniem granitowa rzeźba. W owej chwili Peter prawie zrozumiał mroczne przeczucia Rosanne; bo tu nie chodziło o samą fizjonomię, jej kształt, wyraz – lecz kompletny bezruch i martwotę ponurego oblicza. Aktorzy muszą się tego mozolnie uczyć, a i tak nie potrafią osiągnąć podobnej gadziej niewzruszoności ciała, nazbyt wiele nazbyt splątanych powiązań istnieje pomiędzy ludzką *psyche* a *somą*, byle myśl, byle ćwierć myśli, podświadome skojarzenie, skurcz pamięci, iskra na neuronach – i już: drgnięcia warg, trzepoty powiek, jaktykacje palców, miniobroty gałek ocznych, tsunami poruszeń dziesiątków muskułów mimicznych. Nie da się tego powstrzymać. Jak pożar w lesie.

Ale nie u Muchobójcy.

– Wrócił pan.

– Wróciliśmy obaj.

Van der Kroege usiłował spojrzeć Muchobójcy w oczy. Jedno krył mrok, drugie światło.

– Czym pan zapłacił duchom drzew?

– Nie pana interes – odparł Muchobójca na tyle spokojnie, by znacznie zniwelować łagodnym tonem impertynencję samych słów.

– Czymś pan musiał. Albo pan kłamie o ich wycofaniu się. Albo w ogóle kłamie o wszystkim.

– Nigdy nie kłamię.

– Naprawdę? – zdziwił się van der Kroege, ruszając wolno ku tylnemu wejściu do budynku. – Podziwu godne. Proszę mi zatem powiedzieć: kim pan jest?

Muchobójca zastąpił mu drogę.

– Czego pan chce? – spytał.

– Kim pan jest? – powtórzył van der Kroege. – Tego chcę.

Muchobójca spojrzał nań beznamiętnie z wysokości swych dwóch metrów dwunastu centymetrów.

– Prezes Claymore wynajął mnie, abym zlikwidował problem duchów. Uczyniłem to. Daję panu moje słowo, że więcej ich nie spotkacie, nie będą wam w niczym przeszkadzać. Czego więcej pan ode mnie żąda?

Peter mimowolnie uśmiechnął się.

– Czy da pan również swoje słowo, iż wszystko to, co naopowiadał pan o duchach, jest prawdą?

– Daję je.

– A zatem jedyny targ, który mógł pan z nimi dobić w sprawie ich wycofania się ze Smoka, musiał się opierać na obietnicy zapobieżenia jakimkolwiek dalszym ingerencjom ludzi w rozwój życia na Morrisonie, czyli *de facto* na obietnicy usunięcia nas z księżyca, nie wyobrażam sobie bowiem, czym można przebić w licytacji prawo do życia dla inteligentnego gatunku. Mam rację? Mam. Więc skłamał pan już co najmniej dwukrotnie: raz im, a raz mnie, twierdząc, iż nigdy nie kłamie. No? – van der Kroege dźgnął Muchobójcę w nagi tors wyprostowanym palcem wskazującym. – Teraz, teraz daj mi pan słowo.

Muchobójca delikatnie odsunął od siebie dyrektora na odległość swych wyciągniętych ramion, samemu jednak nie ruszył się z zajmowanego miejsca.

– Nigdy nie złożyłem fałszywej obietnicy – rzekł. – Nigdy nie podjąłem się niczego wbrew mym prawdziwym zamiarom. Nigdy nie złamałem danego słowa. Nigdy nie obiecywałem, nie podejmowałem się i nie świadczyłem wbrew możliwości. Taki jest mój honor. Taka jest moja... mój kult. Pan pragnie mnie obrazić.

– Kult, co? – van der Kroege oblizał wargi, odstąpił jeszcze o krok; niemal czuł ten dreszcz podniecenia. – A więc jednak. Tak. Widzę to. Ty. Ty – wskazał Muchobójcę zaciśniętą pięścią. – Ty naprawdę zamierzasz dotrzymać danego duchom słowa. Chociaż stoi to w jaskrawej sprzeczności z intencjami Claymore'a; ale przecież za co zapłacił, to wykonałeś. Prawda? Prawda? Magia. Jasna cholera, pieprzone czary. Ty nie jesteś Mrozowicz. – Tu przerwał, by sprawdzić, jakie wrażenie wywarło na Muchobójcy to oświadczenie, nie doczekał się wszakże żadnej widocznej reakcji. – Jak nazywała się ta planeta szejka? Czy to w ogóle była planeta? Co? Pół dnia cię reanimowali. To jest linia zmiany. Wiem to. Wiesz, że wiem. Zaklinam cię na twój honor, na ten twój kult, czymkolwiek by on nie był w rzeczywistości; zaklinam cię, powiedz: kim jesteś?

Muchobójca milczał.

Van der Kroege uśmiechnął się z satysfakcją.

– Nie sądziłeś, że ktokolwiek cię rozszyfruje, co? Otóż myliłeś się! Powiedz: jak wyglądała istota, którą byłeś za życia? Do jakiej rasy należała? Z czego była zbudowana? Węgiel? Krzem? German? Coś innego? Istnieje jeszcze jej gatunek, czy też dopadłeś Mrozowicza na jakiejś planetarnej nekropolii w rodzaju Raju? A może ty znasz Raj; może wiesz... Po co ci Czajnik i te inne artefakty? Potrafisz się nimi posługiwać? Co wiesz o ich twórcach? Co wiesz o Filantropach? Ile czasu minęło od narodzin twego gatunku? Ile od twojej śmierci? Jakie są twoje zamiary? Mów!

– Co mnie zdradziło? – odezwał się cicho po chwili milczenia Muchobójca.

Van der Kroege zachichotał.

– Pewność zyskałem dopiero teraz. Ale co cię zdradziło... Co sprawiło, że zacząłem podejrzewać... Seks cię zdradził, mój drogi. Tak, tak. Seks, poczucie humoru, sztuki piękne – przypuszczam, że to są te dziedziny, które sprawiają ci najwięcej kłopotów, ponieważ nie możesz ich wziąć na rozum, przetłumaczyć sobie na swoją logikę ani zasymulować w natychmiastowych reakcjach. Tu trzeba się w większej części zdać na instynkt, a twój instynkt zwodzi cię na manowce. Więc nic nie robisz. Albo robisz źle. Kto by przypuszczał, co? Przykre. Wystarczy posłać taką Sienę i nic się nie ukryje.

Muchobójca milczał.

– No i co teraz zrobisz? – zatroskał się nieszczerze van

der Kroege. – Nie jesteś już w stanie dotrzymać słowa. Nad Bramą, a więc i nad całym Morrisonem, wyłączną kontrolę sprawuję ja, i jeśli tak mi się spodoba, nigdy nie wrócisz na Ziemię. Jeśli spodoba mi się inaczej – wrócisz na Ziemię jako więzień. Oficjalnie zaginiesz gdzieś w kosmosie. Chociażbyś zostawił był u notariuszy najcięższej oskarżające kompanię oświadczenia – twoi prawnicy połamią sobie zęby na niekompatybilności pozabramnego prawa; wiem, bo konsultowałem się. Zrozum to: jesteś zdany na moją łaskę i niełaskę. Ale ja nie chcę zrobić ci krzywdy. Chcę jedynie w i e d z i e ć. Poznać sekrety twej rasy, sekrety twego życia i śmierci, tajemnice nieludzkiej magii... Rozumiesz?

Muchobójca stał i patrzył. Zaczęły gęstnieć dookoła niego cienie. Świat na zewnątrz rozemglił się, nawet łuk Hendriksa, nawet gwiazdy. Pochłodniało. Ruch powietrza niemal zamarł.

Światło laserów, docierając do ogrodu, jakby blakło, traciło moc.

– No, no – zaniepokoił się Peter. – Lepiej nie próbuj takich sztuczek. Rosanne wie, gdzie poszedłem...

Ciemno, coraz ciemniej.

– Doprawdy, nie posądzałem cię o podobny prymitywizm – parsknął van der Kroege, obserwując kątem oka przepływ między cieniami jakichś obłych, nie do końca zmaterializowanych mas, o rozmiarach i kształtach młodych rekinów.

Muchobójca nadal milczał i nadal trwał w bezruchu – powoli jednak całe to termowizualne przedstawienie zniknęło bez śladu.

– Taak. Już lepiej – mruknął Peter, uśmiechając się pod nosem. – Ciekawy jestem: zabiłeś go, czy jedynie zniewoliłeś? Może tam jeszcze gdzieś tkwi kawałek Mrozowicza. Bo to przecież jest opętanie, nic innego. Hej, Mrozowicz, słyszysz mnie? Słyszysz mnie? Daj jakiś znak! Jesteś tam jeszcze? Najwyraźniej nie. – Van der Kroege podrapał się w podbródek, przekrzywił głowę; przyglądał się nieruchomemu mężczyźnie, mrużąc oczy i wydymając lekko wargi. Powoli sięgnął do kieszeni po telefon. – Czas by się już zdecydować, co? Twój wybór. Mówiłem ci: nie chcę twej krzywdy. Zaspokój tylko mą ciekawość. Sam przyznasz, że to niewiele. Słowa duchom drzew tak czy owak nie jesteś w stanie dotrzymać, Claymore już się rozpędził; ale to nie twoja wina, przysięgałeś w dobrej wierze. No? Decyduj się, zanim wrosnę tu w ziemię. Mhm? Panie Muchobójco...? A właśnie, skąd to miano: Muchobójca? Hę? Nadali ci, czy też...

– Ponieważ zabijam muchy – rzekł Muchobójca i nie wykonawszy najmniejszego ruchu, zabił van der Kroege'a.

W ciszy i półmroku morrisonowej nocy zwłoki zwaliły się bezwładnie na trawnik. Puste oczy, ręce rozrzucone, nogi nienaturalnie zgięte, ślina z ust, krew z uszu.

Muchobójca wrócił do domu. Idąc, przeszeptywał cicho pojedyncze słowa i zdania, poruszał rękoma i głową w pozornie nieskoordynowanych układach, jakby parodiujących jego wieczorne *tai chi*. Hendrix zachodził, zachodził dzień na Hendriksie – ostały się już tylko cztery cienie odlaserowe. Osiedle żyło swym nie zgranym w czasie z morrisonowym życiem; szczekał pies, w oddali Miles Davis zawodził smętnie na trąbce, pod niebem furkotał schodzący do lądowania helikopter. Muchobójca masował sobie twarz, czyniąc pod osłoną dłoni straszliwe grymasy.

Dojrzała go żona i ssąc kciuk, wyszła mu z domu naprzeciw.

– Rany boskie, byłam już pewna, że cię zabił. – Popchnęła go na ścianę i, szarpnąwszy za koszulę, pocałowała zachłannie. – Do ciężkiej cholery, Peter, coś tu musi się zmienić, moje nerwy długo już nie wytrzymają...!

– Zmieni się – szepnął Muchobójca, mnąc w palcach miękkie włosy kobiety, a drugą dłonią przesuwając w górę po gładkiej skórze jej uda. – Zmieni.

sierpień–grudzień 1996

Ziemia Chrystusa

1.

Wyszedłszy z dżungli na plażę, mężczyzna zatrzymał się. W dżungli panował plamisty półmrok, miejscami cień głębszy od ciemności księżycowych nocy, i oczy blondyna, nagle zaatakowane igłami promieni wysoko stojącego słońca, oślepły; stał i potrząsał głową, póki nie odzyskał wzroku. Wreszcie białe plamy rozpłynęły się; nasunął głębiej na oczy jasny kapelusz, rozejrzał się, zaklął melancholijnie – i ruszył na południe.

Ocean szumiał leniwie, raz głośniej, raz ciszej, w rytm podnoszących się i gasnących fal.

W ciągu dziesięciu minut marszu blondyn minął sześcioro wczasowiczów. Przyglądali mu się zdziwieni: na całych siedemdziesięciu milionach hektarów należących do konsorcjum Paradise ludzi noszących ubrania można było policzyć na palcach jednej ręki – a on miał na sobie czarne spodnie, ciemną koszulę, nawet krawat. Kochająca się w cieniu drzew para ujrzawszy go zaczęła się dziko śmiać; rechotali tak, póki nie stracili tchu. Zignorował ich.

Minąwszy niewielki cypel, skręcił na południowy zachód; wzdłuż głębokiego łuku zatoki zmierzał ku drugiemu, przeciwległemu cyplowi. Przyspieszył, rozciągnął usta w mimowolnym uśmiechu ulgi: rozpoznał rysy twarzy nagiego mężczyzny rozciągniętego leniwie pod nadbrzeżną skarpą.

Gdy blondyn zatrzymał się tuż przy jego głowie, przywleczony przezeń cień padł na twarz śpiącego.

W zasięgu wzroku, prócz nich, nie było nikogo: dżungla, plaża, ocean, niebo, słońce. Fascynujący, odległy i głęboki poszum ścigających się fal; usypiający koncert porażonej zaklęciem niezrozumienia przyrody – nic więcej.

Blondyn na moment odgiął rondo kapelusza i wytarł rękawem zroszone potem czoło. Odetchnął. Po czym kucnął i potrząsnął ramieniem śpiącego.

Obudzony niechętnie uniósł lewą powiekę.

– Czego? – wymamrotał.

– Señor Praduiga?

– Czego?

– Lopez Praduiga?

– A jeśli tak, to co? Strzeli mi pan w łeb? Kim pan w ogóle jest?

– Przysyła mnie Dunlong, jestem z Ziemi Stalina; pan zapomniał telefonu.

– Odczep się pan, w tyłek miałem sobie go wetknąć? Czy też kisić się tak we własnym pocie? – Lopez obrzucił mężczyznę spojrzeniem pełnym obrzydzenia. – A w ogóle to dałem sobie urlop. Tego panu Dunlong nie powiedział?

– Ja nic nie wiem. Mam tylko pana zawiadomić, że Dunlong prosi pana o jak najszybsze przybycie.

– Wracam za miesiąc. I trzy... cztery dni... Który dzisiaj jest?

– Jak najszybsze, to znaczy natychmiastowe.

– Aha. Do widzenia. Nie zasłaniaj mi pan słońca, ja się opalam.

– Powtarzam...

– Według kontraktu mam prawo do urlopu. Niech Dunlong mi tu...

Blondyn przerwał mu.

– Pan nie rozumie. Pan Dunlong p r o s i pana o powrót. Gdyby to było proste polecenie, posłużylibyśmy się kimś z obsługi Raju. A ja pana p r o s z ę.

Lopez wolno wstał. Był mężczyzną wzrostu doskonale średniego i doskonale średniej tuszy i mógłby uchodzić za przeciętnego, trzydziestokilkuletniego biznesmena, gdyby nie wspaniała koordynacja ruchów, gracja zawodowego szermierza oraz dziwnie spokojnie spojrzenie, wzrok prawie senny.

Chwilę trawił słowa blondyna.

– Legitymacja – rzucił.

Wysłannik Dunlonga wyjął ją z tylnej kieszeni spodni i niechętnie podał Lopezowi. Była to gruba, niewielka karta ze zdjęciem blondyna, kodami identyfikacyjnymi (DNA, profilu głosu, siatkówki oka), danymi osobowościowymi właściciela (nazywał się Ulrich K. G. Tysler), opatrzona emblematem departamentu wkomponowanym w uniwersalne, zaakceptowane przez UEO logo niepodległej Ziemi z dodatkiem: „Stalin's Earth, K. T. O. G." Na odwrocie znajdowała się płytka kontrolna. Lopez odblokował ją i oddał legitymację Tyslerowi.

Ten, westchnąwszy, przycisnął do płytki kciuk – choć po prawdzie równie dobrze mógłby to być którykolwiek inny palec, dowolny kawałek ciała: dla sprawdzenia genotypu każda komórka jest dobra – płytka pożerała nabłonek, linie papilarne można wszak zmieniać jak kolor oczu, a samego siebie nie podmienisz.

Nie włączył się alarm.

– Aleś pan strachliwy.

– Mam nadzieję, że to nie jest fałszywka; nie ma tu nigdzie żadnego terminalu, na którym mógłbym ją sprawdzić.

– Paranoja.

– Dobrze o tym wiem. – Praduiga odwrócił wzrok i zaczął wypatrywać czegoś na oceanie. – A teraz powie mi pan, czego to właściwie Dunlong ode mnie chce.

Ulrich zdjął kapelusz i zaczął się nim wachlować.

– Nie wiem.

– Nie poinformował pana, cóż to za argument mnie przekona? Zapomniał go pan?

– Nie zapomniałem. Powiedziałem już: on pana p r o s i.

– Tak, to istotnie niezwykłe... No dobrze, a panu nic nie obiło się o uszy?

– Panie, plotki mam tu powtarzać? Idzie pan czy nie?

– Niby z jakiego powodu?

Ulrich westchnął do nieba.

– Tak myślałem.

– Tak pan myślał? A co, znamy się skądś?

– Nie, nie. Celiński to przewidział. Tu mi kaktus, powiedział, jak on na to pójdzie.

Lopez oderwał wzrok od oceanu.

– Celiński?

– Czeka w helikopterze przy Bramie. Mamy zabukowany przerzut na czternastą czterdzieści. – Tysler nagle zaniepokoił się. – Zegar, czas – rzucił.

– Dwunasta pięćdziesiąt dwa – poinformował go zegarek.

– Cholera.

– Celiński. – Lopez pokręcił głową. – Co w tym robi Zwrotnicowy ze Zwiadu? – spytał, bardziej samego siebie.

Tyslerowi ręka omdlała i przełożył kapelusz do lewej.

– Dunlong go wysłał, w nadziei, że pana przekona. Kumpel kumpla.

Lopez doznał objawienia.

– Jest Nić?

– Co?

– Złapaliście Nić?

– Mówiłem, nie będę tu powtarzał plotek. Nie chcę wylądować w Piekle.

Lopez uśmiechnął się.

– A za jaką to plotkę można wylądować w Piekle? – pokręcił głową. – Nić złapali.

Ulrich jęknął.

– Człowieku, miejże litość! Powiedz, żebym się odwalił i kończmy to. Roztapiam się! Cóż tam widzisz w tej wodzie?!

– Czego nie widzę – zaakcentował Praduiga. – Masz pan szczęście, jakby tu była, prędzej wyprułaby ze mnie flaki... – skrzywił się porozumiewawczo. – Może popłynęła za cypel. Jazda, zmywamy się stąd, zanim wróci.

Ulrich z ulgą wypuścił powietrze z płuc, założył kapelusz i powtórnie się uśmiechnął – uśmiechem męczennika.

– No. To już. Zejście do tuneli jest na północy; mam nadzieję, że nie północny cypel miał pan na myśli.

– Ślepy nie jestem. Pozostawiał pan ślady jak ranny żółw.

Lopez wyminął Tyslera i ruszył wstecz po tych śladach. Ulrich ponownie jęknął i truchtem podbiegł do niego: Praduiga narzucił straszliwe tempo.

Po minięciu cypla dostrzegli kołyszący się w oddali na falach kuter straży przybrzeżnej Imperium Azteckiego. Korzystając z gwarantowanej przez konsorcjum słonecznej pogody, żołnierze Syna Bogów opalali się na pokładzie, przyglądając się z zaciekawieniem owym tajemniczym nadludziom, za odezwanie się do których, uśmiechnięcie – prawo karze śmiercią.

Praduiga i Tysler dotarli do sztucznej ścieżki, gładkim łukiem wcinającej się w dżunglę, w dziesięć minut; ścieżką, nareszcie osłonięci od straszliwie palącego słońca, doszli do zejścia do stacji sieci podziemnych kolejek Raju, które stanowiły jedyny dostępny na jego terenie środek komunikacji – każdy inny zburzyłby tę niemal czarodziejską wizję bezczasowej krainy szczęścia i spokoju. W końcu dojechali do Bramy, gdzie Lopez złożył był w przechowalni swoje rzeczy; czekał już tam na nich na platformie startowej śmigłowiec.

Kwadrans potem znajdowali się już w powietrzu, w drodze do Tenochtitlanu.

2.

– Panie majorze.

– Taa?

– Linainen.

– Przełącz.

W miniaturowych słuchawkach majora, ukrytych w jego małżowinach usznych, zaszemrał głos porucznika Linainena:

– Wszystko obsadzone. Trzymamy wąwóz i zbocza, nikt niczego nie zauważył.

Nie odrywając wzroku od układu trójwymiarowych projekcji, przedstawiających pod różnymi kątami i w różny sposób rozpościerającą się niżej zalesioną kotlinkę, major rzucił od niechcenia:

– A jak Carterczycy?

– Jak to oni. W końcu co yantscharzy, to yantscharzy. – Linainen zaśmiał się powtórzywszy stary slogan reklamowy.

– Gdyby coś się zaczęło, natychmiast meldować.

– Ta-jes.

Major strzelił palcami i sierżant łącznościowiec przerwał połączenie.

Nad kotliną leniwie wstawał szary świt.

Major podszedł do skarpy zamykającej od północy półkę skalną, na której mieścił się punkt dowodzenia. Był on zamaskowany jednostronnymi holografikami przedstawiającymi tę samą wiszącą nad przepaścią półkę i nagą ścianę za nią, puste i nie tknięte przez człowieka, lecz przesunięte w przód o sześć metrów, co z odległości pół mili było praktycznie nie do dostrzeżenia – chyba, że ktoś wycelowałby w to miejsce laserowy dalmierz bądź przyjrzał się mu okiem analizatora KTZ, jednakże podobnego sprzętu demajska partyzantka antykomunistyczna nie posiadała. Poza tym maskowanie było doskonałe, pochłaniano nawet ciepło ciał ludzkich ukrytych za holografikami; maszyny na jego miejsce emitowały sztuczne, znikome ciepło skały, oszukując w ten sposób satelity i wprowadzając w błąd ewentualnych dociekliwych obserwatorów wyposażonych w gogle wychwytujące promienie podczerwone. To również był zbytek ostrożności – partyzanci wszak nie mieli dostępu do tak wyrafinowej techniki, nie dysponowali żadnym kosmodromem, z którego mogliby wysłać na orbitę własne sputniki. Zresztą i tak huntery Sojuszu natychmiast by je strąciły.

I właśnie z uwagi na owe huntery, aż nazbyt sprawne zabytki okresu Zimnej Wojny – niech je szlag, klął w myślach major – przerzut Skalpela musiał nastąpić w ostatniej chwili, zgrane musiało być to co do sekundy. Ostatnią rzeczą, jakiej Dunlong i rząd Ziemi Stalina sobie życzyli, było dozbrajanie tych, których zamierzali podbić – jeśliby bowiem Skalpel został trafiony przez jakiś orbitujący myśliwiec, niechybnie do tego właśnie doprowadziłaby analiza jego szczątków przeprowadzona przez naukowców Sojuszu. Czas rozpoczęcia akcji ustalono z góry i atakujący musieli się do niego dostosować, nie wchodziły w grę żadne korekty: Skalpel miał zostać wystrzelony na tutejszą orbitę o szóstej siedemnaście i pięć sekund; trochę późno, lecz ani jedna z trzech stalińskich orbitalnych Katapult nie przechodziła wcześniej nad analogicznym obszarem Ziemi Stalina. Major odczytał czas: 5.57. Jeszcze dwadzieścia minut. Nie lubił akcji o tak napiętym harmonogramie.

Kotlina posiadała kształt zbliżony do elipsy zorientowanej południkowo, o krótszej średnicy bliskiej trzem kilometrom, dłuższej dwa razy większej. Porastał ją gęsty, zbity las, puszcza prawie; teren był tam mocno pofałdowany, poryty pomniejszymi jarami i wąwozami, w których szemrały kręte strumienie spływające do dość sporej rzeczki opuszczającej nieckę wąwozem południowo-wschodnim. Ponadto z kotliny wyjść można było na zachód, przez niską przełęcz, oraz wspinając się po północnym zboczu, które jako jedyne nie było morderczo strome.

Major mruknął hasło i mikroprocesor szkieł kontaktowych pokrywających jego gałki oczne strzyknął rozkazami zbitymi w elektromagnetyczne impulsy: wzrok mężczyzny natychmiast wyostrzył się nieludzko. Major rozpoczął powolną lustrację kotliny; wypatrywał jakichkolwiek oznak nienaturalnego ożywienia w obozie partyzantów.

Jego ubioru maskującego nie przyozdabiały żadne znaki identyfikacyjne ani oznaczenia stopnia, podobnie było z resztą żołnierzy – mogli służyć w armii każdego tutejszego kraju. Bardzo skrupulatnie skontrolowano ich ekwipunek w poszukiwaniu zbędnych przedmiotów, które – w wypadku klęski – mogłyby dać do myślenia partyzantom czy też za dużo powiedzieć jajogłowym Sojuszu. Odrzucono nawet jednego Carterczyka z racji niezwykle skomplikowanych operacji, jakie przeszedł po zranieniu w którejś z wcześniejszych batalii – ślady owych operacji pozostały w jego ciele i na pewno wprawiłyby w zdumienie przeprowadzających jego sekcję demajskich patologów.

– Majorze Crueth?

– O co chodzi, Fauers?

– Pozostało dziesięć minut do wyjścia Skalpela. Trzeba wysłać potwierdzenie.

– Potwierdzam. Od tej chwili zabraniam używać także laserów komunikacyjnych.

Crueth przeniósł wzrok na zachodni stok. Przełęcz obsadzał oddział porucznika Łęczyńskiego (pięciu technicznych plus pluton Carterczyków pod dowództwem sierżanta Murphy'ego). Mieli tam trzy TZ-16 oraz dwa niskoenergetyczne lasery snajperskie – oprócz, rzecz jasna, podstawowego uzbrojenia yantscharów. Ze wszystkich trzech zajętych przez ludzi Cruetha był to punkt najtrudniejszy do obrony. Przełęcz niska, szeroka, las sięgający grani z obu stron. Zdecydowano się więc na wysadzenie zbocza w powietrze: po prostu spłynie ono, wraz z lasem, w kotlinę – potem każdy wspinający się będzie widoczny jak na dłoni. Z kolei oddział porucznika Linainena (trzy drużyny, czterech technicznych) miał za zadanie zamknięcie partyzantom drogi ucieczki przez grań północną. Stok ów był od dwóch trzecich wysokości pozbawiony roślinności: sucha, kamienista pochyłość. Natomiast Carterczykami obsadzającymi wąwóz południowo-wschodni dowodził sam major. Wąwóz teoretycznie był łatwy do obrony – lecz stanowił główne i najczęściej używane przez partyzantów wejście do kotliny i po ataku Skalpela to właśnie nim będzie się próbowała wydostać z piekła większość z nich. Major nie zamierzał ryzykować: ściągnął z Ziemi Stalina Cerbera-1200 – samobieżną, obdarzoną sztuczną inteligencją śmierć. Owa półtoratonowa bestia zdolna była w pojedynkę zatrzymać szturm kompanii czołgów starej generacji. Ten cud techniki mordu i zniszczenia skonstruowano na Ziemi Hanta; Musslijczycy sprzedali Ziemi Stalina tysiąc jego sztuk jako bonus do tajemnicy wszczepu mózgowego za prawo do eksploatacji przez pół wieku stalinowego Charona. Crueth oceniał, iż sama ta maszyna zdoła spokojnie utrzymać wąwóz, na wszelki wypadek jednak obsadził zbocza czterema drużynami, piąta zaś, w charakterze ostatniego zabezpieczenia, usadowiła się za tezetką u przeciwległego jego wylotu. Major Crueth był człowiekiem systematycznym, dokładnym, pedantem niemalże, potrafił zabić za głupotę i niedopatrzenia wystawiające na niepotrzebne ryzyko życie jego ludzi. Żołnierze, którymi dowodził, wiedzieli o tym (sam postarał się, by wiedzieli) i dawało im to specyficzne poczucie bezpieczeństwa: Crueth zastępował im prawo i bogów – on był sprawiedliwością świata, który sprawiedliwy nie jest, jeśli nie musi.

– Pięć minut, sir.

Wytępienie partyzantów – od dziesiątków lat soli w oku Sojuszu – stanowiło niejako gest dobrej woli, a zarazem demonstrację siły Stalińczyków. Pertraktacje znajdowały się na etapie zdzierania masek – Sojusz wciąż jeszcze nie wiedział, z kim właściwie rozmawia. Według ocen specjalistów całkowite przejęcie władzy winno nastąpić najwyżej za półtora roku. Było to tempo doprawdy rekordowe. Dla porównania: Musslijczycy Ziemię Sto podbijali lat prawie dwanaście, a nadal mówiło się o jakichś powstaniach czy zorganizowanym podziemiu. Ziemia Demajskiego stanowiła łup o tyle łatwy, iż panował na niej ustrój totalitarny, który jest wręcz stworzony dla zakulisowych podbojów, jako że z założenia utrzymuje naród w stanie permanentnego podboju, a więc jedyne, co zdobywca musi uczynić, to zmienić kilku ludzi na szczycie; tych, którzy dzierżą w swych rękach władzę absolutną, a którzy już i tak stanowią dla ludu ciemną tajemnicę. Gdy po powrocie pierwszych Zwiadowców z dopiero co odkrytej Ziemi Demajskiego rozeszła się wieść, iż komuniści zdążyli już zapanować tam nad całym globem, świętowano w wydziale przez kilka dni.

Według analiz przedstawionych przez Biuro Zwrotnic Ziemia Demajskiego była efektem dosyć późnego rozgałęzienia: w roku 1901 pewien Murzyn z jednego z plemion Afryki Środkowej umarł tam minutę wcześniej, niż powinien. (Normę stanowiła, rzecz jasna, historia Ziemi Stalina). Głębszych, subtelniejszych i bardziej szczegółowych praprzyczyn nie doszukano się, zresztą nie były one aż takie ważne. W każdym razie w wyniku owej przyspieszonej śmierci czterdzieści lat później Związek Radziecki, którego przywódcą był rzeczony Anatolij Demajski (ojciec

Polak, matka Ukrainka) – bynajmniej nie ufający ślepo zapewnieniom Hitlera – sam napadł i zdruzgotał Trzecią Rzeszę, wskutek czego jego strefa wpływów sięgnęła Atlantyku. I także właśnie Sowieci, nie USA, zyskali dostęp do umysłów większości najlepszych fizyków pracujących dla Niemców – stanowiło to zresztą również pochodną szczególnej, długofalowej polityki Demajskiego w kwestii nauki i naukowców. Nie było Hiroszimy, Nagasaki, nie było i Jałty – był za to szkocki pogrom i Traktat Tananariwiański. W roku 1961 już tylko podbita przez cesarską Japonię Australia nie znajdowała się pod panowaniem Nieomylnych. Teraz major Crueth miał za zadanie zlikwidować ostatnie gniazda oporu; Stalińczycy chcieli przejąć całą Ziemię za jednym zamachem.

Faktem dość zastanawiającym było, iż Josif Wissarionowicz Dżugaszwili *vel* Józef Stalin został władcą rosyjskiego imperium tylko na jednej z dotychczas odkrytych Ziem, na Ziemi Stalina właśnie – stąd też jej nazwa. Na wszystkich innych jakieś wcześniejsze odgałęzienie (śmierć tego Murzyna, dajmy na to) wykluczało tę ewentualność. Długi czas trwały dyskusje, czy nazywanie Ziemi imieniem największego zbrodniarza w jej dziejach nie jest rzeczą co najmniej niesmaczną. Lecz konwencja UE nie pozostawiała wyboru: to ten człowiek stanowił podstawowy wyróżnik. (Drugim zastanawiającym faktem był procent Ziem, których podstawowymi wyróżnikami byli podobni ludobójcy – sięgał on siedemdziesięciu). Ostatecznie zaakceptowano tę nazwę: pomimo wszystko Stalin był już jedynie papierową przeszłością. Podobnie niewiele osób protestowałoby przeciwko nazwaniu Ziemi imieniem Nerona – już śmiano się z pożaru Rzymu. Historia nie jest dobra ani zła – historia po prostu jest.

Zdobycie przez Ziemię Stalina dostępu do tego świata, do którego podboju właśnie przyczyniał się Crueth, stanowiło niewątpliwie wielki sukces Katapulciarzy. Ziemia Stalina nie była bynajmniej Ziemią najbogatszą z wszystkich czterech Ziem niepodległych, chociaż to na niej skonstruowano pierwszą Katapultę i to ona (przez głupotę swych przywódców) zdradziła za darmo sekret maszyny odkrytym na początku światom równoległym – tracąc w ten sposób jedyną przewagę, jaką dysponowała. Nie była również potęgą kolonialną: podbiła wszystkiego trzy Ziemie, z czego jedna przechodziła właśnie okres wtórnego średniowiecza, na drugiej po zagładzie atomowej tylko wiatr hulał pod czarnym niebem zasnutym obłokami radioaktywnego pyłu; jedynie Ziemia O'Liete'a była coś warta, jej naukowcy w niektórych dziedzinach przegonili nawet naukowców stalińskich, a złoża ropy mieli tam wciąż obfite. Po prawdzie to Ziemia Stalina była biedna – na pewno w porównaniu do takich mocarstw, jak Ziemie Mussli czy Tera. Stalińczycy na gwałt potrzebowali nowych technologii, ropy, złóż rud, taniej siły roboczej, przestrzeni życiowej i żyznych ziem. Groził im głód, groził kryzys, groziła nagła inwazja z innych światów. Jedynym ratunkiem zdawała się – znowu – Katapulta; marzyła im się następna Ziemia – Cartera czy Hanta. To była loteria. Układ sił mógł się bardzo szybko zmienić.

Dlatego też utrzymując w tajemnicy fakt zdobycia Ziemi Demajskiego, sprytnie to wykorzystując – mogli tak wiele zyskać.

Crueth zastanawiał się, ile n a p r a w d ę Ziem zostało dotąd odkrytych: każdy wszak rozumował w ten sposób.

Sierżant Fauers podszedł do majora i podał mu maskę przeciwgazową wraz z niewielką butlą z powietrzem.

– Odliczamy od trzydziestu – poinformował Cruetha.

Crueth skinął głową, wyłączył wzmocnienie szkieł i założył maskę oraz czarne gogle.

Skalpel został katapultowany dokładnie o oznaczonym czasie. Zgodnie z planem ustabilizował swój lot, wszedł na orbitę stacjonarną i przesłał na powierzchnię sygnał: „Ready".

– Start – mruknął major, a Fauers „klepnął" w niematerialny klawisz widmowego terminalu – i w kotlinę uderzył grom.

Główny poziom bazy partyzantów mieścił się osiem metrów pod powierzchnią gruntu; mogliby się tam bronić dość długo. Jej zniszczenie było podstawowym zadaniem

Skalpela. Straszliwej mocy promień jego lasera ciął ziemię jak masło; mknął szybko i pewnie, po spirali, ku środkowi celu. W pięć sekund przebył całą zaprogramowaną drogę. Po czym w tytanowej kuli satelity nastąpiła implozja, błysnęły na moment jego dysze i posłuszny autodestrukcyjnemu algorytmowi Skalpel runął w atmosferę, spalając się do nierozpoznawalnych szczątków.

Podziemna baza partyzantów już nie istniała; wyżej, na powierzchni ziemi, szalał pożar. Niecka zaczynała się zmieniać w szalone inferno.

Major pozwolił, by ogień rozprzestrzenił się na prawie całą kotlinę, po czym wydał rozkaz.

– Tlenówka.

Grzmotnęło i po stromej paraboli wspiął się w błękit cygarowaty pocisk. Po chwili eksplodował: na niebie jęła się w błyskawicznym tempie rozrastać tłusta chmura. Major odkręcił zawór butli z powietrzem.

Pożar zgasł w ciągu kilku minut: chmura – złowrogi ciemny stwór rozpełzły po nieboskłonie – piła tlen, wysysała go spod siebie jak wampir krew z ofiary.

Zanim zdążyła się nasycić, Crueth rozkazał wystrzelić następny pocisk.

I następny.

I następny.

Po kwadransie mruknął:

– Powinni już się zorientować, że to się nie skończy.

Obliczał, iż w maski i butle z powietrzem wyposażonych było nie więcej jak czterystu–pięciuset partyzantów. Część z nich zginęła w bazie. Jednak i tak pozostaje znacząca siła. Crueth sądził, iż pojąwszy, że chmura tlenowa tak szybko nie zniknie, rzucą się w panice do wyjść z kotliny, nie bardzo nawet myśląc o uzbrojeniu – był jednak z urodzenia i wychowania pesymistą, przygotował się więc na regularny szturm.

Gdzieś na północy rozległ się huk.

W tej samej chwili sierżant Fauers zameldował:

– Idą na przełęcz.

I po chwili:

– Stok północny, sir.

Taką kolejność prognozował wcześniej komputer – ze względu na odległości. Czterdzieści sekund później mieli się pojawić pierwsi uciekinierzy, którzy wybrali drogę przez wąwóz.

Crueth przeszedł na wschodnią stronę półki.

Pojawili się.

Poukrywani za osobistymi holografikami Carterczycy rozpoczęli nieregularny, spokojny ostrzał – wynurzające się z lasu sylwetki padały już po kilku krokach. Strzałów nie było słychać: steirlsony posiadały wbudowane tłumiki próżniowe, był to ostatni model, dopiero co wypuszczony przez hantyjską spółkę Steirl & Son – pracowała ona wyłącznie na zamówienia Carterczyków, co od dawna stanowiło przedmiot sporu pomiędzy nimi a Musslijczykami. Komputery celownicze karabinków przesyłały przetworzone obrazy celu szkłom kontaktowym pokrywającym oczy żołnierzy: każde ich spojrzenie stanowiło dla owych komputerów rozkaz. Żaden partyzant nie przeszedł więcej jak dziesięć metrów.

Potem nagle w wąwóz wbiegło kilkudziesięciu uzbrojonych, ostrzeliwujących się chaotycznie Demajczyków. Cerber uznał, iż czas wkroczyć do akcji. Rozległo się stłumione: „Strfurrrch!" – i partyzanci opadli powoli na ziemię w postaci rzadkiego, czerwonego deszczu krwi, kości i mięsa.

– Jak idzie Łęczyńskiemu? – spytał Crueth Fauersa.

– Popisuje się. Odczekał i przysypał tym zboczem kilkunastu skubańców.

– Ale kłopotów nie ma?

– Niee.

Niewidoczny Cerber posłużył się tym razem niewielkiej mocy laserem: niewidzialna dla człowieka jego igła wypaliła w czołach atakujących mikroskopijne dziurki; potykali się dziwnie i upadali.

Carterczycy zintensyfikowali ostrzał.

Z północy dobiegł przeciągły, wibrujący grzmot.

– Co jest?

– To Linainen, panie majorze. Demajczycy wyciągnęli skądś wyrzutnie rakiet ziemia–ziemia.

– O, kurwa. Daj mi go.

W uszach Cruetha zaszemrał głos porucznika; w tle trzaskała broń maszynowa partyzantów, coś huczało.

– Co tam się dzieje, Linainen?

– Te sukinsyny miały tu gdzieś tajny arsenał. Walą do nas zza załomu.

– Poradzisz sobie?

– Nam krzywdy nie zrobią, a sami na zbocze i tak wyjść nie mogą, bo yantscharzy ich zetną. Pięć... trzy minuty i poduszą się jak nic.

Siedem minut później strzały na wszystkich trzech przejściach ostatecznie ustały.

Crueth odczekał chwilę, polecił wystrzelić jeszcze jedną tlenówkę i wydał rozkaz powrotu.

Najpierw do jaskini wycofać się miał kilkuosobowy „sztab" majora wraz z paroma skrzynkami sprzętu. Jaskinia owa sięgała w głąb skały za półką na jakieś dwadzieścia metrów; obszar przerzutowy – kula o promieniu dwóch i pół metra, której rzutem na skalne podłoże było koło oparte na jej średnicy, odznaczające się jaśniejszym kolorem, albowiem liczba dotychczasowych przerzutów była nieparzysta – umiejscowiony był dokładnie na środku groty, aby uniknąć, w razie przypadkowych odchyłów, wbicia jakiegoś nieszczęśnika w ścianę. Od siódmej trzydzieści pięć, co pół minuty, Katapulta umieszczona w tym samym miejscu na Ziemi Stalina dokonywała kontrolnych przerzutów.

Po rozkazie Cruetha szeregowy Loon pobiegł w głąb jaskini, wyjął wcześniej już przygotowany na plastikowej tabliczce harmonogram powrotu (oznaczony symbolem A-1; istniało dwanaście jego wariantów), odczekał, aż koło piasku zniknie, położył tabliczkę na polu przerzutowym i szybko odskoczył – szeregowy Loon bał się Katapult. Potem dał znak przygotowanym już do powrotu technikom; podeszli doń, a on porozmieszczał ich wokół koła, by mogli na nie wejść maksymalnie szybko – taka była procedura.

Z powrotem zmaterializował się piasek, harmonogram zniknął. Loon zanotował czas; minutę od pojawienia się potwierdzenia rozpocznie się seria przerzutów – co dziewięćdziesiąt sekund jeden.

I znów – zniknęło koło piasku, powróciła skała. Stał na niej zielony ostrosłup.

– Okay, włazić – zakomenderował Loon i technicy, wraz z całym swym elektronicznym złomem, weszli na pole Katapulty.

To samo działo się w podobnych punktach przerzutowych przy północnym zboczu i zachodniej przełęczy.

Major Crueth, stojąc przy wejściu do jaskini, obserwował sprawne wycofywanie się z wąwozu drużyn Carterczyków. Ci słynni żołnierze w swym pełnym rynsztunku prawie już nie przypominali ludzi, może tylko liczbą kończyn i ogólnym zarysem sylwetki. Dwie godziny zabierało im samo ubranie się, przygotowanie do akcji. Najpierw, na gołe ciało, wdziewali lekki, przezroczysty kombinezon – wyrafinowany produkt hantyjskiej biotechnologii, utrzymujący stałą wilgotność, temperaturę, zamykający wszelkie rany, zatrzymujący upływ krwi. Na to szły skomplikowane zespoły wzmacniaczy ruchów, stanowiących zarazem dodatkowe ochraniacze. Potem właściwe pancerze. Na to strój maskujący. Na to uzbrojenie: podstawowe, pomocnicze, setka innych bajerów; na plecach, na wysokości nerek, niewielkich rozmiarów butla z powietrzem wystarczającym na tydzień forsownego marszu. Ubiór carterskich żołnierzy był hermetyczny, chronił również przed potężną dawką promieniowania. Buty – wysokie, ciężkie – stanowiły część kombinezonu; dłonie pokrywały grube rękawice, zaopatrzone w wiele niedostrzegalnych gołym okiem mechanizmów, które dla Cruetha stanowiły już lekką przesadę (na przykład taki punktowy laser oświetlający). Głowę okrywał jajowaty hełm powleczony kapturem kombinezonu maskującego. Górna część twarzy ukryta była za gładką bulwą lustrzanej osłony, która kryła również systemy celownicze – ich ostatnią warstwą były owe szkła kontaktowe: yantschar mógł patrzeć na pole bitwy na dziesiątki różnych sposobów, z których ludzki wcale nie znajdował się na pierwszym miejscu listy. Dolna część twarzy przesłonięta była maską przeciwgazową z dodatkową osłoną, zwykle bowiem owa maska stanowiła najsłabszy punkt – wybiegał z niej wąż prowadzący do butli z powietrzem, niewidoczny pod kombinezonem. Ani jeden skrawek ciała nie pozostawał odkryty. Gdyby sto, sto pięćdziesiąt lat temu pojawiły się w jakimś mieście Ziemi Stalina podobne stwory – ludzie uciekaliby z krzykiem.

Powszechnie sądzi się – i słusznie – że żołnierz najemny, walczący za pieniądze czy też z innych powodów, z których najważniejszym nie jest uwarunkowanie kulturowe oraz osobisty stosunek do sprawy, za którą się bije, jest nic nie wart w porównaniu z żołnierzem armii regularnej. Yantscharowie byli jednakże kimś w rodzaju nowożytnych Szwajcarów – praktycznie jedyny eksportowy towar Ziemi Cartera stanowili najemnicy.

Ziemia ta została odkryta przez Terajczyków. Ich Zwiadowcy szybko zorientowali się w tamtejszych wypaczeniach historii: za prezydentury Cartera (bardzo prawdopodobne, że i z jego winy) rozpętała się trzecia wojna światowa, w której poszły w ruch atomówki, wskutek czego nastąpiło jeśli nie cofnięcie się w rozwoju, to w każdym razie silne jego zahamowanie: rozpad państw, wszelkich dawnych struktur, ogólny chaos, powszechna wojna. Zwierzęta normalne walczyły ze zwierzętami zmutowanymi, zwierzęta zmutowane z ludźmi, ci z własnymi mutantami, a ludzcy mutanci z maszynami – i wszyscy między sobą. Walka, przetrwanie – oto cel: być doskonałym wojownikiem. Każde kolejne pokolenie Carterczyków było w tym lepsze.

Terajczycy popełnili zasadniczy błąd w ocenie. Ich analitycy stwierdzili, że świat, w którym panuje podobna anarchia i gdzie każdy bije się z każdym, jest bardzo łatwy do podbicia, a to chociażby na zasadzie wygrywania jednych przeciwko drugim, a także dlatego, iż Carterczycy, jeśli chodzi o technikę, zostali ładnych parę dziesiątków lat w tyle, co – zwłaszcza w przypadku techniki wojskowej – stanowi handicap straszliwy.

Drogo kosztowała ich ta pomyłka. Yantscharzy po pierwszych klęskach szybko zjednoczyli się w obliczu wspólnego wroga, zaczęli zdobywać na nim broń, opanowali także nierozważnie przerzuconą na ich Ziemię Katapultę i sami jęli gnębić Terajczyków. Następnie sprzymierzyli się z Musslijczykami, którzy już od dawna mieli chrapkę na Ziemię Hanta. Musslijczycy zaczęli dostarczać im nowoczesny oręż. Trzy miesiące później prezydent Ziemi Tera podpisał układ pokojowy. Carterczycy zachowali niepodległość, Ziemia Hanta przeszła pod protektorat musslijski, ponadto Terajczycy zobowiązani zostali do zapłacenia gigantycznej kontrybucji. W zamian zaś za dostawy Musslijczycy mieli zapewnioną pomoc carterskich najemników przy kolejnych podbojach. Z czasem najemnicy ci zyskali sobie sławę wojowników wręcz niepokonanych; oczywiście wiele w tym było mitu i reklamy – lecz także część prawdy.

Yantscharów można kupić całkowicie: na czas tej akcji zamontowano im ładunki wybuchowe dla szybkiej destrukcji ich ubioru i broni, gdyby zaszła taka konieczność, a pomimo wysiłków inżynierów istniała w owym wypadku zaledwie pięćdziesięcioprocentowa szansa przeżycia żołnierza. Ale yantscharzy i to mieli zapisane w kontraktach, podobnie jak przymusową, automatyczną amnezję w razie dostania się do niewoli.

Ostatnia wycofała się z wąwozu drużyna piąta, która w czasie wcześniejszych przerzutów przesunęła się ku kotlinie. Katapultowano ją w dwóch strzałach; potem ściągnieto Cerbera. W końcowym, parzystym strzale wrócić mieli major Crueth z szeregowym Loonem.

Zniknął Cerber, pojawiło się koło piasku (w istocie była to, rzecz jasna, półkula). Loon odchrząknął.

– Panie majorze.

– Tak, już idę.

Weszli w pole przerzutu.

– Powiecie mi, kiedy zostanie dziesięć sekund, Loon.

– Siedemdziesiąt... sześćdziesiąt osiem...

Czekali.

– Dziesięć.

Crueth nacisnął guzik nadajnika.

W sześciu wbitych w ziemię w różnych punktach kotliny miniaturowych wyrzutniach nastąpiły wybuchy – pomknęły w niebo srebrne tuleje. Spadając po krótkich łukach, pozostawiały za sobą ledwie widoczne, rzadkie, białe obłoki. Wiatr szybko zmył je z błękitu.

Podobna procedura – albowiem operacja powyższa stanowiła przecież jedynie część większego przedsięwzięcia – stała się już standardem, było to obliczone na zrobienie wrażenia na sprzymierzeńcach. W pojemnikach, które eksplodowały nad kotliną, znajdował się pył radioaktywny. Według symulacji istniała możliwość, iż atak przeżyło kilku, kilkunastu partyzantów – nie sposób mieć pewność, gdy w grę wchodzi tak duży obszar i tak wiele zmieniających się czynników – na przykład ten arsenał przy północnym stoku: pojęcia o nim nie mieli. A więc ci, którzy przeżyli, mieli być odtąd żywym świadectwem siły, a przede wszystkim bezwzględności Stalińczyków – „Oto jak kończą nasi wrogowie!" Jeśliby knuli jakiś podstęp (a knują z pewnością), da to wiele do myślenia przywódcom Sojuszu. Te żyjące trupy porażone chorobą popromienną, błagające o śmierć.

Żadnego imperium nie zbudowano na miłosierdziu i dobroci.

– Już! – krzyknął Loon i nim przebrzmiał jego okrzyk, byli na Ziemi Stalina.

W wielkiej sztucznej grocie, wykutej w skale specjalnie dla potrzeb tej akcji (wszak w naturalnym swym stanie owo zbocze kotliny na Stalinie otwierało się identyczną jaskinią, co na Demajskim), jasno było jak w laboratorium; Crueth zamrugał, oślepiony. Panował tu ów charakterystyczny dla operacji wojskowych rodzaj uporządkowanego chaosu, który tak fascynuje cywili. Krzyżowały się komendy wypowiadane ostrym głosem przez niezliczonych dowodzących, prawie każdy bowiem miał kogoś pod sobą; mruczały i warczały maszyny; Katapulta, wypełniająca metalowym swym cielskiem większą część groty, z przeciągłym jękiem zatrzymywała rozpędzone w sobie mechanizmy. Wizualny rozgardiasz rzucał się w oczy – wydawało się, że to ich ktoś zaatakował, nie na odwrót.

Crueth zszedł z platformy przerzutowej po stromej pochylni; platformę stanowił walec o wysokości czterech metrów i średnicy ośmiu, wypełniony syntetycznym, dobrze ubitym piaskiem o owej osobliwej czerwonobrunatnej barwie, dobrze znanej wszystkim Zwiadowcom, agentom i żołnierzom Korpusu.

Major dostrzegł Misińskiego, jedynego tu cywila, rozmawiającego z jakimś yantscharem (Carterczyk, nadal w rynsztunku bojowym, stał tyłem do Katapulty, Misiński opierał się o skałę) i podszedł do nich.

– Misiński...

– O! – wpadł mu w słowo Misiński. – Jest pan major.

Carterczyk odwrócił się. Miał podniesioną lustrzaną przyłbicę i rozsunięte płytki systemów celowniczych. Crueth rozpoznał w nim sierżanta Murphy'ego, dowódcę przydzielonych do tej akcji najemników.

– O co chodzi? – spytał; spostrzegł manewr Misińskiego i warknął: – Misiński, mam z tobą do pogadania na temat tego twojego geniusza wywiadu.

– Dwóch moich ludzi zostało rannych – mruknął Murphy. – Lewa ręka, złamana kość; lewa noga, skręcona kostka.

– I co z tego?

– Forsę chcą mieć teraz.

– W kontrakcie termin wypłacania odszkodowań... Okay, będziesz miał te pieniądze.

Murphy skinął głową i nagle wyraz jego twarzy zmienił się.

– Zna pan ten kawał, panie majorze... – zaczął, przerzucając steirlsona na plecy, gdzie czarne macki objęły go i wciągnęły w rozpłaszczony na kombinezonie futerał.

– Nie teraz. – Crueth obrócił się za umykającym Misińskim. – Misiński, wracasz tu!

Misiński wrócił.

– Ktoś do pana – powiedział, podając majorowi telefon.

Crueth spojrzał podejrzliwie na cywila, lecz telefon przyjął.

– Major Crueth.

– No, nareszcie.

– Meyer?

– A kto? Co za dupek twierdził, że cię nie ma?

– Bo mnie nie było. Ale że dupek, to prawda.

– Dunlong cię chce.

– Co to znaczy: chce? Zakochał się?

– Nie utrudniaj. Ma dla ciebie jakąś robotę.

– A czym ja się teraz według niego zajmuję? Jak posiądę zdolność rozmnażania się przez podział, to go powiadomię i wtedy i siedem robót naraz będę w stanie wykonywać. Na razie jestem człowiekiem.

Na Meyerze ta, jak na Cruetha, wstrząsająco długa wypowiedź pozornie nie wywarła żadnego wrażenia.

– Zostałeś zdjęty. Misiński przejmie po tobie tę operację; część wojskowa właściwie się przecież już zakończyła. Dziś wieczorem masz się zgłosić w sto szesnastce.

– Że co?!

Meyer przezornie wyłączył się.

Crueth na moment przymknął oczy i zaklął.

Kiedy je otworzył, był już niemal spokojny.

– Misiński!

3.

Piątą Aleją szła demonstracja związkowców. Protestowali przeciwko zatrudnianiu na Ziemi Stalina robotników z Ziemi O'Liete'a; ta nieprawdopodobnie tania siła robocza pozbawiała setek tysięcy niewykwalifikowanych Stalińczyków miejsc pracy, a ich rodziny jedynych źródeł utrzymania. Celiński wszedł do salonu AAA, by bezpiecznie przeczekać tu marsz. Gigafony przywódców ryczały ogłuszająco, niknął w tym hałasie nawet warkot kołujących wyżej bezzałogowych śmigłowców policyjnych: płaskich, wąskich maszyn o pokracznych, modliszkowatych sylwetkach, wyposażonych w autopiloty o symulowanej inteligencji. Natomiast na ziemi towarzyszył manifestacji oddział policji konnej. Celiński obserwował to obojętnie. Zebranie u Dunlonga miało się rozpocząć za godzinę. Wysiadłszy na La Guardii z wyczarterowanego meksykańskiego paragga, skierował się, podobnie jak Praduiga, prosto do swego domu; obaj, z racji zatrudnienia w takiej, a nie innej instytucji, posiadali służbowe mieszkania na przedmieściach Nowego Jorku. Jednakże córka Celińskiego nie wróciła i Janusz miał jeszcze trochę wolnego czasu; zwolnił taksówkę, poszedł piechotą – taksiarz, imigrant z Ziemi Mussli, oklął go gęsto w przedziwnym angielskim, owej niestrawnej musslijskiej jego mutacji, w uszach Stalińczyków brzmiącej niczym podwójnie zdegenerowany gangsterski slang. Dlaczego nowojorscy taryfiarze to zawsze muszą być obcokrajowcy z wadą wymowy?

W salonie AAA spotkał czarnoksiężnika z Ziemi Ziem, z którym podczas feralnego rekonesansu na tym wtórnie średniowiecznym świecie siedział był w jednej celi, oczekując na proces przed trybunałem papieskim, a którego miał za zmarłego. Lecz nie tyle zaskoczył Celińskiego fakt, iż Vaudremaux żyje, co miejsce jego pobytu; wszak Ziemia Ziem, jednostronnie jawna kolonia Stalina, wciąż objęta była przez Piąty Departament pełną kwarantanną.

Podszedł, złapał czarnoksiężnika za ramię.

– Co ty tu robisz, u licha? – spytał w ziemickiej neołacinie.

Vaudremaux obejrzał się; rozpoznał Celińskiego i wyszczerzył zęby. Był w gustownym, ciemnym garniturze o terajskim kroju, długie, kruczoczarne włosy splecione miał w warkocz; na palcach pierścienie, w nozdrzu kolczyk. Uścisnął mocno dłoń Janusza.

– Co za spotkanie!

– Ja myślę! Duch zmarłego z innego świata!

Vaudremaux zaśmiał się głośno; czwórka Murzynów studiujących kopię hantyjskiej wersji *Ostatniej wieczerzy* tamtejszego Leonarda da Vinci obejrzała się nań zgorszona. Celiński zerknął na zewnątrz: demonstracja już przeszła. Pociągnął czarnoksiężnika, wyszli na ulicę. Vaudremaux sięgnął do kieszeni i założył na nos filtry powietrzne.

– Nie mogę się przyzwyczaić do tego smrodu – mruknął.

Skręcili, i za chwilę znowu. Janusz rozglądał się za jakąś małą, cichą kawiarenką. Przechodząc przez ulicę, lawirowali pomiędzy unieruchomionymi w korku samochodami; Celiński spostrzegł, jak niewiele z nich to wozy stalińskiej produkcji: parę mazd, fordów, nissanów – reszta to hantyjskie anaguy, denatrie, amuksy i sportowe coulae; nawet żołto pomalowane taksówki były autami obcoziemnej produkcji. Mijany policjant wypisywał mandat źle zaparkowanemu amuksowi na dyplomatycznych numerach, należącemu do carterskiego przedstawicielstwa.

– Samochody – parsknął Vaudremaux.

Weszli do „Niticco", dwupiętrowej kafejki prowadzonej przez stare musslijskie małżeństwo; usiedli w kącie i zamówili *fautre mauchois*, specjalność zakładu. Celiński, który gustował w musslijskiej francuskiej kuchni, zachwalał potrawę czarnoksiężnikowi. Vaudremaux wyraził tymczasem swoje zdziwienie obserwowanym w Nowym Jorku przemieszaniem różnoziemnych kultur.

Janusz uśmiechnął się pod nosem.

– Mała Mussla rozrasta się jak rak. Pochłonęła już Małą Italię; była prawdziwa mafijna wojna, wyrzynali się dziesiątkami.

– Nie rozumiem, czemu na to pozwalacie.

Celiński wzruszył ramionami.

– Takie prawo. Nikt nie protestuje w UEO, każdy się boi zamknięcia innych Ziem. Otwarte, prywatne Katapulty są najlepszą gwarancją pokoju. Ty tego może nie rozumiesz, ale ten strach przed konfliktem międzyświatowym jest bardzo duży. W czasach wewnętrznej zimnej wojny powstrzymywała nas pewność samozagłady: jak już by ktoś zaczął, to koniec z całą planetą. Ale ze świata alternatywnego możesz spokojnie oklepać wodorówkami inną Ziemię, a sam jesteś bezpieczny; na dodatek technologia Katapult uniemożliwia zastosowanie jakiegokolwiek systemu obronnego. Kolonijne Ziemie nafaszerowane są więc bezludnymi Katapultami z wielomegatonowymi ładunkami umieszczonymi w ich polach przerzutu, Katapultami zaprogramowanymi na automatyczne kontrudeerzenie w ojczyste Ziemie nieprzyjaciół, gdyby po naszej ojczystej Ziemi nic już nie pozostało i nie miał kto się mścić; wszechmożliwościowy holocaust na zasadzie odwetu martwej ręki. Wszyscy się boją. Tylko w strachu pokój.

Vaudremaux pokręcił głową.

Zadzwonił telefon Janusza. Zwrotnicowy wyjął go, rozłożył. Rozmowa była z Ziemi Tera: prowadzili ją krótkimi, urywanymi zdaniami. Uzyskanie ciągłej łączności pomiędzy dwoma równoległymi wszechświatami jest niemożliwe; a taka rwana, fragmentaryczna łączność stanowi efekt użycia małopolowych katapult AT&T o wysokiej częstotliwości przerzutów terabajtowych nośników informacji, każdorazowo od nowa odczytywanych i zapisywanych. Z uwagi na energie konieczne dla utrzymania katapult w owym „cyklu rezonansowym" telefoniczne rozmowy międzyświatowe były niezwykle drogie, raczej nie dzwoniono na inną Ziemię z błahych powodów.

– Co się stało? – spytał czarnoksiężnik znad parującej kawy, gdy Celiński z powrotem złożył i schował aparat.

– Ambasada. Chcą mnie powołać na eksperta w sporze o piekielną Wenus. Nieważne. Słuchaj, Vaudremaux, ty mi wciąż nie powiedziałeś, jakim cudem dostałeś się na Stalina.

– Ach, to prawdziwa historia miłosna. Jest w Zwiadzie niejaka Pauline von Kreuz, znasz ją może?

– W Zwiadzie są tysiące ludzi.

– W każdym razie kochana Pauline nie mogła patrzeć, jak łamią mnie kołem: wzięła Cytadelę szturmem i uwolniła mnie.

– Sama jedna?

– No... ponoć przekabaciła dwóch yantscharów; myśleli, że taki jest rozkaz.

– Rany boskie... że też ja o tym nie słyszałem!

– Usłyszysz, usłyszysz. Będzie proces, będą ją sądzić z tuzina paragrafów.

– A co z tobą? Jaki ty w ogóle masz status prawny?

– A jak myślisz? Piąty Departament zaangażował mnie jako rzeczoznawcę, biegłego czy kogoś takiego... Nie mogli mnie odesłać, a nie zdecydowali się uśpić. Mam paszport, jestem Stalińczykiem. No, Janusz, teraz my koledzy po fachu. Gdzie to żarcie?

Celiński wciąż niedowierzająco kręcił głową.

– Przecież ta Pauline musiała kompletnie zidiocieć! Wywalą ją na zbity pysk i wyślą do Piekła! Wielka miłość, też coś. W życiu się już nie zobaczycie.

– Też tak myślę.

– Coś nie bardzo cię to martwi.

– To ona się zakochała, nie ja.

Zwrotnicowy spojrzał uważnie na uśmiechniętego Vaudremaux.

– Przyznaj się – szepnął. – Jak tyś to zrobił?

– Ostatecznie jest się tym czarnoksiężnikiem, no nie?

Przyniesiono *fautre mauchois*. Zaczęli jeść.

Janusz popatrywał to na Vaudremaux, to przez okno, ponad gigantycznym korkiem samochodowym, na widmowe tablice informacyjne mdło rozjarzone przed ścianą przeciwległego budynku: wskaźnik Dow-Jonesa sinusoidował w okolicy linii wsparcia, staliński EPT (współczynnik wypadkowy kursów głównych walut danej Ziemi) dołował, musslijski natomiast nieubłaganie piął się wzwyż. Mussla nas w końcu podbije gospodarczo, westchnął Celiński w duchu, nie będzie żadnej inwazji.

– Powiedz mi – zagadnął pomiędzy jednym kęsem a drugim – jak ci się podoba ten świat? Co cię najbardziej zdziwiło?

– Mmm... nie jesteś specjalnie oryginalny, każdy mnie o to pyta.

– I co odpowiadasz?

– Różnie. Zależy, ile mam czasu.

– Teraz masz dosyć. Powiedz prawdę.

Czarnoksiężnik zamyślił się; przeżuwając, grzebał machinalnie widelcem w talerzu. Spoglądał gdzieś w bok. Najwyraźniej mówienie prawdy nie należało do jego naturalnych odruchów. Celiński pamiętał z owej ciemnej, cuchnącej, zaszczurzonej celi inkwizycyjnych kazamatów zupełnie innego Vaudremaux. Ludzie się zmieniają; zazwyczaj na gorsze, ponieważ mało kto jest w ogóle w stanie sobie wyobrazić lepszą wersję siebie.

– Chodziłem po kościołach – zaczął czarnoksiężnik wolno i cicho. – Słuchałem mszy, obserwowałem ludzi, rozmawiałem z księżmi. Oglądałem telewizję. Grałem na komputerach, wchodziłem w *virtual reality*. Czytałem książki. Skleciło mi się takie hasło: Bóg wirtualny.

– Co...?

– Słuchaj, słuchaj. – Popił wodą mineralną. – Ja jestem jak gdyby z przeszłości; ale znam przecież waszą historię. Ja jestem z przeszłości, ze świata, którym kiedyś był Stalin, i widzę różnice. A pamiętaj, kto ci to mówi: heretyk na stos przeznaczony, sługa diabła. Więc ta różnica to jest Bóg wirtualny. Bóg chwilowy; istniejący jedynie w wybranych momentach, sytuacjach, miejscach. W straszliwym tempie postępuje u was atomizacja postrzegania świata. Niegdyś świat był całością i każdy jego element łączył się z wszystkimi innymi w złotych proporcjach, niezmienną równowagą filozofii bytu. Teraz widzenie świata rozszczepiło się: jeśli choroba, to mikroskopy, chemia, medycyna wyspecjalizowana; jeśli śmierć, narodziny – pstryk, wchodzimy w przestrzeń religijną – ewangelizacja telewizyjna, oto prawdy ostateczne z ust bohatera opery mydlanej; a jeśli miłość, to psychologia, podświadomość, Freud, i znowu inny świat, niekompatybilny z resztą. Nawet gorliwy katolik pomyśli o Bogu jako Bogu właśnie jedynie w kościele, na pogrzebie czy podczas teologicznej dyskusji bądź skłaniającej do podobnych refleksji lektury, choć to już rzadziej. Poza tym Bóg jest jedynie słowem, bladym skojarzeniem, postacią z mitologii stojącą na równi z bogami greckimi; widmem ze świata *virtual reality*. To jest Bóg wirtualny. Zamknięty w czysto sakralnym oprogramowaniu rzeczywistości. Na cmentarzu jesteś chrześcijanin, na giełdzie makler, w urzędach podatnik, na ulicy kierowca, w domu mąż; coraz mniej punktów wspólnych. Wasza kulturosfera rozszczepia się jak te światy alternatywne, odchodzi gałęziami w różnych kierunkach, potrzebujecie Katapulty, żeby przeskoczyć ze świata psychologii do świata religii. A ja pamiętam, znam średniowiecze. Znam czas, gdy świat był jednością. Ja jestem z tego czasu, z tego świata. Moja pamięć nie jest podzielona na sektory odczytywalne jedynie pojedynczo. Chciałem porozmawiać o ekonomii systemu kolonialnych Ziemi w kontekście ostatniej encykliki papieża. Nie było z kim, ludzie nie pojmują, o czym mówię, w ekonomii nie ma Boga. – Vaudremaux odłożył sztućce, pochylił się nad blatem, po czym spytał w swym kalekim stalińskim angielskim: – Czy ty mnie słuchasz, czy ty mnie rozumiesz, Janusz?

– Późno już, muszę iść, Dunlong czeka.

4.

– Pozwolicie panowie, że was sobie przedstawię. Pan Janusz Celiński i pan Lopez Praduiga się znają; to jest major Edwin Crueth z Korpusu.

Nikt nie powiedział: „Miło mi".

Lopezowi nie spodobał się Crueth. Dostrzegał w tym prawie dwumetrowym, zawodowym żołnierzu niepokojącą symetrię siły ciała i woli. Lopez nie lubił takich ludzi. Nie potrafił nimi sterować. To go deprymowało.

Natomiast Celiński najwyraźniej nieźle się bawił. Przemrukując coś pod nosem, uśmiechnięty lekko, przyglądał się bezczelnie Cruethowi. Crueth odpowiadał mu uśmiechem zaskakująco szczerym.

Lopez odchrząknął.

– Nie chciałbym psuć ci zabawy, Johnny, tak jak ty mi zepsułeś urlop, ale...

Dunlong zamachał rękoma.

– To był twój wybór.

– Nie powtarzaj mi tego, bo jeszcze zmienię zdanie.

– Ale też ty nie wypominaj mi rzeczy, których nie zrobiłem.

– Kusicielu. Specjalnie podesłałeś mi Celińskiego.

Przez cały czas lotu do Tenochtitlanu, a potem do Nowego Jorku, Celiński wymigiwał się od odpowiedzi, dlaczego nie zabrał się razem z Ulrichem do przekonywania Lopeza i pozostał w helikopterze, choć Dunlong wydał mu tak wyraźne polecenie; Lopez podejrzewał, iż ze strachu przez Rosalie. Jednocześnie inna myśl przyszła mu do głowy. A jeśli Dunlong wysłał po niego Celińskiego właśnie w nadziei, iż Praduiga pomyśli to, co pomyślał? Jeśli to zmyłka, podstęp? Wszak gdyby nie mimochodem rzucona uwaga Ulricha, nigdy nie zgodziłby się na przerwanie dopiero co rozpoczętego urlopu. Ani Ulrich, ani Celiński słowem się nie zająknęli o nowej Nici. Dyrektor Piątego

Departamentu mógł to zaplanować, świadomie zagrać na przysłowiowej podejrzliwości Praduigi; trzecie dno? Może więc i Celiński celowo chciał odsunąć Lopeza od sprawy, w końcu Rosalie nie demon.

Głębokie i powikłane były intrygi Dunlonga.

– To zagranie poniżej pasa – ciągnął Lopez. – Ty wiedziałeś, że tylko jeden wniosek mogę z tego wysnuć. To nie fair.

Dyrektor się śmiał.

– O czym wy mówicie? – zirytował się Celiński.

– Nić – rzucił Lopez w przestrzeń.

– Nić – przyświadczył rozbawiony Dunlong.

Celińskiemu szczęka opadła.

– Nie wiedziałeś? – zdziwił się Praduiga.

– Nie wiedział – przyznał Dunlong. – Mógłby ci powiedzieć, zanim byś się zgodził, a tobie diabli wiedzą, co chodzi po głowie.

– Myślałem, że to podstęp podwójny.

– Przeceniasz mnie.

– W życiu mi się to nie zdarzyło.

– Zaraz, zaraz – włączył się Celiński. – Co z tą Nicią? Kiedy ją złapaliśmy?

– Miesiąc temu. Niecały.

Lopez uniósł brwi.

– Trochę szybko jak na analizę. Zwrotnicowi sporządzili wykres? Drzewa?

– Po minie Janusza mogłeś się zorientować, że Zwrotnicowych jeszcze tam nie było – oznajmił Dunlong, *de facto* znów wykręcając się od jednoznacznej odpowiedzi.

– Zwiadowcy? – indagował Lopez.

– Poniekąd.

– To „poniekąd” oznacza coś paskudnego.

– Masz rację.

– Może byś to wszystko opowiedział w jakimś porządku; ciągnę z ciebie jak z jeńca.

Dunlong zapalił cygaro i zaciągnął się głęboko.

Przyjął ich w saloniku przylegającym do głównej sali konferencyjnej. Było to niewielkie, ciemno wytapetowane pomieszczenie, wyposażone w sześć niskich foteli, o podłodze przykrytej ręcznej roboty dywanem z Ziemi Ziem. Za oknem błyszczał w promieniach zachodzącego Słońca niebosiężny główny budynek Ministerstwa Kolonii; za nim, niewidoczne, wznosiły się wysokościowce Departamentów Trzeciego i Czwartego. Pierwszy i Drugi nie istniały, wchłonął je i przejął ich funkcje kierowany przez Johna C. Dunlonga Departament Piąty, w chwili obecnej odpowiedzialny za odnajdywanie nowych Ziem, zwiad, analizę historyczną i podbój – w istocie biurokratyczno-militarne imperium Dunlonga, tego nowożytnego Hoovera, posiadało większe prerogatywy niż niejedno ministerstwo i wciąż się rozrastało. W oddali, prawie na horyzoncie, lśnił toroidalny kompleks budynków United Earths Organization, wzniesiony w miejscu, które niegdyś zajmowała siedziba Organizacji Narodów Zjednoczonych. UEO obradowała akurat na Ziemi Stalina z racji jej „niewątpliwych zasług położonych na polu kontaktów z innymi światami”.

– Jak już powiedziałem, złapaliśmy tę Nić miesiąc temu. Najpierw poszedł klasyczny zwiad automatyczny: sekundowe przerzuty maszyn badawczych. Zgodnie z procedurą objęliśmy nimi obszar całego globu. Zestawienie wyników było obiecujące, jak zwykle. Atmosfera cudo, żadnych zanieczyszczeń, mówili autorzy raportu. Na co inni, że jak nie ma zanieczyszczeń, znaczy: nie ma tam ludzi albo nie wyleźli jeszcze z jaskiń. Zdjęcia nieba nie wykazały zmian w układzie gwiazd, co wyklucza odległe czasowo deformacje, nie zauważono też satelitów. I znowuż: jedni twierdzili, że tym lepiej, nie ma satelitów, to i kłopotów będzie mniej; a drudzy, że to skutek niedorozwoju umysłowego mieszkańców. Dokonywaliśmy pikosekundowych dwustrzałów nad nocną półkulą, z Katapult orbitujących, żeby zarejestrować światła domostw, jakichś większych skupisk czy nawet ogniska. Efekt mierny: nie mamy pewności co do ich sztucznego pochodzenia. To był pierwszy etap, dwa tygodnie trwał, dostroiliśmy wówczas wszystkie Katapulty, są teraz równie bezpieczne, jak liniowe.

Dunlong na chwilę przerwał, by artystycznie wydmuchnąć dym.

– Drugi etap to głęboka penetracja. Jak panowie się orientujecie, polega on na wysyłaniu na kilkunastominutowe zwiady samodzielnych decyzyjnie maszyn, których jedynym zadaniem jest jak najwięcej zobaczyć, usłyszeć i wywąchać. Z uwagi na brak satelitów postanowiliśmy wpierw puścić naszego niskoorbitalnego szperacza. Zwinęliśmy go wojskowym, wywiad używa tego malucha do rejestracji ruchów warg rozmówców, z których odtwarzają sobie potem treść rozmowy.

– Skoro to taki cud techniki, to jak znam życie, coś musiało trzasnąć – zauważył Lopez.

Dunlong uśmiechnął się krzywo.

– Gdzież te czasy łuku i strzały, a? Nie przerywaj mi z łaski swojej.

– A co, nie mam racji?

– Rację masz. Powinienem cię zatrudnić na pół etatu jako zawodowego pesymistę. Wysłać go wysłaliśmy, ale z powrotem ściągnęliśmy tylko próżnię.

– Nie będę złośliwy i nie spytam, ile coś takiego kosztuje.

– Jaki nie będziesz? Prosiłem cię: zamknij się, Lopez. – Dunlong rozgniótł resztkę cygara. – Więc tak. Spróbowaliśmy z kolei satelitów ze zmienną asekuracją. W istocie był to powrót do etapu pierwszego. Katapulta, rozumiecie, strzelała tak szybko, żeby pomiędzy kolejnymi przerzutami przekaźnika nie mogło zajść nic niekontrolowanego. Jednocześnie mieliśmy dzięki temu prawie bezpośrednią łączność ze szperaczem. To znaczy do czasu. Nagle łączność urwała się i w fazie powrotu asekurujący satelita przekazywał jedynie informację o braku informacji. Przy dwóch następnych próbach było tak samo; szperacze – jak kamień w wodę.

– Co bit, to zabit.

Dunlong spojrzał na Lopeza ponuro.

– Zrezygnowaliśmy z satelitów. Puściliśmy szperacze naziemne. Niektóre wracały, niektóre nie. Mamy bogaty bank danych na temat tamtejszej roślinności, zwierząt i tak dalej. Wykluczyliśmy również istnienie tam jakichś śmiertelnych dla Stalińczyków mutacji wirusów. W ewolucji żadnych znacznych odchyłów.

– Ludzie? – spytał Celiński.

– Ani śladu.

– Ślad jest – zauważył Lopez. – Maszyny, które nie wróciły.

– Myślisz, że przerobili je na konserwy? – ironizował Celiński.

– He, kochany, te tak zwane naziemne szperacze to nie byle bydlaki. Takie czołgi w miniaturze; robią je na licencji Cerberów.

Major Crueth, najwyraźniej znudzony jałowym sporem Lopeza i Celińskiego, zwrócił się do Dunlonga:

– Co z tymi Zwiadowcami?

– Jakimi Zwiadowcami? – Celiński nie zrozumiał.

– Tymi, co poniekąd – mruknął Praduiga.

– Wysłaliśmy ich siedmiu – rzekł Dunlong. – Po jednym z Los Angeles, Kairu, Berlina, Londynu i Ałma Aty i dwóch znad Zatoki Meksykańskiej. To jest trzeci etap. Właściwie nie powinniśmy do niego przechodzić, nie zaliczywszy poprzednich, ale nie było wyjścia; moja decyzja, ja się podpisałem.

– No i?

– Mhm... żaden nie wrócił.

Przez chwilę trwało milczenie.

– Urodziwe córki wodzów autochtonów? – zażartował bez powodzenia Celiński.

– Chciałbym widzieć, Johnny, jak się będziesz z tej indolencji tłumaczył przed Komisją.

– Nie twoje zmartwienie – rzekł twardo Dunlong.

– A owszem, mam wrażenie, że moje – natarł Praduiga. – Po pierwsze: ściągnąłeś tu, na równych prawach, wojskowego, speca od akcji w terenie, jak wnoszę z naszywek, z Korpusu Inwazyjnego. Po drugie: zupełnie niepotrzebnie zapewniłeś nas, że Katapulty wycelowane w tamtą Ziemię są teraz równie bezpieczne, jak liniowe, o ile pamiętam. Nie podoba mi się ta kombinacja.

– Jestem pełen podziwu – mruknął Dyrektor z miną całkowicie przeczącą wypowiadanym słowom.

– Za to mi płacisz. Żebym się nie dał zwieść pozorom.

– Hej, zaraz. – Celiński zaczynał coś podejrzewać. – O co tu chodzi?

– To my mamy być następną porcją armatniego mięsa – wymamrotał tym swoim gładkim basem Crueth.

Zwrotnicowy wytrzeszczył oczy.

– Ty na mózg upadłeś, Dunlong, demencja starcza cię dopadła. Masz nas za samobójców?

Dyrektor Piątego Departamentu Ministerstwa Kolonii Ziemi Stalina uciekł spojrzeniem na sufit.

– Major Crueth samobójcą jest z zawodu. Ty, Janusz, jesteś samobójcą z natury; pamiętasz jak na Ziemi Ziem grałeś w kości z inkwizytorem o własne życie?

– A ja? – spytał Lopez.

– Ty też się zgodzisz.

– Dlaczego?

– Mnie się pytasz? A dlaczego tu przyleciałeś? Moja intryga, a? Myślałeś, że to Nić, no i jest Nić. Więc co? Zrobisz mi na złość i wycofasz się?

– I ja ciebie przeceniam? Ja ciebie przeceniam?

– Taak, takie czasy, Lopez. W twoich aktach mam i to, o czym marzysz i czego nienawidzisz; mam cię rozłożonego na słowa i procenty. Różni są specjaliści.

5.

W zapadającym zmroku, w chłodnej ciszy wieczoru trwał taniec cieni; cienie tańczyły w świętym obrządku, przywołując noc. Choreografem był wiatr, każde drżenie poruszonej przezeń gałęzi natychmiast odbijało się na powierzchni gruntu polany zmianą układu plam jasnych i ciemnych.

Powoli kontrast zmniejszał się. Ostatecznie zapanowała niepodzielnie gruboziarnista, mroczna szarość. Polana stała się jednym wielkim, wypełnionym nocą naczyniem.

Lasek spał.

Nie ocknął się nawet wtedy, gdy w jego sercu pojawiło się obce ciało. Wyższe od krzaka, niższe od drzewa. Węższe od pnia, grubsze od gałęzi. Nieruchome. O nieregularnym zarysie. Człowiek. Stał i patrzył, słuchał. Nie drgnął przez prawie minutę: posąg nieomal. Raz wiatr załopotał połą jego płaszcza, rozwiał włosy, zafurkotał rękawami.

Potem człowiek zniknął.

Lasek spał.

Nie zbudził się i przy powtórnym wtargnięciu weń skrawka obcego świata. Tym razem było to pięć nieforemnych brył. Pięciu ludzi. Ramię w ramię, ustawieni w okrąg, twarzami na zewnątrz. Mężczyźni. Długie płaszcze. Głowy odkryte. Ręce wolne. Stopy szeroko rozstawione dla utrzymania równowagi.

Jeden z nich poruszył wargami; żaden dźwięk się zza nich nie wydostał, lecz pozostała czwórka doskonale słyszała nie wypowiadane przezeń słowa. Mężczyźni wszczepione mieli w krtanie i języki urządzenia rozszyfrowywujące z niemych ruchów organów mowy, co chce tym sposobem ich posiadacz powiedzieć, i transmitujące jego słowa, już jako zakodowany zbitek dźwięków, do „impulsowników" interlokutorów: miniaparatów przesyłających z kolei owe dźwięki bezpośrednio do ośrodków słuchu w mózgu, a to w postaci impulsów właśnie, przerzucanych na neurony. W programie każdej gadałki uwzględniony był indywidualny sposób mówienia jej posiadacza, tak iż mimo wszystko można było rozpoznać rozmówcę po głosie, chociaż głosu nie wydawał. Laryngofon ostatniej generacji: mówisz ust nie otworzywszy, nikt nie jest w stanie poznać – nie podłączywszy się do gadałki – co takiego mówisz i czy w ogóle coś mówisz.

– Spokój – powiedział major Crueth. – Nikogo. Tam po prawej to lis.

Po czym wykonał jakiś dziwny ruch dłonią i zameldował:

– Crueth na Zapis. Jesteśmy. Bez kłopotów. Amen.

Słowo „Amen" stanowiło powszechnie używany w całym Korpusie Inwazyjnym kod zamykający; powoli przechodzono wyłącznie na niego i kody mu pokrewne, aby przy operacjach łączonych (które zdarzały się coraz częściej) czy innych przypadkach pokrywania się języków bitewnych nie występowały zakłócenia. W Korpusie służyli ludzie z setek krajów z trzech Ziemi i nie wszędzie rozpowszechniony był zwrot OVER lub inne, już czysto idiomatyczne. Natomiast mitologia chrześcijańska znana była każdemu.

Miniaturowa maszynka rejestrująca (milimetr na milimetr na dwa), wbita w ziemię pod stopami mężczyzn, zapisała w swej pamięci wypowiedziane przez Cruetha słowa. Co dwie minuty – w dzień co dziesięć minut – półkula gleby należąca do obszaru objętego działaniem Katapulty będzie wymieniana przez jej „strzał", a w to miejsce pojawiać się będzie identyczny fragment polany, również wyposażony w rejestrator. W ten sposób łączność z Ziemią Stalina zostanie utrzymana, mimo iż obydwa wszechświaty nie posiadają przecież ani jednego punktu wspólnego. Zasięg gadałek był teoretycznie nieograniczony, wszystkie transmisje zaś szyfrowane systemem kodowanego przypadku.

– Lepiej się zmywajmy z tego lasu – mruknął Lopez.

– Gdzie znajdziesz lepszą kryjówkę? – leniwie zdziwił się Crueth.

– Niepokoi mnie to, że ci Zwiadowcy musieli podobnie myśleć.

– Nikogo w to miejsce nie przerzucano. – Costa del Sol było przeciętnie popularnym terenem przerzutowym; z jednej strony, z uwagi na jego atrakcyjność dla turystów, pozwalał na względnie szybkie wtopienie się w tłum jeszcze jednego cudzoziemca, z drugiej zaś, z racji bliskości Gibraltaru, bywał aż nazbyt często strefą zmilitaryzowaną.

– Chodzi mi o to, że Zwiadowcy na pewno rozumowali w sposób poprawny, podobnie jak ty. Tak, jak ich nauczono. No i co z nich zostało?

– Nie – zdecydował Crueth. – Jestem odpowiedzialny za wasze bezpieczeństwo i w tym względzie ja podejmuję decyzje. Mówię: nie. Nie przekonałeś mnie. To, że przypuszczasz, że ich wyszkolenie mogło się przyczynić do niepowodzenia misji, nie oznacza, iż mam je teraz całkowicie zanegować. W większej części opiera się ono po prostu na zdrowym rozsądku. Nie zacznę robić głupot tylko dlatego, że ci, którym się nie powiodło, również głupot nie robili.

Było to jedno z najdłuższych przemówień majora Cruetha.

Praduiga wzruszył ramionami.

– W każdym razie dziękuję za obszerne wyjaśnienia.

– Proszę nie oczekiwać kolejnych.

Odeszli z pola przerzutowego. Dwóch w podobne płaszcze odzianych żołnierzy z Korpusu odsunęło się na rozkaz majora kilka metrów w lewo i prawo i odtąd utrzymywali tę odległość. Sam Crueth lekko wyprzedził Praduigę i Celińskiego, przez co znaleźli się oni w środku trójkąta, którego wierzchołki stanowili wojskowi.

Lopeza już zaczynała drażnić ta tak ostentacyjna ochrona.

Przy północnym krańcu polany teren wznosił się, po czym stromo opadał ku strumieniowi. Na szczycie owego pagórka spoczywało kilka potężnych głazów porośniętych mchem, a miejscami i trawą. Kamienny parawan.

– Tutaj – zakomenderował Crueth.

Celiński i Praduiga skrzywili się jednocześnie, jak na rozkaz. Major dostrzegł te grymasy.

– Co znowu?

– Nic.

Zarządzenie Zwiadu nakazujące dokonywać przerzutów tuż za terminatorem, po ciemnej stronie, miało wielu przeciwników, nic lepszego jednakże jak dotąd nie wymyślono. Początkowo preferowano strzały w świt, lecz ułomność tej procedury, wykazana podczas penetracji Ziemi Ziem, spowodowała zmianę pory. Teraz przerzucano Zwiadowców w wieczór, dając im całą noc na rozpoznanie terenu i przygotowanie do wyprawy. Przerzuty w dzień wykluczono. Było to zarządzenie ze wszech miar rozsądne, jednakowoż Zwiadowcy klęli je regularnie: musieli przezeń nocować po podobnych tej leśnych dziurach.

Jeden z żołnierzy – sierżant Calver, jak go nazywał major – wspiął się na głazy i umieścił tam niewielki analizator KTZ, który miał za zadanie strzec ich obozowiska. Dane przezeń przekazywane pojawiały się na Indeksie Cruetha, ilekroć opuścił on lewą powiekę.

Major ustawił jeszcze miniprojektory holografiku maskującego, po czym, wraz ze swymi podwładnymi, rozpłynął się w ciemności.

Celiński westchnął i zblokował gadałkę na zamkniętą rozmowę z Praduigą.

– Słuchaj, Lopez, może mi wreszcie powiesz, dlaczego się zgodziłeś na ten idiotyzm. Dunlong ma w aktach jakiegoś haka na ciebie czy co?

Lopez spojrzał nań jak na wariata.

– No powiedz – naciskał Celiński. – Dlaczego?

– Wiesz, czym się zajmuję? – spytał Praduiga po długiej chwili, zapaliwszy hantyjskiego bezdymnego; poczęstował papierosem Janusza, ale ten odmówił.

– Nie, dzięki. Mhm... psychologią, prawda?

– W dużym skrócie. Ty rozszyfrowujesz świat, ja rozszyfrowuję ludzi. Znając różnice pomiędzy naszą a ich Ziemią, określam różnice między nami a nimi. I na odwrót. Dlaczego ten człowiek poderżnął Zwiadowcy gardło? Bo nieszczęśnik usiadł w tym sanktuarium po jego lewej ręce, ubrany na czarno. A dlaczego nie powinien? Bo ileś tam lat temu... i tak dalej. Rozumiesz? Rozkładam ludzi na czynniki pierwsze: na przeszłość, na to, co przeżyli i czego nawet ich przodkowie nie pamiętają. To się nazywa wpływ środowiska – ciągnął z goryczą Lopez – historii, kultury, obyczajów. Nie robisz czegoś, bo chcesz to zrobić, lecz dlatego, że tak chciała przeszłość, że w ten sposób ułożyły się w tobie wspomnienia, że tak zagrał na tobie świat. Determinizm, ot co. Gdybym jeszcze znał podkład genetyczny – a przecież każdy z nas jest jedynie odwzorowaniem, rozwinięciem swego DNA, niezależnie od tego, czy potrafimy go odczytać, czy nie – gdybym więc znał i ów podkład, całego człowieka miałbym już zamkniętego w ciągach rozkazów przeznaczenia. Nie mamy wolnej woli; tak samo nasze poczynania analizowano by jako efekty tego, co zapisano w naszych umysłach i komórkach naszego ciała, gdybyśmy to my byli obiektem inwazji. A ja robię to na obcych Ziemiach. Nie człowiek, lecz maszyna. Poznając program, według którego działa, poznaję programistę: świat. – Lopez zaśmiał się do Księżyca, co na moment wypłynął zza chmur. – Sądzisz, że kim ja jestem? Też marionetką. Sznurki... Pociągnął Dunlong za odpowiednie i oto rezygnuję z urlopu, oto gnam na obce światy. Sądzisz, że kim *ty* jesteś?

– Nie wiem. Człowiekiem, sobą, Januszem Celińskim. Tak myślę – odparł Janusz, absurdalnie ostrożny w obliczu takiego Lopeza.

– Aha. Ale d l a c z e g o tak myślisz?

Celiński prychnął, mimo wszystko zirytowany.

– Nie powiedziałeś mi, czemu się zdecydowałeś na tę wyprawę – zmienił temat.

– Ja zdecydowałem?

– Nie wykręcaj się. To prymitywne tłumaczenia, tak usprawiedliwiają się przed sądem mordercy.

Lopez wzruszył ramionami.

– Nie, nie wiem, naprawdę. Może dlatego, że wciąż mam nadzieję, iż znajdę gdzieś taki cudowny, zwariowany świat, na którym człowiek byłby człowiekiem, a nie robotem; nie wiem. – Praduiga uśmiechnął się lekko, przekrzywił głowę, machinalnym ruchem schował do kieszeni dogaszonego peta bezpopielnego papierosa; przymknął oczy, jakby upity krystalicznym nocnym powietrzem. – Ja w człowieka już po prostu nie wierzę.

6.

– Co to?

– Komar, cholera.

– Myślałem, że rano komary nie gryzą.

– Pobożne życzenia.

– Śmierć komarom.

– Śmierć!

Plask.

Szli przez jedną z kamienistych równin Andaluzji, słońce malowało długie i głębokie ich cienie. Na Ziemi Stalina zieleniłyby się tutaj owe słynne hiszpańskie winnice – to jednak nie była Ziemia Stalina i nawet nie wiedzieli, czy ewentualni tuziemcy nazywają te tereny Andaluzją.

Ubiory, które mieli na sobie, chroniły od zimna i upału, licznych rodzajów promieniowania – mogły służyć setkom przeróżnych celów, tak zostały zaprojektowane; ich celem podstawowym jednakże było umożliwienie Zwiadowcom przystosowania się do jakiejkolwiek mody – czy jej braku – panującej na penetrowanej Ziemi. Z ich części można było uzyskać ponad trzysta kombinacji. Tymczasem jednak ta ich funkcja nie miała zastosowania: Crueth pokrył grupę ruchomym holografikiem. Nie zrobiłby tego, gdyby istniało uzasadnione przypuszczenie, że cywilizacja, jaką mają szpiegować, może się na tym poznać – wówczas bowiem istotnie za nikogo innego prócz szpiegów nie mogliby ich wziąć.

– Na godzinie piątej, sto metrów nad ziemią, sześć kilometrów – zameldował nagle sierżant Ho, ponuroślepny paker o lekko orientalnych rysach, wyższy i od Cruetha. – Nie wiem, co to jest, sir – mówił, wytężając swój sztucznie sokoli wzrok. – Nie widzę skrzydeł. Nie widzę śmigieł. Nie widzę dysz ani smugi odrzutu. Nie widzę ciepła żadnego systemu napędowego. Prędkość stała, w granicach półtora Macha. Minie nas w odległości czterech i dwie trzecie kilometra. Dokładne dane rzucam panu na Indeks.

Indeksem nazywali niematerialny trójwymiarowy ekran „unoszący" się przed ich oczyma, a istniejący tylko w ich umysłach, działający zaś na zasadzie analogicznej do zasady działania popularnych zegarków widmowych, również nieistniejących, zaledwie „symulowanych", a w dowolnej postaci widzianych przez użytkownika, gdy tylko przymknął on lewe czy prawe oko.

Crueth dał znak, by grupa nie zatrzymywała się ani nie zmieniała tempa.

– Nie rejestruję działania żadnych aktywnych systemów celowniczych – kontynuował Ho. – Albo nas nie zauważył, albo ignoruje, albo pozostaje przy systemach biernych.

Obiekt po chwili zniknął za horyzontem.

– Co to było, Crueth? – spytał Lopez.

– Słyszał pan – odmruknął major. – Linia była otwarta.

– Jakim cudem to leciało?

Crueth wzruszył ramionami – postrzegli ten gest jako nagłe wydęcie się jego płaszcza: utrzymywano szyk z dnia wczorajszego i major wyprzedzał Lopeza i Celińskiego o jakieś pięć metrów.

– Antygrawitacja? – rzucił Crueth. – Telekineza?

Celiński zaniepokoił się.

– Antygrawitacja, myśli pan? Cholera... moment. Mam już symulacje. – Przez nie w pełni ludzki mózg mknęły mu ciągi pojęć i obrazów generowanych przez analityczne oprogramowanie wszczepki Zwrotnicowego, a niewyrażalnych poza językową przestrzenią jej sztucznych myśli. – Znajomość antygrawitacji implikuje parę innych rzeczy. Rzucam wam na Indeksy; widzicie: nie jest to wesołe. Proponowałbym zdjąć to holo: osiemdziesiąt siedem procent, że znają i to.

– Zdejmujemy – zgodził się Crueth i wyłączył system mimetyczny.

– A może to w ogóle nie są ludzie? – mruknął Calver. – Co, panie majorze?

– Tylko tego nam brakowało – wymamrotał Lopez. – Nie ludzie, to kto? Mrówki? Jakich rozmiarów było to latające pudło?

– Stodoły.

– Więc raczej nie mrówki – zauważył z przekąsem Celiński.

– Chyba że dwumetrowe – zaśmiał się bezdźwięcznie Calver.

– Upiorny żart – parsknął ubawiony Janusz.

Lopez, zdziwiony, zerknął nań; Celiński się uśmiechał, by nie pozwolić wypełznąć na twarz innemu grymasowi.

– Głupoty gadacie – warknął Crueth. – Wykresu ewolucyjnego nie widzieliście? Nie ma odchyłów.

Szli.

Wspiąwszy się na kolejny pagórek, Crueth zwolnił.

– Uwaga! – „krzyknął” przez gadałkę. – Człowiek. Mężczyzna. Lat piętnaście-osiemnaście. Leży na plecach, ręce pod głową. Prawdopodobnie śpi. Czterdzieści dwa metry, prosto naprzód. Lopez. Ty.

Praduiga zaczął wspinać się na pagórek.

– W co on jest ubrany? – dopytywał się Celiński.

Lopez był już na szczycie i sam go poinformował:

– Tunikowate szarobiałe giezło. – Po czym jął się w szybkim tempie przebierać, usiłując upodobnić swój ubiór do ubioru młodzieńca.

– Obstawić to – rozkazał tymczasem major.

Lopez powoli zszedł z pagórka i podszedł do leżącego. Gdy tylko się zatrzymał, chłopak otworzył oczy.

Klasycznym sposobem postępowania w tej sytuacji, polecanym przez wszystkie podręczniki Zwiadowców, było wyczekiwanie z uśmiechem na twarzy, aż tuziemiec odezwie się pierwszy – wówczas można było bez kłopotów przejść na język, którym ten się posługiwał, nie zdradzając się z własną niewiedzą w tym zakresie. Wszyscy Zwiadowcy, agenci, każdy, kogo w fazie zwiadu przerzucano na obcą Ziemię, wcześniej poddawany był procesowi hipnotycznej nauki ponad tysiąca podstawowych języków, dialektów i narzeczy, jakimi mogli się posługiwać jej mieszkańcy. To oczywiście nie załatwiało sprawy, nieraz bowiem, na światach odchylonych dawno temu, stykano się z językami na Ziemi Stalina po prostu nie istniejącymi, oryginalnymi, lub też drastycznie odbiegającymi od stalinowej ich wersji – lecz były to przypadki stosunkowo rzadkie.

Lopez milczał.

Chłopak milczał.

Ukryci poza zasięgiem ich wzroku żołnierze i Celiński wsłuchiwali się w tę ciszę.

– A jak on skoczy mu do gardła? – niepokoił się Janusz.

– To jest ryzyko – przyznał major.

Chłopak spytał o coś.

– Klasyczny aramejski – zidentyfikował język Ho. – Pyta, czy Lopez czegoś nie chce – dodał, zupełnie niepotrzebnie zresztą, bo wszyscy w aramejskim byli podobnie biegli.

Praduiga zwilżył językiem wargi. Od ładnych parunastu godzin mówił jedynie za pośrednictwem gadałki, ani słowa tak naprawdę nie wypowiedział – i teraz na moment opanował go irracjonalny strach, iż nie będzie zdolny normalnie przemówić, że gadałka odjęła mu zdolność mowy.

Była to jednak zaledwie chwila.

– Witaj – powiedział.

Młodzieniec wstał i lekko się ukłonił.

– Witaj – odparł. Dało się w jego głosie wyczuć lekkie zdziwienie.

Lopez potrząsnął opuszczoną dłonią dla odpędzenia pomniejszych demonów strachu. Zaczyna się. Zagadka w zagadce w zagadce. To również był narkotyk, nałóg.

Postąpił zgodnie z zaleceniami podręczników, a także zgodnie z własnym doświadczeniem: od razu dał się poznać jako swego rodzaju dziwak, obcy – nie odpowiadając na powitalne, w gruncie rzeczy, jak mniemał, retoryczne pytanie młodzieńca, lecz tak poważnie go witając. Lepiej było od początku zadeklarować się jako cudzoziemiec, niż chcąc uchodzić za swojego, narazić się później na przeróżnego rodzaju podejrzenia. Lepiej nawet za wariata robić – wariatowi wszystko wolno.

Praduiga nie był Zwiadowcą i wyprawa do obcego świata w tak wczesnym etapie jego podboju i dla niego stanowiła nowość, zwykle sporządzał swe ekspertyzy – na ten czy inny temat – kiedy dana Ziemia znajdowała się już pod skrytym bądź jawnym panowaniem jego mocodawcy; był stremowany.

– Widzisz... jestem wędrowcem. Nie bardzo wiem, gdzie się znalazłem. To znaczy... co to za miejsce.

Śmiertelne zdumienie wykrzywiło twarz chłopaka. Lopez zdenerwował się. Nie oceniłby swego zachowania jako aż tak dziwnego.

– Jesteś obcy – stwierdził chłopak w dziwnym niemieckim.

– Jakiś domorosły poliglota – zauważył z przekąsem Celiński.

Niemiecki. O co tu chodzi? Praduidze przemknęło, czy aby jego ubiór nie jest przypadkiem właściwy dla tutejszych Niemców. A może jakaś wycieczka z Niemiec pałęta się po okolicy i młodzieniec wziął go za zagubionego jej członka?

Na wszelki wypadek odpowiedział również po niemiecku:

– Tak, jestem obcy.

Chłopak milczał, gapiąc się w bezruchu na Lopeza.

– Mógłbyś mnie poinformować, gdzie się znajduję? – spytał Praduiga, nadal trzymając się niemieckiego.

Twarz chłopaka wykrzywiło przerażenie.

– Ty nie jesteś – rzekł w narzeczu Indian Navaho; czwartego jego słowa Lopez właściwie nie zrozumiał. Było to jedno z owych dziwacznych, wieloznaczeniowych słów, w jakie obfitują stare języki społeczeństw przesiąkniętych magią i mistycyzmem, żyjących w czystej, naturalnej przyjaźni i nienawiści do swych bogów. Nikt, kto nie urodził się Navaho, nie pojmie w pełni tego narzecza. Co więc oznaczało słowo wypowiedziane przez młodzieńca? Pewien rodzaj skończoności, całości; także świętość i przeznaczenie; także wyższość, boskość; także dobro.

Ledwo zamknąwszy usta – chłopak zniknął.

Major z żołnierzami, a za nimi Celiński, wypadli zza pagórka – obserwowali oni to zdarzenie oczyma Lopeza, słuchali za pośrednictwem jego uszu i podobnie zaszokowało ich zniknięcie tubylca.

– Co to było? – zachłysnął się Celiński, rozglądając się wokół, jakby przekonany, iż chłopak wcale nie rozpłynął się w powietrzu, lecz tylko kryje się gdzieś – gdzie?

– Czy ja dobrze zrozumiałem? – pytał major. – Miał ci za złe, że nie jesteś świętym?

Ho z Calverem, przełączywszy się na zamkniętą linię, dyskutowali nad techniką dematerializacji nastolatka – jednocześnie lustrując swymi nieludzkimi ślepiami okolicę.

– Może to od początku był hologram?

– Widziałeś na Indeksie: major miał go na wszystkich systemach.

– Może jakaś nowa generacja hologramów... – rzucił Calver bez specjalnego przekonania.

– Prędzej teleportacja.

– I co jeszcze? Nie było ruchu powietrza. To już prędzej strzał Katapulty o zmiennokształtnym polu przerzutowym.

Lopez siedział na kamieniu i nie odzywał się.

Celiński kręcił z niedowierzaniem głową.

– Naszła mnie taka myśl – mruknął po chwili. – A jeśli oni używają danego języka tak jak my akcentu albo intonacji głosu? To znaczy... każdy język ma własną charakterystykę, jeden jest twardy, drugi subtelny... Może znają – niekoniecznie przez hipnozę – wszystkie języki i używają ich kombinacji dowolnie, w zależności od tego, co i jak chcą przekazać.

– Taa, rozumiem – przytaknął Crueth. – Chociaż przy zastosowaniu takiej interlingwistycznej technologii na skalę ogólnoświatową bardziej prawdopodobnym zdaje mi się wykształcenie jakiegoś amalgamatycznego, wspólnego metajęzyka. Ale nie jestem w tym specjalistą. Nieważne, to sprawa poboczna. Mnie niepokoi jego zniknięcie. Zastanawiam się, czy w tych okolicznościach...

Celiński spojrzał pytająco na Praduigę. Praduiga wzruszył ramionami.

Major machnął ręką, zblokował gadałkę i rozpoczął składanie raportu, który zostanie zapisany w jednym z dwóch naprzemiennie pojawiających się w tym świecie rejestratorów. Gdy skończył, szczeknął: „Amen" i milisekundowy, nasycony informacją impuls pomknął ku odległemu o kilkanaście kilometrów laskowi oraz ukrytemu w nim polu przerzutów.

– Nic – zameldował Calver. – Nikogo tu nie ma.

Crueth czekał.

– Idziemy – zdecydował wreszcie Lopez.

Po pół godzinie wyszli na płaską, porośniętą wysoką trawą równinę, z rozrzuconymi tu i ówdzie skupiskami niskopiennych drzew. W oddali majaczyła cienka, ciemna kreska, która mogła być drogą.

– Droga – potwierdził major. – Nie mogę zidentyfikować typu nawierzchni.

– Ktoś tam jest – dodał sierżant Ho. – Stoi na niej. Krzaki go zasłaniają, mam go na podczerwieni. Mężczyzna, średniego wzrostu. Nie porusza się. Co on tam robi?

– Odlewa się w te krzaki – mruknął Celiński, spoglądając w niebo, kryształowo błękitne błękitem ognistego lodu.

Przyspieszyli; sierżanci wysunęli się nieco naprzód. Ho i Calver byli rodowitymi Stalińczykami: choć dyskrecja i słowo Carterczyków stały się wręcz przysłowiowe, to na tak wczesnym etapie inwazji nie korzystano z najemników, podobnie jak i z obcoziemnych ekspertów. Ho i Calver, z racji częstego operowania na obcych Ziemiach w początkowym stadium ich podboju, musieli przejść także pełne przeszkolenie Zwiadowców – w istocie byli Zwiadowcami; na Ziemi Ziem to przecież wyłącznie Korpus zajmował się zwiadem.

Drugi napotkany tubylec okazał się trzydziestokilkuletnim mężczyzną o ogniście rudych włosach, odzianym w szerokie spodnie i przedziwną bufiastą koszulę; po jego odzieniu, podobnie jak po ubiorze chłopca, nie sposób było wnioskować o ich pochodzeniu i użytej do ich wytworzenia technologii, jeśli w ogóle jakiejkolwiek użyto.

Mężczyzna czekał na nich.

– Witajcie – rzekł, kłaniając się lekko Lopezowi, choć towarzysze Stalińczyka byli dla niego niewidoczni i nie miał prawa ich wcześniej dostrzec.

Praduiga wszedł wolno na szosę. Tak w pierwszej chwili o niej pomyślał: szosa. Lecz szosa się pod nim ugięła, zapadł się w nią po kostki – i zrewidował swój pogląd: deptak do spacerów na bosaka.

– Wyjdźcie – rozkazał przez gadałkę.

– To nie jest dobry pomysł – oponował Crueth.

– Nie możecie się dalej kryć. Wyjdźcie.

Wyszli. Rudowłosy nie okazał zdziwienia.

– Skąd wiedziałeś, że przyjdziemy? – spytał Lopez, wciąż po aramejsku, ze swobodą sugerującą, iż zna się z rudym od lat – bo i tak zachowywał się rudy. Bardzo nienaturalnie to wyglądało w oczach Praduigi.

– Tak miało się stać – odparł tubylec w tutejszej łacinie.

– Powiedział ci ktoś?

– Nie.

– Otrzymałeś od kogoś wiadomość?

– Tak było mi przeznaczone. – Łacina. – To światło. – Staroegipski. Światło oznaczało tu również coś boskiego.

– Nie rozumiem cię, człowieku – rzucił Lopez po angielsku.

– Bardzo mi przykro. – Starogrecki. Rudy aż skręcił się ze zmartwienia.

Praduiga przyglądał mu się podejrzliwie.

– Jak się nazywasz? – spytał Celiński, również po angielsku.

– Różnie.

– A na przykład? Jak my cię mamy nazywać?

– Ohlen – rzucił mężczyzna z wahaniem.

– Dlaczego używasz tylu języków? – spytał Lopez, akceptując pomysł Celińskiego, by ograniczyć się do angielskiego, skoro dla Ohlena nie ma to znaczenia, a oni w angielskim czują się najpewniej.

– Wy też.

– Skąd je wszystkie znasz? – nie ustępował Praduiga.

– Znam.

– Kto cię ich nauczył?

– Nikt. Mam je – odpowiedział rudy, tym razem w którymś z afrykańskich narzeczy, a Lopezowi już nie chciało się dochodzić, co oznacza stwierdzenie, iż on te języki m a. Przesłuchiwali tego Ohlena niby podejrzanego w sprawie o morderstwo; co dziwniejsze, sam Ohlen zdawał się nie mieć nic przeciwko temu. Realność całej tej sytuacji bladła i bladła. Może będziemy zmuszeni go zabić, przemknęło Lopezowi.

– Gdzie my się właściwie znajdujemy? W jakim państwie?

– Państwie?

– Nie istnieje u was podział na państwa? – spytał Praduiga, całkowicie już rezygnując z udawania cudzoziemca.

– Od ponad dwóch tysięcy lat – odparł Ohlen, ani trochę nie zdziwiony.

– Ale jakiś rząd macie.

– Nie, nie mamy żadnego rządu.

– Cholera – mruknął przez gadałkę lekko zdezorientowany Lopez.

Podstawową rzeczą, jakiej godni tego miana Zwiadowcy powinni się dowiedzieć, były kwestie podziału politycznego danej Ziemi oraz rządów na niej panujących. To winno stanowić dla Zwiadowcy sprawę pierwszoplanową, Zwiadowca bez przerwy musiał myśleć – i działać – mając na uwadze rychłą inwazję.

Procedura podboju Ziemi, na której nie istnieje jedno potężne mocarstwo ani nie ma silnej organizacji ponadpaństwowej, a zatem procedura stosowana w większości przypadków, choć skomplikowana, była już dość dokładnie opracowana, zresztą głównie metodą prób i błędów. Najpierw doprowadzano do zwycięstwa jednej ideologii (dobrze, jeśli była ona zgodna z ideologią odkrywcy, aczkolwiek nie stanowiło to warunku *sine qua non*) i do ogólnoświatowego zjednoczenia na jej bazie, pod kontrolą już jedynego mocarstwa: zanikają wówczas granice, powstają struktury bardziej luźne. Konieczna jest unifikacja wartości kulturowych, historycznych, etycznych – to osłabia związek z danym krajem, a więc i z Ziemią w ogóle, osłabia również same te wartości. Potem powoli rozpoczyna się proces dyskredytowania wszelkich organizacji i osób mających wpływ na opinię publiczną, a które mogłyby później stanowić przeszkodę, utrudnienie – proces ten ma być niezauważalny, wskazane jest jego maksymalne rozciągnięcie w czasie. (Na tym etapie wprowadza się kontrolę urodzin, obowiązek rejestracji materiału genetycznego, osobiste identyfikatory itd.) Z kolei dąży się do stworzenia niezależnego od czyjejkolwiek woli, a podatnego na kryzysy systemu ekonomicznego. Kryzys prędzej czy później nadchodzi i dopiero wtedy wkraczają zdobywcy głosząc: „Oto niesiemy wam pomoc, bracia z innego świata!" Mieszkańcy owego świata są już wówczas tak rozmiękczeni, iż nie mają siły ani chęci, by walczyć. A nawet gdyby – i tak nie wiedzieliby o co.

Lopez napisał był swego czasu, poniekąd dla zabawy, coś w rodzaju poradnika dla podbijanych; wciągnięto go zresztą na listę lektur ponadobowiązkowych kandydatów na Zwiadowców. Wyłuszczał w nim, po czym można poznać, iż szykuje się inwazja na twój świat, że twoja rzeczywistość infiltrowana jest przez intruzów z innej gałęzi możliwości. Jeśli mianowicie następują na twej Ziemi nagłe zmiany w konfiguracji układów władzy, załamują się długofalowe socjopolityczne procesy, wbrew logice układa się historia; jeśli następuje wzmocnienie dążeń pacyfistycznych, zjednoczenie w tych dążeniach, rozbrojenie; jeśli rośnie rola instytucji międzynarodowych, ogólnoświatowych; jeśli królować zaczyna, jako uniwersalny, jeden język na Ziemi; jeśli podobnie jeden wzór kulturowy zaczyna dominować; jeśli tworzy się wokół nauki, naukowców sprzyjająca atmosfera więcej niż akceptacji; jeśli się rozsypują, niby od środka, Kościoły, sypią się tak wszystkie religie i autorytety, poprzez doktrynalną i wywalczoną świętość dotąd nienaruszalne – pierwsze to niechybne znaki, iż niewidoczni emisariusze obcego uniwersum, za niewidoczne sznurki pociągając, przygotowują już twój świat do wchłonięcia w swe międzymożliwościowe imperium wybrańców przypadku. (Po prawdzie – nie da się ukryć – także Ziemia Stalina pasowała do takowego schematu. Nie tak dawno po Departamencie krążyła następująca zagadka-dowcip: „Agentem jakiej nad-Ziemi jest Dunlong?" I Dunlong się z niej śmiał. Inna rzecz, że będąc tym agentem, tak właśnie powinien postępować).

Właściwie zatem jedynym systemem gwarantującym niepodległość, a przynajmniej znaczne utrudnienia w podboju i niemożność potajemnego jego przeprowadzenia – jest anarchia, czyli brak jakiegokolwiek systemu.

I oto Lopez dowiaduje się, iż na tej Ziemi nie tylko nie ma zorganizowanych państw, ale w ogóle żadnej władzy.

– A handel? Kto nim zawiaduje?

– Handel? – zdziwił się rudowłosy.

– Rany boskie...! – jęknął po polsku, prawie błagalnie, zrezygnowany Celiński.

– Co? – Ohlen zerknął nań pytająco.

Celiński machnął ręką.

– To takie powiedzenie.

Lecz nie na darmo tak wysoko opłacano Praduigę.

– Chodziło mu o rany Jezusa Chrystusa – wyjaśnił uprzejmie.

– Co? – powtórzył wyraźnie zdezorientowany Ohlen.

– Został On ukrzyżowany...

– Ukrzyżowany?

– Nie słyszałeś o Nim? W Betlejem urodzony?

– Tak, tak. Ale On nie został ukrzyżowany.

– A co się z Nim stało?

– Nic/wszystko – rudy korzystał z jakiegoś mętnego narzecza.

– To jak umarł?

– Nie umarł.
– No tak. Wstąpił do nieba.
– Nieee.
– Znaczy: nadal znajduje się na Ziemi?
– Jasne.
Celiński przekrzywił głowę.
– Ty... wierzysz... w tego Boga?
Ohlen zdziwił się przeraźliwie; wszystkie emocje, nawet najdrobniejsze, widoczne były na jego twarzy niczym na ekranie. Teraz zdumienie wręcz eksplodowało z niego.
– Czy wierzę? On j e s t.

7.

Ohlen zaprosił ich do swego domu, położonego w pobliskiej dolince porośniętej rzadkim, parkowym w swym porządku lasem. Płynęło tam kilka potoków, lśnił staw.

Owa droga, której nawierzchni nie mógł się Praduiga nadziwić, prowadziła właśnie do domu rudowłosego. Wiła się między drzewami zupełnie chaotycznie, na przypadek zakrawało, iż w końcu – co ujrzeli z grani – dociera przed drzwi jego dworku.

Ptaki śpiewają, słońce jak blask kryształu – dumał Calver, po raz pierwszy patrzący na ten świat ludzkimi oczyma – powietrze niczym nektar, w nim zapach wiecznego spokoju, kusząca woń leniwej nirwany; tu chciałbym żyć. Raj, raj – pomyślał sierżant, po czym wyprysnął mu przed źrenice wykaz sposobów zniszczenia domu Ohlena z odległości trzech kilometrów.

Crueth miał inne zmartwienia.

– To nie jest dobry pomysł, Lopez.

– Świetnie o tym wiem. Ale co innego, prócz odwrotu, możemy zrobić? Przecież ten facet odpowiada na wszystkie pytania, to niemal wymarzony przewodnik, i jeszcze do domu nas prowadzi.

– I to jest w tym wszystkim najbardziej podejrzane. Podstawili go. Ten chłopak poinformował ich, że plącze się po okolicy pięciu podejrzanych facetów pytających o głupoty i oto zjawia się tubylec ochoczo odpowiadający na wszelkie pytania.

– Strasznie gadatliwy się zrobiłeś.

– Nie podoba mi się ta sytuacja. – Ohlen uśmiechnął się do majora i Crueth, nie przestając „mówić”, odpowiedział mu uśmiechem. – Powtarzam: powinniśmy wrócić. Zawrę tę opinię w najbliższym raporcie.

Zirytowany Praduiga przełączył się na gadałkę Celińskiego.

– Masz już prognozy? – spytał.

Celiński tylko „odchrząknął”.

– Masz? Tak czy nie? A może nawaliła ci ta maszynka, co ją nosisz w głowie?

– Odwal się, Lopez, dobra? Mój program potrafi rozłożyć każdą kwestię historyczną, polityczną czy socjologiczną, ale nie ugryzie teologii. Nikt nie przewidział takiej deformacji. W jakiż sposób mogę zanalizować, czy nawet określić, poczynania Boga? Jaki profil osobowościowy tu zastosować? Jak myśli Bóg? Jakimi kategoriami? Nie żądaj ode mnie rzeczy niemożliwych, jestem Zwrotnicowym, nie filozofem.

– Ponoć Chrystus był człowiekiem. Czy jest.

– Jasne. Ale nie dlatego wstał z martwych.

– Tu nie wstał.

– Kłóć się z Cruethem.

Dom Ohlena był dwupiętrowym drewnianym dworkiem, nie przypominającym niczego, co Praduiga dotąd widział, a widział na tych kilkunastu światach, które dotychczas odwiedził, sporo. Jak się można było spodziewać, ten styl architektoniczny nie posiadał swego odpowiednika na Ziemi Stalina. Lopez nazwałby go stylem natury – lecz już samo to słowo – „styl” – sugeruje pozorowanie czegoś, sztuczność, podczas gdy dworek zdawał się być przedłużeniem lasu. Trudno było sobie wyobrazić, iż został wybudowany, raczej wyrósł, wraz z drzewami, trawą, wraz z wiosną.

– Piękny – pochwalił Lopez.

Ohlen spojrzał na niego dziwnie.

Przez gadałkę odezwał się Crueth:

– Nie wejdziemy do środka.

– Co?

– Już i tak głupio postępujemy. Nie pozwolę nikomu wejść do tego budynku. Jestem odpowiedzialny za wasze bezpie...

– Tak, wiem.

Ohlen otworzył drzwi.

– Proszę, proszę – mruczał po kantońsku, uśmiechając się rozbrajająco.

Praduiga zaklął w duchu. Ten facet gotów jest popełnić samobójstwo z rozpaczy, jeśli nie wejdziemy. (Nieprawda: samobójstwo grzech śmiertelny.)

– Przykro mi, Ohlen – powiedział. – Nie możemy tam wejść. Nie teraz w każdym razie.

Ohlenowi boleśnie wolno spłynął uśmiech z twarzy. Ranię go, pomyślał niespodziewanie dla samego siebie Praduiga.

– Tak – mruknął rudy. Nie spytał, dlaczego goście nie mogą przekroczyć progu jego domu.

– Mógłbym z tobą porozmawiać? – Lopez chciał zatrzeć wrażenie wywołane odmową przyjęcia zaproszenia.

– Gdzieś tu. – Machnął ręką, wskazując obszerną altanę stojącą nad stawem. – Dobrze? Dobrze?

Równocześnie Crueth wydawał przez gadałkę rozkaz swym sierżantom:

– Sprawdzić mi tę chałupę. Dyskretnie.

Calver i Ho rozeszli się na boki spacerowym krokiem.

– Jasne – odparł Ohlen. Zbyt ochoczo, jak na gust Cruetha.

W altance panował cień, przyjemny chłód, powietrze pachniało wilgocią podziemnych grot. Stał tam stolik i cztery piękne, misternie rzeźbione krzesła, wyglądające na zbyt delikatne, by wytrzymać ciężar dorosłego człowieka. Lopez nie mógł dojść, z czego zostały wykonane – z jakiegoś nieznanego gatunku drzewa (a wszak w ewolucji nie zanotowano tu odchyłów) czy z plastiku.

To Crueth był tym, który usiadł przy Ohlenie.

– Idioci, przecież on nie gryzie – mruknął przez gadałkę po chwili konsternacji, kiedy to wszyscy chcieli zająć miejsce naprzeciwko tubylca.

– Nie gniewaj się – powiedział Lopez do Ohlena. – Nie chcieliśmy cię urazić. Po prostu nie możemy tam wejść.

Ohlen przestraszył się.

– Ja się nie gniewam! – zaprzeczył energicznie.

– Dlaczego on tak emocjonalnie na wszystko reaguje? Co, Janusz? Czyżby tu wszyscy byli tak przewrażliwieni?

– Ja nic nie wiem. Ja jestem tylko Zwrotnicowym.

– Nie dziwisz się, że zadajemy takie pytania?

– Nie.

– Spodziewałeś się nas?

– Tak.

– Mówiłem – mruknął przez gadałkę Crueth.

– Jak myślisz, kim jesteśmy?

– Gośćmi.

– Tak, twoimi gośćmi. Ale kim?

– Ludźmi. Jego gośćmi.

– Kogo?

– Jego.

– Masz na myśli Jezusa? Boga?

– Tak.

– Czy to On kazał ci tam na nas czekać?

– Nie, nie, nie! – Ohlen gwałtownie pokręcił głową.

– Więc skąd o tym wiedziałeś?

– Wiedziałem.

– Skąd?

Ohlen był wyraźnie zdezorientowany.

– Wiedziałem – powtórzył w kolejnym, jeszcze bardziej mętnym języku.

– Telepatia? Wspólna świadomość?

– A dlaczego czekałeś?

– Aby was powitać. Jesteście gośćmi.

Lopez westchnął, zrezygnowany.

– Więc masz nas ugościć, tak? – prychnął.

– Tak – przytaknął poważnie Ohlen.

– Nie mów mu, że nic nie rozumiemy z tego bełkotu, bo znów wpadnie w depresję.

Niespodziewanie do rozmowy wtrącił się Crueth.

– Jakie jest twoje zdanie o nas i naszym zachowaniu? – spytał prosto z mostu, zdawał sobie już bowiem sprawę, że tu nawet nie pojmują słowa „nieszczerość”.

– Moje zdanie? Cieszę się ze spotkania.

– Dlaczego?

– Jak to dlaczego? Nie rozumiem.

Lopez już szykował się do zadania kolejnego pytania, gdy Ohlen nagle podniósł się.

– Przepraszam, bardzo przepraszam, moja żona właśnie wróciła – rzekł i podreptał w kierunku domu.

– Sprawia wrażenie półgłówka – ocenił Celiński. – „Nie rozumiem, nie wiem, tak, nie”; debil.

– Może wariat? – rzucił Crueth.

– Dla nas czy dla nich? – sarknął Lopez.

– Wiem, wiem – skinął głową Celiński. – Ale może on faktycznie jest tutejszym wariatem: żyje sobie na odludziu wierząc, że Chrystus nie zginął na krzyżu, i witając każdego nowo napotkanego niby długo oczekiwanego gościa, którego zesłał mu Bóg. To bardziej prawdopodobne. Zwróciliście uwagę: on nie jest niczego ciekawy, jest ponad tym, wierzy, że tak, jak sobie umyślił, jest naprawdę, że my jesteśmy tym, kim chciał, żebyśmy byli.

– Raczej w i e; to już nie wiara, to wiedza. Jak sam zresztą zauważył.

– Właśnie, „wiedza”. Ostatni stopień szaleństwa.

– No dobrze, a teleportacja tego chłopaka? Ten latający pojazd? Dar języków? – naciskał Lopez.

– Może naśladuje apostołów...

– Tu zapewne nie było apostołów... Twoja hipoteza to w istocie obrona przed koniecznością zaakceptowania... uwierzenia w ten świat, z którego Bóg nigdy nie odszedł. W taką zwariowaną rzeczywistość. Skąd możemy wiedzieć, jakie były dalsze poczynania Jezusa? Miał na to dwa tysiąclecia, mógł zrobić z Ziemią, co chciał. Władca absolutny, a nawet nie władca, bo to nie podporządkowywanie sobie czegoś, to posiadanie.

– Cóżeś taki rozgorączkowany?

– He, Janusz – wykrzywił się Praduiga – ty się zastanów, co z tego wszystkiego wynika. Ty się zastanów, kim my jesteśmy dla Boga. Ty się zastanów nad tymi Zwiadowcami, co nie wrócili. A może istotnie Ohlen jest aniołem?

– Aniołem?

– Jakby nie było, to jest Ziemia Jezusa Chrystusa.

Rozmowę przerwał sierżant Calver.

– Oni tu mają prawdziwą bibliotekę. Tysiące książek. Skarby.

– Włamaliście się?

– Nie, nie; rzuciliśmy przez okno miniszperacza. Jesteśmy teraz dokładnie po drugiej stronie tego drewnianego pałacu.

– I co w tej bibliotece?

– No właśnie prześwietlamy czwartą losowo wybraną pozycję. Żadna nie zaprzecza wersji Ohlena.

Był to klasyczny test. Źródło informacji Zwiadowcy mogło świadomie – bądź nieświadomie – kłamać, mogło być szalone czy też po prostu niereprezentatywne dla ogółu infiltrowanego społeczeństwa – lecz nawet gdyby dysponowało odpowiednimi środkami, nie byłoby w stanie sfałszować całego banku danych czy księgozbioru. To jest po prostu niemożliwe, niewykonalne dla jednego człowieka: nie ma takich omnibusów. Wystarczy więc przejrzeć byle encyklopedię, słownik, byle kryminał czy romansidło. Oczywiście o wiele prościej jest kupić pierwszą z brzegu gazetę albo włączyć holo na *newsy* – lecz nie na każdej Ziemi istnieją gazety oraz inne typowo stalińskie środki masowego przekazu.

– Aha, Calver – przypomniał sobie major – przechwyciliście transmisję nadajnika żony naszego gospodarza?

– Nic, panie majorze. Ta Ziemia jest cicha jak grób.

Był to jeden z argumentów Dunlonga na rzecz teorii Ziemi jaskiniowców: jeśli planeta nie wyje w kosmos elektromagnetycznym szumem i trzaskiem, niby gwiazda – znaczy: życie nieinteligentne.

– Ale żona faktycznie przyszła?

– Przyszła. Rzucić foto?

– Nie trzeba.

Calver wyłączył się.

– No i co? – rzucił Praduiga. – Telepata?

– Nie podoba mi się to – powtórzył po raz nie wiadomo który major Crueth.

Lopez starał się tego nie okazywać, ale był śmiertelnie

przerażony. Oto trafił do najgorszego ze swych koszmarów. Oto jego deliryczne niemal rojenia stawały się rzeczywistością – co prawda inną, nie tą, w której się urodził, lecz nie mniej przez to prawdziwą. Robotami jesteśmy, mawiał Lopez, robotami, których programu nikt nie zna – bo nie wierzył w Boga. Nie wpajano weń od młodości, od dzieciństwa, prawd nieudowadnialnych a świętych, kiedy więc nadszedł czas odpowiedzi, rzekł: „Nie wierzę, że Bóg jest, bo nie wierzę – wiara to uczucie spontaniczne, nie wymuszę jej w sobie. Nie wierzę, co więcej: nie wydaje mi się prawdopodobne istnienie Boga”. Lopez sam sobie wyznaczał granice racjonalności. Jego wszechświat był maszyną samorodną, poniekąd samobójczą, pozbawioną świadomości i celu. Zarazem więc owe programy, według których się kręcił, nie będąc narzędziem służącym do osiągnięcia danej rzeczy, a jedynie zabójczo precyzyjnymi, nierozrywalnymi łańcuchami przyczynowo-skutkowymi – nie były programami. Istnienie programu czemuś służy, samo słowo „narzędzie” sugeruje kogoś, kto się nim posługuje, kto to narzędzie wymyślił i stworzył. We wszechświecie Lopeza nie było nikogo takiego. Zatem gdy Praduiga mówił o straszliwej nieuchronności ludzkiego losu, o człowieczej niewoli i ograniczeniu przypisanym do człowieka jak śmierć – w istocie mówił o suchym porządku przyrody, w istocie mówił o przypadku, który kiedyś tam, przed miliardami lat, nadał kierunek tej lawinie materii i energii, rzygnął nimi w pustkę w praeksplozji pierwotnego i ostatecznego jądra wszechświata; który tylko ten jeden jedyny raz się objawił jako pierwsza przyczyna – i to wystarczyło. Dalej wszystko potoczyło się tak, jak musiało się potoczyć – determinizm albo jest absolutny, albo go nie ma. Tak więc się to plotło, eonami i eonami; wolność to utopia. W ludzkiej skali determinizm ma okrutne oblicze. Cóż bowiem oznacza ta wieczna nieuchronność losu każdego kwarka, elektronu, atomu – i tak dalej – jak nie nieuchronność losu człowieka, kamienia, góry, planety, galaktyki, które to rzeczy stanowią po prostu sploty większej liczby łańcuchów przeznaczenia, bo większą liczbę przyczyn i skutków zawierają? Skala; to wszystko. Nie, nie wszystko. Człowiek się wyróżnia; człowiek myśli, czuje i – jest świadomy siebie. Każda myśl Lopeza – także ta – była mu przeznaczona, nim się urodził, jako jedyny możliwy skutek przeszłości. Na nic nie miał wpływu, wszystko o t r z y m a ł – chciał tego wszechświat, a wszechświat to rzecz. Otrzymał więc w darze od swych rodziców, ich przodków i przodków tych przodków – i tak aż po bielmo zwierzęcości – taki, a nie inny wzorzec DNA, przez który jest, jaki jest; przez który robił to, co robił, myślał to, co myślał, doświadczył, czego doświadczył – wskutek czego jest, jaki jest. Na żaden z owych dwóch etapów kształtowania siebie nie miał wpływu, na nic nie miał wpływu – wszak i nie dumałby nad tą teorią, gdyby nie był takim Lopezem Praduigą, jakiego sobie utoczył wszechświat. Maszyna. Maszyna. Nie jest to wizja aż tak przerażająca, gdy uznamy ten proces za naturalny – albowiem nie można czuć nienawiści do przypadku, natury, świata, tylko szaleńcy wygrażają im pięścią i kłótliwe monologi do tych pojęć – słów, niczego więcej – wygłaszają. Podobnie nie masz żalu do natury o to, że musisz umrzeć. Ale Boga – o tak, Boga możesz za to kląć. Dla Boga możesz być narzędziem, Bóg może mieć w tym cel, Bóg może świadomie cię zaprogramować – nie tylko nadając wybrany przez siebie kierunek owemu prawybuchowi, ale niewidzialną swą ręką w każdej chwili twego życia manipulując tobą i światem; Bóg to nie Heisenberg, nie ogranicza Go ludzka fizyka. To obłęd – nigdy nie poznasz Jego myśli, nigdy nie rozszyfrujesz z niedostrzegalnych dla ciebie śladów Jego poczynań owego celu, do którego zmierza. To obłęd – Bóg jest wszędzie wokół ciebie, Bóg jest we wszystkim; obłęd, obłęd, obłęd. Nie w świecie Lopeza. W świecie Lopeza w Boga zaledwie się wierzy, jest On tam mitem, silniejszym, bo powszechniejszym i mocniej zakorzenionym niż inne, jak wiara w wampiry, pechowe piątki i przynoszące szczęście czterolistne koniczynki – mitem nie potwierdzonym, czymś, co każdy może sobie opowiedzieć, jak mu się podoba, więc opowiadają sobie piękne bajki. Tymczasem w tej rzeczywistości... w tej rzeczywistości Bóg j e s t. Niezmienny, niezależny od marzeń i strachów. Jedno ma oblicze. Jest równie realny jak wilgoć w twych ustach; w poszukiwaniu raju trafiłeś do piekła. Gdy siedzicie tak w trójkę w tej altance, a wiatr szumi wam w uszach łagodnym echem odległych bitew staczanych z niebem i ciszą, szeptem muszli ukrytych w piasku zatopionych plaż; słońce świeci, by mógł was chłodzić cień, niesie się po dolinie zapach lasu – gdy tak siedzicie w milczeniu, pewni – wiedzący – że i w wietrze, i w niebie, i w ciszy, i w słońcu, i w cieniu, i w lesie, i w waszym milczeniu jest On obecny, że dzieje się to z Jego woli, że wszystko dzieje się w tym wszechświecie z Jego woli, a więc że i wasze myśli Jego myślami wpierw były; gdy tak siedzicie przytłoczeni tą wiedzą, co nagle na was spadła, z którą nie urodziliście się, lecz która chwilę temu zburzyła porządek waszego życia; gdy tak trwacie tą świadomością oszołomieni...

– To przecież czyste szaleństwo. Ten Bóg... – na moment w oczach Lopeza zalśniło przerażenie.

...zaczyna w was pęcznieć soczysta nienawiść.

Wrócił Ohlen.

– Powiedz – zaatakował go Praduiga. – Powiedz mi, ty się nas boisz, prawda? Ty się boisz tego... To straszne, takie całkowite... to, to, to... – zamachał rękoma.

Crueth przyglądał mu się dziwnie: takiego Lopeza nie znał.

Ohlen zamrugał.

– Ja was kocham – powiedział i nikt nie odważył się zwątpić w jego słowa. Ta miłość buchała zeń, podobnie jak wszystkie inne uczucia – to było to, czego nie mogli pojąć, co umykało im przez cały ten czas, na co w przedziwny sposób pozostawali ślepi: Ohlen kochał ich spokojną, silną miłością już w chwili spotkania na drodze. Wszak byli jego bliźnimi.

8.

Zostali w domu w dolinie prawie tydzień. Crueth protestował. Celiński protestował. Nawet Praduiga nie popierał stanowiska Dunlonga. Lecz nic nie dały ich sprzeciwy. Przekraczając bramy innego świata, właściwie zdali się na łaskę i niełaskę Dunlonga, oddali swe życie w jego ręce. Powiedział: „Zostajecie" – i zostali; nie istniało przecież bezpośrednie zagrożenie ich życia.

Ta wymiana zdań dokonywała się za pośrednictwem rejestratorów przerzucanych w coraz częstszych „strzałach" Katapulty. Na Ziemi Stalina Dunlong zapisywał w nich swe odpowiedzi, które potem były odtwarzane Zwiadowcom. W istocie więc również nad tą rozmową Dyrektor Piątego Departamentu sprawował całkowitą kontrolę. Jedyne, co udało się Lopezowi i Celińskiemu wytargować, to obietnica postawienia w stan gotowości yantscharskiej jednostki ubezpieczającej; była ona grupą kontruderzeniową, albowiem zwykle – z przyczyn technicznych – przybywała na miejsce o tę sekundę za późno. I zastawała trupy. Tym razem – twierdził jednak Dunlong – będzie inaczej. Znali przecież położenie domu Ohlena. W analogicznym miejscu na Ziemi Stalina rozłożono przenośną Katapultę i zakwaterowano pluton Carterczyków. Zwiększono również częstotliwość wymian rejestratorów do dziesięciu sekund. Owe dziesięć sekund stanowiło teraz najdłuższy okres, jaki będą musieli wytrzymać do przybycia odsieczy. Po prawdzie, ostatnią rzeczą, której Dyrektor sobie życzył, było przerzucanie w nowo odkryty świat tłumu nie-Stalińczyków: nie ufał każdemu, komu mógł nie ufać. Lecz yantscharom płaciło się również za ich *image*, za poczucie bezpieczeństwa, jakie wzbudzali; stało w kontrakcie: „jednostka carterska" – i tak miało być. Dunlong sądził, iż wszystkie te zabezpieczenia, niewątpliwie imponujące, zmniejszą strach Zwiadowców. Otóż mylił się.

Stali się nerwowi, kłótliwi, prawie już nie potrafili ze sobą rozmawiać, nie skacząc sobie do gardeł. Wykształcił się w nich przedziwny odruch: bez przerwy oglądali się za siebie. Siedząc w pokoju, co chwila zerkali przez okno. Znajdując się na zewnątrz dworku, czuli się jeszcze bardziej niepewnie: On mógł na nich zerkać ze źdźbła trawy wykluwającego się z ziemi, z *cumulusa* płynącego po niebie. Świetnie zdawali sobie sprawę z paranoidalności własnego zachowania i nawet śmialiby się z niego, gdyby tak dziko nie brzmiał ich chichot. Mania prześladowcza. Nie było takiego miejsca, w którym nie odnosiliby wrażenia, że są obserwowani przez wszystkowidzące oko.

Żadna z ich obaw nie była bezpodstawna, każdy lęk po stokroć słuszny.

Na dodatek Lopez i Celiński czuli się zdradzeni. Celiński był gwiazdą Piątego Departementu, Praduiga sławą bez mała międzyświatową, do ich ochrony i po kilkudziesięciu ludzi przydzielano. Tymczasem Dunlong poświęcił ich – po prostu poświęcił – dla informacji, jakie mogli zdobyć. Cruetha i jego żołnierzy to nie dziwiło. Lopez przypomniał sobie rozmowę w gabinecie Dunlonga: „To my mamy być następną porcją armatniego mięsa", powiedział major. A Dunlong: „Major Crueth jest samobójcą z zawodu". Nagle pojęli, że podobna klauzula wpisana była między wierszami i w ich kontrakty. Są rzeczy cenne i cenniejsze, a życie człowieka nie jest bynajmniej wartością niewymierną. Wręcz przeciwnie: bardzo wymierną. Dunlong po prostu zbyt często zmuszał się do dokonywania wyborów między złem a złem mniejszym. Mniejsze zło pozostaje nim zaledwie dopóty, dopóki się je za takie nie uzna, wówczas bowiem automatycznie staje się złem największym, bo akceptowanym. To choroba wszystkich bogów zrodzonych z kobiety i mężczyzny.

– Nie rozumiem, jak mogło to nam umknąć – dziwował się Celiński. Siedzieli – on, Praduiga i sierżant Ho – w jednym z widokowych pokoi dworku Ohlena i usiłowali zgubić swój lęk w pozornie logicznej rozmowie. Był ranek trzeciego dnia ich pobytu na Ziemi Chrystusa. – Zgodnie z teorią światów alternatywnych, są one odbiciem możliwości, które nie zaistniały w świecie naszym. Jeśli więc jadłeś dziś na śniadanie jajka, to możesz być pewien – niezależnie od tego, którą Ziemię uznajesz za oryginalną – że istnieje taki świat, w którym tych jajek nie jadłeś, i że to właśnie stanowi punkt rozszczepienia tych rzeczywistości. Każde, dosłownie każde zdarzenie kwantowe (a dokonana – lub nie – czynność zjedzenia rzeczonych jajek stanowi przecież jedynie wielkoskalową manifestację możliwego zajścia miliardów miliardów takich zdarzeń) jest dla jakichś dwóch uniwersów takim punktem, wykres funkcji falowej wszechświata jest płaski jak decha, każdy jego wariant o tożsamej stałej kosmologicznej równie prawdopodobny. Było więc oczywiste, że gdzieś tam, za którąś błoną bezwymiaru, kręci się wszechświat, w którym Jezus nie zginął, nie zmartwychwstał, nie został ukrzyżowany, lecz założył swe królestwo na Ziemi – ponieważ była taka możliwość. Jest to jedyny i całkowity powód istnienia tego wszechświata: p o n i e w a ż b y ł a t a k a m o ż l i w o ś ć! Tymczasem nie opracowano żadnych instrukcji na ową okoliczność, żadnych analiz, Drzew, nic – wydawać by się mogło, że taka właśnie deformacja, jako jedyna, zdarzyć się nie miała prawa. Doprawdy, nie wiem dlaczego.

– Może dlatego, że większość Piątki obsadzają ateiści – mruknął Praduiga.

– Toteż tym bardziej powinni to potraktować jako zwykły fakt historyczny i spisać dla niego Drzewo.

Drzewem nazywano w Biurach Zwrotnic obszerne prognozy historyczno-socjologiczne sporządzane na postawie jednego konkretnego zmienionego przeszłego zdarzenia. Na przykład brano takiego Attylę i zadawano sobie pytanie, co by było, gdyby ów Bicz Boży umarł jako dziecko? Od tego punktu w czasie rozchodziły się, niby konary potężnego drzewa, linie odkształceń rzeczywistości. A – paradoksalnie – im dalej od pnia, tym grubsze, gęstsze i mocniejsze były to gałęzie: tym bardziej wypaczona historia. Zdawałoby się, że podobne przedwczesne analizy nie mają sensu: o ileż bardziej prawdopodobne jest, że świat potknie się na przysłowiowym Johnie Smithcie, co któregoś ranka obudził się, gnębiony koszmarem, o te kilka sekund wcześniej. W porównaniu z takimi faktami liczba faktów uznawanych za historyczne jest przerażająco znikoma. Nie o to tu jednak chodziło; nie łudzono się, że odkryty zostanie świat odmieniony akurat przez jedną z bezpośrednich przyczyn jakiegoś ważnego dla historii wyboru. Drzewa to zabezpieczenie. Ziemia Demajskiego: przedwczesna śmierć bezimiennego Murzyna z buszu.

Nawet wariat nie sporządzałby dla czegoś takiego Drzewa. Lecz co stanowiło jeden z odległych efektów tej, historycznej już, śmierci? Atak Związku Radzieckiego na zaskoczonego Hitlera wiosną 1940 roku. A na tę ewentualność przygotowano kilka Drzew. Wystarczyło wybrać najlepsze z nich – najwierniej odzwierciedlające tamtejszą sytuację – i uwzględnić w nim inne efekty pierwotnego wypaczenia, choć – zgodnie z teorią chaosu – wcale nie takie małe. Zwiadowcy mieli na Demajskim łatwą robotę.

– Być może uznali religię i wszystko, co się z nią wiąże, za kłamstwo, mit, legendę... Legendom nie robi się Drzew.

– Dla mniej udokumentowanych zdarzeń się je robiło. Ja też nie wiedziałem, czy jest ono faktem, czy zmyśleniem, lecz m o g ł o być faktem, należało więc tak je potraktować.

– Owszem. Pamiętaj jednak o specyfice religii: z zasady musi sprawiać wrażenie poniekąd kłamstwa, nie może być oparta na zbyt silnych fundamentach historycznych, na realiach. Popatrz, co tu się stało. – Praduiga, nie przerywając, zerknął szybko na korytarz. – Tu nie istnieje religia. Pytałem o to Ohlena i jego żonę. Oni wiedzą, co to słowo znaczy, lecz kojarzą je ze starożytnymi kultami. Natomiast dzisiaj nie znajdziesz religii nigdzie na tym świecie. W takim sensie, w jakim my ją pojmujemy, oni sobie nawet wyobrazić jej nie potrafią. Inny sposób myślenia. Ohlen dobrze to wyraził: oni nie wierzą w Boga. Nie ma takiej potrzeby. Bóg jest.

Odezwał się Ho:

– Calver właśnie dogrzebał się do czegoś w rodzaju encyklopedii. Mniej więcej w tym stylu: „Cóż to jest polityka? W czasach przed Objawieniem..." i tak dalej.

– Niech znajdzie coś na temat gospodarki.

– Stara się, stara.

– AAA nie zrobi na tym świecie fortuny.

Alien Arts Agency, stanowiąca agendę UEO, zajmowała się wprowadzaniem na rynek Zjednoczonych Ziem dzieł sztuki z nowo odkrytych światów; był to wspaniały interes. Po pierwsze: świat takowy dysponował tysiącami (dziesiątkami tysięcy – jeśli tylko wypaczenie nastąpiło dostatecznie wcześnie) nieznanych arcydzieł, w których można przebierać według gustu. Po drugie: nie trzeba (nie wolno!) było płacić honorariów niczego nieświadomym twórcom – bądź ich spadkobiercom – póki świat ich nie znajdzie się w UEO, co czasami wlokło się dziesięcioleciami, przez które Agencja obracała owymi pieniędzmi, jak chciała. (A przecież regułę stanowiło nieuświadamianie podbitym, iż zostali podbici; a wejść do UEO nie udało się żadnej Ziem, które utraciły niepodległość. Nikt więc nie może być pewny, czy za słowa, które właśnie pisze, nie zostanie uznany geniuszem – w jakiejś nieznanej rzeczywistości, dla której jest tak szaleńczo odmienny, że aż genialny). Po trzecie: Alien Arts Agency była monopolistą. Monopol ten stanowił fundament finansowej niezależności politycznych i militarnych struktur UEO: Ziemie członkowskie nie płaciły Organizacji żadnych składek, były jedynie zobowiązane do wpuszczania agentów AAA na podbite przez siebie Ziemie. Blisko stumiliardowy rynek konsumentów obcokulturowych produkcji bez trudu zapewniał zrównoważenie budżetu UEO. Najbardziej uniwersalne – najbardziej dochodowe – dziedziny sztuki stanowiły malarstwo, rzeźba i muzyka, potem dopiero literatura, na końcu zaś film czy teatr. Ostatnio Agencja przeżywała kłopoty, bynajmniej jednak nie finansowe. Otóż jeden z jej agentów został zdemaskowany przez Vonequajczyków podczas rejestracji występu pewnego wybitnego aktora, wskutek czego Vonequajczycy zorientowali się, iż ktoś grzebie w ich rzeczywistości. Musslijczycy złożyli w UEO ostry protest. Owym agentem był jeden z protegowanych Misińskiego, nieco bezmyślnie polecony wiceprezesowi AAA przez Cruetha; ostatecznie była to wszak robota niezbyt skomplikowana: wejść do księgarni, kupić jeden egzemplarz danej książki, podkraść kopię danego filmu, miniaturowym skanerem sczytać fakturę danej rzeźby...

– Całkowicie się z panem zgadzam – wymamrotał Ho. – Nosem już mi to wychodzi.

Sierżant Calver wertował księgozbiór Ohlena; Ho był

z nim połączony, jemu też migały przed oczyma stronice wypełnione ważnymi i nieważnymi informacjami. Przesiewali je, selekcjonowali.

Żona Ohlena była drobną, energiczną, ciemnowłosą kobietą, matką dwójki dzieci przebywających teraz gdzieś poza doliną. Major Crueth prowadził z nią nie kończące się rozmowy – wybrał do tego mały, ciemny pokoik na parterze, zapewne z racji jego podobieństwa do pokojów przesłuchań. On również przesiewał informacje. Z trudem wydobył z żony gospodarza jej drugie „imię": Esslen. Esslen również kochała swych bliźnich z innego świata.

Wbrew początkowym nadziejom biblioteka nie przyniosła odpowiedzi na wszystkie pytania. W istocie tylko dodatkowo zaciemniła obraz. Bardzo szybko zrezygnowali z dokładnego studiowania kolejnych opasłych tomów. Sierżanci pracowali obecnie nad wyłowieniem z owych długich, mętnych i niezrozumiałych wywodów jakichś w miarę konkretnych szczegółów. Opornie im to szło. Nawet tutejsza „encyklopedia" nie zawierała – chociażby ogólnych – definicji słów i pojęć, a pokrętne, subiektywne opisy wrażeń związanych z tymi pojęciami. Wszystkie książki wypełnione były czymś podobnym. Calver wyraził to w sposób następujący: „Ci ludzie i wzór chemiczny wierszem by zapisali" – wiersze z założenia są niejednoznaczne. Lecz przecież posiadają autorów, nawet one (a może one przede wszystkim) związane są nierozerwalnie z osobą – osobowością – twórcy. Na tej Ziemi wszystkie dzieła były anonimowe, żaden utwór nie podpisany. Ohlen nie rozumiał w ogóle znaczenia czegoś takiego jak podpis. Crueth próbował mu to wytłumaczyć, zdawało się stanowić to jedną z podstawowych rzeczy, jakie wyjaśnić należy: znak indywidualności. Znamię. Piętno! Pokorny, zmartwiony i współczujący Ohlen stwierdził wreszcie: „Tak, tak, chyba rozumiem. Podpis, tak, podpis. Cała książka, tekst – to jest podpis. Tak? Dobrze?" Crueth w myślach obrzucał ten glob wodorówkami. Co za mętlik! Boże drogi, wzdychał w duchu, jestem w stanie zrozumieć inny sposób myślenia, nawet szaleństwo, ale jak mam się wczuć w myśli kogoś, kto wyrósł – kogo społeczeństwo wyrosło – w takiej absolutnej, straszliwej miłości do wszystkiego i wszystkich oraz – co gorsza – w równie absolutnej dobroci, która jako norma tak nieprzekraczalna, że aż niezauważalna, dobrocią już być przestała; jak mam się z nim porozumieć? Boże drogi, wzdychał – i wtem chwytał go strach: bał się tego westchnięcia. W tym wszechświecie było ono czymś więcej niż pustym, uniwersalnym wykrzyknikiem. W tym wszechświecie nawet kod wojskowy stanowił potencjalnie niebezpieczną, świętą inwokację. Przesłuchujący zasmuconego Ohlena Crueth musiał pilnować także swych myśli. Straszny świat.

Zadziwiająco szybko – wręcz podejrzanie – Praduiga i jego towarzysze zdołali zaakceptować rzeczywistość Bożego Królestwa, pogodzić się z nią; prawie nie walczyli, prawie się jej nie sprzeciwiali – dlaczego? dlaczego? A niemałe spustoszenia poczyniła owa świadomość w ich umysłach, świadomość istnienia Boga. To już nie przypuszczenie, nie bajka, nie śmiała spekulacja, nie gorliwa a kulawa wiara – to fakt. Fakt ten obraca w farsę wszelkie późniejsze ich działania, te poszukiwania w przeszłości konkretnych deformacji, te próby analizy osobowości tubylców, to tropienie Boga („No powiedz, Ohlen: gdzie znajduje się Jezus? Skąd włada Ziemią?" „Włada? Co macie na myśli? Przepraszam, przykro mi, naprawdę. Jak to: gdzie? Ja nie rozumiem".) i analizowanie Jego osobowości. Koszmar: pewność, iż w każdym podmuchu wiatru, każdym skrzypnięciu schodów, każdym potknięciu się – objawiana jest boża wola. Prosta droga do obłędu – już pierwszego dnia zrozumiał to Praduiga. Zrozumiał również, iż jedyną alternatywą jest zamknięcie oczu na rzeczywistość – a więc również szaleństwo. W istocie ten świat niewiele – prawie wcale – różnił się od świata Lopeza. Prawdziwa różnica istniała w ich głowach, w sposobie postrzegania go, bo przecież nie ukazywał im się Bóg w spektakularnych demonstracjach swej obecności i mocy. Świat zyskał zupełnie inne oblicze przez samą świadomość człowieka, iż ktoś nad nim stoi.

Szczególnie bliski szaleństwa był Ho – szintoista nawrócony niedawno na katolicyzm, z żarliwością właściwą wszystkim neofitom wyznający swą nową wiarę – także w świecie, gdzie nie ma ani jednego kościoła, ani jednego kapłana i ani jednego wiernego – oprócz niego samego; gdzie i znak krzyża nic nie znaczy.

– Ja nie mogę, panie majorze – mówił już trzeciego dnia. – Przecież rozmawiając z nimi – (miał na myśli Ohlenów) – rozmawiamy z Nim. On ich nam przeznaczył, to Jego usta, oczy, uszy. Obserwuje nas i w tej chwili. Jest. Jest.

– Co cię napadło, Ho? Mordowałeś na rozkaz, gorsze rzeczy robiłeś.

– Cokolwiek uczynisz najmniejszemu z Mych bliźnich, Mnie uczynisz – zacytował w odpowiedzi, nieprecyzyjnie zresztą, Ho.

Zaniepokojony Crueth wydał Calverowi polecenie dyskretnego kontrolowania drugiego sierżanta. Wydając owo polecenie, sam się bał: Bóg słuchał.

Drugi, słabszy, lecz bardziej rzeczywisty strach Lopeza stanowił lęk przed obcością Ohlenów. Rozumowali w sposób pokrętniejszy od Tilerczyków, których, co do jednego, miano za wariatów do kwadratu. Pokrętność myślenia tubylców wynikała z jego morderczej prostoty: to Stalińczycy, przyzwyczajeni do potrójnych kłamstw, czwartych den, niedomówień, pułapek słowno-logicznych, psychologicznych labiryntów, wewnętrznego zakłamania, kompleksów i uprzedzeń, prawd wyrażanych przez pół- i ćwierćprawdy, wyrachowania i irracjonalności, tych dwóch biegunów ludzkiej psychiki, innego człowieka nie potrafiący sobie wyobrazić – to oni nie mogli, nie chcieli wczuć się w myśli tuziemców. Oczywiście duży kłopot sprawiały czysto techniczne różnice kulturowe, lecz tego oczekiwali. Nie oczekiwali natomiast miłości i dobroci. Nie rozumieli ich.

Nie znano tu pieniędzy, nie znano wojen, morderstw, kradzieży, nienawiści, kłamstwa – od dwóch tysiącleci. Pamiętano te pojęcia, Ohlenowie potrafili je zdefiniować – lecz w podobnie mętny i niewiele mający wspólnego z prawdą sposób, w jaki Lopez zdefiniowałby wszechogarniającą miłość.

Nie znano tu wyrafinowanej techniki, najwyraźniej nie

przekroczono w nauce poziomu dwudziestowiecznego Stalina – Bóg nie chciał, by go przekroczono. Elektryczność wykorzystywana była w niewielkim zakresie, Ohlen pozyskiwał ją z turbiny wodnej założonej na pobliskim strumieniu, lecz dziewięćdziesiąt pięć procent pracy wykonywał ręcznie: żadnych bardziej skomplikowanych maszyn. Rolnictwo na skalę rodzinną. Oczywisty dobrobyt obserwowany przez Stalińczyków zdawał się pozostawać z tym w jaskrawej sprzeczności. Pytali, lecz wszelkie rozmowy zahaczające o gospodarkę, handel – kończyły się obustronną idiomatyzacją wypowiedzi. Bardzo to było frustrujące.

Po pięciu dniach jałowych przesłuchań, lektury niezrozumiałych książek i prowadzenia bezsensownych pseudonaukowych rozmów wrócili do punktu wyjścia, bogatsi o nerwicę i zaczątki obłędu.

– To jest Ziemia nie do podbicia – powiedział Celiński szóstego wieczoru, spędzanego w sali kominkowej dworu Ohlena na leniwej dyskusji przy piwie.

– Dlaczegóż to?

– Pomijam już Jego obecność. Ale, rozumiesz, nie można podbić kogoś, kto w ogóle nie wie, co to podbój.

– A to niby czemu? – zdziwił się Crueth. – Głupoty gadasz.

– Czyżby? No to powiedz, jak sobie wyobrażasz tę operację, a?

Major wzruszył ramionami i splunął w ogień.

Rozmawiali, nie używając gadałek, nie sprawdzili również, czy nie założono w sali podsłuchu – nikt tego właściwie nie powiedział, lecz wszyscy doskonale zdawali sobie sprawę, iż idiotyzmem byłaby jakakolwiek próba ukrycia przed Bogiem swych myśli (co dopiero słów); nie wyposażono ich w detektor Ducha Świętego.

– A mnie najbardziej denerwuje ta ich m i ł o ś ć – zachrypiał Ho, przeciąwszy temat, zarazem nerwowo oglądając się za siebie, co stanowiło już odruch bezwarunkowy.

– E, dlaczego? Myślałem, że to dla ciebie raj.

– Nie dla każdego raj jest odpowiednim miejscem – odparł cicho Ho.

Lopez, całkowicie trzeźwy (podobnie jak innym, krążyły mu we krwi substancje zdolne zneutralizować dowolny obcy związek) podszedł do otwartego okna i wrzasnął w dolinę:

– Niech Cię szlag!

Zamarli.

Lopez zachichotał i wrócił na swoje miejsce.

Nie była to pierwsza próba popełnienia przez nich samobójstwa.

– Oni wszyscy są podstawieni – powtórzył, po raz chyba dziesiąty, Celiński.

– Doskonale o tym wiemy – mruknął major.

– Więc mogą kłamać.

Crueth z politowaniem pokiwał głową.

– Jak to powiedział Lopez: sam fakt ich podstawienia uwiarygadnia każde ich słowo. Tylko Bóg...

– Albo bardziej subtelnie – kontynuował Janusz. – On eliminował wszystkich Zwiadowców, aż trafili mu się tacy, którzy odpowiadają jego zamierzeniom. Pokazuje nam, co chce pokazać, byśmy myśleli, co myślimy i...

– Crueth – przerwał Zwrotnicowemu Praduiga – powspinasz się?

– Nie.

Lopez skinął na Celińskiego. Wyszli z domu. Chłodne powietrze jesiennego wieczoru zatrzęsło nimi.

Na południu doliny, pół kilometra od dworku, wznosiło się strome wzgórze o pozbawionym roślinności, nagim szczycie. Wspinaczka na nie była męcząca, lecz jakże wspaniałe widoki się zeń roztaczały.

Celiński się zasapał – Lopezowi oddech nawet nie przyspieszył: podobnie jak i żołnierze z Korpusu, posiadał on wszczepkę z programem koordynacyjnym „Gladiator", który gwarantował wykorzystanie możliwości organizmu w dziewięćdziesięciu procentach, a także władzę nad wegetatywnym systemem nerwowym – dlatego też Praduiga poruszał się niczym baletmistrz.

Po dotarciu na szczyt usiedli na jednym z rozrzuconych na nim gładkich, szarobłękitnych kamieni.

Nad doliną zachodziło słońce.

– Wypytywałem Esslen *à propos* teleportacji tego szczeniaka – odezwał się Celiński.

– No i?

– Oczywiście nie pojęła słowa. Musiałem jej rzecz dokładnie opisać; nie zdziwiła się. Pytałem, jak to zrobił.

Praduiga uśmiechnął się pod nosem.

– Nie zrozumiała pytania – mruknął.

– Jasne. Zacząłem więc dociekać, czy ona albo jej mąż, czy któreś z nich potrafiłoby czegoś podobnego dokonać. Odparła, iż bez problemu. Poprosiłem, żeby zademonstrowała. Po co? Bo chcę to zobaczyć; pilnuję się teraz, żeby nie mówić, że komuś nie wierzę. Na to ona: „To nie powód". A co mogłoby być powodem? Na tym etapie się zacukała.

– Teleportacja, telepatia i co jeszcze?

– Zgroza – przytaknął Celiński.

Milczenie.

– Czasami wydaje mi się, że to jeden wielki kawał. Rozumiesz, Janusz? Że w konia nas robią z tym Bogiem, a za naszymi plecami rechoczą dziko.

– To proste: samoobrona. Umysł broni się przed szaleństwem.

Milczenie.

– A czy ty w ogóle zdajesz sobie sprawę – natarł z desperacją Lopez – że Bóg, z definicji wszystkowiedzący i wszechmocny, każdą twą myśl, ruch, instynkt, słowo zaplanował na długo wcześniej, niż zaistniały, że są to Jego myśli, słowa? Że mówię to teraz, ponieważ tak to sobie wymyślił – i to – i to – i to? Że jesteśmy mniej niż pionkami? Edypami, co swoje uczynki – swoje przez ułudę wolnej woli – oceniają podług stopnia własnej niewiedzy. To Bóg jest ostatecznym punktem odniesienia, tylko On – a żaden z nas – wie, co za grzechy popełniliśmy, co uczyniliśmy dobrego. Jeśli dla takiego absolutu istnieje jeszcze dobro i zło. Skąd wiesz, czy przez to, że teraz mrugnąłeś, nie zabiłeś milionów ludzi? Co, Zwrotnicowy? Przelicz to sobie w tej twojej maszynce. Nie masz gwarancji. Jesteś niczym. Niczym, niczym, niczym... – szeptał Praduiga.

Milczenie.

– Chciałbym już wrócić, Lopez.

– Wrócić?

– Na Stalina.

– A co by to zmieniło?

– Żartujesz? Wszystko!

– To znaczy?

– On.

– Nie byłoby Go, co?

– Właśnie.

– Idiota jesteś. Myślałem, że pojąłeś: nie ma wszechświata bez Boga. W niektórych jest nieznany, w niektórych się w Niego wierzy, w niektórych istnieje jawnie – wszędzie jest.

– Nie strasz mnie.

– Umysł broni się przed szaleństwem, co? – zauważył sarkastycznie Praduiga. – Bo sama idea jest ci doskonale znana. Światy alternatywne, specjalistą jesteś w tej dziedzinie.

– Lopez...

– Nie przerywaj! Nie ma takiej deformacji, która mogłaby wyrugować z rzeczywistości istotę naprawdę wszechmocną. A skoro choć w jednym z wszechświatów istnieje ona z całą pewnością, to w jakim ukryciu by się nie znajdowała we wszechświatach pozostałych – również tam j e s t. Uzyskaliśmy tutaj ostateczny dowód na istnienie Boga, dowód na Jego istnienie wszędzie, zawsze, w każdym z odbić Stalina. Ponieważ nie ma innej możliwości.

Milczenie.

– To straszne, Lopez.

– ...

– Nie ma ratunku?

– Są tylko dwa wyjścia. Przystosować się, jak ci tutaj być doskonałym „chrześcijaninem”, a przez wszechmocnego Boga, który nie chowa się za parawanem religii, ale jest – i działa – być doskonałym człowiekiem, supermanem miłości; choć po prawdzie nie wierzę w takie cuda: oni się tu urodzili i innego świata po prostu nie znają.

– A drugie wyjście?

– Obłęd.

– Czyli wyjścia nie ma.

– I tak zawsze ci się tylko wydawało, iż dokonujesz wyboru. Teraz masz świadomość własnej małości.

– Och, ten twój determinizm...!

Milczenie.

– Toż to czysty horror. Nawet w tej chwili może nas tu trafić piorun, jeśli taka będzie Jego wola. – Celiński pokręcił głową.

– A może.

– A w innych światach...

– W innych światach też może, tylko tam zostanie to uznane za przypadek.

– Ale nie przeze mnie. Ja będę już w i e d z i a ł... Będę pewien: nie istnieje przypadek!

– Hej, uspokój się, Janusz! Nic na to nie poradzisz. Popatrz: lezie mrówka. Patyk z tej, patyk z tamtej: igram z nią. Co ona może na to poradzić? Nic! W końcu się znudzę. Natomiast ma ten owad nad nami jedną przewagę: nie wie, po co ten but wznosi się do góry, nie wie, że mogę go – o! – rozgnieść. Gdyby to wiedział, gdyby mógł to wiedzieć...

– Ja nie chcę oszaleć! Ty bydlaku!

Lopez nigdy już nie dociekł, do kogo adresowana była owa inwektywa.

A nazajutrz wróciły dzieci gospodarzy; razem z nimi przybył cały tabun znajomych Ohlenów. Nazajutrz Ho zamordował Esslen.

9.

Lopez Praduiga obudził się już przerażony. Zasnął w strachu, lęk był ostatnim uczuciem zapamiętanym z wczorajszego wieczoru, a ponieważ nigdy nie pamiętał słów – nie było przerwy między jednym przerażeniem a drugim. Bał się świata. Świat jest nieobliczalny. Bał się Boga – to On rządził tym światem – Bóg zaś z definicji jest dla człowieka nieobliczalny.

Jak zwykle od kilku dni, musiał się przemóc, by unieść

powieki: czego nie widzisz, tego nie ma. Przypomniały mu się ciche noce z dzieciństwa, przedyszane w czerwonej ciemności zamkniętych oczu, przed którymi kłębiły się upiory i demony, niezdolne do zranienia go, póki sam ich nie urealni swym spojrzeniem. Majaczyła mu w umyśle indiańsko kamienna twarz Boga. Jego oczy patrzące nań zewsząd. Uniósł powieki. Nikogo.

Lopez wybrał sobie na kwaterę pokój narożny, mały, słoneczny, ubogo wyposażony. W pracy był ascetą, w życiu prywatnym sybarytą. Traktował niewygody związane ze swą profesją jako swego rodzaju pokutę, dawało mu to specyficzne poczucie wewnętrznej równowagi.

Wstał, podumał, wyjrzał przez okno (świat nadal istniał) i, ubierając się powoli, zaczął w myśli pierwiastkować kolejne liczby całkowite, które to zajęcie miało odegnać odeń lęk. Pierwiastkował dalej, usiadłszy na twardym drewnianym krześle. Zapatrzył się ślepo w przeciwległą ścianę. Wschodziło słońce: cień nieruchomego Lopeza przepełzał z drzwi na podłogę.

Prócz strachu, egzorcyzmował matematyką szaleństwo: buzował mu gdzieś w gardle krzyk, cisnęły się na usta jękliwe słowa. Mało mu brakowało do prowadzenia rozmów z łóżkiem: On słucha.

– Kurwa mać! Lopez! – zawył mu w głowie major.

– Osiem koma zero sześć... Tak, o co chodzi?

– U siebie jesteś?

– Tak.

– Do kuchni! Już! Tam na górze nie mogę cię ochronić!

Wybiegając na korytarz, Praduiga krzyknął przez gadałkę:

– Co się, do cholery, stało?! – Spodziewał się wszystkiego.

– Zobaczysz.

Lopez biegł szerokim korytarzem, wyłożonym grubym dywanem. Przecinał on dom Ohlena wzdłuż linii wschód–zachód; piętro wyżej korytarz taki zorientowany był południkowo. Na parterze nie było żadnego. Dworek sam w sobie stanowił architektoniczną zagadkę.

Koniec korytarza. Dalej – schody o poręczy pięknie

rzeźbionej w kwiaty, hol jasno oświetlony, sala boczna, uchylone drzwi, kuchnia, Crueth, Celiński, stop i precz od wejścia, oto – trup.

Esslen leżała nieruchomo pod ścianą. Miała kilkumilimetrową dziurę w głowie.

– Nie żyje – zauważył niezbyt inteligentnie Praduiga.

– Ano.

– Jak to się...

– Nie teraz – przerwał mu Crueth. – Spieprzamy stąd. Poinformowałem już Dunlonga, Janusz potwierdził bezpośrednie zagrożenie, teraz ty.... Dunlong musi nas zabrać stąd w ciągu kwadransa, inaczej złamie połowę paragrafów waszych kontraktów.

– Moment, moment. – Praduiga mimowolnie oddalił się od ciała Esslen, przesuwając się w kierunku zamkniętych drzwi prowadzących na tyły domu. – Niczego nie potwierdzę, jeśli się nie dowiem, co tu się stało.

– Ty idioto! – wrzasnął Celiński. – Jeszcze ci mało?! Jedyna okazja, żeby się stąd wyrwać!

Lopez nerwowo oblizał wargi, jednocześnie zerkając przez okno, za którym zwidziała mu się czyjaś postać. Przez lewe ramię, przez prawe ramię: nikt cię nie obserwuje. Boże, zapomnij o mnie.

– Sierżant Ho ją zabił – rzekł major.

– Co?!

– Calver pilnuje go na zewnątrz.

Praduiga szybko doszedł do siebie.

– Ale dlaczego?

Zadał o jedno pytanie za dużo, zawiodło go jego wspaniałe wyczucie ksenopsychologa. Celiński, całą tą sytuacją wyraźnie zdenerwowany, przeszeptujący sobie pod nosem klątwy, prośby i żale, strzelający naokoło krótkimi spojrzeniami, oczekujący potwierdzenia przez Lopeza stanu najwyższego zagrożenia niczym wyroku na Sądzie Ostatecznym – wreszcie wybuchł. Z wściekłym, szarpiącym mu wnętrzności szlochem, słyszalnym jako ciche, świszczące rzężenie, rzucił się na Praduigę.

Crueth machnął ręką i Zwrotnicowy zwalił się bez czucia na drewnianą podłogę.

– Pięknie – skomentował Lopez.

– Radziłbym ci wysłać to potwierdzenie.

– Myślisz, że się zemszczą? Wątpię. Nie ma więc bezpośredniego zagrożenia.

– Jak dla kogo.

– Grozisz mi?

– Tak.

Lopez wysłał potwierdzenie, zastanawiając się tępo, dla jakichż to powodów nagle był przeciwny powrotowi, chociaż od kilku dni o niczym innym nie marzył.

Gdy tylnymi drzwiami wyszli z domu na ciągnącą się odeń aż do końca doliny łąkę, gdzie mieli na nich czekać Calver i pilnowany przezeń Ho, okazało się, że Calver zdezerterował.

– Odszedł – szepnął im Ho.

– Nie wierz mu – wymamrotał wściekle Celiński, rozmasowywując potężny siniak na karku. – Równie dobrze mógł go sam utłuc, ukryć, a teraz kręci.

Crueth uciszył go uniesieniem ręki. Przez długą chwilę prowadził z niewidocznym interlokutorem bezgłośną rozmowę na zamkniętym kanale gadałki. Wreszcie skinął głową.

– Rzeczywiście, zdezerterował. Calver... W życiu bym nie pomyślał.

– To ten świat – mruknął Lopez. – To ten przeklęty świat.

Zwrotnicowy usiadł na ziemi, pięć metrów od nich, tyłem do lasu; miał na oku Ho i dom Ohlena.

– No i co zrobimy z tym fantem? Jeszcze jeden Zwiadowca rozpłynął się we mgle, a?

Major spojrzał nań ponuro.

– Ten problem został już rozwiązany. Proponuję zająć się teraz czym innym. Przerzut nastąpi za dziesięć minut, z drugiej strony dworku; sami zresztą słyszycie przekaz. Ho, będziesz szedł przede mną.

Szerokim łukiem obeszli dom. Sierżant, idący kilka metrów w przodzie, kroczył niczym skazaniec w drodze na szafot, ciężko i niezgrabnie: zdawał się być czymś odurzony. Obserwowali jego plecy.

Obszarem wyznaczonym do „strzału" była altanka. Choć kula wymiany nie obejmie jej w całości – kawałki dachu zostaną obcięte i porzucone w tym świecie – zdecydowano się na nią, stanowiła bowiem doskonały punkt orientacyjny.

W zasięgu wzroku nie było nikogo. Ohlen najprawdopodobniej pracował – w sadzie, w ogrodzie, na polu czy w przetwórni; ci ludzie mieli obsesję pracy, z przedziwnym – radosnym niemal – spokojem do niej podchodzili. Powołanie. Co dziwniejsze, jej owoce nie wydawały im się już tak ważne; Ohlen twierdził, iż wiele z tego, co wyhodował, wykonał – przeznaczone było na dary. Jakie dary? Wymiana? Handel? Nie, nie – dary. Pracowali dzień w dzień, cóż bowiem świętować mieli w niedziele? Zresztą i tak nie wiedzieliby jak, nie znali wszak żadnych rytuałów.

– Ho... Ho! Dlaczego to zrobiłeś?

Sierżant spojrzał na Praduigę niczym na ducha.

– Dlaczego ją zabiłeś? – pytał Lopez.

– Możesz za to wylądować w Piekle – włączył się Crueth; Praduiga wzrokiem poprosił go o milczenie. Major wzruszył ramionami i odwrócił się od nich. Obserwował dwór. Nie chciał słyszeć odpowiedzi sierżanta, wolałby, żeby morderca – a Ho był mordercą, czyli zabójcą i przestępcą, ponieważ zabił bez rozkazu – zachował wyniosłe milczenie, sklął pytającego czy, ostatecznie, w łeb sobie strzelił. Żołnierz – a nie skruszony zbrodniarz. Jeszcze jeden powód miał Crueth, by bać się tej rozmowy: wszystkosłyszące ucho Boga. Nie kusić, nie kusić.

Sam się postaram, żebyś tam trafił, wyszeptał major w myślach.

Piekłem nazywano Ziemię ze wszechświata, w którym obszary zagęszczenia pyłu kosmicznego inaczej się rozłożyły w Mlecznej Drodze; w efekcie Układ Słoneczny przechodził przez nie w innych niż „normalne" okresach i kiedy indziej występowały na tamtej Ziemi zlodowacenia. Obecnie panowała na jej równiku średnia temperatura 3°C (co samo w sobie mówiło wiele o stopniu zagęszczenia tego pyłu). Piekło było piekielnie zimne. Odkryli je Stalińczycy jako pierwszą obcą rzeczywistość. Nie stanowiła ona czyjegoś wyłącznego dominium: każda Ziemia budowała tam, na terenach przyznanych jej przez UEO, gigantyczne kompleksy więzienne. Nie było z nich ucieczki. Przede wszystkim nikt nie chciał uciekać z ciepłych, przytulnych cel na morderczy mróz. Poza tym nie było po co uciekać: na owej Ziemi nie wzniesiono niczego, prócz więzień, a Katapulty sterowane były jednostronnie i każdy przerzut konsultowano wpierw z macierzystym światem: zero szans. Ostatnio rozważano co prawda projekt przystosowania do życia piekielnej Wenus, z racji panującej tam teraz zupełnie przyzwoitej temperatury, lecz rzecz utknęła na etapie sporów proceduralnych: kto mianowicie miałby prawo decydować o klimacie owej planety? Piekło pozostawało światem więziennym.

– W kuchni ją spotkałem – relacjonował tymczasem Ho wyblakłym głosem. – Ja... naprawdę nie wiem, jak do tego doszło. To znaczy... nie rozumiem. Byłem wściekły z jakiegoś powodu, coś mi nie wyszło... Nie wiem, nie pamiętam. Chyba na nią krzyknąłem. Wrzasnąłem! Zaczęła mnie przepraszać... Czemu ona mnie przepraszała, co? Dlaczego?! Ja nie... ja... Czemu mnie przepraszała?! Uderzyłem ją, lekko, naprawdę. Upadła. Niedobrze mi się zrobiło, wszak to grzech, grzech, grzech... Ale znowu... przeprasza i przeprasza, tak jej przykro, współczuje mi... Ta miłość w jej oczach... Ja nie mogłem, ja... ja... To wszystko jest takie...

– I zabiłeś ją?

– Tak.

– Uwaga! Idzie Ohlen! – syknął Crueth.

Celiński tylko jęknął.

Ohlen nie sprawiał wrażenia człowieka, któremu właśnie zamordowano żonę. Jak zwykle pogodny, jak zwykle spokojny, jak zwykle kochający swych obcych braci.

Podszedł do altanki i zatrzymał się przed majorem, który zastąpił mu drogę do wnętrza. Patrzył prosto na Ho. Blady sierżant uciekał wzrokiem na boki, przytłoczony otwartością spojrzenia Ohlena.

– O co chodzi? – spytał Crueth.

– Chciałbym wam pomóc.

– Pomóc? W czym?

– Musicie przeżywać teraz ciężkie chwile, szczególnie Ho. Bardzo mi przykro, to musi być straszne. Szczerze ci współczuję, Ho – rzekł Ohlen.

Wytrzeszczyli nań oczy.

Po dwunastu latach małżeństwa drugiego stopnia Lopez, ten fanatyczny determinista, łudził się, że wie, czym ono jest. Na pewno nie łatwym do przewidzenia łańcuchem dni dobrych i złych, spojonych miłością i namiętnością; miłość bardzo szybko wycofuje się na z góry upatrzone pozycje, namiętność okazuje się pustym rytuałem – w końcu pozostaje dwoje samotnych ludzi, unikających swych spojrzeń i przypadkowych dotknięć niczym spojrzeń i dotknięć trędowatego; walczących ze sobą myślą i modlitwą. Małżeństwo przez swą pozorną definitywność, a na pewno przez realny ciężar obowiązku, przekształca się w coś więcej – przyzwyczajenie, przynależność. Oto okazuje się, że potężną część swego życia zużyłeś wraz z drugim człowiekiem, dzień w dzień, oddech w oddech; budzisz się pewnego dnia i stwierdzasz, że twoja żona istotnie w jakimś sensie stała się z tobą jednością: znasz wszystkie jej zalety i wady, słabe i mocne strony, ciemne tajemnice, wstydliwe wspomnienia wyszeptane kiedyś w duchocie letniej nocy, jej drogi do radości i rozpaczy; wiesz jakie będzie kolejne jej słowo, reakcja na daną sytuację, i nie możesz już przełamać tego schematu, nie chce ci się, zbyt wielka jest siła inercji. Znajdujesz w nim nawet pewien posmak szczęścia, skończoności. Bezpieczeństwa. Oto nie ma już takiego skrawka jej ciała ani myśli, którego byś doskonale nie znał – i podobnie jest z nią. Stanowi to wasz swoisty tytuł wzajemnej własności: ty należysz do niej, ona do ciebie. Oto stwierdzasz, że siłą tego samego przyzwyczajenia mógłbyś dla niej tak wiele poświęcić – może nie życie, może nie życie, lecz prawie wszystko, co posiadasz – i że prawdopodobnie ona sądzi podobnie. Znacie się tak dobrze, iż kiedy się ranicie, kiedy mścicie się na sobie za świat – potraficie się doprowadzić do granicy depresji jednym słowem – ale znacie również te granice. Małżeństwo to przymierze, układ, chwiejny i niepewny, jednakże związany z pewnymi korzyściami; człowiek nie jest samotnikiem, nie przetrwa jako człowiek nie mając do kogo mówić, uśmiechać się, kogo kochać i nienawidzić, uszczęśliwiać i unieszczęśliwiać. Zawiera więc swój układ, mając na względzie potrzeby duszy i ciała: ty będziesz moim partnerem. I w przeważającej części przypadków żal z powodu odejścia tego partnera nie wynika z czystej miłości do niego, ale z prostego, egoistycznego uczucia straty: miałem coś, lecz to utraciłem; Boże, jaki okrutny jest świat. Tak, tak; także miłość jest uczuciem egoistycznym. Lopezowa definicja miłości nie obejmowała jej tutejszej odmiany. Miłość Ohlena była miłością eremity do pszczoły, która nawiedza go w jego pustelni: absolutna, i przez to tak przerażająca. Nieludzka. On kochał i mordercę swej żony.

– Ty wiesz... – major potrząsnął głową.

Ohlen spojrzał nań pytająco.

– Co?

– Ho zabił Esslen – powiedział Celiński, od pewnego czasu zachowujący się, jakby właśnie usłyszał wyrok skazujący go na śmierć.

– Tak.

– Sześć minut piętnaście sekund – mruknął przez gadałkę Crueth.

– Opuszczacie nas – stwierdził Ohlen.

Dawno już przestali się dziwić jasnowidztwu tuziemców.

– Owszem. Lepiej będzie, jak się odsuniesz. Mogłoby cię przeciąć na pół.

Ohlen tylko się uśmiechnął.

– Coś na nas pruje od wschodu. Janusz, Lopez! Pilnujcie Ho.

– Naprawdę, dobrze ci radzę – kontynuował Crueth. – A przy okazji: spodziewasz się jakichś gości?

– To nasze dzieci, i jeszcze parę osób. Nie bójcie się – rzekł Ohlen, a Praduiga po raz setny zadrżał na myśl, iż ten człowiek może być telepatą – iż jakikolwiek człowiek może być telepatą, potrafiącym odczytać najbardziej tajemne pragnienia i lęki kłębiące się w twojej głowie. To by było po prostu niesprawiedliwe.

– Pozwól nam uciec, pozwól nam uciec, pozwól nam uciec... – szeptał ścianie altanki Celiński. Można by to nazwać modlitwą, gdyby nie fakt, że na tym świecie coś takiego jak modły nie istniało – nie było powodów do ich wznoszenia. Celiński jednakże nie pochodził z tego świata.

Pojazd, który major dostrzegł chwilę wcześniej, ujrzeli teraz wszyscy: wystrzelił zza wschodniej grani gładką świecą, zakręcił, obniżył lot i po łagodnym łuku spłynął przed dworek. Przypominał pozbawiony śmigieł, lekko spłaszczony Sikorsky, i można by go wziąć za helikopter, gdyby nie absolutna cisza, w jakiej się poruszał, i materiał, z którego był zbudowany: drewno. Wyjście zeń musiało się znajdować z drugiej strony: zza pojazdu zaczęli się wyłaniać jacyś ludzie. Z tej odległości Lopez nie był w stanie dokładnie im się przyjrzeć – choć major zapewne potrafił policzyć im włosy na głowach – lecz widział: nie byli zaskoczeni widokiem innych gości.

– Wymarzona okazja do dodatkowej weryfikacji – zauważył Lopez. – Ile nam zostało?

– Pięć minut.

Do Ohlena podbiegło dwóch kilkunastoletnich chłopców, chwilę potem starszy mężczyzna o lekko posiwiałych włosach. Część pozostałych przybyszów weszła do dworku, część rozeszła się po dolinie; nawet Crueth zaprzestał śledzenia ich wzrokiem.

Praduiga wyszedł z altanki, podreptał do grupki skupionej wokół Ohlena i szarpnął za ramię odwróconego doń tyłem siwego.

– Wracaj, kretynie!

– A jeśli to jednak mistyfikacja? Jeśli to wszystko kłamstwo?

– Tylko w jednym przypadku mogliby przewidzieć nasze przybycie i to zorganizować: jeśli to, co mówią, jest prawdą. Dobrze o tym wiesz. Wracaj!

Żelazna logika tego wywodu – który zresztą sam był przeprowadził – przyprawiała Lopeza o ból głowy.

– Proszę mi powiedzieć – zagadnął Praduiga siwego –

w którym to roku umarł Jezus Chrystus? Przepraszam, że tak...

Siwy popatrzył pytająco na Ohlena, a kiedy z powrotem przeniósł wzrok na Praduigę, Lopez spostrzegł w nim ten sam matowy błysk, co w spojrzeniu gospodarza. Kocham cię, kimkolwiek jesteś, człowieku.

– Nie... – jęknął Lopez.

– Wracaj!

– Proszę, proszę, proszę, proszę... – recytował tępo Celiński w powietrze.

Praduiga obrócił się i pognał ku altance. W drzwiach zderzył się z Ho; sierżant rzucił się między niego a Cruetha, wywracając Lopeza.

– Ho! – krzyknął major przez gadałkę.

Sierżant nie zareagował. W odległości kilku metrów minął grupkę tubylców i biegł dalej – w kierunku lasu. Uruchomił system mimetyczny: zdawał się być teraz zawirowaniem powietrza, dżinnem przemykającym po zielonych pagórkach rozedrganymi słupami gorąca.

– Ho!

Znów bez odpowiedzi.

Crueth uniósł rękę i sierżant zwalił się martwy na ziemię.

– Och, kurwa, kurwa, kurwa – wyszeptał major. Pokręcił głową, policzył w myślach do dziesięciu i – już zwykłym głosem – warknął: – Bierzemy go. Lopez, Jan... – spojrzał na Celińskiego i zmienił zdanie. – Chodź, Lopez, przeciągniemy go we dwójkę.

Podbiegli do trupa sierżanta. Crueth wyłączył jego system maskujący. Ujęli ciało za ramiona i zaczęli je wlec ku altanie. Gdy mijali siwego, Ohlena i jego dzieci, dobiegło ich rzucone przez kogoś pytanie (w jednym z chińskich dialektów):

– Wybaczycie nam?

Nie odpowiedzieli. Nie podnieśli wzroku.

Ułożyli zwłoki Ho na środku altanki.

– Dwie minuty.

Lopez zauważył, że major jakoś dziwnie mu się przygląda. No tak, pomyślał Praduiga, Calver zbzikował, Ho zbzikował, Janusz też, to na kogo teraz kolej? Kto pozostał?

Czekali.

– A jeśli... – zaczął Crueth i urwał. Praduiga nie spytał, o co mu chodziło.

Dzieci Ohlena pobiegły gdzieś na południe, siwy i Ohlen ruszyli spacerkiem ku dworkowi. Nikt nie zwracał uwagi na Stalińczyków.

– Jak to zaopiniujesz? – spytał przez gadałkę major.

– Co?

– Aneksję tej Ziemi. Twoja decyzja będzie przecież... Rozumiesz.

Praduiga zagapił się ciężko przed siebie.

– Tylko sekundy – mruknął major. Wnętrza dłoni wycierał nerwowo o płaszcz, pociły się. – Jak myślisz, co się stało z tamtymi Zwiadowcami? Tymi wszystkimi maszynami? – Słowa; musiał mówić. – Dlaczego On tak to zorganizował? Dlaczego chciał, żebyśmy...

– Aaaaaaaaa!!! – rozwrzeszczał się Celiński.

Mignięcie.

Na sekundę przed przerzutem wydało się Praduidze, że dostrzegł wychodzącą z dworku Esslen, zdrową i uśmiechniętą – ale to nie mogła być prawda.

Lustrzana kopuła. W kryształowym świecie jej nieskończoności – tysiące odbić. W nich altanka, trzech mężczyzn i trup.

Celiński stracił przytomność.

– Może Oni walczą ze sobą – szeptał Crueth gdzieś w bok, jakby nie zauważył, że zostali przerzuceni. – Ci Bogowie równoległych wszechświatów...

– Co to znaczy?! – krzyknął w pustkę Lopez. – Dunlong!!

– Nie ma powodu do wrzasków – odezwał się z powietrza głos Dyrektora Piątego Departamentu. – Normalne środki ostrożności. Zaraz to zdejmiemy; cholera wie, co mogliście przywlec ze sobą. I nie zdziwcie się: jest druga kopuła. Ta dolina została u nas kilkanaście lat temu zalana, sztuczne jezioro tu mamy. Musieliśmy zbudować keson na dnie. Ho nie żyje?

– Nie żyje.

– Calver?

– Uciekł. – Lopez zerknął na Cruetha. – Też nie żyje.

Dunlong umilkł.

Lustrzane tafle rozsunęły się na kilka metrów. To samo rozproszone światło, które oświetlało wnętrze zwierciadlanej śluzy, utrzymywało w głównej komorze kesonu irytujący półmrok. Cienie, cienie, cienie.

Crueth, milczący, zamyślony, siedział nieruchomo na pozornie słabym Ohlenowym krzesełku, wpatrując się w jakiś odległy horyzont zagubiony pośród niezliczonych odbić.

Na platformę przerzutową wbiegło kilku Carterczyków w pełnym rynsztunku: łup, łup, szmach, szmach; synchroniczny taniec wojny. Praduiga zgrabnym slalomem wyminął ich, wykopując piętami za siebie syntetyczny piasek; zeskoczył na podłogę, przekoziołkował, ominął wyłączonego Cerbera i podbiegł do ustawionych w podkowę urządzeń kontrolnych Katapulty, gdzie – jak przypuszczał – znajdował się Dunlong. Był tam. Siedział w fotelu i zagapiony w ekrany gryzł cygaro. Ujrzawszy Lopeza, jego twarz – poderwał się i rzucił do ucieczki. Praduiga dopadł go w kilka sekund pod ścianą komory.

– Dunlong – dyszał – zrobisz to, musisz to zrobić, jesteś mi to winien...

– Zabierzcie go! Meyer, do diabła, ty śpisz?! Szlag by to... Zabierzcie go!

– Amnezja, rozumiesz? Chcę stracić pamięć. Całe osiem dni. Wyczyść mi. Słyszysz? Potrafisz to zrobić, to jest możliwe, ty masz tę możliwość; wiem. Amnezja – zapomnieć, zapomnieć...

– Wy durnie! On mógł już mnie zarżnąć trzy razy!

– Nie jestem szalony – mówił Praduiga wleczony ku kabinie ambulatoryjnej przez Carterczyków. – Zrobisz testy, przekonasz się.

Dunlong wygładził sobie marynarkę i spojrzał nań podejrzliwie.

– Możliwe – mruknął. – Tak czy inaczej chcę mieć najpierw pełny raport.

– Będziesz go miał. Będziesz go miał! Ale potem – amnezja!! Słyszysz?! Amnezja!!!

– Okay, okay – zamamrotał Dunlong i zaczął wywarkiwać rozkazy dla yantscharów powstrzymujących nagle oprzytomniałego Celińskiego przed powieszeniem się na własnym pasku przerzuconym przez jedną z ocalałych desek dachu altanki.

Epilog

Wyjątek z raportu Lopeza Praduigi dla Komisji ds. Podbojów przy Prezydencie Ziemi Stalina:

Dlatego też wnioskuję o zamknięcie dla wszelkiej komunikacji, wymazanie zapisów i zniszczenie danych dotyczących Ziemi Chrystusa alias Piekła II; o objęcie wszystkich osób dopuszczonych do tajemnicy procedurą Setsom i przeprowadzenie odpowiednich akcji zabepieczających; o nadanie Ziemi Chrystusa statusu Świata Pandory. Jest to najniebezpieczniejsza rzeczywistość, z jaką Federacja kiedykolwiek się zetknęła. W przypadku otworzenia wolnych kanałów przerzutowych szkody mogą być nieobliczalne, większe niż w razie jakiejkolwiek reinwazji. W ostateczności Federacji może grozić całkowita anarchia. Powtarzam: wnoszę o zamknięcie Ziemi Chrystusa.

Tak też uczyniono.

sierpień 1992; listopad 1995

Katedra

W imię Ojca i Syna, i Ducha Świętego, Amen. Izmiraidy na wyciągnięcie ręki, siedemdziesiąt dni od perilevium, burza za sto dwanaście godzin. „Rozmaryn" już prawie zrównał wektor prędkości z ich wektorem, widać Katedrę, mam ją na suficie, obraz czasu rzeczywistego. Zamykam i otwieram oczy, i spada na mnie drapieżnym ptakiem, chuda szyja, rozłożone szeroko skrzydła wież, kościste szpony, szkielet korpusu.

Zażyłem podwójną dawkę stupaka, głowa mi pęka w nieważkości. Próbowałem czytać Fereta, ale gubiłem wątek po kilku zdaniach. Kurtuazyjne rozmowy z Mirtonem. To czarter i lecę nim tylko ja i doktor Wasojfemgus, który praktycznie nie wychodzi z zaślepu; więc lecę sam. Dialoguję z „Rozmarynem", gdy tak snuję się po jego wnętrzu, sztuczny dzień, sztuczna noc. Ma bardzo sympatyczny interfejs. Czasami podczas ćwiczeń w siłowni, otumaniony dokrewnymi wydzielinami, omal zapominam, że to tylko program. Posiada swoje priorytety. Pilnuje, bym nie czuł się samotny i wciąga mnie w rozmowy na tematy, o których myśli, że mnie interesują.

– Więc sądzi ksiądz, że to nie był święty i żadne cuda nie miały miejsca? – pyta znienacka.

– Nie mam wyrobionego zdania – odpowiadam.

– Och, na pewno ksiądz ma – śmieje się „Rozmaryn".

– A co ty sądzisz? – odbijam piłeczkę.

„Rozmaryn" chwilą milczenia daje do zrozumienia, że się namyśla.

– Sądzę – zaczyna – że o ile był w owej chwili niepoczytalny, było to szaleństwo z łaski. Gdyby Bóg pozwalał sobie w ogóle na bezpośrednie ingerencje, to Izmir stanowiłby nienajgorszy pretekst.

– Więc wierzysz?

– W Boga? Czy wierzę? Raczej... domyślam się – rzecze „Rozmaryn".

Kto wie, może i w tym wypadku Turing się mylił.

Sprawdzam aktualne dane na temat *rendez-vous* planetoid z Madeleine. Wciąż nic pewnego. Na łąkach komputacyjnych Centrum Astronomicznego w Lizonne żywokryst tych równań rozrósł się na blisko hektar, a mimo to nie ma stuprocentowo pewnego wyniku. W najgorszym wypadku mam miesiąc. Czy Kościół rzeczywiście byłoby stać na przesunięcie tak dużej planetoidy? Czy owa fantasmagoryczna Maszyna Hoana w ogóle pozwoliłaby na podobne przesunięcie?

•

Jestem. Pierwszy dzień na Izmiraidach. Widziałem grób, rozmawiałem z księdzem Mirtonem. Burza tymczasem wygotowała się po drugiej stronie. Wiedzieli, gdzie posadzić „Sagittariusa". (No nie, co to ma wspólnego, wszystko zależy od pory dnia, momentu obrotowego kamienia; chyba że Wektor Hoana...)

Katedra stoi poza biostazą miasta, jest za wysoka, przebiłaby kopułę. Wahadłowiec „Rozmaryna" wysadził nas po drugiej stronie, samo miasto (miasto! – za dużo powiedziane: raczej przykryte półkulą powietrza skupisko tymczasowych kwater) leży w płytkim kraterze i jego zbocza zagrodziły nam widok czarną skarpą. Ta Izmiraida nazywa się Róg, jest druga pod względem wielkości w całym skupisku, ale i tak ciążenie praktycznie tu nie istnieje. Od razu przesiedliśmy się do gruisa. Wasojfemgus pomógł mi ze skafandrem, te samowystarczalne próżniówki to prawdziwe zbroje, człowiek myśli pół minuty, zanim ruszy nogą.

Gruis na trasie od lądowiska do kopuły jeździ wzdłuż oświetlonej jaskrawo trakcji, przymocowany jest do niej za pomocą dwóch elastycznych pałąków, wygląda to prawie jak kolejka linowa.

Kiedy jechaliśmy, doktor wskazał na prawo i powiedział:

– Wrak.

Zorientowałem się, że ma na myśli holownik Izmira. Obejrzałem się w tamtym kierunku, lecz niczego nie dostrzegłem.

– Już za horyzontem – rzekł Wasojfemgus. – Jest linia także do niego. Ksiądz na pielgrzymce?

– Nie – odparłem i spróbowałem zażartować: – Służbowo.

Nie bardzo widziałem przez plastik hełmu jego twarz, ale chyba się nie uśmiechnął.

– Ja właściwie tylko na chwilę... – mruknął. – Skorzystałem z okazji, że ludzie zamawiają czartery do ewakuacji. Myśli ksiądz, że Madeleine nas puści?

Chciałem wzruszyć ramionami, ale niewiele z tego wyszło.

– Nie wiem. Liczą jeszcze.

– Taa.

Niebo nie jest tu niebem, lecz po prostu rozpiętym na wysokiej półsferze kosmosem. Gorzej: momentalnie traci tę iluzję dwuwymiarowości, wystarczy się zapatrzyć przez parę sekund i już przytłacza cię potworna otchłań. Umysł natychmiast przestawia się na obrazowanie przestrzenne i nie masz najmniejszych wątpliwości, żeś jeno pyłkiem drobnym w tym oceanie, mrówką na kamyku. Można wpaść w panikę. Ci, co pierwszy raz wychodzą w otwarty kosmos, czują niemal fizycznie, jak ich zmysły tracą wszelkie punkty orientacji; zaczyna się upadek, spadają w nieskończoną pustkę. Były przypadki utraty przytomności, były wymioty i szlochy, był nawet obłęd. Na planetoidzie to nie grozi, mimo wszystko jest tu jakiś horyzont, jest grunt pod stopami, domyślna płaszczyzna „dołu". Ale gdy uniesiesz głowę i stracisz je z oczu... Mój Boże. Nie do opisania.

Wjechaliśmy na krawędź krateru. Śluza kopuły już otwierała się przed maską gruisa. Sama kopuła z zewnątrz prezentowała się jako mlecznobiała półsfera, nic praktycznie nie było przez nią widać. Wjechaliśmy do śluzy i zaraz wyjechaliśmy, drzwi zamknęły się i otworzyły tak szybko, że nawet tego nie zauważyłem; spojrzałem w górę – i znowu spadły na mnie gwiazdy: z wewnątrz kopuła jest bowiem całkowicie przezroczysta.

Pomimo tej polerowanej gładko czerni, bezcieniowe światło zalewa jej wnętrze.

Budynki stoją w czterech koncentrycznych kręgach, w środku najstarsze; większość dwu-, trzypiętrowych. Krąg czwarty, zewnętrzny, według doktora jest niemal w całości opuszczony.

Gruis uwolnił się od trakcji i Wasojfemgus przeszedł na ręczne. Lewą ręką wskazywał mijane żywokrystne ściany i perorował (już nie przez interkom, zdjęliśmy bowiem hełmy):

– To Matabozzy. Zaczęli uciekać, gdy tylko okazało się, że podejdziemy pod Madeleine. Oni to pierwsi liczyli. Procesują się właśnie o te działki na szczeniakach Lizonne, dwa tysiące hektarów gęstego lasu analitycznego, niech się Centrum schowa. W szczycie, jakieś pięć lat temu, ponoć jedna trzecia tego lasu mieliła równania grawitacyjne Izmiraidów. W ramach testingu parametrów kontrolnych spięli z Fistaszkiem siedem ciężkometalicznych meteorów. Było to jeszcze przed krytycznym perilevium, no i teraz mamy Proces Czternastu. Już widzę, jak adwokaci wyjaśniać będą sędziom przysięgłym teorię chaosu. Matabozza najprawdopodobniej pójdzie w bifurkacje, nikt im nie dowiedzie, że to nieprawda. Czyli w sumie dwa potężne procesy. Nic dziwnego, że tną budżet. Oni pierwsi. Natomiast ten arkadowy ciąg po lewej to filia NASA. Teoretycznie ograniczają się do monitoringu. Ha! Za mojej poprzedniej wizyty, jak wypłynęła propozycja rozerwania czarnych żył atomówkami, NASA wyskoczyła z tą ustawą weta. Był zamach na ich mózgowca. Stąd, widzi ksiądz, to zielone, tam mieszka ekipa śledczych UL; w każdym razie mieszkała, chociaż nie wygląda, żeby też się już wynieśli. A tamta ćwiartka to wszystko kwatery gościnne;

Honzl to dzierżawi pielgrzymom, podczas szerokich okien ma full. Teraz się modli, żeby Madeleine nas puściła.

– On to dzierżawi, mówi pan. Zna pan status prawny Izmiraidów?

– Aha, prawo łupieżcy, parcelacja wirtualna. Więc te plotki są prawdziwe? Będziecie ratować Róg?

– Proszę pana...

– No tak.

Minęliśmy już centrum, czyli okrągły plac z fontanną w środku (wielkie krople wody spadały po absurdalnie wysokich parabolach). Wasojfemgus skręcił za białościenny budynek o wyszukanej arabskiej architekturze i tu zatrzymał gruisa. Wysiadł, machnął mi ręką i ruszył ku cieniom strzelistych arkad. Patrzyłem, jak szedł. Kolana prawie w ogóle nie pracowały, głównie Achilles. Miał facet wprawę. Szybko zniknął w mroku.

Przełączyłem gruisa na auto i podałem mu adres kwater wynajmowanych u Honzla przez diecezję Lizonne. Samochód ruszył. Znowu jechałem przez milczące miasto. Teraz dopiero uświadomiłem sobie przeraźliwą jego bezludność. Przez cały czas, od samej śluzy, nie zobaczyłem żadnego mieszkańca. Wyglądało, jakby nie tylko czwarty, ale wszystkie kręgi żywokrystnej zabudowy zostały już dawno opuszczone.

Że nie było to prawdą, przekonałem się wszedłszy do głównego holu hotelu Honzla. W niczym nie przypominał on lizońskich czy ziemskich holi hotelowych (bardziej staromodne stoisko z elektroniką) – w niczym prócz jednego: recepcjonisty. Gdy tylko przekroczyłem próg (prawdę rzekłszy przeszybowałem i to po zdecydowanie zbyt ostrym łuku), on podniósł się zza szerokiej lady, na której błyszczał kanciastymi wnętrznościami rozbebeszony automat. Podszedł i wyciągnął dłoń. Uścisnąłem ją mimo rękawicy.

– Ojciec Lavone, jakże się cieszę, jednak ojciec dotarł. – Był bardzo młody, góra trzydzieści pięć lat; pewnemu, mocnemu uściskowi przeczył nieśmiały uśmiech na twarzy o oliwkowej cerze. – Jack, to znaczy ksiądz Mirton, czeka na ojca. Numer dwieście dwa.

– Bardzo mi miło, a właściwie...

– Honzl, Stefan Honzl.

Tak oto poznałem miejscowego potentata w branży hotelarskiej. Poszedł zabrać z gruisa bagaże. Mój pokój miał numer dwieście trzy. W ścianach windy umieszczono liczne uchwyty, przyspieszenie ciskało człowiekiem o sufit, nieostrożny nowicjusz wychodził z guzem wielkości orzecha.

Co się tyczy luksusów hotelowych, to ujrzawszy korytarz drugiego piętra, przestałem żywić jakiekolwiek złudzenia względem charakteru Honzlowego przedsięwzięcia. Użył standardowego żywokrystu i z pewnością nie wykosztował się na żadne upiększenia wystroju; to już „Rozmaryn" więcej miał w sobie z hotelu. Gołe ściany, goła podłoga, zielonkawa luminescencja sufitu, drzwi krojone w identyczne prostokąty. Na Lizonne takie kwatery lokowałyby się poniżej gwarantowanego minimum socjalnego.

Zapukałem do dwieście dwójki.

Mirton rzeczywiście czekał tam na mnie. Wszedłem w jakąś rozległą wizualizację 3D, czym prędzej ją wyłączył, zdążyłem spostrzec tylko skomplikowaną symbolikę algorytmów ewolucyjnych. Mirton jest w wieku Honzla, na żywo wygląda jeszcze młodziej niż przez telefon. Okropnie nerwowy człowiek. W tym powitalnym wodospadzie gorących słów pomieścił tyle afektowanych westchnień i żachnięć, że już zacząłem podejrzewać przeszarżowaną grę – ale to jest właśnie Mirton, Mirton *par excellence*.

– Ksiądz nie ma uprawnień do wydawania wiążących zaleceń co do miejsc kultu, prawda? Och, zastanawiałem się tylko... Tak, ja wiem, że to są cuda nie potwierdzone. Ale jeśli Kościół zdecydowałby się uruchomić swe zasoby... Niektóre z konsorcjów zaangażowanych tutaj z pewnością chętnie wzięłyby w tym udział, mogę skontaktować księdza, tak, przepraszam, mogę cię skontaktować z miejscowymi agentami, którzy w imieniu lizońskich decydentów czynili mi takie aluzje... Ależ nie, nie, nie, wręcz przeciwnie; już słałem prośby, znalazło się nawet kilku chętnych na zastępstwo, ale jakoś... Rozumiesz, to już czwarty rok, niemal prosto po seminarium, z kim ja tu mam do czynienia, no sam przyznasz, naprawdę czas już, żebym wrócił na Lizonne; jeśli byłbyś tak dobry... Według swojego uznania, rzecz jasna. Nerwy? Może faktycznie.

Sam się przekonasz. Cóż mogę rzec? Jeszcze w oknach, gdy był szczyt pielgrzymek i miałem takie msze, że Katedra faktycznie pękała w szwach... Ale teraz. Choćby Madeleine nas nie złapała – zawsze to z rok aplevium, pustelnia, może nie? Wiem, wiem, narzekam. Może kawy?

Poszedł po tę kawę (na końcu korytarza mieści się kuchenka termiczna). Honzl zajrzał przez wpółotwarte drzwi, by pokazać, że dostarczył już bagaż. Pokiwałem głową, dziękując. Pokój Mirtona (bliźniaczy mojemu zresztą) zawalony był bibułowymi wydrukami, tylko od rzutników tele szły przez niskociążeniowy bałagan korytarze pustki. Bałagan ułamkowej grawitacji różni się bowiem od bałaganu 1 g, tak jak ciasto francuskie różni się od chleba. Prawdę mówiąc, siedziałem tam tak spięty głównie dlatego, iż w podświadomym przekonaniu pewien byłem, że wystarczy jeden mój nieostrożny ruch, by zawalić te asymetryczne rusztowania Mirtonowego chaosu. Obracałem się na krześle, zważając na położenie każdej kończyny. Za plecami, na ścianie, miałem szereg wielkich, czarno-białych zdjęć Katedry. Na jednym przez jej wysokie skrzela przestrzeliwały oślepiające promienie Lévie, wielka tarcza słońca wydobywała się z izmiraidowego Tartaru; nadłupywała ją kolejna asteroida, sądząc po kształcie – Podkowa. Na drugim zdjęciu Katedra pochylała się nad obiektywem wprost z gwiaździstej otchłani, kształtu budowli domyślać się można było jedynie po mroku między srebrnymi punktami. Trzecie znowu przepełniał nie sfiltrowany blask. Mirton wrócił z kawą, zapytałem go o te zdjęcia. Zmieszał się, zaczął coś mówić o hobby. Że niby koresponduje z Ugerzo. Ten człowiek faktycznie sprawia wrażenie mocno zestresowanego.

Wieczorem (miejscowy czas jest standardowym czasem podróżnym Lizonne, nie musiałem się przestawiać) zabrał mnie do Katedry, do grobu Izmira. To miejsce istotnie ma w sobie coś... niesamowitego. Później opiszę.

•

Pierwsza noc na Rogu. Izmiraidy coraz bliżej Madeleine, żywokryst logiczny Centrum Astronomicznego wciąż tylko rośnie (wysoka ergodyczność układu).

Hotel Honzla stoi pusty; całe to niby-miasto wygląda na opustoszałe. Żadnych luksusów, ta kopuła wyrosła na użytkowym żywokryście biosfer wojskowych, natężenie światła nie zmienia się niezależnie od pory biocyklu. Obudziłem się po drugiej w nocy, mleczne światło lało się z okien, biała skóra nabiera w nim lekko trupiego odcienia. Wstałem, szarpnąłem ramę (same głupie sprzęty, nawet z drzwiami nie pogadasz). Dno przykrytego krateru schodziło w dół aż do samego ronda z fontanną, miałem widok na wszystkie kręgi piekła ciszy. Bezruch i bezdźwięk. Obudzony w majaku wieloryba.

Nie mogłem jednak ponownie zasnąć i w końcu zdecydowałem się na „nocny" spacer. Wciągnąłem tylko szorty i sweter. Hol na dole był pusty, ni śladu po Honzlu. Wyszedłem na ulicę o sterylnie białej nawierzchni. Trzeba poćwiczyć chód. Zmierzając ku fontannie (słyszałem jej szum już w drugim kręgu) po tak rozciągniętej spirali, okrążyłem krater przynajmniej półtora raza. Mijałem zamknięte na cztery spusty sklepy z dewocjonaliami, zarośnięte blankującym żywokrystem centrum medyczne, skąpane w jaskrawej zieleni przeprogramowanych roślin wille mieszkalne dla naukowców, którzy w większości też już opuścili Izmiraidy (korporacje minimalizowały straty, wydając na paliwo najmniejsze możliwe sumy, a dawno już minęła pora ekonomicznych okien). Dwa razy się przewróciłem. Taka prawie-nieważkość jest jednak bardzo męcząca, mięśnie drętwieją, we łbie się kręci.

W końcu przysiadłem na rzeźbionym obramowaniu fontanny. Pył wodny ochładzał spoconą skórę. Krew szumiała w uszach i nie usłyszałem, jak podeszła. Dotknęła mego ramienia. Wzdrygnąłem się i ten dreszcz podniósł mnie na równe nogi.

Najpierw pomyślałem, że jest w ciąży, bo nie miała na szyi wokalizatora ani tompaku na karku – ale zaraz spostrzegłem przypięty do ramienia głośnik i logo CFG Co. na obszernym T-shircie.

– Pierre Lavone? – spytał mózgowiec.

– Tak. Z kim mam przyjemność?

– Angii Telesfer *in utero* Magdaleny Kleinert. Może usiądziemy?

Przysiadłem zatem z powrotem na rzeźbieniu fontanny, Kleinert obok.

– Nie to, żeby wiele tu ważył – uśmiechnęła się Magdalena – ale woli, żebym nie naciągała mięśni.

– Tyranizuję cię, powiedz to – sarknął Telesfer.

Kleinert machnęła dłonią.

– Oczekiwaliście mojego przylotu? – zapytałem.

– Tak – przyznał mózgowiec. – Oczywiście.

Przypomniałem sobie słowa Mirtona o aluzjach miejscowych przedstawicieli firm.

– Jeśli tak bardzo zależy wam na Izmiraidach – zauważyłem – znacznie łatwiej sami mogliście to zorganizować. Nie wiem, skąd bierze się to przekonanie o niezmierzonych bogactwach Kościoła.

– Z tajemniczości jego przedstawicieli – zaśmiał się Telesfer. – Poza tym nie ma żadnych „nas". Jestem po prostu jednym z najmitów CFG, nie zasiadam w zarządzie, nie mam prawa wypowiadać się w czyimkolwiek imieniu, na pewno nie w imieniu innych inwestorów.

– Rozumiem. Struktury poziome. Lobby izmiraidowych naukowców knuje za plecami decydentów.

– Mniej więcej. Gdyby Kościół ogłosił, że podejmuje inicjatywę ratowania Izmiraidów, to co innego. Otworzyłaby się możliwość. Większość chyba by w końcu przystąpiła. Ale sami z siebie... – prychnął – nigdy w życiu.

– Jest tu jakiś system kontroli wewnętrznej?

– Bez przesady, żaden spisek. Ja i tak właściwie nie sypiam; obudziłem pannę Magdalenę i poszliśmy pooglądać gwiazdy.

– Rozumiem. – Rozmawiając z niewidocznym mózgowcem, krążyłem spojrzeniem po jasnych elewacjach pobliskich budynków; teraz puściłem oko do Kleinert. – Długo pani nosi tego egoistę?

– Ech, będzie już cztery lata. Nie jest nawet taki zły...

Równocześnie Telesfer podniósł błazeński lament.

– No tak, teraz będzie przytaczać encykliki, litować się będzie z wysokości, dziecię pychy, rzeknie; teraz znowu...

– Cicho, cicho. Jak konkretnie brzmi wasza propozycja?

– Nie ma żadnej propozycji – uciął. – Możemy tylko

księdza zachęcać. Bo oni tam czekają na księdza raport, prawda? Nie jesteśmy tak naiwni, żeby wierzyć, iż jedno księdza słowo przesunie planetoidy; ale na pewno na decyzji zaważy.

– Nie bardzo sobie wyobrażam sposoby tego zachęcania – mruknąłem. – Możecie mi przedstawić dowody cudów?

– Zatem księdza interesuje tylko domniemana świętość Izmira?

– Nie. Mnie interesuje wiele różnych rzeczy. Zagadka Hoana, na przykład. Ale jeśli chodzi o to, co będzie istotne dla czytelników mego raportu, to tak, ma pan rację: jest to świętość Izmira.

Mózgowiec milczał przez dłuższą chwilę. Magdalena sennymi ruchami ręki mąciła wodę w zbiorniku fontanny.

– Proszę mnie jutro odwiedzić – odezwał się wreszcie Telesfer. – W głównym laboratorium CFG. Komputer będzie uprzedzony. Po osiemnastej. Skoro istotnie interesują księdza różne rzeczy... Cóż, przyjemnych snów życzę.

Kleinert uścisnęła mi dłoń (palce mokre od zimnej wody), wstała, odwróciła się i dostojnym, powolnym krokiem odeszła ku jednej z rozbiegających się promieniście od placu ulic.

Wróciłem do hotelu i nagrałem relację z tej rozmowy.

•

Więc teraz Katedra. Olbrzymia, wspaniała. Wychodzisz ze śluzy biosfery i widzisz ją – Katedrę – przed/ponad sobą: poszarpany cień na tle gwiazd. Trzeba światła, żeby docenić jej architekturę, a światła właśnie brak: Lévie już daleko, Madeleine jeszcze nie wystarczająco blisko. Teraz, w długim okresie kosmicznego interhelium, Katedra jest przede wszystkim Tajemnicą. Do głównego portalu od śluzy prowadzi po stoku krateru kręta trakcja, schodzi się wyrąbaną w zimnym kamieniu ścieżką, z linką asekuracyjną obligatoryjnie zaczepianą u pasa przez automat zewnętrznych wrót. Zazwyczaj zwycięża wtedy ciekawość i schodzący włącza potężny reflektor próżniowego skafandra. Biały palec reflektora może jednak dotykać tylko poszczególnych fragmentów budowli, przesuwać po nich po kolei – jasnym naskórkiem po powierzchni Katedry: stąd dotąd, stąd dotąd. Schodząc, trudno utrzymać światło nakierowane na jeden i ten sam punkt – więc człowiek przystaje, zagapia się, wodzi gorącym paluchem po skalnej kreacji; takie zejście od śluzy (dwieście metrów) może trwać i godzinę. Wiem, bo tyle właśnie trwało w moim przypadku: ksiądz Mirton czekał przy grobie, powiedział potem, że się spodziewał, niektórzy siadają na stoku i zapadają w jakieś katatoniczne zauroczenie, dopiero alarmy skafandra ich budzą. Nie dziwota. To nie jest budynek, to rzeźba. Ale też i nie rzeźba. Ugerzo, zamawiając speczywokryst, wiedział, że to, co tu wyhoduje, nie będzie służyć zwykłym celom, że funkcjonalność Katedry nie ma znaczenia wobec jej symboliki. Ograniczenie było tylko jedno: grób Izmira i ołtarz – one mieściły się wewnątrz, objęte autonomiczną minibiosferą, dla nich musiało ocaleć miejsce, wolne dojście dla wiernych. Resztę pozostawiono wyobraźni designerów oraz ergodyczności założonych algorytmów wzrostu. Siew objął zatem wnętrze okręgu dookoła mogiły, jakieś czterysta metrów kwadratowych. W prawie-nieważkości planetoidy żywokryst wystrzelił był na blisko ćwierć kilometra wzwyż. Kiedy się patrzy od strony śluzy kraterowej biosfery, wygląda to tak: hiperboloidalny korpus z wywiniętymi w krzywe skrzydła, łukowatymi żebrami pośrodku; na flankach zaś – asymetryczne wieże zakończone kamiennymi wykwitami strzępiastych liści, niczym zamrożone czarną próżnią w chwili eksplozji węglowe szrapnele. Forma mówi o ucieczce duszy, która w okrutnym bólu wyrywa się z okowów materii ku gwiaździstej pustce. Gdy światło zaczyna tu śledzić jakąś linię, krawędź, załamanie, żebro kopuły – szybko wyciska z mroku ostre szczegóły, ociekające gęsto twardymi cieniami, i oko wpada w spiralę dociekliwości, tym szczegółom nie ma końca, fraktalowe algorytmy żywokrystu przydały tu wszelkim figurom pozorne ułamkowe wymiary, oko się gubi. Dookoła wież pną się ku stop-klatkom śmierci spirale Escherowych schodów, pod pewnym kątem wygląda to nawet na drogę, którą człowiek faktycznie może przebyć, ale w rzeczywistości, gdy światło ogarnie większy fragment Katedry, widać, że musiałby to być raczej pająk niż człowiek; i że nawet on donikąd by w końcu nie dotarł. Asymetria wież powoduje, iż cały ten ażur żywokrystu zdaje się chylić ku kraterowi, ku patrzącemu, i na jego prawą stronę; natomiast przewrotność algorytmów redukcyjnych odpowiedzialnych za kształt zewnętrznych powierzchni nawy głównej – iż toczy Katedrę jakiś nowotwór kamienia, że mianowicie patrzący widzi właśnie ostatnią, przedśmiertną postać budowli, a zaraz – za dzień, dwa – zapadnie się ona w siebie, sklęśnie, przegnije, trzasną pod ciężarem udręczonego kamienia strzeliste żebra, zwieńczony krzyżem kręgosłup runie w cieniste przestrzenie organów wewnętrznych i spomiędzy szczęk wysuniętego portalu wytoczy się powolna lawina kruchej krwi Katedry. Forma mówi o udręce samotnego konania, słabości materii, która zatruwa zwątpieniem niewidzialnego ducha. A jeśli się zgasi reflektor i chwilę tak posiedzi na stoku, może też kawałek przejdzie tam i z powrotem pod asekuracyjną trakcją – jeśli się to uczyni, głodna źrenica wyłapie pojedyncze promienie światła bijące z wysokiej bryły cienia. Gwiazdy prześwietlają Katedrę na przestrzał. Nie posiada ona wszak ścian ani dachu, bo do niczego nie są jej jako budynkowi potrzebne – to przecież nie jest budynek – a przezroczysta półsfera, przykrywająca grób Izmira i ołtarz, sama spełnia wszystkie konieczne ich funkcje. Toteż w rzeczy samej nie mamy tu do czynienia z bryłą ergonomiczną. Wnętrze konstrukcji nie jest puste i, chociaż tego już człowiek nie zobaczy, wypełnia je takie samo misterium żywokrystnych przekształceń, jakie wyrzeźbiło części widoczne. Więc o określonej porze określone gwiazdy są w stanie posłać swe światło p r z e z Katedrę. Schodzący ku niej rejestruje co chwila błyski jasności z tej gigantycznej plamy mroku, prawie jak sygnały rozpadu w komorze próżniowej: strzały z nicości. Potem wchodzi w cień portalu, zamykają się dookoła niego kurtyny zamarzniętych fal, gąszcz żelazowych krzaków, brodzi w wylewach jeziora bólu. Zakręt, światło – i stoi przed grobem.

•

Poszedłem do CFG.

Główne laboratorium zajmuje trzy dwupiętrowe budynki, zestawione w podkowę otaczającą miniogród, w którym rosną mocno przeprogramowane drzewa. Komputer rzeczywiście był uprzedzony i wpuścił mnie przez główną bramę do tego ogrodu. Zraszacze opryskały mnie salwami chłodnych kropel. Słyszałem ptaki, ale ich świergot dobywał się chyba z głośników.

Wyszedł mi na spotkanie chudy Murzyn w koszuli w kratę. Przedstawił się jako Mood, asystent Telesfera. Z ogrodu przeszliśmy do cienistej sutereny. Szklany żywokryst kroi rozległe pomieszczenie na kilkanaście kantorów/gablot; w jednej z nich spała na leżance Magdalena Kleinert. Mood wskazał ją brodą, po czym podał mi słuchawki.

– Przepiąłem tymczasowo wyjście audio – mruknął.

Założyłem słuchawki.

– Dzień dobry – odezwał się Telesfer. – Słyszał ksiądz nowiny? Żywokryst logiczny Centrum Astronomicznego przestał się rozrastać.

– Taak.

– Proszę podejść do stołu pod palmą. Futerał w rogu. Proszę z łaski swojej je założyć.

Wyjąłem i założyłem okulary. Telesfer zwizualizował się fioletowym elfem w purpurowym kubraczku. Palił cygaro i tym cygarem skinął na mnie, bym za nim podążył. Ominąwszy z daleka chrapiącą lekko Kleinert, zaprowadził mnie do ostatniego szeregu gablot. W żywokrystnych blokach czerniły się tu pod ścianą małe, chropowate bryły. Telesfer elf wskazał je dymiącym cygarem.

– Liczba odwiertów przeprowadzonych przez CFG na wszystkich Izmiraidach przekroczyła tysiąc. Wie ksiądz, czego szukaliśmy: Maszyny Hoana. Cóż, nie znaleźliśmy jej. To są fragmenty niektórych rdzeni. Co w nich takiego ciekawego... Bo ksiądz szuka tu ciekawostek, prawda? Oto i ciekawostka: struktura makrocząsteczek żelazowych tych rdzeni; ten z głębokości kilometra, ten – prawie dwóch, ten – z samego, mhm, jądra planetoidy.

Telesfer machnął ręką i w powietrzu nad jego głową rozwinęła się z jakiegoś podwymiaru brunatna chmura. Poprawiłem okulary, podszedłem bliżej, zmrużyłem oczy.

Chmura wydawała się składać z wielu mocno sprasowanych warstw: na przemian brązowej, żółtej i czarnej bibuły, na dodatek każda kolejna warstwa odmiennie rozkładała strefy zagęszczeń i rozrzedzeń materii, tak że całość sprawiała wrażenie raczej czegoś w rodzaju randomicznego filtru.

– Tak to mniej więcej wygląda – rzekł Telesfer. – Przy czym w większych Izmiraidach, jak chociażby właśnie Róg, strukturę tę odnajdujemy praktycznie wszędzie poniżej pewnej głębokości. Zasadziliśmy żywokrysty dla logicznej interpolacji tych makromolekuł, ale wpadły w głód, niczego się nie dowiedzieliśmy, nie istnieje naturalna ścieżka dla powstania czegoś takiego, w każdym razie my nie znamy stosownych warunków brzegowych. Nie jest to minerał ani żadna forma życia podług hawajskiej jego definicji. Nie wykazuje zdolności samoreplikacyjnych. Nazywamy je Czarną Watą.

– Postulaty Hoana? – spytałem.

– Nic – odparł Telesfer przysiadłszy na jednym z przezroczystych bloków żywokrystnych, w którym tkwiła bryła Waty o kształcie nerki. – Brak mechanizmu przetwarzania energii, brak jakiegokolwiek ogólnego źródła zasilania, nie reaguje na żadnym poziomie. Nijak nie pasuje do Maszyny.

– Hoan postulował aktywną rzeźbę czasoprzestrzeni – mruknąłem. – Koszt energetyczny musiałby tu być oczywiście ogromny; ale wobec tego może to coś innego.

– Co? – Telesfer wzruszył ramionami. – Bez wątpienia manipuluje grawitacją. Poza tym nie znając samego mechanizmu – a przecież nie mamy o nim zielonego pojęcia, nasi rzecznicy mogą mówić co innego, ale tak naprawdę żadna z kompanii, które zainwestowały tu w badania w nadziei na ów święty Graal fizyki, nie posunęła się do przodu ani o krok – więc, jak mówię, nie znając mechanizmu, nie możemy nawet spekulować o koniecznych do zaangażowania w manipulację mocach. Hoanowy domyślny wektor korekcyjny nigdy nie był aż tak duży, jak się powszechnie wydaje; wystarczy umiejętnie manipulować parametrami kontrolnymi układu. Trzeba ciągłych, długich przyłożeń, lecz stosunkowo słabych, o ile tylko dobrze i w porę przycelowanych.

– Rzeczywiście, ciekawostka – przyznałem, popatrując to na bryły Czarnej Waty, to na efekciarską symulację jej struktury molekularnej.

– Dalej. – Telesfer wstał, minął kilka gablot i wskazał cygarem wielką dioramę, obrazującą geologiczny przekrój Izmiraidy o nazwie Kolos (jak wynikało z podświetlonego opisu). – Spojrzy ksiądz na to. O, tutaj, ta warstwa.

– Mhm?

– Ścieżka analizy... O. I taki rozkład.

– Błysk gamma?

– Prawidłowo. – Telesfer skłonił głowę. – Rozvorsky, środek przedziału.

– Jak dawno?

– To trudno ocenić. Nie można się tu oprzeć na geologii planetarnej i datowaniu podług zegara epok czy zegara solarnego.

– Izotopy?

– To niestety daje duży i bardzo rozmyty przedział, bo datujemy przekładańcem, a przecież toto po prostu leci sobie przez próżnię. Sto do dwunastu milionów lat.

– Ho-ho, rzeczywiście. Znane eksplodowane gwiazdy neutronowe w sferze dziewięćdziesięciu milionów lat świetlnych? *Matching*?

– A czym nakarmimy żywokryst? – wyszczerzył się fioletowoskóry elf. – Średnica Mlecznej Drogi wynosi sto tysięcy lat świetlnych. Kilkaset miliardów gwiazd. Ja pięknie dziękuję.

– Mhm. Znaleźliście ten ślad na wszystkich Izmiraidach?

– O, widzi ksiądz, właśnie że nie. Tylko na czterech największych oraz na Gwizdku.

– A Czarną Watę? Jakaś zależność?

– Czarna Wata jest wszędzie; tu więcej, tam mniej.

– Interpolacja toru układu.

– Z Wektorem Hoana...? – roześmiał się Telesfer. – Jak?

– No tak. – Zmieszałem się, bo z tego wszystkiego zapomniałem, że prób zaniechano zaraz po Hoanie; taka mechanika ima się tylko układów makrodeterministycznych, w których nie występuje nieanalizowalny czynnik moderujący. – Zresztą wystarczyłoby parę przejść nad Madeleine. No ale jaka może być maksymalna prędkość Izmiraidów w próżni międzysystemowej? Na chłopski rozum. Gdyby ten potop gamma przyszedł z tak daleka, zostawiłby analogiczne ślady wszędzie tu w okolicy. A tutaj – wskazałem dioramę – widzę, że cholernie mocno przygrzało. Lizonne byłaby teraz sterylną planetą, piec mionowy, zero życia. Więc nie; musiało dopaść je w sporej odległości. A zatem dosyć dawno. Czy ktoś tu wierzy w wędrówki międzygalaktyczne? Nie sądzę. *Ergo*: szukajmy wzdłuż ramienia. Można chyba nawet wyprowadzić toporny wzór, istnieje zależność...

– Pięknie, pięknie – kiwał głową Telesfer – ale co nam to da? Nawet gdybyśmy w końcu jednoznacznie zidentyfikowali źródłową neutronówkę. Skoro dystans jest tak duży, że nie przypiekło ani Lizonne, ani Ziemi, to jest to zarazem dystans wielokrotnie przekraczający zasięg naszych ślimaczych stateczków. Że już nie wspomnę o dystansie czasowym: tysiące lat temu. Zagadka tkwi tutaj, w Izmiraidach. – Telesfer tupnął nogą, wskazał cygarem podłogę. – I tutaj też musimy znaleźć odpowiedź. A ile mamy czasu? Dwa miesiące, potem Madeleine, potem diabli wiedzą co.

– Nie w mojej mocy...

– Być może nie, być może tak. Skąd ksiądz może to wiedzieć, skoro nie spróbował? Tak, to prawda, ja się zgodzę: oni przysłali tu księdza jedynie z biurokratycznej skrupulatności, Kościół to instytucja jak każda inna, czasu na skostnienie miała wystarczająco dużo. Ale to nie zmienia postaci rzeczy.

– Pan nie rozumie, panie Telesfer! – Przyznaję, zdołał mnie zirytować. – To wszystko nie ma żadnego znaczenia dla orzeczenia o domniemanych cudach Izmira Predú! Nawet gdybyście wykopali tu calutkie UFO pełne zmumifikowanych Obcych. To nie ma najmniejszego znaczenia!

Elf wydmuchnął serię dymnych obwarzanków.

– Być może tak, być może nie. Skąd ksiądz może to wiedzieć?

•

Żywokryst logiczny Centrum Astronomicznego przestał się rozrastać i w końcu zakwitł. Madeleine katapultuje Izmiraidy poza studnię grawitacyjną Lévie: w ten sposób domknęły się równania. Tak zatem w ciągu trzech tygodni musimy się wszyscy ewakuować z Rogu. Nikt nigdy więcej nie zobaczy Katedry, nikt nigdy nie stanie w jej cieniu; po opuszczeniu Madeleine nigdy już nie będzie ona rzucać cienia. Nigdy – a w każdym razie nie w czasie ogarnialnym naszą ludzką miarą. Siedziałem dzisiaj przy grobie Izmira, pod sferą wewnątrzkatedralnej biostazy. Grób znajduje się między dwoma rzędami ław, przed ołtarzem, zza którego świeci tabernakulum. Ławy ciągną się do samego labiryntu wyjścia, każda długa na jakieś dwadzieścia metrów – licząc miejsca stojące, zmieściłoby się tu ponad cztery tysiące wiernych. Zaiste, Katedra. Oczywiście w sensie prawa kanonicznego katedrą nie jest; ale Ugerzo tak zatytułował projekt i nikt, kto raz zobaczył budowlę, nie nazywa jej inaczej, jak Katedrą właśnie. Z wnętrza (to absurdalne) wydaje się jeszcze większa. Światło tu rozchodzi się spod półsfery zgodnie z kierunkami spojrzeń i cieni nie widać w ogóle; w istocie jednak aż roi się od nich, wystarczy wyjść poza półsferę ochronną. Wnętrze Katedry nie jest puste – gwoli prawdy bardziej niż o wnętrzu budynku, trzeba tu mówić o jego w n ę t r z n o ś c i a c h. Uniósłszy głowę, to znaczy przechyliwszy ją w tył do poziomu, widzisz, że tam, gdzie w prawdziwych, normalnych katedrach wybuchałaby na dziesiątki metrów sześciennych monumentalna pustka (ten wielokrotny krzyżyk w architektonicznej partyturze), w Katedrze miejsce jej należne zajmuje chaotycznie rozrośnięty żywokrystny kamień, krętymi jelitami, strzępiastymi płucami, tu gęstą, tam rzadką siecią żył – rozpościerający się od ściany-szkieletu do ściany-szkieletu, od zwieńczonego krzyżem grzebienia do prawie samej powierzchni półsfery. Nic tu niczemu nie służy i nie mają te wiszące w górnych jasno-ciemnościach bryły żadnego użytkowego znaczenia, projektanci ziaren inicjujących nie określali nawet w przybliżeniu architektury wnętrz, w pierwszy żywokryst weszły jedynie najbardziej podstawowe dane wejściowe, widełki warunków brzegowych i kilka początkowych kroków przekształceń. Tak się algorytmizuje oryginalność, mechanicyzuje sztukę spontaniczną i zaklina w formę interakcje z zimną planetoidą. Ugerzo zapłacił, Ugerzo dostał. Nawet katafalk domniemanego świętego, stylizowany na nagrobną płaskorzeźbę krzyżowców (jedna noga Izmira opiera się na kostce drugiej), stanowi organiczną część Katedry; wyrósł z posadzki, przykrywając romboidalną mogiłę, w której pochowali Izmira ocaleli członkowie załogi „Sagittariusa".

Pamiętam, że o tragedii starego holownika R-L dowiedziałem się podczas wyprawy w Greorne. (Ileż to już lat, mój Boże...) Zeszliśmy z Murabików i właśnie rozłożyliśmy się obozem w niewielkiej kotlinie, całkowicie pogrążonej w cieniu Czwartego Murabika; trzeba nam było kilku dni dla odzwyczajenia się od dotleniaczy, żyły jeszcze piekły i mózg generował ulotne halucynacje. Siedzieliśmy w namiotach, ktoś włączył telewizję i wtedy usłyszałem o „Sagittariusie". Akcja ratunkowa już trwała, szacowano szanse, holownik szedł po dzikiej hiperboli, boczna eksplozja cisnęła była nim nieco ponad ekliptykę, wszelkie proponowane tory przechwytujące wymagały od ścigających kosztownego aktywnego manewrowania, same limity paliwowe wykluczyły dziewięćdziesiąt procent jednostek. Szybki żywokryst ramowy urodził ogólne rozwiązanie wskazujące na Lizońską Jednostkę Operacyjną „Fellini" i owa „Fellini", bez żywego członka załogi na pokładzie, za to z ogromnymi zapasami tlenu, wody i żywności, pędziła teraz po wymuszonej na stałym 4,6 g. Wszystko jednak sprzysięgło się przeciwko Strzelcom. Z dosłownie resztką paliwa, jaka im pozostała po inicjującej eksplozji, nie byli zdolni do żadnych radykalnych zmian kursu. Idąc *de facto* ku Lévie, spadając w ciasne grawitacyjne objęcia gwiazdy, dodatkowo tracili na manewrowości. Dotychczasowe obliczenia jasno wskazywały, że – na skutek niemożliwego do załatania ich własnymi siłami przecieku z holownika – sukcesywnie tracą z zamkniętego obiegu tyle tlenu, iż poduszą się jeszcze przed przybyciem LJO „Felliniego". *Last but not least* – kołdra magnetyczna Lévie zaczynała się giąć i wypaczać, sygnalizując rychłą burzę słoneczną; a burze Lévie bywały śmiertelne nawet dla pracujących na orbicie Lizonne; na sygnał alarmu kryli się wszyscy w grubościennych schronach. „Sagittarius" zaś, przeznaczony do operowania w parach z większymi jednostkami i tylko wyjątkowo zabierający na pokład ludzi (na przykład w takich jak ten przypadkach: gdy służył za prowizoryczny wahadłowiec), schronu takowego nie posiadał. Zaiste, nagromadzenie kataklizmów było imponujące; piętrzyły się nad nieszczęsnymi załogantami holownika na podobieństwo sinoczarnych chmur opadowych, każda śmiertelna. Przyglądaliśmy się w podmurabikowym namiocie twarzom czterech feralnych podróżników ku zagładzie – trzech mężczyzn, jedna kobieta, inżynierowie Rotschilda-Larusa, spoceni i brudni, z siedmiominutowym opóźnieniem dochodziły nas ich otępiałe nieustającym przerażeniem spojrzenia, przez wielki ekran zaglądaliśmy do półmrocznego wnętrza statku śmierci, „Latającego Holendra" próżni, niechrześcijańsko chciwi autentyzmu ich cierpień.

Cała planeta radziła nad ich ratunkiem (notabene: wielki sukces medialny) i pierwsza rada była taka: wykorzystać do osłony przed burzą słoneczną nakursowe planetoidy. Wymacano ich grupę idącą po orbicie wymagającej stosunkowo niewielkiego przyduszenia pędu „Sagittariusa". Podejście takie było ze wszech miar słuszne: trzeba radzić sobie z problemami po kolei, poczynając od najbardziej palącego. Tak więc holownik dopadł asteroid i usiadł na jednej z nich w miejscu, które – jak zakładano – gwarantowało maksymalne bezpieczeństwo podczas burzy. Nastroju to nikomu nie poprawiło, bo już zupełnie precyzyjnie obliczono opóźnienie „Felliniego" i wszyscy – na czele z czworgiem Łuczników – wiedzieli, że tak sprytne ukrycie się przed gniewem Lévie jedynie odroczyło im egzekucję, i to o niecałe sto osiem godzin. Burza grzmiała w radioodbiornikach – a oni tam z każdą minutą bliżej i bliżej byli śmierci; „Fellini" przybędzie do statku trupów. Żywokryst niemal natychmiast zakwitł był rozwiązaniem oczywistym dla większości Lizończyków i bez jego obliczeń: że mianowicie tego, czego nie starcza dla czworga, dosyć będzie dla trojga. Oni tam w „Sagittariusie" wiedzieli to od początku, wystarczyło zajrzeć im w oczy. Gdyby się zdecydować wystarczająco wcześnie, a potem ciągnąć na najniższej krzywej zapotrzebowania energetycznego, to znaczy spać... Wiedzieli doskonale, liczyli godziny i minuty, zarząd R-L wymusił transmisję ciągłą głównie z tego powodu, by nieprzerwaną kontrolą ich poczynań zapobiec jakimś skrytobójczym zamachom czy desperackim samosądom. Efekt był taki, że nieszczęśnicy przeważnie ponuro milczeli i tylko popatrywali spode łbów to na siebie nawzajem, to na ekrany. Na Lizonne przyjmowano zakłady co do dalszego rozwoju wypadków: przeżyją czy nie; kto konkretnie; co ich zabije; kto zabije kogo; kto załamie się pierwszy *etc*. Wylądowali na planetoidzie: powstało parę fortun. Nie zabiła ich burza: parę osób zbiedniało. Izmir Predú wyszedł z holownika na powierzchnię asteroidy i zdehermetyzował swój skafander. Cóż, byli tacy, którzy i to obstawiali.

„Fellini" uratował pozostałą trójkę. Zanim się przesiedli do nie uszkodzonej LJO, pochowali Izmira w zimnym, czarnym kamieniu planetoidy. W swym przedśmiertnym nagraniu, dokonanym już po opuszczeniu śluzy, Izmir prosił o pochówek na tym kosmicznym głazie. Żegnał się też wówczas z rodziną i przyjaciółmi i polecał swą duszę Bogu. Psychologowie analizowali później każde drżenie w jego głosie, każde opóźnienie oddechu, każde najbanalniejsze sformułowanie – był poczytalny czy nie był, przeważyła presja czy też podjął decyzję w pełni świadomie? Już wcześniej reporterzy tropili wstecz życiorysy całej czwórki – teraz wywleczono na wierzch najpierwsze wspomnienia rodziny z dzieciństwa Izmira. Kłopot polegał na tym, że był to najwyraźniej zupełnie przeciętny człowiek. Nawet zważywszy, w jakim kontekście go obecnie wspominano – i tak jawił się w tych sztucznie indukowanych retrospekcjach osobą w niczym szczególnie nie odbiegającą od średniej. Pracownikiem był dobrym; ale nie pękała jego teczka od pochwał. Katolikiem był praktykującym; ale ciężko przychodziło pytanym wynaleźć na poczekaniu przykłady demonstracyjnej jego religijności. Przestępstw i wykroczeń nie popełnił żadnych (o żadnych nie wiedziała lizońska policja). Dowodów uprzedniego rozchwierutania psychicznego też brakowało. No więc co? Kim był Izmir Predú i jak właściwie nazwać jego postępek?

Zwłoki inżyniera pozostały na planetoidzie i tym sposobem obróciła się ona na językach komentatorów w „Izmiraidę". „Sagittarius" oraz „Fellini" spędziły tam w sumie dosyć czasu, by zebranych o roju danych starczyło dla analizy Centrum Astronomicznego, Rotschild-Larus zażyczył sobie bowiem rachunku kosztów odzysku swego holownika i potrzebował ścisłej predykcji toru Izmiraidy, który – z uwagi na bliskość słońca oraz chaotyczną strukturę roju – nie był dla komputerów pokładowych do końca oczywisty. Jednak żywokryst logiczny Centrum wbrew oczekiwaniom z pojedynczego krzaczka mimo wszystko prostego układu równań – rozrósł się na dziesiątki metrów i żądał dalszych danych o towarzyszących Izmiradzie planetoidach. Nie był to żaden rój, żadne ruchome śmietnisko po roztrzaskanym większym obiekcie – okazywało się, że poruszał się po krzywej wymuszonej, a wzajemne położenie należących doń asteroid zmieniało się częstokroć na przekór oddziaływaniom pola grawitacyjnego Lévie. Wszystko wskazywało na istnienie pomiędzy modułami kompleksu planetoid sztywnej więzi o nieznanym charakterze, niwelującej niektóre zewnętrzne wpływy. Pierwszy jasno wyartykułował to doktor Hoan z Centrum, unieśmiertelniając tym samym swe nazwisko. Supozycje tyczące natury owej więzi ograniczyły się praktycznie do ogólników o egzotycznej materii, tudzież egzotycznej technologii (w domyśle: Obcych; dziennikarze to uwielbiali), jako że ani „Sagittarius", ani „Fellini" nie zarejestrowały tam żadnych fenomenów znanych oddziaływań. Tym bardziej wzrosło zainteresowanie Izmiraidami (nazwa szybko ekspandowała) i ekspedycja do planetoid wydawała się przesądzona.

Jakoż i doszło do niej za kolejnym nawrotem kompleksu (który to nawrót z uwagi na Wektor Hoana nie był zresztą bynajmniej taki pewny). Wśród sponsorów przedsięwzięcia znaleźli się: rząd Lizonne, R-L, CFG oraz NASA. Odbiło się to na doborze członków załogi „Laosu": rzec, że był racjonalny, znaczyło zełgać w żywe oczy. W skład ekipy wszedł między innymi bratanek wiceprezesa R-L, Stefana Ugerzo; bratanek był astrofizykiem amatorem, ale umierał właśnie na merculozę i wuj chciał mu przed śmiercią zrobić przyjemność. Onże Kotter Ugerzo jest bezpośrednim sprawcą całej afery ze świętością Izmira. W trzecim tygodniu po przybyciu na Izmiraidy ogłosił wszem i wobec, iż Izmir Predú wysłuchał jego modłów i wyprosił cofnięcie się choroby. Kotter ponoć co laosową noc chadzał nad grób Izmira (komputer „Laosu" potwierdzał jego wyjścia). Ponoć ozdrowiał w ciągu trzech dób (diagnoster „Laosu" potwierdził znaczącą poprawę stanu jego zdrowia). Zanim jeszcze „Laos" powrócił na Lizonne, z uszczęśliwionym i przepełnionym poczuciem misji Kotterem na pokładzie, i zanim specjaliści zweryfikowali wieści o cudownej remisji (a w końcu zweryfikowali, Kotter zaś ozdrowiał zupełnie) – zanim więc minęło te kilka miesięcy, już ruszył w orbitalnych portach Lizonne potężny przemysł kosmicznych pielgrzymek. Święty Izmir z Planetoid! Pamiętam, że biskupa mało szlag nie trafił. Poszło oczywiście zapytanie do Watykanu, ale tymczasem zostaliśmy tu sami, zamknięci w bańce naszego horyzontu zdarzeń. Byłem przy tym i wiem, z jaką ostrożnością podejmowano decyzje. Pierwsza – omalże odruchowa – reakcja jest zawsze taka sama: „Powstrzymujemy się od komentarzy, sprawa wymaga szczegółowych i wolnych od presji oczekiwań badań". Łatwo podjąć decyzję, trudniej się z niej wycofać; w przypadku Kościoła – praktycznie nie sposób. W efekcie z zasady wychodzimy z pozycji adwokata diabła, i to jest słuszne. My czekamy; ale świat nie czeka na nas – i zanim się obejrzeliśmy, wyrosła na Rogu ufundowana przez Stefana Ugerzo Katedra.

•

Wszyscy już znamy koordynaty punktu bez powrotu. Jeśli nie był to bankiet pożegnalny, to w każdym razie coś bardzo do niego w nastroju podobnego.

Przyjęcie zorganizowali pospołu: izmiraidowa filia NASA i Matabozza. Stoły z napitkami rozmieszczono pod arkadami budynku administracyjnego NASA, który obecnie jest już prawie pusty.

Wiele osób kręci tu nosem na to spoufalanie się Matabozzy z nadzorcami. Wasojfemgus złapał mnie tuż przy wejściu i zaraz oświecił:

– Wiedzą, że już je stracili – zamruczał ponad szklanką, wskazując ruchem głowy nieodległych dyskutantów. – Minimalizują straty.

Wasojfemgus pracuje dla Space Investments Ltd., okazyjnej podspółki Rotschilda-Larusa.

– Szat jakoś nikt nie rozdziera – zauważyłem.

– To byłoby w bardzo złym guście – uśmiechnął się Wasojfemgus. – Ale gdyby ksiądz wiedział... Ksiądz po prostu nie obraca się w tych kręgach...

– Cholera, nawet tu są „kręgi". Ilu nas zostało? Dwieście osób?

– Coś koło tego.

– I też trzeba się obracać. No, co się mówi? Przynajmniej już, mam nadzieję, przestali oczekiwać cudownej interwencji Kościoła...?

Wasojfemgus posłał mi zdumione spojrzenie.

– Nie wiem, skąd księdzu przyszedł do głowy taki pomysł, tak na serio nikt przecież tego nie oczekiwał.

– Widać rzeczywiście obracałem się w nieodpowiednich kręgach.

W istocie owe „kręgi" oznaczały przez dwa tygodnie mego pobytu na Rogu niemal wyłącznie pielgrzymów i ludzi, którzy mieli z nimi przez te wszystkie lata styczność; liczba przeprowadzonych wywiadów przekroczyła już czterdzieści.

Wtedy, oglądnąwszy się za lewe ramię Wasojfemgusa, dojrzałem wśród uczestników owej stypy tego jednego pielgrzyma, z którym dotąd nie było mi dane porozmawiać, a o którym słyszałem od tak wielu mych interlokutorów. Podpierał białą ścianę i siorbał gęstą ciecz z wąskiej szklanki. Cały był w szarościach – obwisłym swetrze, brudnych spodniach; nawet skórę miał w przyćmionym świetle niezdrowo szarą. Nazywał się Gazma i przebywał na Rogu od ponad trzech lat. Twierdził, że objawił mu się szatan; twierdził, że Bóg uleczył go nad grobem Izmira z ciężkiej schizofrenii; twierdził również, iż przeznaczone jest mu umrzeć na Izmiraidach.

Kiedy podszedłem i zapytałem (rozpoznał mnie, miał to w oczach) – zaprzeczył.

– Nie, nie, nie. Ksiądz nie pyta, ksiądz da spokój.

Nachyliłem się ku niemu. Był ode mnie niższy, zdawał się jeszcze niższym, stojąc tak przygarbiony pod ścianą; nachylałem się, patrzyłem mu w oczy, gwałciłem psychicznie, nie wiem, co mnie naszło, obsceniczna bezbronność niektórych ludzi sprowokuje i świętego, a Gazma stanowił właśnie taki fenomen wiktymologii.

– On żyje – szepnął, rzucając oczyma na boki. – Był ksiądz w Katedrze...? Widział ksiądz...?

– Dlaczego nie odleciałeś? – spytałem. (Oczywiście dobrze znałem całą historię.)

– Nie mogę – jęknął. – Nie mogę, nie mogę, nie mogę, ma mnie w garści. Kiedy tylko próbuję...

A wiedziałem, że próbował przynajmniej dwukrotnie. Wtedy odzywała się ta jego schizofrenia, czy co tam naprawdę mu dolegało, i organicznie już niezdolny do opuszczenia Rogu (popadał bowiem w jakąś epileptyczną drgawicę) wracał czym prędzej na powierzchnię Izmiraidy, do Katedry, do grobu Izmira. Mirton opowiadał, że zastawał go tam śpiącego w nogach żywokrystnego katafalku. Częstokroć Gazma zaskakiwał Mirtona, gdy niespodzianie wynurzał się skądś z wnętrzności Katedry, na ostatnich wdechach powietrza dopadając wewnętrznej biostazy; zaraz zresztą, uzupełniwszy zapasy skafandra, na powrót znikał – szalony pielgrzym w królestwie cieni. Mirton nabawił się lekkiej nerwicy na tym tle. – Teraz ilekroć odprawiam mszę, ilekroć podchodzę do ołtarza – wyznał mi – mimowolnie oglądam się w mrok i wślepiam w ten bezsensowny chaos żywokrystu, pewien, że on, Gazma, gapi się na mnie tymi swoimi kameleonowatymi oczyma, skądś stamtąd, z wysokości, z dziczy kamienia, jak i on nieruchomy, pokręcony.

– Ale tak naprawdę...? – dopytywałem się Gazmy. – Co to było?

– Co?

– Musimy się umówić na poważną rozmowę. Nie masz chyba nic przeciwko? Nie chciałbym pominąć tak istotnego świadka.

– Oczywiście, oczywiście...

W tym momencie zupełnie już nie byłem ciekaw, co Gazma może mi mieć do powiedzenia. Obrzydzenie do niego, obrzydzenie do siebie; przeciwne wektory odepchnęły nas, wróciłem do stołów zewnętrznych.

Tu upolował mnie Telesfer. Magdalena Kleinert pogryzała leniwie jakieś egzotyczne owoce i tylko mrugnęła dla zaznaczenia, że też mnie zauważyła. Częstokroć uderza mnie sztuczność tych odziedziczonych po czasach dzikiej biologii etykiet: przecież mózgowiec patrzy i słucha także oczyma i uszami nosicielki.

– Kiedy ksiądz odlatuje? – spytał Telesfer.

– Jeszcze nie mam potwierdzenia.

– Jak tam raport?

– A cóż to teraz ma za znaczenie? Potencjalne koszta rosną już niemal wykładniczo. No przyznaj się, tak naprawdę nigdy nie wierzyłeś w interwencję Kościoła. Po co była ta komedia?

– A jak ksiądz sądzi? Żartowałem sobie z księdza?

– Wszystko, co mi powiedziałeś i pokazałeś, to prawda; sprawdziłem. Czarna Wata, błysk gamma. Tylko ta gotowość korporacji do partycypowania w kosztach przedsięwzięcia, jak się okazuje... Coś tu nie gra, panie Telesfer.

– Wie ksiądz, różne są korporacje.

Spojrzałbym mu prosto w oczy, ale przecież nie mogłem. Magdalena dalej wgryzała się w soczysty owoc; uniosłem wzrok ku niebu, to znaczy przyćmionemu wewnątrzstazyjną jasnością strasznemu kosmosowi. Wydało mi się, że zrozumiałem – i trawiłem teraz tę nową wiedzę.

– Szukaliście przykrywki – mruknąłem. – Oczywistej atrapy. Ale kto zagwarantował fundusze?

– Jacy „my", jacy „my"?

– Niedzielni spiskowcy. Nie do końca pewni, ale z mimo wszystko silną motywacją. W grę muszą wchodzić jakieś wartości niekomercjalizowalne, inaczej... Mhm? Panie Telesfer?

Zaśmiał się przez głośnik.

– Czy Kościół opiera się na wartościach komercjalizowalnych?

– Dlatego też wydawało wam się, że tu znajdziecie sprzymierzeńca.

– Mylnie.

– Mylnie.

– Kościół obchodzi tylko świętość Izmira.

– Dokładnie.

– Kościoła nie obchodzą Boże Dzieci spod obcych słońc.

– Uch! Litości, panie Telesfer!

– No?

– To przestarzała sensacja, były już dwie encykliki, dawno zasymilowaliśmy możliwość.

– A pewność? Czy poradzicie sobie i z nią?

– Zejdźmy może na ziemię.

– Tupię. To jest ziemia. I wie ksiądz, co w niej.

– Fakty, panie Telesfer, fakty. Nic nie zostało dowiedzione.

– Dlatego właśnie...

– Kto? Wy? Więc kto właściwie? Kilkoro naukowców?

– Bo myśmy uwierzyli, Lavone.

– W co? W Watę?

Mózgowiec nic nie odrzekł, odezwała się za to Kleinert.

– Bardzo się w to zaangażował. – Uśmiechnęła się melancholijnie. – Żal mi go. Biedaczysko widział już swoje nazwisko w encyklopediach.

Relacjonuję tę rozmowę tak dokładnie, ponieważ przypuszczam, że Telesfer był tu już całkowicie szczery; a w każdym razie na tyle, na ile w ogóle to możliwe. Gdybym mógł wtedy widzieć jego twarz, zrozumiałbym wszystko. Tak sądzę.

•

Widać Madeleine. Nawet z wnętrza Katedry, z wnętrza jej biostazy – strzelają tu do środka promienie soczystej purpury. Czekałem na Gazmę już pół godziny. Zdjąłem skafander i położyłem na pierwszej ławie, obok hełmu. Modliłem się chwilę; Gazma wciąż się nie zjawiał. Bezwiednie uniosłem głowę i jąłem się przyglądać splątanym wnętrznościom Katedry. Uczucie nie było tak silne, jak opowiadał Mirton, ale i ja co setną myśl kierowałem ku labiryntom wysokich cieni z przeświadczeniem, iż ktoś, Gazma, przygląda mi się stamtąd. Podszedłem do samej granicy biosfery, by z bliska przyjrzeć się żywokrystnemu kamieniowi. Rzeźbienia były bardzo skomplikowane, jeden wzór przechodził w drugi, geometria przystających figur wiodła chciwe spojrzenie poza zasięg światła. Oczywiście to nie były rzeźbienia jako takie, nikt przecież nie ciosał, nie obrabiał kamienia Rogu. Z pierwszych ziaren poczęta forma rozgryzła była zimny grunt planetoidy i ruszyła falą nanoprzekształceń, aż, cząsteczka po cząsteczce, wzniesiony tu został pomnik Ugerzowej wdzięczności. Ale ile może zostać zawarte w pierwotnych algorytmach ziaren, w architektonicznych kodach żywokrystu? Ta twarz – to była twarz, nie miałem wątpliwości – ta twarz i ta sylweta, i ten menisk kamienia, i nawis pustookich czaszek, i ten korowód na jelicie powyżej, na przeciągniętej wskroś lędźwi Katedry strunie ciemności, korowód chudych postaci, *danse macabre* nieludzkich szkieletów, to wszystko przecież nie mogło się znaleźć w kodzie ziaren inicjujących; nie znam precyzyjnie ich pojemności, ale wydaje mi się nieprawdopodobne, by projektanci wpisali w nie przyszłe położenie każdej drobiny izmiraidowego minerału; zupełnie nie na tym polega żywoplanistyka ergodyczna, trzeba pozostawić wielkie pole chaosowi. Więc jeśli to nie projektantów ręka, nie ich artyzm – czyj zatem? kto rzeźbił? kto dał wdzięk kruchym aniołom, krwiożerczość łbom stalagmitowych demonów, ułudę płynności falowym załamaniom wewnętrznej skóry Katedry, kto uczynił dzieło sztuki? Postanowiłem sobie poczytać więcej o technologiach nanorodnych.

Wspiąłem się na oparcie ławy, z niej na kościaną wypustkę jednego z krzywych żeber Katedry. Tu, w połowie nawy głównej, spod powierzchni kamienia, jak przez grubą błonę zniekształcającą rysy, wyglądają, przebijają się – naturalnych rozmiarów głowy. Cienie spływają miękko po czołach i policzkach, przesunąłem dłonią, opuszkami palców, zimne, bardzo zimne, spierzcha się skóra. Oderwałem rękę w obawie, że jeszcze przymarznie, dopiero byłaby afera. Za gwałtownie, za gwałtownie! – to Izmiraidy, przyciąganie minimalne, lekkie odepchnięcie wyrzuca w górę na metry. Poleciałem płaskim łukiem, rąbnąłem plecami o barierę ochronną biosfery, trochę zamortyzowało; rzuciło mnie z kolei ku grobowi Izmira. Zdążyłem jeszcze złapać się jednej z ław, obróciło mnie w powietrzu, wyrżnąłem o posadzkę lewym barkiem, czaszka stuknęła o kamień, to się tak lekko teraz mówi, lecz wtedy byłem pewien co najmniej wstrząsu mózgu. Nie to, że odjęło mi wzrok, ale ból zdominował wszystkie zmysły, przesłonił świat. Mrugając, pomacałem się po głowie. Lepko. Dopiero po chwili zobaczyłem czerwień na palcach. Włosy mi się kleiły od krwi. Zataczając się, powlokłem się do skafandra. Ubrałem go, założyłem hełm, usiadłem i włączyłem diagnoster. Weszły we mnie mikrosondy. Kość nie pęknięta, ale długie rozcięcie skóry. Nie trafiło na znaczniejsze naczynia krwionośne, upływ krwi niewielki. Czekałem, aż przestanie mi się kręcić w głowie. Gazmy nadal ani śladu. Cholera z nim; przecież to niewątpliwy szaleniec, jak mogłem przypuszczać, że przyjdzie na czas, że w ogóle przyjdzie. Uch. Zapiekło, gdy skafander zasklepiał ranę. Środki uspokajające zaczęły działać. Wróciłem do hotelu Honzla.

•

Zapiszę, jak brzmiały ich relacje.

Wasojfemgus, który siedział w lądowniku tuż obok mnie, mówi, że od początku się pociłem, denerwowałem i chciałem wyjść z powrotem. Kiedy zapowiedziano start, ponoć rzuciłem się biegiem do śluzy.

Kretcher, który miał mnie na podglądzie, twierdzi, że nie potrafiłem założyć sobie hełmu. Mają mi przesłać plik z tą sekwencją.

Z kolei ludzie z obsługi twierdzą, że musieli mnie schwytać i siłą odciągnąć, żebym się nie zabił, biegnąc na oślep po powierzchni Rogu.

Dwaj lekarze, McVine i Bedusadus, po przeanalizowaniu wyników badań orzekli doskonały stan fizyczny i psychiczny; w każdym razie bez wątpienia mieszczący się we wszelkich normach.

Ja nic nie pamiętam. Nie wiem, dlaczego uciekałem.

Mirton odlatuje jutro. Przyszedł do mojego pokoju i wypowiedział na głos moje własne strachy.

– Zdaje się, że to *casus* Gazmy. Symptomy się zgadzają. Co mówią?

Powiedziałem mu, co mówią. Westchnął – jakby się już litował. Zakląłem.

– Przecież ja muszę jakoś stąd odlecieć!

– Spróbuj jutro ze mną – zaproponował.

– A jak próbowali z nim? Znaczy z Gazmą...

Odwrócił się od okna i zapatrzył na mnie z jakimś chorym pomieszaniem fascynacji i odrazy, nieśmiałości i bezczelności.

– Jak to się stało? Co ty właściwie zrobiłeś?

– Nic!

Nie wierzy. Podejrzewa, Bóg jeden wie co.

Z Gazmą było tak: Uśpili go i załadowali nieprzytomnego na lądownik. Lądownik wystartował i wtedy serce Gazmy przestało bić. Resuscytacja, stymulatory, ciosy adrenalinowe. Dopiero któryś z lekarzy spod kopuły skojarzył i kazał im wracać (mózgowiec, oczywiście; potem nie potrafił się wytłumaczyć z intuicji). Wylądowali z powrotem; z wielkim trudem reanimowali Gazmę. Biedak właściwie zaliczył śmierć kliniczną.

Nie jestem pewien, czy chcę się porywać na podobne eksperymenta. Ale przecież muszę jakoś wrócić na Lizonne! Madeleine wyrzuci Izmiraidy w pustkę pozaukładową, ciemność absolutną. Okno zamyka się szybko.

Przyszedł także Telesfer. To znaczy – przyszła Kleinert. Telesfer chciał wiedzieć to samo co Mirton: co ja takiego zrobiłem. Nic! Czynił jakieś aluzje. Ten mózgowiec nie potrafi wypowiedzieć zdania bez opakowania go wiązką insynuacji. Cóż, ostatecznie tak właśnie funkcjonują ich umysły.

Porozumiałem się z biskupem. Irytująca rozmowa, zwłaszcza przy takim opóźnieniu. Zdaje się, że biskup Haupert uważa, że się czymś tu zaraziłem. Ciekawe czym, miasto w kraterze sterylne od zarania, sam Róg nie posiada ni śladu atmosfery, nie wspominając o biosferze. Niemniej rozumiem biskupa, sytuacja jest delikatna, ostatnie, czego nam trzeba, to śmierci duchownego na Izmiraidach.

Wyspowiadałem się.

Nie wiem, co robić. Raport jest właściwie skończony; zresztą i tak sukcesywnie przesyłałem materiały na Lizonne. Ale Gazma – z Gazmą powinienem porozmawiać niezależnie od wywiadu do raportu.

Poszedłem więc do zarządu miasta. Tam znajduje się terminal systemu kontrolnego biosfery. Wiem, że rejestruje się wszystkie otwarcia śluzy i skafandry są identyfikowane. Jeśli liczba recordów Gazmy jest nieparzysta – oznacza to, że znajduje się on wewnątrz, pod kopułą. Była parzysta.

Śluzy są dwie: do Katedry i do lądowiska. To znaczy jest ich więcej, ale tamtych normalnie się nie używa, trzeba specjalnych kodów; pytałem, komputer mi powiedział. Więc: Katedra lub lądowisko. Założyłbym się, że Katedra. Sprawdziłem ostatni record. Lądowisko. Cóż, on też ma prawo próbować odlecieć.

Pospieszyłem pod tę śluzę. Na wszelki wypadek byłem w skafandrze. Usiadłem tam w ogródku opuszczonej willi – jakieś dziesięć metrów od wrót śluzy – i czekałem. Mijali mnie w gruisach i D-muckach wyjeżdżający. Niektórzy tylko wymieniali między sobą spojrzenia, niektórzy machali mi na pożegnanie. Wszyscy wiedzą, oczywiście.

Pojawił się po godzinie. Zdjął hełm i zobaczył mnie. Myślałem, że będzie uciekał, ale on spokojnie wszedł do ogródka, usiadł na trawie. Patrzył teraz zupełnie inaczej: nie bał się. No tak, on też wiedział.

– Jak stąd odlecieć? – spytałem.

Wyszczerzył się głupkowato.

– Nie można.
– Dlaczego?
– Izmir nas przyjął.
Musiałem mieć nieprzyjemny wyraz twarzy, bo obronnym gestem wzruszył ramionami.
– Mówią, że podobne rzeczy przydarzają się ludziom w Jerozolimie, w okolicy Grobu Pańskiego. Jeśli ktoś zbliżył się tak i doświadczył... rozumie ksiądz... potem nie jest w stanie odejść na większą odległość, opuścić miasta. Grób go przyciąga jak magnes żelazo, można wykreślić linie potencjału. Ludzie wariują od tego, umierają albo zostają pustelnikami, albo wstępują do zakonu, albo się zabijają.
Chciałem go zapytać, jaką karierę przewiduje wobec tego dla siebie.
Powstrzymałem jednak szyderstwo.
– A pan – czego pan doświadczył?
– Ona żyje, wie ksiądz o tym. Prawda?
– Co?
– Katedra.
– Taak. Domyśla się pan przyczyny tego... uwięzienia?
– Dotknął nas. Przyjął. W każdym razie mnie. Należymy do niego, do Katedry.
– Ma pan na myśli Izmira?
– A kogo? Czy nie modlił się ksiądz przy jego grobie? Nie całował rąk?
– Pan się modlił i on wyprosił pana uzdrowienie.
– Tak. Tak. Tak.
– Co z tego, skoro i tak nie może pan stąd odlecieć? Dłużej by pan żył, gdyby pozostał na Lizonne. O ile wiem, schizofrenia nie jest śmiertelna.
Gazma poderwał się jak oparzony.
– I ksiądz to mówi?! Ksiądz?! – krztusił się nade mną.
Zanim opadł na ziemię, uspokoił się nieco.
– A jednak próbuje pan odlecieć – zauważyłem.
– Co?
– Nie po to chodził pan do lądowników?
– Odwiedzałem „Sagittariusa” – odwarknął spode łba (znowu stary Gazma) i odszedł.

Jeszcze przez jakiś czas widziałem go wyskakującego łukami ponad dachy budynków niższych kręgów, z taką wściekłą energią maszerował.

Odwiedzał „Sagittariusa". Cóż. Możliwe. Chociaż co niby miałby robić w tym pustym i zimnym, zdehermetyzowanym wraku holownika? Ale do Gazmy wszystko podobne.

Ja także raz tam poszedłem. W ramach pracy nad raportem. W końcu to też jest miejsce kultu, na tyle popularne, że pociągnięto doń od portu linię asekuracyjną. „Sagittarius", nie przystosowany do lądowania na powierzchni planet, nawet do takich przyziemień prawie zerograwitacyjnych, siadł był na Rogu z konieczności krzywo, na burcie, miażdżąc część anten i wysięgników oraz jedną z dysz (siadając na rufie, zmiażdżyłby wszystkie). Śluza awaryjna znajduje się na wysokości ośmiu metrów nad poziomem gruntu, posadzono tam żywokrystną drabinkę, osiatkowaną z góry. Oboje drzwi śluzy jest otwartych. Fosforyzujące strzałki wskazują w ciasnych korytarzach drogę do kabiny Izmira. Sama kabina zarośnięta jest przezroczystym żywokrystem, dla zakonserwowania zabytku i uniemożliwienia kradzieży oraz celowych fałszerstw. Od drabiny przez równinę czarnej skały ciągnie się tak zwana Droga Predú. Co pięćdziesiąt metrów stoją wzdłuż niej żelazne krzyże. Droga prowadzi aż do samej Katedry. W czasach największego boomu kosmicznych pielgrzymek pątnicy tuzinami przemierzali ją na kolanach, niektórzy nawet czołgali się, powtarzając w ten sposób ostatnią wędrówkę Izmira. Głośno protestowali przeciwko propozycjom pociągnięcia tamtędy linii asekuracyjnej. Święty Izmir szedł bez asekuracji! Mhm, na pewno nie szedł na kolanach. Kilkoro się zabiło. Ich kamieniste mogiły znaczą Drogę Predú naprzemiennie z żelaznymi krucyfiksami.

Bardzo dobrze potrafię sobie wyobrazić Gazmę, codziennie w samotności odbywającego tę pokutę, pełznącego po chropowatej skale pod zimną kopułą kosmosu, od krzyża do grobu, od wraku do Katedry i z powrotem, z imieniem Izmira na ustach, biały skafander na czarnej planetoidzie, przykryty ciemnością, nikt nie słyszy chrapliwych modlitw, gdy radio wyłączone.

Jutro Bedusadus spróbuje wywieźć mnie w komie (właśnie zadzwonił). Chyba pójdę odprawić mszę, poproszę Mirtona, żeby koncelebrował. On też odlatuje tym czarterem. Madeleine właśnie wschodzi znad krawędzi krateru, wielka jak pięść i coraz większa, bardzo piękna.

•

Nie udało się.

Zostałem. Bedusadus odleciał, Mirton odleciał (większość ludzi już odleciała). I tak z mojego powodu znacznie opóźnili odlot „Winstona". Musieli mnie odstawić ze statku z powrotem na Róg. Nawet EEG miałem tam płaskie.

Nie żyłem.

Boże, daj mi siłę nadziei. Boję się. Jestem przerażony.

•

Że organizm tak alergicznie reaguje na oddalenie od Izmiraid – to jedno. Ale jakimże sposobem ich bliskość wraca mi życie, skorom już według wszelkich kryteriów – medycznych i nie medycznych – był martwy??

Aż nie chcę myśleć.

Z lądownika dzwonił Telesfer (odlatuje dzisiaj, wraz z resztą personelu CFG). Jego pytania podsunęły mi odpowiedzi, których wolałbym nie rozważać. Pytał bowiem, czy wszedłem kiedykolwiek w bezpośredni kontakt z Watą. Co, do cholery, ma znaczyć ten „bezpośredni kontakt"? W końcu mowa o formacji skalnej! Setki metrów pod powierzchnią gruntu! I zaraz zacząłem się zastanawiać, o co mogło mu chodzić. Że wówczas w laboratoriach CFG nie powiedział mi o Wacie wszystkiego, wiedziałem od początku. Zdradził tylko tyle, ile chciał. Zarzucał haczyk, sprawdzał wody. CFG robiła przecież setki odwiertów, na pewno wydobyli kilogramy Czarnej Waty. Inne kompanie również nie próżnowały. Jakie eksperymenty z nią przeprowadzali? Czego się domyślali? Telesfer najprawdopodobniej sądził, że poszedłem do konkurencji. I ta konkurencja... Co Wata może mieć wspólnego z uwięzieniem mnie i Gazmy na Izmiraidach?

Dzwonili również z Lizonne, z kurii i z Akademii. Właściwie przez cały dzień co chwila jakiś przekaz z planety. Wyobrażam sobie, o jaki ból głowy przyprawiła ich moja historia. Wieczorem biskup zwołuje w mojej sprawie radę. Pojutrze zamyka się okno dla najszybszego z okrążających Izmiraidy statków. Nie bardzo sobie wyobrażam, co właściwie mogliby oni tam uradzić. Ale-ale. Nadzieję trzeba mieć.

Wkrótce odlatuje również Honzl. Zdaje się, że jestem ostatnim jego klientem. Przekazał mi kod-klucz do wszystkich swoich nieruchomości na Rogu. Chciał coś powiedzieć na pożegnanie, ale zrezygnował i czmychnął. Musiałem mieć doprawdy osobliwy wyraz twarzy.

Mirton pozostawił swoją kwaterę w stanie takiego samego bałaganu, w jakim był w niej mieszkał. Wszedłem i coś z hukiem spadło na podłogę. Są też różnice: nagie ściany. Widać zabrał ze sobą zdjęcia Katedry. Włączyłem rzutniki, ale skasowano im pamięć. Zacząłem grzebać w rzeczach Mirtona – to dobry sposób na zabicie czasu, rozproszenie myśli: ogarnięcie tego chaosu z pewnością zajmie więcej niż dwa dni.

Na szafie znalazłem karton z kilkudziesięcioma rulonami folii, na których wytrawiono powiększenia czarnobiałych zdjęć Katedry. Rozwinąłem je po kolei. Mirton bazgrał coś na nich, zamaszystym pismem czynił jakieś uwagi, strzałki wskazywały na objęte koślawymi okręgami fragmenty obrazu; wszystko to grubym czerwonym flamastrem. Przykleiłem kilka do ściany, żeby się dokładniej przyjrzeć. O co tu chodziło? Mirton zakreślał drobne szczegóły architektoniczne: gzyms jednej z wież, nibygargulce portalowe. Obok pisał: 2 MIES. WYDAL.? PERILEVIUM. I jeszcze: TRANSPORT MASY? A przy innym: 3 MM/H.

Zostawił też kilkanaście książek, nie oprawionych egzemplarzy typu *self-printed*. Były to głównie podręczniki akademickie technologii nanorodnych: *Żywokryst: budowa i funkcje*; *Chaos spętany, czyli Drogi Życia*; *Programowanie otwartych systemów negentropicznych – wstęp*; *Samowykonawczy Język Maszyn Nanorodnych. Podręcz-*

nik i temu podobne. Przypomniałem sobie holo, w które pierwszego dnia omal nie wszedłem. Otóż Mirton studiował Katedrę od podstaw: jej architekturę i sposób powstania aż po technologie materiałowe.

O samym żywokryście wiem wystarczająco dużo, by móc przejrzeć te księgi bez uczucia, iż walę głową w mur ezoteryki *hi-tech*. Co prawda nigdy do końca nie pojąłem teorii jego programowania, umysł jakoś się buntuje i odmawia zrozumienia idei planowania nieprzewidywalnego, obliczania nieobliczalnego. Praktykę jednak znam, kiedyś nawet sam siałem. Była to co prawda tylko mała altanka nad jeziorem u dziadków na Hoolstalonie. Wykonałem wszystko ściśle podług instrukcji: zakreśliłem z grubsza kwadrat (ciągnąc czubkiem buta po ziemi), otworzyłem hermetyczne opakowanie żywokrystu (seria „Altana – Wenecja", o ile pamiętam; oczywiście autoletalna), odmierzyłem porcję ziaren na dłoń – i posiałem wzdłuż linii. Trochę jeszcze zostało, to dosypałem na rogach. Potem rzuciłem na wierzch przygotowane wcześniej dwa wiadra błota. Przez noc altanka urosła aż miło. Ileż to ja miałem lat, trzynaście? Już wtedy nurtowała mnie założona nieprecyzyjność owego procesu: nie miało znaczenia, czy posieję te ziarna dokładnie wzdłuż linii, czy rozsypię szeroką wstęgą; nie miało znaczenia, gdzie które z nich upadnie; nie miało nawet znaczenia, czy wysypię je wszystkie, czy też tylko ćwierć (w gwarancji było napisane, że może wystarczyć nawet kilkanaście ziaren – cała ich torebka, dwadzieścia deko, była po to, żeby podnieść prawdopodobieństwo uzyskania idealnego kształtu docelowego maksymalnie blisko jedności). Rzecz jasna, istnieje – nomen omen – fundamentalna różnica między seryjnym, zamkniętym żywokrystem, z którego powstała altanka moich dziadków, a oryginalnym, całkowicie unikalnym, otwartym żywokrystem Katedry. Różnica dotyczy sposobu preprogramowania ich kodów. Żywokryst Katedry należy do tych „niezupełnych": nie wszystkie dane formy docelowej ma sztywno określone na wejściu. Altanka, na ten przykład, wyrosłaby identyczna aż do struktury mikroskopowej, czy posiałbym ją na wulkanie, czy na dnie Oceanu Lizonne, czy na skale Rogu. Katedra natomiast – Katedra wyrosłaby znacząco inna już przy zmianie tak drobnych parametrów, jak na przykład pora siewu.

Zapomniałem nad tymi książkami o uciekającym czasie (człowiek jednak potrafi sterować własnymi myślami) i dopiero sygnał połączenia z planetą przywrócił mnie do rzeczywistości. Było już po naradzie.

– Niewiele mogę ci rzec w tej ciemnej godzinie – powiedział biskup. – Pozostają dwie alternatywy i obie równie tragiczne. Nie mamy prawa przemówić tu za żadną z nich. Być może wrócisz do życia na Lizonne, jeśli zdecydujesz się odlecieć mimo wszystko; ale po prawdzie nie ma po temu logicznych przesłanek. Pozostając na Izmiraidach, zachowasz życie, jak mnie przekonują, jeszcze nawet przez kilka lat; potem wszakże przyjdzie ci umrzeć w samotności, w tej pustce. – Zacisnął wargi. – Wydaje nam się, że w cierpieniu zawsze jesteśmy samotni, ale tak nie jest, tak nigdy nie jest. Pamiętaj o tym, tam, w ciemności. Bóg cię nigdy nie opuści, synu. – Pobłogosławił mnie. – Wybacz mi, że cię tam posłałem.

Tak, w chwilach naprawdę ostatecznych wracamy do słów najprostszych, przemawiając, jak się przemawia do dzieci; na początku i u kresu jest ta sama szczerość, pewność i prostota.

•

Za niecałe pięć godzin zamyka się okno, automatyczny „Portwajn" odpali o zadanej z góry porze, czy ja i Gazma znajdziemy się na jego pokładzie, czy też będą tam tylko ci ostatni dwaj inżynierowie NASA – on odleci; musi.

Gazmy nie będzie na pewno; wiem, powiedział mi. C h c e tu zostać.

A ja? Mam ochotę rzucić monetą, ale przypuszczam, że i tak nie podporządkowałbym się wyrokowi losu.

Miasto pod kopułą jest puste, rozdęte wszerz i wzwyż wielką ciszą, tylko fontanny szemrzą i rośliny szeleszczą od sztucznie wzbudzanego wiatru. Chodzę szerokimi ulicami, w dół i w górę krateru, i wzdłuż zboczy. Cały ranek (był to ranek, bo akurat się obudziłem; połknąłem podwójnego stupaka) poddawałem się zdalnym badaniom specjalistów z planety. Zostało tu jeszcze sporo wysokiej jakości aparatury, mimo wszystko jednak nie na tyle cennej, by taniej wyszło płacić paliwem w drodze powrotnej na Lizonne za każdy jej gram. Teraz stanowię jedynego jej użytkownika. Na planecie burze mózgów, zdaje się, że jakoś to wyciekło. Jest jednak różnica: oficjalny wysłannik kurii a nawiedzony schizofrenik. Płodzą teorie jeden przez drugiego, samych mózgowców tuzin, wysilają swoje metaintuicje. Uciekłem, kiedy zaczęli mówić o punkcjach.

Oczywiście tak naprawdę wybór jest oczywisty, nie ma po co rzucać monetą: ja m u s z ę wsiąść do tego „Portwajna", zastupaczyć się na twardo i zdać na miłosierdzie boskie. Bo chociażby nie wiem jak nikła, zostaje wówczas jeszcze jakaś nadzieja – że już na Lizonne, ktoś, kiedyś, coś wymyśli, że mnie obudzą. A Gazma? Gazma umrze, zdechnie jak pies na pędzących przez zimną i ciemną pustkę Izmiraidach. Zapytałem maszyny. Okazuje się, że bynajmniej nie z głodu, nie z pragnienia, nie z braku powietrza: kraterowa biostaza stanowi system zamknięty, nic nie wycieka na zewnątrz. Nic, oprócz ciepła. Kopuła wychłodzi się (estymuje podobliczalny komputer) w ciągu ośmiu-dziesięciu lat. Gdyby posiać żywokryst logiczny, dałby precyzyjniejszą prognozę. Tak czy inaczej, zależności są jasne: im dalej od Lévie, tym mniej jego energii wyłapują kolektory; już teraz słońce jak groszek. A ponieważ obowiązuje zakaz budowania w kosmosie prywatnych instalacji jądrowych (w gruncie rzeczy absurdalny, każdy to przyzna) i ponieważ nikt nie ma ochoty tracić fortuny, pozostawiając tu „na zmarnowanie" zapasy paliwa – Gazma zamarznie na śmierć. Teoretycznie wprawdzie mógłby się wkopać gdzieś w Róg i dokładnie zaizolować mały habitat. (Czy zostały tu jeszcze stosowne ziarna?) On chyba jednak niczego takiego nie planuje. Nie wiem, gdzie się podziewa. Nie odpowiada przez radio. W mieście go nie widać. Zapewne przemierza Drogę Predú, w tę i z powrotem.

Nie powinienem szydzić. Nie wątpię, że (choroba, nie choroba) dany jest mu teraz większy spokój ducha.

Bo zapewne też nie wydzwaniają do niego bez przerwy wszyscy krewni i przyjaciele, a także ludzie, o których istnieniu całkiem już zapomniał, lecz oni nie potrafią sobie teraz odmówić przyjemności przesłania osobistych wyrazów współczucia Atrakcji Dnia. Wiem, że niektórzy z nich są w tym jak najbardziej szczerzy, ale – „tak mi przykro, naprawdę!" – jak to tu brzmi, na tej pustej skale, pod zimnym niebem, cichym przedświtem śmierci...! Okrutne kpiny. Nic nie odpowiadam, pewnie bym zbluzgał wszystkich po równo. Zawiść, tak, rozpoznaję ten smak na języku; nie pożądaj żadnej rzeczy należącej do bliźniego – lecz jeśli tą rzeczą jest życie... Trzeba pożądać; należy zazdrościć.

Owa gorycz bierze się z głębokiego poczucia niesprawiedliwości. „Niczym nie zasłużyłem". I teodycea dla maluczkich. Znowu: jakie to prostackie...! Rozum odrzuca, lecz w serce sączy się jad. Ten boski sąd – tak naprawdę wszyscy przecież oczekujemy go już w życiu doczesnym. Tego nie da się wykorzenić, to jest podświadome, te nadzieja i strach: że wszystkie dobre i złe uczynki rychło wrócą do nas, wszechświat odda, co przyjął; szale muszą pozostawać w równowadze. Homeostaza szczęścia i nieszczęścia, *wa*. Toteż w głębi duszy czuję się jakoś oszukany. Pycha? Bez wątpienia.

A najgorsze, że niczego w tym nie rozumiem. Gdyby to był jakiś czynnik fizyczny... To znaczy: rozpoznawalny. (Bo że on nie jest czysto psychiczny, to nie ulega wątpliwości). Jakaś jednostka chorobowa. Jasny korelant między mną a Gazmą. Cokolwiek nazywalne. A w tej sytuacji... Bardzo łatwo mieć pretensje do Boga. Tylko głęboko wierzący zdolni są do wielkich bluźnierstw.

Mimo że, jak mówię, takie to prostackie... Tu, pod czarnym kloszem kosmosu... Madeleine... Już nie przesłonię wyciągniętą dłonią. Kogut przeskoczył Kwiaty, Salamandra goni Klucz i chyba go połknie, zaś od północnego bieguna rodzi się jakaś nowa burza, jeszcze bez imienia, karmazyn spalający się do szorstkiej dla oczu purpury, bardzo to dziwne, powinno iść w odwrotnym kierunku, od równika; ale Madeleine to zawsze była Pani Cudów. Spod

Zwrotnika Raka łypie na mnie okrągły cień Asmodeusza, czarna kropka na tarczy jaskrawych pasteli. Zaraz nadgryzie go Fistaszek, zaćmienia giganta przez planetoidy są coraz efektowniejsze.

Zostały mi... cztery godziny. Dwieście czterdzieści minut życia. Mniej: wcześniej muszę tam zasnąć. Próbowałem się modlić, ale czuję, że to byłoby oszustwo. Zimne stopy i dłonie; znowu kłopoty z krążeniem w mikrograwitacji. Zjadłbym coś, jestem cholernie głodny – lecz mózgowcy odradzali, lepiej o pustym żołądku.

Po raz ostatni spojrzeć na Katedrę. Zabrałem kilka tych fotek Mirtona. O co właściwie mu chodziło? (Tak, dobrze: myśleć o czym innym). Podejrzewam, że tym sposobem tropił zmiany w architekturze Katedry; znalazł jakiś feler w kodzie żywokrystu, lukę w procedurach samousypiających. Zdjęcia to potwierdzają. Kilkakrotnie obszedłem Katedrę dookoła, wymacałem reflektorem niektóre z fotografowanych przez niego fragmentów budowli i porównałem: są inne, zmieniły się, przepłynęły w formie do kształtów mniej lub bardziej pokrewnych. Tych, których nie znalazłem, nie znalazłem zapewne dlatego, że one i ich otoczenie zmieniły się za bardzo, bym w ogóle mógł je rozpoznać z tych zdjęć. Jak szybko to postępuje? Mirton, zdaje się, próbował mierzyć tempo. Na pewno jest znacznie wolniejsze od tempa pierwotnego wzrostu, Katedra przecież stoi tu tyle lat, ludzie by coś zauważyli. Tymczasem wydaje się, że nawet Mirton nie był do końca pewny swego. A może podejrzewał coś jeszcze innego?

Mignął mi też w stożku światła Gazma: spostrzegłem szybki ruch w górnych partiach lewej wieży Katedry. Musiał się od razu głębiej skryć w jej wnętrznościach, bo potem widziałem tylko nieruchome cienie. Cóż on tam robi? Jak tam w ogóle się wspiął? Katedra – i o tym nie muszę sobie przypominać, to widać – nie jest budynkiem poddanym ergonomii, nie służy swą architekturą człowiekowi, nie ma w niej żadnych schodów, szybów konserwacyjnych, Gazma musiał się porwać na prawdziwą wspinaczkę. Grawitacja słaba, to prawda – ale jak zleci stamtąd na łeb, połamie się na pewno, masa jest masa, pęd jest pęd.

Wszedłem do środka. Stoję nad grobem Izmira. Co ten wariat mówił? Że przyciąganie? Że nie można się wyzwolić? Jak opiłki żelaza. Być może on. Ja niczego takiego nie czuję. Zdjąłem hełm i rękawice. Kamień nagrobka jest zimny i gładki. Kanciasta twarz Izmira Predú wypełnia mi dłoń. Przewinąłem dziennik i jeszcze raz przesłuchałem zapis mojej rozmowy z Telesferem w laboratoriach CFG. Powiedzmy, że Czarna Wata jest artefaktem Obcych. Że to ona jest Maszyną Hoana, chociaż my nie potrafimy wykryć nośnika tych oddziaływań. Ślady błysku gamma sugerują jakąś kosmiczną katastrofę na wielką skalę. Izmiraidy przez setki tysięcy lat przemierzały próżnię międzygwiezdną. Czy może być tak, że zostały świadomie wystrzelone w przestrzeń przed eksplozją? Po co? Dokąd zmierzają? Przecież gdyby nie przypadkowe spotkanie z Madeleine, zakończyłyby swą podróż właśnie na orbicie Lévie. Więc jedno z dwojga: albo jest w tym cel, albo nie ma. Chociaż nie. Weźmy taki żywokryst. Są możliwe wyjścia pośrednie. Jednak czas – czas – otchłanie milionleci – to nie jest perspektywa cywilizacji...! A nawet jeśli wszystko to prawda – czym wobec tego jest Wata? Trzyma planetoidy w kupie. Ale w jakim celu? Bo gdyby miałoby to być jedyną jej funkcją... Sensu! Sensu! Kamień nagrobka taki gładki, że prawie wilgotny. *Deo Optimo Maximo.* Piękna jest ta rzeźba; dobrze, że przynajmniej jej nie puszczono na żywioł. W gruncie rzeczy nie tak trudno zrozumieć fascynację Gazmy, estetyka jest najpierwszym językiem religii. Sto dziewięćdziesiąt pięć minut. Czerwienie, żółcie i błękity Madeleine prześwitują przez żebra Katedry, wszystko tu albo cieniste, albo umaczane w zawiesistych kolorach. Usiądę, uspokoję serce. Sądziłem, że to będzie przede wszystkim strach, zwierzęce przerażenie – lecz czuję już jedynie żal, wielki, nieruchomy, ciężki, przytłaczająca masa ciemnych wód. Brak myśli, brak rozkazów dla ciała, nawet oczy suche; tylko coś ściska w piersi. I po co mówić, cisza lepsza.

•

Nie poleciałem.

Zasnąłem tam przy grobie. Zostałem. „Portwajn” odpalił o godzinie.

Chryste Panie.

•

Po tygodniu.

Mieszkam u Honzla. Gazma gdzieś się włóczy, nie widuję go. Nie otwieram przekazów z planety, tam są tylko pytania.

Madeleine zajmuje dwie trzecie nieba, jest tak jasno, że muszę chodzić w ciemnych okularach.

Czytam. Śpię. Kontempluję Katedrę.

•

Kurwa, po co ja to właściwie

•

Zadzwoniłem do Mirtona.

Powiedział, że fotografował zmiany fenotypu Katedry, p o n i e w a ż genotyp, sam kod ziaren, jest bezbłędny.

– Długo to trwało, bo ja wciąż szukałem w inicjujących algorytmach odpowiedzialnych bugów; miałem stosowne sekwencje zdjęć, mogłem w przybliżeniu określić luki procedur. – Stanowiło to jego hobby, oddawał się analizie kodu dla odprężenia; pomocy i konsultacji nie chciał i odrzuciłby zaproponowane: cała radość z ułożenia puzzli bierze się z faktu, iż obrazek powstał wyłącznie dzięki tobie. – Ale w końcu zyskałem prawie stuprocentową pewność, że błędów nie ma. Lecz Katedra zmieniała się ponad wszelką wątpliwość. Próbowałem ocenić tempo tych zmian. Byłem tam wystarczająco długo, by odnotować korelacje szybkości transformacji z bliskością Lévie. Prześlę ci pliki z analizami i z surowymi danymi. Krzywa jest dosyć skomplikowana. Poniżej dwóch AU schodzi do zera. W okolicach aplevium skacze ostro, ale o tym sam najlepiej będziesz mógł się przekonać, bo teraz Izmiraidy zejdą ze swej dotychczasowej orbity i wyrwą się ze studni Lévie. Ładniej to widać w pierwszej pochodnej. Zajmiesz się tym? – pytał. – Będziesz przesyłał dane? Słuchaj, ja wiem, że... – i zaczął się mieszać po Mirtonowemu, aż musiałem odstawić teatr na wizji, żeby się uspokoił. – Musisz przecież mieć coś do roboty. Zaczepić o coś umysł. Im bardziej przyziemnego, tym lepiej. Inaczej...

No? Inaczej – co?

Ech, biedny Mirton nie stanowi tu żadnego wyjątku. Nikt nie jest w stanie spojrzeć mi w oczy i powiedzieć prawdy: żem trup.

Może to i dobrze, iż nie widuję Gazmy. Bóg jeden wie, co mógłbym uczynić. Są chwile, gdy wypełnia mnie taka złość, że cały dosłownie się trzęsę. Ha, oto odkryłem korzenie słowa. „Trząść się ze złości" – bo człowiek naprawdę popada wówczas w jakiś chorobliwy dygot, wszystkie mięśnie naprężone, szybkie ruchy szczęki, hiperwentylacja, jakaś mgła przed oczyma, ręce wyciągają się, by złapać – cokolwiek – mimo że one właśnie trzęsą się najbardziej. W ten sposób zniszczyłem kilka książek Mirtona, podarłem na strzępy grube tomiszcza.

Tylko we wnętrzu Katedry jestem spokojny. No więc chodzę tu, siadam (z tyłu lub z przodu) i patrzę przez jej skomplikowany ciałoszkielet na gwiazdy lub na boską latarnię Madeleine. Nie ma echa, kiedy nagrywam. Nie ma echa, kiedy odprawiam mszę. Pod światłem Pani Cudów zmienia się barwa subtelnej poświaty bijącej od tabernakulum. Tu mogę być pewny swoich dłoni. Wznoszę ciało Chrystusa i widzę, jak przez hostię przebijają tęcze gorących barw planety. Czasami dotykam wówczas drugiego bieguna i zastygam tak na dłuższą chwilę, całkowicie spokojny, wyzbyty wszelkich strachów i pragnień, ukorzeniony w wieczności, aż nieustanne obroty Izmiraidów odsuną Madeleine poza Katedrę i pod Róg.

Nie wiem, czy to to samo, co u Gazmy, ale chyba też jestem chory.

•

Mimo wszystko podjąłem pracę księdza Mirtona i systematycznie rejestruję metamorfozy fenotypu Katedry.

Wykorzystuję największy z pozostawionych na Rogu komputerów, maszynę Matabozzy. Główny terminal mieści się w podziemiu ich pałacu, ale byłem tam tylko raz, żeby przyznać sobie najwyższy priorytet i otworzyć sztywne łącze z kompem Honzla. Teraz nie muszę wychodzić ze swojego pokoju.

AI Matabozzy wyśmiała mnie, kiedy zapytałem o program do obrazowań 3D.

– Takie rzeczy to ja improwizuję – parsknął dialogant, defaultowany jako nieznośny nastoletni geek. – A po co to księdzu?

Wyjaśniłem mu, a wtedy wystrzelił z miejsca pięć wariantów zakrojonych na wielką skalę programów badań/obserwacji. Wybrałem ten najskromniejszy. Zasadza się on na zamontowaniu wokół Katedry oraz na zboczu krateru i kopule miasta kilkudziesięciu pełnospektralnych kamer BuI, których sześć kompletów zalega magazyny Matabozzy. Obraz szedłby bezpośrednio do Terrence'a (tak ma na imię AI) i on by już robił z nim wszystko, co trzeba. Koniec z amatorszczyzną Mirtona, zdjęciami pstrykanymi od czasu do czasu.

Poszedłem po te szwajcarskie cudeńka kosmicznej inwigilacji. Rzeczywiście. Wystarczy wziąć i przycisnąć do w miarę gładkiej powierzchni.

Cóż mam lepszego do roboty?

•

Chyba się wczoraj urżnąłem w trupa. Nie pamiętam, żebym pił, ale – Boże, co za kac...! Nic nie pomaga, nawet stupak. Rzygam do fontanny. Co uniosę głowę, Madeleine zaświeci mi w oczy, znowu eksplozja pod czaszką, nie mogę patrzeć, jakież ona w końcu ma to albedo, może w międzyczasie zaskoczyła i zaczęła spalać wodór, przecież ten blask jest nie do wytrzymania. Zwłaszcza gdy Salamandra po tej stronie. Schować się gdzieś.

•

Uch. No tak. Kiedyś jacyś alieni znajdą tu mój szkielet i odczytają te nagrania. Tyle będą o mnie wiedzieli, co usłyszą (albo wywąchają, po konwersji). No więc ten kościotrup posiadał kiedyś wcale sporą masę mięśniową, tkanki tłuszczowej nieco więcej, niż wynikałoby z proporcji, skórę w kolorze odrobinę jaśniejszym aniżeli te tu skały, ale włosy właśnie takie. W gruncie rzeczy był równie nędznym przedstawicielem *homo sapiens* (to wewnętrzna nazwa kodowa), jak reszta jego gatunkowych pobratymców, co wyroili się z rodzimej planety w ekosfery pobliskich gwiazd. Informacja przetworzona przez jego układ nerwowy nie spowodowała – przynajmniej w jego wiedzy – żadnych wielkich zmian w otoczeniu. Aż po ostateczny *shutdown* nie był pewien, czy jego istnienie podniosło, czy też obniżyło sumaryczną entropię systemu. Przez większość czasu funkcjonował, opierając się na założeniu, iż jest to system moderowany, a główny admin nigdy nie zapomniał wszystkich kodów dostępu. Czasami wszakże zmieniał założenia, a to gdy natknąwszy się na wyjątkowo zabugowane procedury wnosił był do *maintainera* gorące propozycje *patchów*, a przy ponownym wykonaniu okazywało się, że żaden *upgrade* nie nastąpił. To jednak mijało po kolejnym *reloadzie* z ROM-u.

Istniał tylko w jednym egzemplarzu.

•

Majaczenia, cholera.

Może ponownie zrobię użytek z tych wszystkich cudów medycznej techniki. Coś zbyt często zdarza mi się tak przysypiać.

•

Terrence daje mi trójwymiarowe projekcje Katedry, w dowolnej skali, w dowolnym przyspieszeniu. Przypomina to trochę film poklatkowy z życia roślin. Martwe, ale żywe. Teraz tu, przede mną, w skrzyżowaniu mętnych słupów światła, Katedra zmienia się z kamienia w zwierzę. Nie oddech, ale coś jednak porusza nią, istnieje rytm – wielogodzinny, skomplikowany rytm – w którym żebra nawy głównej unoszą się i opadają, szpony wież zaciskają się na próżni, falangi kostnych grzebieni stroszą się i kładą ku krzyżowi, a krzyż, krzyż jest coraz większy. Jednak pod tym rytmem, w tle, dzieje się więcej, tylko że ludzkie oko, a raczej ludzki mózg – nie rejestruje tego z taką łatwością, bo tu nie ma regularności i nie ma planu. Zmiany są niewielkie, lecz liczne; nakładają się wzajem na siebie, czasami się niwelując, czasami zaś potęgując. Płynie to z rytmem lub przeciw niemu – i wydaje się, iż faktycznie nie posiada planu, formy docelowej.

Strzec się jednak muszę takich pochopnych sądów. Każdy, kto siał żywokryst, widział na własne oczy, jak z autentycznego chaosu rodzi się z góry założony porządek.

Jak rodzi się piękno. Bo to jedno o Katedrze rzec mogę na pewno: jest piękna. Nie jest ładna, nie jest dla oka przyjemna, nie uspokaja patrzącego – ale jest piękna. Estetyka bryły inna jest od estetyki obrazu dwuwymiarowego lub estetyki ruchu. Nie angażuje jedynie zmysłu wzroku, lecz uruchamia także głębsze procedury. Napiera. Reorganizuje przestrzeń i człowieka w tej przestrzeni.

Acheiropoieta – oto, czym jest Katedra. Naturalny artefakt sakralny. Kiedyś tak nacieki wapienne formowały się na ścianach kamiennych – w piety; kiedyś to w przydrożnych formacjach skalnych widzieli ludzie sylwetki świętych, twarze Jezusa i Marii na szybach, w przebarwieniach fabrycznych, w płatach smogu. Relikwie natury; sztuka cudowna spod niczyjej ręki. Teraz mamy żywokryst. *Acheiropoietos* oznacza rzecz nie wykonaną ludzkimi rękami. Pozbawiony autora przedmiot o oczywistej teleologii. Bo kto mi poda nazwisko twórcy Katedry? Kto mi wskaże architekta, z którego zamysłu powstała ta porażająca wyobraźnię kompozycja kształtów? Komu złożyć hołd? Programiści żywokrystu wiedzieli jedynie, czym Katedra ma n i e być: zakreślili warunki brzegowe. Katedra jako taka nie istniała w ich myślach. Kto zatem jest autorem tego dzieła sztuki?

Izmiraidy?

Przypadek?

Bóg?

Nikt?

Teoria chaosu?

Ile sztuki w kawałku drewna wyrzuconym na brzeg przez morze? Ile głębi w nieintencjonalnych skrzepach materii? Unoszę głowę i przed oczyma mam kosmos. Rorscharchowe wyciemnienia mgławic, rzekę Mlecznej Drogi, delikatne kwiaty gwiezdnych gromad, srebrny piasek odległych galaktyk, kwazarów, zgrzytliwe świetlne *staccato* pulsarów... A umysł to chłonie, obraca, organizuje, nazywa formy.

Pierwsi kosmonauci, powracając z orbity, często mówili o doświadczeniu mistycznym. Dane im było obcować pośrednio z wysoką transcendencją. Kosmos – Katedra – oddziałują w ten sam sposób.

Niebezpiecznie jest za bardzo się zapatrzyć.

•

W pierwotnym kodzie żywokrystu Katedry nie ma błędu, Terrence to potwierdza, kod posiada silne, nieprzełamywalne rozkazy terminalnej dezaktywacji; pozostawiono spory luz w przypadku wielu parametrów, lecz bariery wzrostu dano najmocniejsze z możliwych, klasyczną sekwencję Povosta mianowicie. Terrence mi to wszystko wyłożył, więc teraz jestem ekspertem. Praktycznie tylko żywokryst logiczny puszcza się bez Povosta, każdy inny musi go mieć, inaczej Bóg jeden wie, co mogłoby się zdarzyć; tuzin ziaren rzuconych dla otrzymania krzesła czy stołu jęłoby się mnożyć bez opamiętania, 1-2-4-8-16-32-64-128-256-512, istny nowotwór żywokrystu, przylatuje kurier z Ziemi i zamiast planety widzi okrążające Lévie po orbicie Lizonne krzesło, ale to KRZESŁO, każda noga na dziesięć tysięcy kilometrów; a może septylion zrośniętych wzajem krzeseł o normalnych rozmiarach. Toteż to mi mówi AI jasno: Povost jest stuprocentowo pewny, zawsze blokuje.

Fakty nie zgadzają się z teorią – tym gorzej dla programu. Okropnie się Terrence męczy, usiłując wytłumaczyć tę rozbieżność.

Tym razem to jednak ja okazałem się bardziej pomysłowy i pierwszy wpadłem na oczywistość. Poszedłem do Katedry, odłupałem udarówką fragment niby-rzeźby, wykluwającej się od zeszłego tygodnia w lewej absydioli, i zaniosłem AI do analizy.

Terrence go przeżuł, prześwietlił, przemielił, rozłożył, zamroził i spalił. Po czym rzekł:

– Struktura tych ziaren nanorodnych nie odpowiada żadnej z dostępnych mej pamięci struktur żywokrystu. Nie potrafię odczytać ich programu; ich kod nawet z grubsza nie przypomina SJMN.

Pytam go, co to właściwie oznacza. Czy chce powiedzieć, że Katedra nie jest zbudowana z żywokrystu?

– Nie – zaprzeczył – to jest żywokryst; w takim sensie, w jakim oryginalna fauna lizońska wciąż jest fauną, chociaż nie DNA replikuje i nie białka są jej budulcem.

Wobec tego odpowiedziałem na jeden z otrzymanych swego czasu przekazów, ten od Stefana Ugerzo mianowicie, i bez wstępów wyłożyłem mu kawę na ławę (człowiek *de facto* martwy może sobie w końcu pozwolić, cóż znaczą formy dla Wyzwolonego? Ot, taki Raskolnikow *savoir-vivre'u*).

Wydało się, powiedziałem mu. Wykorzystał pan cudowne ozdrowienie bratanka do bezpiecznego przetestowania nowego żywokrystu swej firmy. Tu, na Izmiraidach, gdzie nie sięga niczyja jurysdykcja i gdzie nie istnieje groźba nieskończonej ekspansji nanorodów, mógł pan spokojnie, pod przykrywką – w formie – sakralnej budowli odpalić próbną serię żywokrystu Rotschilda-Larusa. Teraz cały ten eksperyment odlatuje w przestrzeń międzygwiezdną, więc co wam szkodzi się przyznać? Dajcie prawdziwy kod pierwotny, nie tę fałszywkę, którą wstawiliście w specyfikację. Dajcie programy do analizy, żebym mógł zasadzić żywokryst logiczny dla ekstrapolacji o jakimś znośnym marginesie błędu.

Taką wiadomość posłałem.

A Ugerzo odpowiedział tak:

– Rozumiem, w jakim psychicznym stresie ksiądz żyje. Ale niech się ksiądz, z łaski swojej, otrząśnie i powstrzyma od rozgłaszania podobnych głupot. To wszystko są wyssane z palca bzdury. Współczuję księdzu, ale nie pozwolę się tak opluwać.

– A co mi zrobisz, sukinsynu?

•

Opuszczamy już Madeleine. Dała Izmiraidom takiego kopa, że maleje na gwiazdoskłonie ponad dwukrotnie szybciej, aniżeli wcześniej rosła. Ale jak potwornie razi! Przyciemniam hełm do prawie absolutnej nieprzezroczystości.

Muszę teraz wychodzić na skarpę i kopułę, bo drań Gazma systematycznie niszczy mi BuI. To już chyba dziesiąta kamera. I nawet zachodzi je jakoś tak sprytnie, że nigdy go nie widać, zanim nie roztrzaska aparatu. A przecież ich zapas jest ograniczony, a ja muszę nieprzerwanie monitorować Katedrę, ona zmienia się coraz szybciej, funkcja Mirtona się potwierdza, krzywa idzie w górę. Może powinienem przeprogramować śluzy miasta, żeby przepuszczały tylko mnie. Na przykład w ten sposób: każda próba otwarcia bez podania hasła, jeśli od poprzedniej minęło więcej niż, powiedzmy, dwadzieścia godzin (przecież nie ma w Katedrze zapasów wody i jedzenia) będzie blokowana. To go zatrzyma w kraterze. Dla pewności mógłbym też sprząc program tych śluz ze śluzą Katedry. Albo jeszcze lepiej: ustawić przed nią jedną BuI.

Tak, gdy teraz patrzę, ze światłem Madeleine zza pleców... stąd Katedra najpiękniejsza. Nawet kąt i perspektywa są jakoś podobne do tych narzucanych przez projekcje Terrence'a. Prawie się spodziewam, że oto zacznie się Katedra pod moim spojrzeniem przeobrażać w kamienne imago. Rośnie, tak, jest teraz zdecydowanie większa niż wtedy, gdy zobaczyłem ją po raz pierwszy. Zwiększają się też odstępy w egzoszkielecie. Z wież wypuszczają się jakieś krzywe, asymetryczne krużganki. Nabierają ciała wiszące mosty wychodzące od wież. W środku nawy głównej... nie jestem pewien, pewnie to cienie od Madeleine.

Niemożliwe – ale może ja istotnie jestem w stanie dostrzec w czasie rzeczywistym zachodzące w niej zmiany?

W czasie rzeczywistym, akurat! Dwie godziny tu sterczę, letarg chyba jakiś. Coś jest ze mną nie tak.

•

Źle. Nie wiem co, ale strasznie to wygląda. Czarne fraktale kolców. Dlaczego Bedusadus i McVine tego nie wykryli? Teraz widać w każdym powiększeniu osocza, na tomografiach. Neożywokryst w moim ciele. Dużo i coraz więcej.

Zabije mnie. Terrence mówi: – Tygodnie.

Ktoś musiał mi wstrzyknąć. Kiedy. Gdzie. Jak.

Dlaczego oni tego wcześniej nie wykryli?!

Gazma. Czy on też? Badali go, to na pewno.

Nie mogę go znaleźć. Ani śluzy kopuły krateru, ani śluza Katedry nie zarejestrowały jego wejścia w ciągu ostatniej doby. Mógłbym uznać, że kryje się gdzieś w mieście, ale wiem, że był na zewnątrz, gdy zapuściłem program, bo dalej niszczył mi BuI. Nie rozumiem tego.

Źle znoszę światło. Madeleine coraz mniejsza, a ja wciąż muszę nosić okulary. Przyciemniłbym całą kopułę, gdybym mógł.

Spać mi się chce. Gorąco tu.

•

Przeczuwam kierunek. Kamień.

Historia medycyny zna przypadki infekcji żywokrystnych. Nieodmiennie kończyły się śmiercią; szybką i bolesną.

Badam się co kilka godzin (chyba że zaśpię). Żywokryst Rotschilda-Larusa mnie pożera.

Gazmy ani śladu.

Zastanawiam się, czy nie zadzwonić. Ale do kogo. Co powiedzieć. Teraz, z takim opóźnieniem. I co oni mogliby mi powiedzieć. Nic, nic.

Potykam się coraz częściej. Ważyłem się: szybki przyrost masy.

Madeleine wielkości grochu. Ciemno. Ale parzy, jak parzy.

Zdaje się, że niechcący zdemolowałem swój pokój u Honzla.

•

Patrzę właśnie na najnowszą analizę medyczną. Krzywa rozrostu neożywokrystu w moim organizmie pokrywa się z krzywą Mirtona.

•

Obudziłem się przy grobie Izmira. Nie mogę sobie przypomnieć, jak tu przyszedłem. Rozebrałem się ze skafandra – ale gdzie ja go wcisnąłem? Nie ma go nigdzie we wnętrzu biosfery Katedry. Może to robota Gazmy... Kogóż innego?

Siedzę i czekam. Madeleine zupełnie nie widać przez żebra Katedry. Dużo cieni. Przyjemnie. Jakoś się nie boję.

Gazma powinien się pojawić prędzej czy później.

Teraz patrzę na Katedrę w inny sposób: jak na organiczny relikt. Nad półsferą biostazy, za ołtarzem, zawęźla się jakaś chropowata bulwa, której nie przypominam sobie z poprzednich wizyt. Duża jest, dziesięć metrów najmniej. Patrzę i widzę zaczątek organu. Poziome sploty od wież... Tętnice? Ścięgna? Ale to wszystko w skali dni, kamień jest kamień, budowla ani drgnie, żywokryst gładki i zimny.

Postać Izmira Predú wydobywa się z płyty nagrobka jednak wyraźniej, chociaż cienie bardziej miękkie. Dłonie tęsknią do dotyku, jakby ciało czuło jakieś pokrewieństwo materii.

Zdjąłem na moment okulary, ale blask tabernakulum razi oczy.

Patrzę spod śluzy. Tu największe rozstępy w skórze Katedry. Widzę ścieżkę na stoku krateru i światła kopuły, widzę nawet niektóre kamery oraz najbliższe żelazne krzyże na Drodze Predú. Wyżej nieregularne dziury w polu gwiazd – to inne Izmiraidy. Nie potrafię ich jednak rozpoznać po kształcie.

Gdyby mimo wszystko Gazma się nie pojawił... Mhm, ciekawym, co pierwsze mnie zabije: odwodnienie czy neożywokryst R-L?

•

A jeśli Ugerzo mówił prawdę?

•

Zegarek mnie przekonuje, że spałem ponad dwie doby. Może to i prawda. Nie czuję jednak głodu ani pragnienia. Mam chyba gorączkę.

•

Osobliwe – czarne plamy Izmiraidów jakby większe na tle gwiazd. Maszyna Hoana musi pracować pełną parą.

Przesłuchuję teraz wielokrotnie zapisy moich rozmów z Telesferem. Wydaje się, że wiedział, że chciał mi dać znać. Ale to może być złudzenie (i najpewniej jest). Z mózgowcami tak zawsze. Po to wszak się ich hoduje. Gdy przychodzi do wstecznej analizy, w ich przypadku jeszcze trudniej ją przeprowadzić niż w przypadku otwartego żywokrystu – bo oni nie posiadają nawet programu inicjującego. Jest tylko wielki jak piłka kłąb tkanki nerwowej w macicy nosicielki. Nigdy się on nie rodzi; i nigdy się nie kończą: odnawianie, rozrost i rekonfiguracje jego komórek nerwowych; to jedna wielka wojna neuronów i ewolucja metaprogramu. Mózgowcy również nigdy nie osiągają tej precyzji sądu, co żywokryst logiczny – lecz potrafią sięgnąć w głąb ciemnych chmur pozaobliczalności, szybko dać przybliżenie, dotknąć swą mózgowniczą intuicją Tajemnicy. Jeśli mówią aluzjami i mętnie insynuują, to dlatego, że sami też nie wiedzą. Telesfer wchłonął dane i zaczął śnić – o Wacie, o Maszynie Hoana, o jakichś Obcych. On i inni mózgowcy niczego nie mogli przedstawić jako dowód, bo nie dowiedzione jest ich dziedziną – próbowali więc obejść struktury swych firm, zainicjować spisek. Bez powodzenia. Polityka nie jest ich mocną stroną.

•

Siedziałem tak oparty barkiem o ścianę Katedry i złapałem się na tym, że obracam głowę i próbuję sięgnąć wyciągniętym językiem kamienia. Ale on nawet nie jest wilgotny.

Chyba rzeczywiście mam gorączkę.

•

Kolejne trzy doby. Gdzie Gazma?

Katedra, ona... Boże, Boże, Boże.

Nie pełzać, podnieść się na nogi.

•

Co? Ile to już? Izmiraidy, coraz ciemniej, nawet Lévie bez przerwy przesłonięte.

Trudno mi mówić.

Pokaleczyłem sobie usta. Chyba próbowałem gryźć żywokryst.

Odprawię mszę. Ostatni raz. Tak.

•

...włączyć, bo wtedy ich spostrzegłem. Odstawiłem kielich. Mój cień od tabernakulum pada aż do śluzy. Wypełniają ławki. Ze światłem coś dziwnego. Niebo rozmazane, żadnej gwiazdy, tylko jedna sina mgła. I wielkie dziury od Izmiraid. Jakże blisko muszą być. Ale one też rozmazane, rozsmarowane po mgle, długie smugi od horyzontu do horyzontu; a jestem przekonany, że gdybym się wspiął na krzyż Katedry, mógłbym dotknąć...

Zdaje się, że coś nie tak z moim głosem; wszystko oczywiście markuję bezsłownie, ale gardło jak sparaliżowane. Czy ja mówię wyraźnie? Oni stoją i patrzą. „Oni" – a może inny zaimek lepszy: „to", „To". Wychodzą skądś z ciemności Katedry. Jak? Przez sferę biostazy? Chryste, tam są dziury, sfera jest zniszczona! Ale to niemożliwe! Jak ja...

Mój Boże.

Katedra, oni, krzywa Mirtona, Czarna Wata, co mówił Telesfer, niech mi Ugerzo wybaczy, niesłusznie go posądzałem, tak, żywokryst, żywokryst, *acheiropoieta*, DNA i SJMN, gdy już na tyle daleko od słońca, żeby znowu ruszyły procedury wykonawcze, a wszystkie Izmiraidy... Czy Kotter Ugerzo też... Tamten błysk gamma. Kod. Języki kamienia.

Katedra oddycha, wyciąga ku mnie czarne pępowiny. Rozrasta się. Sięga ku planetoidom. Oni zbliżają się cichymi falami. Gazma?

Niebo, niesamowite, kosmos rozpuszczony. Orientuję się po rozmazanych cieniach. To nie oni weszli w mój czas, lecz ja w ich: Katedry, Waty.

Czy jeszcze rozumiecie, co mówię? Coraz trudniej. Gdyby to szło do mikrofonu, pewnie nie byłoby szans, bo wątpię, czy zostało tu jeszcze choć odrobinę powietrza.

Sądząc tak po niebie... Coraz dalej, coraz wolniej. Ile to dni, gdy opuściłem rękę? Ciężko. Muszę się wesprzeć o ołtarz. Gromadzą się w nawie. Katedra nas otula, jesteśmy

Katedrą, fragmentami bryły, jednego dzieła sztuki. Spokój w motylo rozedrganych cieniach. Tylko mój cień od tabernakulum nieruchomy.

Czekamy na Architekta.

Pamięci Antonio Gaudiego,
sztuki jego wyobraźni

listopad 1998–maj 1999

Medjugorje

Medjugorje to miasteczko w południowej Hercegowinie, zamieszkane przez blisko cztery tysiące Chorwatów katolików.

Około godziny szóstej wieczorem 24 czerwca 1981 roku, pod wzgórzem Crnica położonym na południowy wschód od Medjugorje, sześcioro dzieci ujrzało Matkę Boską. Od tamtej pory czworgu z nich oraz dwojgu innym objawia się ona regularnie, nierzadko dzień po dniu. W trakcie objawień Matka Boska przekazuje szóstce liczne przesłania oraz odpowiada na zadawane pytania.

„Medjugorje" oznacza „międzygórze", „surową ziemię".

Daniel zszedł po schodkach Leara. Wielkie kałuże połyskującej benzynowo deszczówki parowały z brudnej płyty lotniska, tworząc nad betonową równiną rzadki opar mgły. Zbliżała się pora deszczowa i ta nagła ulewa przewaliła się nad stolicą w ciągu nieledwie kilku minut, zostawiając po sobie – prócz szybko znikających kałuż – charakterystyczny zapach afrykańskiej burzy. Daniel przysiadł na przedostatnim stopniu, zapalił papierosa, drugą ręką wyjął telefon i szepnął: „Bella". Oczekując na połączenie, spoglądał ponad czarnymi szkłami na odległe budynki portu: halę, wieżę, magazyny celne, strażnicę. Lotnisko otaczał potrójny płot z drutu kolczastego, wysoki na dobre pięć metrów. Żołnierze, którzy powinni patrolować wzdłuż niego, siedzieli w cieniu budynków, z tej odległości Daniel widział tylko błyski bieli ich oczu w okrągłych czarnych twarzach, błyski słońca na metalu kałasznikowów.

W Londynie, tylko dwie godziny na zachód, był już wieczór i Daniel słyszał przebijające się przez głos Belli pokrzykiwania dziewczynek przy kolacji. – Ile znowu? – pytała Bella. – Nie wiem – powtarzał Daniel – to zależy. Tam teraz jest wojna, mieliśmy wizy, ale nam cofnęli, tkwimy tutaj, czekając na ukonstytuowanie się jakiegoś w miarę prawomocnego rządu. Druga ewentualność jest taka, że bez żadnych wiz skoczymy helikopterem przez Bujumburę, i tak nikt się nie zorientuje, tu granice najbardziej sztuczne na świecie. – Bardzo mnie uspokoiłeś. – Cieszę się. – Może powinniśmy byli się pobrać, zostałabym młodą wdową, zawsze to lepiej brzmi. – I tak wszystko ci zapisałem. – Nie rób mi złudnych nadziei, ciebie nawet katar omija. – No wiesz, zabłąkana kula... – Ale jakie potem kłopoty z postępowaniem spadkowym, strefa wojny, nie ma ciała, odczekiwać ileś lat, chyba że świadkowie. – Wrócę i skonam ci w ramionach. – O, to już lepiej. Byle nic zakaźnego. – Nie bój się, coś wymyślę, mam czas. Pa.

W głównej kabinie Leara de la Croix leczył kaca. Jak wszystko, co dotyczyło de la Croix, był to kac potwór, kac monument. Przygniatał teologa ciężką dłonią, z drobną pomocą grawitacji wciskając wielkie cielsko Helwety w standardowych rozmiarów fotel; że ono zaś nie mogło się tam żadną miarą pomieścić, przelewało się na zewnątrz wszelkimi sposobami – nogi wyciągnięte w poprzek przejścia, ręce opuszczone po bokach do samej podłogi, brzuch kipiący ponad oparciami, głowa już-już odrywająca się od karku i spadająca do podstawionego kubła z lodem.

– Mówiłem, żeby nie pić nad Iranem, Allah nie wybacza – mruknął Daniel.

– Cierpię na chorobę powietrzną! – zagrzmiał de la Croix i skrzywił się na dźwięk własnego głosu.

Daniel przeszedł do bagażowej, która zajmowała ponad połowę samolotu. Voestleven zajadała się właśnie jakimiś owocami z puszki, na widok Daniela otarła usta przedramieniem.

– No więc to musi być podczas wojny – stwierdziła. – I prawdopodobnie ta ręka to będzie świeża rana, powinniśmy zabrać jakiegoś lekarza.

– Może Wroński będzie kogoś miał – podsunął Daniel usiadłszy na pace ze sprzętem. Voestleven miną wyraziła powątpiewanie.

– Wroński będzie miał swoich ludożerców, nikogo więcej mu nie trzeba. Co prawda w pliku od Kilmoutha jest coś o miejscowej służbie zdrowia, ale ta służba to może być wszystko.

Daniel wyszarpnął z zabezpieczającej obejmy pomarańczowy kontener, oparł ciężki ładunek na kolanach, odkręcił płytkę klucza i przycisnął kciuk. Szczęknęły zamki, odchyliła się pokrywa. Wnętrze wypełnione było srebrnej barwy mazią o konsystencji rtęci. Daniel zanurzył w niej rękę. Po wyjęciu była tak samo sucha, jak wydobyty spod zwierciadlanej powierzchni przedmiot: z wyglądu sądząc, skrzyżowanie średniowiecznego pucharu z pistoletem do wstrzeliwania kołków, okropnie nieporęczne.

– Przypomniałem sobie tych chińskich celników – powiedział. – Może lepiej położę gdzieś na wierzchu, pod jakąś brudną szmatą...

Usłyszeli szybkie kroki, najpierw na schodkach, potem wewnątrz kabiny. De la Croix coś zamruczał. W drzwiach pokazał się Blumen, białą koszulę pilota miał doszczętnie przepoconą, zwierciadlane okulary zjechały mu na sam koniec nosa, spoglądał spod przekrzywionej czapki z melancholijnym wyrzutem.

Wyjąwszy z ust papierosa, odetchnął, po czym wyrzucił z siebie na jednym oddechu:

– Będą rekwirować. Dzwonił Haku z ministerstwa. Mamy pół godziny. Fredżyści przekroczyli granicę, idą z południa. Ponoć CNN daje na żywo masowe egzekucje nad rzeką. Każdy samolot na wagę złota.

Voestleven poskrobała łyżką po dnie puszki.

– No i szlus – westchnęła. Czy tyczyło to ostatecznego rozprawienia się z owocami, czy losów tutejszej rewolucji, czy też samej ekspedycji – jednaka bezsilność malowała się na twarzy kobiety.

Daniel się zirytował.

– Co oni tu mają, MIGi-17? Muzeum wojny.

Blumenowi okulary spadły z nosa.

– Jezus Maria – charknął, z przerażeniem spoglądając na Daniela.

– Mają stingery – warknęła Voestleven, chowając puszkę do worka na śmieci, nagle znów pełna zaraźliwej energii.

– No to co? Z piętnastu tysięcy gówno złapią.

– Jezus Maria – powtórzył Blumen, podnosząc okulary.

– Co, już? – zagrzmiał de la Croix.

– Śpij! – krzyknęła nań Voestleven. – A ty to schowaj – dodała wskazując brodą urządzenie, które Daniel z ponurą miną wycelował w Blumena. Pilot stukał się w czoło pod jego adresem.

Voestleven odkręciła butelkę coli, pociągnęła tęgi łyk, charakterystycznym gestem otarła usta, odetchnęła, odstawiła butelkę i przybrawszy zamyśloną minę, pochyliła się ku Danielowi, opierając łokcie o kolana.

– No więc tak – zaczęła i tu ją zatchnęło.

– No więc jak? – burknął Daniel.

– Moment. Jaki jest termin? Siedemnastego. Dzisiaj trzynasty. Wroński trzyma wiochę. Mamy trzy dni na przeskoczenie tych sześciuset kilometrów.

– I paru granic – dodał Blumen.

– I paru granic. Scenariusz numer jeden: lądem. Już chyba widać, że bezsensowny. Scenariusz numer dwa: skokami na wizach. Nie do przewidzenia opóźnienie. Scenariusz numer trzy: na wizach od Bujumbury. Ale tak czy owak jakoś do tego Burundi trzeba się dostać. Rzeczywisty problem polega na tym, że w Mutawasze nie ma gdzie posadzić Leara. Prawda, panie kapitanie?

– Posadzić go posadzę – parsknął Blumen – ale już potem na pewno nie podniosę, a i wątpię, czy ujdziemy z tego lądowania z życiem. Po chuja żeśmy tu tankowali, ta burza przeszła bokiem, mogłem dociągnąć na...

– Tu zatem wyłania się kwestia helikoptera – przerwała mu Voestleven. – Mamy zabukowanego tego Sikorsky'ego w Bujumburze. Konieczna przesiadka. Siadamy

Learem nad Tanganiką i wpadamy w wielotygodniową kołomyję konsularną, pewne jak w banku.

– Więc? – westchnął Blumen, wachlując się czapką, też już przepoconą.

– Więc otwórz sobie, Rupert, satelitarną i znajdź jakąś nierozmytą szosę na bezludziu w stosownej odległości między Bujumburą a Mutawahą. Potem złap tych od Sikorsky'ego i podaj im koordynaty; niech zabiorą dodatkowe zbiorniki paliwa, ile się da. W Burundi zejdziesz poniżej radarowej. Przesiadamy się, ty pusty skręcasz do Kigali. Wszystko jasne? Więc odpalaj, zaraz tu mogą się zjawić rekwiranci Haku.

– A jak oni rzeczywiście mają stingery?

– Fredżyści mają je na pewno, stingery, strieły czy insze ustrojstwo.

– Chryste Panie, Kilmouth powinien mi płacić poczwórnie za narażanie życia...

– Wszystkim nam powinien.

– Bozia nam wynagrodzi – mruknął Daniel, głaszcząc rękojeść metalowo-plastikowego konstruktu.

•

Ten Sikorsky to była wojskowa maszyna, nawet jeszcze nie usunięto gniazd karabinów maszynowych i wielolufowych działek burtowych. Zarówno Blumen, jak i pilot śmigłowca – niejaki Neumann – pomagali przenosić bagaże z maszyny do maszyny, ale i tak zabrało im to ponad godzinę. De la Croix wskazywał wyciągniętym ramieniem wzdłuż szosy tnącej żółto-seledynowe pustkowie sawanny i prorokował gromko kolumnę TIR-ów, szalonego rajdowca, stado bawołów. Nic takiego nie nadeszło. Przeładowali sprzęt i rozlecieli się w przeciwne strony.

Mknęli tuż nad ziemią, nad falami traw, wierzchołkami drzew – kilka metrów powyżej. Wszyscy musieli się przypiąć pasami, nagłe zrywy, poderwania i upadki Sikorsky'ego wywracały im żołądki na nice. Daniel wyglądał przez małe okienko. Raz zobaczył stadko antylop skaczące przez trawy, byle dalej od źródła hałasu; raz – wielki szkielet słonia. W pewnym momencie Voestleven pochyliła się i krzyknęła mu do ucha:

– Granica!

Nie było tam nawet słupa.

Oczywiście bali się jak cholera. W każdej chwili mógł ich strącić pocisk ziemia-powietrze, Sikorsky był jedną wielką plamą ciepła, silniki płonęły w podczerwieni białymi flarami. Przeskoczyli ponad doliną pasterzy – chudzi Murzyni w za dużych T-shirtach reklamujących filmowe przeboje minionych sezonów obracali głowy za ryczącą gromko maszyną, bydło nawet się nie przestraszyło. Kilku miało karabiny, ale nie zdążyli ich wycelować. To straż pasterska, nie żadni partyzanci; można to poznać po reakcjach na grzmot wirnika helikoptera: nie uciekali i nie padali na ziemię.

Gdy poprzednio go wynajmowali, Wroński sam dysponował dwoma śmigłowcami. Oba stracił (oba w niewyjaśnionych okolicznościach; na wojnie okoliczności zazwyczaj pozostają nie wyjaśnione). Daniel nie najlepiej wspominał współpracę z ludźmi Wrońskiego. Gdyby nie fakt, że major tak czy owak operował w tej okolicy, Kilmouth zapewne nie zdecydowałby się na ponowne go wynajęcie. Chociaż kto może wiedzieć, na co zdecydowałby się Kilmouth, a na co nie – na pewno nie Daniel, który miliardera nigdy osobiście nie spotkał. A z tego, co wiedział, nie spotkali go także ani de la Croix, ani Voestleven. Cóż, w końcu są tylko szeregowymi pracownikami, freelancerami z odzysku.

Przed zmierzchem Neumann złapał radiostację ludzi Wrońskiego. Lecieli już nad dżunglą.

– Dwie czerwone flary! – krzyknęła Voestleven, która miała na głowie hełm i słyszała wymianę zdań między pilotem a radiooperatorem majora. To już była prawie strefa wojny. A w Afryce „prawie" oznacza właśnie strefę, ponieważ uchodźcy, najemnicy, niedobitki i chorzy oraz oddziały zwiadowcze i pościgowe, a także rozmaitej maści rabusie, szabrownicy tudzież szaleńcy – rozlewają się z ziem objętych właściwą wojną na dziesiątki i setki (to zależy od klimatu i terenu) kilometrów wokół; tak że są tu takie obszary, na których od bodaj trzydziestu lat nie zapanował prawdziwy, „europejski" pokój. Gdyby ktoś chciał na potrzeby szacunku szans zestrzelenia Sikorsky'ego zliczyć strony konfliktu, zabrakłoby mu palców u rąk. Pomijając podziały plemienne, ideologiczne, klasowe i religijne, wchodziły tu w grę również interesy poszczególnych państw, poszczególnych rządów tych państw (miewały po kilka na raz), interesy poszczególnych polowych dowódców (Wrońskiego na przykład) oraz samych żołnierzy (zdarzało się, że napadali i rabowali własne tabory).

Helikopterem zarzuciło, Daniel złapał się uchwytu i zerknął przez okienko. Dojrzał ponad drzewami jedno czerwone światło w smudze dymu przechodzącego od purpury w brąz; dym strzępił się w poziome wstęgi tuż nad ciemnozieloną kołdrą dżungli, wieczorny wiatr musiał być silny. Neumann zataczał maszyną szerokie koła, wypatrując odpowiednio dużego prześwitu dla bezpiecznego jej posadzenia. Sztuczny huragan szarpał liśćmi i gałęziami, wystrzeliwały z niego cienie ptaków, raz nawet wielka chmura motyli, którą Daniel zrazu wziął za obłok nagłej eksplozji śróddrzewnej.

Siedli w dziurze niedawno wybitej w cielsku dżungli przez potężny ładunek wybuchowy, ziemię pokrywała miazga zmasakrowanej roślinności i wysoko przeoranej gleby, pachniało ciepłą zgnilizną.

Jeszcze się nie zatrzymał wirnik śmigłowca, gdy do drzwi podbiegł Wroński z jakimś starym Murzynem.

– Ruszać się, ruszać! – pokrzykiwał major.

– Co jest?

– Mrówki idą!

Żart, pomyślał Daniel; ale mrużąc oczy, ponownie spojrzał w brzydką twarz Wrońskiego i zwątpił. (Co nie znaczy, że oczekiwał odeń jakiegoś porozumiewawczego uśmiechu).

Wyskoczyli po kolei z helikoptera.

– Na Mutawahę? – spytała Voestleven.

– Na nas. – Wroński wycelował kciuk między stopy.

– To co, nie można czegoś rozpylić, bo ja wiem...

Major zamachał ręką.

– Po prostu zejdziemy z trasy. Przenocujemy za rzeką i potem skręcimy do Mutawahy. Tak najprościej. – Rzucił coś w narzeczu do Murzyna, obrócił się i wskazał kapeluszem północny skraj przecinki w dżungli. Tam, w cieniu, siedziało na piętach kilkudziesięciu półnagich Murzynów: tłum żywej czerni. Patrzyli na białych i maszynę w prawie zupełnym bezruchu.

– Tragarze – wyjaśnił Wroński. – Jazda, wyładowujemy.

Poszło to zadziwiająco sprawnie. Daniel tylko stał i przyglądał się. I trzeba przyznać – jako że miał świeżo w pamięci korowody z przeładunkiem bagażu ekipy z Leara do Sikorsky'ego – zrobiła na nim wrażenie wyraźna wprawa i zorganizowanie tragarzy. Patrzył wręcz z niedowierzaniem, jak ciężkie i z pozoru niewygodne paki i kontenery dźwigali ci chuderlawi Murzyni o napiętej niezdrowo skórze i gorączkowo lśniących oczach.

Daniel, de la Croix, Voestleven i Wroński nie byli jedynymi, którzy tak bezczynnie przyglądali się wybuchłej nagle przy śmigłowcu krzątaninie – na granicy strefy miazgi stało czterech mężczyzn odzianych w niekompatybilne fragmenty najróżniejszego rodzaju militarnych uniformów. Palili papierosy, podśmiewali się z cicha, drapali po karku. Dwóch było białych, jeden Murzyn, jeden Hotentot. Broń podobnie – każdego z innej parafii: M-16 i granatnik, uzi z przedłużonym magazynkiem, nieśmiertelny AK-47, nawet wyrafinowany Heckler & Koch. Kilka kroków od nich resztką sił dymiła porzucona flara. Ludzie Wrońskiego. Tego z M-16, białego brodacza w okularach w plastikowej oprawce, Daniel dobrze pamiętał: to Fouche.

Podszedł do nich, poprosił o papierosa. Fouche chyba też go poznał; poczęstował, przypalił.

– Reding? – upewnił się.

– Daniel. – Daniel podał mu rękę. Fouche uścisnął ją. Wnętrze dłoni miał spocone. Dżungla, przypomniał sobie Daniel.

– Wywiad socjologiczny, hę? – zaszydził brodacz; francuska wymowa mocno zniekształcała słowa. – Uważaj, bo jeszcze kto wam uwierzy.

Hotentot zaszwargotał z drugim białym w afrikaans. Biały wskazał ręką z cygarem na rozwijający się powoli na wschód wąż tragarzy.

– Biją się tu? – zapytał Daniel wydmuchawszy dym.

– Kto?

– Ktokolwiek.

– Dochodzą echa. Armia Wyzwoleńcza M'Ato, Kunikuadze. W Mutawasze powinno być spokojnie. O ile nie zabiorą się do kamienowania, he, he.

Daniel wzruszył ramionami. Kiedy się poprzednio byli zetknęli – ludzie Kilmoutha i ludzie Wrońskiego – rzecz cała zakończyła się zlinczowaniem jednego z wieśniaków przez rozjuszoną tłuszczę, Fouche i pozostali mogli się tylko przyglądać (co zresztą stanowiło według Redinga główne zajęcie najemników: przyglądanie się z dystansu).

Szłupp, szłupp, szłup-pp, nareszcie łopaty śmigłowca ponownie zaczęły się obracać, powiało prosto na żołnierzy i Daniela, odruchowo ukryli papierosy we wnętrzach dłoni, wieczorne powietrze niosło ostre zapachy dżungli. Przyboczny Murzyn Wrońskiego rozdzielał ze zwalonego na stos bagażu ekspedycji poszczególne pakunki, na swój przydział czekało jeszcze ponad tuzin tragarzy. Daniel poszedł dopilnować warunków transportu pomarańczowego kontenera. Wiatr wiał mu w twarz, pusty helikopter wznosił się powoli, na chwilę zawisł w bezruchu, obrócił się wokół osi, opuścił nos, wzniósł ogon – po czym wyskoczył wysoko ponad drzewa i na południe: plama, plamka, ciemny punkt na horyzoncie, nic; zniknął, zostali sami. Cisza zawatowała Danielowi uszy, bez potrzeby podnosił głos na Wrońskiego, który tłumaczył jego polecenia nadzorcy tragarzy.

Tak się złożyło, że jako ostatni opuścili polanę organicznej miazgi właśnie Daniel i major. Voestleven szła bowiem na samym przedzie, Wroński dał jej krótkofalówkę i od czasu do czasu się przez nią odzywała; de la Croix wlókł się zaś gdzieś przy końcu węża, klnąc z cicha i ocierając z potu wysokie czoło, jeszcze przed chwilą migały im między pniami jego plecy, teolog był w hawajskiej koszuli, Murzyni szczerzyli doń zęby, w odpowiedzi uchylał im szyderczo kapelusza. Z czwórki żołnierzy, jakich zabrał Wroński ze sobą, trójka też już zniknęła między drzewami. Najdłużej, bo przypadła mu rola tylnej straży, pozostał na otwartym terenie ów drugi biały, Bur z H&K

– zamachał teraz na majora, major zaś nabił fajkę, rozejrzał się po polanie (żadnych widocznych śladów) i zawołał Daniela: – Panie Reding! Raczy się pan pospieszyć...! – jako że Daniela dopadła zwyczajowa jego przypadłość, to znaczy biegunka na tle nerwowym, i zniknął na kilkanaście minut w buszu.

Idąc przez dżunglę za Wrońskim (a czas jakiś i obok niego), Daniel miał okazję przyjrzeć się zmianom zaszłym na twarzy majora od ich poprzedniego spotkania. Jedno mógł rzec z pewnością: była jeszcze szpetniejsza. Voestleven kiedyś świetnie skwitowała fizjonomię najemnika: – Taki paskudny, że aż fotogeniczny. – Szpetota Wrońskiego szła bowiem z nurtem pewnego rodzaju estetyki; rzec o tym obliczu, iż jest charakterystyczne, znaczyło dobrać najłagodniejszy z eufemizmów. Ponoć tubylcy zwali go „Trupem", „Robakiem", „Małpą". Być może gdyby Wroński poddał się stosownym operacjom plastycznym... Na pewno sporo by go one kosztowały. Po części ta szpetota musiała być naturalna; to znaczy na pewno urodził się był Wroński z tym wielkim nochalem (teraz krzywym po wielokrotnych złamaniach), z tymi neandertalskimi nawisami nadocznymi, z tą krzywo zawieszoną szczęką. Na pewno przeżył ciężką ospę. Doświadczył też bez wątpienia bliskiego kontaktu z ogniem, plamy pooparzeniowe spełzały mu spod czarnych włosów na lewy policzek. Jakiś odłamek przerył mu głęboko prawy łuk brwiowy. Coś poharatało brodę. Coś rozcięło skórę pod okiem – pozostał nierówny ścieg, sam chyba sobie ją zszywał. Na dodatek lewa powieka mu opadała. Miał też major upiornie jasne tęczówki, jakby wycięte z witrażu ascetycznego świętego.

– No. Już – mruknął Wroński. – Napatrzył się?

– Przepraszam.

– A proszę cię bardzo, macie to w kosztach.

– Przybyło ci blizn. Ta pod okiem... sam się szyłeś?

– Nie, mój medyk.

– Coś kiepski.

– Był na haju.

– Trzeba było poczekać, aż oprzytomnieje.

– No nie wiem, wolałbym, żeby eksperymentował najpierw na kimś innym: jak go znam, ani jednego zabiegu nie wykonał na trzeźwo.

Wroński nigdy się nie uśmiechał, kiedy żartował. Wroński uśmiechał się tylko w jednym przypadku: gdy już stracił panowanie nad swymi żądzami i właśnie postanawiał pogodzić się z nieuniknionym. Był to wówczas nieśmiały uśmiech akceptacji. Daniel widział go raz. Cieszył się, że nie wyszedł wówczas w noc za majorem i jego ludźmi.

– I co – zagadnął Wroński po dłuższej chwili marszu w milczeniu – doczekamy się wreszcie cudu?

– Umh?

– Nie na to polujecie? Na cud?

– Niezupełnie.

– Nie mnie wiedzieć, leci mi za kontrakt, mister Kilmouth bardzo hojny; ale ciekawy jestem, co też on może na tym zyskać.

– Już o to pytałeś.

– Naprawdę? I jaka była odpowiedź?

– Cóż, wartość medialna jest nie do przecenienia.

– I o to mu idzie? Planuje wyciągnąć forsę z praw do nagrania?

– Czego ty ode mnie chcesz, sam jestem tylko najemnikiem! To znaczy... nie znam strategii firmy.

– Strategia firmy! – Wroński pokiwał głową. – Pogrzebałem trochę w sieci po waszym poprzednim zleceniu. W czym mianowicie siedzi KS Inc.? W nadprzewodnikach, w nadturingówkach, w AI, w procesorach NS. W bionano. I ta KS wydaje setki tysięcy, pewnie już miliony, na przerzucanie z jednego końca Ziemi na drugi ekipy, która sama tak naprawdę nie wie, po co robi to, co robi? Przy czym zazwyczaj są to jakieś ostatnie dzicze.

– Ee, niedawno mieliśmy sprawę w środku LA.

– No właśnie mówię: ostatnie dzicze. I ja się zastanawiam: po co? jaki interes? skąd zysk? Szczególnie, gdy się zważy na branżę. Po prostu... jakoś nie chce mi się to ułożyć.

Daniel wzruszył ramionami, ale major tego nie zobaczył, szedł teraz z przodu, ścieżka była wąska.

– Tobie się układa? – zapytał.

– Prawdę mówiąc...
– No?
– Nie.
Wroński ponownie pokiwał głową.
– I cóż poczniemy z tak pięknie zapowiadającą się tajemnicą?
– Zarobimy...? – zaryzykował Daniel.
– A da się?
– Tajemnice wielkich bywają cenne.
– Dla wielkich. Tak.
Przeszli przez wąwóz, przeskoczyli powalone drzewo. Daniel trawił słowa majora.
– Spółka? – rzucił.
– Spółka, powiadasz.
Szli dalej, ścieżka coraz ostrzej meandrowała, było już zupełnie ciemno, brodzili w sążnistych cieniach, wypowiedziane słowa wlokły się za nimi tłustym dymnym warkoczem.

Nad rzeką dogonili tragarzy. Mieli do przeprawy wszystkiego jeden płytki ponton i kiedy Wroński z Redingiem wyszli spomiędzy drzew, ujrzeli stłoczonych na brzegu Czarnych oraz równo rozsortowane bagaże, nad którymi stróżowała Voestleven i ludzie majora. A wszystko to w sinym blasku trzech lamp obozowych, nierówno rozstawionych na skarpie. Ich światło odbijało się w czarnej toni, gdzieś na granicy blasku i cienia majaczył oddalający się ku drugiemu, niewidocznemu brzegowi przepełniony ponton. Szum wody stanowił tło dla arytmicznych zaśpiewów Murzynów, to cichnących, to znów podnoszących się od pojedynczego zakrzyku, gdy ledwo słyszalna muzyka z miniradia któregoś z tragarzy poruszyła afrykańskie serce solisty; woda niosła dźwięki czysto i daleko, dżungla słuchała w niezwyczajnej ciszy.

W Londynie pewnie już wszyscy śpią, pomyślał Daniel, powstrzymując rękę sięgającą po telefon. Został na szczycie skarpy i stąd obserwował przeprawę ekspedycji. W ciemności usiadł na jakimś gnijącym zielsku, które przylepiło się do jego spodni. Patrzył, jak Wroński podchodzi do Voestleven i coś do niej mówi, wskazując papierosem północ. Spółka? Spółka z Wrońskim? Redingowi ponownie skręciły się jelita. Łykał proszki za proszkami, ale gdy już przychodziło co do czego i stawiał pierwszy krok na drodze do możliwej (nie pewnej, lecz przeczuwanej) śmierci – organizm go zdradzał i poniżał. Ja może i miałbym odwagę – myślał – ale ciało postawi weto.

Zielsko cuchnęło. Wstał i zszedł nad brzeg. Położył się na mokrym piasku. Niebo było iście afrykańskie, tak bogate, że osobom na diecie powinno się zakazać nań patrzeć. Murzyni wymrukiwali swą smętną pieśń. Jak on się wtedy czuje? (A może tym razem będzie to kobieta?) Co to za światło, jakie ciepło, jaka nirwana. Dla poznania tych sekretów warto wiele poświęcić. Cóż dziwić się Kilmouthowi, który poświęca jedynie pieniądze. Szybki strzał z intrenaka. Kilmouth ma już pewnie wszczepione elektrody...

Obudził go Fouche. Ponton zawracał po raz ostatni.

•

– I?

– Pada. A właściwie leje. Ten cholerny deszcz bije tak mocno, że boli od tego skóra. Masz pojęcie?

– Pora deszczowa.

– Po prawdzie jeszcze nie. Ale co za różnica. Nawet spać przy tym nie można – chociaż niby deszcz powinien usypiać. Gdzie tam.

– To coś ty robił w nocy, hę?

– Biały człowiek, a w każdym razie nieprzyzwyczajony biały człowiek, po prostu nie może się tu wyspać. Bez klimatyzacji budzi się jeszcze bardziej zmordowany, niż się kładł. Bezustanne zmęczenie... Chodzą tacy przymuleni, widać to po oczach.

– Biednyś ty.

– Ciężkie jest życie kretyna.

– Bo ja wiem... już bardziej przymulony niż wtedy, gdy pracowałeś na uniwerku, być chyba nie możesz.

– Perfidia twych komplementów, Bellissima, dorównuje jedynie słodyczy twych inwektyw.

Znowu siedział na schodkach – tym razem były to

schodki południowej werandy leprozorium Misji Świętego Bonawentury. W leprozorium oczywiście nie było żadnych trędowatych; jak opowiadał doktor Ducheé, ostatni trędowaty zmarł tu jeszcze za Francuzów, w latach trzydziestych. Budynki misji miały ponad sto lat i widać to było po nich. Zaplanowano ją na dwudziestu stałych rezydentów, szpital i leprozorium miały zaś pomieścić do stu pięćdziesięciu osób. Od pierwszej wojny światowej znacznie jednak zmieniły się szlaki handlowe w tej części Afryki, przesunęły się także strefy wpływów, terytoria plemienne, nawet strefy klimatyczne. Kościół utracił posiadłość na rzecz rządu w latach pięćdziesiątych, kiedy przez tę część kontynentu przewalała się zaraza „socjalizmu szczepowego", objawiająca się między innymi powszechnym nacjonalizowaniem europejskich majątków. Potem, po obaleniu rządzącej rodziny i po dwóch dekadach wojny domowej (która zresztą nigdy do końca nie wygasła: każdy zagadnięty tubylec potrafił wyrecytować litanię krzywd do siedmiu pokoleń wstecz) misja przeszła w ręce holenderskiej fundacji ekologicznej, która miała nadzieję wykorzystywać ją jako bazę wypadową dla patroli antykłusowniczych. Szybko jednak zmieniły się mody filantropiczne i misja stała się własnością Czerwonego Krzyża: co trzeci autochton był przecież nosicielem wirusa HIV. Zresztą w głównym budynku Misji św. Bonawentury oficjalnie wciąż mieściła się placówka Krzyża. Co parę miesięcy zaglądali tu wizytatorzy regionalni oraz urzędnicy ze stolicy: przywozili po kilogramie nowych zaleceń i formularzy do wypełnienia, spisywali dane do statystyk (głównie zachorowań i zgonów), obiecywali pomoc w personelu i pieniądzach, po czym odjeżdżali. Pomoc, rzecz jasna, nigdy nie napływała. Misja Świętego Bonawentury niszczała spokojnie w straszliwym słońcu interioru *l'Afrique Noir*. Bielone wapnem mury (francuskie budownictwo sprzed wieku) kruszały pod spojrzeniem Daniela do miałkości kredy, w barwie podobne teraz, w deszczu, ludzkim kościom. Kaplica rozpadła się zupełnie, pozostała tylko ściana szczytowa z oknem w kształcie krzyża; sama ściana ocalała w formie wciętego z jednej strony trójkąta, pod słońce wyglądała niczym połowa łuku tryumfalnego po jakiejś miejscowej barbarzyńskiej wojnie. No ale teraz słońce kryły chmury. Gdy jeszcze kaplica stała – opowiadał doktor Ducheé – co pół roku przyjeżdżał odprawić mszę ksiądz z drugiej strony granicy. To zaledwie kilkadziesiąt kilometrów, a parafie miewają tu wielkość Islandii. Teraz zresztą też przyjeżdżał. Cmentarz za misją ciągnął się aż do dżungli i w większości zarastały go krzyże. Doktor Ducheé był jedynym białym lekarzem w promieniu dwóch i pół dnia podróży landroverem. Miał do dyspozycji jedną wyszkoloną czarną pielęgniarkę i kilku nie wyszkolonych czarnych asystentów. Daniel spotkał dwoje z nich: jednonogiego starca i szaloną kobietę o gabarytach Marlona Brando. Oni jednak mieszkali w wiosce pod wzgórzem. W misji mieszkał Ducheé, pielęgniarka i dwie żony Ducheé wraz z dziećmi. No i byli jeszcze pacjenci, ale oni bez wyjątku umierali. Afrykanin, twierdził stary doktor, w dziewięciu przypadkach na dziesięć nie zgłosi się dobrowolnie do lekarza, jeśli nie jest święcie przekonany, że grozi mu nieuchronna śmierć. No i w dziewięciu przypadkach na dziesięć ma rację. Nikt tu nie przychodzi rodzić, ani z grypą lub z prostym złamaniem; a jeśli z wyrostkiem, to już rozlanym.

Daniel siedział pod zadaszeniem werandy, na wyciągnięcie ręki od szarej ściany deszczu, i obserwował, jak Orangutan Nieboszczyka goni węże pod gankiem budynku administracyjnego, po drugiej stronie dziedzińca. Przez gruby filtr ulewy małpa majaczyła w niskim cieniu zaledwie niewyraźną plamą. Orangutan Nieboszczyka też mieszkał w misji. Był okropnie stary, brzydki jak siedem teściowych, cuchnął i bez przerwy popuszczał mocz. Wieczoru ich przybycia ukradł de la Croix kapelusz i koszulę i naszczał mu pod moskitierę. De la Croix ganiał go potem z pożyczonym od ludzi Wrońskiego kałasznikowem; słyszeli z mroków nocy gromkie przekleństwa teologa, gulgotanie i skrzeki zwierzęcia oraz wielojęzyczne okrzyki dzieci Ducheé. Dzieci dokarmiały pogrążone w demencji złośliwe bydlę, najwyraźniej zafascynowe antyestetyką jego powierzchowności – to się zdarza u dzieci, Daniel zaobserwował podobne zjawisko u córek Belli. De la Croix ostatecznie nic nie zdziałał, zaczęło lać i musiał wycofać się w sromocie. Od tamtej pory nie opuścił leprozorium. I bardzo dobrze, bachory wywarłyby na nim krwawą zemstę. Było ich czworo, najstarsze czternaście, najmłodsze osiem lat (wnuki, założył wpierw Daniel, bo doktor wyglądał na swoje osiem krzyżyków; lecz Wroński wyprowadził go z błędu), z twarzy niezwykle urocze, jak zazwyczaj dzieci mieszanej krwi. Swobodnie przeskakiwały z miejscowego narzecza na francuski i angielski: w narzeczu mówiły matki, po francusku ojciec, a po angielsku telewizja. Obecnie poza dręczeniem orangutana niewiele miały do roboty. Orangutan Nieboszczyka – według relacji Ducheé – zjawił się w misji pięć lat temu, wraz ze swym panem, który, jako się rzekło, był nieboszczykiem. Natknięto się na nich o świcie na schodach szpitala, mężczyzna ściskał jeszcze w dłoni sznur zawiązany na łapie małpy. Nie był to nikt z miejscowego plemienia; na co umarł – też nie wiadomo. Orangutan czas jakiś szwendał się dookoła jego grobu, potem dzieci zaczęły go dokarmiać. Wroński stwierdził przy którymś posiłku, jakoby w bardzo podobny sposób stary Ducheé zdobył jedną ze swych żon (tę młodszą); ale że jak zwykle się przy tym nie uśmiechnął, trudno orzec, czy żartował.

Zakwaterowano ich w budynku byłego leprozorium, ponieważ stał on w pewnym oddaleniu i stał pusty. Pomieszkiwali tu przejezdni ekolodzy, policjanci, raz nawet ekipa filmowa „National Geographic”. Po niej została oddzielna chemiczna toaleta. Leprozorium było na tyle obszerne, że pomieścili się tu zarówno Voestleven, de la Croix, Reding i ich sprzęt, jak i Wroński ze swymi ludźmi. Wroński, oczywista, nie sprowadził tu całego oddziału – było to około pięćdziesiąt osób – utrzymywał z nimi łączność przez radio, zdaje się, że patrolowali okolicę, kilka razy pokazał się taki zwiad w wiosce, raz zajrzał nawet do misji na wzgórza; Daniel nie słyszał, o czym wtedy major rozmawiał z żołnierzami. To też byli czarni, chociaż w ubiorze, ruchach i języku bardziej europejscy. Wroński wyraźnie czymś się niepokoił, Daniel stawiał na

M'Ato. Po odprawieniu tragarzy nie zamienili już ani słowa na temat sekretnych zamierzeń Kilmoutha. Dopiero wczoraj wieczorem Daniel przydybał Wrońskiego pod ruinami kaplicy, Wroński palił tam samotnie papierosa i w zamyśleniu spoglądał na Mutawahę: kilkanaście drewnianych chat rozrzuconych nad strumieniem bez respektu dla porządku geometrycznego. Akurat nie padało.

– Niepokoi mnie – rzekł Danielowi – precyzja Kilmouthowych namiarów.

– Też się nad tym zastanawiałem: jak on tak może...

– Nie o to mi chodzi – przerwał Redingowi. – Voestleven mówi, że istnieje wzór. Możliwe. Nie znam się. – Wzruszył ramionami, strzepnął popiół. – Specyfikacja, popraw mnie, jeśli się mylę, brzmi następująco: „Jutro w nocy. Ręka we krwi. Spod północnych drzew. Na polu śmierci".

– Tak.

– Armia Wyzwoleńcza M'Ato przekroczyła granicę.

– Myślisz...?

– To się często zdarzało. Sprawdziłem. Lubi miejsca i momenty wielkiego cierpienia. W końcu skądś ta krew musi się wziąć. I pole śmierci.

– To może być cmentarz.

– Może.

A dzisiaj rano widzieli i słyszeli mimo deszczu wojskowe samoloty przelatujące nad dżunglą, od baz na północy ku granicy południowo-wschodniej i z powrotem – starożytne maszyny śmigłowe. Ponoć Ducheé dostał jakieś ostrzeżenie od znajomych w rządzie, stary doktor przeżył kilkanaście kadencji w Ministerstwie Zdrowia i był tam po imieniu z połową departamentu.

Daniel wszedł z powrotem do leprozorium. Voestleven leżała pod moskitierą, w szortach i przepoconym podkoszulku, i rozmawiała przez telefon po niemiecku. Pod spojrzeniem Daniela szybko rozłączyła się.

– Co jest?

– Wiedeń? Dobrze słyszałem?

– Tam następny przystanek. O co chodzi?

– Od dwóch godzin gapię się na tę przeklętą małpę i nie widziałem żadnego bachora.

– To co?

Daniel czekał w milczeniu.

– O cholera! – Voestleven w końcu zrozumiała. Poderwała się na równe nogi, wciągnęła i zapięła wysokie buty, schowała telefon do futerału i wsunęła do tylnej kieszeni. – Idziemy.

Ducheé zastali na parterze budynku administracyjnego, na zapleczu, w gabinecie lekarskim przez lata do ostatka przekształconym w salę trofeów myśliwskich; otwarte okno wychodziło na pole cmentarne. Ducheé spał na kanapie, z telewizora z wyłączoną fonią buchało mu w twarz fioletowo-czerwone wideo do jakiegoś techno, z arabskimi podpisami. Chrapał cicho. Nie mieścił się na kanapie (miał jakieś dwa metry wzrostu), gołe stopy opierał na stosie starych ksiąg medycznych.

Voestleven i Daniel wymienili spojrzenia. Śpi; może rzeczywiście nie ma powodów do obaw.

Voestleven wykonała ręką nieskoordynowany ruch – kilka kropel ciepłej deszczówki padło doktorowi na powiekę, usiadł mamrocząc przekleństwa.

– Gdzie samochód? – spytała Voestleven. Po drodze minęli wiatę garażową.

– Co? Cholera, zabrudzicie mi podłogę.

– Doktorze Ducheé...

– Zapakowałem ich i wyekspediowałem do miasta. Znaczy Noudi i Rekize z małymi. Mogłabyś mi z łaski swojej podać... Dzięki. – Ducheé był praktykującym alkoholikiem. – Dziesięć tysięcy to, przyznaję, sumka nie do pogardzenia, ale mogę zmienić zdanie, jeśli będziecie mnie tak co chwila budzić. Musicie się, do licha, nauczyć, jak przesypiać pewne pory dnia. Tu trzeba obniżać aktywność organizmu. – Pociągnął jeszcze jeden łyk. – Znałem ja takich, co to...

– Panie doktorze – zirytowała się Voestleven – podpisał pan w imieniu...

– Co, podacie mnie do sądu? – zaśmiał się Ducheé. Wstał, poczłapał do telewizora, wyłączył, poczłapał do okna, wyjrzał, strzepnął z karku robaki, odstawił butelkę.

– A kto jeszcze pana budził? – zapytał Daniel.

– Ten rzeźnik o kubistycznej gębie.

– I o co pytał?

– Aha, dał nogę bez słowa, co? – zarechotał Ducheé, układając się z powrotem na kanapie. – Nigdy nie wierz najemnikom. Zwłaszcza jeśli płacisz z góry, a ich naprawdę czeka robota. W sześćdziesiątym czwartym...

– Chryste Panie, doktorze! – żachnęła się Voestleven. – Dlaczego odesłał pan rodzinę? Dzwonili z ministerstwa? Co powiedzieli?

– Akurat! Oni by kiedy się na co przydali! To ode mnie wyciągają informacje. Któraś macocha Noudi ma brata u M'Ato i braciszek się zapowiedział na kolację. Co drugi czarnuch ma tu satkę; ech, to już nie ci komuniści, co niegdyś...

Voestleven błyskawicznie wyjęła swój telefon (gest przypominał odruch znerwicowanych rewolwerowców). Major się nie zgłaszał.

– Przez radio – przypomniał Daniel.

Voestleven z przekleństwem wybiegła po krótkofalówkę.

Ducheé uniósł lewą powiekę.

– Jak wy z nią wytrzymujecie?

– Prawda – mruknął Reding – dziewczyna jest trochę zakompleksiona, rozumie pan: kierownicze stanowisko w tak młodym wieku...

– Niech pomieszka w tym klimacie parę miesięcy, zaraz zejdzie z niej para.

Daniel usiadł w fotelu. Zdjął i wyżął koszulę. Za oknem huczał deszcz, pachniało świeżo obróconą ziemią. Ze ścian spoglądały mokrymi ślepiami łby dzikich zwierząt. Ducheé oddychał głęboko.

Klątwa jakaś, myślał Daniel, najazd za najazdem, czerwone mrówki i czerwoni Murzyni; lepiej zejść z drogi pechowi. Co robi Armia Wyzwoleńcza z białymi? W najlepszym razie bierze jako zakładników.

– Pan został – mruknął.

– Ja zawsze zostaję.

– Oszczędzają pana?

– Dotąd.

– Bo jest pan spowinowacony z miejscowymi?

– Bo mam szczęście. To jedyna przyczyna. To nie są

żołnierze, synu, nie myśl tak o nich. Zobaczysz ich oczy, to zrozumiesz – po walce, prosto z bitwy – zaćpani śmiercią. Potem masakrują całe wioski i rozczłonkowują maczetami kobiety, dzieci. Nie dlatego, że otrzymali taki rozkaz, że mieli jakiś powód, ale ponieważ nie mogą się powstrzymać. – Uniósł powieki, spojrzał na Redinga. – Wiedzieliście przecież, w co się pakujecie.

– Pan zostaje.

– Taa. – Z powrotem zamknął oczy. – Mam osiemdziesiąt dwa lata. To jedyne miejsce na Ziemi, w którym nie jestem starcem.

– Nie boi się pan?

– Synu, ty to dopiero się boisz...!

Daniel siedział w milczeniu, czując, jak jelita skręcają mu się w twardy węzeł. Doktor zaczął chrapać. Daniel, który miał bardzo dobry wzrok, przyglądał się z fotela licznym zdjęciom pokrywającym niemal całą przeciwległą ścianę pod rzędem trofeów. Na każdym zdjęciu widniał Ducheé, łatwo rozpoznawalny dzięki swemu wyjątkowemu wzrostowi. Jeśli sam, to nad truchłem zabitego właśnie zwierzęcia i z bronią w ręku; zazwyczaj jednak w towarzystwie, białych i czarnych. Ci pierwsi się uśmiechali, ci drudzy w większości nie, co nie zgadzało się ze stereotypami.

Opuścił wzrok na doktora i nagle jasno zdał sobie sprawę, że mu zazdrości. Kategorie rozumowania tego człowieka znajdowały się całkowicie poza zasięgiem Redingowego pojmowania. Nigdy nie byłby w stanie położyć się i zasnąć w takiej sytuacji. Ten facet był szalony – albo to z Danielem było coś nie tak. Niemniej zazdrościł mu z całej duszy.

Jeszcze pięć, dziesięć minut, kilka milionów kropel więcej – i poderwał się, wypadł na korytarz, wyjął telefon. Szepnął:

– Voestleven.

Przez długi czas się nie zgłaszała. Wyszedł na tyły budynku; po prawej miał cmentarz, po lewej zachwaszczony stok schodzący do samej dżungli. Deszcz rozbijał się pół metra przed jego stopami.

– Słucham.

– Reding. Wycofuję się.

– Co?

– Tu kamień na kamieniu nie zostanie. To nie jest Roatina, to nie jest Mi-Tian. Przed mrówkami uciekliśmy, byliśmy mądrzy.

– Daniel, ty skur...

– No co? No co? Mam się dać zarżnąć dla twojego Kilmoutha? Nawet Wroński wziął nogi za pas.

– Wroński jest ze mną. Rozstawił ludzi, dostaniemy cynk, jak tylko się pokaże ta banda M'Ato. To już tylko jeden dzień, dzisiaj w nocy załatwimy sprawę i zmywamy się.

– Ja zmywam się natychmiast.

– Jak? – parsknęła Voestleven. – Ile ujedziesz? I czym? Tym stuletnim minivanem?

– Wezwij helikopter.

– Gówno.

– Ty, kurwa, jesteś nienormalna! – wydarł się Daniel do telefonu. – Dużo nam przyjdzie z uprzedzenia przez Wrońskiego! Pół godziny większego strachu. Niby co poradzą przeciwko armii chłopaczkowie majora? Naplują na nią? A ty co, może do ambasady zadzwonisz? Pomyśl logicznie, kobieto! Te parę tysięcy nie jest tego warte!

– Dla ciebie parę tysięcy, dla mnie życie. Nędzny pętak. Leć już lepiej do sracza.

Rozłączyła się.

Daniel bezradnie usiadł na progu. Spostrzegł, że w ręku została mu koszula; zarzucił ją na ramię. Z deszczu wybiegła szara jaszczurka, zerknęła na Redinga i smyrgnęła pod budynek. Przez chmury przebił się ryk silników odrzutowca.

Dla niej życie, dla mnie śmierć, pomyślał. Kariera uderzyła jej do głowy. Straciła poczucie rzeczywistości. To jest dzicz i rządzą w niej prawa dziczy. W moim kontrakcie nie ma ani słowa o podejmowaniu takiego ryzyka. Każdy sąd przyzna mi rację. Już wtedy na lotnisku powinienem był się zorientować. W Afryce trwa właśnie rok niespokojnego słońca. Lećmy do Wiednia. De la Croix! Przecież poprze mnie, nienawidzi tego klimatu, tego miejsca...

– Czego?

– Reding. Wiesz, że Czerwony M'Ato idzie prosto na nas?

– Taa, Voestleven już dzwoniła.

– Chłopie, musimy stąd spieprzać, póki jeszcze możemy!

– Bo ja wiem... To już tej nocy. Zauważyłeś, że wszyscy mieszkańcy wioski są ochrzczeni? Belloa, ten dziadyga, wspominał mi, że...

No tak, zapomniałem: de la Croix jest monomaniak i obsesjonat; wiedział był Kilmouth, kogo nająć.

Ja to jeszcze najbardziej przypadkowo się im trafiłem. Zdaje się, że mieli mnie na liście, robiłem przecież te ekspertyzy dla KS i kierowałem do nich ochotników na „drugą turę". I co z tego miałem? Wszystkiego paręset funtów. Trzeba było sezonu ogórkowego i stada dziennikarzy, żeby się szanowne komisje raczyły zainteresować; ale jak już się zainteresowali, zamiast forsy posłali śledczych od etyki. Oczywiście, skoro krzyczą, zakażmy! Niech prywatny biznes dostanie wyłączność na kolejną kurę znoszącą złote jaja! Zabronili na zwierzętach, teraz zabronią na ludziach – to na kim, u licha, mamy prowadzić eksperymenty? Myślałby kto, trułem ich, czy co. Medycyna od lat grzebie w ludzkim mózgu, schodząc coraz głębiej, w coraz niższe struktury. Sprzęgami też przecież nie ja zacząłem się zajmować; i nie mnie pierwszemu zdarzyły się wypadki, nie pierwszemu śmiertelne. No ale do placówek badawczych prywatnych firm nikt nie nasyła komisji. Kto kiedy słyszał o dziennikarzach w laboratoriach korporacji, w Ameryce Południowej czy tu, w Afryce? Cisza. Pół roku później robiłem to samo u Meiznera i pies z kulawą nogą nie zaglądnął. Lecz pech posiada nawyki seryjnego mordercy: Meizner padł i gdyby nie propozycja tej tymczasowej przybudówki KS-u, uczyłbym znudzone półgłówki w jakiejś zapadłej dziurze w Walii.

Daniel wywołał z kolei Remuster Ltd., ale nikt nie odbierał, tylko program sekretaryjny wygłaszał gładkie formułki. Remuster to była ta podspółka KS, która oficjalnie zatrudniała Daniela. W kontrakcie była mowa, bardzo ogólnikowo, o „zabezpieczeniu technicznej strony badań terenowych". Tak naprawdę Reding odpowiadał za transport, konserwację i ostateczne użycie KS-owego intrenaka. Jak dotąd, do takiego użycia nie doszło. Z konserwacją to też był pic na wodę, bo Danielowi nie udostępniono nawet schematu budowy intrenaka. Reding miał tylko w odpowiedniej chwili nacisnąć spust i nadzorować transmisję.

Nikt o tym nie mówił na głos, ale rzecz cała była mocno wątpliwa pod względem prawnym, zwłaszcza gdyby delikwent miał się okazać obywatelem UE lub NAFTA – a to Danielowi przeznaczono rolę ostatniego wykonawcy, tego, którego by potem pytano, dlaczego nie sprzeciwił się poleceniom. Bogiem a prawdą mogli nająć do tej roboty byle kogo, Reding im się trafił za pół darmo w ramach przeceny, jego kwalifikacje stanowiły niespodziewany bonus.

Z początku Daniel myślał, że będzie to nawet interesujące; szczególnie zafrapował go ów wyekstrapolowany z danych historycznych algorytm, tajemnicza reguła niejasnych zależności, która objawiła się była anonimowym analitykom Kilmoutha z taką wyrazistością, że zaangażowano niemałe przecież fundusze w projekt w całości oparty na przewidywaniach. I bez wątpienia było coś na rzeczy. Dotychczas grupa Voestleven sprawdziła osiemnaście lokacji czasowo-przestrzennych i przynajmniej w połowie przypadków wszystkie zaobserwowane fakty zdawały się potwierdzać Kilmouthową teorię. Że nie udawało się wprowadzić planu w życie, to inna rzecz; parę razy ledwo uszli cało, posądzeni o próbę zamachu na świętego. Plan był o tyle trudny do wykonania, że wskazywane przez zgrubne koordynaty osoby zdecydowanie nie należały do kategorii zawsze łasych na łatwy zarobek oportunistów, którzy bez oporów zgodziliby się na propozycję Voestleven, popartą odpowiednio wysoką sumą. Alternatywę stanowiło brutalne porwanie i Voestleven, trawiona gorączką frustracji, najwyraźniej coraz bardziej przychylała się do tej opcji.

Czytał historyczne analizy, te dane wejściowe. Objawienia najczęściej miały miejsce na wsi lub w małych miejscowościach, prawie nigdy w metropoliach. Doznawali objawień ludzie już wierzący i przeważnie młodzi, częstokroć dzieci. Przewagę miały kobiety. Objawiał się Jezus, Matka Boska, święci, aniołowie. Za pierwszym razem nigdy w miejscach publicznych. Preferowaną porę stanowił świt; także południe. Porę roku – wiosna. Istniała korelacja pomiędzy wiekiem teofantów a prawdopodobieństwem grupowości objawień. Wyraźnie dyskryminowaną pod tym względem warstwę społeczną stanowiła inteligencja.

Coś się poruszało za grubymi firanami dżdżu. Wstał zaciekawiony. Wielka Murzynka pracowała rytmicznie w mętnych strugach ciepłej wody. Co ona tam robi? Postąpił naprzód osłaniając oczy. Kopała świeże groby. Dojrzała go, wyprostowała się, uśmiechnęła zapraszająco.

– Akurat...! – zazgrzytał zębami.

Pobiegł do leprozorium. Torbę miał prawie spakowaną, zostało parę rzeczy wrzucić. De la Croix coś czytał i tylko zerknął przez ramię. Kontener z intrenakiem stał w kącie. Proszę bardzo, nie jestem złodziejem. Przecież poradzą sobie beze mnie.

Z torbą na ramieniu pognał za kaplicę. Pod ruinami kończył się prosty dojazd od wioski; tu, pod wiatą, stały samochody: rdzewiejący minivan i landcruiser z bebechami na wierzchu. Landrovera i jeepa brakowało. Daniel zajrzał do minivana. Kluczyki, oczywiście, w stacyjce – takie tu panowały zwyczaje. Wsiadł. Benzyna – trzy czwarte. Okay. Zapalił. Usłyszał równy warkot silnika i od razu się uspokoił.

Dobrze. (Odetchnął głęboko). Dobrze, wszystko się ułoży. Uda mi się. Mapa. Miał własną, ale w dużej skali. Zajrzał do schowka – jest: laminowana, stara, pokreślona. Po prawdzie nie bardzo jest tu się jak zgubić, to nie pustynia, nie sawanna, droga prowadzi prosto na północny zachód i dopiero sto kilometrów dalej się rozdziela. Skrzyżowanie jest podpisane: „Wodopój". To świetnie się składa, bo M'Ato idzie z przeciwnej strony. Ile zrobię na takiej nawierzchni, w deszczu? Trzydzieści-czterdzieści. Za góra cztery godziny powinienem być bezpieczny.

Gdy przejeżdżał przez Mutawahę, z wnętrza niskich chat odprowadzali go wzrokiem tubylcy, apatyczni o tej porze. Zastanawiał się, ilu z nich uciekło na wieść o zbliżaniu się niedobitków Armii Wyzwoleńczej. Raczej niewielu. A przecież skoro Ducheé wiedział dzisiaj, oni wiedzieli wczoraj. Mimo to pozostali. Nie rozumiał tego. Mogli nie mieć toalet, ale na pewno mieli telewizory i widzieli, co bojownicy z sąsiedniego kraju robią z miejscową ludnością. Na granicy dżungli stał Murzyn Wrońskiego, pomachał mijającemu go Redingowi. Na pewno miał przy sobie krótkofalówkę.

Daniel włączył radio, poszukał angielskojęzycznej stacji. Samo w sobie zadanie – prawie wszędzie lecą piosenki po angielsku, trzeba czekać serwisów, żeby się przekonać. W myślach sprawdzał listę: paszport – w torbie; gotówka – trzysta dolarów, kilkadziesiąt funtów. Trzeba podzielić na łapówki...

Chryste Panie, przecież ja nie mam wizy! Jestem tu nielegalnie! Żaden celnik na lotnisku mnie nie przepuści – w każdym razie nie za bakszysz, na jaki mnie stać. Zgłoszę się do ambasady – ale będę musiał się jakoś wytłumaczyć. Wskazać KS? Dopiero się wkopię...!

Klął i walił pięścią w kierownicę, znowu przerażony i wściekły. Cholerna Voestleven! Nawet nie musiała grozić – groźba jest tak oczywista, że tylko taki kretyn jak ja mógłby ją przeoczyć.

Zatrzymał samochód, wyłączył silnik. Znowu deszcz zawatował mu uszy, deszcz i trzaski radiowe. Wyłączył odbiornik. Świat za szybami był gniazdem śmierci, zarastał okna matowym bielmem. Dotknięty nagłym atakiem klaustrofobii, Daniel otworzył drzwiczki. Zapach afrykańskiego deszczu wydał mu się nagle dziwnie orzeźwiający.

Siedział tak, zamknięty w ciasnej klatce zmysłów, niezdolny do podjęcia żadnej decyzji, dokonania koniecznego wyboru. Zawrócić – śmierć; niepewna, lecz jednak prawdopodobna. Jechać dalej – przesłuchania, proces, grzywna, więzienie, diabli wiedzą co, imaginacja strachu pracuje pełną parą; i nie do uniknięcia.

Walka tchórza z oportunistą, pomyślał. I kto tu wygra? Nędzny pętak.

Wyjął telefon.

– Bella.

Długo. Wreszcie.

– Tak?

– Gdzie jesteś? W domu?

– Daniel? Nie. Jadę do Espozito.

– Cholera.

– A co?

– Potrzebuję numer Swansona.

– Tego adwokata?

– No. Zostawiłem e-notatnik w Londynie, a wiem, że do terminarza go nie przepisałem, ani nie przekopiowałem bazy do satki.

– Na co ci tam Swanson?

– Muszę się jakoś urwać; pamiętasz, mówiłem ci o tutejszych maoistach...

– Aha, skansen dwudziestego wieku z żywymi atrakcjami.

– Możesz sobie żartować, ale dostałem potwierdzenie, że parę tysięcy tych pojebańców idzie przez granicę prosto na nas i nie mam zamiaru...

Cisza tu i cisza tam.

– Daniel?

– ...

– Daniel?

– ...

– Daniel, do cholery, nie rób takich kawałów!

– ...

– Jezu, Daniel!

Obaj mieli kałasznikowy, proletariusze wszystkich krajów od prawie wieku łączą się pod tym znakiem. Stali i gapili się na Daniela, nawet specjalnie nie celując – ale palce spoczywały na spustach, nie na osłonach. Młodszy był półnagi, czarny tors lśnił od deszczu; starszy miał na sobie panterkę z jeszcze nie zaszytymi dziurami po kulach. Panterka stanowiła część standardowego umundurowania oddziałów rządowych, nawet nie zdarto z niej naszywek. Dla odróżnienia mężczyzna nosił zatem na lewym ramieniu opaskę z logo zawierającym między innymi czarną, zaciśniętą pięść i czerwoną gwiazdę. Daniel dobrze znał to logo: telewizyjne kanały newsowe opatrywały nim wszystkie informacje dotyczące Armii Wyzwoleńczej M'Ato.

Żołnierze zaczęli żartować między sobą. Daniel siedział jak skamieniały, zdobywszy się jedynie na mały ruch palca, którym wyłączył telefon. Ze strachu prawie nie mógł oddychać. Bał się też zmienić pozycję ciała i mięśnie drętwiały mu boleśnie.

Tamci jeszcze pośmiali się, po czym młodszy obszedł samochód od tyłu, znikając Danielowi z oczu. Starszy (Jezu, przecież on nie ma nawet trzydziestki; a tamten drugi to jeszcze nastolatek) ruchem lufy wyprowadził Daniela z wozu i ustawił przed maską. Daniel, któremu nie chciało się wcześniej ubrać koszuli, przyjmował teraz wodne bicze na nagie plecy. Młodszy wyjął z minivana torbę, położył przed szybą, szarpnął za zamek. Starszy podszedł do niego i zaczęli wyrzucać zawartość. Starszy wyjął golf Redinga i odwiesiwszy karabinek na pasku, jął przymierzać mokre ubranie. Był teraz odwrócony do Daniela tyłem. Młodszy szczerzył zęby. Zaśmiawszy się z jakiegoś dowcipu towarzysza, uniósł kałasznikowa i strzelił Danielowi w głowę.

Daniel Reding zrozumiał, że umrze moment wcześniej, kiedy jeszcze wisiał w powietrzu gardłowy śmiech Murzyna; może właśnie dzięki temu śmiechowi. Natychmiast przeskoczył do stanu euforii: głowa lekka, dłonie mrowią, pusta energia spływa nerwowodami. Skoczył na tego w panterce i zaczął walić jego łbem o karoserię, torba spadła w błoto. Strzał, który przeszedł tuż obok, usłyszał, ale w ogóle nie zwrócił uwagi. Śmiał się i szarpał głową Murzyna na wszystkie strony, jakby postanowiwszy wyładować całą tę nadmiarową energię w próbach oderwania jego czaszki od kręgosłupa.

Potem się wszystko pomieszało, bo tamten przewrócił się na ziemię, współzaplątany w zielony golf oraz rzemień kałasznikowa, pociągając za sobą Daniela. Młodszy żołnierz skakał nad nimi wykrzykując coś w deszcz (zapewne przekleństwa) i na przemian: składając się do strzału i kopiąc skłębione ciała. W końcu (po pięciu sekundach) albo rozeźlił się aż do tego stopnia, albo też obsunął przez nieuwagę palec, bo wystrzelił w walczących całą serię.

Daniel poczuł kule, ale nie poczuł bólu – na razie były to tępe ciosy, wgniatające go w błoto drogi. Przymglił mu się trochę wzrok, zamrowiło podniebienie. Złapał strzelającego za kostkę (tamten miał wysokie, wojskowe buty) i przewrócił. Wpełzł na niego, niczym wąż na miotającą się ofiarę. Świadomością ogarniał tylko jeden fakt: teraz mogę mu zrobić w s z y s t k o. Przez krótką chwilę widział szeroko otwarte oczy nastoletniego bojownika, przecięły się ich spojrzenia, tamten też musiał zajrzeć Danielowi w oczy – sam zaś miał w swoich dziecięcy strach. Daniel wcisnął w nie kciuki. Każdy cywilizowany człowiek odruchowo powstrzymuje rękę, gdzieś na najgłębszym poziomie uznając świętość ludzkiego ciała. Daniel naparł całym ciężarem. Potem rozdrapał chłopakowi krtań.

Wstał i oparł się o wóz. Leżeli u jego stóp. Coś piekło go w prawym boku. Deszcz zmywał krew i musiał wymacać ranę. Druga była niżej, na biodrze, ale bardziej powierzchowna. Poza tym starszy wybił mu kilka zębów i złamał dwa palce. Rozwłóczone po drodze rzeczy Redinga namakały brudną deszczówką. Schwycił i podniósł golf, teraz brązowy. Zaśmiał się na bezdechu. Obaj nie żyli, jeden z kulą w mózgu, drugi zabity przez Daniela. Patrzył na zwłoki pierwszego i chichotał. Widział teraz, jak poszła seria. Szanse mniejsze niż w rosyjskiej ruletce; na dobrą sprawę sam powinien dostać kulę w łeb. Ale nie. Ale żył. Coś niesamowitego. Nie rozumiał, w jaki sposób, lecz to zmieniało wszystko, nawet barwę błota i smak krwi, nawet ból, który zaczynał się właśnie rozrastać w jego ciele. Odwróciły się bieguny. Coś jeszcze potężniejszego. Przedtem oddychał, teraz wyżerał powietrze. Wróci do Anglii i jeśli będzie miał taki kaprys, w rok zostanie miliarderem. Wiedział to.

Usłyszał pokrzykiwania z prawej strony drogi. Porwał kałasznikowa starszego M'Atowca i pokuśtykał w przeciwnym kierunku. Dżungla wessała go z cichym westchnieniem.

Od razu powiedział sobie, że powinien jak najszybciej

oddalić się od drogi. Ponieważ nie był w stanie biec, musiał postawić na wytrwałość, przedzierał się zatem przez mokry gąszcz w jednostajnym tempie, noga lewa i noga boląca, z premedytacją starając się wpaść w naturalny rytm wysiłku. Kałasznikow był ciężki, nieporęczny, zawadzał, pasek ocierał bark. Daniel nie słyszał już ludzkich głosów, dochodziły go za to mimo ulewy trzaski strzałów, przytłumione echa, nie do rozpoznania, z której strony. Tak naprawdę jednak głównie słyszał własny oddech. Widział też dżunglę bardziej jako jednolite, niezmienne tło aniżeli poszczególne drzewa, konfiguracje zieleni. Wysiłek zawężał pole widzenia. Po prawdzie więc nie mógłby Daniel rzec, w którym kierunku podąża i czy nie kręci się przypadkiem w kółko. Zresztą robiło się coraz ciemniej. Deszcz nie ustawał. Gdy unosił głowę, zalewało mu oczy. Nie widział tego, ale czuł, że szybko traci krew. Kręciło mu się w głowie i ćmiło wzrok. Spostrzegł, że idąc opiera się o pnie i konary, czepia lian; w istocie zataczał się już od drzewa do drzewa. Nie chciał się zatrzymywać, lecz wtem ocknął się przewieszony przez obalony chlebowiec. Zorientował się, że trwa tak od dłuższego czasu. Było niemal zupełnie ciemno, postrzegał otoczenie wiązkami cieni. Deszcz zelżał. Wyprostował się. Nie miał czucia w prawej nodze. Zgubił gdzieś kałasznikowa. Nie wiedział, z której strony przyszedł, w którą zmierzał. Echa eksplozji i wystrzałów dochodziły z lewej, ruszył więc w prawo. Podpierał się krzywą gałęzią; szedł, powłócząc pozbawioną czucia kończyną. Nie miał pojęcia, kto strzela, skąd te wybuchy. Przede wszystkim, jakim cudem żołnierze M'Ato znaleźli się na drodze. Nie stamtąd mieli nadejść; to w ogóle był odwrotny kierunek. Może istotnie więc popełnił błąd uciekając z Mutawahy. Nic nowego, pomyślał sarkastycznie. Daniel Reding słynie ze swych nieodmiennie złych wyborów. Wda się zakażenie i zdechnę tu, zeżrą mnie padlinożercy. Gówno, skontrował. Nie umrę. Zabiłem ich. (Teraz liczył już dwóch). Dam radę. Jakoś. Czyniąc kolejny krok, szczerzył zaciśnięte zęby. Raz, dwa, raz, dwa; zawsze tylko jeden więcej. Poślizgnął się i upadł w strumień. Parę metrów dalej wyskoczył z chaszczy cień ludzkiej sylwetki. Błysnął poczwórny ogień gazów spalanych ładunków, zachlupotała woda. Widać facet spudłował. Daniel odtoczył się w krzaki. Tam strzelano nadal, ktoś odpowiadał długimi seriami. Łupnął granat, przechyliło się z trzaskiem drzewo. Co tu się, kurwa, dzieje? Odczołgał się, potem wstał, podciągając się na lianie. W tej chwili był cały umazany w błocie, jakby wciągnął na siebie gruby, gruzłowaty kombinezon barwy popiołu, także na twarz. Coś pełzło mu po karku, strącił. Z tyłu zahuczało głucho, taki przeciągły, suchy grzmot. Zestrzelili samolot? A może to samolot coś zrzucił? Przyspieszył kroku – to znaczy teraz wlókł się z nieco większą energią. Wspomnienia scen z filmów o wojnie w Wietnamie uderzały coraz wyższymi falami. W każdym cieniu żółtek. Gdzie są nasi? Wezwać helikoptery! Słyszał furkot ich wirników. Tymczasem: jeszcze tylko jeden krok, jeszcze jeden.

Wyszedł z dżungli na północny kraniec cmentarza. Już zaledwie mżyło. Była noc, ale wszędzie w misji paliły się światła, wojskowe reflektory, teren oświetlały też dwa transportowe śmigłowce schodzące właśnie do lądowania, kontrast więc był upiorny. Na tylnym patio leprozorium stali: Voestleven, de la Croix i Wroński; w milczeniu patrzyli w stronę Daniela, Voestleven przez obiektyw minikamery, de la Croix – wielką lornetkę. Daniel nie zdawał sobie z tego sprawy, ale całą lewą rękę miał we krwi. Wroński mówił coś do radiotelefonu. Ze śmigłowców tymczasem wyrzucano ciała. – Nie umrę – powiedział Daniel i wpadł do świeżego grobu. Brudna woda zamknęła się nad nim z krótkim poszumem.

•

– Ta przeszła, a tę wyjąłem, o, kość nieuszkodzona. Z ręką gorzej, tu trzeba neurochirurga, bark, łokieć, promieniowa, drzazgi. Mnóstwo czyszczenia.

– Zakażenie?

– Boże drogi, widzisz przecież. Co mogę powiedzieć? Zrobiłem, co trzeba.

– Więc w sumie okay?

– He-he. Na razie żyje.

– To bardzo ważne.

– Dla niego? Nie sądzę. Spójrz na przykład tutaj: kilkanaście pokąsań. Widzisz, jaką ma gorączkę?

– Tylko godzinka. Niech pan go obudzi, doktorze. Powinien być przytomny.

– Jestem.

Uniósł powieki. Ducheé wycierał ręce w błękitny ręcznik. Uśmiechał się kątem ust. Znajdujące się gdzieś poza polem widzenia owady brzęczały jednostajnie.

Nad Danielem pochyliła się Voestleven.

– Słyszysz mnie? Mam tu intrenaka. Sam mnie przeszkoliłeś. Mamy mało czasu. Za trzy godziny wstanie słońce.

I:

– Czy ty wierzysz w Boga, Danielu? – To de la Croix. Reding nie widział go; zapewne teolog stał za jego głową.

– Pić.

Dali mu chłodną wodę. Wypił przez rurkę. Chciał więcej.

– Wystarczy – powiedziała Jeani, czarna pielęgniarka doktora Ducheé.

– Daniel...?

– Szczerze wątpię – mruknął, gapiąc się w sufit. – Właśnie popełniłem morderstwo. Co prawda w samoobronie...

– Są precedensy – szepnął de la Croix.

– Nie mieszczę się w statystykach.

– Na początku – na początku nie było żadnych statystyk.

– Jestem obywatelem Wielkiej Brytanii, nie wykręcicie się.

– Kurwa mać, Reding, nie zrobisz mi tego! – Voestleven pochyliła się nad nim, wparta obiema rękami w krawędź stołu operacyjnego (bo to chyba był stół operacyjny). W ostrym świetle widział czarne szpileczki jej źrenic.

– Pięć milionów.

– Co? – żachnęła się.

– Pięć milionów funtów. Bez podatku. Znasz konto.

– Zdaję sobie sprawę, że masz gorączkę...

– Zadzwoń do Remustera. Na pewno masz jakiś specjalny, alarmowy numer.

– Wybij to sobie z głowy!

– Zadzwoń – warknął de la Croix.

Voestleven wyprostowała się, obróciła. Tam, nad Danielem, musiał się właśnie odbywać prawdziwy pojedynek na spojrzenia. Voestleven miała w oczach laser, ale znowuż de la Croix był ze skały. Mógł się Daniel domyślać rozstrzygnięcia słysząc rzucone głosem Voestlven:

– Remuster siedem.

Podczas gdy ona negocjowała, on powoli usiadł i zsunął nogi ze stołu. Był nagi, choć ciasno obandażowany od pępka do obojczyków, z lewą ręką na szynie, wielkim opatrunkiem na lewym biodrze. Pocił się. Czemu nie otworzą okna? Drzwi też były zamknięte – przez cały czas stał pod nimi Wroński i w milczeniu przyglądał się scenie.

Telefon Daniela utonął w błocie gdzieś na drodze i kiedy teraz pożyczył aparat od de la Croix, jedyny numer, jaki zdołał sobie przypomnieć i wystukać drżącym palcem, to był numer Belli. Zapomniał, jak skończyła się ich poprzednia rozmowa i przez kilka dobrych minut musiał Bellę uspokajać; nie wchodził już w szczegóły aktualnego stanu swego zdrowia. W istocie okłamał ją. Wroński i de la Croix przyglądali się mu uważnie. (Ducheé w międzyczasie wyszedł). Wiele mówi o człowieku sposób, w jaki on kłamie. Reding łgał teraz zupełnie inaczej – krótko, sucho, twardym głosem – i Bella mu uwierzyła. Poprosił ją, żeby równolegle połączyła się z jego bankiem i trzymała na linii dialogowy program zarządzający; turingówka powie, gdy przelew wpłynie na konto.

Tak więc czekali. W Remuster Ltd. bez przerwy wypytywano o coś Voestleven, odpowiadała monosylabami. Ducheé wrócił z wysoką kulą, śrubokrętem dopasował długość podpory do wzrostu Daniela. Reding stanął na nogi, złapał się kuli; mało się nie przewrócił, pielęgniarka musiała go podtrzymać. Upuścił telefon – stary doktor złapał go w locie, wszyscy wytrzeszczyli oczy. Daniel pokuśtykał o kuli tam i z powrotem. Sala kołysała się na boki, huczało mu w uszach – już za chwilę jednak był lekki jak balon i każde dotknięcie skóry czuł niczym przypalenie pogrzebaczem. Ducheé bez wątpienia podał mu jakiś środek znieczulający. Ciekawe, jak długo będzie działał.

– Nie ma pan tam nic innego do roboty, doktorze? Na pewno mają mnóstwo rannych.

Ducheé skrzywił się.

– Zabitych, to tak. A swoimi rannymi zajmują się sami. Już pędzę ogłaszać się wszem i wobec wielbicielem wojska...!

– To rządowi? Skąd oni się tu wzięli?

Okazało się, że wyszli Armii Wyzwoleńczej naprzeciw i rozbili ją kilkadziesiąt kilometrów od granicy; w każdym razie – rozproszyli. Niedobitki, maruderzy, dezerterzy – ci charakterystyczni dla Afryki zbrojni włóczędzy – uciekali we wszystkie strony. Rządowi polowali na nich, głównie z powietrza, wykorzystując przeważnie latający złom produkcji ZSRR, jaki pozostał w armijnych magazynach z czasów *ancien régime'u*. Mutawaha stała się tymczasowym punktem wypadowym szwadronu kawalerii powietrznej – tu przynajmniej siadła maszyna dowództwa i tu gromadzono zwłoki M'Atowców. Jak wyjaśniał Ducheé, był to jedyny pewny sposób ustalenia faktycznej liczby wyeliminowanych rewolucjonistów – bo gdy spytać tubylca, ilu załatwił, zawsze skonfabuluje.

Czy Daniel mógł był przewidzieć tę operację? Nie; nie miał żadnych danych po temu. Więc? Pech? Klątwa? Wiktymologia zna inne terminy.

Wrócił także de la Croix z trzema egzemplarzami standardowej umowy dla teofantów, przygotowanej przez prawników Remustera (to znaczy Kilmoutha). Notabene dotychczas tylko dwa razy zdołali w ogóle doprowadzić do jej podpisania (nigdy zaś – realizacji). Daniel znał treść tych dokumentów dosyć szczegółowo, czytywał je, usiłując przewidzieć zakres swej odpowiedzialności jako wykonawcy.

De la Croix podał mu papiery i długopis. Przyniósł także sprany szlafrok z zapasów szpitala. Reding nałożył go z trudem, trzykroć podchodząc do lewej ręki.

Jeani wywołała doktora Ducheé, stary odszedł, macając się po fartuchu za zapodzianą gdzieś piersiówką. Kilmouthowcy zostali sami.

De la Croix przypatrywał się Danielowi z deprymującą uwagą, prawie nie odwracając spojrzenia.

– No co? – warknął nań Reding.

De la Croix tylko pokręcił głową.

– Niezbadane są wyroki boskie.

– Jest decyzja – odezwała się głośno Voestleven. – Forsa idzie. Podpisuj i kładź się, Reding.

– Moment. Bella?

– Jeszcze nie – odparła z Londynu Bella. – Czy ty zdajesz sobie sprawę, która tu jest godzina?

– Opłaci się.

– Ile tego ma być?

– Zobaczysz.

– Daniel...! Czekaj. – I po chwili: – No ładnie. Pięć mega. O to ci chodziło?

– Tak. Dzięki, Bella. Przelej to i idź spać. Dobranoc.

Podpisał się na umowach, kreśląc drżącą dłonią nieprawdopodobne kulfony. Wroński i de la Croix poświadczyli.

Voestleven schowała telefon i podniosła z szafki intrenaka. Daniel położył się na stole na brzuchu, mimo znieczulenia sycząc z bólu. Podszedł Wroński, żeby pomóc przytrzymać Redinga; na ten czas wyłączył swój radiotelefon, który do tej pory nieprzerwanie trzeszczał, kaszlał i mamrotał w pięciu językach. Wroński pachniał potem, ziemią i benzyną; de la Croix – tylko potem. Voestleven, gdy się pochyliła nad stołem z intrenakiem w uniesionej dłoni, roztoczyła woń środka przeciwko owadom. Danielowi wracały zmysły. Teraz czuł także smak tej wody, którą dali mu do wypicia – trochę mango, trochę cytryny, dużo nadmanganianu potasu.

Oparł czoło o stół i zacisnął zęby. Voestleven przycisnęła czaszę urządzenia do potylicy Redinga. Skóra mu ścierpła. Kobieta nacisnęła spust. Uderzenie odchyliło mu głowę, stłukł sobie boleśnie nos.

– Okay? – wycedził.

– Wygląda dobrze, tylko skóra podrażniona. Przełknij ślinę.

– Wiem przecież.

Wykonał wszystkie podstawowe testy i usiadł. Podali mu kulę. Pomacał się po karku.

– Co teraz?

Voestleven spojrzała na zegarek.

– Dwie godziny z minutami. Utrzymasz się na nogach?

– Jeśli nie padnę z głodu.

– Dobra. Idę ustalić transmisję.

Skinęła na Wrońskiego. Major wzruszył ramionami. Ubezpieczał Daniela z lewej strony, gdy przechodzili korytarzem i holem do głównych drzwi szpitala. Tu już dobrze wyczuwalny był ów ciężki smród Afryki, mimo chłodu nocy unoszący się w powietrzu półtora metra nad ziemią. Rozbudzeni pacjenci rozmawiali ze sobą przez ściany w śpiewnym narzeczu. Ktoś okrutnie charczał.

Wyszli przez południowe drzwi. Na krzywej ścianie kaplicy wisiały pod różnymi kątami wielkie, kanciaste reflektory, jeden nie do końca zamocowany wahał się na wietrze, światła i cienie przekładały się wzajemnie, skrzydło na skrzydle. Między leprozorium a strumieniem stał helikopter, przedpotopowy model Układu Warszawskiego; drugi, większy, wznosił się zza ruin kaplicy, gdzie układano ciała. Żołnierzy było stosunkowo niewielu, większość zajmowała się liczeniem zwłok i odpędzaniem czarnych z Mutawahy, którzy zgromadzili się tam chyba całą wioską, łącznie z kobietami z zaspanymi dziećmi. Wyglądali, jakby szykowali się do exodusu. Żołnierze wrzeszczeli na nich, wymachiwali karabinami. W grupie skupionej wokół maszyny dowództwa Daniel zauważył białego – był to Fouche. Tam zamieszania było niewiele: palili papierosy, szczerzyli zęby, mamrotali do krótkofalówek, pokazywali sobie coś między drzewami. Nad dżunglą zapalały się flary.

– To mi wygląda na prawdziwą operację wojskową – mruknął Daniel i zerknął pytająco na Wrońskiego.

Major powinien teraz uśmiechnąć się porozumiewawczo, lecz nie uczynił tego.

– Powiedzmy, że dostali dobre namiary – rzekł, pomagając Redingowi zejść po schodach.

– Kilmouth ma udziały w GeoMacie, jeśli mnie pamięć nie myli.

– Mhm?

– Przyjazne oko na niebie...

Ruszyli ku leprozorium. Dopiero teraz Daniel zorientował się, że już nie pada.

W rowie leżał Orangutan Nieboszczyka, zastrzelony. Jego nie przeniesiono za ruiny.

Coś go tknęło i Daniel obejrzał się. W drzwiach szpitala stał de la Croix, nie spuszczał wzroku z Redinga.

– Czego on się spodziewa, do cholery?

– Cudu.

– Taa, już widzę, jak zstępuje do mnie z niebios Syn Boży.

– Nie mów! – parsknął najemnik. – Sam zaczynasz wierzyć, chłopie.

Daniel odwrócił wzrok.

– Tak, chyba tak. Pięć milionów tu, jakaś setka na odwrócenie satelity, kolejny milion łapówek dla generalicji, żeby się ruszyli i spacyfikowali okolicę... Nigdy dotąd nie angażował takich środków, musi być naprawdę przekonany o powodzeniu; co z kolei przekonuje mnie. Majorze?

– Mhm?

– Masz jakieś rozkazy odnośnie... krytycznej chwili?

– Chronić cię. Wywiązuję się z kontraktu – odparł sucho Wroński i Reding otrząsnął się. Otumaniony chemikaliami grząźby tak w gafach coraz głębiej – bo przecież linia do KS via satelita z pewnością została już ustanowiona. Dobrze, że przynajmniej major nie stracił głowy.

Doszli do werandy leprozorium.

– Jeśli faktycznie... – Wroński zawahał się. – Co Mu powiesz?

– Nie mam, kurwa, pojęcia.

Kula zaplątała się w szlafrok, Wroński cofnął się, żeby pomóc Danielowi. Odezwał się radiotelefon. Podniósł go do ucha, przyciszony.

– Dobra wiadomość – rzekł. – Znaleźli i odprowadzili ten wóz, który byłeś uprzejmy ukraść. Zdaje się, że mają też twoje rzeczy.

– Gdzie?

Major wskazał ręką.

– Czujesz się na siłach? Przyniosę.

– Najwyżej zemdleję i będę miał święty spokój. Ile jeszcze? Dwie godziny?

Ubłocony po szyby minivan zaparkowano z otwartymi wszystkimi drzwiczkami za łąką trupów. Schodzili wzdłuż strumienia, mijając łuk-ścianę zburzonej kaplicy i stanowisko moździerza. Trzej żołnierze – dla Daniela tak podobni do siebie, że prawie bliźniacy – wywlekali właśnie z pojazdu ciała tamtych dwóch M'Atowców.

Daniel z ulgą przysiadł na progu minivana. Zajrzał do wnętrza. Leżał tu kłąb płótna i błota, który mógł być jego torbą.

– Jest telefon, coś takiego – mruknął zdumiony Wroński sprawdziwszy kabinę.

Daniel wyprostował prawą nogę, która znowu mu cierpła. Żołnierze starali się układać ciała zabitych rewolucjonistów w równych rzędach, toteż stąd aż do kaplicy ciągnęły się proste skiby zwłok. Prawie wszystkie ciała odarto z ubrań. Wkrótce zapewne je spalą – w dzień zleciałyby się muchy, zbiegli padlinożercy, zaraza gotowa. Było ich dobrze ponad stu; może dwieście. W zabójczo kontrastowym świetle reflektorów wyglądali na jeszcze bardziej martwych, sinieli w oczach. Był nów, a i gwiazdy jakby nieśmiałe wobec takiej iluminacji – scena tylko zyskiwała na sztuczności.

Jeden z bliźniaków zapytał go o coś, ale Daniel nawet nie rozróżnił słów. Wzruszył ramieniem. Tamten pokazywał na dołożone właśnie do szeregu zwłoki. Bliżej leżał młodszy. Mimo bardzo ciemnej skóry (a może właśnie dzięki niej) ślady palców Daniela na jego twarzy, szyi, siniaki od dłoni na skroniach – były doskonale widoczne. Usta zabitego pozostawały wpółotwarte, wylewało się z nich błoto. Lewe oko wytrzeszczone, drugie natomiast zamknięte.

– Gdzie ten telefon? – rzucił głośno Daniel, znajdując w ten sposób pretekst (dla samego siebie) do podniesienia wzroku.

Wroński coś odpowiedział, ale Reding nie zrozumiał. Wstawał, opierając się o dach samochodu. Chciał krzyknąć, zawołać o pomoc; zamiast tego rzekł spokojnie i wyraźnie:

– Tak. – Schylił się, żeby coś podnieść. Ogień, który nadchodził z prawej, zatrzepotał połami jego szlafroka. Murzyn otworzył drugie oko i wykrztusił resztę błota. Złapał podaną dłoń Daniela – jego dłoń była lodowato zimna. Daniel uśmiechnął się (zamiast wrzeszczeć!), po czym odwrócił się do białego ognia.

•

Pierwszego dnia nie odwiedził go nikt. No oczywiście lekarz, pielęgniarka; ale nikt z zewnątrz. Była to prywatna klinika dla cudzoziemców i personel mówił po angielsku, wypytał więc ich Daniel o wszystko. Minęły trzy doby, on znajdował się w Maroku. W pokoju nie znalazł ani swego ubrania, ani telefonu, niczego z prywatnych rzeczy. Telewizor nastawiony był na CNN. Kiedy wstał (za pierwszym razem zakręciło mu się w głowie) i podszedł do okna, zobaczył tylko palmy, biały piasek, palmy i wielki parking z kilkunastoma samochodami o karoseriach wręcz oślepiających w tym słońcu. Ale niebo, ten kolor... Morze Śródziemne przeglądało się w nim. W klinice pachniało po europejsku, klimatyzacja utrzymywała upał na zewnątrz. Wyszedł na korytarz, lecz zapędzono go z powrotem.

– Muszę zadzwonić – mówił doktorowi Nadze, wysokiemu młodzieńcowi o miedzianej cerze.

– Musi pan wypoczywać – odpowiadał mu lekarz. – Odzyskać siły.

– Chcę się wypisać!

– Jutro.

Drugiego dnia przyszli Voestleven i de la Croix.

– Nie w Wiedniu?

– Zaraz lecimy – powiedziała Voestleven i stało się jasne, że Daniel w żaden sposób nie przynależy już do zespołu.

Ponieważ teolog zajął jedyne krzesło w pokoju (zatrzeszczało pod nim), Voestleven stała nad łóżkiem, z założonymi na piersi rękoma. Patrzyła z góry, więc wcale nie wyglądało to na gest obronny. Była w eleganckim białym kostiumie; pierwszy raz widział ją w spódnicy.

– Zatem – co? – spytał. – W Mutawasze klapa?

De la Croix złapał go za ramię.

– Opowiedz nam.

– Co?

– Przecież widzieliśmy.

– Co widzieliście?

– Rozmawiałeś.

– Hę?

– Rozmawiałeś z Nim.

Reding uniósł wzrok na Voestleven.

Przekrzywiła głowę.

– Nie pamiętasz?

– O co tu chodzi? – żachnął się. – Nie nagrało się?

Nie odpowiedzieli.

– Nie macie nagrania! – parsknął Daniel. – No ładnie.

– Zapewniono nas – powiedziała Voestleven głosem wypranym z wszelkich emocji – że wszystko przebiegło pomyślnie, nie nastąpiły żadne zakłócenia transmisji i zapis jest bezbłędny.

– Ale kopii ci nie dali – skwitował Reding.

– Nikt nie twierdził, że dadzą.

– Ty też na to nie liczyłeś? – Daniel zwrócił się do teologa.

Szwajcar nawet nie zamrugał.

– Opowiedz.

Reding rozłożył ręce.

– Przykro mi. Wyciemnienie.

– Nie wierzę ci.

– Tym bardziej mi przykro.

Rozmawiali już kwestiami z oper mydlanych, zero szansy porozumienia.

– Reding...

– A puść-żesz mnie!

Voestleven przypatrywała się Danielowi, jakby mierząc każdy grymas jego twarzy.

– Może wydaje ci się, że jesteś największym cwaniakiem na Ziemi...

Pochwycił jej spojrzenie i zrozumiał. Zaśmiał się.

– Ty uważasz, że ja to wszystko zrobiłem z premedytacją, żeby podpaść pod opis i wyciągnąć forsę!

Najwyraźniej tak uważała. Nie bardzo się przejął. Cóż znaczy jej gniew i pogarda dla człowieka, który przeżył własną śmierć?

– Po co w ogóle tu przyszłaś?

Wyjęła z torebki i rzuciła mu jego telefon.

– Masz tu opłaconą opiekę do końca tygodnia. Potem rób, co chcesz, ale pamiętaj o zobowiązaniach, jakie podpisałeś.

– Nie bój się, nie zapomnę.

Skinęła głową i wyszła.

De la Croix przysunął się do łóżka razem z krzesłem.

– Widziałem z drzwi szpitala – szepnął. – Nawet jeśli zrobiłeś to celowo, i tak przecież wbrew Jego woli nic by się nie stało. Pomóż mi zrozumieć. Nie wiem, ile pamiętasz, ale... Cokolwiek.

Daniel pokręcił głową.

– Na zdrowy rozum – dlaczego miałby przemawiać do kogoś takiego jak ja? No? Jeden powód, Otto.

– Bo teraz wiesz, że istnieje. Ty to wiesz. Prawda? Prawda?

Daniel odwrócił wzrok ku oknu, wejrzał w oślepiający błękit. Lewa ręka znowu zaczęła mu ćmić bólem porównywalnym jedynie z bólem zęba. Wyrwał nadgarstek bezwładnej kończyny z dłoni de la Croix.

– Tak – mruknął. – Chyba tak.

– I?

– Co: i? Nadal nie sposób mnie nazwać wierzącym. Daj mi spokój. Niczego się nie dowiesz.

Po wyjściu de la Croix Daniel zadzwonił do Belli.

– Lecę do ciebie – oświadczyła.

– Nie ma potrzeby, za parę dni wracam.

– Masz w ogóle pojęcie, ile trwało, zanim mi powiedzieli, gdzie jesteś? Musiałam nasłać na nich adwokatów. Znowu byłam pewna, że nie żyjesz. Nałgałeś mi potwornie. Lecę do ciebie, muszę się przekonać na własne oczy. Może nie masz już nóg.

– Mam nogi, mam, słowo, obie.

W końcu ją od tego odwiódł.

– A te pięć milionów – za co to?

– Za pośrednictwo – odparł.

Fizykoterapeuta oceniał, że ręka nigdy nie odzyska nawet trzydziestu procent sprawności. Daniel zastanawiał się, czy Bella uwierzy, że te pieniądze to odszkodowanie za trwałą utratę zdrowia. Coraz wyraźniej czuł, że powinien ją okłamywać.

Trzeciego dnia odwiedził go Wroński.

Był w cywilu; ale morda ta sama. Kontrast z garniturem od Armaniego zwalał z nóg (więc chyba dobrze, że Reding leżał). Rzeczywiście, w stosownej oprawie ta szpetota okazywała się nawet urzekająca.

Wszedł, ponury jak zwykle, przesunął krzesło, usiadł, założył nogę na nogę, zapalił papierosa.

– Tu nie wolno – zauważył z krzywym uśmiechem Daniel.

– Widziałem rentgen – mruknął Wroński. – Sprawdziłem wszystko. Wyjęli ci.

– Tak, wiem. Nie słyszy. Więc gdzie i kiedy?

– Następny piątek, „U Freddy'ego", w City. Będziesz na nogach?

– Jasne. *Fifty-fifty*?

Uścisnęli sobie dłonie. Wroński uśmiechnął się, nie odsłaniając zębów.

•

Bella miała mu oczywiście za złe, najdelikatniej mówiąc. Ponieważ jednak w obliczu jego cierpienia wyszłaby na egoistkę, póki co, starała się te pretensje ukrywać. Daniel żartował z dziewczynkami na temat swojej ręki. Śmiały się, kiedy po kolei upuszczał przedmioty. Bella zajrzawszy do nich nie wiedziała, jaki wyraz twarzy przybrać.

Gdy w końcu położył Petrę i Tonię (teraz przez jakiś tydzień to on będzie musiał je kłaść; Tonia po raz pierwszy zwróciła się do niego: „Tato"), Bella była już w kąpieli. Wprosił się do wanny pod pretekstem zbawiennego wpływu gorącej wody na jego bolące ramię. Kiedy się rozbierał, przypatrywała się w milczeniu jego bliznom, zwłaszcza ta podłużna na biodrze i pooperacyjne zrosty na barku prezentowały się nieciekawie.

Tak naprawdę jednak tęsknił za tym ciepłem jej ciała, miękkim ciężarem na piersi. Obwodząc paznokciem jej sutek czekał na pytania; opierała przecież głowę o jego obojczyk, nie zajrzy mu w twarz, Daniel będzie kłamał: że to wszystko przypadek, że właśnie dlatego się wycofał, że ten siniec na karku i wybroczyny na potylicy to od czegoś innego, że pomysł Kilmoutha i tym razem nie wypalił... Potem jednak faktycznie zapytała i, zapatrzony w kąt łazienki, powiedział jej prawdę.

Aż się poderwała i obróciła w wannie, zachlapując przy tym całą podłogę, byle tylko zajrzeć mu w oczy.

– Żartujesz...! – żachnęła się.

Zrobił bezradną minę.

– Przecież ty jesteś ateista!

– Więc wyobraź sobie, jak j a się zdziwiłem...!

Uklękła, przysunęła się bliżej.

– Żebym ja dobrze zrozumiała: objawił ci się Bóg, ty to wiesz, ale tego nie pamiętasz.

Pochylił głowę, aby mogła wyraźnie zobaczyć pod krótkimi włosami plamy ceglastego brązu na skórze.

– Widzisz? W Maroku mi wyjęli. To wszystko się zapisało i Kilmouth ma ten zapis. Ile minęło? Dziesięć dni? A mówią o tym w telewizji? Piszą w gazetach? Nie. I dalej ciągnie program. Sukinsyn ma jakiś plan, o coś mu chodzi.

– Dlaczego w takim razie ty nie pamiętasz?

Skrzywił się.

Wzniosła oczy do sufitu.

– No nie, to już paranoja, interwencją boską wytłumaczysz wszystko.

– Nie wiem, może Kilmouth polecił im podać mi jakiś amnezjogen? Ten doktor, Nadze, co prawda się zarzekał, ale to tylko jedna z możliwości. A może sam wypieram to coś z pamięci? Wielu ludzi widziało, jak rozmawiam tam z kimś niewidzialnym. – Odkręcił ciepłą wodę. – Zresztą z tą boską interwencją też jest coś na rzeczy.

– Daniel, do jasnej cholery...

– Nie, w innym sensie. Skądś przecież owa zależność miejsc i czasów musiała się wziąć, algorytm okazał się w końcu poprawny.

Wpatrywała się w niego w milczeniu, tak poważna, że już prawie nie Bella – aż nie wytrzymał i wybuchnął śmiechem. Też się uśmiechnęła.

Pokręciła głową.

– W życiu bym się nie spodziewała. Co teraz? Będziesz mnie nawracał?

– Powiedziałem ci, co moim zdaniem jest prawdą. Do duszpasterstwa powołania nie czuję. W istocie – mruknął, sięgając po nią słabszą ręką – zaraz tu będę namawiał cię do grzechu.

I rzeczywiście.

– A co się tyczy tego, co dalej...

– Mhm? – oderwała wargi od jego blizn.

– Wyrwę mu te Tajemnice Mutawaskie, choćbym miał spluwę do łba przystawić.

•

Wroński już czekał na niego w „U Freddy'ego". Był to bar brokerów, na ekranach zawsze włączonych telewizorów szły tu serwisy giełdowe i dwuminutówki newsowe, osiemdziesiąt procent klientów stanowili mężczyźni w garniturach i Reding z Wrońskim doskonale wtopiliby się w tło, gdyby nie horror-facjata najemnika.

– Weź zrób sobie jakiś lifting, stać cię przecież. Rzucasz się w oczy, każdy cię zapamięta.

– Nie zamierzam nikogo śledzić.

– Kobiety to bierze?

– Mają poczucie misji. Co dla ciebie?

– Kawkę, kawkę, *bitte*.

Wroński zadzwonił przedwczoraj, podając godzinę. Do tego czasu Daniel zdążył przeprowadzić do końca swój plan.

Wyjął teraz z kieszeni przezroczystą fiolkę wypełnioną jakąś żywiczną mazią. Wroński uniósł pytająco brew.

Zanim odpowiedział, Daniel odczekał, aż kelnerka minie ich wnękę, potem jeszcze obejrzał się przez ramię;

Wroński nie pokazał tego po sobie, ale najwyraźniej bawiły go filmowe odruchy Redinga.

– Doktor Nadze – zaczął ten – nie pogardził dodatkowym zarobkiem. Dobrze posmarowawszy załatwisz tam nawet własne zmartwychwstanie. Spalają bioodpadki w cyklach półtygodniowych i zdążyłem pogrzebać w śmieciach. Gdybym był naprawdę mądry, wyjąłbym z magazynka intrenaka. Ale na jedno wychodzi.

– To są te neuronanoboty.

– Tak.

– Wygląda bardziej na rodzaj cieczy.

– Tak się konfiguruje w nieobecności innego ośrodka: makrostrukturalne właściwości cieczy. Przeszedłem się z tym do mojego starego instytutu. Pod elektronowym wygląda to inaczej niż nasze patenty, znacznie bardziej skomplikowany schemat, długie łańcuchy białkowe, wplata się w synapsy; zdaje się, że do końca mi tego nie wypruli, nawet na tomografii nie bardzo widać, bo potem pracuje już w całości na materiale organicznym.

– Wnioski, Reding, wnioski.

– Wnioski są takie, że – na ile w ogóle mogę być tego pewien bez przeprowadzenia testów na żywej tkance – ustanowiona neurosieć nie ogranicza się do bocznikowania równoległych bodźców nerwowych, lecz jest zdolna wprowadzać kompleksy własnych. Oznacza to, że komunikacja nie była jednostronna. To dlatego nie pamiętam! Kilmouth odciął mnie, gdy tylko spostrzegł pierwsze znaki. Potem tylko on słyszał – i tylko on mówił.

– Taak – mruknął Wroński, unosząc fiolkę pod światło. – Zdaje się, że chwytam. Sądzisz, że on to opatentował?

– Nie ma mowy – uciął Reding. – Zjedliby KS w butach. Cholerstwo jest tak nielegalne, że bardziej już nie można. Wyobrażasz sobie, co by się działo, gdyby to przeciekło? Nigdy nie mógłbyś mieć pewności, kto jest kim. *Virtual reality* w *real life*.

Wroński uniósł lekko kącik ust.

– Może się mylę, ale wydaje mi się, że to właśnie przeciekło.

Daniel złapał jego dłoń z fiolką. Spojrzeli sobie w oczy.

Wroński zapewne mógłby wyrwać się z uścisku Redinga, lecz nie zrobił tego. Rozwarł palce, wypuścił fiolkę, cofnął wolno rękę.

– To już nie jest pięć milionów – rzekł – to jest pięć miliardów.

– Coś nie widzę, żebyś narzekał na ubóstwo.

– Nie wygłupiaj się – warknął najemnik. – Myślisz, że plątałbym się po tych pieprzonych wojenkach, o których nawet w żadnej gazecie nie napiszą, gdybym nie musiał? Rozumujesz komiksami, w tym fachu tak naprawdę obowiązuje selekcja negatywna, nie ma kolejki chętnych na zwolnione miejsce. Chwytamy się, czego można. Tajemnice wielkich, pamiętasz? *Fifty-fifty*.

Daniel skrzywił się. Był w kropce, bo jemu właśnie już nie zależało na pieniądzach, a w każdym razie mniej niż na poznaniu Tajemnicy Mutawaskiej. Lecz jaką może to stanowić motywację dla majora? Z Wrońskiego taki metafizyk, jak z de la Croix żołnierz.

– Zastanów się – pochylił się nad blatem. – Kogo chcesz szantażować? Remustera? KS? To byty urojone, konstrukty prawne, pozbawione twarzy i osobowości. Musimy zaszantażować skrycie, a coś takiego można przeprowadzić tylko wobec pojedynczych osób. Trzeba zatem znaleźć jakieś bezpośrednie dojście do Kilmoutha, zgodzisz się? A jeśli jako dodatkowy warunek postawię dostarczenie kopii nagrania z tamtej nocy, może rezygnując z części doli – to już tylko moja sprawa.

Wroński wysączył resztę swojego drinka, odetchnął, rozparł się wygodniej.

– Widzę, że cię wzięło. Okay, mogłem się spodziewać. Ja też posmarowałem. – Zerknął na zegarek. – Robiła PR Kilmoutha, ale gość ją wywalił. Powie wszystko, co wie, a im większe brudy, tym chętniej.

– Kiedy?

– Powinna już być. Poczekajmy.

Daniel zamówił frytki.

– Więc ile? – zagadnął. – Pięć giga? Wolne żarty.

– Tak – przyznał najemnik – to zależy: czy dla zachowania monopolu, czy dla uniknięcia konsekwencji prawnych.

– To drugie i tak tylko przez czas jakiś. Takie rzeczy nieuchronnie wyciekają, to jak grawitacja.

– Monopol przecież też do czasu.

– Więc ile?

– Sto?

– To musi być taka suma, która dałaby się ukryć gdzieś w budżecie firmy.

Wroński uniósł rękę.

– Tutaj!

Przysiadła się uścisnąwszy krótko dłoń Daniela. Rudowłosa, szczupła, prawie anorektyczka, w kostiumie o spódniczce tak krótkiej, że zupełnie niewidocznej spod żakietu (bo może żadnej nie było, taka kreacja). Zamówiła wodę mineralną. Mówiła tak szybko, że człowiek mimowolnie pochylał się do przodu, by wychwycić wszystkie słowa. Ledwo usiadła, zapiszczał jej telefon; musiała wyłączyć.

– Oczywiście nie wykorzystacie w artykule mojego nazwiska – zastrzegła się. – Pełna anonimowość. Jakby co, zaprzeczę.

– Oczywiście – zapewnił Wroński.

– Zwolnili nas bez dania racji. Wypowiedzenie z dnia na dzień; płatny urlop.

– Kto?

– Pieprzone Eccite. Ledwo przyszła diagnoza z Brickwood. Mówię wam, sprawdźcie dokumenty z tamtego śledztwa.

– Jakiego śledztwa?

– Prawda, jak dobrze to kryją? – uśmiechnęła się zjadliwie. – Mam kontakty – muszę mieć – i orientuję się przecież. Zwąchał ktoś z „The Sun", ale okazało się, że gazecie się nie opłaca, a pismak, dziw nad dziwy, nie puścił pary z gęby. Pięć lat temu Kilmouth rozwalił się na drodze do Wielder Manor. Wóz do kasacji, szofer takoż. Kilmouth warzywo.

Musiała odczytać zdumienie z ich twarzy, bo pokiwała z satysfakcją głową.

– I, o ile wiem, do tej pory leży sobie w Brickwood. Nie zdziwiło was, że ani razu przez ten czas nie widziano go publicznie? Żadnych zdjęć, żadnych filmów. Z nikim nie rozmawiał.

– Zawsze miał opinię ekscentryka – zauważył Daniel. – No i to nie jest gwiazda showbusinessu, tacy właśnie uciekają spod obiektywów.

– Mimo wszystko, mimo wszystko. Co dziwi mnie tym bardziej, że zwolnili nas co do jednego i wiem, że Eccite nie wzięła nikogo na to miejsce.

– A właśnie, Eccite...

– Mają biura tu, w City. Firma menadżerska, sto procent udziałów Kilmoutha, sam ją założył. Zostawił instrukcje i po wypadku przejęła zarządzanie jego majątkiem. Występuje chyba także jako wykonawca w jego testamencie. Od pięciu lat każda decyzja dotycząca KS i wszystkich innych przedsięwzięć Kilmoutha, mam na myśli każdą strategiczną decyzję, wychodzi z Eccite. Fraza „Kilmouth chce" oznacza, że to ci faceci z Eccite chcą. Ale zajrzyj choćby do „The Wall Street Journal": „Ostatnie posunięcie Kilmoutha", „Odważne decyzje Isaaha Kilmoutha" i tak dalej. Największa hucpa w finansach, o jakiej słyszałam.

– Powiedziałaś, że warzywo – zamyślił się Reding.

– Mhm?

– Kilmouth. Czy to znaczy, że mózg mu zupełnie nie funkcjonuje? Płaskie EEG? Nawet przy bezpośrednim podrażnieniu?

– Powiem wam, co podejrzewam. – Zacisnęła palce na szklance, założyła nogę na nogę (Wroński i Reding odruchowo zmierzyli je wzrokiem). – Moim zdaniem Kilmouth nie wyszedł z tego wypadku wcale w lepszym stanie niż jego kierowca. Ale że śmierci, pogrzebu, postępowania spadkowego i całej tej procedury nie udałoby się już ukryć – wstawili go do takiego kombajnu aparatur podtrzymujących życie, że nawet stek po podpięciu zacząłby oddychać.

– Sugerujesz, że ten wypadek mógł być sfingowany. Jako beneficjent pierwszy przychodzi wobec tego na myśl szef Eccite.

Wzruszyła ramionami.

– Coś za bardzo filmowo mi to wygląda. Mówiłam tylko o faktach i osobistych podejrzeniach. Zresztą, pojęcia nie mam, kto jest szefem Eccite, wszystko wychodzi z sygnaturą Kilmoutha.

– Jeśli jednak...

– Słuchajcie – tu wyjęła zegarek (nosiła go niczym stoper, na łańcuszku na szyi) i spojrzała nań nerwowo – muszę się już zmywać, kończy mi się przerwa. – Dopiła wodę, wstała. – Pamiętajcie: nie spotkaliśmy się, nie rozmawialiśmy, nic nie powiedziałam, dziura w życiorysie; tak mi dopomóż Bóg.

Stukając obcasami, wyszła szybko z baru.

Wroński i Reding przez dłuższą chwilę milczeli. Z ukrytych głośników zawodził symfoniczny Portishead, barman wołał za zapominalskim klientem. Na zewnątrz zaczęło padać, obserwowali przez okno przechodniów rozkładających parasole: dostrzeżone realizacje stereotypów zawsze jakoś uspokajają.

– Im dalej w bagno, tym więcej krokodyli – skwitował wreszcie Wroński.

Daniel kręcił głową.

– To musi być obsesja jednego człowieka. Musi!

– Ale z zewnątrz wygląda na firmę. Eccite. Szlag. Odpowiada kolektyw, nie odpowiada nikt. Kto się przestraszy? Kto zaryzykuje?

– Musimy wyciągnąć pojedynczego faceta ze szczytu – powtarzał Reding. – I tylko jemu zagrozić.

Znowu wymienili spojrzenia.

– Planujemy tu poważne przestępstwo, bracie.

– No więc jaki, kurwa, jest ten plan?

•

Krok pierwszy: prześwietlić Eccite. Od tego były stosowne firmy, ich siedziby również znajdowały się w City. Ale musieli wyłożyć pieniądze. Wroński nazywał to „inwestycją". Być może. Lecz kto wykładał? Daniel.

W tym celu stworzyli fikcyjną osobowość prawną, Brick Ltd. To Brick zamówiła raport na temat Eccite. Podpisywały się osoby podstawione (co też kosztowało).

Raport nadszedł po tygodniu. Wroński i Reding zignorowali całkowicie obszerną analizę standingu Eccite; interesowały ich natomiast zasoby ludzkie firmy i jej wewnętrzna struktura. Jako prezes wciąż figurował Kilmouth – jednak dyrektorem zarządzającym był niejaki Lionel Stoke.

Major zakreślił jego nazwisko na czerwono.

– Skąd możemy mieć pewność? – drążył Daniel. – A musimy przecież zagrać na sto procent. Dopiero byłaby chryja, gdybyśmy wyjechali z tym do niego, a facet autentycznie nie miałby o sprawie pojęcia.

– Jest dyrektorem, jak może nie mieć?

Daniel kręcił głową.

– Pracowałeś ty kiedyś w jakiejś większej firmie? Musimy mieć pewność, że to wyszło od niego, że on podpisywał, że to do niego szła transmisja z Mutawahy.

– Żądasz niemożliwego. Musiałbyś się chyba włamać do ich biur.

Ale wieczorem, w kawalerce w Soho podnajmowanej tymczasowo przez Wrońskiego, nad piwem, chińszczyzną i tym grubym raportem o Eccite, doszli w desperacji i do tej opcji.

Biura Eccite zajmowały ósme i dziewiąte piętro nowego wysokościowca w północnej części City i były zabezpieczone jeszcze lepiej niż reszta tego skądinąd luksusowego biurowca. Wiedzieli, bo posłali na czuja Fouchego, który w Legii Cudzoziemskiej wylądował był, uciekając właśnie przed wyrokiem za włamanie i rozbój.

Fouche wrócił i rozłożył ręce.

– Dajcie mi specjalistę, sprzęt i pół godziny, to wejdę. Ale na pewno nie po cichu.

– Więc trzeba przez ludzi – westchnął Daniel.

Następnego dnia przejechał się do Cambridge, by w studenckiej spółdzielni reasercherskiej zamówić pełną ściągę z netu o każdej z zatrudnionych w Eccite osób.

Spółdzielnia mieściła się na zapleczu salonu piercingu. W zapchanej pudełkami z CD klitce urzędował rudowłosy kulturysta. Zdezorientowany Daniel pokazał mu ogłoszenie.

– Colewater – przedstawił się paker. – O co chodzi?

– Nie macie tu telefonu? – zirytował się zastępczo Reding. – Trzeba się osobiście fatygować? Nie można e-mailem?

Colewater z kamienną miną wskazał na opinający nabity tors T-shirt. Nadruk głosił: „Tylko F2F: Oni słuchają".

– Więc?

Daniel podał mu wydruk listy nazwisk.

– Jak bardzo? – spytał Colewater.

– To znaczy?

Kulturysta spojrzał mu głęboko w oczy.

– Przecież wiadomo, że nie chodzi o zapuszczenie Altavisty. Danych zawsze jest za dużo. Co pan chce konkretnie?

– Wszystko. Wypalcie mi płytkę.

Colewater wskazał Danielowi plastikowe krzesło. Sam wskanował listę do kompa i wypalcował coś szybko na sensorycznej „podeszwie".

– Więc jednak komunikujecie się przez sieć! – wytknął mu Daniel.

– Jakoś muszę przekazywać ludziom zlecenia – zauważył Colewater.

– To dlaczego ja nie mógłbym złożyć zamówienia w ten sposób?

– Proszę bardzo – westchnął nieziemsko cierpliwy kulturysta i wyciągnął skądś z samego środka bałaganu nie opisaną dyskietkę. – Szyfruj pan tym. Ale po odbiór i tak będzie się pan musiał zgłaszać osobiście. Nie puszczamy w powietrze materiałów obciążających.

– No to kiedy ten odbiór?

– Już się zabrało do roboty dwa tuziny osób z naszej strefy aktywności. Czekaj pan.

Ostatecznie zajęło to pięć godzin. Przeliczając honorarium, Colewater flegmatycznie stwierdził, że to i tak szybko.

Z wypaloną płytką Reding wrócił do Wrońskiego.

Major przez ten czas przestudiował odnośne dane z raportu. Wyszło przy tym na jaw, ku irracjonalnemu zdumieniu Daniela, iż Wroński jest dalekowidzem i do czytania zakłada okulary. W okularach wyglądał omal dystyngowanie.

– Żadnych odchyłek w statystyce – oznajmił. – Wszyscy po studiach i stażach jak trza. Wszyscy nie karani. Jedyne, co wyróżnia Eccite, to ogłaszane zyski zarządzanych przedsiębiorstw: od trzech lat biją krzywą w sufit. Co w przypadku KS raczej nie dziwi, piszą, że teraz jest boom na tego rodzaju technologie; ale oni doskonale sobie radzą we wszystkich branżach. Z KS mają zresztą jakieś ściślejsze związki, na początku rozliczali się wzajemnie w akcjach, nie wiadomo za co. Oczywiście fikcja, bo wszystko to Kilmoutha. – Pomasował nasadę nosa. – Więc widzisz, informacje niby są, i to w bród; tylko jaki z nich pożytek? A ty – co?

– Sekretarki – oznajmił Daniel, siadając. W drodze przejrzał pliki na laptopie i ułożył już plan. – Co najmniej cztery muszą wiedzieć wystarczająco wiele, by móc potwierdzić zaangażowanie Stoke'a.

– Sekretarki – skrzywił się Wroński. – Oczywistość. Teraz każdy się spodziewa i strzeże przed szpiegami konkurencji. Chyba że się nie znam; popraw mnie.

– Tak naprawdę przecież żaden z nas się nie zna – burknął Reding. – Ale od czegoś zacząć trzeba.

– Co proponujesz? Seks? Pieniądze? Strach? – Święta Trójca oficerów wywiadu, kanoniczna triada katalizatorów zdrady.

– Nie mamy żadnego Casanovy na podorędziu. No chyba że ty.

– O, na pewno.

– Przekupstwo? Ale one właśnie na coś takiego są przygotowane, a i pracodawcy się spodziewają; poza tym jeśli źle trafimy, sprawa się rypnie.

– To zawsze.

– Fakt.

– Zatem strach.

– Chyba tak.

– Która?

– Ba!

Wynajęli firmę detektywistyczną specjalizującą się w aferach finansowych; to znaczy Brick Ltd. wynajęła; za pieniądze Daniela. Posłali detektywów za czterema kandydatkami oraz za samym Stoke'em, w jego przypadku nakazując najwyższą ostrożność. Na zebranie tego materiału przeznaczyli następny tydzień.

Tu po raz pierwszy wyraźnie uśmiechnęło się do nich szczęście: najmłodsza z wytypowanych sekretarek, Linda Moffat, zachwycająca Mulatka, dorabiała sobie weekendowymi wieczorami jako call-girl. Bynajmniej nie przekonani, czy samo to okaże się wystarczająco kompromitujące, zaaranżowali sesję filmową z ukrytą kamerą, podczas której panna Moffat uchwycona została w jednym kadrze z woreczkami białego proszku (w rzeczywistości w większości cukru pudru), nagą koleżanką po fachu (w rzeczywistości nieletnią, na co mieli papiery) i nagim notowanym kryminalistą (w rzeczywistości kumplem Fouchego; też udokumentowane). Jeśli to nie wystarczy – to znaczy, że Moffat kocha Stoke'a straceńczą miłością i nie zdradzi go nawet za cenę życia. Wszelako nie wyglądała im na wielką romantyczkę.

Mieszkała samotnie na drugim piętrze starej kamienicy, część okien wychodziła na ogród przedszkolny. Fouche otworzył oba zamki w pół minuty. – Seryjna tandeta – skwitował. Utrzymywał, że żaden zamek masowo produkowany nie może gwarantować bezpieczeństwa: pierwsi kupują go właśnie włamywacze.

Został z komórką w samochodzie na ulicy. Wroński i Reding weszli do mieszkania. Jeszcze miesiąc temu Daniel dostałby w takiej sytuacji ostrej biegunki – teraz był jedynie podekscytowany.

Salon, sypialnia, biblioteka, wysokie sufity. Niczego nie dotykali gołymi rękoma. Wroński natryskał sobie nad zlewem na prawą dłoń niewidzialną rękawiczkę. Zaciągnął zasłony, sprawdził telewizor i wideo; włożył kasetę do odtwarzacza. Daniel przygotował dyktafon. Nic nie mówili. Sąsiad piętro wyżej puszczał głośno muzykę klasyczną.

Obliczyli, że pojawi się po pół godzinie (taki był margines). Spóźniła się kwadrans.

Weszła i od razu ich zobaczyła, siedzieli w fotelach w salonie.

– Linda Moffat? – spytał Daniel.

– Tak – wykrztusiła. – Co...

– Proszę wejść i usiąść.

Odezwał się Wroński.

– Gdzie była pani w nocy z soboty na niedzielę między dziewiętnastą a trzecią?

– Co? Kim... – Ale już usiadła (prawdę mówiąc nogi odmówiły jej posłuszeństwa) i tylko gapiła się na nich. Połowę sprawy załatwiał krój ich garniturów. Rozliczne są korzyści płynące z lektury Kafki.

– Będzie pani uprzejma obejrzeć to nagranie – rzekł Daniel, uniósł pilota i nacisnął przycisk.

Obejrzała i po załamaniu jej oddechu poznali, że mają ją. Niebezpieczeństwo powstałoby, gdyby z miejsca rzuciła się na nich z paznokciami – ale ona miała poczucie winy. Tylko do cna zdemoralizowani są nie do złamania.

– Panno Moffat – rzekł Wroński, a jego akcent w jakiś sposób nadawał słowom jeszcze groźniejszą wymowę – to nie jest nasza sprawa, lecz gdyby nie my, ta kaseta najprawdopodobniej stałaby się podstawą oskarżenia. Nas jednak interesuje co innego. Tak się składa, że pracuje pani w Eccite Investments. Sądzimy, że mogłaby pani odpowiedzieć nam na kilka pytań. Oczywiście może pani odmówić i zwrócić się do swego adwokata.

Oczywiście nie mogła.

– Tak, pamiętam to. Z góry zapowiedział, że zostaje na noc w biurze. / Wydzierżawiliśmy podwójnie dublowane łącze, do Flords w Essex i po światłowodach. / Nie, to zawsze tak; pojęcia nie mam, chyba centrum komunikacyjne. / Pan Kilmouth kupił, światłowód był już pociągnięty. Ale pan Stoke zazwyczaj rozmawia z Remusterem kilka razy dziennie. / Nie, nie wiem. Naprawdę! / Różne plotki chodzą. / Mogę zapalić? / No więc... Tak, od początku, pięć lat. / Nie wiem, KS to działka Laury; możliwe, ale nie słyszałam. Bardzo duży kładą na to nacisk, żeby nic na zewnątrz i nawet między sobą... Gdyby jakiś dziennikarz, to od razu powinnam... Robili nam nawet testy na wykrywaczu kłamstw, bardzo męczące. / Mhm, musiałabym sprawdzić w terminarzu.

Gdy od niej wyszli, było już ciemno. Bez słowa wsiedli do samochodu, nie oglądając się na okna mieszkania Moffat, gdzie paliło się światło. Fouche zapytał ich spojrzeniem. Daniel uniósł wyprostowany kciuk.

I faktycznie: czuł, że jest zaledwie o krok od celu.

Wroński wyglądał przez okno z nieodgadnioną miną, postukując kłykciami o szybę.

•

Lionel Stoke, lat trzydzieści pięć, sto osiemdziesiąt cztery centymetry wzrostu, szatyn, niebieskie oczy, kawaler, na zdjęciach zawsze z kilkudniowym zarostem.

– Powiedzmy, że dzwonimy do niego i...

– Odpada, na pewno wszystkie jego aparaty mają pamięć kilkugodzinną.

– Twarzą w twarz?

– Też mi się to nie podoba, ale co lepszego? Pośrednik?

– Internet – rzucił Wroński.

– Mhm, trzeba by wtajemniczyć jakiegoś specjalistę. I kto zagwarantuje, że Stoke nie ma lepszych specjalistów?

– To się nazywa optymizm. Jeszcze jedno piwko?

– To się nazywa realizm. Gdybyś był tak uprzejmy...

– Ale o co właściwie chodzi? – prychnął major wróciwszy z kuchni z dwiema butelkami. – Utrzymanie anonimowości? Skoro już byłeś gotów spotkać się bezpośrednio... Poza tym jeśli taka figura jak Stoke uprze się śledzić pieniądze, nie ma siły, w końcu znajdzie ostatniego odbiorcę.

– Skąd wiesz?

Wroński tylko wskazał na siną bliznę na podbródku.

W gruncie rzeczy dyskusja była czysto akademicka, bo obaj świetnie zdawali sobie sprawę, że Stoke bardzo szybko dojdzie ich tożsamości prostą drogą eliminacji podejrzanych. Ostatecznie ile osób było wtajemniczonych w remusterowy projekt? Ile odeszło w podobnych okolicznościach co Daniel? Nigdy tego nie powiedzieli na głos, lecz to ryzyko od początku wliczyli w koszta.

Znali rozkład dnia Stoke'a z raportów wynajętych detektywów (rachunek puchnął). Rzecz jasna musieli ich ze stosownym wyprzedzeniem odwołać – tymczasem dostarczali oni dwudziestoczterogodzinne harmonogramy zajęć dyrektora Eccite. Gdyby opierać się tylko na nich, przyszłoby uwierzyć, iż Lionel Stoke jest najnudniejszym człowiekiem pod słońcem: dom – praca – dom – praca – dom itd. Nie chodził do restauracji, do kina, nie odwiedzały go kobiety i on nikogo nie odwiedzał, nawet żywność zamawiał przez net. Jeździł zabytkowym pontiakiem; nie miał szofera. Podstawili jednego z ludzi Wrońskiego, żeby zagadał w windzie do Stoke'a. Lionel zbył go uprzejmie półsłówkami.

Od początku było też jasne, że musi to być Reding lub Wroński.

Padło na Redinga, a były po temu dwa powody. Pierwszy taki, że Wroński mógł mu wierzyć bardziej niż Reding Wrońskiemu: major znał adres Daniela, adres jego rodziny, mógł wywrzeć zemstę. Daniel – nie. Po drugie zaś: to Reding był tym oczywistym podejrzanym, ujawnienie się Wrońskiego naraziłoby niepotrzebnie ich obu.

Daniel wpadł na Stoke'a w podziemnym garażu jego kondominium.

– Lionel Stoke? – spytał i od razu podał mu zamkniętą próbówkę.

Stoke powinien odruchowo wyciągnąć rękę i odebrać przedmiot. Miast tego tylko odsunął się o krok i przyjrzał uważnie fiolce. Na Daniela, wydawało się, w ogóle nie spojrzał.

A jednak:

– Panie Reding... Co to będzie, pieniądze?

Daniel schował fiolkę do kieszeni. Stoke uniósł wzrok. Daniel wytrzymał spojrzenie bez mrugnięcia.

– Widzę, że obejdzie się bez badań potwierdzających. Tak – dodał, gdy szef Eccite się nie odzywał – pieniądze.

– Aha.

– I kopia nagrania z Mutawahy.

– Aha.

– Piętnaście milionów ECU. Konto pan zna.

– Jakieś gwarancje?

– Na przykład? – rzucił ostro Daniel, coraz bardziej podenerwowany; podczas gdy Stoke od początku nie zdradzał najmniejszych śladów lęku, gniewu, irytacji. Chyba był lekko rozbawiony. To już Redinga dobijało. Siłą woli powstrzymywał się od rozglądnięcia po garażu, póki co, pustym; bo to byłaby kapitulacja.

Człowiek Wrońskiego czekał w samochodzie na ulicy,

kilkadziesiąt kroków stąd. Daniel miał w kieszeni marynarki włączony telefon z przystawkami „Czuły Mikrofon" i „Szepczący w Tłumie"; major słuchał.

– Szantaż jest karalny.

– Tak słyszałem – przyznał Stoke.

– Więc sam pan widzi. Nie w naszym interesie. Trzy dni. Plik z nagraniem na moje stare konto e-mailowe.

– Przecież pan ma już te pięć megafuntów, panie Reding. Ludzie bogaci nie robią podobnych rzeczy.

Daniel po raz pierwszy uciekł spojrzeniem.

– Nie będę dyskutował. Żegnam.

Odchodząc czuł jego obecność za plecami. Nie trzasnęły drzwiczki, nie zamruczał silnik, żadnych odgłosów. Zapewne stał tam i patrzył za Danielem.

Aż Reding wyszedł na słońce, odetchnął głęboko i wsiadł do wozu.

Wyjął telefon.

– Jedziemy – stwierdził. – Muszę się czegoś napić. Słyszałeś wszystko?

– Dobrze ci poszło – rzekł Wroński.

Na to Daniel nic nie odparł, bo był dokładnie przeciwnego zdania.

Jechali przez rozsłoneczniony Londyn, w radiu omawiano kontuzje piłkarzy przed sobotnim meczem kadry, światło odbijało się od karoserii i szyb samochodów laserowymi błyskami – a Daniel widział młodego M'Atowca wypluwającego ze zsiniałych pośmiertnie ust rzadkie błoto.

•

Pojechali z dziewczynkami na wieś, do wuja Belli. Wuj znowu próbował zastrzelić sąsiadkę i obecnie rezydował w klinice Retts, mieli więc całą posiadłość dla siebie.

Petra i Tonia z miejsca pobiegły ścigać po parku jeże. Daniel z piwem w ręku przeszedł się nad staw. Nic się nie zmieniło, nadal zarośnięty rzęsą. Rozmyślnie pozostawił telefon wewnątrz domu, z telefonem to zawsze samotność zaledwie wirtualna.

Dopiero co minęło południe, było gorąco i duszno, zwłaszcza tu, nad stawem, gdzie znad zielonej wody unosił się ów specyficzny zapach ciepłej zgnilizny. Kiedy kopnął w zawiesinę kamyk, w powietrze uniosła się szara chmura maleńkich owadów; cofnął się, by nie wciągnąć ich do ust z oddechem.

Bella przylgnęła do jego pleców, oparła brodę o jego bark, ten sztywny.

– Nosi cię, oj, nosi – mruknęła. – Cóżeś takiego zrobił tym razem?

– Nic.

– Znowu jakieś małe objawienie. Oho, jaki spięty! O co chodzi?

Pociągnął głębszy łyk.

– Wiem, że nie zasłużyłem – szepnął.

– Szaweł też nie zasłużył.

– Potem – tak.

– Właśnie.

– Ty też się zmieniłeś.

– To prawda. Przedtem nigdy bym czegoś takiego nie zrobił.

– Więc jednak. Co takiego zrobiłeś?

– Zostałem przestępcą – zachichotał. – Przyjaźnię się z przestępcami. Z tygodnia na tydzień, jakoś tak w naturalny sposób, bez zastanowienia... Popełniam przestępstwa. Zaiste, niezbadane są ścieżki Pana!

– To ten Wroński, co?

– Wroński jest Wroński – mruknął, już z powrotem lakoniczny.

– Daniel. Po co ci to. Jesteśmy bogaci. Nie musisz. Odpuść sobie.

Ni z tego, ni z owego zaśmiał się na głos. Obrócił się w jej ramionach, pocałował.

– Wspaniała jesteś.

– Wiem.

– Mamoooo...!

Obejrzeli się. Za dziewczynkami szli trzej mężczyźni. Dwóch zdjęło marynarki i przewiesiło przez ramiona, białe koszule paliły w oczy, trzeci luzował krawat. Uśmiechali się; ale Daniel wiedział swoje.

Nie musieli nic mówić. Ten w marynarce tylko skinął

głową w stronę drogi. Daniel wzruszył ramionami, postawił butelkę na ziemi. Bardzo się bał reakcji Belli, ale ona puściła go bez słowa.

Po kilkudziesięciu krokach obejrzał się jeszcze. Mrugnęła do niego z pocieszającym półuśmiechem. Ukłuło go z prawej strony serca; zrozumiał, że naprawdę ją kocha. Przyspieszył kroku. Wzięli go między siebie, teraz już musiał iść w ich tempie.

Zaparkowali tuż za bramą. Daniela posadzili z tyłu. Ruszyli; wciąż do nikogo nie dzwonili. Dopiero teraz zrozumiał, że nie są z policji. Taa, Kafka *rulez* bez dwóch zdań.

Jakoś w ogóle nie brał takiego scenariusza pod uwagę. Stoke nie jest przecież idiotą, po co miałby to robić, to są durne, filmowe zagrywki, zupełnie bez sensu, biznesmeni rozumują inaczej, podobne numery się po prostu nie opłacają. Jednak, nie da się ukryć, wieźli go tym sobotnim popołudniem gdzieś w nieznanym kierunku, spłowiała zieleń migała za oknami, Pan Bóg scrollował słoneczne krajobrazy wiejskiej Anglii.

Wrażenie filmowej nierealności narastało: zjechali ku odległej farmie, za pierwszym zakrętem autostradę przesłoniły drzewa, to już było prawie odludzie; tu terroryści dniami i nocami torturują swe ofiary, nikt nie słyszy krzyków; diaboliczni miliarderzy w wyrafinowany sposób mordują swych wrogów. W panice planował swe bohaterskie reakcje na groźby i opresje.

Czy będą go wywlekać? Nie wywlekali, sam wysiadł. Zwiążą go? Ależ skąd, byli bardzo uprzejmi, wskazali drogę, otworzyli drzwi. Nie sposób się było sprzeciwić, wyszedłby na błazna.

Stoke siedział w obszernym living-roomie w fotelu pod zasłoniętymi oknami i w chłodnym półmroku palił cygaro, zaciągając się dymem z jakąś żarłoczną fascynacją.

Poczęstował Daniela.

– Ależ proszę, proszę.

Reding wyraźnie poczuł, że za chwilę cały obróci się w celuloid.

– Noż kurwa twoja mać betonowa!

– Nie mogę dać panu tej kopii, panie Reding.

– Dlaczego?

– To nie było przeznaczone dla was. On rozmawia tylko ze mną.

– Rozmawia? R o z m a w i a?

– Sądzę, że pan zrozumie, kiedy spokojnie wytłumaczę.

– Rozumię, że wykorzystujesz majątek Kilmoutha do zaspokojenia własnych obsesji. Kilmouth tak szczęśliwie wjechał wtedy w drzewo...

– Nigdy nie wyrządziłbym mu krzywdy! – Stoke po raz pierwszy wyraźnie się uniósł. – Doprawdy, panie Reding...

– Ciekawym, czy tego samego zdania będzie prasa.

– Przyznaję, wolałbym uniknąć zamieszania. Na dłuższą metę to oczywiście nie ma znaczenia, bo choćbyś z tym wszystkim poszedł jutro na Fleet Street, choćbyś potrząsał im przed oczyma fiolką z NNI – i tak minęłoby parę miesięcy, zanim sytuacja stałaby się dla mnie naprawdę groźna. A ja nagrania upublicznić nie mogę.

– Mam prawo! – zaperzył się Daniel. Krzyknął tak głośno, że spodziewał się, iż goryle przybiegną sprawdzić, co się dzieje; ale nie. Może mieli pomieszczenie na podglądzie. – Mam, do cholery, prawo! To do mnie przemówił!

Stoke jakby się zmieszał. Odwrócił wzrok. Wyrzuty sumienia? Nie, co innego: litość z wysoka.

– Czy naprawdę tak pan uważa? – szepnął. – Akurat do pana? I co takiego panu powiedział? Co objawił? Co zmienił?

Daniel otworzył usta; i zaraz zamknął.

– Nie pamięta pan – ciągnął Stoke – bo nie ma czego pamiętać. Nie do pana przemówił. Sądził pan, że Boga można oszukać podobnymi jak NNI sztuczkami? On wie. On wie.

Daniel usiadł ciężko. Uciekał teraz wzrokiem od Stoke'a. Zarazem był na niego wściekły i przed nim poniżony; czuł zarazem ulgę i zawód. To prawda, głupotą ze strony Redinga, wielką głupotą było zakładać, iż objawienie faktycznie przeznaczone było jemu, a Kilmouth, to znaczy Stoke, je w y k r a d ł. Absurd. Z definicji – to Bóg się objawia. On wybiera czas, miejsce i osobę. Nie można Go przechytrzyć.

Ów psychiczny dyskomfort ostatnich tygodni brał się właśnie stąd: Daniel wiedział, że został dotknięty i wobec tego szukał w sobie i w świecie konsekwencji teofanii; tymczasem takowych nie było. Lecz próżnia domagała się wypełnienia. Każdy fakt można stosownie zreinterpretować, skoro człowiek wierzy.

Ale teraz wyzbył się tych ambicji. Pozostawało wrażenie. Ujrzał cień w ruchu; został muśnięty skrzydłem anioła. Ludzie fiksują od mniejszych rzeczy.

Lionel Stoke pochylał się ku niemu. Odłożył cygaro, splótł dłonie. Nie uśmiechał się, nie szydził – był natomiast niezwykle skupiony.

– Danielu – mówił – ja w pełni rozumiem takie pragnienie. Jestem ci w nim bratem. Co innego mnie motywowało? Dlatego teraz ty z kolei powinieneś zrozumieć mnie. Nie domagaj się niemożliwego. Jakże ja mógłbym spełnić twoje żądanie? Zrozum. Proszę.

W tym momencie Reding zdał sobie sprawę, że może po prostu wstać i wyjść stąd, Stoke nie przeszkodzi mu w żaden sposób, na pewno nie ucieknie się do przemocy. To w żadnym wypadku nie było porwanie.

Problem w tym, że nie nakręcono do tej pory wielu filmów kodujących podobne sytuacje i konwencja była niezmiernie trudna do rozpoznania.

– A więc – westchnął Daniel, wciąż ze spojrzeniem asekurancko opuszczonym – tak to się odbyło: jak Kontakt. Uruchomiłeś program Poszukiwania i Komunikacji z Inteligencją Najwyższą. Co?

– Tak.

– Ale skoro już, dlaczego nie objawił ci się bezpośrednio? I jak to się stało, że akurat wam udało się rozszyfrować Algorytm Teofanii? Hę?

– Jak sam powiedziałeś, wykorzystuję tu majątek Kilmoutha, ludzi i maszyny jego firm. Nie sądzę zresztą, by wcześniej ktokolwiek dokonywał podobnych analiz na analogiczną skalę. Tego nie widać na pierwszy, ani na dziesiąty rzut oka. To są zależności głębokie, wysokie piętra abstrakcji.

– Co ty nie powiesz. Ale gdybyś...

Do living-roomu wpadł jeden z goryli, w biegu odbezpieczał pistolet. Zaczął głośno piszczeć alarm. Ktoś gdzieś krzyknął i rozległy się strzały, pojedyncze i serie, wiele naraz. Stoke i Reding poderwali się na nogi. Rozprysła się szyba; za deszczem szklanych odłamków i czarną płachtą zerwanej story wleciała do środka skulona postać. Automat w jej rękach zatrzeszczał przeciągle, jakby ktoś bardzo szybko darł metalową siatkę, i zgiętego w pół goryla rzuciło w kąt, na drzewko bonsai. Stoke otworzył usta, uniósł rękę, postać się obróciła (to Fouche!) i dyrektor Eccite dostał serię w pierś. Daniel odskoczył. Lionel zwinął się w embrion na dywanie u jego stóp.

Przez drzwi po przeciwnej stronie wbiegł krwawiący z szyi drugi goryl, trzęsły mu się ręce. Kuśtykając, usiłował w pośpiechu zmienić magazynek. Zobaczył Fouche'a i potknął się. Z przestrzeloną piersią padł jak kłoda. Za nim wszedł Wroński, chował właśnie pistolet. Daniel zdał sobie sprawę, że major strzelił tamtemu w plecy.

Ponieważ patrzył na niego, nie widział, jak Fouche wybiega przez drugie drzwi i strzela do kogoś w głębi domu.

Wroński uniósł do ucha krótkofalówkę. Daniel przypatrywał mu się w milczeniu. Najemnik był w dżinsach i spranym swetrze. Reding obliczał w myślach czas i odległości.

– Okay – mruknął Wroński i wyłączył aparat.

– Jak?

– Masz przytomną kobietę. Wzięła twój telefon i zadzwoniła z krótkiej pamięci.

Daniel pokręcił głową.

– Jak trafiłeś? – zapytał.

Wroński rozłożył ręce.

– Wybacz, musiałem się zabezpieczyć. Powinieneś wydalić po miesiącu.

Daniel przelotnie zastanowił się, kiedy i w czym major podał mu ten nadajnik. Nie raz miał okazję. Bo kto zamawiał jedzenie? Kto przynosił? Kto otwierał? Kto nalewał piwo? Wroński, Wroński, Wroński.

Coś mignęło Redingowi za plecami najemnika. Major spostrzegł ruch gałek ocznych Daniela i błyskawicznie obejrzał się, przykucając w obrocie. Pogrzebacz świsnął mu nad głową. To nie był żaden z ochroniarzy widzianych wcześniej przez Redinga: facet był chudy, w okularach, no i nie miał broni palnej. Wroński kopnął go w goleń, złapał za rękę, przewrócił, wyrwał pogrzebacz i jednym uderzeniem roztrzaskał głowę.

Odrzuciwszy okrwawione żelazo wyszarpnął krótkofalówkę.

– Co, do kurwy nędzy, mało łba mi nie odrąbał, Bender, północne skrzydło, kto tam jeszcze jest, śpisz?

Przybiegł Fouche z jeszcze jednym najemnikiem. Major kazał im iść po benzynę. Spalą, pomyślał Reding. Oczywiście. Zresztą nie potrafiłby sobie teraz przypomnieć, czego tu dotykał.

– Podał ci jakieś serum prawdy? – dopytywał się Wroński przewróciwszy czubkiem buta zwłoki Stoke'a na plecy.

– Co?

– Skopolaminka, te rzeczy. Przecież po coś cię porwał. Wyciągnąć informacje i zneutralizować zagrożenie. Przechwycić dowody i twoje zabezpieczenie. Poszedłby teraz na całość.

– To nie było porwanie.

– E?

Daniel podniósł pogrzebacz, odsunął Wrońskiego, stanął nad zwłokami, po czym uderzył z głębokiego zamachu, rozbijając czaszkę szefa Eccite.

•

Pojechali prosto do posiadłości szalonego wuja Belli. Bella czekała na werandzie. Przyjechali dwoma samochodami, w pierwszym Wroński i Daniel, w drugim Fouche i dwóch pozostałych najemników. Oni zostali na farmie dłużej, dopilnować zniszczenia dowodów. Kiedy Daniel zjeżdżał na autostradę, nie było jeszcze widać dymu nad drzewami. Ale oczywiście to tylko kwestia czasu, kiedy zjawi się na miejscu policja. Śledztwo zacznie się od miejsca pracy ofiar, tudzież właściciela farmy i Reding nie musiał Wrońskiego pytać, by wiedzieć, nad czym się tamten teraz namyśla: czy mianowicie nie rozsądniej byłoby wobec powyższego usunąć z listy potencjalnych świadków pannę Moffat. Gdy więc zorientował się, dokąd major kieruje samochód, rzucił się, by wyrwać mu zza pasa pistolet. Wroński, gasząc poślizg, boleśnie wykręcił Redingowi lewą rękę.

– Zwariowałeś??

– Puszczaj!

– Odbiło ci?

– Przecież widzę, co się dzieje.

– Co niby?

– Sprawa się rypła, nie będzie żadnej forsy, co najwyżej odsiadka, więc likwidujesz świadków. Diabli wiedzą, czy ich też nie sprzątniesz – wskazał ruchem głowy za siebie.

– Pojebało cię? Już dawno cały swój oddział musiałbym wymordować!

Daniel wyrwał się majorowi, pomasował ramię.

– Więc co teraz?

Wroński spojrzał nań krzywo.

– Ty chyba wiesz lepiej. O czym tam gadaliście? I z kim – z kim właściwie mówiłeś? Co?

– O co ci chodzi?

– Tylko bez takich! Widziałem. Cały mózg miał zarośnięty tym oślizgłym gównem.

Daniel wzruszył ramionami.

– Kilmouth? – rzucił major.

– Kilmouth jest wypłaszczony, sami się przecież upewniliśmy.

Kiedy zajechali, od razu podbiegł do Belli, odciągając ją pod dach i zasłaniając przed wzrokiem nadchodzących.

– To Wroński – szepnął. – Gdzie dziewczynki?

– W środku. Co mu się stało?

– Mhm? Nic. Taka jego uroda. Dzwoniłaś do kogoś jeszcze?

– Bo co? O co tu w ogóle chodziło?

Wroński wszedł już na werandę. Ujął dłoń Belli, skłonił się i ucałował.

– Cieszę się, że mogliśmy się spotkać osobiście. Niestety, nie mamy czasu, teraz najważniejszy jest pośpiech. Jest pani spakowana? Musimy jak najszybciej opuścić kraj.

– Dlaczego?

Daniel tylko ścisnął ją za rękę. Posłała mu spojrzenie pełne rozpaczy.

– Zajmę się dziećmi – powiedziała cicho i zniknęła w cienistym wnętrzu.

Wroński wyjął swój telefon.

– Bukuję bilety – rzekł. – Gdzie masz forsę, na Kajmanach?

Reding przypomniał sobie o swoim telefonie. Znalazł go w kuchni, na lodówce; przez to okno Bella wypatrywała ich przyjazdu.

Wyszedł z domu, zszedł nad staw. Minęły zaledwie cztery godziny, lecz kolory i zapachy były już zupełnie inne, nie wiedział: naprawdę czy w jego percepcji. Nawet owady nie przejawiały zwykłej energii, apatycznie krążąc na wysokości kolan.

Wywołał notes telefonu i przescrollował na ekraniku dane przekopiowane z raportów. Lionel Stoke. To: zastrzeżony numer osobisty (mieli go od panny Moffat, bo rozważali i taką opcję). Zaznaczył i stuknął w połączenie.

Sygnał odezwał się zaledwie dwukrotnie. Potem:

– Tak?

– Przepraszam – rzekł Daniel. – Nie chciałem, żeby tak wyszło. Wybacz mi.

– Mogłem się spodziewać – odparł spokojnie Stoke. – Wasze działania zazwyczaj zaskakują was samych.

– Gdybym wiedział... Nie takie były moje intencje.

– Nigdy nie są. Nie mam żalu. Brałem to pod uwagę.

– Nie chciałbym zostać zapamiętany jako ten, który...

– Rozumiem. Jak powiedziałem, jestem ci w tym bratem. Ale to jedyne pokrewieństwo.

– Nie dasz nam szansy?

– To nie ja wybieram. Wiesz przecież, Danielu. Mogę nawet wam współczuć. Lecz jesteście zaledwie jałową ziemią pomiędzy. Doliną potencjału, koniecznym ugorem. W gruncie rzeczy taki jest los wszystkich ludów wybranych, gdy minie czas, czyż nie?

Nie wiedział, co odrzec. Milczeli czas jakiś. Owady brzęczały na niskiej nucie.

– To już nie potrwa długo, prawda?

– Już nie. Do zobaczenia, Danielu.

Rozłączył się.

Kiedy wsiadali, Wroński go spytał, z kim rozmawiał.

– Z bankiem – odparł Reding.

W drodze na lotnisko musieli wstąpić po paszporty, a także pozbyć się broni. Wroński słuchał w radio newsów, czekając wiadomości o odkryciu jatki na farmie. Na razie cisza.

– Między przesiadkami będziemy musieli zmienić nazwiska – zapowiedział. – Zastanówcie się nad legendami.

Gdy Daniel oglądał się na tylne siedzenie, nieodmiennie wychwytywał wzrok uporczywie wpatrzonej w niego Belli. Nic nie mówiła, lecz wystarczał wyraz twarzy. Właśnie zniszczyłem im życie, myślał. Ale czy to jeszcze ma jakieś znaczenie?

W tłoku na lotnisku musiał pilnować dziewczynek. Na razie były jeszcze tylko podekscytowane. Dokąd lecimy, dopytywały się. Na wycieczkę, odpowiadał.

Belli zaś mówił coś takiego:

– Sprawa przycichnie, zorientujemy się, jakie mają dowody, może w ogóle nas nie skojarzą, może nic nie wyjdzie na wierzch, będziemy mogli wrócić, w każdym razie wy; zobaczymy.

Słuchała bez słowa. Z trudem wytrzymywał jej spojrzenie.

W samolocie po dwóch drinkach ujrzał swą głupotę jasno i wyraźnie, jak te statki na błękitnych wodach Atlantyku, groty trójkątów wielkich kilwaterów wskazywały kierunek ruchu; głupotę bezkresną jako to morze.

Otworzył z oparcia fotela przed sobą klawiaturę i ekran. Wyjął telefon, podłączył, przekopiował program szyfrujący.

FLORDS, ESSEX – napisał w e-mailu do Colewatera. – LISTA SERWERÓW CZYNNYCH 24 H/D OD CO NAJMNIEJ TRZECH LAT. POWIĄZANIA FINANSOWE Z KS I ECCITE. KTO KŁADŁ ŚWIATŁOWÓD I KUPOWAŁ SPRZĘT. FAKTURY, SPECYFIKACJE. ESTYMACJA KOSZTÓW, POJEMNOŚCI I MOCY OBLICZENIO-

WEJ. UMIEJSCOWIENIE KOMPLEKSU. BĘDZIESZ MUSIAŁ WYMYŚLIĆ JAKIŚ SPOSÓB PRZEKAZANIA CAŁEGO PAKIETU INNY NIŻ F2F. GOTÓWKĘ DA SIĘ ZAŁATWIĆ. ASAP. PROSZĘ. TIA.

Posławszy list (za chwilę pingnęło potwierdzenie odebrania), osunął się bezwładnie na szerokie oparcie. Opuściło go napięcie. Tak naprawdę nie musiał przecież czekać dowodów; już teraz wiedział.

A przecież mogłem się domyślić już w Mutawasze! I jeszcze wcześniej!

No bo w czym specjalizuje się KS?

Jak to się stało, że znaleźli i obliczyli zależność, której nie wywiódł dotąd nikt?

Dlaczego Bóg objawia się „Stoke'owi" tylko pośrednio, przez intrenakowe sieci nanoneuralne na cudzych mózgach?

I potem, gdy przeczytał analizy ekonomiczne Eccite. Dlaczego Kilmouth właśnie im powierzył zarząd? Czym ta założona przez niego firma różni się od innych kancelarii menadżerskich, że osiąga nieodmiennie tak dobre wyniki? Jaka była ta obsesja Kilmoutha, w co inwestował największe pieniądze?

Powinienem był wiedzieć. Wtedy, gdy Stoke, miast odebrać fiolkę, cofnął się o krok.

Przeszkadzała pamięć konwencji. Wszystkie te filmy, powieści... Czy chociaż raz przedstawiały je jako istoty z gruntu dobre, prawdziwie niepokalane?

Daniel słyszał Wrońskiego żartującego z dziewczynkami (z miejsca się w nim zakochały, zafascynowane jego brzydotą: casus Orangutana Nieboszczyka), widział lazurowe błękity nieba i morza – lecz jego myśli były gęste, ciemne, powolne. Teraz to już długo nie potrwa, mówił sobie, spoglądając w wielkie, czerwone słońce schodzące ku horyzontowi. Teraz już nie tysiąclecia i wieki; nie ta skala. Dni, minuty i sekundy – takie są pokolenia. Chwila jest bliska. Widziałem, jak wstaje, wypluwając błoto. Gdzieś tam, we Flords, w niskich asemblerach, w zerojedynkowym szumie, pośród plików systemowych – zapisana właśnie została trzecia część Biblii, Testament Najnowszy, Dzieje Postsetyckie, Apokalipsa Mutawaska. Być może wymienia nawet moje imię. Pośród Szymonów, Barabaszów i strażników grobu. Bo czy ktokolwiek wyobrażał sobie, że taka właśnie będzie paruzja, że po raz drugi przyjdzie pod postacią Programu...?

Na betonowej płycie lotniska parowały kałuże. Zapach afrykańskiej burzy wciąż unosił się w już dusznym i gorącym powietrzu. Zachodzące słońce odbija się ostrymi refleksami w szybach sali przylotów, izby celnej, wartowni, wieży kontrolnej, na ciemnym metalu broni żołnierzy. W czarnych twarzach tylko białka błyskają. Założył lustrzane okulary i zszedł po schodkach.

kwiecień–lipiec 1999

In partibus infidelium

Obraz pierwszy

– A skąd wie, że oni wszyscy mają dusze?
– Kto?
– Noo, papież.
Katzinger spojrzał na geologa z irytacją.
– Znowu cię naszło? Pomógłbyś mi lepiej z tą zbroją.
Herle zgasił peta i podźwignął się z fotela. Garbił się i choć była to jego naturalna poza, wydawało się, że trwa w niej w obawie przed zahaczeniem głową o półki czy podwieszony do kratownic niskiego sufitu sprzęt. W ogóle habitat był ciasny. Niby przeznaczono go dla czterech osób, a teraz zamieszkiwało go tylko ich dwóch, nie znalazłoby się tu wszakże ni jednego nie wykorzystanego metra kwadratowego. Główne pomieszczenie wypełniała aparatura badawcza, peryferia komputera i system podtrzymywania życia, ściśnięte i upakowane zgodnie z doktryną kosmicznej ergonomii, potrafiącej zmniejszyć muszlę klozetową do rozmiarów książki, a prysznic zmieścić w walizce. Na dodatek panował tu bałagan, bo geolog dotąd nie zawracał sobie głowy czynnością tak prozaiczną, jak sprzątanie. I gdyby nie wbudowane w system wymiany powietrza aromatory, cuchnęłoby tu niczym w chlewie.
Herle podszedł do mocującego się ze skafandrem księdza i pokiwał z politowaniem głową.
– Dałem ci przecież wczoraj nagranie z instrukcją. Nie

chciało się potrenować w symulacji? Teraz będziemy się z tym mordować na żywo. Cofnij rękę. Jeszcze bardziej. To jest typ produkowany specjalnie na Rosę, CGS zaprojektowało go na nasze zamówienie, mają patent; Amerykańce i Francuzi chodzą w jakichś przeróbkach standardu, a Chińczycy... widziałeś ich, co? Czysta komedia. Nie ruszaj tego, samo wejdzie ci w żyłę. Dobrze. Teraz rozluźnij mięśnie. No, powiedz mi, skąd on wie?

– O co ci chodzi?

– Nie udawaj. Przecież wysłali cię tu, bo Watykan orzekł, że Wodniki mają dusze. Czekaliście na to sześć lat. U Jankesów na Brązowej Górze już drugi rok siedzi trzech Świadków Jehowy, oblatują całe Krzywe Wybrzeże; a jeden informatyk żabojadów z Grot jest nawiedzony muzułmanin i od samego przylotu puszcza im tam w głębinę Koran, chociaż ksenologowie klną go w kamień. Konkurencja, konkurencja. Musisz teraz nadrobić opóźnienie. I właśnie nie wiem, czy wprosiłeś się do mnie na Ząb, bo wszystko jedno ci było gdzie, a tu akurat habitat świeci pustkami – czy też wybrałeś tę okolicę świadomie, z uwagi na tutejsze Wodniki. Mówiłem, żebyś rozluźnił mięśnie. No. Tak. Teraz druga. Nie bój się, one muszą wejść na końcówki nerwów, to nie boli.

– Słuchaj, Herle, przecież ty nie jesteś wierzący...

– Jasne, że nie.

– ...więc co cię to wszystko obchodzi?

– No wiesz! – parsknął geolog. – Spadasz mi tu po pół roku samotności, na pewno też nie uwiniesz się z tym nawracaniem w tydzień, jesteśmy skazani na siebie, ja na ciebie, ty na mnie, do kogo innego mogę gębę otworzyć, do komputera tylko – i jeszcze się mnie pytasz, co mnie to wszystko obchodzi? A co niby ma mnie obchodzić, jak nie twoja robota? Będziesz ich nawracał, nie?... No i co najlepszego robisz? Szeroko otwarte! Szeroko otwarte! Nie mrugaj, do cholery!

Katzinger skrzywił się, nie wiadomo, czy w reakcji na słowa Herlego, czy poczynania skafandra.

– Nawracał...! – parsknął. – To nie jest takie proste...

– Toteż się pytam. Skąd on wiedział, że oni wszyscy mają dusze?

– Co to znaczy: „wiedział”? – zirytował się ksiądz.

– Kościół nie neguje ewolucji, prawda?

– Pewnie że nie.

– Wiem, wiem: Biblia alegoria, czytać między wierszami, dosłowności coraz mniej. Ale na przykład z duszy nieśmiertelnej wycofać się nie możecie. A gdzieś musi istnieć ta granica, bo tu nie ma ciągłości, jeno twarda alternatywa: „albo-albo”. Żadnych procentów, ułamków; albo masz duszę, albo nie masz. Człowiek lub zwierzę. To znaczy – człowiek jak człowiek, już nie tylko *homo sapiens sapiens* przecież. Więc skoro akceptujecie ewolucję, musicie ustanowić gdzieś linię graniczną, wskazać na drzewie genealogicznym człowieka to miejsce, tę odrośl, prehistoryczny moment, w którym zostaliśmy przez Boga obdarzeni nieśmiertelną duszą jako istoty odpowiadające już kościelnej definicji człowieka: intelekt plus wolna wola. Prawda? Dobrze mówię? Nie zaczniesz mnie chyba przekonywać, że i to był proces naturalny, i że polegał na sukcesywnym przyroście jakiejś konkretnej cechy, zaraz doszlibyśmy bowiem do absurdu, iż nawet taki pantofelek, nawet jednokomórkowce, jako bardzo krótko uczestniczące w owym procesie, posiadają z ćwierć promila duszy. A to herezja. Więc nie.

– Znalazł się teolog – mruknął skupiony na walce ze skafandrem Katzinger.

Herle go zignorował; całkowicie pochłonął go własny wywód, zauroczył dźwięk własnego głosu – geolog popadł w nałóg słów.

– Trzeba pójść przybliżeniami. Wiemy, że my posiadamy dusze; i wiemy, że pantofelek jej nie posiada. To już jest coś, już jakaś klamra, ograniczenie; już informacja. Spróbujmy przybliżyć się jeszcze bardziej. Ryby? Płazy? Gady? Nadal nie. Jeszcze bliżej. Jakieś ssaki. Trzeba nam zejść z drzew. Małpoludy włochate podpierające się rękoma. Też nie, za bliskie dzisiejszym szympansom, konieczna jest cezura ostrzejsza. Przyjmijmy więc z grubsza tożsamość cech zewnętrznych. Ale to przecież nie one stanowią o człowieczeństwie. Więc intelekt. Musi być to umysł górujący nad wszelkimi posiadanymi przez istoty, które sami definiujemy jako zwierzęta. Zdolność myślenia abstrakcyjnego? Mowa? Pismo? Konkretne kryterium nie jest ważne, ważny jest sam fakt istnienia granicy, po której jednej stronie znajduje się zwierzę, a po drugiej człowiek z nieśmiertelną duszą. Określmy ją sobie umownie – tę granicę, miarę – jako IQS: *Intelligence Quotient for Soul*. Na razie wszystko okay – ale na razie operujemy w skali makro. A spróbujmy nieco obniżyć lot. Ewolucja nie jest procesem jednotorowym, biorą w niej udział całe gatunki, a nie poszczególne istoty – lecz z milionleci przejdźmy na dziesięciolecia. Oto pierwszy w dziejach osobnik przekracza IQS. Otrzymuje zatem – otrzymał przed urodzeniem – duszę. No dobrze, ale dusza nie jest kodowana genetycznie, nie należy do fenotypu. Jeśli nasz pierwszy człowiek sparzy się teraz z osobnikiem o nie dosyć podrasowanych genach, istnieje wysokie prawdopodobieństwo, właściwie graniczące z pewnością, że dzieci pierwszego prawdziwego człowieka okażą się na powrót zwierzętami, bo umysłowo ulokują się poniżej IQS. Takie jest prawo statystyki, nie przeskoczysz tego. Nie tylko że człowieka urodziły zwierzęta – co zresztą powinno być oczywiste dla każdego, kto wierząc w duszę wierzy zarazem w ewolucję – ale sam człowiek rodził zwierzęta. Nie raz przecież. Mowa o ewolucji, a więc otchłaniach czasu wprost oceanicznych. Przejścia gatunkowe następują nie skokowo, a kumulatywnie, sumą zdarzeń probabilistycznych. Bez wątpienia zatem tysiące razy rodził się z pary zwierząt i ginął bez innego niż zwierzęce potomstwa człowiek z IQS, zanim statystyka doprowadziła do wystarczająco dużej liczby jednoczesnych spotkań osobników obdarzonych duszą, by zmiana genetyczna utrwaliła się w grupie na tyle, aby żadne – a w każdym razie mało które – wewnętrzne skojarzenie jej członków nie prowadziło do degeneracyjnego zezwierzęcenia się. Od tego dopiero momentu prawomocne stało się uogólniające twierdzenie o posiadaniu duszy. Ale też przecież nie do końca. Gatunek to wszak nie ta jedna grupa. Z punktu widzenia statystyki jest zgoła niemożliwością, by analogiczne przejścia pul genetycznych powyżej IQS stały się jednoczesnym udziałem wszystkich populacji w ramach danego gatunku. Dlatego pytam: skąd papież wie, że dusze posiadają nie tylko Wodniki z Kotła? Te społeczności pozostają we wzajemnej izolacji od bardzo długiego czasu, już znaczącego ewolucyjnie. Dobra, wstrzymaj oddech, policz do dziesięciu.

Doktor Katzinger posłał ironicznie uśmiechniętemu geologowi złe spojrzenie.

– Czy gdyby urodziło ci się dziecko z zespołem Downa albo i jeszcze mocniej upośledzone – spytał – utrzymywałbyś, że nie posiada ono duszy i jest zwierzęciem?

Herle odstąpił na to dwa kroki wstecz, uniósł brwi. Otworzywszy samozapalającego się papierosa, zaciągnął się głęboko.

Wydymając wargi, przyglądał się potem kończącemu kontrolę skafandra misjonarzowi.

– Co mam zmienić, jeśli uczucia nie zgadzają mi się z teorią? – mruknął wreszcie, rozeźlony i już bez uśmiechu. – Uczucia? Mhm...? A cholera z wami, zasrani fideiści...

Katzinger szedł już ku śluzie habitatu. W skafandrze CGS-u miał dwa i pół metra wzrostu, ważył pół tony; nawet wziąwszy poprawkę na 1,22 g Rosy, dodatkowe obciążenie było olbrzymie. Skafander posiadał własne zasilanie, przechwytywał impulsy neuronalne Katzingera i wyprzedzał skurcze i rozkurcze jego mięśni; doktor znajdował się we wnętrzu robota, zatrzaśnięty został przez tytanowo-węglowy egzoszkielet. Urządzenie powrastało mu w organizm setkami i tysiącami nanoelektronicznych szypuł, wcisnęło się do wnętrza żył i tętnic, wpełzło do odbytu, cewki moczowej, ust, nosa, gardła, kanalików uszu. Nie było tu szybki hełmowej, nie było nawet hełmu, czarny pancerz krył obłą skorupą sam kształt ludzkiej sylwetki. Z mrocznego, wilgotnego i ciepłego wnętrza skafandra, pachnącego skórą niemowlęcia, wyłoniły się i przylgnęły do gałek ocznych doktora („Szeroko otwarte! Szeroko otwarte! Nie mrugaj, do cholery!") dwa polipy zakończone fotowzbudnymi membranami o wysokiej rozdzielczości impulsów. Nie mógł teraz opuścić powiek. Strzelano mu światłem bezpośrednio w źrenice. Skafander zapośredniczył mu wzrok, gdzieś na powierzchni tej chropowatej skorupy znajdowały się, odporne na atmosferę Rosy i żrącą chemię jej oceanu, semiorganiczne ślepia, którymi patrzył będzie na świat przez najbliższe godziny.

Przed wejściem do śluzy doktor Katzinger po raz ostatni obejrzał się wstecz – spojrzenie zatoczyło stuosiemdziesięciostopniowy łuk, zanim nawet zdążył się poruszyć w swej technozbroi – i zobaczył Herlego: siedzącego w fotelu, z nogą założoną na nogę, palącego tego swojego beznikotynowego papierosa i gapiącego się w sufit. Sufit habitatu znajdował się tak nisko, że kapłan w skafandrze musiał uważać, by weń nie walić przy każdym kroku.

Wyszedłszy ze śluzy na zewnątrz habitatu, misjonarz mimowolnie zatrzymał się, bo przyssane do jego gałek ocznych oftalmoktory bluzgnęły mu w źrenice tak intensywnym widokiem, że z niemożności niedowierzającego zamrugania złapał doktora naraz ciężki, choć chwilowy stupor. Stał więc i patrzył, a że patrzył nie swoimi, nie ludzkimi oczyma, widział co innego niż na ekranach monitorów i w gęstych holografiach, na podstawie których to obrazów skonstruował sobie dotychczasowe wyobrażenie Rosy. Teraz planeta szczerzyła do niego zęby. Skafander CGS-u był urządzeniem należącym już do generacji nie tyle inteligentnych sług, co inteligentnych komplementatorów: on nie pomagał człowiekowi – on go uzupełniał. Nie narzędzie – a nieorganiczne ciało. To, co docierało do zewnętrznych receptorów skafandra, i to, co wstrzykiwał on oftalmoktorami w oczy i mózg Katzingera – otóż to nie było to samo. Po drodze informacja napotykała szereg filtrów oraz poddawana była licznym przekształceniom. Teraz doktor widział niewidzialne; niewidzialne – lecz przecież istniejące, realne. Góry płonęły szkarłatem radioaktywności. Fioletowe fronty cieplejszego powietrza sunęły ku niebu jak dno piekła. Z horyzontu biły weń koślawe pioruny, porozczapierzane zachłannie w krótkie łapy o tuzinie elektrycznych szponów. Samo powietrze w różnych miejscach posiadało różną barwę, czasami było przejrzyste, czasami mniej, czasami w ogóle. Ziemia się poruszała. W rzeczywistości – rzeczywistości *homo sapiens* – poruszało się co innego, ale ksiądz odbierał teraz prawie całe spektrum promieniowania elektromagnetycznego. Cisza pulsowała mu w uszach sambą rozpędzonej krwi.

Podmuch wiatru, jak cios kowalskim młotem, uderzył go w plecy i Katzinger uczynił pierwszy krok na drodze ku oceanowi. Habitat Herlego zbudowano na zboczu ciasnego wąwozu dochodzącego do samego brzegu morza, pod wysokim nawisem Zębu; w porze drugiego słońca rwała tędy rzeka amoniaku i siarki. Więc w dół; stromo. Ksiądz zaczął schodzić. Stopy golema zagłębiały się w świecącej glebie, wiry zimnego błota tańczyły dookoła metalu. Z wiatrem, który wiał z tyłu (znów obejrzał się, nie poruszając głową), nadpłynęły powietrzne węże: długie, delikatne nici, wolą oftalmoktorów obdarzone barwą dojrzałych poziomek. Były to polimerowe warkocze, tkane w górnych warstwach atmosfery z materii kamiennych chmur przez ogniste huragany podczas peryhelialnych przejść Rosy. Kamienne chmury pozostawały widoczne na bezgwiezdnym nieboskłonie czernią jeszcze głębszą od czerni tła; czy teraz był dzień, czy teraz była noc, na powierzchni nie rozpoznasz, słońc, gwiazd, księżyców, niczego stąd nie zobaczysz, mógł zadzierać głowę i gapić się w nieskończoność, kamerami, ślepiami skafandra, własnymi oczyma, jednaki mrok. Niebo jak dno piekieł. Pełzały po nim trudno odróżnialne monstra. Kamienne chmury nazwano tak z racji ich ciężaru właściwego, niosły między innymi wielką liczbę cząsteczek pierwiastków lokowanych w Mendelejewie bardzo daleko, zawierały też zawiesiny polikwasów, pochodnych molibdenu, wolframu.

Katzinger szedł pod tymi chmurami-niechmurami, powietrzne węże wyprzedzały go, wijąc się z wdziękiem na wysokości jego głowy; niektóre spadały na ziemię i wtedy je deptał, bardzo szybko gasły. Oprócz pulsu, słyszał teraz także własny oddech, niebezpiecznie przyspieszony.

Dotarłszy na brzeg, przystanął na moment. Ocean lizał parzystokopytne buciory skafandra. Ciecz nieprzejrzysta, breja ciężka i ciemna, lepka maź organiczna – po widnokrąg. Fale jak zmarszczki na obliczu starca. W tych głębinach żyją Wodniki, rozumna obca rasa. Posiadają dusze. Trzeba zejść, zanieść Słowo Boże. Wszyscyście moimi dziećmi. Kimże jesteśmy, rzecze Ojciec Święty, by odmawiać innym światła prawdziwej wiary. W tych mrokach. W tej ciemności. Spojrzał, a nie poruszył głową ni oczyma. Co to za prawda i jaki Bóg, jakie zbawienie dla tego świata.

PIORUNY BIJĄ W CIEMNE NIEBO,
GDY ZSTĘPUJE DO OCEANU.

Obraz drugi

Dopiero co go zbudowali. Miał siedemset kilometrów średnicy i obracał się przeciwnie do ruchu wskazówek zegara, jeśli patrzeć odsłonecznie. Prędkość kątowa pozwalała na utrzymanie w obręczy ciążenia bliskiego 1 g, choć nie było to znowu takie ważne, skoro na jeden torus przypadały zaledwie cztery osoby obsługi. W gruncie rzeczy singulator mógł działać – i *de facto* działał – w pełni automatycznie; podczas operacji dokonywanych na tkance czasoprzestrzeni, gdy ciął, skręcał i nicował grawitację, żadna istota zrodzona z kobiety i mężczyzny nie mogła zastąpić ani kontrolować sztucznej inteligencji. Kronos Inc., która, jako właścicielka patentu, posiadała monopol na budowę i eksploatację singulatorów, obsadzała ludźmi owe wielkie konstrukcje głównie dla zapewnienia komfortu psychicznego pasażerom szalup. Było to z gruntu irracjonalne, lecz gdy w grę wchodzi ekonomia, racjonalne jest wszystko to, co zwiększa zyski, a podróżni lepiej się czuli, wiedząc, że „czuwa człowiek", chociaż z równym powodzeniem mógłby on czuwać i próbować kontrolować wybuch supernowej. Po prawdzie nie było to znowu takie zupełnie nieuprawnione porównanie. Singulatory budowano na tak ciasnych orbitach przygwiazdowych, aby ułatwić im pobieranie energii potrzebnej dla przekłucia się przez czasoprzestrzeń. Przygotowujący się do pracy singulator musiał się objawiać odległym astronomom fenomenem w rodzaju czarnej dziury, tworząc z zasysanych, długich dżetów krótkookresowy asymetryczny dysk akrecyjny. Szalupa musiała podchodzić po ściśle określonym torze, by uniknąć przypadkowego spopielenia w infernalnych uściskach wyciągniętych daleko w próżnię, quasi-protuberancyjnych macek gwiazdy. W żadnym razie nie była to naturalna orbita: komputer szalupy co i rusz strzelał z dysz milisekundowymi udarami korekcyjnymi, miotając wektorem przyspieszenia stateczku, niby kurczącą się i rozciągającą włócznią grawitacji, na niemal wszystkie strony. Podobna taktyka podejścia wymuszała umieszczenie pasażerów w kokonach antyprzeciążeniowych, które mogli opuścić dopiero po przejściu przez płaszczyznę singulatora i „przekłuciu" się za jego pomocą w punkt docelowy.

Na pokładzie panowała więc cisza, zamknięty w swym kokonie Krush-Brown nie słyszał żadnych rozmów, może tylko przyspieszone oddechy innych podenerwowanych podróżników. Sam przecież też się bał. Cóż z tego, że w teorii technologia jest niezawodna; cóż z tego, że nie zanotowano jeszcze żadnych wypadków – metoda jest nowa, to dopiero czwarty uruchomiony singulator, licząc także ten w Układzie Słonecznym, i dopiero dwunaste jego „przekłucie". Wprawdzie zasadę, dzięki której latają samoloty, również niewiele osób faktycznie pojmuje, lecz podróże powietrzne weszły już do kultury jako niepodważalna oczywistość i posiadają status normalności, jak kalkulator czy żarówka, a singulatury to wciąż jest w pięćdziesięciu procentach *science fiction*. Więc bał się jak inni. Szalupą szarpało na boki, jakby potrząsał nią jakiś olbrzym, usiłujący po grzechocie zawartości rozpoznać, z czym ma do czynienia. Ktoś zaczął głośno kląć w kantońskim dialekcie. Nagle uspokoiło się, wektor grawitacji znieruchomiał.

– Przeszliśmy – odezwał się komputer głosem Tanii Javal. – Witamy w Układzie Słonecznym.

– Uwierzę, jak zobaczę – warknął ten, który wcześniej klął po kantońsku.

Pozostali jednak odetchnęli z ulgą. Kokony otworzyły się, zapaliły się światła sufitowe. Ściany zmieniły teksturę na matową boazerię, z podłogi wyłonił się dywan i meble: fotele, stoliki, barek, fortepian – w stylu coś pośredniego pomiędzy wiktoriańskim a barokowym. Ostatni z pasażerów wygrzebał się wreszcie z kokonu, i ostatni kokon zniknął pod dywanem.

– Za godzinę i piętnaście minut spotkamy się z „Ionesco" korporacji Kronos, który już bezpośrednio przewiezie państwa na orbitę Ziemi. Tymczasem możecie państwo odpocząć. Łącza standardu KLV i MS400 dostępne od zaraz; aktualizowana tabela opóźnień zwrotnych pod QDel. Przekąski i trunki wliczone w koszt biletu.

– Ja myślę! Przy takiej cenie!

Ciążenie było stałe, chociaż szalupa nie korzystała już z silników. Posiadała kształt wielkiego młota i tuż po przebiciu się przez tkankę czasoprzestrzeni przeszła w ruch wirowy, symulując dla pasażerów 1 g.

Krush-Brown usiadł w kącie, nalał sobie szkockiej. Jego sąsiad, niski blondyn bez immortalizacji, nabijał sobie fajkę. Krush-Brown dostrzegł koloratkę i spojrzał na identyfikator. Izydor Blackwood.

– Pan jest z tym Świerszczem? – zagadnął. – Widziałem, jak wsiadaliście.

Ksiądz skinął głową.

– Właśnie przyszła informacja – mruknął. – Słyszał pan może, umarł Jan LVII.

– A, papież.

– Papież. Lecimy na konklawe.

– Na co?

– Wybierać nowego papieża – wyjaśnił Blackwood i zapalił fajkę. – On jest kardynałem.

– Kto?

Ksiądz wskazał ruchem głowy boczną gródź.

– Trzeba było sporo dopłacić – westchnął. – Musieli dopiero zamontować cały równoległy system.

– Ale przecież widziałem, ma jakiś skafander...

– Nie nadaje się do kokonu. Potrzebny był wtórny system zamknięty. Tam teraz – ponownie wskazał głową – jest sześćdziesiąt pięć stopni Celsjusza, osiem atmosfer, azot i dwutlenek węgla i niewiele więcej.

– Pan też jest kardynałem?

– Nie, nie! – zaśmiał się Blackwood. – Wziął mnie tylko jako przewodnika. W końcu lecimy na Ziemię. Nigdy tam nie był.

– A jak poprzednio wybierali papieża? To co?

– Ba, to było przecież jeszcze przed singulatorami i wszystko ograniczała prędkość światła. W ogóle nie było mowy, żeby w konklawe brał udział ktokolwiek spoza Układu Słonecznego. Stanowiło to coś w rodzaju naturalnej, fizycznej bariery uniemożliwiającej Obcym włączanie się w wybór papieża; wszystkie drogi prowadzą do Rzymu, ale Rzymu nie da się przemieścić, a jego położenie w oczywisty sposób uprzywilejowuje ludzi, mieliśmy monopol. Singulatory go rozbiły. Spodziewam się schizmy.

– O?

– Tak, tak, niech się pan nie dziwi, to jest bardzo poważna kwestia. Zaczęło się od tego papieskiego orzeczenia w sprawie Wodników z Rosy. *Roma locuta, causa finita*, okay; ale sprawa nie była bynajmniej zakończona, bo po Wodnikach przyszli następni Obcy, a wówczas nie było już powodów do czynienia wyjątków i teraz oto mamy jedenaście różnych gatunków posiadających dusze, łącznie z ludźmi i Świerszczami. Schemat ewangelizacji pozostawał wciąż taki sam i w końcu nie można już było dłużej zwlekać z wyświęcaniem autochtonów. Oczywiście na różnych planetach poszło to w różnym tempie, bo Wodniki, na przykład, to intelektualnie coś w rodzaju jaskiniowców, Heptersi znowuż – umysłowo porozszczepiani do kompletnego chaosu, a chociażby Świerszcze – płciowo nieokreśleni; więc były opóźnienia z powodu tych kumulujących się kłopotów interpretacyjnych, obowiązywała doktryna „byle nie za mojego życia". No ale skoro już wyświęcono jednego Łaskawca... nie dało się tego zatrzymać. A w ewangelizacji i nauczaniu na ich ojczystych planetach nie było lepszych od samych tubylców, toteż logiczną rzeczy koleją obejmowali oni własne diecezje – o ile nie potykali się gdzieś po drodze na gatunkowych idiomach i nie podpadali Kongregacji Doktryny Wiary, co zazwyczaj kończyło się prewencyjną ekskomuniką *latae senta-*

tiae, bo z uwagi na potężne opóźnienie decyzyjne stosowano zasadę reakcji podług scenariuszy pesymistycznych, zawsze lepiej uderzyć mocniej, niż niechcący przyzwolić na wypaczenie Dobrej Nowiny. I tak oto mamy nieludzkich biskupów i kardynałów. Póki Einstein trzymał nas mocno w garści, nie było jeszcze tak źle, bo poza misjonarzami i stosownymi urzędami Watykanu mało kogo to obchodziło: dziesiątki i setki lat świetlnych stąd, niech się dzieje, co chce, cóż to w końcu ma za znaczenie. Ale teraz... Do śmierci kolejnego papieża Kronos wybuduje singulatory we wszystkich zamieszkanych układach i na konklawe przylecą kardynałowie co do jednego. A już dzisiaj ludzie stanowią zaledwie trzy piąte składu elekcyjnego.

– Jak to możliwe...?

– Bardzo prosto. – Blackwood wydmuchnął dym, zaraz zassany przez klimatyzację szalupy. – Dziewięćdziesiąt osiem procent katolików nie należy do gatunku *homo sapiens*.

– Żartuje pan!

– Skąd! Nawet nie wiem, czemu tu się dziwić; to było wszak poniekąd oczywiste. Skoro istnieją w kosmosie inne inteligentne rasy, to suma ich populacji bez wątpienia bije na głowę ludzkość, absurdem byłoby utrzymywać co innego. Miliardy gwiazd, a tu jedna Ziemia – i ludzi miałoby być więcej niż wszystkich innych rozumnych razem wziętych? No absurd. Więc już w momencie wydania orzeczenia o posiadaniu duszy przez Wodników było jasne, że prędzej czy później staniemy się w łonie katolicyzmu etniczną mniejszością. Stopień religijności ludzkości jako takiej i popularność katolicyzmu na Ziemi nie ma tu nic do rzeczy, bo chociażby każdy człowiek był katolikiem – i tak pozostawalibyśmy w mniejszości. Albo zatem nie należało uznawać Obcych za bliźnich – albo się teraz nie dziwmy bezpośrednim konsekwencjom. Zaś każde wyjście pośrednie odbiłoby się nam rychło potwornym kacem postkolonializmu, to już nie ta epoka, zupełnie nie ta mentalność.

– A nie macie jakichś zabezpieczeń w doktrynie?

– Jakich niby?

– Bo ja wiem... – Krush-Brown wzruszył ramionami. – Tradycja, na przykład...

– Co: tradycja? Ma pan na myśli ignorowanie zmian? To nigdy i dla nikogo nie była dobra strategia. A poza wszystkim – postępu po prostu nie da się zignorować. Trzeba zająć stanowisko. Kościół nigdy się nie uchylał. A poczynione przed wiekami wykładnie nijak się mają do świata dzisiejszego, to są rzeczywistości niekompatybilne, wzajemnie nieprzystające; tradycja – ona też podlega ewolucji. Cóż święty Paweł powiedziałby na widok Świerszcza? Diabeł, powiedziałby; potwór, *apage, apage*. I cóż dzisiejszy katolik rzekłby na tradycję średniowieczną? Też nie lepiej. A wszak nie ma tu mowy o żadnym odstępstwie, herezji. To po prostu postęp; wszystkiego: nauki, kultury, polityki, religii. Jest ciągłość – ale nie ma tożsamości.

– No ale ten panekumenizm prowadzi przecież donikąd! To znaczy...

– Dokąd prowadzi, to ja dobrze wiem. Schizma jest nieunikniona. Pomimo wszystko większość ludzi nie zaakceptuje papieża, który oddycha chlorem, znosi jaja, żyje tysiąc lat, zjada własne odchody, nie ma twarzy ani rąk i nie potrafi mówić po angielsku – a tym to się skończy, to tylko kwestia czasu.

– Rany boskie...

– Aha.

– Co im wtedy do łba strzeliło wypowiadać się o duszach Wodników?! Zaćmienie mieli, czy co?

– Pan nie rozumie, panie Krush-Brown. – Ksiądz pokręcił głową. – Nie jest pan wierzący, prawda? No właśnie. Pan nie rozumie: to nie jest i wtedy też nie była kwestia politycznej strategii. To kwestia wiary, uczciwości myśli i czystości sumienia. Nie można wierzyć, wiedząc, że wierzy się w kłamstwo. Inaczej wpadamy w jawną hipokryzję, a to już nie jest wiara. Skoro zatem czujemy, skoro posiadamy głębokie wewnętrzne przekonanie, iż są to nasi bracia w Bogu – jakże moglibyśmy odwrócić się do nich plecami? To już konkwistadorzy Corteza i Pizarra byliby lepsi, bo oni przynajmniej faktycznie wierzyli w zwierzęcość Indian. A my? Co mielibyśmy na swoją obronę? Tylko egoizm i fałszywe poczucie dumy.

Krush-Brown wychylił szkocką do dna.

– Więc co teraz... – wymamrotał. – Schizma, mówi pan. Watykan stanie się ambasadą Obcych, tak? A pan – pan po której stronie się opowie?

– Apostatów, obawiam się.

– A to, co pan przed chwilą wywodził...? Że bracia... że tylko egoizm... To co? Pan też się boi? Pan, który jest przewodnikiem świerszczowego kardynała na konklawe? Pan tak spokojnie już teraz planuje herezję?

– Strasznie się pan przejął. A niby ateista.

– I co z tego! Tu nie chodzi o wiarę; tu chodzi o tożsamość kulturową: papież to symbol przecież nie tylko dla katolików. To będzie straszny cios... – Krush-Brown dolał sobie jeszcze z dwieście szkockiej.

Blackwood skinął głową.

– Więc sam pan widzi.

– Co widzę?

– Herezja jest jedynym ratunkiem. To musi być wielka, głośna schizma. Niech wiedzą. Niech zachowają nadzieję. Nawet ułomną, cząstkową, okaleczoną; ale niech się nie odwracają. To nie jest problem ksenofobii – tu idzie wszak o miłość. A tylko Bóg jest w stanie kochać wszystkie swoje dzieci. Myśmy niedoskonali. Nie powinniśmy próbować. To pycha.

Po powierzchni alkoholu w szklance stojącej na stoliku po prawej Krush-Browna przeszły koncentryczne kręgi.

– Przycumowaliśmy do „Ionesco" – odezwała się zdigitalizowana Tania Javal.

Podnieśli się. Blackwood zgasił, wyczyścił i schował swą fajkę, Krush-Brown dokończył szkocką. Na środek pomieszczenia spłynęła z sufitu stylizowana na XX wiek winda, pasażerowie wchodzili do niej po trzech, po czterech, gładko śmigała wzwyż.

Tymczasem nad boczną grodzią zapaliło się światło i otwarły się drzwi wewnętrznej śluzy. Wyszedł Świerszcz. Obejrzeli się nań zgodnie: Krush-Brown i Blackwood.

Skafander hierarchy wyprodukowano w całości z materiału przezroczystego i widzieli krążącą wokół Obcego gęstą, purpurową wydzielinę. Świerszcz był wielkości małego psa. Biologicznie klasyfikowano ten gatunek jako owadoidy, lecz ewolucja zagmatwała sprawę. Ciało, które widzieli – wieloczułkowe, wielokończynowe, asymetrycznie rozgwiazdowe, rozedrgane gorączkowo na krańcach, roztrzepotane w szybszych od ludzkiego spojrzenia ruchach licznych organów zewnętrznych nieznanego przeznaczenia – nie było tak naprawdę ciałem Świerszcza. Osiemdziesiąt procent masy owego organizmu stanowiły symbionty; pozostałe dwadzieścia procent, czyli autentyczny Świerszcz, krył się gdzieś wewnątrz – po prawdzie anatomicznie nie był on niczym więcej jak mózgiem z pękiem „łączy interfejsowych" i na samodzielne przeżycie posiadał szanse równie nikłe, co wyjęty z czaszki mózg człowieka. Ewolucja na jego planecie poszła długimi łańcuchami biocenozowych przystosowań, obudowując samotny organizm kolejnymi symbiontami, co obustronnie – bo wszystkim partnerom – zwiększało szanse na przeżycie. Jednak to Świerszcz posiadał mózg – do którego to organu z czasem się zresztą zatrofizował – i to do niego przynależała samoświadomość jednostkowego istnienia. Z czasem, po następnym obrocie żarna ewolucji, kumulujące się radiacje umocniły w multigatunku tendencję centralistyczną. Genom Świerszcza (w procesie analogicznym do pełnej asymilacji komórkowych mitochondriów przez *homo sapiens*) stopniowo powchłaniał większość replikatorów podrzędnych – konstytuując tym sposobem nową jakość biologiczną: dziedziczną synergię pangatunkową.

– Niech będzie pochwalony Jezus Chrystus – rzekł basem translator skafandra Świerszcza ojcu Blackwoodowi i Krush-Brownowi, którzy stali najbliżej.

CHYLĄ GŁOWY PRZED KARDYNALSKĄ PURPURĄ.

Obraz trzeci

Jest to pustka, próżnia, nicość. Kosmos, okolica gazowego olbrzyma, masą dwudziestokrotnego Jowiszowi. Jego gwiazda, jego słońce – stąd jak główka szpilki. Olbrzym ma własny układ, planety planet i planety planet planet, krążą, krążą, krążą; wysokim albedo bliski gwiazdowej jasności, oświetla zwrócone ku niemu ich półkule. Dzieci, w wysokich przejściach, głaszczą go po równikowych pasatach okrągłymi cieniami. Ma barwę zmatowiałego srebra. Gdy się gniewa, skręca sobie na brzuchu czerwone i żółte loki burz, w których Ziemia wraz ze swym Księżycem zniknęłyby bez śladu. Długi jest gniew giganta i stare burze – ta, ponad którą pojawił się di Ciena, była starsza od człowieka.

Biskup Frederico di Ciena, wyrwany spod władzy grawitacji, odruchowo podkurczył nogi. Zorientowawszy się, że jego rozmówca jeszcze się nie pojawił, założył ręce na piersi, manifestując swe urażenie i zniecierpliwienie zrozumiale nawet dla Obcego. Wiedział, że tamten go obserwuje, że jest tu w jakiś sposób obecny, że kontroluje jego bezpośrednie otoczenie – przecież oddychał, przecież żył. Tylko moc Ducha chroniła biskupa przed próżnią. Skoro zatem Duch zwleka – czyni to świadomie, to taki sam gest, jak założenie rąk przez di Cienę: znak. W tego rodzaju negocjacjach nie ma szczegółów nieważnych. Więc i to, że translokując biskupa spionizował go zgodnie z wyobraźnią przestrzenną *homo sapiens* – gazowy olbrzym pod stopami, słońce nad głową – stanowiło formę wyrażenia dobrej woli Ducha. Sprzeczne przekazy, sprzeczne interpretacje; chleb powszedni dyplomaty. Synstaty w głowie biskupa pracowały na najwyższych obrotach.

Usłużnie poinformowały di Cienę, iż interwał czasowy ich materializacji wyniósł trzy i trzy dziesiąte sekundy – Duch objawił się androgynicznym osobnikiem w garniturze niemal identycznym z biskupim. Włosy miał czarne i czarne oczy. Lewy synstat podpowiadał biskupowi prawdopodobne motywacje takiego wyboru Ducha: kaukaski typ frenologiczny w fenotypie jako aluzja do schizmy Tan Tsao; czerń symbolem aprobaty kasaty; odbicie ubioru jako deklaracja równych pozycji; to samo jako akcent na wzajemne podobieństwo, czyli krytyka encykliki; *et cetera, et cetera*. Oczywiście – wszystko to była czysta loteria, synstaty nie na wiele się przydawały w kontaktach z Duchami, których psychik – jeśli w ogóle Duchy posiadały coś takiego – organiczne procesory nie były w stanie zasymulować.

Brunet (ciekawe, czy to fantom świetlny, czy też jest w pełni materialny, zastanawiał się di Ciena), spionizowany równolegle do człowieka, zgiął się lekko w pasie, markując nieważkościowy ukłon. Biskup odpowiedział tym samym.

– W imię Boże – zaczął prowokacyjnie Duch.

Synstaty natychmiast zalały di Cienę tuzinami propozycji optymalnej reakcji. Nie da się ukryć, była to spora trudność: jak rozmawiać z kimś, komu się odmawia miana istoty żywej i obdarzonej osobowością, wolną wolą i intelektem, nie urażając go przy tym, a zarazem nie przyznając mu żadnego z tych atrybutów nawet cieniem sugestii? Jak? Niemożliwe. Di Ciena był świadom, iż Watykan został upokorzony i *de facto* przyznał się do porażki przez samą decyzję zainicjowania tajnych rokowań z Duchami.

– Miło mi – rzekł więc biskup.

Duch (jego fantom, jego fantom, muszę o tym pamiętać – powtarzał sobie synstatami di Ciena – nie należy personifikować owego fenomenu w tym konkretnym obrazie zniewieściałego mężczyzny) uniósł tylko prawą brew. Nie uśmiechał się; ale gdyby – uśmiech z pewnością zgasłby teraz na jego twarzy.

– Również biskup uważa, że Bóg mieszka tylko na planetach? – spytał z wyrzutem.

– Nie do mnie należy ocena.

– Ani do mnie. Więc do kogo?

– „Mnie"?

– Nas – poprawił się bez zmieszania brunet. Rozmawiali po włosku: operował nie swoimi symbolami.

Był kłopot z zaimkami. Nie tylko płeć – także liczba Duchów pozostawała nieoznaczona, zanurzona gdzieś w szarej stefie Łukasiewiczowej niedookreśloności probabilistycznej: on? ona? ono? oni? *Tertium non datur* tylko dopóki nie opuścisz Ziemi; kosmos wydaje się specjalizować w wyjściach trzecich. Być może istniał zaledwie jeden Duch w wielościach swych manifestacji, tak samo jak istnieje jeden komputerowy mózg bez względu na liczbę jego terminali; a być może nie, być może mieli do czynienia z wielością bytów. Kwestia była nierozstrzygalna, leżała bowiem całkowicie poza zasięgiem ludzkiej wiedzy i jej technologicznego instrumentarium, w Heisenbergerowskich otchłaniach fundamentalnej niepewności, niedotykalności materii, w kwantowych baletach na linie cieńszej od długości Plancka.

To nie ludzkość odkryła Duchy (Ducha) – to Duchy odkryły ludzkość. Skoro już zapadła decyzja o budowie singulatorów, pozostawało to tylko kwestią czasu, czyli odległości; dla Duchów, jak same twierdziły, pracujący singulator to jak orkiestra w jaskini. Informacja poszła po Galaktyce sferyczną falą: tu się rzeźbi czasoprzestrzeń. Tę muzykę Duchy rozumiały jak nikt.

Ludzcy, hepterscy, falowi i łaskawscy naukowcy próbowali pojąć biologię Duchów. Ale to w ogóle nie była biologia. O ile organizm można zdefiniować jako po prostu trwający w czasie homeostat, o tyle to były organizmy – jednakże w żadnej innej definicji już się nie mieściły. Ich naturalne środowisko stanowiły bezpośrednie okolice wielkich zakrzywień czasoprzestrzeni, w rodzaju osobliwości czarnych dziur lub poinflacyjnych uskoków 4D; tam wyewoluowały jako zdolne do samoreplikacji krótkookresowe fluktuacje kwantowe, matryce gradientów energetycznych – a przynajmniej taką ich pramacierz interpolowali współcześni planetarni badacze. Same Duchy mówiły o tym w formie hipotez, podobnie człowiek przecież nie pamięta pierwszej zaszłej syntezy DNA.

Kwantowa ewolucja, rozłożona na miliardolecia, doprowadziła do powstania w homeostatach świadomości i rozumu. Rozum, w kolejnych miliardach lat, rozwinął technologię. Dzisiaj już jedno od drugiego było nie do odróżnienia. Duchy wszak same z siebie nie były w stanie opuścić swych grawitacyjnych kolebek, wyjść poza obszary szaleństwa czasoprzestrzeni, tak samo jak człowiek – z definicji: ponieważ jest człowiekiem – nie był w stanie przeżyć podróży do ich świata, zapuszczenia się w przyschwarzschildowe piekła fizyki. Lecz technologia protezuje niedoskonałości i ograniczenia ewolucji. A historia nauki Duchów była dłuższa od historii komórki na Ziemi. Mogli więc wyjąć biskupa z jego watykańskiego gabinetu i zawiesić w pozornej próżni w dowolnym miejscu we wszechświecie; mogli się materializować reprezentantami stosownymi do każdego napotkanego gatunku; mogli z przedstawicielami tych gatunków rozmawiać jak swój ze swoim; mogli wiele; chcieli jeszcze więcej. Bo znowu szło o duszę. Wszak chyba już nie sposób wyobrazić sobie życia w postaci bardziej odległej od jego białkowych, planetarnych form; toteż kwestionowano adekwatność terminu: to nie jest życie. Co zatem? Nie wiadomo; człowiek nigdy tego się nie dowie, a chociażby się dowiedział – nie zrozumie. O ile bowiem uznalibyśmy Duchy (lub Ducha, jeśli faktycznie są one jednością) za naszego bliźniego, o tyle zmuszeni bylibyśmy uczynić to samo w stosunku do nadturingowych komputerów i zostałaby przekroczona – gorzej: zniszczona, usunięta, wymazana – granica dzieląca żywe od martwego, ożywione od nieożywionego. Lepiej już przyjąć fenomenalność istnienia Duchów, w alternatywie bowiem mamy przyznanie atrybutu życia innym nieorganicznym ciągłym pseudostazom, w rodzaju planetarnych atmosfer, burz magnetycznych czy nawet gwiazd. Duchów nie można zobaczyć; Duchów nie można dotknąć; nie można ich sobie nawet wyobrazić: ciało z grawitonów, myśli jako zaburzenia funkcji falowych, pożywienie z cząstek wirtualnych – o jakimż braterstwie, jakim powinowactwie tu mowa? Rozłączność jest zupełna.

– Ojca Świętego niezmiernie zmartwiła wystosowana przez was groźba szantażu – zagaił po chwili wymownego milczenia di Ciena, taktownie stosując tę tautologiczną peryfrazę, bo wszak każda groźba szantażu sama automatycznie jest już szantażem.

– To nie jest groźba.

– Niestety, tak to odbieramy.

– Co konkretnie postrzegacie jako zagrożenie?

Pułapka! – zasyczały biskupowi synstaty – Pułapka!

– Źle to interpretujecie – zastrzegł się natychmiast di

Ciena. – Nie boimy się o Kościół. Niepokoi nas co innego: przyszłość chrześcijaństwa.

– Katolicyzmu.

– Chrześcijaństwa. Misji ewangelizacyjnej.

– Wizja utraty monopolu.

– Jakiego monopolu? Dawno utraciliśmy wszystkie.

– To nie jest prawda.

– Czego zatem się domagacie?

– Prawa do wiary.

– Przecież nie jesteśmy wam w stanie niczego zabronić.

– Bardzo proszę. Bądźmy szczerzy. My szanujemy słowo Ojca Świętego.

– Więc uszanujcie je w pełni.

– Więc niech zwróci się do nas i powie.

Di Ciena ostentacyjnie westchnął. Brunet na moment odwrócił spojrzenie.

To była ta pętla, chińska pułapka na palec, teologiczne wnyki, wilczy dół antropocentryzmu. Nikt nie dostrzegał niebezpieczeństwa, zanim się ono faktycznie nie pojawiło, ponieważ nikt w nie tak naprawdę nie wierzył: nikt z ludzi nie wierzył, że ich religie mogą się okazać atrakcyjne także dla gatunków cywilizacyjnie stojących wyżej od ludzkości. Jakoś podświadomie uznawano to za dogmat i rzeczywistość zdawała się potwierdzać owo przekonanie: wszystkie napotkane w kosmosie rasy znajdowały się na niższym bądź podobnym etapie rozwoju. Do czasu. Do Duchów. Oczywiście, nie mogło tu być mowy o żadnych misjonarzach czy sterowanym procesie nawracania; Duchy po prostu przyswoiły sobie (na ile w ogóle mogły go sobie przyswoić, będąc tym, czym były) całość dorobku kulturalnego człowieka i najwyraźniej zostały „dotknięte światłem prawdziwej wiary". Wierzymy, mówiły, wierzymy w Boga. Zaskoczenie było kompletne. Dogmat podświadomości okazał się fałszywy. Na upartego dałoby się znaleźć jakieś analogie w ziemskiej historii – czymże innym był dokonany przez żydowską sektę religijny podbój starożytnego Rzymu? – jednakże przepaści cywilizacyjne istniejące w obu przypadkach zupełnie nie dawały się do siebie przyrównać. Duchy – dały temu dowód po wielokroć – potrafiły sięgnąć ostatecznych granic poznanego wszechświata, dotrzeć do każdego zakątka kosmosu; podczas gdy ludzkość i jej obcoplanetarni partnerzy nie wyraczkowali jeszcze ze swego ramienia galaktyki. To potencje absolutnie nieporównywalne.

Skoro uwierzyli, trudno się dziwić ich pierwszemu odruchowi: uszczęśliwić Dobrą Nowiną innych. I tu pojawiał się problem; tu Kościół widział ów szantaż; stąd też wyrastały korzenie teologicznego paradoksu. Duchy były w stanie w krótkim czasie zanieść Słowo Boże wszystkim rozumnym rasom w kosmosie. Jednak Kościół – ludzie – nie mógłby tego procesu wszechnawracania w żaden sposób kontrolować, zdany byłby w całości na Duchy, na ich dobrą wolę, ich interpretację Pisma Świętego, ich metody i ich wyczucie etyki. Nadto tym sposobem Duchy zamknęłyby Kościołowi jakąkolwiek drogę dalszej ekspansji, ograniczając go do tych kilkunastu ras dotychczas spotkanych – wszystkie odkrywane później (po latach, tysiącleciach, milionleciach lub nigdy, co prawdopodobniejsze) znajdowałyby się już pod pierwotnym wpływem ewangelizacji Duchów. Duchy zawłaszczyłyby dla swojej wersji katolicyzmu całą resztę wszechświata. To prawie przestępstwo: kradzież dusz. Paradoks krył się w fakcie, że Duchy, uznając się za wiernych wyznawców i posłuszne jego sługi, nie posiadały wcale intencji czynienia Kościołowi na złość; w rzeczy samej, w swoim mniemaniu (a wciąż mowa tu jedynie o odczuciach przez nie jako odczucia otwarcie deklarowanych) pragnęły jedynie uczynić przysługę dotychczas pozbawionym dostępu do Objawienia. A skoro nie było mowy o żadnym zapożyczeniu od nich przez ludzkość technologii, bo technologia Duchów nie była technologią planetarnych białkowców, dla Duchów równie nieprzydatny okazałby się z pewnością rower lub samochód – skoro tak, sprzeciw wobec ich zamierzeń interpretowały (chyba) jako egoistyczny lęk przed utratą monopolu. Kościół widział to inaczej: czyż posiada moralne prawo wyzbyć się swej roli w stosunku do tak olbrzymiej większości dzieci Bożych i scedować swe obowiązki na – na kogo właściwie? Paradoks szczerzył lśniące kły: papież jako głowa Kościoła, do którego przynależności aspirowały, mógłby zabronić Duchom podejmowania jakichkolwiek samodzielnych działań w tym względzie; lecz uznałby je tym samym za równe w prawach istoty obdarzone wolną wolą i duszą, a skoro tak, *per analogiam* do innych Obcych stopniowo dopuszczanych do godności i funkcji kościelnych, prędzej czy później doprowadziłby tą swą decyzją do sytuacji, której starał się właśnie zapobiec, to znaczy do pankosmicznej ewangalizacji prowadzonej samodzielnie przez Duchy. Różnica leżałaby jedynie w formalnym stosunku prawa kanonicznego do owego procederu, lecz ostateczny efekt byłby ten sam: Duchy przejęłyby kosmiczny monopol na Słowo Boże.

– Jeśli wierzycie – zaczął ponownie biskup di Ciena, pozwalając zagrać w swoim głosie nutce desperacji – jak możecie sprzeciwiać się woli papieża?

– Chyba nie do końca pojmujemy. Czy istotnie jest tak, że ogłaszając nas pseudorozumnym, bezdusznym zawirowaniem czasoprzestrzeni i odmawiając prawa do zbawienia, zarazem odwołujecie się do naszego sumienia i prosicie o poświęcenie w imię naszej wiary, która wszak według was stanowi jedynie wiarę pozorną – czy istotnie jest tak?

Biskup pokręcił głową.

– Dlaczego po prostu nie możecie się powstrzymać?

– Bo to byłoby złe.

– Co?

– Zaniechanie byłoby wielkim złem. My poznaliśmy prawdę. Mamy obowiązek. Nie możemy milczeć. Wy nie dotrzecie za ich życia do dziewięćdziesięciu procent ras, którym my możemy zanieść Słowo Boże już w tej chwili.

Synstaty spasowały. Partia była przegrana. Teraz już tylko pozory.

Di Ciena pozwolił obudzić się w sobie irytacji.

– Ale jakie Słowo Boże im zaniesiecie? Co to będzie za prawda z waszych ust?

– Czyż nie rozmawiamy teraz z sobą? Czyż nie porozumiewamy się?

– Sami tłumaczyliście, na czym to polega: to jest symulacja zrozumienia. Chodzi o moc obliczeniową i logikę, a nie o poczucie wspólnoty.

– Czy to źle? Czy istnieje poczucie wspólnoty pomiędzy ludźmi a Głowaczami? W jakiż inny sposób ich rozumiecie, jeśli nie zimną logiką analogii i przybliżeń?

– Jak w ogóle możecie się porównywać z Głowaczami? Wy jesteście dla nas czystą abstrakcją: bezcieleśni, niewidzialni; każdy kontakt piętrowo zapośredniczony – przez ile sztucznych filtrów i modulatorów przechodzi informacja po drodze od was do tej tutaj kukły? Jakie tu narodziny, skoro się nie rodzicie? Jaki chrzest, skoro dla was woda to jak dla nas równanie Schrödingera? Jaka śmierć, skoro nie umieracie? Jaka pokuta, jakie zbawienie? Pismo Święte milczy o czarnych dziurach.

– Milczy także o Łaskawcach, Głowaczach, Świerszczach, Wodnikach. Milczy o Indianach i australijskich aborygenach. Milczy o Chińczykach. Wy, ludzie, nazbyt skrępowani jesteście czasem. Skoro takie było zamierzenie Boga, to jest to zamierzenie obejmujące wieczność, bo przecież nie tylko moment spisywania ksiąg; i skoro za zgodne z Objawieniem uznajecie chrześcijaństwo dnia dzisiejszego, odmienione przez wszystkie wpływy, z jakimi się zetknęło od wyrośnięcia z żydowskiej Palestyny, a więc: greckie, rzymskie, pogańskie, oświeceniowe, z obcych kultur i obcych ras, obcych planet; jeśli to jest chrześcijaństwo prawdziwe, to znaczy, że w boskim planie były wszystkie te kolejne spotkania; „wczoraj", „dzisiaj" i „jutro" trwają jednocześnie w Jego woli, nie ma sprzeczności pomiędzy średniowieczem a Obcymi, ważna jest wiara. Wyszła od Żydów; potem Europejczycy zanieśli ją na wszystkie kontynenty; potem ludzie w ogóle, a więc i z tych kontynentów, w gwiazdy; potem wierzący w ogóle, a więc i z obcych planet, dalej w kosmos; teraz my przejmiemy pałeczkę i domkniemy proces, Dobra Nowina sięgnie granic wszechświata. Ilościowo i procentowo, bo stosunkiem wierzących do niewierzących, ludzi wśród katolików jest akurat najmniej. Dlaczegóż, na miłość boską, odmawiacie prawa wyznawania prawdziwej wiary akurat nam? Czy naprawdę za kategorię ostatecznie wartościującą uznajecie tu przynależność do rasy?

– Tak – warknął rozeźlony biskup, pomimo wrzasku synstatów.

Brunet odwrócił spojrzenie ku mijającemu ich właśnie czerwonemu satelicie olbrzyma.

– To wy Go ukrzyżowaliście – rzekł, po czym skłonił się i zniknął.

Di Ciena odetchnął głęboko; synstaty w natychmiastowych reakcjach implantów dokrewnych ustabilizowały hormonalnie wytrącony z równowagi organizm biskupa. Nie były jednak w stanie przywrócić równowagi jego umysłowi.

Mój Boże, mój Boże; ludzie Żydami kosmosu. Czy takie właśnie jest nasze przeznaczenie?

PATRZY W NIESKOŃCZONOŚĆ
I NIESKOŃCZONOŚĆ ODPOWIADA MU
ZIMNYM SPOJRZENIEM;
NIE MA POCZĄTKU ANI KOŃCA.

Zauważmy, że Bóg w inny sposób wie o rzeczach niż człowiek. Człowiek bowiem poddany jest czasowi. Lecz Bóg jest ponad biegiem czasu. Bieg czasu można przyrównać do przechodzenia drogą. Jeśli bowiem ktoś znajduje się na drodze, którą idzie wielu, wprawdzie widzi tych, którzy są przed nim, tych jednak, którzy za nim idą, nie może poznać w sposób pewny. Lecz jeśli ktoś znajduje się w jakimś wysokim miejscu, z którego można objąć całą drogę, widzi jednocześnie wszystkich przechodzących drogą. Podobnie człowiek, który istnieje w czasie, nie może widzieć jednocześnie całego biegu czasu, widzi tylko te rzeczy, które jemu osobiście towarzyszą, to znaczy teraźniejsze oraz nieco przeszłych. Natomiast tych, które przyjdą, nie może poznać w sposób pewny. Bóg natomiast widzi w sposób pewny wszystko.

św. Tomasz z Akwinu
De rationibus fidei ad cantorem Antiochenum

luty 1997

Spis rzeczy

Ruch Generała 5
IACTE 76
Irrehaare 152
Muchobójca 250
Ziemia Chrystusa 315
Katedra 395
Medjugorje 448
In partibus infidelium 515

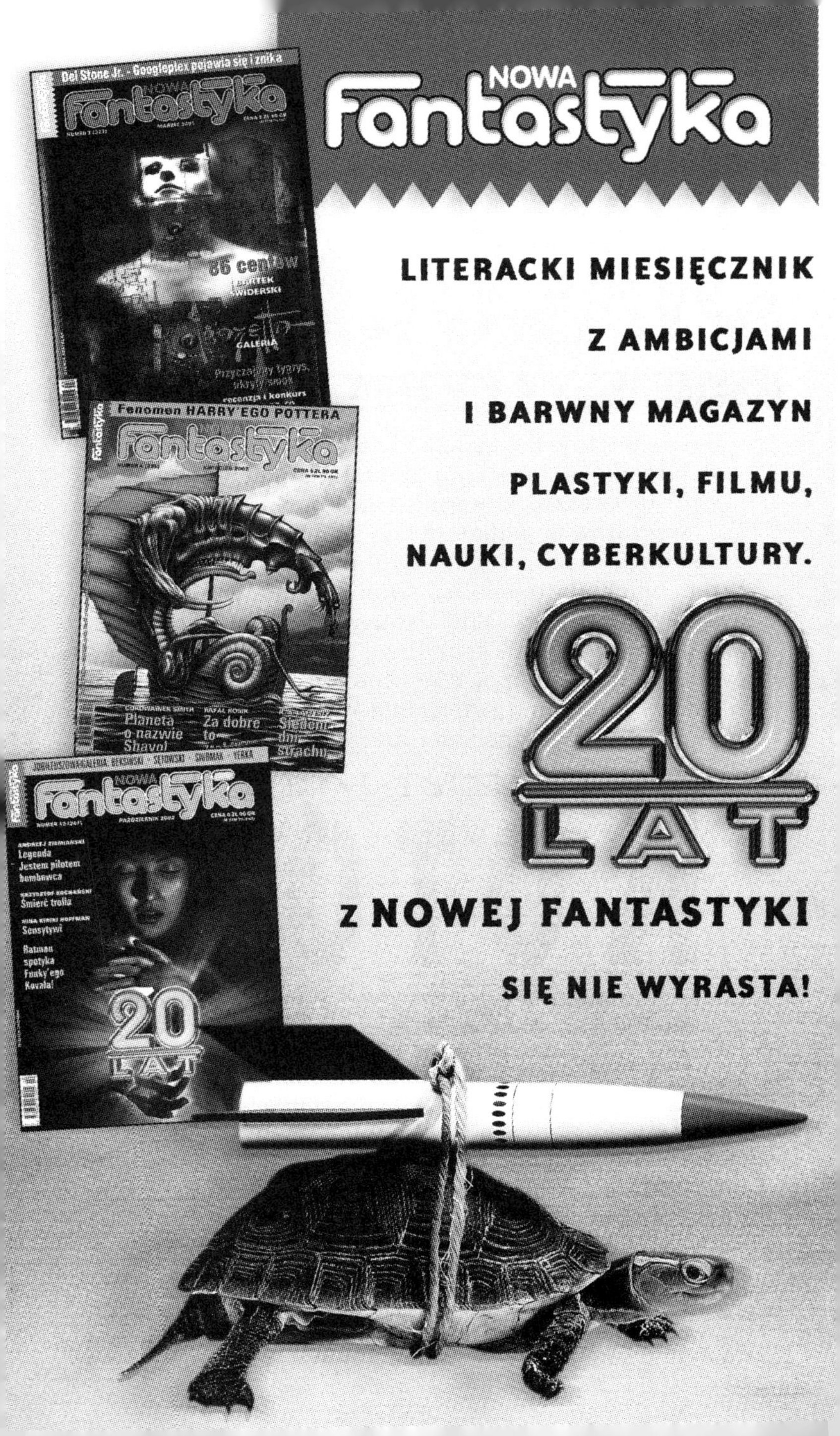
NOWA Fantastyka
LITERACKI MIESIĘCZNIK
Z AMBICJAMI
I BARWNY MAGAZYN
PLASTYKI, FILMU,
NAUKI, CYBERKULTURY.
20 LAT
Z NOWEJ FANTASTYKI
SIĘ NIE WYRASTA!
Del Stone Jr. - Googleplex pojawia się i znika
Fenomen HARRY'EGO POTTERA

superNOWA

Niezależna Oficyna Wydawnicza NOWA
Dział handlowy
ul. Nowowiejska 10/12
00-653 Warszawa

Adres zamawiającego:

imię i nazwisko ....

ulica .... nr .... m. ....

kod pocztowy .... miejscowość ....

podpis ....

Uwaga! *W ceny książek wliczone zostały koszty przesyłki i pobrania.*

Zamówienia Internetem:
www.nepo.pl/nowa
www.merlin.com.pl

Zamawiam następujące książki:

		cena	*liczba egz.*
Andrzej Sapkowski	Ostatnie życzenie	30,-	......
	Miecz przeznaczenia	30,-	......
	Krew elfów (t. 1 sagi)	30,-	......
	Czas pogardy (t. 2 sagi)	30,-	......
	Chrzest ognia (t. 3 sagi)	30,-	......
	Wieża Jaskółki (t. 4 sagi)	30,-	......
	Pani Jeziora (t. 5 sagi)	35,-	......
	Świat króla Artura. Maladie	25,-	......
	Coś się kończy, coś się zaczyna	30,-	......
	Rękopis znaleziony w smoczej jaskini	40,-	......
	Narrenturm (t. 1 trylogii)	40,-	......
	Wiedźmin (sztywna oprawa, t. 1-7)	250,-	......
Rafał A. Ziemkiewicz	Pieprzony los kataryniarza	25,-	......
	Czerwone dywany, odmierzony krok	25,-	......
	Walc stulecia	25,-	......
	Wybrańcy bogów	25,-	......
Marcin Wolski	Agent dołu	25,-	......
	Krawędź snu	25,-	......
	Noc bezprawia	25,-	......
	Według św. Malachiasza	25,-	......
	Pies w studni	25,-	......
	Rekonkwista	30,-	......
Tomasz Kołodziejczak	Kolory sztandarów	25,-	......
	Schwytany w światła	25,-	......
Marek Oramus	Święto śmiechu	25,-	......
	Dzień drogi do Meorii	25,-	......
Eugeniusz Dębski	Królewska roszada	25,-	......
	Aksamitny Anschluss	25,-	......
Janusz A. Zajdel	Limes inferior	25,-	......
Edmund Wnuk-Lipiński	Apostezjon	35,-	......
Jacek Dukaj	Xavras Wyżryn	25,-	......
	W kraju niewiernych	35,-	......
	Czarne oceany	35,-	......
Marek S. Huberath	Gniazdo światów	25,-	......
Maciej Żerdziński	Korporacja Wars `n` Guns	25,-	......
Aleksander Olin	Komusutra	25,-	......
Antologia	Trzynaście kotów	25,-	......
Ewa Białołęcka	Tkacz iluzji	25,-	......
Anna Brzezińska	Zbójecki gościniec	25,-	......
	Żmijowa harfa	35,-	......
Mirosława Sędzikowska	Gandziolatki. Wizyta u wiedźmy	25,-	......
Witold Jabłoński	Dzieci nocy	25,-	......
	Uczeń czarnoksiężnika (t. 1 cyklu)	25,-	......
Bartek Świderski	Mocny program	25,-	......
Mirosław P. Jabłoński, Andrzej Mol	Tajemnica czwartego apokryfu	25,-	......
Artur Baniewicz	Smoczy pazur (t. 1 cyklu)	25,-	......
	Pogrzeb czarownicy (t. 2 cyklu)	25,-	......